PATRICIA MENNEN

Das Tal der goldenen Flüsse

Buch

In dem amerikanischen Archäologen Rhys Franklin hat die abenteuerlustige Amber den Mann ihres Lebens gefunden und ist mit ihm aus dem fernen Assam in ihre Heimat England zurückgekehrt. Doch ihr junges Eheglück wird von der Nachricht getrübt, dass Amber keine Kinder bekommen kann. Als es Rhys trotz großer Widerstände gelingt, eine Expedition an den Amazonas zu organisieren, erwacht auch in Amber Fernweh – und neuer Lebensmut. Schon auf der Schiffsreise nach Brasilien begegnen sie dem undurchsichtigen portugiesischen Geschäftsmann Tiago de Andrade und seiner schüchternen Tochter Miou, mit der sich Amber sofort anfreundet. De Andrade lädt sie ein, die Regenzeit auf seiner Kautschukplantage am Amazonas zu verbringen. Eines Tages findet Amber dort am Fluss einen schwerverletzten Indianer namens Cauré, in dessen Nähe sich ein zahmer Tukan aufhält. Sie pflegt den verschlossenen jungen Mann gesund, gewinnt sein Vertrauen und erfährt, dass Tiago de Andrade Caurés Geliebte, die atemberaubend schöne Jandeira, als Sklavin hält. Amber ist fest entschlossen, Cauré und Jandeira zu helfen, und gerät bald schon gefährlich zwischen die Fronten …

Autorin

Patricia Mennens große Leidenschaft ist das Kennenlernen von Menschen ursprünglicher Kulturen. Wann immer es geht, macht sie sich auf und versucht, einen authentischen Einblick in fremde Lebenswelten zu gewinnen. Ihre Eindrücke und Erlebnisse verarbeitet sie in ihren Büchern. Die Autorin lebt mit ihrem Mann und zwei Töchtern abwechselnd in der Nähe des Bodensees und in der Provence.

Von Patricia Mennen außerdem bei Blanvalet lieferbar:

Der Ruf der Kalahari (37517) · Sehnsucht nach Owitambe (37518) · Zauber der Savanne (37987) · Im Land der sieben Schwestern (37988)

Patricia Mennen

Das Tal der goldenen Flüsse

Roman

blanvalet

MIX
Papier aus verantwortungsvollen Quellen
FSC® C014496

Verlagsgruppe Random House FSC® N001967
Das für dieses Buch verwendete FSC®-zertifizierte Papier
Salzer Alpin wird produziert von UPM, Schongau
und geliefert von Salzer Papier, St. Pölten, Austria.

1. Auflage
Deutsche Originalausgabe Oktober 2015
bei Blanvalet, einem Unternehmen der
Verlagsgruppe Random House GmbH, München

Dieses Werk wurde vermittelt durch die
Literarische Agentur Thomas Schlück GmbH, 30827 Garbsen.
Umschlaggestaltung: © Johannes Wiebel | punchdesign, unter Verwendung
von Motiven von Shutterstock.com
Redaktion: Dr. Rainer Schöttle
AF · Herstellung: sam
Satz: Buch-Werkstatt GmbH, Bad Aibling
Druck und Bindung: GGP Media GmbH, Pößneck
Printed in Germany
ISBN: 978-3-7341-0017-8

www.blanvalet.de

Für Anna-Fee

Prolog

Rio Toototobi, Amazonien

Sobald sich die Lichtstrahlen der aufgehenden Sonne durch das dichte Urwaldgrün tasteten, zogen sich die Xapiripé zum Schlafen zurück. An dünnen Fäden, fein wie Spinnweben, kletterten die Waldgeister zurück in ihre Zwischenwelt. Cauré sah ihnen fasziniert hinterher. Die kräftigen Farben ihrer bunt bemalten, zierlichen Körper flirrten im ersten Morgenlicht unter dem braungrünen Blätterdach der Urwaldriesen. Noch einmal bewunderte der junge Hapuweteri ihre kunstvoll gefertigten Armreifen, die mit winzigen Ara- und Papageienfedern verziert waren, dann lösten sie sich in den Lichtreflexen auf.

»Du gehörst zu denen, die die Geister in ihrer Welt besuchen können«, meinte Takawe, der Schamane. Zufrieden wischte er sich mit der Hand den schwärzlichen Rotz des Yakoana-Pulvers aus dem Gesicht. »Doch das ist nur der Beginn. Vor dir liegt noch ein weiter Weg, bis du ein großer Schamane bist. Viel schwerer ist es, die Xapiripé in der Hierwelt zu finden. Lerne ihnen zuzuhören. Erzähl mir, was du gerade gesehen hast.«

Cauré spürte immer noch die Nachwirkungen der Droge, die ihm Takawe mit dem Blasrohr durch die Nasenöffnung gejagt hatte. Er befand sich in einem merkwürdigen Zustand äußerster Wahrnehmungsfähigkeit. Nie zuvor war ihm die Natur gegenwärtiger erschienen. Das ohrenbetäubende Geschrei einer zankenden Brüllaffengruppe hoch über ihm im Geäst war ihm genauso nah wie das Rascheln der Ameisen neben sich auf dem Boden. Er konnte direkt über sich das Zischeln der Boa Constrictor hören, die sich oberhalb seines Kopfes einen Ast entlangschlängelte, genauso wie das geschäftige Treiben der Termiten im Inneren des Baumes, an dem er lehnte. Selbst das Rascheln eines weit entfernten Pekaris im Unterholz konnte er vernehmen.

»Die Xapiripé sehen aus wie wir Menschen«, antwortete er schließlich dem alten Schamanen. »Nur schöner und irgendwie wunderbar. Dabei sind sie so winzig wie Staubkörner und hell wie das Licht.« Cauré fühlte, wie eine Welle von Begeisterung sich in ihm auftürmte. »Nach und nach kamen so viele zu mir. Ich sah die Geister der Tukane mit ihren großen Ohrsteckern in leuchtend roten Lendenschurzen. Die Kolibrimenschen umflogen mich in einem wilden Tanz, während die Geister der Frösche Köcher mit Pfeilen auf dem Rücken trugen. Ich sah Nabelschweingeister und Fledermausmenschen, während die Xapiripé der Wasserfälle meinen Geist erfrischten. Meine Seele fing an zu strahlen und erfüllte mich mit höchstem Glück.«

»Die Xapiripé mögen klein sein, aber die Kraft, die in einigen von ihnen wohnt, ist mächtiger als das stärkste Gewitter, fürchterlicher als die schlimmste Krankheit und gefährlicher als der Tod«, warnte Takawe seinen jungen Schüler. »Das Yakoana-Pulver hat die Geister für dich zum Tanzen gebracht. Doch sie haben dir bislang nicht gezeigt, wer dein utupé, dein Doppelgänger, ist.« Cauré senkte beschämt die Augen. Wieder einmal war ihm die Erkenntnis versagt geblieben. War er etwa doch verflucht? Sein Ziehvater versuchte ihn zu trösten: »Es gibt eine Möglichkeit, deinen Doppelgänger zu finden«, sagte er leise. »Geh zu den *hutu pata.* Dort wirst du die Antwort finden.«

Cauré schauderte. Der Shapori verlangte viel von ihm. Er sollte nicht nur die Grenzen zur Geisterwelt überschreiten, sondern sich weit in ihr Gebiet vorwagen. Die Gefahr, sich in ihrer wirren Welt zu verlieren, war sehr groß. Doch ihm blieb keine Wahl. Solange sein zweites Ich sich vor ihm versteckte, war er kein richtiger Mann. Seine Brüder würden ihn niemals akzeptieren. Ohne Doppelgänger war er verdammt. Jeder Mensch in seinem Stamm besaß einen utupé. Er verlieh den Menschen Kraft und leitete sie durch schwierige Entscheidungen. Wer seinen utupé nicht fand, dessen Leben war verflucht. Für gewöhnlich erschien der Doppelgänger bereits in Kindertagen. Er zeigte sich in der Gestalt von Vögeln, Säugetieren, Insekten, in den Geistern von Bäumen und Wasserfällen oder gar in wildem Honig und auch in Steinen. Cauré hatte bislang noch keinen Ruf vernommen, obwohl er die Geister deutlicher sah als manch einer der Shapori.

»Mach die Furcht nicht zu deinem Freund, mein Sohn«, riet ihm Takawe und erhob sich schwerfällig von seinem Platz. Wie es Sitte war, vermied der Schamane es, ihn bei seinem Spitznamen zu nennen. Cauré bedeutete »kleiner Falke mit den scharfen Augen«. Bei den Hapuweteri war die Anrede mit Eigennamen mit einem Tabu belegt. Man nannte einen Namen nur, wenn der Betreffende nicht anwesend war. »Mach dich auf den Weg zu dem Plateau hoch über den Baumwipfeln. Dort oben mögen dir die Xapiripé das Lied deiner Bestimmung singen oder dich in ihr Reich aufnehmen.«

Ohne sich nochmals nach ihm umzudrehen, machte sich Takawe auf den Weg zurück in den Shabono. Cauré wusste, dass der Schamane damit ein Urteil gefällt hatte. Sollte er dieses Mal wieder scheitern, durfte er nicht mehr ins Dorf zurückkehren. Ohne utupé bedeutete er eine Gefahr für die Gemeinschaft. Er versuchte den letzten Rest seiner Benommenheit abzuschütteln, dann griff er nach Köcher und Bogen und sprang leichtfüßig auf die Beine. Auch er sah sich nicht um, als er sich durch das Dickicht der Lianen und Luftwurzeln einen neuen Weg bahnte. Sein Ziel war die Hochebene des Tafelberges, der sich eine gute Tagesreise von seinem Dorf entfernt wie der Panzer einer riesigen Schildkröte aus dem grünen Teppich der Urwaldbäume erhob.

Dieser Berg war ein heiliger Ort. In grauer Vorzeit hatte dort einmal ein mächtiges Volk gelebt. Es hatte Bauwerke aus Stein errichtet und breite, steinerne Wege durch den Urwald gebaut. Die Alten in Caurés Stamm erzählten, dass ihr Kazike den Zorn der Xapiripé auf sich gezogen hatte, weil er den Geistern befohlen hatte, sich ihm unterzuordnen. Die Folge war ein fürchterlicher Krieg zwischen den Xapiripé und den Menschen gewesen, der dem ganzen Volk den Untergang gebracht hatte. Nichts war von ihrem mächtigen Reich übrig geblieben, nur die wenigen steinernen Überreste auf dem lebensfeindlichen Plateau. Und noch immer hing die Macht der Zerstörung wie ein drohender Gewittersturm über jenem Ort. Nur wenige wagten sich dorthin, denn man musste den Geistern zuhören können und ihnen die richtigen Fragen stellen, wollte man wieder in die Welt der Lebenden zurückkehren.

Je näher Cauré diesem unheilvollen Kraftort kam, desto unruhiger wurde er. Es gelang ihm nur schwer, seine aufsteigende Angst zu bezwingen. Es war weniger die Angst vor den Launen der Xapiripé, die ihn umtrieb, als die Furcht davor, dass er keinen Doppelgänger finden könnte. Lag wirklich ein Fluch auf ihm? Er war schon immer anders als seine Altersgenossen gewesen, ein Sonderling, weil er lieber allein für sich blieb, als die Gesellschaft der Dorfgemeinschaft zu suchen. Beobachten und Nachdenken lagen ihm mehr als übereilte, scheinbar mutige Entscheidungen. Er war kein Feigling, konnte hervorragend Spuren lesen und war sicher im Umgang mit Blasrohr und Pfeil und Bogen. Doch sein Bruder Nakitao spottete über ihn, weil er sich weigerte, auf die Jagd zu gehen. Er verstand einfach seinen Zwiespalt nicht. Solange er nicht wusste, wer sein Doppelgänger war, durfte Cauré keine Tiere töten. Einen utupé zu töten bedeutete nämlich, das Unglück auf sich zu ziehen. Hatte er diese Schuld etwa längst auf sich geladen?

Cauré fröstelte, als er vor der aufragenden Felswand stand, obwohl die Schwüle schon seit Tagen unerträglich war. Dann machte er sich an den Aufstieg.

Das erste Stück kam er gut voran. Lianen und Luftwurzeln, die über die Felsen wuchsen, erleichterten ihm das Klettern. Nach einigen Stunden erreichte er die Baumgrenze. Mit einem Mal verließ er das gewohnte, dämmrige Licht der von Grüntönen bestimmten Dschungelwelt. Cauré hielt den Atem an. Ohne den Schutz der Bäume fühlte er sich einsam und verlassen. Die Leere des Himmels und seine unendliche Weite machten ihm Angst. Er hatte den Dschungel noch nie von oben gesehen. Wie ein grüner Ozean erstreckte er sich bis zum Horizont. Nur hin und wieder wurde das Grün von den milchig braunen Windungen des Rio Toototobi unterbrochen. Die gewaltigen Baumriesen, deren Stämme oft so dick waren, dass zehn Männer sie kaum umfassen konnten, wirkten von Caurés Standort aus wie Inseln in einem grünen Meer aus Froschgrün, Lianengrün, Schlammgrün, aus dem grauen Grün der Nachtmotten und dem Gelbgrün der Kochbananen – sein Volk kannte so viele Namen für die Farbe Grün, die seine Welt bedeutete. Doch hier oben war alles anders.

Der Himmel über ihm war so blau wie das Gefieder eines azurblauen Aras. Nur am äußersten Horizont ballten sich gewaltige grauschwarze Gewitterwolken zusammen als Vorboten der nun bald einsetzenden Regenzeit.

Cauré war sich bewusst, dass er die Grenze zum Reich der Xapiripé nun überschritten hatte. Doch das war nicht genug. Er musste ihr Land betreten und sich ihren Launen stellen. Der schwierigste Weg stand ihm noch bevor. Grau und abweisend türmten sich die nackten Felswände vor ihm auf. Nur wenige Büsche und dürre kleine Bäume wuchsen aus den Felsspalten, in denen sie von Wind und Regen mit Nährstoffen versorgt wurden. Caurés Hände und Füße suchten in den schroffen, spitzen Felswänden nach Halt. Stück für Stück zog er sich weiter nach oben. Das bröckelige Gestein machte das Klettern zu einem wagemutigen Unterfangen. Immer wieder stieß er auf tiefe Felsspalten, die ihn zwangen, nach einem anderen Weg zu suchen. Der Urwald lag bald weit unter ihm. Dann endlich erreichte er den letzten Absatz. Nun trennten ihn nur noch wenige Meter von dem Klippenrand, dann würde er die Hochebene erreicht haben.

Plötzlich hörte er ein dumpfes Grollen. Bevor er die Richtung ausmachen konnte, geriet das Geröll über und unter ihm in Bewegung. Unter seinen Füßen brach mit einem Schlag ein ganzes Felsstück weg. Polternd krachte es in die Tiefe und zerschellte. Cauré krallte seine Fingerspitzen in eine Felsspalte und hing plötzlich mit seinem ganzen Gewicht daran. Dann spürte er, wie auch dieses Gestein unter seinen Fingern zu bröckeln begann, dann gab der Fels erst unter der linken, dann auch unter der anderen Hand nach. Während er fiel, suchte er verzweifelt nach irgendeinem Halt. Schließlich gelang es ihm, mit beiden Händen die Wurzeln eines krüppeligen Bäumchens zu fassen, das aus einer Felsspalte herauswuchs. Nun hing er, frei baumelnd, über dem Abgrund, während sich um ihn herum immer mehr große und kleine Gesteinsbrocken lösten und an ihm vorbei in die Tiefe donnerten.

Es ist vorbei!, dachte Cauré mit erstaunlicher Klarheit. *Die*

Xapiripé haben mich besiegt! Er wartete darauf, dass ihn ein Felsbrocken traf und endgültig in die Tiefe riss. Wie durch ein Wunder blieb er jedoch unversehrt. Als die Felslawine endlich ins Stoppen geraten war und einer unheimlichen Stille Platz machte, hing er immer noch an dem dürren Baum, der bereits beunruhigend knirschte. Mit verzweifelter Anstrengung suchten Caurés Füße nach einem Vorsprung in der Felswand. Vergeblich. Das Bäumchen wuchs über einem Felsvorsprung, der ein ganzes Stück über die Felswand hinausragte. Nicht mehr lange, und das Holz des Baumes würde brechen, wenn nicht die Kraft seiner Arme ihn schon vorher verließ.

Das Ende seiner Kräfte kam schneller als gedacht. Die Schwerkraft zog ihn wie ein Stein in die Tiefe. Mit dem Mut der Verzweiflung versuchte er nochmals, mit den Füßen Halt zu finden. Dann waren seine Kraftreserven erschöpft. *Die Xapiripé haben gesiegt,* dachte Cauré voller Trauer, als der gellende Schrei eines Adlers die Stille des Berges zerriss.

1. Teil

Nichts in der Geschichte des Lebens ist beständiger als der Wandel.
Charles Darwin

1860–1861
Yorkshire und London, England
Rio Toototobi, nördliches Amazonasbecken

1

Liverpool, August 1860

»Die *Porphyrus*! Das muss sie sein! Gleich wird sie in den Hafen einlaufen!« Der fünfjährige Francis kletterte auf einen der Poller am Hafenpier, um eine bessere Aussicht zu haben.

»Komm sofort da runter. Du könntest ins Wasser stürzen«, schimpfte Maeve und versuchte ihren Sohn von dem Eisenstück, an dem für gewöhnlich die großen Schiffe vertäut wurden, herunterzuziehen. Francis ließ es schmollend geschehen.

Amber verstand die Aufregung ihres jüngeren Halbbruders nur zu gut. Sie konnte es selbst kaum erwarten, dass das Schiff endlich in den Hafen einlief. Fast achtzehn Monate hatte sie auf diesen Augenblick gewartet. Obwohl ihr verkümmertes Bein schmerzte, stellte sie sich auf die Zehenspitzen. Mit der Hand beschirmte sie ihre Augen und versuchte zu erkennen, ob es sich bei dem sich nähernden Dampfschiff tatsächlich um die *Porphyrus* handelte. Bislang war nur schwarzer Rauch zu erkennen, der wie eine Fahne den hellgrauen Himmel über Liverpool durchzog. Viel zu langsam näherte sich das Schiff auf dem Fluss Mersey der Anlegestelle. Endlich drehte es bei und begann mit den Anlegemanövern.

Ambers Blick wanderte rastlos über die Reling hoch über der Wasserfläche, doch keine der dort oben stehenden Personen kam ihr bekannt vor. Unterdessen wurde der Landungssteg ausgefahren, und die ersten Passagiere gingen von Bord.

Was, wenn Rhys gar nicht an Bord ist? Vielleicht ist ihm ja doch noch etwas dazwischengekommen? Sie schalt sich für ihre negativen Gedanken. In seinem letzten Brief, den sie vor knapp zwei Monaten erhalten hatte, hatte er ihr eindeutig seine Ankunft für den zweiten August angekündigt. Sie spürte, wie sie zunehmend nervöser wurde, als der Passagierstrom nach einiger Zeit nachließ und Rhys immer noch nicht auftauchte. *Womöglich kehrt er gar nicht mehr zurück, wenn die Untersuchungen in Boston nicht die gewünschten Ergebnisse gebracht haben,* grübelte sie. Achtzehn Monate waren eine lange Zeit für ein Paar, das sich gleich nach seiner Hochzeit getrennt hatte. Aufgeregt wippte sie auf und ab, bis Maeve ihr beruhigend ihre Hand auf die Schulter legte.

»Du benimmst dich wie ein verliebter Backfisch, nicht wie eine verheiratete Frau«, tadelte sie die nur wenige Jahre jüngere Stieftochter. »Was soll Rhys nur von dir denken?«

Amber schnaubte. »Das kümmert mich im Moment wenig«, meinte sie ungehalten. »So wie es aussieht, befindet er sich gar nicht an Bord.«

»Vielleicht hat Rhys ja die Ankunft verschlafen«, bemerkte der kleine Francis mit schief gelegtem Kopf. »Das kann leicht geschehen, wenn man nicht aufpasst.« Wider Willen musste Amber schmunzeln. Für sein Alter war der Kleine reichlich altklug.

»Ich werde gleich nach dem Rechten sehen«, bot sich Ambers Bruder Camden schließlich an. Er war als Einziger in der Kutsche sitzen geblieben, die sie alle von Bingley hierhergebracht hatte. Mit einem eleganten Sprung schwang er sich aus dem offenen Duc und eilte mit langen, selbstsicheren Schritten auf den Landungssteg zu. Nach einer kurzen Unterhaltung mit dem zuständigen Offizier konnte Amber sehen, wie er an Bord verschwand.

»Rhys ist bestimmt seekrank geworden«, mutmaßte Maeve. »Es ist nicht ungewöhnlich, wenn man den starken Seegang nicht verträgt. Erinnere dich nur an unsere Reise nach Ägypten vor einigen Jahren!«

»Rhys wird nicht seekrank«, widersprach Amber ungeduldig. »Du könntest ihn bei Sturm mit den Füßen nach oben am Mast aufhängen, und er würde immer noch seine Witze reißen.«

»Da kommen sie ja!«, rief Francis. Er machte sich von seiner Mutter los, packte Amber an der Hand und zog sie mit sich zum Landungssteg. Amber sträubte sich erst, doch ihr Halbbruder ließ nicht locker. Ihr Herz begann schneller zu schlagen, als sie Rhys entdeckte, der mit Camden und einigen Bediensteten oben an der Reling stand. Offensichtlich war er viel zu beschäftigt, um nach ihr Ausschau zu halten. Eine vornehm gekleidete Frau, die in einem Rollstuhl saß, nahm alle mit ihrem Kommandoton in Beschlag. Sie ließ gut ein halbes Dutzend Bediensteter nach ihrer Pfeife tanzen. Rhys und Camden gehörten ohne Zweifel auch dazu. Die Lady war es offensichtlich gewohnt, dass man ihren Anweisungen Folge leistete. Amber blinzelte verärgert gegen die Sonne. Warum zum Teufel ließ Rhys sich das von einer Wildfremden gefallen, wo er doch wissen musste, dass sie hier unten auf ihn wartete? Die Sonne verschwand für einen Augenblick hinter einer dünnen Wolke, sodass Amber die Person im Rollstuhl besser sehen konnte. Dann lachte sie auf.

»Das ist Olga Petrowna Kasakowna«, rief sie ebenso erleichtert wie amüsiert Maeve zu, die ihnen in gemessenem Tempo gefolgt war. »Kein Wunder, dass Rhys gegen sie keine Chance hat!«

Als hätte er ihre Worte gehört, drehte Rhys sich oben an der Reling in ihre Richtung und entdeckte Amber unten am Pier. Ein breites Grinsen erschien auf seinem oft so verschlossen wirkenden Gesicht. Trotz Olgas Protesten riss er sich los. Wenig später eilte er in großen Schritten über die Landungsbrücke auf den Pier. Entgegen allen Anstandsregeln konnte Amber nicht länger an sich halten. Sie setzte sich in Bewegung und eilte Rhys mit fliegenden Röcken entgegen. Mit jedem Schritt, den sie ihm näher kam, wurde ihr Herz leichter, und die Zweifel, die sie eben noch gehegt hatte, lösten sich in Wohlgefallen auf. Rhys fing sie mit ausgebreiteten Armen auf, hob sie empor und wirbelte sie einmal herum. Dann stellte er sie behutsam auf ihre Füße, zog sie zu sich heran, um aufmerksam ihr Gesicht zu studieren. Dabei sprach er kein Wort. Doch die Zärtlichkeit seiner bleigrauen Augen zeigte ihr all seine Liebe. Als er sie endlich voller Leidenschaft küsste, war ihr, als zöge ihr jemand den Boden unter den Füßen weg.

»Du glaubst gar nicht, wie sehr ich dich vermisst habe«, stieß er schließlich mit rauer Stimme aus. »Von nun an werde ich dich nie wieder von meiner Seite lassen.«

Amber löste sich behutsam aus seiner engen Umarmung und nahm sich nun ebenfalls Zeit, ihn ausgiebig zu betrachten. Die Falten um seine Mundwinkel waren noch etwas ausgeprägter geworden, und sein dichtes, dunkles Haar wies erste graue Strähnen auf. Dennoch erschien er ihr voller Tatendrang und viel gelöster als noch vor seiner Abreise. Sie hoffte sehr, dass es ihm endlich gelungen war, mit seiner Vergangenheit abzuschließen.

»Bist du mir noch immer böse, weil ich dich zu der Reise gedrängt habe?«, fragte sie etwas beklommen. »Vielleicht hätte ich dich doch begleiten sollen?«

Rhys schüttelte den Kopf. »Es war richtig so«, sagte er ernst. »Ich durfte dich da nicht mit hineinziehen.«

Bevor Amber weiter nachfragen konnte, machten Maeve und Francis auf sich aufmerksam, um Rhys ebenfalls zu begrüßen. Wenig später rauschte auch Olga Petrowna Kasakowna auf sie zu. Ihre Bediensteten und Camden hatten es mit großem Tamtam endlich geschafft, die temperamentvolle Russin in ihrem Rollstuhl heil von Bord zu schaffen. Wie immer genoss es ihre gemeinsame Freundin, im Mittelpunkt zu stehen.

»Wenn das mal keine außerordentlich angenehme Überraschung ist«, begrüßte sie Amber und Maeve mit ihrer rollenden Aussprache. Dabei wippte die Pfauenfeder ihres weit ausladenden Strohhuts wild auf und ab. »Ein schöneres Willkommen in England hätte ich mir nicht wünschen können! Das müssen wir feiern!« Sie winkte ihren Butler heran. »James, lass Champagner bringen«, befahl sie mit donnernder Stimme und brachte damit den armen Kerl in arge Bedrängnis.

»Wir haben im Augenblick keinen Champagner zur Verfügung, Mylady«, entschuldigte er sich mit zerknirschter Miene. »Aber wenn Ihr Euch einen Augenblick gedulden mögt, werde ich nochmals auf das Schiff zurückgehen und welchen besorgen.«

»Zu viel Umstand«, winkte die Kasakowna ungnädig ab, um sich sofort wieder Amber und Maeve zuzuwenden. »Wir holen das in London in aller Ausführlichkeit nach. Ihr müsst mich dort so schnell wie möglich besuchen kommen. Keine Widerrede!«

Maeve räusperte sich verlegen, während Amber tapfer versuchte, den Redeschwall der Russin zu unterbrechen.

»Liebste Olga, wir freuen uns sehr, dich zu sehen. Natürlich werden wir dich besuchen. Nichts lieber als das. Sobald Rhys sich wieder etwas eingelebt hat, werden wir ganz sicher eine Reise nach London in Erwäg…«

»Ja, ja, ja …«, unterbrach die Kasakowna ihre Ausflüchte,

»Rhys hat mir während der Reise schon alles erzählt.« Sie musterte sie beide mit offensichtlichem Wohlgefallen. »Was seid ihr doch für ein schönes Paar«, stellte sie zufrieden fest. »Und wäre ich nicht gewesen, hättet ihr euch niemals kennengelernt!« Sie kicherte und fächelte sich mit ihrem Fächer etwas Luft zu. »Eure ewigen Wortgefechte und Streitigkeiten mussten ja in Liebe enden, nicht wahr?«

»Das hast du treffend bemerkt«, meinte Rhys schmunzelnd. Amber spürte, wie sie errötete. Der Beginn ihrer Bekanntschaft hatte tatsächlich unter keinem besonders guten Stern gestanden. Rhys und sie hatten sich fast ununterbrochen gestritten, bevor sie auf vielen Umwegen im fernen Assam ihre Liebe füreinander entdeckt hatten. Doch darüber wollte sie jetzt nicht sprechen. Sie zog es vor, das Gespräch auf ein anderes Thema zu lenken.

»Was ist dir zugestoßen, dass du in einem Rollstuhl sitzen musst?«, erkundigte sie sich besorgt. »Hattest du einen Unfall?«

»Ein tragisches Missgeschick«, schnaubte Olga dramatisch und hob zur Demonstration ihren schweren, braunen Brokatrock ein wenig an, sodass alle Umstehenden den dicken Verband um ihren Fuß sehen konnten. »Ich bin beim Tanztee an Bord unglücklich gestolpert und auf meinen ungeschickten Tanzpartner gefallen. Er hat mir dieses Malheur eingebrockt. Wer weiß, vielleicht werde ich für immer ein Krüppel sein.«

Amber registrierte, wie Rhys nur mit Mühe ein weiteres Schmunzeln verbergen konnte.

»Werte Olga«, mischte er sich dann doch ein. »Um dem armen Mister Longley Gerechtigkeit widerfahren zu lassen, musst du zugeben, dass es ihn weit schlimmer erwischt hat als dich. Er hat sich bei dem Sturz mehrere Rippen gebrochen, während dein Fuß nur verstaucht ist, wie Doktor Miller dir mehrfach versichert hat.«

»Das wird sich erst noch herausstellen«, meinte Olga beleidigt. »Der Schiffsarzt war ein Dilettant, während du dagegen ein Ignorant bist, geschätzter Rhys. Ich werde in London den Rat einiger Koryphäen einholen müssen, um wieder zu genesen.«

»Das ist zweifelsohne eine sehr gute Idee. Am besten, Ihr wendet Euch gleich an den Hofarzt der Königin«, mischte sich Camden nun mäßigend in die Unterhaltung ein. Er musste bemerkt haben, dass Rhys bereits zu einer weiteren spöttischen Bemerkung ansetzte. »Was haltet Ihr im Gegenzug davon, werte Madame Kasakowna, uns nach Eurer Genesung in Highgrove Manor aufzusuchen?«

»Das ist eine wundervolle Idee, lieber Master Callahan«, sagte Olga mit einem huldvollen Lächeln in Camdens Richtung. »Falls ich dazu überhaupt jemals in der Lage sein werde …« Sie seufzte und warf Rhys einen ungnädigen Blick zu. »Auch wenn andere an meinem Leid offensichtlich weniger Anteil nehmen.«

»Dann werdet Ihr sicherlich auch Verständnis dafür haben, dass wir uns langsam auf den Heimweg machen müssen«, meinte Camden charmant. »Der Weg nach Bingley ist weit.«

»Geht in Gottes Namen. Auch ich habe schon viel zu viel Zeit hier mit Euch vertrödelt.«

Highgrove Manor, Bingley, West Yorkshire

Als die Kutsche mit den Heimkehrenden sich endlich der Auffahrt von Highgrove Manor näherte, war es bereits dunkel. Das stattliche Anwesen strahlte schon von Weitem wegen seiner großzügigen Gasbeleuchtung Wärme und Behaglichkeit aus. Sein Besitzer, Sir Reginald Callahan, liebte helle Räume.

Das herrschaftliche Haus mit seinen grauen Steinmauern und dem schiefergedeckten dunklen Dach lag inmitten eines weitläufigen Parks, der eine herrliche Aussicht auf das umliegende Hügelland bot. Nur wenige hundert Yards hinter den großen Bäumen, die den Herrschaftssitz umgaben, verbarg sich die Spinnerei *Callahan & Sons* und dahinter die Siedlung der Arbeiter. Das Wohnhaus selbst bestand aus einem weiträumigen, zweistöckigen Mittelbau, an den sich zwei kleinere Seitenflügel anschlossen. Die breite Kiesauffahrt führte in einem großen Bogen vor den Eingangsbereich. Ein halbrunder Säulenportikus beschirmte die hohe zweiflügelige Eingangstür.

Kaum war der Duc mit seinem Doppelgespann zum Stehen gekommen, öffnete sich schon die Tür. Sir Reginald, Ambers und Camdens Vater, trat, feierlich in Frack und schwarze Hose gekleidet, hinaus. Dicht hinter ihm folgte die versammelte Dienerschaft. Es gelang ihm kaum, die Freude über das Wiedersehen zu verbergen.

»Du hast uns allen gefehlt.« Eine Hand um die Schulter seines Schwiegersohns, die andere um Amber gelegt, geleitete er sie ins Haus. »Du verzeihst mir hoffentlich meine Befürchtungen, dass du überhaupt nicht mehr zurückkehren könntest?« Reginald konnte sich die etwas provozierende Bemerkung nicht verkneifen. Weder seine Tochter noch sein Schwiegersohn hatten ihm jemals verraten, was Rhys in seiner Heimat Nordamerika getan hatte. Seines Wissens hatte er dort nicht einmal mehr eine Familie.

Rhys räusperte sich. »Es war nicht mein Plan, werter Schwiegervater, so lange fortzubleiben. Leider gab es Umstände, die eine frühere Heimkehr nicht möglich machten. Immerhin kann ich dir versichern, dass alles besser gelaufen ist, als ich zu hoffen wagte.«

»Dann lass uns alles nach dem Dinner bei einem guten Glas

Whisky besprechen«, schlug Sir Reginald aufgeräumt vor. Er brannte darauf, endlich Näheres zu erfahren. Doch seine Tochter Amber hatte anderes vor.

»Rhys hat eine lange, beschwerliche Reise hinter sich, lieber Vater«, mischte sie sich zu seinem Bedauern ein. »Du wirst verstehen, wenn wir uns heute Abend früh zurückziehen wollen. Lass uns morgen darüber reden.«

»Aber das Dinner …«, wandte Reginald enttäuscht ein. »Missis Evans hat sich damit so viel Mühe gegeben.«

»Sie wird es schon verschmerzen.« Amber ließ sich nicht von ihrem Vorhaben abbringen. »Ich werde sie persönlich bitten, uns eine Kleinigkeit auf unser Zimmer zu bringen. Ihr müsst euch leider noch ein wenig gedulden. Morgen ist schließlich auch noch ein Tag.« Sie küsste ihn auf die Wange und zog Rhys mit sich zu dem Seitenflügel, den sie bewohnten.

»Wie ihr meint«, brummte Reginald verstimmt. »Dann sehen wir uns also morgen zum Frühstück.«

Auch Camden machte Anstalten zu gehen.

»Ich werde ebenfalls nach Hause gehen«, meinte er mit einem entschuldigenden Lächeln. »Beatrice ist derzeit nicht gerne alleine. Die Schwangerschaft setzt ihr ziemlich zu.« Dafür hatte Reginald schon mehr Verständnis. Die Frau seines Sohnes war nach fast fünf Jahren Ehe nun endlich zum ersten Mal schwanger geworden.

»Immerhin ergehst du dich zumindest nicht in Ausflüchte wie deine Schwester«, brummte er und verabschiedete seinen Sohn. Nun blieben nur noch Maeve und er übrig. »Ich habe nun auch keinen großen Appetit mehr. Was hältst du davon, wenn wir Missis Evans ebenfalls nur um eine Kleinigkeit bitten und es uns im Salon bequem machen?«

Maeve war sofort einverstanden. Auch sie schien müde, und ihr gemeinsamer Sohn Francis, Reginalds jüngster Sohn, war auf der Fahrt ohnehin eingeschlafen und wurde von seinem Kindermädchen gerade ins Bett gebracht.

Im Salon ließ sich Reginald seufzend auf einem Ledersessel vor dem Kaminfeuer nieder. Maeve nahm ihm gegenüber Platz, während der Butler einige Sandwiches und etwas Wein servierte. Reginald nahm ein Sandwich und sah es lustlos an. Als Familienoberhaupt fiel es ihm schwer, sich damit abzufinden, dass nicht mehr alles nach seiner Pfeife tanzte. Jeder ging hier allmählich seiner eigenen Wege, und er konnte kräftemäßig nicht mehr so mithalten, wie er es gern gewollt hätte. Seine angegriffene Gesundheit hatte ihn kürzlich dazu gezwungen, sich weitgehend aus dem Geschäftsleben zurückzuziehen. Mittlerweile hatte sein Sohn Camden die Geschicke der Spinnerei *Callahan & Sons* in die Hand genommen. Ihm blieb nur noch seine Tätigkeit als Abgeordneter im Unterhaus, die ihn allerdings nicht ausreichend beanspruchte – wie er fand. Es war ihm ein grundlegendes Anliegen, über alles informiert zu sein, was in seinem Umfeld geschah. Maeve schien seine Gedanken zu erraten.

»Nun sieh doch nicht so griesgrämig drein«, versuchte sie ihn zu beschwichtigen. »Rhys und Amber haben sich eine Ewigkeit nicht mehr gesehen. Sie werden einiges zu bereden haben und brauchen erst einmal etwas Zeit füreinander.«

»Das verstehe ich ja«, brummte Reginald widerwillig und strich sich dabei fahrig über seinen rötlich grauen Backenbart. »Trotzdem wird man sich als Vater ja wohl so seine Gedanken machen dürfen. Es macht mich unruhig, wenn ich nicht weiß, was mein Schwiegersohn so treibt. Amber hat mit ihrem ersten Gatten schon genügend Schreckliches erleben müssen. Ich möchte ihr einfach eine weitere Enttäuschung ersparen. Schon deshalb muss ich wissen, was Rhys in Amerika gemacht hat. Wieso hat er seine Frau nicht auf diese Reise mitgenommen?«

»Amber weiß, was sie tut«, wandte Maeve, wie schon so oft,

ein. »Sie war damit einverstanden, dass er alleine auf Reisen ging. Die Hauptsache ist doch, dass sie nun wieder beisammen sind.«

»Rhys mag ja ein feiner Kerl sein«, gab Reginald mürrisch zu, »aber dennoch ist er Amerikaner. Ich bezweifle einfach, dass er das Format hat, meiner Amber ein angemessenes Leben zu ermöglichen. Bevor er nach Boston aufgebrochen ist, war er nahezu mittellos. Ich hoffe nur, dass sich diese Umstände durch seine Reise endlich geändert haben.«

»Ich fürchte leider, dass genau dies nicht eingetreten ist«, sagte Maeve leise. »Camden hat mir anvertraut, dass Rhys eine Passage dritter Klasse gebucht hatte. Das hätte er wohl kaum, wenn er zu Geld gekommen wäre.«

»Warum hat er sich dann nicht an mich gewandt? Ich hätte ihm sofort die notwendigen Mittel für eine anständige Überfahrt anweisen lassen! Er ist immerhin mein Schwiegersohn und gehört damit zur Familie.«

»Rhys ist viel zu stolz dafür. Er würde niemals Geld von dir oder Amber annehmen. Ich glaube sogar, dass es ihm schwerfallen wird, hier mit uns auf Dauer unter einem Dach zu leben. Er ist es gewohnt, unabhängig zu sein.«

»Jetzt hat er eine Frau, um die er sich kümmern muss. Da muss er schon mal Kompromisse machen«, brummte Reginald ungnädig. »Vor allem, wenn es um meine einzige Tochter geht. Ich werde gleich morgen mit ihm ein ernstes Wörtchen reden. Ich muss wissen, wie sich die beiden ihre Zukunft vorstellen!«

»Bedräng ihn nicht zu sehr«, riet ihm Maeve. »Er kann, wie du weißt, überaus empfindlich reagieren. Außerdem ist Amber durch das Vermögen, das Ashton ihr hinterlassen hat, eine unabhängige Frau.«

»Das ist doch kein Leben für einen Mann, wenn er vom Geld und Ansehen seiner Frau leben muss«, rümpfte Reginald verächtlich die Nase. Maeve sah ihn mit schief gelegtem Kopf an. Peinlich berührt wich er ihrem Blick aus. Er wusste genau, was sie gerade dachte. Schließlich hatte auch er, als er um sie geworben hatte, einen Hintergedanken gehabt. Maeves Familie besaß im Gegensatz zu den Callahans einen Adelstitel. Durch die Heirat mit ihr hatte sich seine gesellschaftliche Stellung merklich verbessert.

2

Amber und Rhys konnten es kaum erwarten, endlich allein zu sein. Viel zu lange dauerte es ihnen, bis Stetson, der Butler, aus der Küche etwas Pastete, Salat und Sandwiches serviert hatte. Als er sich dann auch noch umständlich daranmachte, die Flasche Rotwein zu öffnen, nahm Rhys sie ihm samt Öffner aus der Hand.

»Ihr könnt jetzt gehen, Stetson«, meinte er und komplimentierte den Butler höflich, aber bestimmt hinaus. »Wir brauchen Euch heute Abend nicht mehr.« Kaum hatte Stetson den Raum verlassen, stellte Rhys die Flasche ungeöffnet auf dem Tisch ab und zog Amber, die auf einem Stuhl Platz genommen hatte, zu sich hoch. Dieses Mal übte er keine Zurückhaltung, als er sie leidenschaftlich küsste. Amber wurde schwindlig bei seiner Berührung. Sie fühlte, wie ihre Knie nachgaben, als seine Hand in ihren Ausschnitt glitt und fest ihre Brust umfasste.

»Wir haben noch nicht einmal gegessen«, protestierte sie schwach.

Rhys hörte nicht auf sie. Mit geschickten Handgriffen löste er die Haken und Schnüre, die ihr Kleid zusammenhielten. Währenddessen liebkoste seine Zungenspitze ihr Ohrläppchen und wanderte weiter ihren Hals hinab. Sie stöhnte vor Erregung, als ihr wohlige Schauer über den Körper liefen. Ungeduldig befreite Rhys sie von ihrem Überkleid und den lästigen

Unterröcken. Während sie den Verschluss der Krinoline öffnete, lockerte er ihr Korsett.

»Warum müsst ihr Frauen nur so viel Wäsche tragen?«, beschwerte er sich ungeduldig. Endlich hatte er es geschafft. Korsett, Unterhose und Unterkleid lagen achtlos auf dem Boden. Sein Atem ging stoßweise, als er bewundernd ihren nackten Körper betrachtete. Voller Vergnügen beobachtete sie, wie sich der Stoff seiner Hose weit vorwölbte. Mit einem geübten Griff umfasste sie sein Gemächt und sah ihn herausfordernd an.

»Mein Gott, wie hab ich das vermisst«, stöhnte er gepresst. Amber verlor keine Zeit und öffnete seine Hose. Er umfasste ihre Taille und hob sie in die Höhe, als wäre sie leicht wie eine Feder. Dann legte er sie aufs Bett. Einen kleinen Augenblick zögerte er. Doch als Amber herausfordernd die Beine spreizte, besann er sich nicht länger und kam ihrer Aufforderung nach. Er kam im selben Augenblick, als er in sie eindrang.

»Es tut mir leid«, hauchte er später in ihr Ohr und liebkoste dabei zärtlich ihre schneeweißen Brüste. »Ich habe so oft davon geträumt, wie ich dich stundenlang verwöhne – und jetzt das.« Amber lächelte glücklich und streichelte ihm über sein wirres, schwarzes Haar. »Wir haben noch die ganze Nacht«, flüsterte sie verheißungsvoll.

Mit dem Zwitschern der ersten Vögel wachte Amber bereits wieder auf. Sie waren beide erst in den frühen Morgenstunden eingeschlafen. Das Verlangen nach körperlicher Nähe hatte sie kaum schlafen lassen. Wieder und wieder hatten sie sich geliebt und dabei ihre Körper neu entdeckt. Rhys erstaunte sie jedes Mal aufs Neue mit seiner Fantasie. Er konnte einmal zärtlich, dann wieder wild und besitzergreifend sein. Dabei gab er ihr nie das Gefühl, die Unterlegene zu sein. Im Gegenteil. Er mochte es, wenn sie den Ton angab, und erriet ihre geheimsten Wünsche, ohne dass sie etwas zu sagen brauchte.

Versonnen betrachtete Amber ihren schlafenden Mann. Mit entspanntem Gesicht, auf dem ein leises Lächeln ruhte, schlief er neben ihr, als wäre er nie fort gewesen. Sie hatten noch keine Zeit gefunden, ausführlich über seine Reise zu reden. Amber fand es im Augenblick auch nicht wichtig. Sie genoss das Glück, endlich wieder mit Rhys zusammen zu sein.

Vorsichtig glitt sie aus ihrem Bett und schlüpfte in ihren Morgenmantel. Da Rhys noch in ihrem Zimmer lag, verzichtete sie darauf, nach Jane zu klingeln, damit sie ihr beim Ankleiden half. Stattdessen öffnete sie das Fenster und betrachtete voller Glück den Park von Highgrove Manor. Es war ein wunderschöner Sommermorgen. In der Nacht hatte es etwas geregnet, sodass Blätter und Blumen in der aufgehenden Sonne wie bunte Glitzersteine leuchteten. Die Luft war klar und rein, und der Himmel strahlte bis auf ein paar harmlose Federwölkchen in kräftigem Azurblau. Aus den Stallungen hörte sie Geräusche. Es waren die Pferdeburschen, die mit dem Ausmisten der Pferdeboxen begannen. Einer von ihnen pfiff ein fröhliches Lied, woraufhin er von dem Stallmeister zusammengestaucht wurde.

Von ihrem Fenster aus sah Amber auf Camdens neues Anwesen hinüber. Ihr Bruder hatte sich unweit der Spinnerei ein eigenes Haus bauen lassen, das er nun mit seiner Frau Beatrice bewohnte, die endlich schwanger geworden war. Trotz des äußeren Anscheins von Zufriedenheit fragte sich Amber immer wieder, ob die beiden glücklich waren. Beatrice war eine ruhige, etwas spröde Frau, die ihren Bruder in vielerlei Hinsicht unterstützte. Sie interessierte sich sogar für seine Geschäfte und war ihm immer wieder ein guter Ratgeber. Außerdem war sie rücksichtsvoll genug, von Camden nie zu viel zu verlangen.

Großzügig duldete sie, dass ihr Mann hin und wieder für einige Tage alleine nach London reiste, um Zeit mit seinen alten Freunden zu verbringen. Amber kam es manchmal so vor, dass sie ihn darin sogar unterstützte.

Ein Reiter lenkte sie von ihren Gedanken ab. Er kam aus Richtung Bingley und trabte auf eine Anhöhe zu, die von einer weit ausladenden Eiche bekrönt wurde. Dort verharrte er mit Blickrichtung auf Camdens Haus. Amber fragte sich, wer der Fremde sein mochte. Für gewöhnlich verirrten sich keine Durchreisenden auf ihr Land. Das Rascheln von Bettlaken lenkte sie von ihren Überlegungen ab. Rhys war gerade aufgewacht. Mit einem Lächeln wandte sie sich ihm zu.

»Bist du schon lange wach, Wirbelwind?« Amber spürte, wie ein wohliger Schauer über ihren Rücken huschte. »Wirbelwind«, so hatte Rhys sie schon lange nicht mehr genannt. Es klang so wunderbar vertraut nach dieser langen Zeit. Sein ausgestreckter Arm lockte sie zurück in ihr Bett. Amber überlegte nicht lange. Bereitwillig ließ sie sich von ihm zwischen die Laken ziehen.

Als sie später erschöpft, aber glücklich von seinen Liebkosungen in seinen Armen lag, fand sie es an der Zeit, mit ihm über die Zeit in Amerika zu reden.

»Hast du erreicht, was du wolltest?« Sie fürchtete seine Antwort, weil er zunächst einmal schwieg.

Rhys hatte aus seinem Vorleben lange ein Geheimnis gemacht. Nie würde sie den Tag vor ihrer Hochzeit in Bombay vergessen, wo zumindest für ihn alles auf der Kippe gestanden hatte. »Ich möchte, dass du mich nur heiratest, wenn du weißt, worauf du dich einlässt«, hatte er ihr verkündet. Sie hatte immer geahnt, dass es ein dunkles Geheimnis in seiner Vergangenheit gab, und war froh gewesen, dass er es endlich mit ihr teilen wollte. Doch als er ihr davon erzählte, war sie zutiefst schockiert.

Rhys war in Boston bereits einmal verheiratet gewesen und hatte einen kleinen Sohn gehabt. Doch diese Ehe hatte nie unter einem glücklichen Stern gestanden. Seine Frau und er hatten sich viel zu jung kennengelernt. Sibyl hatte ihm während eines Sommerfestes den Kopf verdreht und ihn verführt. Er hatte sich auf sie eingelassen, weil sie hübsch und lebenslustig war. Für ihn war es nie mehr als eine Affäre gewesen – und für Sibyl wohl auch nicht. Doch dann war sie schwanger geworden, und er hatte die Verantwortung übernommen und sie geheiratet. Bereits nach wenigen Wochen stellte sich heraus, dass sie nicht füreinander geschaffen waren. Sibyl war lebenslustig und wollte ausgehen, während Rhys gerade seinen Universitätsabschluss machte und promovierte. Aus Frust, dass er kaum Zeit für sie und den kleinen Billy gehabt hatte, hatte sie zu trinken begonnen. Wenn er abends nach Hause kam, war sie oft besoffen und machte ihm unwürdige Szenen, weil er sie vernachlässigt hatte. Seine Beschwichtigungsversuche endeten regelmäßig in Gewalt auf Seiten seiner Frau. Sibyl geriet außer sich, griff nach dem nächstbesten Schürhaken oder Wellholz und ging damit auf ihn los.

»Sie schaffte es, dass ich mit einem blauen Auge vor meine Studenten treten musste«, hatte Rhys ihr damals gestanden. Amber erinnerte sich, dass ihm vor Scham Tränen in den Augen gestanden hatten. »Ich wagte nicht, mich gegen ihre Brutalität zu wehren. Sie war doch schließlich eine Frau. Also stürzte ich mich immer mehr in meine Arbeit an der Universität und kam nur noch selten nach Hause. Wäre der kleine Billy nicht gewesen, ich hätte sie längst verlassen.« Mit brüchiger Stimme hatte er ihr von dem grässlichen Streit an ihrem letzten gemeinsamen Abend erzählt. »Sibyl hatte mir offen gestanden, dass sie es auch noch mit anderen trieb – und Billy möglicherweise nicht einmal mein Sohn sei. Ich fühlte mich so gedemütigt und verraten. Dieses Mal hatte sie den Bogen überspannt. Ich war fest entschlossen, sie endgültig zu verlassen, und sagte ihr das auch. Doch sie verhöhnte mich nur, beschimpfte mich als Schwächling und bewarf mich mit Gegenständen. Es war für uns beide eine entwürdigende Situation. Ich wurde so wütend, dass ich sie beinahe geschlagen hätte. Bevor es dazu kam, verließ ich das Haus. Ich stürmte in Richtung Hafen und Meer. Ich brauchte dringend frische Luft, um meiner Erregung wieder Herr zu werden. Danach ging ich in eine Hafenkneipe und bestellte mir eine Flasche Whisky. Dabei kam ich mit einem Matrosen ins Gespräch, der sich geduldig meine Probleme anhörte, während wir meine Flasche leerten. Es tat so gut, mit jemandem zu reden und dabei wenigstens für eine Weile Sibyl zu vergessen. Doch die Folgen waren grauenvoll. Ich war an diesem Abend so betrunken, dass ich mich bis heute nicht mehr an jene Nacht erinnere. Meine letzte Erinnerung ist diese Hafenkneipe. Am nächsten Morgen fand man mich jedoch bei den Überresten meines noch brennenden Hauses. Sibyl und Billy waren darin auf schreckliche Weise ums Leben gekommen.« Bei der Erinnerung an jene schreckliche Nacht hatten sich Rhys' Augen vor Entsetzen geweitet. Seine Hände zu Fäusten geballt, hatte er Amber zitternd angestarrt. »Verstehst du, was das bedeutet? Es kann sein, dass ich ein Mörder bin! Man hat mich nur aus Mangel an Beweisen freigesprochen. Ich kann einfach nicht verlangen, dass du mich heiratest!«

Seine Verzweiflung und seine Schuldgefühle waren in diesem Moment so greifbar gewesen, dass Amber zutiefst erschüttert gewesen war. Doch dann hatte sie seine Hände genommen und sich fest an ihn geschmiegt. In diesem Augenblick war sie ihm so nah gewesen wie niemals zuvor. Damals war es das erste Mal gewesen, dass er seinen Schutzschild aus Zynismus und Spott vor ihr hatte fallen lassen. Er war einfach er selbst gewesen. Von diesem Augenblick an hatte sie gewusst, dass sein Geständnis nichts an ihrer Beziehung zu ihm ändern würde.

»Du musst nach Boston reisen und herausfinden, was in dieser Nacht wirklich geschehen ist«, hatte sie ihm schließlich geraten. »Nur wenn du Gewissheit darüber hast, was geschehen ist, wirst du deine schrecklichen Schuldgefühle loswerden. Wir werden morgen heiraten und dann gemeinsam dorthin reisen.«

Rhys hatte sich von ihr losgemacht und ihr widersprochen. Doch sie hatte sich nicht unterkriegen lassen. Die ganze Nacht hatte sie auf ihn eingeredet. Er hatte sich ihren Argumenten schlussendlich nicht verschließen können, allerdings bestand er darauf, dass er allein nach Amerika reiste. Amber war nur bereit einzuwilligen, wenn sie trotzdem heirateten. Und so war es auch geschehen. Seit diesem Gespräch waren über zwei Jahre vergangen.

»Meine Unschuld ist nun endlich erwiesen, auch wenn es diese schreckliche Nacht nicht ungeschehen macht«, durchbrach Rhys endlich Ambers Erinnerungen. Sie stützte sich auf ihren Ellenbogen und sah ihn erwartungsvoll an. »Ich hatte nie einen Zweifel daran und bin glücklich, dass diese schwere Last endlich von dir genommen ist.« Rhys nickte und strich ihr gedankenverloren über den Rücken.

»Trotzdem hat es viel Kraft gekostet. Es war nicht leicht, mich dieser Verantwortung zu stellen. Am schlimmsten war es, meinen ehemaligen Freunden gegenüberzutreten. Ich traf sie zwangsläufig bei meinen Nachforschungen. In ihren Augen war ich ein zu Unrecht Freigesprochener, ein Mörder, der das Leben seiner Frau und seines Kindes auf dem Gewissen hatte. Keiner konnte verstehen, weshalb ich nochmals zurückgekehrt bin.«

»Die Menschen können grausam sein«, bestätigte Amber aus

eigener, bitterer Erfahrung. »Was hast du getan, um sie vom Gegenteil zu überzeugen?«

»Ich habe einen Detektiv engagiert, einen fähigen Mann, der mich mein Erspartes gekostet hat. Aber es hat sich gelohnt. Ich habe ihn darauf angesetzt, alles herauszufinden, was sich in jener schrecklichen Brandnacht in Boston ereignet hat. Vor allem sollte er den Matrosen finden, mit dem ich damals gezecht hatte. Schon bald hatte er eine Liste mit allen Schiffen und ihren Heuerlisten, die in jener Nacht im Hafen von Boston geankert hatten und am nächsten Tag wieder ausgelaufen waren, denn das und das ungefähre Aussehen des Matrosen waren die einzigen Anhaltspunkte, die ich dem Detektiv liefern konnte. Daraufhin hat er sich an die Herkulesaufgabe gemacht, den Matrosen zu finden. Unsere Chancen waren nicht übermäßig groß. Der Matrose konnte längst auf einer anderen Linie angeheuert haben. Dann hätten wir ihn niemals gefunden. Doch wir hatten Glück. Nach beinahe einem Jahr fand er tatsächlich den Mann, der sich mit mir betrunken hatte. Er konnte sich noch genau an mich erinnern, weil ich ihm im Suff meine Taschenuhr geschenkt hatte. Dieser Matrose hat tatsächlich ausgesagt, mit mir bis in die frühen Morgenstunden beisammen gewesen zu sein. Nachdem die Kneipe am Abend dichtgemacht hatte, sind wir mit einer weiteren Flasche Whisky zu einer Scheune getorkelt, um sie dort zu leeren. Ich war so betrunken, dass ich kurz darauf eingeschlafen sein muss. Im Morgengrauen ging der Matrose zurück auf sein Schiff, während ich in meinem Rausch nach Hause wankte. Das bedeutete, dass ich bei Ausbruch des Brandes gar nicht am Brandort gewesen sein konnte. Ich war erst dazugekommen, als das Haus schon bis auf die Grundmauern niedergebrannt war. Dort hat man mich auch aufgegriffen.«

»Was ich nicht verstehe …«, überlegte Amber,«… wieso wurdest du dann überhaupt der Brandstiftung und des Mordes bezichtigt?«

Rhys lachte bitter auf. »Mein bester Freund Daniel hat damals ausgesagt, dass er mich in der Nacht auf unserer Veranda gesehen hat. Es muss kurz vor dem Brand gewesen sein.«

»Er hat eine Falschaussage gemacht?«, fragte Amber entsetzt.

»Dazu hatte er einen guten Grund«, bestätigte Rhys. »Er und Sibyl hatten hinter meinem Rücken ein Verhältnis.«

»Mein Gott! Es muss fürchterlich für dich gewesen sein, das zu erfahren.«

Rhys zuckte mit den Schultern. »Im Gegenteil! Nun habe ich endlich eine Erklärung für alles. Jahrelang bin ich davon ausgegangen, dass mein bester Freund Daniel die Wahrheit gesagt hat. Dadurch wurden meine Schuldgefühle immer wieder bestätigt. Wenn ich in dieser Nacht tatsächlich noch einmal in unser Haus zurückgekehrt wäre, hätte es gut möglich sein können, dass ich ausgerastet wäre. Sibyl hatte mich betrogen und in mir Zweifel gesät, ob ich überhaupt Billys Vater sei. Außerdem war ich betrunken. Da wäre eine Kurzschlussreaktion nicht verwunderlich gewesen.«

»Aber weshalb hat Daniel das getan?«

»Das habe ich mich auch lange gefragt«, antwortete Rhys bitter. »Ich habe ihn schließlich mit meinen Erkenntnissen konfrontiert und zur Rede gestellt. Anfangs wollte er mich nicht einmal in sein Haus lassen. Er drohte mir sogar damit, den Sheriff zu holen. Doch ich ließ mich nicht abweisen. Nachdem ich ihn ordentlich in die Mangel genommen hatte, brach er unter der Last der Beweise heulend zusammen und gestand mir alles. Sibyl und er hatten sich an jenem Unglücksabend nochmals in meinem Haus getroffen. Dabei müssen die beiden ordentlich getrunken haben und danach ebenfalls in Streit geraten sein. Jedenfalls gab es ein Handgemenge, bei dem die Petroleumlampe umfiel und die Gardinen Feuer fingen. Anstatt das Feuer zu löschen, verließ Daniel wütend das Haus. Er nahm an, dass Sibyl den Brand leicht selbst hätte löschen können. Doch sie war dazu nicht mehr in der Lage. Daniel ist einfach weggegangen und hat den Brand billigend in Kauf genommen. Dieser Feigling hat nicht einmal versucht, Sibyls und Billys Leben zu retten. Er ist nach Hause gegangen und hat sich zu seiner Frau ins Bett gelegt, als wäre nichts gewesen. Wenn einer die beiden auf dem Gewissen hat, dann ist er es.«

»Mein Gott, das ist ja fürchterlich!« Amber fröstelte. »Hast du ihn der Polizei übergeben?«

»Nein, das habe ich nicht«, meinte Rhys erstaunlich gefasst. »Ich wollte ihn Ruth und seinen Kindern nicht endgültig wegnehmen. Daniel ist gestraft genug. Ich habe dafür gesorgt, dass der Prozess gegen mich nochmals aufgenommen wurde und ich einen ordentlichen Freispruch bekam. Damit kam Daniels Falschaussage auf den Tisch. Er bekam eine Anzeige und verlor daraufhin seinen Lehrstuhl an der Universität. Er wird nun kleinere Brötchen backen müssen. Damit hat er die gleichen Folgen zu tragen wie ich damals. Wie er mit seinem eigenen Gewissen klarkommt, muss er selbst wissen. Als ich ihn zum letzten Mal sah, war er nur noch ein Häufchen Elend. Ich sehe keinen Sinn darin, ihn dafür hinter Gitter zu bringen. Das macht weder Sibyl noch Billy wieder lebendig.«

Amber sah Rhys bewundernd an. »Das ist sehr edel von dir. Ich weiß nicht, ob ich diese Großzügigkeit besessen hätte.«

»Vergiss Daniel …«, meinte er und sah sie voller Liebe an. Seine grauen Augen bekamen einen intensiven Glanz. »Was jetzt zählt, ist die Tatsache, dass ich nun endlich frei bin! Frei für unsere gemeinsame Zukunft!«

Wie jeden Freitag studierte Camden nach dem Frühstück ausführlich den *Economist.* Die liberale Wochenzeitung berichtete erfreulich objektiv über alle relevanten Themen in Wirtschaft, Finanzen, Politik und Wissenschaft. Neuerdings gab es auch einen eigenen Bereich für Kultur.

Interessiert verfolgte Camden derzeit die Berichte über den stetig wachsenden Kautschukboom. Seit Charles Goodyear 1839 das Verfahren der Vulkanisierung entdeckt hatte, wurde Kautschuk in vielen industriellen Zweigen eingesetzt. Leider war die Gewinnung des flüssigen weißen Rohstoffes ziemlich mühselig. Die Kautschukbäume wuchsen nur an bestimmten Stellen in den weitläufigen und schwer erreichbaren Urwaldgebieten am Amazonas. Alle Versuche, sie in Plantagen zu pflanzen, waren bislang fehlgeschlagen. Aus diesem Grund mussten die Kautschuksammler jeden Tag weite Strecken zurücklegen, um das weiße Gold einzusammeln, noch dazu in einem mörderischen, feuchtheißen Klima voller Mücken und Krankheiten. Camden hatte gelesen, dass es gar nicht so leicht war, willige Arbeitskräfte zu finden. Dazu benötigte man robuste Männer, die bereit waren, sich den Widernissen zu stellen. Dennoch war er der festen Überzeugung, dass der Rohstoff eines Tages genauso wertvoll sein würde wie Gold.

Seit einiger Zeit spielte er mit dem Gedanken, selbst in eine Kautschukplantage zu investieren, als stiller Teilhaber. Er hatte diesbezüglich ein Angebot von einem portugiesischen Geschäftsmann erhalten, das er derzeit von seinen Gewährsmännern in London prüfen ließ. Ein gewisser Tiago de Andrade versprach ihm einen Anteil von stolzen vierzig Prozent am Gewinn, wenn er in seinem Unternehmen eine Einlage von zwanzigtausend Pfund machen würde. So wie es aussah, würde er das Geschäft in den nächsten Tagen tätigen.

Eigentlich hatte Camden das Geld nicht übrig. Sie hatten in

der Spinnerei in neue Maschinen investieren müssen, was die Rücklagen seines Unternehmens fast vollständig aufgebraucht hatte. Er hatte einen Kredit aufnehmen müssen, um bei Andrade einsteigen zu können. Obwohl die Leitung der Spinnerei und seine Stellung als Ehemann und künftiger Familienvater aus Camden mittlerweile einen gesetzten Mann gemacht hatte, blieb ein Teil seines Wesens das eines Spielers. Die Aussicht auf sprudelnde Geldquellen und das damit verbundene Risiko, auch alles verlieren zu können, brachte sein Blut in Wallung. Die Frage war nur, ob er diesem Andrade trauen konnte.

Er legte die Zeitung beiseite, trank noch einen Schluck Tee und erhob sich. Es wurde Zeit, in der Spinnerei nach dem Rechten zu sehen. Sie erwarteten heute eine größere Menge Baumwolle, deren Qualität er noch überprüfen wollte. Beim Hinausgehen überlegte er, ob er kurz nach Beatrice sehen sollte. Doch mit einem Blick auf seine Taschenuhr entschied er sich dagegen. Er redete sich gerne ein, dass seine Frau noch schlief und ihre Ruhe dringend brauchte. Schließlich erwartete sie in den nächsten Tagen ihr erstes gemeinsames Kind. Der Gedanke, Vater zu werden, erfüllte Camden mit Stolz. Er freute sich auf das Kind und hoffte sehnlichst, dass es ein Junge würde. Mit einem Jungen hatte er seine Pflicht, für einen Stammhalter zu sorgen, erfüllt und war nicht länger verpflichtet, mit Beatrice Beischlaf auszuüben. *Arme Beatrice*, dachte Camden nicht zum ersten Mal. *Sie ist so eine wundervolle Frau und hat einen Mann wie mich einfach nicht verdient.*

Vor dem Stall wartete der neue Stallmeister James Crombie bereits mit dem gesattelten Pferd.

»Guten Morgen, Sir«, begrüßte ihn der junge Mann mit einem freundlichen Grinsen. Dabei entblößte er eine Reihe blendend weißer Zähne.

Camden grüßte ebenfalls, vermied es allerdings, James dabei

direkt in die Augen zu sehen. Er fürchtete, mit seinem Blick verraten zu können, wie gut ihm der Mann gefiel.

Dass er selbst anders war als die meisten anderen Männer, war ihm schon lange klar. Sosehr er sich all die Jahre auch bemüht hatte – es gelang ihm nicht, mehr als Achtung und Respekt für Beatrice oder eine andere Frau zu empfinden. Dabei war er seiner Ehefrau ehrlich zugetan. Sie war klug, auf ihre Art schön und auch humorvoll, aber sobald er ihr körperlich nahekommen sollte, musste er sich dazu überwinden. Dafür schämte und verabscheute er sich. Nach ihrer Hochzeit hatte es Wochen gedauert, bis er zum ersten Mal in der Lage gewesen war, seine ehelichen Pflichten zu erfüllen. Im Grunde genommen hatte er seine Frau dabei sogar betrogen, denn nur wenn er an die einzige Nacht, die er bislang mit einem Mann verbracht hatte, dachte, regte sich sein Geschlecht und versetzte ihn in die Lage, rasch auszuführen, wozu er verpflichtet war. Bis zu diesem Zeitpunkt hatte er sich eingeredet, dass seine Affäre mit Malcolm Bannister nur ein Ausrutscher gewesen war. Doch selbst nach so langer Zeit ließ die schmerzliche Sehnsucht nach seinem Freund, der seinetwegen nach Indien geflohen war, nicht nach.

Camden verdrängte seine Gedanken und nahm James die Zügel aus der Hand. Dabei streiften seine behandschuhten Finger aus Versehen James' kräftige, knochige Hand. Die Berührung elektrisierte Camden, und er zuckte zurück. Für einen Moment, der sich unnötig in die Länge zog, trafen sich ihre Blicke. James' irritierend blaue Augen hatten eine magnetische Wirkung auf ihn. Sein offener Blick machte ihn verlegen. Camden spürte, wie er errötete. Um seine Verlegenheit zu überspielen, erkundigte er sich nach Saladin, seinem wertvollsten Rennpferd. Das Tier wurde seit einigen Tagen immer wieder von Husten geplagt.

»Wird Saladin für das Derby bereit sein?«, bemühte er sich um einen nüchternen Tonfall.

»Mit ihm ist alles in Ordnung, Sir«, beruhigte ihn James. »Seit drei Tagen hat er nicht mehr gehustet, und ich denke auch nicht, dass das wieder losgeht. Ich habe mir das Heu mal angesehen, das in den letzten Wochen in Eurem Stall verfüttert wurde. Einige Ballen waren staubig. Daraufhin hat Saladin wohl empfindlich reagiert.«

»Verdorbenes Heu in meinem Stall? Das ist ja unerhört! Ich hatte angeordnet, dass die Stallburschen jeden Ballen genau kontrollieren!« Camden rettete sich aus seiner Verlegenheit, indem er sich empört gab.

»Sir, es tut mir leid, wenn ich in der kurzen Zeit, die ich hier bin, noch nicht alles im Griff habe«, entschuldigte sich James sichtlich betreten. »Von nun an werde ich mich höchstpersönlich darum kümmern, dass nur bestes Futter in die Krippen kommt.«

»Davon gehe ich aus!« Camden tat es plötzlich leid, dass er so aufbrausend gewesen war. »Euch trifft natürlich keine Schuld, James. Ihr seid ja gerade erst eine Woche hier. Im Grunde genommen bin ich Euch zu Dank verpflichtet. Saladin hätte sterben können, wenn er mehr davon gefressen hätte.«

Er schenkte James ein aufmunterndes Lächeln, das dieser erfreut erwiderte. Noch einmal verharrten ihre Blicke ein wenig zu lang ineinander.

»Wollt Ihr Euch vielleicht selbst von der Unversehrtheit Eures Hengstes überzeugen?«, durchbrach James schließlich ihr Schweigen. Seine Stimme klang tief und warm. Für Camden hörte es sich wie eine Verlockung an. Was bildete er sich nur ein? Angewidert von seinen befremdlichen Gefühlen, lehnte er ab.

»Ich muss jetzt los! Schonen Sie Saladin heute noch ein

wenig beim Training. Ich möchte nicht, dass er sich überanstrengt.« Damit schwang er sich auf sein Pferd und trabte eilig davon.

Den fremden Reiter, der ihn von einer Anhöhe unweit seines Anwesens beobachtete, bemerkte er nicht.

Am liebsten hätte Amber den ganzen Tag mit Rhys im Bett verbracht. Doch das ging natürlich nicht, denn ihr Vater und Maeve erwarteten sie beide dringend zum Frühstück. Als Amber an Rhys' Arm den hellen, freundlichen Speisesaal betrat, schaute ihr Vater ihnen schon ungeduldig entgegen.

»In Amerika müssen die Nächte länger dauern als bei uns in England«, meinte Sir Reginald mit einem ironischen Unterton. »Es ist schon bald elf Uhr.«

»Tut mir leid, Vater«, meinte Amber steif, »aber Rhys war lange fort. Wir hatten uns einiges zu erzählen.«

Sir Reginald nickte gnädig und forderte sie auf, endlich Platz zu nehmen. Stetson schenkte ihnen sofort frischen Tee ein und schob den Wagen mit dem Frühstück zwischen sie. Während Amber sich etwas Rührei und Toast auflegen ließ, lud sich Rhys eigenhändig Berge von frisch gebratenen Würstchen, Speck, Ei und Bohnen auf seinen Teller, was der Butler, dessen Aufgabe es eigentlich gewesen wäre, ihn zu bedienen, mit leisem Naserümpfen quittierte. Amber kicherte leise in sich hinein, und auch Maeve verzog amüsiert ihre Mundwinkel, als Rhys prompt zu essen begann, bevor die anderen bedient worden waren.

»Es ist offenkundig, dass du längere Zeit im wilden Amerika verbracht hast«, stellte Reginald indigniert fest. Rhys sah ihn erstaunt an.

»Wie meinst du das, lieber Schwiegervater?«

»Nun … Man sieht es an deinem gesunden Appetit.«

»Oh! Das Essen an Bord der *Porphyrus* war einfach grässlich, während diese Würstchen hier …«, er schob sich noch einen Bissen in den Mund, »… dagegen vorzüglich sind.« Ohne sich um Sir Reginalds Entrüstung zu kümmern, aß er mit großem Appetit weiter.

»Hast du Lust, mich nachher in die Spinnerei zu begleiten?«, erkundigte sich Sir Reginald, nachdem sie alle ihre Servietten beiseitegelegt hatten. »Ich muss Camden noch ein paar Unterlagen bringen. Bei dieser Gelegenheit könnte ich dir die neuen Maschinen zeigen. Mit ihnen produzieren wir bis zu dreißig Prozent mehr Garn. Das dürfte dich interessieren, nicht wahr?«

»Eigentlich wollten Amber und ich bei dem schönen Wetter ausreiten«, antwortete Rhys nicht sehr begeistert. Amber warf Rhys einen warnenden Blick zu, den er zum Glück richtig deutete. »Andererseits … freue ich mich natürlich sehr, dich zu begleiten und die … ähm … neuen Maschinen zu sehen.« Er nickte Amber betreten zu.

»Dann brechen wir am besten gleich auf«, meinte Sir Reginald aufgeräumt, schob seinen Teller beiseite und erhob sich.

Rhys folgte seinem Schwiegervater mit sichtlichem Widerwillen. Amber sah ihnen nachdenklich hinterher. Sie ahnte, dass ihr Vater die Gelegenheit nutzen würde, um Rhys über seine beruflichen Pläne auszufragen. Sie hoffte nur, dass die beiden Männer darüber nicht in Streit gerieten. Beide Männer konnten recht stur sein, wenn es um ihre Interessen ging. Sie seufzte und wandte sich dann Maeve zu, die sich augenzwinkernd nach ihrem Befinden erkundigte.

»Du siehst aus, als hättest du heute Nacht nur wenig geschlafen, meine Liebe.«

Amber lächelte und konnte dabei nicht verhindern, dass sich ein seliger Ausdruck auf ihr Gesicht stahl.

»Ich fühle mich wie neugeboren«, schwärmte sie in Erinnerung an die letzte Nacht. »Seit Rhys wieder an meiner Seite ist, fühle ich mich einfach himmlisch.«

»Das freut mich für euch! Auch Rhys macht mir ganz den Eindruck, dass er sehr glücklich darüber ist, wieder hier zu sein. Dann waren seine Geschäfte in Amerika also erfolgreich?«

Amber verhielt sich auch Maeve gegenüber zurückhaltend. »Das kann man wohl sagen. Besser hätten sie für ihn nicht laufen können.«

Maeve atmete hörbar erleichtert auf. »Das freut mich außerordentlich zu hören. Dann darf ich wohl annehmen, dass ihr in Zukunft euer Auskommen haben werdet? Wie du dir vorstellen kannst, macht sich dein Vater deswegen schon einige Sorgen.«

Amber warf ihrer Stiefmutter einen ungnädigen Blick zu. »Das bedeutet es allerdings nicht! Aber uns steht ohnehin genügend Geld zur Verfügung. Wie du weißt, war Ashtons Nachlass nicht unerheblich. Es besteht also kein Grund für irgendwelche Bedenken.«

»Verzeih! Ich wollte dich nicht verletzten«, versuchte Maeve sie zu beschwichtigen. »Es ist nur so, dass es zu gewissen Unstimmigkeiten kommen kann, wenn ein Mann wie Rhys keine ordentliche Aufgabe hat.«

Amber kaute nachdenklich auf ihrer Unterlippe. Derlei Gedanken hatte sie sich in den letzten Monaten oft genug gemacht. Rhys war ein stolzer Mann, der eine Aufgabe brauchte, die ihn erfüllte. Er war ein leidenschaftlicher Altertumsforscher und brauchte den Kitzel des Abenteuers, um glücklich zu sein. Doch noch hatte er ihr gegenüber keine Pläne geäußert. Sie hatten ihre gemeinsame Zeit schließlich mit wichtigeren Dingen verbracht.

»Es wird sich sicherlich etwas ergeben«, meinte sie deshalb

ausweichend. Sie nahm sich jedoch vor, Rhys so bald wie möglich darauf anzusprechen.

»Dein Vater möchte Rhys eine leitende Stelle in der Spinnerei oder im Bergbau anbieten. Er könnte gemeinsam mit Camden arbeiten und sein Partner werden.«

Diese Ankündigung überraschte Amber nun doch. Wie zum Kuckuck kam ihr Vater denn auf diese absurde Idee?

»Glaubst du im Ernst, das würde gut gehen?«, äußerte sie offen ihre Bedenken. »Rhys ist kein Unternehmer. Er ist Wissenschaftler und Abenteurer. Ich glaube nicht, dass ihn Büroarbeit befriedigen könnte.«

»Manchmal muss man sich eben nach der Decke strecken«, gab Maeve spitz zurück. »Es gibt, finde ich, Schlimmeres, als hier auf Highgrove Manor zu leben.« Sie bedachte Amber mit einem beinahe flehenden Blick. »Reginald denkt daran, den Westflügel für euch erweitern zu lassen. Ich stelle es mir wunderbar vor, wenn wir alle hier zusammenwohnen könnten.«

Bei allen freundschaftlichen Gefühlen ihrer Stiefmutter gegenüber konnte Amber dafür nicht mehr als ein schiefes Lächeln erübrigen.

»Bitte verzeih, liebe Maeve. Ich möchte dich ganz gewiss nicht verletzen, aber der Gedanke, für immer unter den Argusaugen von Vater hier zu leben, behagt mir ganz und gar nicht.«

Zum Glück wurde dieses Gespräch, das immer unerfreulicher zu werden drohte, durch die Ankunft von Beatrice unterbrochen, die es sich trotz ihrer fortgeschrittenen Schwangerschaft nicht nehmen ließ, selbst ihre Aufwartung zu machen. Sie war die Einzige aus der Familie, die Rhys noch nicht begrüßt hatte.

»Ich bin spät«, entschuldigte sie sich und schob sich schwerfällig ins Zimmer. Die Schwangerschaft setzte Ambers Schwägerin ordentlich zu. Sie kämpfte mit starker Gewichtszunahme und Wassereinlagerungen in den Beinen. Amber schätzte, dass sie gut das Doppelte wog wie vor ihrer Schwangerschaft. »Bitte verzeiht, wenn ich mich ohne anständige Begrüßung rasch niedersetze«, keuchte sie und ließ sich dankbar von Stetson einen Stuhl unterschieben. »Ich bin erst spät aufgestanden. Ich schlafe in letzter Zeit schlecht. Aber das ist nicht wichtig. Wo ist Rhys? Ich bin schon ganz neugierig, ihn endlich wiederzusehen.« Sie sah die beiden Frauen fragend an.

»Es tut mir leid, dass du mit uns vorliebnehmen musst«, entschuldigte sich Amber und begrüßte ihre Schwägerin mit einem hingehauchten Wangenkuss. »Aber Vater zeigt Rhys gerade die neuen Maschinen. Du bist ja ganz außer Atem. Warte, ich werde dir gleich etwas Tee bringen lassen.«

»Ein Glas Wasser reicht«, winkte Beatrice ab und rieb sich erschöpft die Stirn. Sie war immer noch außer Atem, und ihr Gesicht war sehr blass. »Ist alles in Ordnung?« Amber machte sich Sorgen. »Vielleicht sollten wir doch lieber Doktor Swanson benachrichtigen? Nicht, dass etwas mit dem Kind nicht in Ordnung ist …«

»Mir geht es gut. Doktor Swanson meint, dass das Kind noch ein paar Wochen auf sich warten lässt. Ich kann schließlich nicht den ganzen Tag im Haus verbringen, schon gar nicht, wenn mein Schwager nach so langer Zeit endlich wieder bei uns ist.« Sie lächelte ihnen tapfer zu. Amber nickte verständnisvoll. Sie konnte sich gut vorstellen, dass Beatrice sich nach ein wenig Abwechslung sehnte. Ihr Bruder Camden verbrachte in letzter Zeit nicht gerade viel Zeit mit seiner Frau.

»Wir sprachen gerade über Rhys' und Ambers Zukunft«, mischte sich nun auch Maeve in die Unterhaltung ein. »Reginald und ich würden es sehr begrüßen, wenn die beiden auf Highgrove Manor bleiben würden.«

Beatrice zog überrascht ihre feinen Augenbrauen in die

Höhe. »Wollt ihr das wirklich?«, fragte sie an Amber gewandt. »Ich kann mir kaum vorstellen, dass Rhys sich auf Dauer hier wohlfühlen könnte. Verzeih, wenn ich so offen bin, liebe Amber, aber so wie ich ihn kennengelernt habe, scheint er an unseren steifen englischen Gepflogenheiten nicht sehr viel Gefallen zu finden.« Sie kicherte bei der Vorstellung, und Amber stimmte mit ein. Sie mochte Beatrices gerade, nüchterne Art und nahm ihr die Bemerkung nicht übel.

»Siehst du, liebe Maeve! Beatrice sieht die Dinge weitaus realistischer als du und Vater! Sie hat längst erkannt, dass das nie und nimmer gut gehen würde. Außerdem bin ich sicher, dass Rhys schon längst neue Pläne für uns hat.«

Damit war das Thema erst einmal beigelegt. Die drei Frauen unterhielten sich noch geraume Zeit über dieses und jenes und beschlossen, am folgenden Sonntag ein gemeinsames Picknick mit allen Familienmitgliedern zu unternehmen.

3

»Aus dem geplanten Picknick heute wird leider nichts«, bedauerte Amber, als sie am Sonntagvormittag aus dem Frühstückszimmer zurückkam. Rhys war an diesem Morgen in ihren Räumen geblieben und hatte sich mit einer Tasse Tee begnügt. »Vater hat einen seiner Gichtanfälle, und auch Beatrice fühlt sich nicht wohl. Sowohl Maeve als auch Camden ziehen es vor, bei ihren Partnern zu bleiben.«

»Also haben wir heute keine Verpflichtungen.« Rhys grinste sie sichtlich erleichtert an. »Ich könnte mir Schlimmeres vorstellen.«

Amber schmunzelte, verzog aber zum Schein das Gesicht. »Dabei hatte ich mich so auf dieses Picknick gefreut! Missis Evans hat sich schon seit Tagen ins Zeug gelegt und Pasteten und Kuchen gebacken. Nun wird es tagelang nichts anderes in diesem Haus zu essen geben.«

Rhys erhob sich von seinem Stuhl und umfasste Ambers Hüfte. Mit einem kräftigen Ruck zog er sie an sich heran und küsste ihren Hals.

»Was soll das?«, protestierte Amber und versuchte, sich von ihm zu lösen. Doch Rhys ließ sie nicht los, sondern nahm stattdessen ihr Gesicht in beide Hände.

»Habe ich dir eigentlich heute schon gesagt, wie schön du bist?«, fragte er atemlos. Seine grauen Augen versenkten sich in ihre und bekamen dabei einen leidenschaftlichen Glanz. »Wir sollten den Tag nutzen«, flüsterte er und küsste sie dieses Mal zärtlich auf den Mund. »Lass uns keine Zeit verschwenden …«

Er versuchte, sie in ihr Schlafzimmer zu ziehen. Doch Amber widerstand ihm und machte sich frei.

»Du bist unersättlich«, schimpfte sie halbherzig. »Sieh nur, die Sonne scheint! Wir sollten den Tag lieber für einen Ausflug nutzen. Lass uns ausreiten! Wir könnten Molly und Brian in ihrem Dorf besuchen und auf dem Rückweg in Bolton Abbey am Wharfe ein Picknick machen. Was hältst du davon?«

Rhys ließ noch einmal seinen Blick sehnsuchtsvoll über Ambers Körper gleiten, gab sich dann aber geschlagen.

»Hauptsache, wir sind heute mal alleine«, brummte er widerwillig. »Seit ich aus Amerika zurück bin, hatten wir so gut wie keine Zeit für uns. Dein Vater gibt die Hoffnung einfach nicht auf, dass er mit mir noch einen weiteren Teilhaber für seine Spinnerei bekommen kann. Dabei habe ich ihm, weiß Gott, schon mehrfach deutlich zu verstehen gegeben, dass er bei mir auf Granit beißt. Diese Sturheit kenne ich ansonsten nur an dir.«

Sein gewinnendes Lächeln strafte seine Provokation Lügen. Zu Beginn ihrer Bekanntschaft wäre Amber wegen solch einer Bemerkung sehr verärgert gewesen und hätte ihn beschimpft. Doch das neckische Miteinander war ihnen schon längst zur Gewohnheit geworden.

»Dann lass uns keine Zeit verlieren«, schmunzelte sie und klingelte nach dem Dienstmädchen, um sich beim Umkleiden helfen zu lassen.

Wenig später trabten Rhys und Amber über die Wiesen von Highgrove Manor. Sie ließen die Spinnerei mit ihren Kaminen und Dampfkesseln hinter sich und umrundeten die moorige, braungrüne Landschaft um Rombalds Moor, die diesem Teil von Yorkshire seinen unverwechselbaren Charakter verlieh. In

Slisden hielten sie sich nördlich, bis sie gegen Mittag das Dorf Addingham am River Wharfe erreichten. Dort lebte Ambers früheres, irisches Kindermädchen Molly Brandon mit ihrem Mann Brian. Bis wenige Monate zuvor war Molly auch für ihren kleinen Halbbruder Francis zuständig gewesen, doch dann war ihr Mann Brian schwer erkrankt, und sie hatte ihre Stellung bei den Callahans aufgeben müssen.

Die Beziehung zwischen Amber und Molly war von jeher eine ganz besondere. Ihr mütterlich-freundschaftliches Verhältnis beruhte nicht nur darauf, dass Molly sich nach dem frühen Tod ihrer Mutter aufopferungsvoll um sie und Camden gekümmert hatte, sondern auch auf der Tatsache, dass Molly Amber als Kind geholfen hatte, ihre schwere Kinderlähmung zu überstehen. Ohne die sture Beharrlichkeit der immer optimistisch gestimmten Irin wäre sie wohl an der Krankheit verzweifelt. Molly war es gewesen, die sie damals durch ihre mystischen Geschichten von Feenwesen, Kobolden und Leprechauns motiviert hatte, die schmerzhaften körperlichen Übungen zu machen, die es schließlich ermöglicht hatten, dass sie wieder laufen konnte.

Amber hing an der mittlerweile älter gewordenen Frau mit inniger Zuneigung. Noch heute war Molly ihr eine wichtige Beraterin in schwierigen Lebenslagen. Sie nahm nie ein Blatt vor den Mund, wenn sie sich über etwas eine Meinung gebildet hatte, und besaß überdies auch noch die Gabe des zweiten Gesichts. Aus der ganzen Gegend kamen die Bauern und Tagelöhner, um sich bei der Irin Rat zu holen. Ihrem Einfluss war es auch zu verdanken, dass sich Amber ebenfalls zu übersinnlichen Dingen hingezogen fühlte. Während ihrer Ehe mit Captain Ashton Cartwright hatte sie einige Jahre im äußersten Nordwesten der indischen Kronkolonie verbracht und dabei Bekanntschaft mit dem magischen Bön-Buddhismus und dem animistischen Glauben der Bergvölker gemacht. Sie hatte erfahren, dass es Dinge auf Erden gab, die sich nicht mit Vernunft und Verstand erklären ließen. Dabei hatte besonders die Begegnung mit dem jungen tibetischen Mönch Tashi ihr Leben nachhaltig beeinflusst. Sie war ihm auf seltsame Weise eng verbunden gewesen, was Molly ihr später mit der Macht des Amuletts zu erklären versuchte, das Amber einst von ihrer indischstämmigen Mutter geerbt hatte. Wie auch immer. Noch heute trug Amber den Talisman immer an einer silbernen Kette um ihren Hals und trennte sich so gut wie nie von ihm.

Nebeneinander schritten ihre Pferde die staubige Dorfstraße entlang, bis sie am Ende des Ortes zu einem grauen, kleinen Granithaus kamen, das inmitten eines bunt blühenden Gartens stand. Hinter dem Haus befand sich eine Schmiede, deren Feuer jedoch erloschen war. Seit Brian, der Schmied, krank geworden war, konnte er seine Arbeit nicht mehr verrichten.

Noch bevor sie ihre Pferde auf dem kleinen Hof vor der Schmiede angebunden hatten, kam ihnen die alte Molly entgegen. Trotz ihres Alters hielt sie sich erstaunlich aufrecht. Ihre dunklen Haare mit den zahlreichen Silberfäden waren zu einem losen Knoten zusammengebunden. Die grünblauen Augen strahlten auf ihrem rundlichen Gesicht, als sie die beiden Ankömmlinge herzlich begrüßte.

»Ich wusste, dass ihr bald hier auftauchen würdet«, rief sie und umarmte Amber herzlich. Sie musterte ihren Zögling von oben bis unten, bevor sie auch Rhys die Hand zur Begrüßung hinstreckte. Amber musste grinsen, als sie sah, wie er erstaunt zusammenzuckte, als sie seine Hand fest drückte. »Ihr habt Euch sehr verändert, Master Rhys«, bemerkte Molly erfreut. »Die dunkle Wolke um Euer Wesen hat sich zum Glück gelichtet.« Rhys runzelte überrascht die Stirn.

»Ich habe dir doch gesagt, dass Molly das zweite Gesicht

hat«, erklärte Amber belustigt. »Vor Molly kann niemand lange ein Geheimnis bewahren.«

»Ich möchte nicht wissen, was du ihr noch alles erzählt hast«, meinte er nicht sehr begeistert.

Amber schüttelte rasch den Kopf und wollte etwas entgegnen, aber Molly kam ihr zuvor.

»Amber hat mir nie etwas über Euer Privatleben erzählt, Master Rhys«, beschied sie ihn streng. »Es gehört allerdings nicht sehr viel dazu, um zu erkennen, dass Euch vor nicht allzu langer Zeit noch etwas Schwerwiegendes auf der Seele gelegen hat. Jetzt hingegen …« Sie sah zuerst Amber, dann Rhys, dann wieder Amber an, »… sehe ich …« Sie schwieg und war plötzlich merkwürdig ernst. Dann hakte sie sich bei Amber unter und zog sie mit sich in Richtung Haus.

»Was siehst du?«, fragte Amber, der Mollys plötzlicher Stimmungswechsel so gar nicht gefallen wollte. Die alte Irin schüttelte nur unwirsch den Kopf.

»Ich sehe lediglich, dass dein Mann eine alte Last losgeworden ist«, grummelte sie und ließ sich zu keiner weiteren Bemerkung mehr hinreißen.

Rhys folgte ihnen kopfschüttelnd ins Haus. In dem dunklen Häuschen mit der niederen Holzdecke und den kleinen Fenstern saß Brian auf einem Lehnstuhl. Er schaukelte leise hin und her und war gänzlich in seiner eigenen Gedankenwelt gefangen. Die Decke, die über seinen Knien gelegen hatte, war auf den Steinfußboden gerutscht. Wenn er ihr Eintreten bemerkt hatte, ließ er es sich auf jeden Fall nicht anmerken. Molly ging zu ihrem Mann und streichelte ihm zärtlich über sein struppiges, graues Haar. Dann bückte sie sich, um ihm erneut die Decke über die Knie zu ziehen. Dabei kam er für einen Augenblick aus seiner fremden Welt zu ihr zurück und lächelte ihr zu, bevor er wieder wegdämmerte.

»Brian nimmt nur noch mich wahr«, versuchte sie zu erklären. »Seit dem Schlagfluss kann er weder laufen noch seine Arme bewegen. Er ist nun ganz auf mich angewiesen.« Sie wirkte keineswegs bekümmert, während sie das sagte. Im Gegenteil, sie munterte Amber sogar auf, weil sie ein arg bedrücktes Gesicht machte. »Das ist gottgewolltes Schicksal«, erklärte sie ohne Bitterkeit. »In guten wie in schlechten Tagen sollen wir füreinander da sein. Es gibt Schlimmeres als solch eine Krankheit.« Wieder musterte sie Amber und Rhys nachdenklich. Für einen langen Augenblick schien sie mit ihren Gedanken ganz woanders zu sein. »Darüber solltet ihr euch auch immer im Klaren sein.«

Amber fühlte sich plötzlich unbehaglich. Wollte Molly damit etwas Bestimmtes andeuten? Doch ihre mütterliche Freundin ließ sie nicht länger grübeln, sondern nötigte sie, am Tisch Platz zu nehmen. Dann goss sie frischen Tee auf und servierte ihnen einige Scones, die sie am Morgen gebacken hatte. Während sie sich eifrig an dem leckeren Gebäck gütlich taten, fragte sie Amber und Rhys nach dem Leben in Highgrove Manor aus und erkundigte sich, wie sich der kleine Francis mit seinem neuen Kindermädchen machte.

»Er tanzt ihr auf der Nase herum«, erzählte Amber fröhlich. »Neulich hat er sie zu Tode erschreckt, indem er als Geist verkleidet nachts durch ihre Kammer gespukt ist. Die Arme war so außer sich, dass sie kurz davor war, in Ohnmacht zu fallen. Sie rannte schreiend durch das Haus, weil sie tatsächlich annahm, dass es auf Highgrove Manor Gespenster gibt. Hätte Vater Francis nicht gezwungen, sich für seinen Schabernack bei ihr zu entschuldigen, dann wären wir sie wohl los gewesen.«

»Francis wäre darüber wohl nicht sehr traurig gewesen«, meinte Rhys auf seine trockene Art. »Diese spröde Miss Thurgood erinnert ohnehin mehr an eine Schnappschildkröte als an ein Kindermädchen. Sie fordert es geradezu heraus, dass man sich über sie lustig macht.«

Molly bedachte Rhys für seine Worte mit einem warmherzigen Lächeln. Es tat ihr offensichtlich gut, dass er dadurch indirekt ihre frühere Arbeit im Hause Callahan würdigte.

»Werdet ihr euer Kind ebenfalls auf Highgrove Manor großziehen?«, wandte sie sich plötzlich an Amber. Diese spürte, wie sie rot wurde, und räusperte sich verlegen. Mit sicherem Instinkt hatte Molly einen wunden Punkt in ihrem Leben berührt.

Bislang hatte sie nicht gewagt, mit Rhys darüber zu reden, doch sie war sich längst sicher, dass sie unfruchtbar war. Sie befürchtete, dass ihre Kinderlosigkeit mit ihrer schweren Erkrankung als Kind zusammenhing, denn unter normalen Umständen hätte sie längst gesegnet sein müssen. Zum Glück schien Rhys ihre Verlegenheit nicht zu bemerken. Er ging über Mollys Bemerkung hinweg und erzählte stattdessen, dass sie vorhätten, in nächster Zukunft nach London zu reisen, wo er noch einige Angelegenheiten zu regeln hätte. Außerdem wollten sie eine alte russische Freundin wiedersehen.

»Rhys denkt daran, sich bei der Royal Society für eine Expeditionsleitung an den Amazonas zu bewerben«, setzte Amber erleichtert die Unterhaltung fort. »Er besitzt hervorragende Referenzen und viel praktische Erfahrung. Die Herren Vorsitzenden werden kaum einen besseren Wissenschaftler finden können als ihn.«

Molly kräuselte kritisch die Stirn. »An den Amazonas? Ach herrje, das ist ja furchtbar weit! Dein Mann wird monatelang, wenn nicht gar Jahre unterwegs sein. Wollt ihr das wirklich auf euch nehmen?« Es war eindeutig, dass Molly diese Pläne missfielen.

»Ich werde Rhys begleiten«, behauptete Amber fest und hielt dabei gleichzeitig Rhys' skeptischem Blick stand.

Sie hatten in den letzten Tagen schon öfter über diese Möglichkeit diskutiert. Rhys war der Meinung, dass sie aufgrund ihres verkrüppelten Beins den Strapazen einer solchen Reise auf keinen Fall gewachsen sei. Sie hingegen hatte ihm versucht klarzumachen, dass das warme Klima ihrer Krankheit nur guttäte. Außerdem konnte sie ihn tatkräftig unterstützen, indem sie als Zeichnerin die Expedition begleitete. Sie waren sich noch nicht einig geworden, doch Amber war fest entschlossen, Rhys nicht noch einmal allein ziehen zu lassen.

Molly schüttelte erneut den Kopf. »Das ist meine Amber, wie ich sie kenne. Sie lässt sich durch nichts und niemanden unterkriegen, schon gar nicht durch einen Mann.« Sie zwinkerte Rhys mitleidig zu. »Ihr müsst gut auf sie achtgeben, Master Rhys. Wenn sich Amber was in den Kopf setzt, dann macht sie es auch.«

Rhys hob mit säuerlicher Miene die Hände. »Werte Molly, meint Ihr im Ernst, das sei mir entgangen?« Der Blick, den er Amber dann jedoch zuwarf, strafte seine Gestik Lügen. Er war so voller Liebe und Einverständnis, dass er ein wohliges Flattern in Ambers Magen auslöste. »Aus genau diesem Grund habe ich diese Frau geheiratet.«

Amber fühlte bei seinen Worten eine tiefe Dankbarkeit. Wie glücklich sie sich doch schätzen durfte, diesen wundervollen Mann an ihrer Seite zu haben.

Molly, der das Geplänkel jenseits aller Worte nicht entgangen war, rieb sich vergnügt die Hände. »Dann zieht mit Gott und allen guten Geistern. Wandernde darf man nicht aufhalten.«

Rhys gab Amber ein Zeichen und erhob sich. »Es wird Zeit, dass wir unseren kleinen Ausflug fortsetzen«, verkündete er und verabschiedete sich gemeinsam mit ihr von Molly und Brian, der immer noch teilnahmslos in seinem Lehnstuhl saß.

Molly sah den Davonreitenden lange hinterher. Im gleißenden Licht der Mittagssonne verschmolzen ihre Umrisse zu einem einheitlichen Ganzen. Zufrieden wollte sie sich gerade abwenden, als eine dunkle Wolke sich plötzlich vor die Sonne schob und das friedliche Bild zerstörte. Während Rhys weiterhin von der Sonne beschienen wurde, fiel der Schatten der Wolke wie ein düsterer Vorbote auf Amber.

Da Beatrice sich nicht wohlfühlte und auch keinen Wert auf seine Anwesenheit legte, beschloss Camden, hinaus zu den Ställen zu gehen. Er war froh, dass sie ihn weggeschickt hatte, denn je weiter ihre Schwangerschaft vorrückte, desto mehr bedrückte ihn der Zustand seiner Frau. Er fand es verstörend, dass Beatrice *sein* Kind unter ihrem Busen trug. Ein Kind, das mehr durch Zufall als durch Liebe gezeugt worden war. Nicht zum ersten Mal fragte er sich, ob er dieses Wesen überhaupt verdient hatte.

Seine Gedanken verflüchtigten sich, als er Saladins freudiges Wiehern vernahm. Die Pferde waren bereits versorgt und die Ställe ausgemistet, sodass Camden allein im Stall war. Er schob den Riegel der Stallbox zurück und sprach Saladin mit besänftigenden Worten an. Der dunkelbraune Hengst näherte sich ihm vertrauensvoll, senkte seinen Kopf und stupste gegen seine hingehaltene Hand. Camden kraulte ihn zwischen den Ohren und genoss die Vertrautheit zwischen ihnen beiden. Sein wertvollstes Tier hatte sich zum Glück von seinen Koliken erholt und konnte nun wieder trainiert werden. Mit James Crombie hatte er nicht nur einen fürsorglichen Stallmeister gewonnen, sondern auch einen begabten Trainer. Im Gegensatz zu seinem Vorgänger, einem selbstherrlichen, ehemaligen Jockey, der nur auf Leistung fixiert gewesen war, achtete Crombie darauf, dass die Pferde nie überfordert wurden. Für jedes einzelne Tier stellte er einen gesonderten Trainingsplan auf und änderte ihn auch ab, wenn er feststellte, dass das Pferd zu mehr oder weniger Leistung bereit war. Camden staunte immer wieder, wie feinfühlig er dabei vorging.

Ein leises Räuspern in seinem Rücken ließ ihn aus seinen Gedanken aufschrecken. Als er sich umwandte, stand Crombie direkt vor ihm. Er befand sich keine Armlänge von ihm entfernt. Camden stieg sein würziger Körpergeruch, eine Mischung aus Schweiß und rauchigen Hölzern, angenehm in die Nase.

»Crombie«, bemerkte er überflüssigerweise und stellte irritiert fest, dass der Blick aus den blauen Augen des Stallmeisters fest in seinen Augen verhakt blieb. Eine Weile standen sie sich wortlos gegenüber, einer Spannung ausgesetzt, die ein unsichtbares Vibrieren erzeugte. Ein schwer deutbares Lächeln umspielte James Crombies Züge, als er ebenfalls nach Saladins Kopf griff und dabei, scheinbar unabsichtlich, Camdens Hand streifte. Dabei kam er ihm noch einen Schritt näher. Camdens Herzschlag begann sich zu beschleunigen, während seine Gedanken sich wild im Kreise drehten. Noch immer waren ihre Blicke miteinander verbunden. Camden spürte James' schneller werdenden Atem auf seiner Haut und gleichzeitig ein schmerzhaftes Ziehen zwischen seinen Lenden. In diesem Moment schreckte Saladin vor etwas zurück und hob ruckartig seinen Kopf. Beide Männer waren gezwungen, einen Schritt zurückzuweichen. Der Zauber ihrer Nähe war durchbrochen.

»Verzeiht, Sir«, meinte Crombie und tat so, als wäre nichts zwischen ihnen geschehen. »Ich hörte Schritte und wollte nur nachsehen, wer sich im Stall aufhält.«

»Ich möchte gerne ein wenig mit Saladin ausreiten«, gab Camden vor. Er war immer noch ganz durcheinander von den

Gefühlen, die ihn gerade übermannt hatten. »Was macht Ihr im Stall? Heute ist Euer freier Tag. Wartet etwa keine hübsche Lady auf Euch?« Er hatte seine Stimme kaum unter Kontrolle, als er das fragte.

Wieder lächelte James und sah ihn dabei direkt an. »Auf mich wartet niemand«, antwortete er leise. »Es sei denn, ich habe es noch nicht bemerkt …«

Camden spürte, wie sein Blut in Wallung geriet. Um seine Verlegenheit zu überspielen, räusperte er sich.

»Ich werde Euch den Hengst satteln«, bot sich James prompt an. Camden nickte nur und beschloss, draußen auf sein Pferd zu warten. Verdammt! Was war nur in ihn gefahren? Auf halbem Weg blieb er stehen und drehte sich nochmals um. »Habt Ihr Lust, mich ein Stück zu begleiten?«, fragte er mit rauer Stimme.

Auf James' Gesicht erschien ein breites Lächeln. »Sehr gerne, Master …« Er machte eine kleine kunstvolle Pause und fügte dann fast siegesgewiss ein vertrauliches »… Camden« hinzu.

Wie seltsam vertraut die beiden Männer scheinen! Beatrice beobachtete hinter dem Vorhang ihres Zimmers, wie der Stallmeister mit Saladin und einem weiteren Pferd aus den Stallungen kam. Die beiden Männer nickten sich kurz zu, schwangen sich auf die Rücken ihrer Pferde und ließen sie im eiligen Schritt vom Hof schreiten. Kaum hatten sie die Wiesen von Highgrove Manor erreicht, gaben sie ihren Tieren die Sporen und galoppierten davon.

Ich mag diesen Crombie nicht, dachte Beatrice unangenehm berührt. *Dieser Mann hat etwas Gewöhnliches und Berechnendes an sich.* Camden tat sich keinen Gefallen, wenn er mit diesem Bediensteten ausritt.

Unwillig verließ sie ihren Fensterplatz und ließ sich auf dem Polsterstuhl neben dem zierlichen Mahagonitisch nieder, auf dem ihre Stickarbeit lag. Lustlos nahm sie den Rahmen mit dem aufgespannten Seidentuch und versuchte, sich auf ihre Stickerei zu konzentrieren. Es wollte ihr nicht recht gelingen. Seit einigen Tagen hatte eine merkwürdige Unruhe von ihr Besitz ergriffen. Sie fühlte sich wie getrieben. Sie hatte gehofft, dass ihre Mutter ihr in den letzten Tagen vor der Geburt beistehen könnte, doch Lady Wolverton lag mit einer lästigen Sommergrippe darnieder.

Ich bin viel zu nervös, schimpfte sie mit sich selbst. Doktor Swanson hatte ihr mehrfach versichert, dass die Geburt frühestens in zwei Wochen zu erwarten war. Außerdem hatte er ihr versichert, jederzeit für sie erreichbar zu sein. Der Grund für ihren Missmut lag jedoch weniger in ihrem Zustand als darin, dass sie wieder einmal gekränkt war, weil Camden so wenig Fürsorge für sie und ihr Ungeborenes zeigte. Sie hätte sich gewünscht, dass er den Sonntag mit ihr verbrachte, wo doch das geplante Picknick ins Wasser gefallen war. Eine kleine Kutschfahrt im Anschluss an den Gottesdienst wäre schön gewesen. Sie hatte diesen Wunsch angedeutet, doch er war offensichtlich mit seinen Gedanken ganz woanders gewesen. Als sie ihren Wunsch nach dem Kirchgang etwas deutlicher formuliert hatte, hatte er sie nur überrascht angesehen.

»Eine Kutschfahrt? Ist das in deinem Zustand nicht viel zu anstrengend? Du solltest dich lieber zu Hause schonen.«

Daraufhin hatte sie ihn beleidigt weggeschickt. »Vielleicht hast du recht«, hatte sie gekränkt eingelenkt. »Ich werde mich in meine Räume zurückziehen.« Camden hatte es kommentarlos zur Kenntnis genommen und ihr höflich einen angenehmen Tag gewünscht. Wenig später hatte er seinen Reitanzug angezogen und sich von ihr verabschiedet.

Beatrice legte das Stickzeug ärgerlich beiseite, weil sie drauf und dran war, die Arbeit zu verderben. Schwerfällig hievte sie sich aus ihrem Sessel und spürte dabei ein kräftiges Ziehen in ihrer Leiste. Es verschwand, sobald sie stand, also machte sie sich keine weiteren Gedanken. Dann trat sie vor den Spiegel vor ihrer Kommode. War sie wirklich so hässlich, dass Camden körperliche Abneigung gegen sie hegen musste? Sie war bestimmt keine Schönheit, aber ganz bestimmt auch nicht hässlich. Ihre glatten dunkelblonden Haare mochten vielleicht langweilig sein, doch sie waren dicht und hatten einen schönen Schimmer. Ihr Gesicht war nur durch die Schwangerschaft aufgedunsen, doch normalerweise war es ebenmäßig und glatt.

Als Camden um sie geworben hatte, hatte er immer ihre veilchenblauen Augen gelobt. Hatte er ihr damals etwa nur etwas vorgemacht? Sie war immer der Meinung gewesen, dass Camden und sie gut zusammenpassten. Camden war höflich, charmant und achtete sie. Sie konnten sich über viele Dinge anregend unterhalten. In geschäftlichen Dingen fragte er sie sogar manchmal um Rat. Aber sobald sie sich körperlich nahe kamen, blieb er für sie kränkend zurückhaltend. Natürlich wohnte er ihr hin und wieder bei, doch ihr kam es eher wie eine Pflichterfüllung vor als wie eheliches Glück. Sie hatte gehofft, dass sich ihr unterkühltes Verhältnis bessern würde, wenn sie erst in anderen Umständen war. Die Freude auf einen eigenen Nachkommen machte schließlich jeden Mann stolz. Doch Camden schien nicht so zu empfinden, auch wenn er sich redlich Mühe gab, den Anschein zu erwecken. Ihre Schwangerschaft war ohnehin ein kleines Wunder, nachdem sie beinahe sechs Jahre vergeblich darauf gewartet hatte.

Beatrice wandte sich enttäuscht von ihrem eigenen Spiegelbild ab und entschloss sich, bei dem schönen Wetter einen kleinen Spaziergang in den kunstvoll angelegten Park zu unternehmen, um ein paar Rosen zu schneiden. Die Tätigkeit würde sie etwas von ihren tristen Gedanken ablenken.

Beatrices große Leidenschaft galt ihrem Garten. Sie liebte die Natur, wenn Blumen und Pflanzen in einer sinnvollen Ordnung aufeinander abgestimmt waren. Chaos und Wildwuchs hatten darin nichts zu suchen. Die Unklarheit der freien Natur war etwas, das sie ängstigte. Ein Garten brauchte ihrer Meinung nach ein klares Gerüst, so wie der menschliche Körper Knochen brauchte. Denn erst in der Gestaltung wurde die Natur für sie erlebbar.

Als Camden mit dem Bau ihres Anwesens begonnen hatte, hatten sie auf ihren Wunsch den angesehenen Obergärtner des Duke of Sutherland, einen gewissen George Fleming, mit der Gestaltung ihres Gartens beauftragt. Beatrice hatte sich mit großer Begeisterung an der Planung beteiligt. Jetzt erstreckte sich rund um das rechteckige Herrschaftshaus ein über beinahe zehn Hektar großer wundervoller Park, um den sie von vielen Nachbarn beneidet wurde. Von einer großen Terrasse bot sich ein wundervoller Blick auf ein darunter gelegenes Parterre mit einem Knotengarten. Kunstvoll geschnittene Buchsbaumhecken bildeten unterschiedliche, geometrische Muster, die durch verschiedenfarbige Kieswege voneinander abgesetzt waren. In der Mitte befand sich ein Wasserbecken. Außerhalb des Parterres gelangte man über geschwungene Wege zu einem Seerosenteich, den man von einem Pavillon aus, der auf einem kleinen, künstlichen Hügel stand, bewundern konnte. Inmitten der kurz geschnittenen Rasenfläche wuchsen exotische Büsche und Bäume wie die von Natur aus ebenfalls geometrisch wachsende Andentanne. Rechts von dem Parterre befand sich, geschützt hinter einer roten Ziegelmauer, der Rosengarten mit erlesenen Züchtungen. Er war vom Haus aus nur schwer einsehbar.

Unbemerkt von den Dienstboten verließ Beatrice das Haus durch den Terrassenausgang, um sich aus dem Gewächshaus einen Korb und eine Gartenschere zu besorgen. Die frische Luft tat ihr gut. Sie atmete tief ein, bevor sie die breite, geschwungene Treppe zu dem Parterre hinunterstieg, das sie durchqueren musste, bevor sie zum Rosengarten kam. Von dort aus musste sie noch ein Stück den Hang bergab gehen, dann hatte sie ihr Ziel erreicht.

Das durchdringende Kreischen eines Turmfalken ließ sie innehalten. Keine dreißig Yards über ihr beobachtete der Raubvogel im Rüttelflug die Wiese unter sich. Seine Flugtechnik erlaubte es ihm, auf der Stelle stehen zu bleiben. Mit einem Mal zog er seine Flügel eng an den Körper und stieß pfeilschnell in Richtung Boden. Beatrice hielt für einen Moment die Luft an, weil sie fürchtete, das Tier würde mit gebrochenem Genick auf dem Boden aufschlagen, doch im letzten Augenblick veränderte der Falke seine Körperhaltung und griff mit scharfen Krallen eine zwischen den Grasbüscheln verborgene, jetzt in Todesangst quiekende Maus. Noch einmal ertönte der triumphierende Falkenschrei, dann erhob sich der Vogel erneut in die Lüfte und verschwand mit seiner Beute.

Beatrice fröstelte. Die Brutalität, mit der der Raubvogel seine Beute gemacht hatte, erschütterte sie. Hinzu kamen ein frischer Wind und einzelne, dunkle Wolken, die sich vor die Sonne geschoben hatten. Sie überlegte, ob sie nochmals zum Haus zurückkehren sollte, um sich ein warmes Tuch zu holen, doch dann verwarf sie den Gedanken, da die Sonne sich wieder hervorkämpfte und sie wärmte.

Sie wollte gerade das letzte Stück Weg zurücklegen, als sie erneut ein ungewöhnlich heftiges Ziehen spürte. Dieses Mal dauerte es länger an und war heftiger als vorhin in ihren Räumen. Sie blieb stehen und fasste sich an ihren weit vorgewölbten Bauch. Die Bauchdecke war hart wie Stein. *Das Kleine bewegt sich nur,* versuchte sie sich zu beruhigen. Das hat keinerlei Bedeutung. Doktor Swanson hatte ihr doch versichert, dass die Geburt noch Tage, wenn nicht gar Wochen auf sich warten lassen würde. Was aber, wenn er sich täuschte?

Neuer Schmerz nahm ihr für einen kurzen Augenblick den Atem und ließ dann genauso schnell wieder nach, wie er gekommen war. Eine plötzliche Angst befiel Beatrice. Sie sah sich hilfesuchend um. Weit und breit war niemand zu sehen. Die Entfernung bis zum Haus betrug gut fünfhundert Yards, und es war Sonntag. Die meisten Bediensteten hatten am Nachmittag frei und tummelten sich in Bingley. Warum hatte sie nur keinem im Haus Bescheid gesagt, wo sie war? Sie beschloss, sich umgehend auf den Rückweg zu machen. Dummerweise musste sie den Hügel nun bergan laufen.

Nach nur wenigen Schritten kam auch schon die nächste Wehe. Beatrice keuchte vor Schmerz und beugte sich vornüber. Sie hatte das Gefühl, von innen heraus zerrissen zu werden. Kalter Schweiß überzog ihre Stirn, während sie tapfer dagegen anzukämpfen versuchte. Kaum ebbte die Wehe ab, spürte sie voller Entsetzen, wie sich eine warme Flüssigkeit wie ein Schwall zwischen ihren Beinen ergoss. Ihr wurde kurz schwarz vor Augen, als ein heftiges Zittern sie ergriff. Mühsam schleppte sie sich weiter. Wenn sie erst das Parterre erreicht hatte, war es gut möglich, dass sie einer der Bediensteten vom Haus aus entdeckte. Doch bevor sie es erreichte, begann die nächste Attacke. Dieses Mal hatte sie das Gefühl, dass sie jemand innerlich mit einem Messer verletzte. Wimmernd ging sie in die Knie.

»Herrgott, mach, dass mich jemand findet«, flehte sie verzweifelt. Der Schmerz nahm ihr jeden klaren Gedanken. Auf allen vieren versuchte sie, sich in Richtung Haus zu bewegen.

Doch die Wehen wurden heftiger und kamen in immer kürzeren Abständen.

»Hilfe!«, versuchte sie zu schreien, doch mehr als ein jämmerliches Kreischen kam dabei nicht zustande. Sie spürte, wie die Schmerzen ihren Verstand vernebelten und ihre Kräfte nachließen. *Ich darf mich nicht so gehen lassen!* Mühsam rappelte sie sich auf und versuchte wieder auf die Beine zu kommen, doch sie schaffte es nicht.

In wildem Galopp jagten die beiden Männer über die sommergrünen Wiesen von Yorkshire. Camden ließ die Zügel locker, damit Saladin frei laufen konnte. Immer weiter und schneller holte der Hengst aus und ließ James mit seinem Wallach bald weit hinter sich. Camden spürte den Wind in seinen Haaren und genoss die Freiheit, die er in diesem Augenblick erlebte. Er fühlte sich leicht und sorglos wie schon lange nicht mehr, und dazu trug auch James Crombie bei. Als er endlich sein Pferd wieder zügelte und es in leichtem Galopp auslaufen ließ, holte dieser wieder auf.

»Es war wunderbar anzusehen, wie Ihr und das Pferd eine Einheit gebildet habt«, meinte James voller Anerkennung. »Ihr solltet Saladin beim nächsten Rennen selbst reiten.«

Camden schmeichelte sein Lob, auch wenn er wusste, dass Saladins Trainer übertrieben hatte. Er war viel zu schwer und groß, als dass er bei einem Rennen alles aus dem Hengst würde herausholen können. Als er bemerkte, wie schweißnass James' Wallach war, verlangsamte er nochmals Saladins Tempo.

»Da vorne ist ein Bach. Wir können dort anhalten und die Pferde etwas verschnaufen lassen«, schlug er James vor und deutete auf eine mit Eichen bestandene Baumgruppe, an deren Saum sich ein munter plätschernder Bach entlangzog. Die Sonne stand nun hoch am Himmel und brannte ungewöhnlich heiß auf sie herab. »Eine kleine Pause wird auch uns guttun.«

Während sie abstiegen und die Pferde von ihren Sätteln befreiten, glitt Camdens Blick immer wieder verstohlen zu James hinüber. Er war ein kräftiger, gut gebauter Mann mit fast mädchenhaft anmutenden Gesichtszügen. Seine intensiv blauen Augen wurden von einem dichten Wimpernkranz umhüllt, was seinem Blick etwas Schweres verlieh. Zwischen seinen weichen Lippen blitzten beim Lachen blendend weiße Zähne auf. Schweigend führten sie die Pferde an den Bach, um sie trinken zu lassen. Danach banden sie sie am langen Zügel ans Unterholz.

»Ich könnte jetzt auch eine Erfrischung vertragen«, meinte James und befreite sich unbekümmert von seinem Hemd. Er kniete am Bachlauf nieder und begann in aller Seelenruhe, seinen Körper mit Wasser zu benetzen. Fasziniert beobachtete Camden das Spiel seiner kraftvollen Rückenmuskeln. Etwas zögerlich trat er neben den Stallmeister an den Bach und begann sich ebenfalls zu entkleiden. Als er mit bloßem Oberkörper neben James kniete, grinste dieser und spritzte ihn mit einem Schwall Wasser nass. Camden war kurz überrascht, doch dann ergriff er selbst die Initiative und spritzte zurück. Im Nu war eine übermütige Wasserschlacht im Gange. Als sie schließlich bis auf die Haut durchnässt waren, ließen sie sich keuchend nebeneinander auf die Wiese fallen. Ihre Körper lagen dabei so eng beieinander, dass Camden die blonden Härchen von James' Unterarmen an seinem Körper spüren konnte. Ein wohliger Schauer überzog ihn dabei. Plötzlich rollte sich James auf die Seite, bis sein Kopf so nah an Camdens war, dass sie sich fast berührten. Er las Lust und Begehren in seinen Augen und spürte, wie die Lust von ihm ebenfalls Besitz ergriff.

»Ich weiß, dass du es auch willst«, sagte James mit rauer

Stimme, bevor er seine Lippen warm und verheißend auf Camdens drückte.

Nur wenige Meilen entfernt saßen Amber und Rhys inmitten der malerischen Kulisse von Bolton Abbey auf einer rot karierten Picknickdecke und verspeisten einen Teil der Köstlichkeiten, die Missis Evans eigentlich für das große Picknick vorbereitet hatte. Neben gebratenen Wachteln und ihrer berühmten Wildpastete hatte sie ihnen Lauchkuchen, Thunfischsalat und zum Nachtisch Himbeertörtchen samt einer guten Flasche Bordeaux eingepackt. Amber knabberte gerade genüsslich an einem Törtchen, während Rhys ihr noch etwas Wein nachschenken wollte.

»Nicht noch mehr«, wehrte sie lachend ab, »sonst falle ich nachher noch beschwipst vom Pferd.« Rhys stellte die Flasche sofort beiseite und griff nach Ambers Arm. Seine Augen funkelten, während er sie ansah. »Du hast recht. Wir sollten unsere kostbare Zeit mit etwas viel Sinnvollerem verbringen.« Er zog sie an sich heran und gab ihr einen leidenschaftlichen Kuss. Amber ließ ihr Törtchen fallen und überließ sich seiner stürmischen Umarmung. Eine Welle der Lust wallte in ihr auf, während Rhys sie auf die Decke drückte und begann, ihren Rock hochzuschieben.

»Du bist verrückt«, stöhnte sie kaum noch bei Sinnen, »wenn uns jemand sieht …«

»Hier ist schon seit Stunden niemand mehr vorbeigekommen.«

Ungeachtet ihrer Bedenken befreite Rhys sie von ihrem knielangen Höschen und begann zärtlich die Innenseiten ihrer nackten Schenkel zu lecken. Verrückt vor wachsender Begierde überließ sich Amber seinen Berührungen. Entfernt nahm sie das dumpfe Donnergrollen eines heranziehenden Sommergewitters wahr. Doch sie war unfähig, darauf zu reagieren. Rhys'

Zunge näherte sich nun kreisend ihrer empfindlichsten Stelle. Als er sie zärtlich bespielte, entglitt ihr ein wollüstiger Schrei. Plötzlich hatte sie das unbändige Verlangen, ihn ganz in sich zu spüren. Sie schob seinen Kopf energisch beiseite und öffnete seine Hose. *Wir sind verrückt*, meldete sich die Vernunft erneut für einen Sekundenbruchteil wieder zurück. Sie sah sich kurz um, doch als sie niemanden in ihrer Nähe bemerkte, zog sie ihn auf sich und spürte, wie es in dem Moment in ihr explodierte, als Rhys ganz in sie eingedrungen war. Ein Wirbel von Sternen umtanzte sie und versetzte sie in süße Ekstase. Rhys bewegte sich unterdessen weiter in ihr. Langsam und zärtlich, während seine grauen Augen sich mit verklärtem Blick an ihrer Lust ergötzten. Schon bald spürte Amber neue Erregung. Sie ließ ihre Zunge lustvoll über ihre Lippen kreisen und lockte ihn so zu einem neuerlichen Kuss. Ihre Zungen umspielten einander erneut, wurden immer wilder, genau wie Rhys' Stöße. Im selben Rhythmus wuchs auch wieder Ambers Lust. Als Rhys sich schließlich mit einem lauten Stöhnen in sie ergoss, explodierte sie ein weiteres Mal. Keuchend genossen sie ihre eng umschlungene Nähe, bis ein erneutes Donnern sie wieder in die Wirklichkeit zurückrief.

»Ich glaube, wenn wir trockenen Fußes nach Hause kommen wollen, müssen wir uns sputen«, keuchte Amber, immer noch erfüllt von Lust. Sie löste sich endlich aus der Umarmung. Einige ihrer dunklen Locken hatten sich aus ihrer Hochsteckfrisur gelöst, und ihre Kleidung war nach dieser überraschenden Aktion reichlich ramponiert. »Wir müssen uns durch den Hintereingang ins Haus schleichen, sonst bekommt Maeve noch einen Schock«, kicherte sie, während sie sich wieder zurechtmachte.

Rhys packte unterdessen das Picknickgeschirr ein und holte die Pferde. Von Westen her baute sich eine immer größer werdende Gewitterwand auf. Heftige warme Windböen peitschten durch die Wipfel der Bäume, während eine Schar Krähen, die zu der Abtei gehörte wie die Ruinen des eingestürzten Kreuzganges, kreischend aufflog. Kurze Zeit später saßen sie wieder auf den Rücken ihrer Pferde und trabten munter in Richtung Highgrove Manor. Entgegen ihren Befürchtungen verzog sich das Gewitter jedoch bald in eine andere Richtung.

»Es ist noch früh«, meinte Rhys. »Auf Highgrove Manor werden wir jedenfalls noch nicht erwartet.«

»Wir könnten einen Abstecher bei Camden und Beatrice machen«, schlug Amber vor. Sie waren nicht mehr weit von ihrem Anwesen entfernt.

»In diesem Aufzug?« Rhys hob amüsiert eine Augenbraue. »Vorhin wolltest du dich noch heimlich durch die Hintertür in unsere Wohnung schleichen …«

»Wir sagen einfach, dass wir einen anstrengenden Ritt hinter uns haben«, schmunzelte Amber und zwinkerte Rhys neckisch zu. Ohne sein Einverständnis abzuwarten, lenkte sie ihre Stute in Richtung von Camdens Haus. Da sie von Nordwesten kamen, näherten sie sich dem Anwesen von seiner Rückseite her.

»Ich muss immer wieder staunen, mit welcher Akribie Beatrice ihren Garten gestaltet hat«, meinte Amber. »Hier ist jeder Pflanzenwuchs vorherbestimmt. Alles ist durchplant und klar gestaltet wie die Komposition eines Bildes.«

»Ich kann nichts Schönes an diesem künstlichen Arrangement finden«, meinte Rhys auf seine prosaische Art. »Hat die freie Natur nicht viel ausgefallenere Ideen? Denk an die Regenwälder des Himalajas mit ihren wilden Orchideen und satt blühenden Rhododendronbüschen. War das nicht viel großartiger?«

Amber lachte hell auf. »Oh ja! Und dann die Dornen und das undurchdringliche Dickicht. Ich konnte mich gar nicht daran sattsehen. Du bist und bleibst ein unverbesserlicher Realist, Rhys. Dir fehlt einfach das Gespür für künstlerische Gestaltung.«

»Dazu stehe ich«, meinte Rhys achselzuckend. Sie näherten sich nun dem ummauerten Rosengarten, den sie rechts liegen lassen mussten, um zum Haupteingang zu gelangen.

»Hörst du das?« Er verhielt für einen Augenblick sein Pferd und lauschte.

Amber blieb neben ihm stehen.

»Ich meinte, ein Wimmern gehört zu haben«, murmelte Rhys. »Wahrscheinlich habe ich mich getäuscht.« Er ließ sein Pferd weitergehen, aber nun war es Amber, die aufmerkte.

»Vielleicht eine verletzte Katze? Nein! Oh Gott! Das ist ein Mensch. Schnell! Es kommt aus dieser Richtung.«

Rasch stieg sie von ihrem Pferd ab, band es fest und eilte auf das kleine Tor zu, das in den Rosengarten führte. Rhys folgte ihr auf dem Fuß.

Das Wimmern wurde nun deutlicher. Als sie weder auf den Wegen noch zwischen den Rabatten jemanden entdeckten, verließen sie durch das gegenüberliegende Türchen den Garten und entdeckten keine dreißig Yards von ihnen entfernt eine auf dem Boden liegende Gestalt.

»Mein Gott, das ist Beatrice!«, rief Amber entsetzt. Gleichzeitig spurtete sie so schnell, wie ihr verkrüppeltes Bein es zuließ, auf sie zu.

Rhys überholte sie und war als Erster bei Beatrice. Als sie nicht auf ihn reagierte, tätschelte er mit leichten Schlägen ihre Wange, bis sie wieder bei Bewusstsein war.

»Das Kind«, stöhnte sie gequält. »Ich glaube, es kommt!«

»Keine Sorge, ich werde dich gleich ins Haus bringen.«

»Es tut so weh«, jammerte Beatrice, »bestimmt ist etwas nicht in Ordnung.«

»So ein Unsinn. Alles wird gut!« Amber kniete nun ebenfalls neben ihr und strich ihr sanft die verklebten Haare aus dem Gesicht. »Nun beeil dich schon«, wandte sie sich an Rhys, der Beatrice trotz ihres Gewichts mühelos hochhob und so schnell es ihm möglich war mit seiner Last in Richtung Haus schritt. Amber lief voraus, um weitere Hilfe zu holen. Außerdem musste Doktor Swanson so schnell wie möglich verständigt werden. Zum Glück traf sie den Butler sofort an, der Rhys umgehend zu Hilfe eilte. Gemeinsam schafften sie Beatrice in ihre Räume, während Amber nach deren Dienstmädchen läutete, das gerade von seinem Sonntagsausflug aus Bingley zurückkehrte. Rhys bot sich an, auf seinem Pferd in den Ort zu reiten, um Doktor Swanson zu holen. Unterdessen half Amber, Beatrice zu entkleiden, während das Dienstmädchen saubere Tücher und heißes Wasser besorgte.

»Wie lange kommen die Wehen schon?«, erkundigte sie sich.

»Etwa seit zwei oder drei Stunden«, gab ihre Schwägerin Auskunft. Seitdem sie sich in guten Händen wusste, hatte sie sich wieder etwas erholt. Sie lächelte sogar ein wenig.

»So lange schon? Wo steckt überhaupt Camden? Gerade jetzt müsste er an deiner Seite sein.«

»Er ist mit James Crombie ausgeritten«, meinte Beatrice matt. »Er konnte ja nicht ahnen, dass das Kind gerade heute kommt.«

»Pah! Nun nimmst du ihn auch noch in Schutz!« Amber schnaubte ärgerlich, aber dann lächelte sie Beatrice aufmunternd zu. »Er hätte hier sowieso nicht helfen können. Bald wird Doktor Swanson hier sein und alles Weitere regeln.«

Eine weitere Wehe unterbrach ihre Unterhaltung. Beatrice bäumte sich wild auf, sodass Amber sie gewaltsam ins Bett drücken musste. *Mein Gott, was soll ich jetzt nur tun?*, überlegte sie fieberhaft. Ihre Hand fuhr unwillkürlich zu dem Amulett, das sie einst von ihrer Mutter geerbt hatte. Ihre Finger umschlossen es fest, als sie plötzlich eine Welle von Energie und Zuversicht in sich aufsteigen fühlte. Plötzlich fühlte sie sich wieder in ihre Zeit in Asien zurückversetzt. Damals, in dem Kloster im Himalaja, wo sie von Tashi so viel über die Behandlung von Krankheiten gelernt hatte, hatte sie auch Geburten beigewohnt.

»Du musst ruhig gegen den Schmerz anatmen, nicht gegen ihn ankämpfen.«

Die Worte kamen ihr wie von selbst über die Lippen. Sie staunte über ihre eigene Sicherheit. Für einen Moment hatte sie das tröstliche Gefühl, die Stimme ihres tibetischen Freundes Tashi in ihrem Kopf zu hören. Sie fühlte sich ihm selbst nach so langer Zeit immer noch auf besondere Art verbunden. Für einen Augenblick schloss sie ihre Augen und versuchte sich an die wichtigen Dinge zu erinnern. Ganz selbstverständlich begann sie Beatrices Bauch in sanften Kreisen zu massieren, wobei sie besänftigend auf sie einsprach.

Tatsächlich ließ sich Beatrice wieder beruhigen. Doch kaum war die Wehe vorbei, setzte auch schon die nächste ein. Amber nahm einen feuchten Lappen und wischte den Schweiß von ihrer Stirn ab. Dabei sprach sie weiter beruhigend auf sie ein.

»Du hast es bald geschafft«, ermunterte sie und schaute dabei immer wieder verstohlen nach der Tür in der Hoffnung, dass Doktor Swanson endlich hereinkam.

Doch die Zeit verging ohne sein Kommen. Nach einer besonders heftigen Wehe wurden Beatrices Augen plötzlich riesengroß, und sie sah Amber mit einem seltsamen, fassungslosen Ausdruck an. Dann entleerten sich Blase und Darm gleichzeitig.

»Bring saubere Tücher und mach das hier weg«, befahl Amber dem panisch dreinblickenden Dienstmädchen. Sie konzentrierte sich erneut auf das Wesentliche.

Beatrice weinte vor Schmerz und Scham, während Amber dem Dienstmädchen beim Reinigen half.

»Ich muss dich jetzt untersuchen«, sagte Amber und versuchte, zwischen Beatrices Beinen nach dem Köpfchen des Kindes zu tasten. Als sie seine Rundung spürte, atmete sie auf. Alles schien in Ordnung zu sein. Sie spürte, wie ihr vor Aufregung der Schweiß über die Stirn rann. Ihre Hände zitterten, während sie sich wie ein Mantra immer wieder *In der Ruhe liegt die Kraft* einzureden versuchte.

»Ich will, dass es endlich aufhört«, schrie Beatrice gequält. »Ich halte es einfach nicht mehr aus. Hilf mir, Amber, gib mir Laudanum. Bitte! Ich platze!«

Amber wischte sich den Schweiß von der Stirn und benetzte die fahlen Lippen ihrer Schwägerin mit Wasser. Beatrice war noch blasser als gewöhnlich und völlig entkräftet. Dann schob sie ihr Nachthemd nach oben und half ihr, die Beine gespreizt aufzustellen. Beim Anblick des kreisrunden, schleimverklebten Haarbüschels, das bereits zu sehen war, überkam Amber ein ehrfürchtiger Schauer.

»Du hast es gleich überstanden. Noch ein, zwei Wehen und dein Kind ist geboren!«

»Ich will das nicht!«, heulte Beatrice und versuchte sich mit aller Kraft dagegen zu wehren.

Bei allem Mitgefühl wusste Amber, dass sie nun streng sein musste.

»Stell dich nicht so an«, schimpfte sie. »Du musst drücken, oder willst du, dass ihr beide zu Schaden kommt?«

Bei der nun folgenden Wehe schrie Beatrice so gellend, dass das Dienstmädchen vor Schreck und Entsetzen zu weinen begann.

»Die Lady stirbt«, jammerte sie wenig hilfreich.

»Halt den Schnabel, dumme Gans«, schimpfte Amber.

»Stopf der Lady lieber noch ein Kissen in den Rücken, damit sie es leichter hat.«

Das Mädchen tat wie ihm geheißen, zitterte aber am ganzen Leib. Amber wischte sich mit dem Ärmel über die Stirn. Auch sie war unterdessen schweißnass. Der Muttermund hatte sich mit der vorangegangenen Wehe noch ein wenig weiter geöffnet. Doch das Köpfchen wollte noch nicht heraustreten.

Ich muss mit meinen Fingern nachhelfen, erinnerte sie sich. *Und dann muss ich seinen Kopf sanft in Richtung Öffnung drehen.* Amber agierte wie in Trance. Doch Beatrice verkrampfte sich immer mehr. Nichts ging voran.

»Verdammt, Beatrice, du musst jetzt pressen!«, rief Amber ungeduldig.

»Ich kann nicht, ich sterbe!«

»Du stirbst nicht, du bekommst nur ein Kind! Presse!«

Die ungewohnte Schärfe in ihrer Stimme ließ Beatrice wieder zur Besinnung kommen. Bei der nächsten Wehe wehrte sie sich nicht mehr, sondern half endlich, durch Pressen den Geburtsvorgang voranzutreiben.

»Ich drehe jetzt das Köpfchen«, verkündete Amber aufgeregt. Mit ihren Fingerspitzen massierte sie den Muttermund und versuchte gleichzeitig das Köpfchen leicht zur Seite zu drehen. Tatsächlich half sie damit, dass es durch die enge Öffnung durchtrat. Mit den nächsten beiden Wehen kamen Rumpf und Gliedmaßen.

Plötzlich ging alles so schnell, dass Amber Mühe hatte, das Baby in Empfang zu nehmen. Als sie das winzige, schleimverschmierte Wesen in ihren Armen hielt, rollten ihr Tränen über beide Wangen. Sie war sich sicher, noch nie etwas Ergreifenderes erlebt zu haben. Vorsichtig wischte sie mit einem sauberen Tuch sein Gesichtchen ab, das mit blaugrauen Augen verwirrt in die unbekannte Welt sah, die von nun an sein Zuhause sein sollte. Mit einem Mal verzog es sein verschrumpeltes Gesicht und begann erst wimmernd, dann aber immer lauter werdend zu krähen.

Beatrice war zu erschöpft, um zu reagieren. Mit geschlossenen Augen lag sie auf ihrem Kissen und konnte immer noch nicht fassen, dass der Schmerz nun vorüber war.

»Du hast einen kleinen Sohn«, verkündete Amber mit vor Rührung erstickter Stimme. »Lydia wird ihn waschen, dann kannst du ihn sehen.«

Zum Glück klopfte es in diesem Augenblick an der Tür, und Doktor Swanson eilte herein, gefolgt von Rhys. Als Swanson sah, dass die Geburt schon vorüber und der Kleine wohlauf war, glitt ein anerkennendes Lächeln über sein runzliges Gesicht.

»Kompliment, Lady Amber, das habt Ihr großartig gemacht!« Er entledigte sich rasch seines Gehrockes und wusch sich gründlich die Hände, bevor er ihr den Kleinen aus den Armen nahm. »Ihr könnt jetzt gehen«, forderte er Amber und Rhys auf. »Ich kümmere mich von nun an um Mutter und Kind.« Ohne sie weiter zu beachten, machte er sich an die Arbeit.

»Niemand darf von unserer, von dieser … ähm … Geschichte je etwas erfahren«, unterbrach Camden hilflos das lange Schweigen. Er vermied es dabei, James offen in die Augen zu sehen. »Am besten, wir vergessen die ganze Sache einfach.«

»Ich ahnte, dass du das sagen wirst. Ein Mann deines Standes kann sich schließlich nicht mit einem Stallburschen einlassen«, antwortete James verbittert. Er gab sich nicht einmal ansatzweise die Mühe, seine Enttäuschung zu verbergen. Als Camden ihn erschrocken ansah, fügte er hinzu: »Keine Sorge! Ich werde mich natürlich fügen.«

Sie waren längst auf dem Heimweg und ritten schon seit geraumer Zeit wortlos nebeneinander her. Jeder von ihnen war mit seinen Erinnerungen an ihre leidenschaftlichen Nachmittagsstunden beschäftigt. James hatte mit Camden Dinge gemacht, die dieser sich in seinen kühnsten Träumen nicht hatte vorstellen können. Allein der Gedanke, wie er von hinten in ihn eingedrungen war, hätte ihn fürchterlich beschämen müssen. Kein Mann ließ solche Dinge bei sich zu. Und doch hatte Camden dabei höchste Lust empfunden und sich gewünscht, dass er Liebe nie mehr anders erfahren musste. Doch je mehr sie sich dem heimischen Anwesen näherten, desto größer wurde die Ernüchterung. Er hatte sich wieder einmal auf etwas eingelassen, was nie hätte passieren dürfen. Außerdem quälte es ihn, dass er seine Frau betrogen hatte.

James machte keinen Hehl daraus, wie sehr er in ihn vernarrt war, doch für Camden war die Angelegenheit nicht so einfach. James' Körper zog ihn magisch an, er sehnte sich nach seinen Berührungen, doch tiefere Gefühle empfand er nicht. Einen schmerzhaften Augenblick lang dachte er an Malcolm Bannister, seinen Freund und damaligen Angestellten, der ihn wegen einer ähnlichen Affäre einst verlassen hatte. Diesen Mann hatte er geliebt wie noch nie jemanden zuvor. Doch das war längst Vergangenheit. Jetzt war er ein verheirateter Mann und konnte und durfte seine Neigungen nicht ausleben, wollte er nicht alles, was ihm lieb und teuer war, verlieren. Er trug Verantwortung, nicht nur für sich, sondern auch für Beatrice und ihr ungeborenes Kind und für die Fabrik. Er musste nun hart zu sich selbst sein, um das Familienglück nicht zu gefährden.

»Also gut, dann verzichten wir also am besten sofort wieder auf die vertraute Anrede, Mister Crombie«, sagte Camden und reckte dabei entschlossen sein Kinn vor.

Aus den Augenwinkeln nahm er wahr, wie James zusammenzuckte. Beschämt gab er Saladin die Sporen und preschte davon. Als der Wind wieder durch sein Haar strich, spürte er nur schale Bitterkeit, die noch vor wenigen Stunden empfundene Freiheit war wie weggeblasen.

James blieb absichtlich weit hinter ihm zurück. Camden war es recht, denn so brauchte er sich nicht länger mit seinem schlechten Gewissen zu quälen.

Als das Haus in Sicht kam, erkannte er sofort, dass etwas nicht in Ordnung war. Eine Kutsche und zwei nachlässig angebundene Pferde standen vor dem Eingang seines Anwesens, als hätten die Ankommenden es eilig gehabt. War das nicht die Wagonette von Doktor Swanson? Camden fühlte plötzlich Panik in sich aufsteigen. War etwas mit Beatrice oder dem Kind geschehen? War das die Strafe für seine Zügellosigkeit? Beschämt musste er sich eingestehen, dass es unverantwortlich von ihm gewesen war, seine Frau unter diesen Umständen fast ohne Personal allein im Haus zurückzulassen. Er hatte wieder einmal nur an sich gedacht. Er lenkte Saladin die Auffahrt hinauf. Vor der Haustür sprang er eilig ab. Butler Alfred, der sonst ein sehr ruhiger Mensch war, trat ihm aufgeregt entgegen und nahm ihm umgehend das Pferd ab.

»Eure Lordschaft«, begrüßte er ihn mit einem knappen Nicken. Alfred bestand auf dieser gestelzten Anrede. Sein Stolz ließ es nicht zu, seine Herrschaft mit einem geringeren Titel anzusprechen, da er bislang immer nur in hochherrschaftlichen Häusern gedient hatte. Die Tatsache, dass er sich herabgelassen hatte, in einem Haus zu dienen, dessen Bewohner lediglich der unteren Adelsschicht angehörten, war nur dem Umstand zu verdanken, dass Camden ihm beinahe das Doppelte an Salär bezahlte.

»Ist etwas mit meiner Gemahlin nicht in Ordnung?«, fragte Camden mühsam beherrscht.

»Lady Callahan wurde im Park gefunden. Sie hatte starke Wehen. Aber keine Sorge, Sir, Doktor Swanson kümmert sich bereits um sie.«

»Mein Gott! Es ist doch noch viel zu früh!«

Camden ließ Alfred stehen und eilte an ihm vorbei ins Haus. Mit großen Schritten durchquerte er die Eingangshalle und traf auf der Treppe, die hinauf in die Privatgemächer führte, auf Amber und Rhys.

»Wie geht es Beatrice? Ist sie wohlauf?« Es gelang ihm kaum, sein schlechtes Gewissen zu verbergen. »Ich habe gerade erst erfahren, was hier los ist …«

»Beatrice geht es so weit ganz gut«, versuchte Amber ihn zu beruhigen. »Sie ist sehr erschöpft, aber sie hat alles gut überstanden.« Camden spürte plötzlich ihren vorwurfsvollen Blick auf sich ruhen. »Du siehst allerdings auch reichlich mitgenommen aus.«

Peinlich berührt wurde Camden bewusst, dass seine Hose immer noch feucht von der Wasserschlacht am Bach war und zudem voller Grasflecken.

»Ich bin gestürzt«, gab er rasch vor. Eine bessere Ausrede fiel ihm für den Augenblick nicht ein. Auch seine Schwester sah reichlich ramponiert aus. Ihre Kleidung war voller Blut. Dann erst besann er sich auf ihre letzten Worte. »Was meinst du mit ›sie hat alles gut überstanden‹?«, fragte er reichlich begriffsstutzig. »Um Gottes willen, was ist geschehen?«

»Nun spann deinen Bruder doch nicht länger auf die Folter«, mischte sich Rhys ein. »Du bist vor wenigen Minuten Vater geworden, mein lieber Camden. Es ist ein Junge. Gratuliere!«

Camden spürte, wie ihm die Farbe aus dem Gesicht wich und ihm schwindlig wurde.

»Ich bin Vater geworden?«, fragte er fassungslos. Er stützte sich mit einer Hand am Handlauf ab und fuhr sich mit der anderen fahrig über die Stirn. »Ich muss dann wohl gleich mal nachsehen!«

Die Worte kamen mehr aus Pflichtbewusstsein denn aus dem Wunsch heraus, die beiden wirklich zu sehen. Statt Vaterfreuden fühlte er eine seltsame Leere in sich. Im Grunde genommen fühlte er sich nur als Versager.

»Doktor Swanson ist noch bei den beiden«, meinte Rhys zum Glück und klopfte ihm aufmunternd auf die Schulter. »Ich finde, wir sollten uns jetzt erst einmal im Salon einen ordentlichen Whisky gönnen und auf deinen Jungen und seine Mutter anstoßen. Komm, alter Freund!«

Nur allzu bereitwillig ließ sich Camden mitziehen.

4

Rio Toototobi, Amazonas

Der gellende Schrei des Adlers setzte in Cauré ungeahnte Kräfte frei. Für einen kurzen Augenblick hatte er das Gefühl, fliegen zu können. Mit einer Leichtigkeit, die ihm eben noch unvorstellbar schien, gelang es ihm auf einmal, sich aus seiner misslichen Lage zu befreien. Seine Füße und Hände fanden in der schroffen Felswand gerade rechtzeitig neuen Halt, bevor der dünne Baum, an dem er gerade noch über dem Abhang gebaumelt hatte, brach. Die letzten Meter bis zum Plateau brachte er recht schnell hinter sich. Keuchend vor Anstrengung ließ er sich auf den Rücken fallen. Die Sonne stand direkt über ihm und brannte ihm mit voller Kraft ins Gesicht. Ihr gleißendes Licht ließ alles um ihn herum verschwimmen.

Cauré blinzelte und entdeckte erneut den Adler über sich. Majestätisch zog er über ihm seine Kreise.

»Bist du mein utupé?«, fragte Cauré in die windige Stille. Er fühlte sich mit dem Vogel auf wunderbare Weise verbunden. Doch es war nicht so, wie es die Leute seines Stammes beschrieben. Das Wesen des Tieres füllte ihn nicht vollständig aus. Er schloss die Augen, um sich mit dem Vogel zu verbinden. Sein Geist tastete sich vorsichtig in das Bewusstsein des Adlers vor. Als Erstes vernahm er das zischende Rauschen des Windes, das durch das Gefieder des Vogels strich. Er begriff, dass der Adler die Richtung zu ändern vermochte, indem er seine Schwanzfedern geringfügig verstellte. Bewegte er seine Flügel nach unten, so fühlte er den Druck gegen die Luft, die ihn aufwärts und vorwärts trug. Dann überließ er sich wieder der Kraft der Sonne und des Windes. Cauré tastete sich weiter in das Bewusstsein des Tiers vor. Er wünschte sich, durch dessen Augen sehen zu können. Doch der Adler leistete ihm dabei erbitterten Widerstand. Takawe hatte immer davor gewarnt, zu besitzergreifend zu sein. Wer den Geist des utupé vertrieb oder gar zerstörte, der war bis zu seinem Lebensende in dessen Körper gefangen.

»Du musst sein Freund werden, indem du sein Vertrauen gewinnst«, hatte ihn der Shapori gelehrt. »Beweise ihm, dass du ein willkommener Gast bist, kein Feind.«

Das war leichter gesagt als getan. Der Geist des Adlers versuchte ihn mit aller Gewalt zurückzudrängen. Cauré wich ein Stück zurück und gab ihm somit das Gefühl, wieder der Stärkere zu sein. Dann tastete er sich erneut ein Stück vor. Es war ein zähes Ringen, das den Adler wertvolle Kraft kostete, Kraft, die er dringend dafür benötigte, in der Luft zu bleiben. Wenn er nicht wollte, dass das Tier abstürzte, musste er sich wieder aus seinem Geist zurückziehen.

Verzeih, wenn ich zu fordernd war, bat Cauré das Tier. *Ich wollte nur einmal durch deine Augen sehen.* Sachte wollte er sich von ihm lösen, doch mit einem Mal spürte er, dass da kein Widerstand mehr war. Der Geist des Adlers machte ihm plötzlich bereitwillig Platz. Und dann sah Cauré durch seine scharfen Augen die Welt in ihrer ganzen Großartigkeit: Unter sich den grünen Flickenteppich des Urwalds, das schroffe Plateau mit den Überresten der Ruinen und über sich das kräftige Kobaltblau des Himmels, während seitlich dunkelblaue Gewittertürme heranzogen. Seine Begeisterung, die Welt von oben zu sehen, war so übermächtig, dass seine Gefühle den Geist des Adlers zu erdrücken drohten. Erst als er sein klägliches Schreien vernahm, wurde ihm seine Anmaßung bewusst. Er bat ihn nochmals um Verzeihung und zog sich dann vorsichtig zurück.

Auf dem Boden liegend spürte Cauré die enttäuschende Schwere seines eigenen Körpers, und es überfiel ihn große Traurigkeit. Er hatte gehofft, in dem Adler seinen utupé gefunden zu haben, doch nur ein kleiner Teil seines Wesens hatte sich mit ihm verbunden. Er hatte nicht die allumfassende Bindung gespürt, von der Takawe ihm immer erzählt hatte. Geknickt erhob er sich von seinem unbequemen Lager. Es war Zeit, sich auf den Rückweg zu machen. Die Sonne hatte seine kupferfarbene Haut verbrannt, sein Körper war übersät mit den Schrammen seiner Kletterpartie. Überdies zog das Gewitter unter lautem Donnergrollen rasch heran. Tief in Gedanken versunken machte er sich auf den Rückweg zu seinem Shabono.

Er hatte das steilste Stück des Abstiegs gerade hinter sich, als das Unwetter sich über ihm mit aller Macht entlud. Flackernde Blitze erhellten sekundenlang das düstere Urwaldgrün. Dröhnender Donner brachte den Dschungel zum Erzittern. Zum Glück befand sich Cauré bereits wieder unter dem schützenden Dach der Bäume, sodass ihn die ersten tellergroßen Tropfen nicht ungeschützt trafen. Sie waren die Vorboten der peitschenden Regenfälle, die sich wie Vorhänge über das Land legten. Innerhalb weniger Augenblicke begannen Farbe und Konturen zu verwischen. Das laute Prasseln des Regens übertönte sämtliche Urwaldgeräusche. Cauré sah sich nach einem geeigneten Unterschlupf um. Er fand einen Kapokbaum und kauerte sich zwischen dessen riesige Brettwurzeln. Mit einem Messer hieb er sich den Wedel einer kleinen Palme ab, um ihn als Schutz über seinen Kopf zu halten. So wartete er den schlimmsten Teil des Gewitters ab.

Als sich der Regen nur noch sanft und warm aus den Wolkenschleiern löste, setzte er seinen Weg fort. Er war noch nicht weit gekommen, als das klägliche Krächzen eines Vogels an sein Ohr drang. Cauré versuchte auszumachen, woher es kam.

Quenky-quenky-quok-quok-quok.

Der Ruf ließ auf einen Tukan schließen. Dessen regenbogenfarbener Schnabel war eine wertvolle Trophäe bei seinem Stamm. Caurés Blick wanderte über den grünen Blätterteppich, der den Dschungelboden bedeckte, bis er aus einer Wurzelmulde direkt unterhalb eines Baumes erneut ein Rufen hörte. Er ging hin und entdeckte tatsächlich ein Tukanjunges, das noch nicht einmal flügge war. Es musste aus seiner Baumhöhle gefallen sein. Cauré griff nach dem Jungtier, um es von seinem Leiden zu erlösen. Das Gefieder des jungen Tukans war patschnass und schlammverschmiert. Aufmerksam und ohne Angst musterte das Tier seinen Retter. Die dunklen Augen waren von einem türkisfarbenen Ring umschlossen und verliehen seinem Blick eine große Intensität. Cauré konnte sich ihm nicht entziehen. Er begann zu zittern und fühlte zum zweiten Mal an diesem Tag, wie er vom Geist eines Vogels magisch angezogen wurde. Der Geist des Tukans wehrte sich nicht gegen sein Eindringen. Im Gegenteil. Er hieß ihn sogar willkommen. Cauré spürte den Schmerz seines gebrochenen Flügels wie rote Glut durch sein Inneres strömen. Gleichzeitig nahm er das Gefühl von Hoffnung und von der Zuversicht des Tieres wahr, dass er ihm helfen würde. Er spürte die Einsamkeit des Vogels nach dem Verlust seiner Familie – ein Gefühl, das Cauré nur zu gut kannte. Hoch über ihnen, weit über den Wipfeln der höchsten Urwaldbäume, vernahm er erneut das schrille Rufen des Adlers. Der Geist des Tukans zuckte bei seinem Schrei angstvoll zusammen, während Caurés Herz sich plötzlich öffnete, denn er spürte die Freude des Adlers und die Angst des Tukans in einem. Da begriff er endlich, dass er seinen utupé gefunden hatte. Es waren die Vögel an sich, mit denen er sich verbunden fühlte.

Vorsichtig setzte er seinen kleinen Schützling vor sich ab. Er hatte sich rasch aus den Gedanken des Vogels zurückgezogen, als er bemerkte, wie schwach das Tier war. Mithilfe eines dünnen Zweiges richtete er den gebrochenen Flügel des Jungtieres. Dann suchte er nach geeigneter Nahrung. Er musste den Tukan zum Fressen bringen, damit er die Kraft aufbrachte, gesund zu werden.

Ganz in der Nähe entdeckte Cauré die Samenkapsel eines Paranussbaumes. Er schlug die faustgroße Kapsel mit seinem Messer auf und entnahm ihr die Samen. Jeder einzelne Samen wurde ebenfalls von einer harten Schale geschützt, die er mithilfe eines Steines aufschlug. Es kostete einige Geduld, bis er an die ölhaltige Frucht gelangte. Nach einigen Versuchen gelang es ihm, den großen Schnabel des Vogels zu öffnen. Er war erstaunt, wie wenig er wog angesichts seiner Größe. Er legte den Samen hinein, in der Hoffnung, dass der Tukan ihn schlucken würde. Doch das Tier war zu schwach, um die Nahrung hinunterzuwürgen. Cauré beschloss nachzuhelfen. Er hob Kopf und Schnabel an, sodass die Nuss in Richtung seines Schlunds rutschte. Endlich öffnete sich der Kehlkopf, und die Frucht fand ihren Weg in Richtung Magen. Nur wenig später begann der Vogel munterer zu werden. Er legte seinen Kopf schief und sah Cauré bittend an.

»Du möchtest mehr?« Der Hapuweteri lachte vergnügt.

Den nächsten Samen zerkleinerte er mit dem Stein. Dieses Mal öffnete der Tukan seinen Schnabel von selbst. Cauré legte die Nuss hinein, und der Vogel verschlang sie mit einem gierigen Haps. Wenig später war er so gekräftigt, dass er selbst nach den Samen pickte. Cauré freute sich über die Fortschritte, die der junge Tukan machte. Er empfand Freundschaft und

Verbundenheit mit dem Tier. Dann wurde ihm erst die Torheit seines Handelns bewusst. Ein Hapuweteri half keinem Tukan. Diese Vögel waren tabu. Der Tukan mit seinem schillernden Schnabel und hellem Hals stand in dem Ruf, mit Arowê, dem kriegerischen Geist der Unruhe, in Verbindung zu stehen. Wenn er ihn mitnahm, würde er die Missgunst seiner Stammesbrüder auf sich ziehen. Cauré schüttelte unwirsch den Kopf. War nicht der Tukan auch ein Teil seines utupé? Damit hatte er das Recht, sich um ihn zu kümmern. Trotzig schob er seine Unterlippe vor. Sein Entschluss stand fest, er würde den Vogel mit zu seinem Dorf nehmen.

»Cauré ist zurück. Er hat einen Tukan bei sich! Weiß er nicht, dass er damit Zwietracht in unseren Stamm trägt?«, brüllte Nakitao, der seinen Spitznamen »laute Stimme« nicht zu Unrecht trug. Sein Ruf hallte durch das ganze Dorf, während er mit zwei weiteren Männern ihres Stammes auf den nicht überdachten Innenhof ihres Shabono trat. Zwei Frauen, die gerade Kochbananen für eine Mahlzeit schälten, ließen von ihrer Arbeit ab und blickten neugierig in Richtung des Eingang. Gefolgt von einer Schar lärmender Kinder, trat kurz darauf Cauré in den Rundbau. Takawe schälte sich mühsam aus seiner Hängematte, um den Zurückgekehrten zu begrüßen. Das Gehen fiel dem alten Shapori zunehmend schwer. Die Mühen des Alters machten auch vor ihm nicht Halt. *Wenn mein Sohn zurückkehrt, hat er seinen utupé gefunden,* dachte er befriedigt. Seine Sorge, der junge Mann könne versagt haben, hatte sich nicht erfüllt.

»Willkommen, mein Sohn«, begrüßte er ihn mit einer herzlichen Umarmung. »Mein Herz freut sich, dass du gesund aus dem Reich der Xapiripé zurückgekehrt bist.«

»Ich danke dir dafür, Vater«, antwortete Cauré höflich. Takawe stellte zufrieden fest, dass der junge Mann in den Tagen seiner Abwesenheit gereift war. Das Unstete in seinem Blick hatte sich gelegt. Auch ohne dass er ihn fragte, wusste er, dass sein Stiefsohn erfolgreich gewesen war. Voller Zärtlichkeit entfernte er eine Ameise aus Caurés dichtem, rundgeschnittenem Haarschopf.

»Hast du deinen utupé etwa in dem Tukan gefunden?«, feixte Nakitao. Sein Tonfall war abfällig, was Takawe ärgerte. Sein leiblicher Sohn war stets eifersüchtig auf seinen Stiefbruder. »Hat mein Bruder etwa vergessen, dass diese Vögel mit Arowê im Bunde sind? Gib ihn mir, ich werde ihn für dich töten.« Nakitao versuchte den Tukan von Caurés Schulter zu nehmen, doch dieser wehrte ihn ab.

»Der Tukan steht unter meinem Schutz, Bruder! Wage nicht, ihm etwas anzutun. Er gehört mit dem Adler und anderen Vögeln zu meinem utupé.«

Nakitao lachte hämisch auf. »Hört! Hört! Der Sohn der Baniwa-Frau behauptet, alle Vögel zum utupé zu haben. Er möchte uns weismachen, dass er mächtiger ist als unser Shapori. Ich sage euch, er ist ein mächtiger Aufschneider!«

Nach Zustimmung heischend sah er sich bei den Stammesmitgliedern um, die ebenfalls zu seiner Begrüßung herbeigeeilt waren. Ein allgemeines Gemurmel setzte nun ein, das noch mehr Bewohner des Shabono auf den Versammlungsplatz strömen ließ. Cauré ließ sich davon nicht aus der Ruhe bringen.

»Ich sage die Wahrheit«, behauptete er und streichelte demonstrativ über das schwarzglänzende Gefieder des Tukans auf seiner Schulter. Wie zum Beweis legte der Vogel zärtlich seinen Kopf an Caurés Wange. Manch einer der Anwesenden nickte ihm wohlwollend zu, die meisten schüttelten jedoch ungläubig den Kopf.

»Er soll den Tukan aus dem Dorf schaffen«, forderte Rââsi,

deren Spitzname »die Kränkliche« war. »Er ist schuld, wenn es Streit und Missgunst unter uns gibt.«

Zustimmendes Gemurmel ertönte nun. Doch Cauré widersprach.

»Mein Geist ist mit dem Geist des Tukans verbunden. Daher weiß ich genau, dass Arowê mit diesem Vogel kein Bündnis eingegangen ist.«

»Wahrscheinlich stehst du ebenfalls unter Arowês unheilvollem Einfluss«, stichelte Nakitao.

»Wer hat denn mit dem Streit angefangen? Du oder ich?« Caurés dunkle Augen blitzten seinen Stiefbruder herausfordernd an. »Du bist doch nur eifersüchtig, weil dein utupé ein ängstliches Aguti ist.«

Nun waren die Lacher auf Caurés Seite. Nakitao schäumte vor Wut und war kurz davor, handgreiflich zu werden. Takawe fand es an der Zeit einzuschreiten.

»Ruhe!«, gebot er den beiden Streithähnen. »Du hast kein Recht, den utupé deines Bruders infrage zu stellen«, wandte er sich scharf an Nakitao, und mit derselben Strenge sagte er zu Cauré: »Und du hast kein Recht, dich über den utupé deines Bruders lustig zu machen.« Sehr viel milder fügte er hinzu: »Brüder sollten zusammenhalten und nicht streiten.«

»Er ist nicht mein Bruder«, schäumte Nakitao aufs Neue. »Er ist und bleibt ein Fremder, ein minderwertiger Baniwa.«

»Halte deine Zunge im Zaum, Sohn!« Takawes Stimme bekam plötzlich etwas Drohendes. »Wenn ich noch einmal diese Worte aus deinem Mund höre, dann ist es nicht er, den ich verstoße, sondern du. Ihr steht beide meinem Herzen nah. Er genauso wie du! Und nun geh!«

Er winkte Cauré zu sich und wollte mit ihm unter den überdachten Teil der Rundhütte gehen. Doch Rââsi bestand darauf, dass der Tukan aus dem Dorf entfernt wurde.

»Es ist der Vogel, der den Streit ins Dorf gebracht hat«, jammerte sie. »Sorgt dafür, dass er verschwindet!«

Einige andere schlossen sich ihrer Meinung an. Ein neuer Tumult drohte auszubrechen. Doch nun lenkte Cauré ein.

»Ich möchte nicht gegen die Regeln unseres Stammes verstoßen«, gab er sich einsichtig. »Aber die Xapiripé haben mir aufgetragen, mich um diesen Vogel zu kümmern. Er ist ein Teil von mir, deshalb kann ich ihn nicht töten. Wenn ihr damit einverstanden seid, werde ich mit dem Tier so lange außerhalb des Shabono leben, bis der Vogel wieder gesund ist.«

Takawe war stolz auf seinen Ziehsohn. »Das ist die weise Entscheidung eines angehenden Shapiro«, lobte er ihn vor allen.

Bis auf Nakitao stimmten ihm alle zu.

5

Vier Wochen später

Rhys saß wie auf Kohlen. Jeder Tag, den er länger auf Highgrove Manor verbringen musste, ließ seine Ungeduld wachsen. Es drängte ihn, endlich das eigene Leben anzupacken. Seit Amber durch ihr beherztes Eingreifen bei der Geburt des kleinen Andrew Reginald wieder einmal bewiesen hatte, wie stark sie in außergewöhnlichen Situationen sein konnte, war sie wie ausgewechselt.

Rhys beobachtete teils freudig, teils aber auch mit wachsendem Unbehagen, wie dieses Ereignis Amber verändert hatte. Offensichtlich hatte die Geburt ihres Neffen in ihr unerwartete Muttergefühle ausgelöst. Immer wieder hatte er miterlebt, wie Amber, wenn sie in den Anblick des Kleinen versunken war, vor Rührung Tränen in die Augen traten. Als Beatrice und Camden sie beide baten, die Patenschaft für ihren Sohn zu übernehmen, war sie außer sich vor Freude. Man musste kein Hellseher sein, um erkennen zu können, dass Amber sich ebenfalls ein Baby wünschte.

Rhys hatte auch hierbei ambivalente Gefühle. Natürlich wünschte er sich Kinder und damit auch in dieser Hinsicht einen Neuanfang in seinem Leben. Auf der anderen Seite würden Kinder aber auch bedeuten, dass sie ihr Leben nicht so würden führen können, wie er es gerne getan hätte. Er wünschte sich Amber an seiner Seite, wenn er demnächst wieder für Forschungszwecke in ferne Länder reiste. Aus diesem Grund hatte er gleich nach seiner Rückkehr damit begonnen, Briefe an die Royal Society zu schreiben, um sich erneut für die anstehende Exkursion an den Amazonas in Erinnerung zu bringen. Bislang hatte er vergeblich auf eine Antwort gewartet. Und diese Wartezeit zehrte an seinen Nerven. Je länger er gezwungen war, auf dem Landsitz von Ambers Familie zu bleiben, desto schlechter wurde seine Laune. Das müßige Leben behagte ihm so gar nicht. Außerdem ärgerte es ihn, dass Sir Reginald keinen Versuch ausließ, um ihn doch noch an Highgrove Manor und die Fabrik zu binden. Sein Wunsch war, dass er als zweiter Teilhaber in den Fabriken mitarbeitete.

»Es wäre nicht zu eurem Schaden«, versicherte Sir Reginald wiederholt. »Du kannst weiterhin deinem archäologischen Faible folgen und dir ab und an gerne ein wenig Zeit dazu nehmen. Deine Arbeit hier in der Spinnerei wird dir die nötigen finanziellen Mittel dazu verschaffen. Denk doch auch an Amber und eure zukünftigen Kinder.«

Anfangs hatte sich Rhys, auch Amber zuliebe, höflich bedeckt gehalten. Er war um des lieben Friedens willen sogar bereit gewesen, sich die Spinnerei genauer anzusehen. Wie man es von ihm erwartete, lobte er das Unternehmen und zeigte dabei sogar einiges Interesse. Tatsächlich bewunderte er, mit welchem Engagement sowohl Reginald als auch Camden sich für den wirtschaftlichen Fortschritt einsetzten und dabei auch nicht ihre soziale Verantwortung vergaßen. In den Spinnereien von *Callahan & Sons* gab es eine ganze Siedlung mit Häusern, die von den Arbeitern und deren Familien bewohnt werden konnten. Statt bis zu vierzehn Stunden täglich, wie es in den anderen Fabriken üblich war, mussten die Arbeiter hier nur elf Stunden arbeiten. Die Inhaber bezahlten den Leuten einen anständigen Lohn und übernahmen sogar in einem gewissen Rahmen die Arztkosten von Arbeitern und Familienangehörigen. Immer wenn Sir Reginald von den neuesten technischen Erfindungen und den damit verbundenen Vorteilen erzählte, strahlte er vor Begeisterung.

»Im Gegensatz zu unseren Nachbarn, den Franzosen, oder den sicherlich erfindungsreichen Deutschen haben wir Engländer einen großen Vorteil, der sich auch wirtschaftlich zeigt. Während die Franzosen mit ihren Erfindungen erst einmal vor ihren wissenschaftlichen Kollegen prahlen und damit wertvolle Zeit vergeuden, weil es immer irgendwelche Einwände gibt, werden unsere technischen Entwicklungen direkt in die industrielle Produktion überführt. Mein Vater Archibald Callahan, der Gründer unserer Spinnerei-Dynastie, hat sich das Wissen des findigen Technikers Samuel Crompton sofort zunutze gemacht. Crompton hatte gerade eine mit Wasserkraft betriebene Spinnmaschine erfunden, die der *Waterframe* von Richard Arkwright und erst recht der noch handbetriebenen *Spinning Jenny* des alten James Hargreaves weitaus überlegen war. Dank der findigen Intelligenz von Malcolm Bannister, der sich übrigens als einfacher Arbeiter in unserer Fabrik hochgearbeitet hat, wurden die Maschinen auf Dampfkraft umgestellt und noch um einiges verbessert. Ich darf ohne falsche Bescheidenheit sagen, dass wir in England zu den führenden Spinnereien gehören. Du begehst also keinesfalls einen Fehler, wenn du dich für uns entscheidest.«

Steter Tropfen höhlt den Stein, so hoffte Ambers Vater offensichtlich, denn er ließ keine Gelegenheit aus, den Schwiegersohn zu überzeugen. Und dennoch interessierte Rhys weder die Arbeit in der Spinnerei noch das viele Geld, das damit zu verdienen war. Vielmehr ärgerte es ihn zunehmend, dass sein Schwiegervater seine archäologische Forschungsarbeit als privates »Faible« herunterspielte. Als er mit Sir Reginald am Abend vor der Taufe nach dem Dinner bei einem guten Glas Scotch im Kaminzimmer saß, kam erneut das Gespräch auf dieses Thema.

»Könntest du mich nach der Taufe für zwei oder drei Tage zu unseren Kohleminen nach Lancashire begleiten?«, begann Sir Reginald scheinbar harmlos das Gespräch. »Ich würde zu einigen Dingen gerne deine Meinung hören.«

Rhys sah seinen Schwiegervater verstimmt an. »Ich wüsste nicht, wie ich dir eine Hilfe sein könnte«, antwortete er zurückhaltend. »Ich denke, Camden wäre die bessere Begleitung für dich.«

»Camden hat genug um die Ohren. Er ist gerade Vater geworden und muss sich hier in der Spinnerei um die neuen Maschinen kümmern. Wir probieren gerade neue Spinnmaschinen aus, die uns ein Gentleman aus London angeboten hat. Deshalb wird er jede Minute hier gebraucht. Dummerweise gibt es nun auch in Lancashire einige Probleme, die wir dringend lösen müssen. Der Leiter der Mine muss sich aus gesundheitlichen Gründen aus der Führung zurückziehen. Ich dachte, dass du vielleicht … wenigstens eine Zeit lang … uns unterstützen könntest …?«

Reginalds Blick war freundlich, doch er strahlte auch eine gewissen Autorität aus, die keinen Widerspruch duldete. Gerade dies empörte den freiheitsliebenden Rhys. Er war viel zu sehr Amerikaner, als dass er sich auf diese Weise vereinnahmen ließ. Er beschloss, dem Alten nun endlich reinen Wein einzuschenken.

»Werter Schwiegervater«, begann er freundlich, aber bestimmt, »dein Vertrauen in mich ehrt mich sehr. Dennoch muss ich dir erklären, dass ich es nicht verdiene. Zugegebenermaßen habe ich mich vor ein paar Jahren tatsächlich mit wirtschaftlichen Dingen beschäftigt. Leider habe ich mich darin als nicht sehr geschickt erwiesen. Ich war nicht nur zu gutgläubig meinen Investoren gegenüber, sondern auch nicht beharrlich genug, um ihre Hintergedanken zu durchleuchten. Es wurde ein bedauerlicher Reinfall, der mich einen großen Teil meines Vermögens gekostet hat. Glaube mir, wenn du mich als Leiter der Kohlemine einstellen würdest, wäre dies nur zu deinem Nachteil. Außerdem muss ich dir mitteilen, dass Amber und ich andere Pläne hegen. Gleich nach der Taufe morgen werden wir nach London abreisen. Ich möchte dort bei der Royal Society vorstellig werden.«

»Ich halte das für äußerst unbedacht«, brauste Sir Reginald ungeduldig auf. »Denk doch endlich mal an eure Zukunft! Hier in Bingley hättet ihr ein sicheres Auskommen, in London dagegen …« Er legte eine vielsagende Pause ein. »Camden hat sich nach anfänglichen Schwierigkeiten auch in die Geschäfte eingearbeitet und mittlerweile viel Gefallen daran gefunden. Dir wird es nicht anders ergehen. Ihr beide versteht euch gut und würdet euch wunderbar ergänzen. Außerdem halte ich es für äußerst unverantwortlich deiner Frau gegenüber, wenn du sie aus ihrem gewohnten Umfeld reißt. Amber – verzeih, wenn ich mich so hart ausdrücke – ist nicht gesund. Auch wenn sie sich Mühe gibt, es vor uns zu verbergen, so ist es nicht zu übersehen, dass ihre Schmerzen sie stark beeinträchtigen. Sie humpelt, kann an manchen Tagen kaum gehen, überdies …«

»Deine guten Absichten in allen Ehren«, unterbrach ihn Rhys nicht sehr höflich, »aber über meine und Ambers Zukunft zu entscheiden, ist von nun an meine Aufgabe. Wir sind uns darüber einig geworden, dass wir noch einmal gemeinsam eine Expedition starten wollen. Amber ist mir dabei eine wertvolle Hilfe. Sie verfügt über grundlegende wissenschaftliche Fähigkeiten und ist eine hervorragende Zeichnerin. Sie kann all unsere Funde dokumentieren. Und was ihre Gesundheit anbetrifft, so wird ihr das warme Klima am Amazonas nur guttun.« Rhys trank sein Glas aus und erhob sich. »Ich möchte dich nicht kränken, lieber Schwiegervater, aber unser Entschluss steht fest. Ich wäre dir sehr verbunden, wenn du ihn akzeptieren könntest.« Er erhob sich. »Ich wünsche dir eine gute Nacht.«

Die Taufe des kleinen Andrew Reginald Callahan fand am späten Vormittag in der Kirche St. Michael le Belfry in York statt. Sir Reginald hatte es sich nicht nehmen lassen, die Geburt seines ersten Enkels von Charles Thomas Longley höchstpersönlich vornehmen zu lassen. Der gerade neu ernannte Erzbischof von York war Sir Reginald aus dem Parlament bestens bekannt und fühlte sich ihm freundschaftlich verbunden.

Amber und Rhys saßen mit Sir Reginald und Maeve in einer Kutsche. Schon bald fiel Amber auf, wie zurückhaltend, ja beinahe beleidigt sich ihr Vater Rhys und ihr gegenüber verhielt. Sie sah Rhys fragend an, doch der tat so, als bemerke er ihren Blick nicht. Um die etwas angespannte Atmosphäre aufzulockern, begann Amber Rhys etwas über St. Michael zu erzählen.

»Wusstest du, dass in dieser Kirche bereits einige berühmte englische Männer getauft wurden? Vielleicht sagt dir der Name Captain Christopher Levett etwas.«

»Hm!« Rhys schien mit seinen Gedanken ganz woanders zu sein. Maeve, der das angespannte Verhältnis zwischen den beiden Männern ebenfalls nicht entgangen zu sein schien, nahm den Gesprächsfaden sofort auf.

»Das war doch dieser Erfinder, Schriftsteller und Schiffskapitän, der als Erster die Küste der Neuenglandstaaten erkundet hat. War er später nicht sogar Gouverneur von Virginia? Das müsste dich doch sehr interessieren, lieber Rhys.«

»In der Tat«, brummte Rhys immer noch einsilbig.

»Mein Schwiegersohn hält es wohl lieber mit dem anderen, eher aufständischen Gentleman, der die Ehre hatte, in dieser Kirche getauft zu werden. Vielleicht sagt dir die Geschichte von Guy Fawkes etwas?« Sir Reginald fixierte Rhys provozierend.

Amber zuckte zusammen. Was um Gottes willen war nur zwischen den beiden vorgefallen, dass ihr Vater sich so beleidigend verhielt? Rhys war gestern Abend sehr erregt zu ihr gekommen, hatte jedoch trotz ihres Nachhakens kein Wort verlauten lassen. Doch Rhys hielt Reginalds Blick mühelos stand und wagte sogar ein zynisches Lächeln.

»Auch wir Amerikaner verfügen über ein Minimum an englischem Geschichtswissen«, konterte er gelassen. »Guy Fawkes wurde im Jahr 1570 in der Kirche St. Michael le Belfry im anglikanischen Glauben getauft. Im Alter von sechzehn Jahren konvertierte er jedoch zur katholischen Konfession. Man sagt, dass sein Stiefvater ihn dazu ermunterte. Als katholischer Offizier hatte er ein von Grund auf gespaltenes Verhältnis zur Anglikanischen Kirche und seinem Oberhaupt König James I. Er setzte sich für ein katholisches Königreich ein und organisierte im Jahre 1606 mit einigen Mitverschwörern den sogenannten ›Gunpowder Plot‹. Im Zuge dieses geplanten Attentates mietete er Kellerräume unter dem Palast von Westminster an und deponierte dort sechsunddreißig Fässer mit mehr als zwei Tonnen Schwarzpulver. Seine Absicht war es, am Tag der Parlamentseröffnung im House of Lords das Parlament mitsamt dem König, die königliche Familie und die Parlamentarier in die Luft zu jagen. Danach wollte er eine neue, katholische Monarchie für England gründen. Leider …« Rhys vergewisserte sich, dass ihm alle zuhörten. »… leider hielt einer seiner Mitverschwörer nicht dicht, und die ganze Sache flog auf. Guy Fawkes und seine Mitstreiter wurden zum Tod durch Hängen, Ausweiden und Vierteilen verurteilt. Guy Fawkes – und das, meine ich, ist ebenso bemerkenswert wie die Tatsache, dass es die englische Regierung noch heute vor jeder Parlamentseröffnung für nötig erachtet, die Kellergewölbe von Westminster zu inspizieren … – Guy Fawkes verkürzte die grausame Strafe, indem er mit der Schlinge um den Hals noch vor seinem Erhängen vom Galgen sprang und sich dabei immerhin sehr rasch den Hals brach.«

Amber sah voller Unbehagen, wie sich Sir Reginald unangenehm berührt an seiner Halsbinde zu schaffen machte, und warf Rhys einen bösen Blick zu. Der zuckte nur lässig mit den Schultern. Wie um dem Ganzen die Krone aufzusetzen, fügte er noch süffisant hinzu: »Man sagt übrigens, dass Guy Fawkes der einzige Mann ist, der je mit ehrlichen Absichten ins Parlament ging!«

»Rhys! Jetzt reicht es!«, fuhr Amber ungehalten dazwischen. Schließlich war ihr Vater ein angesehener Parlamentarier. Diese Bemerkung kam schon fast einer Beleidigung gleich. Doch zu Ambers und auch Maeves Überraschung begann Sir Reginald plötzlich herzhaft zu lachen.

»Touché«, zollte er Rhys offen Beifall. »Das nennt man Schlagfertigkeit. Ich nehme dir deine Bemerkung nicht übel. Du wolltest mir nur einmal mehr zeigen, dass ich mich nicht in eure Angelegenheiten einzumischen habe.«

Reginald lachte immer noch, während Amber und Maeve sich ratlos ansahen.

Die Taufe verging indes ohne weitere Zwischenfälle. Auf dem Kirchplatz vor der dreischiffigen Kirche versammelte sich die Taufgesellschaft nach dem Gottesdienst. Der kleine Andrew ertrug die Prozedur mit stoischer Gelassenheit. Amber hatte darauf bestanden, dass sie ihren kleinen Patensohn selbst hielt, während Erzbischof Longley ihn taufte. In dem Augenblick, als der Erzbischof den kleinen Andrew mit reichlich Wasser übergoss, drang ein Sonnenstrahl durch das bunte Kirchenfenster und umhüllte den Säugling wie ein Strahlenkranz. Andrew blinzelte, spürte das Wasser und ließ einen kurzen Protestschrei los. Dann schenkte er Amber ein erstes zahnloses Lächeln. Ambers Herz öffnete sich vor Freude, und genau in diesem Moment spürte sie, dass auch Tashi im Geiste bei ihr war. Vor ihrem inneren Auge sah sie sein fröhliches Lächeln und hörte sein glucksendes Lachen, als er ihr auf seine unnachahmliche Weise verkündete: *Um gegen Unruhe und Überdruss anzukämpfen, schau dir die Kinder an. Sie sind die Spontaneität, die Aufrichtigkeit, die Unschuld, die du verloren hast. Steig herab vom Pferd deiner Erwachsenenrolle, lerne, an ihren Spielen mit teilzuhaben, ihre Emotionen zu erleben – und du wirst sehen, wie deine Augen zu leuchten beginnen und die Dinge wieder neu werden.*

In diesem Augenblick fühlte sich Amber so glücklich wie lange nicht mehr.

6

Der Sonnenuntergang tauchte den Himmel über dem Fluss in glühendes Feuer. Nur wenige Minuten loderten die Farben wie Flammen über den Wipfeln der Bäume, dann löste sich alles sehr schnell in tiefe Dunkelheit auf. Müde, wenn auch erfüllt von der Gewissheit, dass er nun ein Shapori war, saß Cauré auf einem runden, glatt geschliffenen Felsen am Rio Toototobi und lauschte in die aufkommende Nacht. Nicht weit von ihm landete der Tukan im Geäst eines Baumes und begrüßte ihn mit einem aufgeregten *Quenky-quenky-quok-quok-quok.* Seit der Vogel das Fliegen erlernt hatte, machte er immer längere Ausflüge in den Dschungel. Seiner Verbundenheit mit dem Vogel hatte Cauré es zu verdanken, dass Takawe nun ihn zum Zauberer ausbildete und nicht seinen leiblichen Sohn Nakitao. Entgegen seiner Natur war der Tukan, auch nachdem er gesund und flügge geworden war, bei ihm geblieben. Cauré hatte seinen Geist, wie es dem Brauch entsprach, freigegeben. Doch der Vogel suchte nach wie vor seine Nähe und ließ die Verbindung zwischen ihnen nie abbrechen. Cauré war es so jederzeit möglich, durch die Augen des Tukans den Dschungel zu betrachten. Er konnte so Dinge sehen, die weit von ihm entfernt geschahen. Als er Takawe davon berichtete, war der alte Shapori sehr nachdenklich geworden.

»Der Tukan ist dein besonderer *utupé,* weil du ihm am Tag deiner Initiation das Leben gerettet hast. Er gibt dir die Möglichkeit, durch seine Augen zu sehen. Nimm seine Freundschaft als Geschenk an. Mit seiner Hilfe wirst du Dinge erkennen, die anderen Menschen verborgen bleiben. Es ist ein Hinweis, dass du ein großer Shapori sein kannst.«

Cauré war anfangs mit diesem Geschenk nicht besonders glücklich gewesen. Schließlich galt der Tukan als Unglücksvogel und Streitsäer unter allen Tieren. Einige seiner Stammesgenossen, allen voran Nakitao, forderten sogar, dass er erst wieder in die Gemeinschaft des Shabono aufgenommen werden sollte, wenn der Vogel nicht mehr bei ihm war. Doch Takawe, dessen Stimme trotz seines Alters immer noch am meisten zählte, hatte verkündet, dass Cauré die Weihe zum Shapori durchlaufen werde und danach zum großen Bananenfest wieder in der Siedlung willkommen sein würde. Die meisten seiner Stammesbrüder waren damit einverstanden gewesen, denn Cauré war, obwohl er anders war als sie alle, allgemein beliebt. Nur sein Bruder Nakitao hatte sich gegen seine Wiederaufnahme ausgesprochen. Er konnte ihm nicht verzeihen, dass Takawe Cauré und nicht ihn zum Shapori ausbildete.

Kurz darauf hatte Caurés Initiation begonnen. Zuerst musste er sich wochenlang in die Abgeschiedenheit seiner Hütte zurückziehen. Niemand durfte ihm zu nahe kommen, vor allem keine Frau. Nur einem Jungen aus dem Shabono, der noch nie bei einer Frau gelegen hatte, und Takawe war es erlaubt, ihn zu sehen. Der Junge stellte ihm täglich eine Kalebasse mit frischem Wasser und etwas Honig vor die Hütte, sorgte dafür, dass das Feuer in seiner Hütte nicht ausging, und blies ihm alle paar Stunden eine Ladung von dem Yakoana-Pulver in die Nase. Seither schwebte Caurés Geist zwischen allen Welten, während sein Körper unter den Entbehrungen und unter der Droge zunehmend litt. Die meiste Zeit hatte er damit verbracht, in seiner Hütte in seiner Hängematte zu liegen.

Manchmal saß er auch auf einem glatt geschliffenen Baumstamm, den Takawe ihm gebracht hatte, denn ein Geweihter durfte während seiner Einweihung niemals auf dem blanken Boden sitzen.

Nach einer Woche waren Caurés Gesichtszüge von dem Gebrauch des Yakoana-Pulvers ganz dunkel und eingefallen geworden. Seine sonst so leuchtenden Augen wurden glanzlos, sein Blick unkonzentriert. Er war schmutzig und ausgezehrt und bewegte sich mit der Schwerfälligkeit eines Tapirs. Wie sein Schüler hatte auch Takawe jeden Tag Yakoana genommen. Unermüdlich brachte er stundenlange Gesänge dar, mit denen er die *Xapiripé* in Caurés Hütte gelockt und gebeten hatte, sie sollten die Brust des jungen Mannes öffnen. Aus der Ferne fielen hin und wieder auch andere Männer seines Stammes in die Gesänge ein.

Im Laufe der zweiten Woche waren die Gesänge Cauré so in Leib und Seele übergegangen, dass er gar nicht anders konnte, als in sie einzustimmen. Anfangs hatte seine Stimme noch unsicher und zittrig geklungen. Er wagte nur die Lockgesänge für das Gürteltier, den Tapir, den Jaguar und andere große Tiere zu singen. Sie gehörten zu den männlichen Geistern und waren am leichtesten zu beschwören. Als Nächstes sang er für die Xapiripé von Pflanzen und Steinen. Und dann schließlich für die weiblichen Geister – die Schlange, die Spinne und den Kolibri. Diese Xapiripé waren besonders schwer anzulocken. Sie galten als heimtückisch und eifersüchtig und vor allem schwer unter Kontrolle zu halten.

Das Ritual kostete Cauré so viel Kraft, dass er Takawe eines Tages nur noch schwankend entgegentreten konnte, als dieser ihn besuchte. Der Junge, der ihn umsorgte, musste ihn stützen, damit er aufrecht stehen bleiben konnte, während Takawe um ihn herumtanzte.

»Sing lauter, Cauré«, drängte ihn der alte Mann unerbittlich, während ihn die Macht der Erschöpfung zu Boden ziehen wollte. »Sing so laut wie die Vögel, so laut wie die Jaguare!« Takawes Tanz wurde immer wilder. Er entfernte sich von dem Platz, auf dem Caurés Hütte stand, in den Urwald hinein. Von dort ertönte erneut seine kraftvolle Stimme. »Cauré, sing lauter! Auch die Xapiripé, die in allen vier Ecken der Welt wohnen, müssen deinen Gesang noch hören.«

Von den Rufen des mächtigen Shapori ermuntert, sang Cauré immer weiter, obwohl die Xapiripé ihn neckten und immer noch warten ließen. Jedes Mal, wenn er so müde wurde, dass er sich gegen die Macht des Schlafes nicht mehr wehren konnte, kam Takawe oder der Junge und blies ihm neues Yakoana-Pulver durch die Nase. Begleitet von ihren Gesängen, fiel er erneut in Trance, um die Geister des Waldes anzulocken. Träume, Wahnvorstellungen, Bilder wirbelten durch seinen Geist wie tanzende Dämonen. Durch die Augen seines Tukans sah er die Tiere des Waldes. Den mächtigen Jaguar, wie er im Gebüsch seiner Beute auflauerte. Den vorsichtigen Tapir, der sein Junges zu den sauren Wiesen am Schwarzwasserfluss brachte. Zwei Gürteltiermännchen, die um ein Revier kämpften. Brüllaffen im Kampf gegen eine Kapuzineraffenhorde. Ein Schwarm bunter Schmetterlinge erhob sich wie eine federnbunte Staubwolke von einem Stein, wo sie alle gleichzeitig gerade erst aus ihren Kokons geschlüpft waren. Er sah Schlangen, Frösche und Fledermäuse in ihren Baumverstecken. Und plötzlich auch etwas, was er im Dschungel noch nie erblickt hatte. Eine Frau mit lockigen, dunklen Haaren und einer Haut so hell wie der Sand am Flussufer. Sie humpelte, war aber trotz ihrer Gebrechlichkeit stark. Sie fuhr auf einem dampfenden Einbaum den großen Fluss hinunter. Er war größer als alles, was Cauré je gesehen hatte. Um ihren Hals trug sie ein steinernes Amulett, das sie auf magische Weise beschützte. Sie lächelte ihm zu und versuchte, ihm etwas zu reichen, doch bevor ihr das gelang, wurde ihr Gefährt von mächtigen Stromschnellen ergriffen und auf einen gewaltigen Wasserfall zugetrieben. Ihr qualvoller Schrei zerschnitt ihm das Trommelfell, während er hilflos mit ansehen musste, wie sie von der Tiefe verschlungen wurde. Bevor er sich jedoch weitere Gedanken um ihr Schicksal machen konnte, stiegen die Xapiripé an dünnen Fäden zu ihm herab. Sie waren so dünn wie Spinnweben. Ihre zarten Körper waren wunderschön bemalt mit leuchtenden Farben und saftig rotem Urucum. Sie summten und brummten und tanzten auf ihn zu.

»Takawe!«, schrie Cauré mit hellem Entzücken. »Die Xapiripé kommen. Sie öffnen mir Brust und Kopf. Sie dringen durch die Finger und die Füße in mich ein. Vater! Hilf mir! Jetzt kommen sie auch durch die Augen und die Nase!«

Ein Glücksgefühl, größer als der Mond in seiner vollen Größe, durchströmte Caurés Körper. Es durchflutete seine Seele und ließ ihn trotz seiner Erschöpfung leicht wie eine Feder werden. Er sprang auf und tanzte, tanzte mit Takawe im Mondschein über die Erde. Mit dem flutenden Licht der aufgehenden Sonne führte Takawe seinen Schüler zurück in seine Hütte, blies ihm Yakoana-Pulver in die Nase und gebot ihm weiterzusingen. Cauré tat, was sein Lehrmeister von ihm verlangte, auch wenn er kaum noch die Kraft hatte, sich zu bewegen. Mit eingefallenen Augen und Wangen stieg sein Geist in die feurigen Höhlen der Erde hinab, um in das Haus des Donners, wo der Tod wohnte, zu steigen. Er ließ den Nebel des Urwalds hinter sich und fand den Geist, der allen Vögeln innewohnte. Mit ihm an der Seite stieg er zum Herzen der Sonne empor, in die hell erleuchteten Hütten seiner Brüder und Schwestern, den Xapiripé des Himmels. Auf seinem Weg zurück traf er auf die armen Seelen derjenigen, deren Körper zerstückelt, aber nicht verbrannt worden waren, wie es der Brauch geboten hätte. So waren auch ihre Knochen nicht aus der Asche gelöst worden. Sie waren rastlose Seelen, die im Dschungel anderen Lebewesen Leid zufügen mussten, bis ihre Knochen zu Pulver zerstoßen und von ihren Angehörigen verspeist worden waren. Auch Cauré versuchten sie in ihren Bann zu locken, doch die Xapiripé des Lichts standen ihm bei und führten ihn zurück in seine Hütte. Dort wartete Takawe auf ihn, um mit ihm den Rest der Nacht leise zu den Xapiripé zu singen.

Am nächsten Tag wurde Cauré von dem Jungen, der ihn die Wochen über fürsorglich begleitet hatte, mit warmem Wasser gewaschen und danach mit wohlriechenden Blättern abgetrocknet. Dann bemalte er Caurés Gesicht mit einer Mischung aus Kohle und Urucum. Sorgfältig zog er Schlangenlinien, die sich von der Stirn über die Wangen und bis auf die Schultern hinunterzogen. Der übrige Körper wurde bis zu den Fußknöcheln mit gleichmäßig verteilten runden Tupfen bemalt.

So geschmückt saß Cauré jetzt auf dem Felsen am Rio Toototobi und lauschte dem zärtlichen Keckern seines Tukans. Eine grenzenlose Melancholie befiel ihn mit einem Mal, als ihm klar wurde, dass er nicht mehr sein früheres menschliches Ich besaß, sondern ein anderer geworden war. Er spürte noch die Schatten seiner Vergangenheit, gleichzeitig jedoch auch eine neue, Zuversicht spendende Kraft, die vorher nicht da gewesen war. Seine neu erworbenen Kenntnisse und Erfahrungen schienen ihm beständiger als die Erinnerung an die Vergangenheit. Nun war es nicht mehr wichtig, dass er ein geraubter Fremdling aus einem fremden Stamm war. Jetzt war er ein Zauberer der Hapuweteri. Sobald das Bananenfest vorüber war, würde er erneut in den Dschungel gehen, um mehr über die Xapiripé und ihre Kräfte zu erfahren.

Vier Wochen später

Quenky-quenky-quok-quok-quok.

Cauré sah sich suchend nach seinem Tukan um. Er hatte den Vogel seit dem Abend nach seiner Initiation als Shapori nicht mehr gesehen. Er war weder im Shabono während des Bananenfestes aufgetaucht noch später, als er sich für weitere Geisterfahrungen in den Urwald zurückgezogen hatte. Sein utupé schien zu spüren, dass er seine Sinne derzeit auf andere Dinge lenken musste. Und das war gut so. In den Wochen im Dschungel hatte Cauré viel gelernt. Seine wichtigste Erkenntnis der vergangenen Wochen war gewesen, dass er noch weit entfernt davon war, ein großer Shapori zu sein. Er konnte weder zu seiner Zufriedenheit die Gewitterstürme befehligen noch die Winde steuern. Aber er hatte die Xapiripé auf seine Seite ziehen können, wenn es darum ging, Krankheiten zu heilen und böse Geister in die Flucht zu schlagen. Jeder Tag, den er einsam im Urwald verbrachte, machte ihm das Göttliche und nicht Greifbare deutlicher.

Quenky-quenky-quok-quok-quok.

Cauré spürte, wie sich der Geist des Tukans mit ihm zu verbinden suchte. Das war höchst ungewöhnlich, denn normalerweise war es der Geist des Menschen, der in den Geist des Tieres eindrang, und nicht umgekehrt. Der Tukan musste ihm etwas Wichtiges mitzuteilen haben, wenn er Gefahr lief, von Caurés Geist erdrückt zu werden. Er schob ihn sanft aus seinem Bewusstsein zurück und versuchte stattdessen, in den Geist des Vogels einzudringen. Das war für seinen Freund weitaus ungefährlicher.

Was willst du mir sagen?, versuchte er von ihm zu erfahren.

Flieg mit mir, forderte ihn der Tukan auf. *Da sind zwei Menschen in großer Gefahr.* Cauré wunderte sich. Da, wo er sich befand, gab es keine anderen Stämme. Es mussten Jäger eines fremden Stammes sein, die in das Gebiet der Hapuweteri vorgestoßen waren. Sein Geist ließ sich von dem Tukan mittragen. Gemeinsam mit dem Vogel erhob er sich in die Lüfte und flog auf einen höher gelegenen Ast. Von dort ging es zum nächsten Zweig, immer höher, bis sie hoch genug waren, um über die Wipfel der Urwaldriesen zu fliegen. Wegen seines schweren Schnabels konnte der Tukan nicht gut fliegen. Immer wieder verlor er an Höhe und musste sich dann mit wildem Flügelschlag wieder nach oben kämpfen. Cauré sah durch die Augen seines utupé, wie zwei Männer mit seltsamer Kleidung am Leib, von heller Hautfarbe und mit langen Haaren auf Kopf und Gesicht, orientierungslos durch den Urwald wankten. Sie benahmen sich so ungeschickt und hilflos wie alte Weiber. Offensichtlich hatten sie keine Ahnung, in welcher Gefahr sie schwebten, denn nur wenige Schritte entfernt folgte ihnen lautlos ein Jaguar.

»Oh Herr! Schenk mir die Gnade deiner göttlichen Macht. Steh mir bei, diese Gefahr zu überwinden!«

Mit zitternden Händen und von Schweiß überzogener Stirn hielt Padre Xavier Colonado sein Gewehr in Anschlag. Er zielte willkürlich mit dem Lauf auf das undurchdringliche Dickicht vor ihm. Irgendwo dahinter verbarg sich der Jaguar, der soeben seinen Freund und Mitstreiter Stefano Milagros angegriffen hatte. Dieser lag nun reglos am Boden, und dunkles, nach Eisen riechendes Blut sickerte aus einer tiefen Bisswunde am Hals. Der Geruch machte die hungrige Raubkatze nur noch angriffslustiger. Xavier glaubte ihren Blick aus gelben Augen durch die Blätterwand hindurch auf sich zu spüren.

Immer wieder ließ der Jaguar ein ungeduldiges Fauchen hören. Xavier war sich bewusst, dass das Tier nur auf den Augenblick wartete, in dem seine Aufmerksamkeit nachließ. Dann würde es angreifen. Seine einzige Überlebenschance bestand darin, Stefano zurückzulassen. Aber er war Priester, und somit war es seine Pflicht, dem Freund beizustehen.

Wenn Gott will, dass ich in dieser Stunde sterben soll, so will ich mich ihm ergeben. Doch vorher verkaufe ich unser Leben so teuer, wie ich nur kann, fügte er grimmig seinem stillen Gebet hinzu. Neben ihm regte sich Stefano. Er keuchte vor Schmerz und öffnete für einen Augenblick die Augen.

»Die Gefahr ist fast vorüber«, sagte Xavier wider besseres Wissen. »Das verdammte Biest hat keine Chance gegen uns.«

Stefano blinzelte schwach, dann fiel er erneut in Ohnmacht. Für die beiden Geistlichen war der Angriff der Raubkatze völlig überraschend gekommen. Sie kannten sich in der Wildnis nicht aus und waren beide am Ende ihrer Kräfte. Tagelang waren sie durch den Urwald geirrt, immer in der Hoffnung, irgendwo doch noch auf den Pfad zu stoßen, der zu Padre Cristóbals Jesuitenmission führte.

Die Caboclos, die sie zu der tief im Dschungel liegenden Mission weit im Norden führen sollten, hatten sie feige hinters Licht geführt. Vor einigen Tagen waren sie im Morgengrauen still und heimlich mit all ihrem Hab und Gut verschwunden, während Stefano und er noch selig geschlafen hatten. Die Schurken hatten offensichtlich von Anfang an nicht die Absicht gehabt, sie an ihr Ziel zu begleiten, sondern nur darauf gewartet, sie weitab von der nächsten Behausung auszurauben. Auf Reis, Trockenbohnen, Kaffee, ja sogar auf die Kiste mit dem Zuckerrohrschnaps hätten sie wohl verzichten können, nicht aber auf den Kompass und die Karte, auf der der Standort der Mission verzeichnet gewesen war. Dafür hatten ihnen die Caboclos immerhin ein Gewehr und etwas Munition dagelassen. Außerdem eine Kalebasse mit frischem Wasser.

Doch weder Xavier noch Stefano waren mit den Gefahren des Urwalds vertraut. Die beiden Priester waren erst vor wenigen Monaten von ihrem Jesuitenorden in Spanien an den Amazonas beordert worden, um Padre Cristóbal bei der Missionierung unbekannter Indianerstämme zu unterstützen. Wie sollten sie die Mission jetzt noch erreichen? In dieser fremden Welt waren sie so hilflos wie kleine Kinder.

Anfangs hatten sie vergeblich versucht, sich anhand der Sonne zu orientieren. Doch das endlose Grün aus Lianen, Ästen, Blättern und stachligen Dornen, das sie umgab, schuf zu jeder Stunde des Tages ein fahles Zwielicht. Mehrere Male versuchte Stefano, der jüngere von beiden, auf einen der Bäume zu klettern, doch entweder waren ihre Stämme brüchig und gaben unter seinem Gewicht nach, oder sie waren so breit, dass ein Hochklettern unmöglich war. Einmal wäre er um ein Haar von einer giftigen Schlange gebissen worden, hätte Xavier ihn nicht rechtzeitig gewarnt.

Außer der Hitze machten ihnen die Mücken und Schweißbienen zu schaffen, die sie besonders in den Zeiten der Dämmerung wie Staubwolken umschwirrten und sich in jeder Körperöffnung einen Platz suchten. Bald plagte sie der Hunger, denn obwohl es überall im Dickicht raschelte, was die Anwesenheit von Tieren verriet, ließ sich nie eines vor die Flinte locken. Mehrere Male hatten sie auf die Affen hoch über ihnen geschossen, doch dabei hatten sie nur wertvolle Munition vergeudet. Hin und wieder fanden sie eine Paranussfrucht. Da sie keine Machete bei sich hatten, mussten sie die harte Außenschale der Frucht mühsam mit Steinen aufbrechen. War das erreicht, ging die Plackerei erst richtig los, denn jeder einzelne der essbaren Samen war nochmals mit einer steinharten Schale umgeben.

Bislang hatten die beiden Gottesmänner allen Gefahren getrotzt. Sie hatten sich nicht einmal den Mut nehmen lassen, als Xavier immer wieder schwere Fieberschübe plagten. Aber als wäre das nicht alles schon schlimm genug gewesen, war nun auch noch der Jaguar aufgetaucht und hatte Stefano schwer verletzt. Und er, Xavier, wusste nicht mehr, was er tun sollte. Das Fieber ließ ihn zittern. Die verdammte Bestie spürte seine Schwäche und fauchte erneut. Er machte sich auf ihren nächsten Angriff gefasst und legte seinen Finger an den Abzug. Hoffentlich blieb seine Hand ruhig. In letzter Sekunde fiel ihm ein, dass er das Gewehr noch nicht einmal entsichert hatte. Hastig löste er den Riegel und zielte erneut. Er wagte jedoch noch nicht zu schießen, weil Schatten und Zweige des Gebüschs, hinter dem die Raubkatze sprungbereit hockte, ihre Umrisse nur schemenhaft erahnen ließ. Kurz zeigte sich der gefleckte Kopf des Jaguars zwischen muskulösen Schultern. Die Muskeln bebten vor Spannung. Xavier rieb sich mit dem Ellenbogen den Schweiß aus den Augen, um wieder klar sehen zu können. Einzelne Sonnenstrahlen schoben ihr flirrendes Licht wie Finger durch das Dickicht. Er hatte Mühe, sich zu konzentrieren, denn das Fieber trübte seine Sinne. Auf diesen Augenblick hatte der Jaguar gewartet. Blitzschnell schnellte er aus seiner Deckung hervor und sprang Xavier furchtlos an. Der Priester war von dem Angriff so überrascht, dass er vergaß abzudrücken. Stattdessen hob er seine Waffe und hielt sie schützend hoch. Doch die Wucht des Aufpralls riss ihn von den Beinen. Er fiel hintenüber auf den Boden und schlug mit dem Kopf auf eine Wurzelknolle auf.

Das Letzte, was Xavier im Bewusstsein blieb, war der Blick auf messerscharfe Zähne und der entsetzliche Gestank von verwesendem Fleisch.

Cauré handelte mit dem Instinkt eines erfahrenen Jägers. Sobald er die sprungbereite Raubkatze sah, griff er nach einem Pfeil und legte ihn in seinen Bogen. Noch während der Jaguar seiner Beute entgegenflog, traf ihn der Pfeil in die Schulter. Der Jaguar heulte vor Schmerz auf und ließ für einen Moment von seinem Opfer ab. Cauré nutzte die Zeit, um ihm zwei weitere Pfeile zu verpassen. Einer traf ihn in die Flanke, der zweite drang in der Höhe seines Herzens ein. Die Pfeilwunden selbst waren für das Tier nicht unmittelbar tödlich, doch mit jedem Atemzug, den der Jaguar tat, machte sich die Wirkung des Kuraregifts bemerkbar, mit dem die Pfeilspitzen bestrichen waren. Noch einmal ging ein Zucken durch den mächtigen Tierkörper, dann brach er leblos über dem Fremden zusammen.

Er war gerade noch zur rechten Zeit gekommen. Cauré wartete noch einen Augenblick, bevor er sich auf die kleine Lichtung wagte. Zuerst ging er zu dem Mann, der mit einer kräftig blutenden Halswunde am Boden lag. Er fühlte den schwachen Puls und erkannte sofort, dass nur noch wenig Leben in ihm wohnte. Dann begab er sich zu dem anderen, der immer noch unter dem schweren Jaguar begraben lag. Cauré rollte die Raubkatze von dem Körper und sah in ein vor Schreck erstarrtes Gesicht. Weit aufgerissene Augen in einem bärtigen Gesicht, den Mund zu einem stummen Schrei geöffnet, und eine Haut, die so weiß war wie die Milch eines Kautschukbaumes.

Nie zuvor hatte Cauré einen hellhäutigen Napé gesehen. Für einen Moment durchzuckte ihn die Erinnerung an die weiße Napé aus seinem Traum. Sie hatte dieselbe Hautfarbe gehabt wie dieser Mann. Ob sie demselben Volk angehörte? War dieser Mann vielleicht ein Nachfahre jener Menschen, die einst auf dem Plateau der *hutu pata* gelebt hatten? Ein leiser Schauer durchzog ihn. Wenn dem so war, dann musste er diesem Menschen helfen.

Der Napé starrte ihn immer noch regungslos an. Offensichtlich hatte ihn das Geschehen so erschreckt, dass er sich nicht mehr rühren konnte. Cauré griff nach dem Kautabak zwischen seiner Unterlippe und seinen Zähnen und schob sie dem Napé zur Beruhigung in den weit geöffneten Mund. Gleichzeitig verpasste er ihm eine kräftige Ohrfeige. Beide Maßnahmen durchbrachen endlich die Verkrampfung, und der starre Blick löste sich auf. Sofort begann der Napé wie von Sinnen zu schreien. Cauré wich befremdet zurück und versuchte, ihn zu beruhigen. Der Mann wehrte ihn ab und griff nach dem Rohr, das neben ihm lag. Ein Ende hielt er ihm vor die Nase. Cauré, der das Ding für ein Yakoana-Rohr hielt, schüttelte befremdet den Kopf. Er versuchte, es wegzuschieben. In diesem Augenblick trat ein greller Blitz, gefolgt von einem ohrenbetäubenden Donner, aus seinem Ende, der Cauré von den Füßen in unendliche Dunkelheit riss.

7

London, im Herbst 1860

Jemand war hinter ihr her. Amber spürte, wie die Angst mit langen Spinnenfingern nach ihr griff und jeder ihrer Schritte zu einer zähflüssigen Bewegung wurde. Sie rannte und rannte und kam doch kaum voran. Ihr Verfolger näherte sich unaufhörlich. Dann stand sie plötzlich vor einer großen, braungrünen Wand voller Schlingpflanzen und Lianen. Es gab weder Weg noch Pfad, nur dumpfes Dickicht, das keinerlei Orientierung bot. Ihr Herz klopfte zum Zerspringen. Wenn ich es nicht wage, wird es mich verschlingen.

Die vage Erinnerung an den Grund dafür, dass sie verfolgt wurde, verblasste mit dem rauen, lauten Chorgesang einer Horde Brüllaffen. Ihr Geschrei war so durchdringend, dass jegliches Denken unmöglich wurde. Sie hielt sich verzweifelt die Ohren zu, um endlich wieder einen klaren Gedanken fassen zu können. Es gelang ihr nicht. Das Kribbeln in ihrem Nacken, das sie nur dann bekam, wenn Gefahr im Verzug war, wurde fast unerträglich. Dann hörte sie dumpfe Schritte, spürte, wie sich ein mächtiger Schatten auf sie legte. Sie schnellte herum, um ihrem Gegner wenigstens in die Augen zu sehen, doch auf der weiten, trostlosen Ebene, auf der weder Busch noch Gras wuchs, war bis zum Horizont nichts auszumachen – außer den deutlich hörbaren Schritten und der Dunkelheit, die der mächtige Schatten auf sie geworfen hatte.

Die Luft um sie herum begann nach Schwefel und Fäulnis zu riechen. Sie brannte in ihren Lungen und brachte ihre Augen zum Tränen. Angst mischte sich mit Verzagtheit, saugte an ihrer Lebenskraft, entriss ihr immer mehr Energie. Als sie sich schon in ihr ausweglose Schicksal ergeben wollte, öffnete sich plötzlich die grüne Wand wie von Zauberhand und gab einen kaum sichtbaren Pfad frei. Mit letzter Kraft, bevor der namenlose Schrecken sie völlig verschlingen konnte, kroch sie darauf zu. Kaum hatte sie die Schwelle zu der unheimlichen Pflanzenwelt überschritten, schloss sich die grüne Wand hinter ihr.

Von dämmrigem Licht umgeben, versuchte sie sich zu orientieren. Außer dem verschlungenen Pfad gab es kein Vorankommen. Dünne Palmen mit fingerlangen Dornen, verschlungene Lianen und menschengroße Brettwurzeln, die zu haushohen Urwaldriesen gehörten, bildeten undurchdringliche Wände. Doch der Pfad, auf dem sie sich vorsichtig entlangtastete, leuchtete in einem sanften, silbrigen Licht. Neue Hoffnung schöpfend, folgte sie ihm, ohne zu merken, dass ihr der Rückweg durch schnell wachsendes Unkraut und Dornen gleich wieder verwehrt wurde. Als sie es bemerkte, war es schon zu spät.

Der Pfad endete auf einer Urwaldlichtung, auf der ein offenes Versammlungshaus stand, dessen Dach mit Palmblättern gedeckt war. Ein kräftiger Sonnenstrahl warf sein Licht als kreisrunde Fläche auf den lehmigen Boden. Anstelle des unerträglichen Gebrülls der Affen trat nun Totenstille. Weder in dem Versammlungshaus noch in den umliegenden Hütten rührte sich Leben, stattdessen breitete sich der süßliche Duft verwesenden Fleisches aus. Amber musste würgen, doch als sie rückwärtstaumelte, musste sie feststellen, dass sich der Pfad hinter ihr wieder geschlossen hatte und eine Umkehr unmöglich war.

Da ihr keine andere Wahl blieb, trat sie auf die Lichtung hinaus. In dem Augenblick, als sie den Lichtkreis der Sonne betrat, setzte wilder Trommelwirbel ein. Von allen Seiten traten aus der Dunkelheit des Dickichts Gestalten auf sie zu. Schritt für Schritt kamen sie näher und umringten sie. Mit vorwurfsvoll erhobenen Fingern traten sie auf sie zu. Amber wurde vom Licht des Sonnenstrahls geblendet. Doch dann erkannte sie Baströcke und Vogelfedern auf rotbemalten Körpern. Es waren Männer, Frauen, Kinder und Alte, die den Kreis um sie immer enger zogen. Ihre Gesichter waren immer noch im Dämmerlicht des Schattens verborgen. Plötzlich vergrößerte sich der Lichtkreis und beleuchtete ihre Körper. Amber schrie auf. Das waren keine Menschen, die sich ihr da näherten, sondern halb verweste Leichen, aus deren leeren Augenhöhlen namenloses Entsetzen sprach.

»Amber, mein Liebling, was ist los? Wach auf!«

Nur schwer überschritt Amber die Schwelle vom Traum in die Wirklichkeit. Ihr Herz raste immer noch vor Angst und Entsetzen. Sie war nass geschwitzt und fühlte einen bohrenden Schmerz in ihrem Kopf. Benommen starrte sie Rhys an, der sie fürsorglich in seine Arme schloss und mit sanften Worten zu trösten versuchte.

»Du hast nur schlimm geträumt«, flüsterte er und strich ihr über ihr nass geschwitztes Haar. »Alles ist gut!«

Sie nickte und schmiegte sich dankbar in seine Umarmung. »Nur ein böser Traum«, wiederholte sie mechanisch. Doch er war ihr so real erschienen, dass sie kaum daran glauben mochte.

Dank Rhys' liebevoller Zuwendung gelang es ihr am nächsten Morgen schnell wieder, den Albtraum zu vergessen. Ein reichhaltiges Frühstück mit Eiern, Speck, Würstchen, Marmelade und herrlich duftendem Gebäck erwartete sie im Salon. Dazu eine Silberkanne mit würzig duftendem Assamtee, den Amber besonders liebte. Vor einigen Tagen hatten sie endlich die Londoner Wohnung bezogen, die Ambers Vater ihnen im feinen Londoner Stadtteil Marylebone angemietet hatte. Kaum hatten sich die beiden Eheleute an dem reich gedeckten Tisch niedergelassen, klopfte es an der Tür, und das Dienstmädchen überreichte Rhys eine gerade eingetroffene Depesche. Darin wurde er zu seiner freudigen Überraschung aufgefordert, noch am heutigen Morgen vor einem Gremium der Royal Society zu erscheinen.

»Amber, Liebling«, rief er aufgekratzt. »Das kann nur etwas Gutes bedeuten! Die Herren Gelehrten würden mich sicherlich nicht so dringend zu sich bitten, wenn ich mir keine berechtigten Hoffnungen machen dürfte. So wie es den Anschein hat, werde ich demnächst die Expedition an den Amazonas als Altertumsforscher begleiten. Auf diese Chance habe ich so lange gewartet!«

Amber freute sich mit ihm. Doch es fiel ihr schwer, dies in gebührender Weise zu zeigen, denn sie hatte an diesem Morgen mit einem flauen Magen zu kämpfen, wahrscheinlich als Folge des schrecklichen Albtraums.

»Das hast du wirklich verdient«, meinte sie deswegen ein wenig gequält und keineswegs so enthusiastisch, wie sie gerne geklungen hätte. Rhys entging ihre Zurückhaltung nicht.

»Geht dir etwa dein Traum noch nach?«, erkundigte er sich besorgt.

Amber winkte sofort ab. »Ich habe heute Morgen nur keinen richtigen Appetit. Das ist nicht weiter tragisch. Mach dir meinetwegen keine Sorgen.« Sie lächelte ihm aufmunternd zu. »Du hingegen solltest keine Zeit verschwenden und dich für die Gentlemen heute ausnahmsweise einmal in Schale werfen«, riet sie ihm. »Sie sind alle furchtbar versnobt und legen jede Menge Wert auf gute Manieren. Ich bin sicher, dass dies deine Chancen noch vergrößern wird.«

»Das sind doch alles nur lächerliche Äußerlichkeiten«,

schnaubte Rhys. Die schmunzelnden Fältchen um seine Augen verrieten ihr jedoch, dass er sie mit seiner Gleichgültigkeit nur aufziehen wollte.

Als freiheitsliebender Amerikaner hielt er die traditionalistischen Gepflogenheiten der Engländer zwar für reichlich antiquiert und übertrieben. Doch er hatte natürlich längst akzeptiert, dass in England andere Sitten galten. Amber liebte den ungezwungenen Umgang ihres Mannes mit althergebrachten englischen Bräuchen. Sie unterstützte ihn darin, ab und an auch andere, unkonventionelle Wege zu beschreiten, zum Beispiel nun, da er es gewagt hatte, sich als Amerikaner der englischen Royal Society als Expeditionsleiter zu empfehlen. Sie wünschte ihm deswegen von Herzen, dass er nicht enttäuscht wurde.

»Was wirst du heute Vormittag unternehmen?«, erkundigte sich Rhys aufgeräumt.

»Ich werde, wie geplant, Olga Kasakowna besuchen. Sie scheint gekränkt zu sein, weil wir so wenig Zeit mit ihr verbringen.«

»Wann ist sie das nicht? Allerdings trägt sie ja auch selbst dazu bei. Würde sie ihre Freunde nicht so vereinnahmen, würden sie sich bestimmt auch öfter bei ihr sehen lassen.« Er grinste vielsagend.

Amber zuckte mit den Schultern.

»Ich schätze sie trotzdem. Kein Mensch ist offenherziger und ehrlicher als unsere liebe Olga. Ich glaube, sie kann es kaum erwarten, bis die ersten Bälle der Saison beginnen. Sie brennt darauf, neue Bekanntschaften zu machen.« Sie kicherte. »Ich bin schon ganz neugierig auf den indischen Guru, den sie mir heute vorstellen will. Angeblich hat sie den Mann irgendwo auf dem Times Square aufgegabelt. Sie habe sich *magisch* von ihm angezogen gefühlt, behauptet sie. Er könne in ihre Seele sehen und ihr dabei helfen, ein erleuchtetes Leben zu führen.«

»Ich ahne Schlimmes«, seufzte Rhys. »Sicherlich ist es wieder so ein Scharlatan, der nur darauf wartet, dass sie ihm ihr Geld in den Rachen wirft. Erinnere dich nur an den denkwürdigen Meister Ifet, dem selbst du verfallen warst. Hätte ich dich damals nicht auf seine Betrügereien aufmerksam gemacht, dann …«

»Du bist garstig«, unterbrach ihn Amber mit gespielter Empörung. »Erstens bin ich von ganz alleine daraufgekommen, dass seine spirituellen Evokationen nur auf billigen Tricks beruht haben, und zweitens …«, nun wurde sie plötzlich nachdenklich, »… zweitens weißt du selbst ganz genau, dass es Dinge auf dieser Erde gibt, die sich nicht durch rationales Denken allein erklären lassen.«

Ihr merkwürdiger Albtraum kam ihr wieder in den Sinn. Er war so realistisch gewesen, als hätte sie sich selbst schon einmal an diesem Ort aufgehalten. Tashi hatte ihr einmal erklärt, dass die Bilder der Traumwelt auch immer in der realen Welt eine Bedeutung hätten.

»Wie auch immer«, unterbrach Rhys ihre Gedanken. Er gab ihr beim Aufstehen einen zärtlichen Kuss auf die Stirn. »Es wird Zeit für mich. Ich kann die hohen Herren keinesfalls warten lassen. Richte Olga meine besten Wünsche aus.«

Sie verabredeten sich zum Lunch in einem Restaurant in der Nähe des Regent's Park.

Rhys ließ sich von der Mietkutsche am Piccadilly absetzen. Mit energischem Schritt steuerte er in nördliche Richtung auf das weit ausladende Burlington House zu. In dem imposanten zweistöckigen Gebäudekomplex mit seinen dorischen Säulen befand sich seit zwei Jahren der Sitz der Royal Society. Davor hatte die Gesellschaft im Somerset House am Strand residiert. Auch wenn sich Rhys für gewöhnlich weder von Institutionen noch von Traditionen beeindrucken ließ, musste er zugeben, dass diese Gesellschaft höchst beeindruckende Männer hervorgebracht hatte, die bedeutende wissenschaftliche Leistungen erbrachten.

Neben dem Gründungsmitglied der Royal Society, dem anerkannten Astronomen und herausragenden Architekten Christopher Wren, dem London die St. Pauls Cathedral zu verdanken hatte, war Rhys nicht nur der Physiker und Mathematiker Isaac Newton in Erinnerung geblieben, sondern auch der für seine Begriffe wohl ungewöhnlichste Wissenschaftler seiner Zeit, Charles Robert Darwin. Für dessen kühne Thesen hegte er echte Bewunderung.

Dieser Mann war jahrelang auf dem Schiff HMS Beagle um die Welt gesegelt und hatte dabei nicht nur eine bedeutende Sammlung an pflanzlichen, tierischen, fossilen und geologischen Fundstücken zusammengetragen, sondern als Erkenntnis daraus das bislang gültige Weltbild auf den Kopf gestellt. Erst im vorigen Jahr war sein heftig diskutiertes Hauptwerk »Über die Entstehung der Arten« veröffentlicht worden. Darin versuchte er durch streng wissenschaftliche Erklärungen zu beweisen, dass alle tierischen und pflanzlichen Arten einer Veränderlichkeit, einer sogenannten Evolution, unterlagen. Er behauptete, dass alle Lebewesen eine gemeinsame Abstammung hätten und sich in kleinsten Schritten immer wieder an ihre Umwelt anpassten. Als wichtigster, wenn auch nicht einziger Mechanismus spielte dabei die natürliche Selektion eine Rolle. Das bedeutete de facto: Nur die Stärksten und Anpassungsfähigsten einer Art konnten überleben.

Diese Erkenntnis löste nicht nur in der Wissenschaft einen Sturm der Entrüstung aus, sondern berührte auch andere Bereiche wie die Theologie, die Philosophie und andere Geisteswissenschaften und hatte Folgen bis in die Politik und die Gesellschaft. Dass der Mensch keine eigenständige Schöpfung sein sollte, sondern ein Evolutionsprodukt wie Millionen anderer Arten, stand im heftigen Widerspruch zur christlichen Lehre sowie zu vielen philosophischen Schulen.

Ja, Rhys war sich der Ehre durchaus bewusst, dass man ihn als Ausländer vor diesem hohen Gremium überhaupt anhörte. Die Gelehrtengesellschaft gab es bereits seit zweihundert Jahren, und sie hatte von König Charles II. das Royal Charter, die vom Kronrat empfohlene königliche Anerkennung, erhalten. Als Rhys durch das großzügige Eingangsportal das Treppenhaus von Burlington House betrat, wurde er von einem Portier aufgehalten, der ihn nach seinem Anliegen befragte. Der kleinwüchsige Mann wirkte dabei so steif, als hätte er einen Stock verschluckt.

»Mein Name ist Rhys Franklin. Sir Benjamin Brodie und einige Herren erwarten mich«, gab Rhys ungeduldig Auskunft, woraufhin der Portier umständlich in einer Kladde nach einer Bestätigung suchte. Als er fündig geworden war, winkte er ihn endlich durch.

»Nehmt die Treppe in den ersten Stock und wendet Euch dann links. Ihr erkennt den Raum, in dem man Euch erwartet, an dem Wappen der Gesellschaft.«

Rhys war nun doch etwas spät dran. Nicht gerade vornehm nahm er immer zwei Treppen auf einmal und übersah dabei aus Versehen einen etwa fünfzigjährigen Herrn mit Halbglatze, der sich deutlich schwerer tat, nach oben zu kommen.

»Immer langsam mit den jungen Pferden«, beschwerte sich der Mann, woraufhin Rhys umgehend stehen blieb, um sich zu entschuldigen. Im selben Augenblick erkannte er, wen er da gerade angerempelt hatte. »Master Darwin«, entfuhr es ihm peinlich berührt. »Verzeihung, Sir! Ich war gerade in Gedanken! Es war wirklich nicht meine Absicht, Euch zu behindern.«

Der berühmte Wissenschaftler musterte Rhys aus wachen, blauen Augen, die unter buschigen Augenbrauen schalkhaft hervorblitzten. »Eurer stürmischen Art nach müsst Ihr der Amerikaner sein, der sich der Amazonasexpedition anschließen will. Ihr seid spät dran! Die Herren Akademiker warten nicht gerne.« Rhys wurde blass, denn er sah seine Felle schon fortschwimmen. Aber Master Darwin schlug ihm gutmütig lachend auf den Rücken. »Nehmt nicht alles so ernst, was ich sage, mein Freund. Master Hooker und der Earl of Rosse, die dem Beirat ebenfalls angehören, sind gerade erst mit der Kutsche vorgefahren. Auch sie werden sich etwas verspäten. Erzählt mir lieber, weshalb Euch diese Expedition reizt. Ihr seid doch Altertumsforscher und interessiert Euch vor allem für den ethnologischen Aspekt der Menschen. Was haltet Ihr dann von meiner These, dass die Menschheit vom Affen abstammt?« Er warf ihm einen aufrichtig interessierten Blick zu.

Rhys, der sich inzwischen wieder gefasst hatte, gab ihm bereitwillig Auskunft.

»Ich muss sagen, dass Eure These auf den ersten Blick äußerst gewagt erscheint«, bekannte er offen, »aber auf den zweiten Blick eigentlich das bestätigt, was ein aufmerksamer wissenschaftlicher Beobachter längst erkannt haben müsste.«

»Unter welchem Aspekt würdet Ihr dann die wilden, kulturlosen Völker sehen? Um wie viel Prozent sind sie näher mit den Affen verwandt als wir?«, verlangte Darwin zu wissen.

Rhys spürte, dass der Forscher ihm auf den Zahn fühlen wollte, aber er ließ sich davon nicht abschrecken.

»Darf ich offen sein?«, fragte er.

»Nur zu!«

»Ich finde es reichlich vermessen, von wilden, kulturlosen

Menschen zu sprechen, nur weil sie keine englische Erziehung genossen haben und andere Wertvorstellungen haben als wir«, begann er. »Nach meiner Erfahrung sind viele von diesen ›Wilden‹ uns in mancherlei Hinsicht überlegen. Ihre Lebensumstände mögen einfacher sein, ja in unseren Augen sogar steinzeitlich anmuten, aber dieser Umstand hat sich für ihre Lebensumstände eben bewährt. Ich habe in Tibet und an den Nordosthängen des Himalaja Völker kennengelernt, die auf beinahe mystische Art noch der Natur nahestanden. Aufgrund ihrer jahrtausendealten Erfahrung waren sie sogar in der Lage, Krankheiten zu heilen, die kein noch so begnadeter Mediziner in England oder Amerika hätte heilen können. Ich bin der festen Überzeugung, dass alle Menschen auf der Erde von gleichem Rang sind.«

Rhys musste damit rechnen, dass er sich vielleicht damit gerade um Kopf und Kragen geredet hatte, doch Charles Darwin nahm ihm sein freimütiges Plädoyer nicht übel.

»Eure Ansicht widerspricht keinesfalls meinen Beobachtungen«, nickte er anerkennend. »Man merkt, dass Ihr ein Freigeist seid, der fähig ist, über Konventionen hinaus seine Schlüsse zu ziehen. Allerdings …«, nun wurde seine Miene mit einem Mal ernster, »… allerdings würde ich Euch dringend anraten, dies nicht in der nun folgenden Unterredung anzuführen. Ich kenne meine werten Kollegen gut genug, um zu wissen, dass ihnen dies Grund genug wäre, um Euch von der Expedition auszuschließen. Beschränkt Euch auf Euer archäologisches Interesse. Damit seid Ihr besser beraten.«

Charles Darwin nickte ihm nochmals kurz zu, um sich dann den eben eingetroffenen anderen Mitgliedern der Royal Society zuzuwenden.

Die Anhörung fand in einem düsteren, eichenholzvertäfelten Raum statt, dessen Längswand voller Regale mit Büchern und Folianten war. Hinter einem massiven Tisch erwarteten ihn die Gelehrten, die nun über sein künftiges Schicksal zu befinden hatten. Allen voran der Präsident der Royal Society, Sir Benjamin Collins Brodie, ein betagter, etwas sauertöpfisch dreinblickender Baronet, der sich als Chirurg und Chemiker einen gewissen Namen gemacht hatte. Er war gerade dabei, irgendwelche Unterlagen zu ordnen, und schenkte dem eintretenden Rhys zunächst keine Aufmerksamkeit.

Ganz anders verhielt sich Joseph Dalton Hooker, ein aufgeweckter, wendiger Mann in den Vierzigern, der ihm freundlich zunickte und ihn aufforderte, auf dem Stuhl vor dem Podium Platz zu nehmen. Hooker hatte in den späten Vierzigerjahren als Arzt und Naturwissenschaftler mit Kapitän James Clark Ross die Südpolregion erkundet und die Floren der Antarktis, Neuseelands und Tasmaniens erforscht. Dabei hatte er sich einen hervorragenden Namen als Botaniker gemacht. Er gehörte zu den Pionieren der Landbrücken-Hypothese. Seiner Meinung nach gab es nur deswegen in Südamerika und Australien ähnliche Blütenpflanzen, weil die Kontinente einst durch eine Landbrücke miteinander verbunden gewesen waren. Auch er war mit seinen kühnen Gedanken auf viel Widerspruch gestoßen. Aus diesem Grund war es kein Wunder, dass Charles Darwin und er einander herzlich zugetan waren. Rhys glaubte sich zu erinnern, dass Hooker auch die Klassifikation der von Darwin auf den Galápagos-Inseln gesammelten Pflanzen übernommen hatte. Außerdem hatte der Botaniker gemeinsam mit Thomas Huxley erst kürzlich an der Universität von Oxford in einer hitzigen Debatte Darwins Schrift über »Die Entstehung der Arten« verteidigt.

Der Vierte im Bunde war der irische Astronom Sir William Parsons, der 3. Earl of Rosse, der ein besonderes Teleskop gebaut hatte, mit dem er die Existenz von Spiralnebeln bewies.

Der feiste Earl erinnerte Rhys mit seinen Hängebacken und dem grauen Backenbart an eine Bulldogge, die ihn aus blassblauen Augen misstrauisch beäugte. Sir Brodie hatte nun endlich seine Unterlagen beisammen und richtete seine Aufmerksamkeit auf Rhys.

»Kommen wir zur Sache, Gentlemen«, begann er die Anhörung. Er forderte Rhys auf, den anwesenden Herren kurz seinen Lebenslauf zu schildern und ihnen mitzuteilen, weshalb gerade er sich als Altertumsforscher der anstehenden Amazonasexpedition anschließen wolle. Rhys kam der Aufforderung nach, auch wenn es ihm schwerfiel, seine eigenen Verdienste in besonderer Weise hervorzukehren. Erst als er auf sein eigentliches Anliegen zu sprechen kam, fielen ihm die Worte leichter.

»Bereits vor einigen Jahren stieß ich während meiner wissenschaftlichen Studien über die Ureinwohner des Amazonasbeckens immer wieder auf Hinweise, die belegen, dass es am Amazonas einst eine oder mehrere Hochkulturen gegeben haben muss. In diesem uns so undurchdringlich erscheinenden Urwald haben demnach keineswegs schon immer primitive Wilde gelebt, sondern es muss befestigte Königreiche gegeben haben, die es in ihrer Bedeutung durchaus mit den Inkas und Mayas von Mittelamerika aufnehmen können, ja vielleicht noch viel größer waren.«

Rhys machte eine kurze Pause, um sich zu vergewissern, ob ihm auch alle zuhörten. Sir Brodie wog nachdenklich den Kopf, während der Earl of Rosse für ihn nur ein mitleidiges Lächeln erübrigte. Hooker und Darwin hingegen nickten ihm aufmunternd zu, mit seinen Ausführungen fortzufahren. Rhys beschloss, sich nicht unterkriegen zu lassen, und zog aus der Innentasche seiner Jacke ein Papier hervor.

»Ich werde jetzt aus den Notizen des Dominikanerpaters Fray Gasper de Caraval zitieren. Der Padre begleitete Franciso de Orellana im Jahre fünfzehnhundertzweiundvierzig auf der ersten Expedition durch den Amazonas und führte über die dort vorgefallenen Ereignisse Tagebuch. Er beschreibt einen Indianerüberfall, dem sie ausgesetzt waren:

›*Als wir dem Ufer immer näher kamen, begannen die Indios mit Pfeilen nach uns zu schießen, und da es zahlreiche Krieger waren, schien es, als regne es Pfeile. Aber unsere Arkebusiere und Armbruster waren auch nicht träge. Obwohl sie viele töteten, schienen es die Indios gar nicht zu merken, denn trotz des Schadens, der ihnen zugefügt wurde, machten sie unermüdlich weiter. Ich will, dass man erfährt, warum diese Indios sich auf solche Weise verteidigten. Es muss erklärt werden, dass sie tributpflichtige Untertanen der Amazonen sind. Als sie von unserem Kommen erfahren hatten, wandten sich die Indios mit der Bitte um Hilfe an diese, und es kamen so etwa zehn bis zwölf von ihnen, denn wir selbst sahen diese Frauen, die als weibliche Hauptleute in vorderster Front von allen Indios kämpften. Die Frauen sind sehr hellhäutig und groß und tragen langes Haar, das sie geflochten und um den Kopf gewickelt haben. Sie sind sehr kräftig und gehen ganz nackt.*‹

Dies ist nur einer von vielen Hinweisen darauf, dass es vor noch gar nicht so langer Zeit einmal eine hochstehende Kultur in dieser Region gegeben haben muss. Auch unser geschätzter deutscher Kollege Alexander von Humboldt berichtet von Einheimischen, die ihm von längst vergangenen Königreichen erzählten. Die Spanier Pizarro und de Orellana vermuteten darin das Königreich El Dorado mit unschätzbar großen Schätzen. Sie haben es, wie Ihr alle wisst, nie gefunden.«

»Und Ihr wollt Euch anmaßen, dies zu tun?«, fragte der Präsident mit einem süffisanten Lächeln, während der Earl of Rosse nur ungnädig schnaubte.

»Keinesfalls«, gab sich Rhys bescheiden. »Ich habe jedoch

Hinweise gefunden, die darauf hindeuten, dass die Spanier einer falschen Spur gefolgt sind. Meines Erachtens müssen wir nördlich des Rio Negros suchen. Aber auch wenn diese historischen Indizien zu keinem befriedigenden Resultat führen sollten, könnte man Rückschlüsse auf eine alte Kultur schließen, wenn man die dort lebenden Ureinwohner nach ihrem gesellschaftlich-kulturellen Leben befragte.«

»Wie stellt Ihr Euch das vor?«, fragte Hooker interessiert. »Soweit ich weiß, kennen die Wilden keine Schrift.«

Dankbar für die Frage nickte Rhys ihm zu.

»Da mögt Ihr wohl recht haben. Allerdings habe ich aufgrund meiner Feldforschungen auf anderen Kontinenten die Erfahrung gemacht, dass die mündliche Überlieferung dieser Stämme über erstaunlich viele Generationen reicht. Wenn man die Menschen also dazu bringen könnte, uns mehr über ihr Leben zu erzählen, könnte man auch viel über ihre Vergangenheit erfahren. Das alles müsste natürlich akribisch dokumentiert werden.«

»Das ist ein höchst beachtlicher neuer Ansatz«, meldete sich nun auch Charles Darwin zu Wort. »Ihr würdet Euch gewissermaßen als Chronist dieser Menschen betätigen?«

Rhys stimmte ihm zu. »Darüber hinaus würden wir uns natürlich auf die Suche nach Artefakten machen.«

»Was bringt es uns, die Historie von irgendwelchen ungebildeten Wilden zu erkunden?«, wehrte der Earl of Rosse barsch ab. »Wir sollten unsere Mittel für sinnvollere Dinge verwenden, die auch etwas mit unserer Kultur zu tun haben. Uns wäre besser gedient, ein paar Missionare in den Urwald zu schicken. Ich sehe keinen Sinn und Nutzen in der Entsendung von Master Franklin.«

»Ich finde, da urteilt Ihr etwas vorschnell, werter William«, fuhr ihm Hooker in die Parade. »Gerade im Hinblick auf die

Entstehung der Arten wäre es für uns doch von größtem Vorteil zu erfahren, ob diese ›Wilden‹, wie wir sie abfällig zu nennen pflegen, wirklich so ›wild‹ sind. Vielleicht gibt es gar keine so großen Unterschiede zwischen ihnen und uns zivilisierten Menschen. Sind wir uns als aufgeklärte Menschen nicht darin einig, dass die Abschaffung der Sklaverei in England für alle ein Segen war? Können wir nicht vielleicht mit Master Franklins Untersuchungen den Zweiflern beweisen, wie richtig die Durchsetzung dieses Gesetzes war?«

»Jeder Mensch soll und muss als Mensch behandelt werden, dazu verpflichtet uns unser Glaube«, beendete Sir Brodie die Diskussion. »Wir haben nun genug gehört, um uns alle eine eigene Meinung machen zu können. Wir danken Euch, Master Franklin, für Eure Ausführungen und bitten Euch, im Vorzimmer auf unsere Entscheidung zu warten.«

8

Während der holprigen Kutschfahrt zu Olga Kasakownas neu bezogenem Domizil hatte Amber erneut mit Übelkeit zu kämpfen. *Das muss die Mayonnaise auf den Gurkensandwiches gestern beim Tee gewesen sein,* dachte sie ärgerlich. *Ich hätte mich mehr zurückhalten sollen.* In letzter Zeit hatte Amber einen ungewöhnlich gesunden Appetit entwickelt, der sie selbst in Erstaunen versetzte. Zum ersten Mal in ihrem Leben setzte sie um die Hüften herum etwas Speck an. Auch ihre Oberweite hatte zu Rhys' größtem Entzücken etwas zugelegt. Sie schob es auf Rhys' Anwesenheit und die wunderbare Zeit, die sie gerade gemeinsam durchlebten. Selbst wenn Rhys nur als einfacher Expeditionsteilnehmer an der Reise zum Amazonas teilnehmen sollte, würden sie bald noch aufregenderen Zeiten entgegensehen.

Unvermittelt ging ein Ruck durch die Kutsche, und sie geriet für einen Moment ins Schwanken. Kurz darauf folgte ein unsanfter Schlag, der das Gefährt in Schieflage zum Stehen brachte. Amber wurde zur Seite geschleudert und schlug sich dabei den Kopf an. Gleichzeitig hörte sie, wie der Kutscher laut fluchend von seinem Kutschbock sprang, um nach der Ursache für ihre Havarie zu sehen. Amber rappelte sich auf und rieb sich ihre lädierte Stirn, bevor sie die Tür der Kutsche öffnete, um sich selbst ein Bild von der Lage zu machen.

»Könnt Ihr nicht aufpassen?«, fragte sie ärgerlich.

Der Kutscher, ein bärbeißiger Kerl mit einer großporigen Säufernase, scherte sich erst einmal keinen Deut um sie. Laut lamentierend kommentierte er das Unheil, das er angerichtet hatte. Offensichtlich hatte er ein knietiefes Schlagloch übersehen, in dem sein Fahrzeug jetzt mit dem Hinterrad festsaß. Er konnte von Glück sagen, dass keine Speiche gebrochen war.

»Das kommt davon, dass die hohen Herren jetzt diese gottverdammichen Tunnel unter unserer Stadt buddeln lassen«, regte er sich auf. »Überall bricht nu alles wegen dieser Röhre ein, nur damit se die Menschen jetzt auf Dampflokomotiven unter die Erde transportieren können. Wenn Ihr mich fragt, ein Teufelszeug. Nu is die Erde einbrochen und mit ihr meine Kutsche!«

»Ihr solltet aufhören, Euch zu beklagen, und Euch lieber um tatkräftige Hilfe bemühen«, unterbrach Amber schließlich ungehalten sein Gejammer. »Ich habe eine wichtige Verabredung!«

Der Kutscher zuckte nur mit den Schultern. »Damit wird's wohl so schnell nix werden, Lady. Am besten, Ihr bemüht Euren werten Hintern aus dem Wagen und wartet in dem Pub dort drüben, bis die Fahrt weitergeht.«

»Wo denkt Ihr hin? Bildet Ihr Euch etwa ein, ich werde den ganzen Tag hier herumsitzen?«

Empört über die Ignoranz des Kutschers nahm Amber ihren Beutel und den Schirm und verließ das Gefährt. Angewidert trat sie durch die von Schlamm, Urin und Matsch verunreinigte Straße. Um sie herum herrschte lebhaftes Treiben. Sie befanden sich auf einer Nebenstraße, die von geschäftigen Handwerkern, Gemüse- und Kolonialwarenläden bestimmt wurde. Dienstmädchen mit Einkaufskörben unter dem Arm hasteten an ihr vorüber. Marktweiber priesen lauthals ihre Waren an, während Karren, Droschken, Reiter und zahlreiche Fußgänger kaum ein geordnetes Durchkommen erlaubten. Hinzu kam, dass am heutigen Tag die gesamte Stadt wieder einmal unter der gefürchteten gelblichen Dunstglocke lag, die von den Abgasen Hunderttausender Kamine und Schornsteine stammte. Bei dem berüchtigten Londoner Nebel handelte es sich nämlich nicht etwa um Flussnebel, der von den Ufern der Themse hochstieg, sondern um Smog, der an Tagen wie diesem die Sicht auf nur wenige Meter beschränkte.

Ratlos sah Amber sich nach einer anderen Mietkutsche um, konnte jedoch keine entdecken. Der unfreundliche Kutscher war unterdessen damit beschäftigt, jemanden aufzutreiben, der ihm half, sein Fahrzeug aus dem Schlagloch zu ziehen. Eine Zeit lang erwog Amber tatsächlich zu warten. Doch sie verwarf den Gedanken rasch wieder, als sie feststellen musste, dass dem Kutscher offensichtlich nichts an einer schnellen Lösung seines Problems lag. Stattdessen verbrüderte er sich mit seinen potenziellen Helfern und zog mit ihnen in bestem Einvernehmen in das nächste Pub, um das »Problem« in Ruhe zu besprechen.

Gereizt sah Amber sich in dem Durcheinander der Straße um und versuchte sich zurechtzufinden. Sie befand sich auf einer der Nebenstraßen, die vermutlich in die Oxford Street mündeten. Sicher war sie sich jedoch nicht. Dummerweise hatte sie nicht auf den Weg geachtet. London war in den letzten Jahrzehnten zu einem immer unübersichtlicheren Moloch geworden. In der Zeitung war zu lesen gewesen, dass nun um die drei Millionen Menschen in der Stadt lebten. Viele der neu Zugezogenen kamen aus Osteuropa und suchten hier Zuflucht, ein beträchtlicher Teil von ihnen waren Juden. Um die Flut von Menschen auffangen zu können, war es notwendig geworden, in rascher Folge riesige Siedlungen zu bauen. Sie glichen einander wie ein Ei dem anderen. Amber fühlte sich sehr verloren. Sie beschloss, ihrer Straße einfach zu folgen, in der Hoffnung, dass sie irgendwann auf die Oxford Street gelangen würde. Auf der Hauptstraße, die London von West nach Ost durchzog, würde sie sicherlich auf eine freie Kutsche stoßen. Notfalls war sie sogar bereit, einen der von Pferden gezogenen, doppelstöckigen Omnibusse zu benutzen, Hauptsache, sie kam endlich an ihr Ziel. Olga würde sich sicherlich bald Sorgen um sie machen.

Zwischen Pferdeäpfeln, Unrat und stinkenden Pfützen bahnte sie sich tapfer ihren Weg. Hin und wieder wurde sie unsanft angerempelt, wenn ein Laufbursche sich eilig zwischen den Passanten hindurchdrängte oder spielende Kinder mit rollenden Metallreifen, die sie mit Stöcken um die Wette antrieben, sie schlichtweg übersahen.

Reichlich mitgenommen erreichte sie schließlich die Bond Street, die in einem großen Bogen auf die Oxford Street mündete. Auch hier herrschte ein unübersichtliches Durcheinander. Immerhin entdeckte Amber endlich, keine hundert Fuß von ihr entfernt, eine freie, offene Mietkutsche. Im selben Augenblick, als sie dem Kutscher ein Zeichen gab, dass er auf sie warten solle, wurde sie von einem jungen Mann überholt, der schnurstracks an ihr vorbeihastete und die Frechheit besaß, vor ihr die Kutsche zu besteigen.

»Zum Piccadilly, aber rasch«, gab er Anweisung in hartem Englisch. Der Kutscher sah sich unschlüssig nach Amber um, die empört zur Kutsche aufholte, um ihre Ansprüche auf das Fahrzeug zu erheben. Der junge Mann war so mit sich selbst beschäftigt, dass er sie nicht bemerkte. »Schnell, habe ich gesagt«, forderte er ziemlich erregt. »Ich zahle den doppelten Preis!«

»Einen Augenblick mal«, erboste sich Amber, die nun endlich atemlos aufgeholt hatte. »Ich habe die Kutsche als Erste gemietet. Also bitte verlasst umgehend mein Fahrzeug.«

Der junge Mann schien von ihrem Anblick und ihrer Empörung völlig überrascht zu sein. Er sah sie aus großen, wasserblauen Kinderaugen ratlos an.

»Aber, aber …«, suchte er nach Worten, »… ich bin zuerst in die Kutsche gestiegen, also ist dies mein Fahrzeug, oder? Ich habe es wirklich eilig, bin in dringenden geschäftlichen Angelegenheiten unterwegs …«

Obwohl Amber berechtigten Ärger verspürte, musste sie schmunzeln. Der blondhaarige Jüngling mochte noch keine zwanzig Jahre alt sein. Sein Bartwuchs war recht dürftig, und seine schlaksige Gestalt hatte noch nicht die Proportionen eines ausgewachsenen Mannes. Seine wachen Augen sahen sie flehentlich an. Seiner Aussprache nach kam er eindeutig aus Deutschland.

»Bitte, Lady, ich muss zur Fleet Street, zur Druckerei, um einen Text abzugeben. Ich komme sonst in größte Schwierigkeiten!« Sein Blick bekam nun tatsächlich das verzweifelte Aussehen eines Jagdhundes, was Amber schon wieder für ihn einnahm. Dennoch hatte dieser Frechling es gewagt, ihr die Kutsche abspenstig zu machen. Allein deswegen musste sie ihn in die Schranken weisen.

»Euer Pech, dass ich in den Norden zum Regent's Park muss. Wenn Ihr jetzt bitte aussteigen wollt!« Sie warf ihm einen unerbittlichen Blick zu, der ihn prompt zusammenzucken ließ. Er hob noch einmal hilflos die Arme und machte endlich Anstalten, die Kutsche zu verlassen. Im letzten Augenblick besann er sich jedoch noch einmal, zückte seine Geldbörse und bot Amber seine gesamte Barschaft an.

»Bitte, Ihr könnt alles haben, wenn ich nur pünktlich zur Fleet Street komme! Ich muss um elf Uhr dort bleiben!«

»Dort sein«, korrigierte Amber ungnädig sein unbeholfenes Englisch, konnte aber nicht umhin, ihn noch einmal eingehend zu mustern. Allem Anschein nach war er ein deutscher Student. Seine Kleidung war sauber, aber geflickt, die langen Haare waren verstrubbelt, und die Binde, die er sich in aller Eile wohl am Morgen umgebunden hatte, saß windschief an seinem Hals. Außerdem war das Vermögen, das er ihr in seiner Verzweiflung angeboten hatte, geradezu lächerlich gering. Der arme Junge musste wirklich verzweifelt sein.

»Was habt Ihr denn in der Fleet Street so Dringendes zu erledigen?«, fragte Amber ein wenig freundlicher.

»Ich bin … ähm … Student der Naturwissenschaften«, stotterte der junge Mann aufgeregt. »Mein Name ist Sebastian Stix. Ich bin hier, um die Vorlesung von Master Darwin zu hören. Er ist mein großes Vorbild. Ich habe über eine Finkenart in meiner Heimat Bayern geforscht, und die Ergebnisse unterstützen Master Darwins Thesen. Ich muss die Schrift drucken lassen, heute noch, damit ich sie Master Darwin aushändigen kann. Nur so kann ich seine Empfehlung erhalten, um an der Expedition zum Amazonas teilzunehmen.«

So unklar die Ausführungen des jungen Mannes auch waren, bei der Erwähnung der Amazonasexpedition horchte Amber interessiert auf. »Was will ein junger Mann wie Ihr denn am Amazonas?«, fragte sie nach.

Stix sah sie unglücklich an. Der Blick auf seine Taschenuhr hatte ihn endgültig entmutigt.

»Es war ein Traum! Jetzt habe ich kaum noch eine Chance. Keine Kutsche, kein Amazonas.« Resigniert überließ er Amber nun endgültig die Kutsche. Damit hatte der junge Wissenschaftler Ambers Herz im Sturm erobert. Sie hielt ihn auf.

»Wartet«, meinte sie und winkte ihm, wieder einzusteigen. »Ich habe es mir anders überlegt. Wir können zusammen fahren. Ich bin bereit, den Umweg in die Fleet Street in Kauf zu nehmen, wenn Ihr mir etwas mehr über Eure Pläne erzählt.«

Auf der Fahrt erfuhr Amber von dem überaus mitteilungsfreudigen Sebastian Stix, dass er eigens von Deutschland nach England gereist war, um Charles Darwin in seinen umstrittenen Thesen zu unterstützen. Seine jugendliche Begeisterung und sein wissenschaftlicher Ehrgeiz waren so ansteckend, dass Amber sich sogar dazu hinreißen ließ, ihm zu erzählen, dass ihr Mann und sie ebenfalls an dieser Expedition teilzunehmen beabsichtigten. Sie verriet ihm sogar, dass sie vorhatte, möglichst viele der Tier- und Pflanzenarten zu zeichnen. Sebastian Stix war begeistert.

»Dann werden wir eine herrliche Zeit miteinander haben«, strahlte er vergnügt. »Ich werde Pflanzen am Amazonas sammeln, und Ihr werdet sie zeichnen.«

»Nun aber mal langsam.« Lachend sah Amber sich genötigt, seinen erfrischenden Optimismus etwas zu dämpfen. »Erst einmal müsst Ihr Master Darwin entsprechend beeindrucken. Wir sind übrigens bereits in der Fleet Street.«

Die Kutsche hielt vor einem mehrstöckigen Gebäude, in dem eine Druckerei untergebracht war. Der junge Biologe Stix bedankte sich zum Abschied überschwänglich, um dann eilig in das Gebäude zu verschwinden.

»Mein Gott, liebste Freundin, ich habe schon befürchtet, dass man dich unterwegs überfallen hat«, wurde Amber von Olga Kasakowna in ihrer Wohnung am Regent's Park wortreich begrüßt. Die vollbusige Russin drückte die zierliche Amber heftig an sich, bevor sie sie wieder von sich schob, um sie kritisch von oben bis unten zu mustern. »Du hast dich verändert seit unserer letzten Begegnung«, stellte sie fest. »Irgendetwas ist anders als sonst!«

»Ich habe ein kleines Abenteuer erlebt«, verkündete Amber gut gelaunt. Sie befreite sich aus der Umarmung ihrer mütterlichen Freundin, um ihr voran in die großzügige Eingangshalle zu treten, über die sich ein lichtes Glasdach wölbte. Zwischen den säulenartigen Pilastern waren tropische Pflanzen aufgestellt, die ein südländisches Flair verbreiteten. Überhaupt stellte die Wohnung der russischen Tartarin ein wildes Sammelsurium an unterschiedlichen Möbelstilen aus aller Herren Länder dar. Schwere Truhen mit kostbaren Intarsienarbeiten aus der Schweiz waren darin ebenso zu finden wie orientalische Sitzkissen um niedrige Ebenholztische sowie eine deutsche Biedermeierkommode. Kernstück des angrenzenden Salons war eine zweiteilige Chaiselongue, die aus einem monströsen, blau bezogenen Sitzfauteuil und einem daran geschobenen Schemel bestand. Dort beliebte die Gräfin ihre Gäste halb liegend zu empfangen. Daneben thronte auf einer Anrichte ein riesiges Ungetüm, das erstaunliche Ähnlichkeiten mit einem Dampfkessel hatte.

»Willst du uns alle in die Luft jagen?« Amber betrachtete belustigt die seltsame Maschinerie, die gerade von Olgas Butler James angeheizt wurde.

Olga erklärte ihr, dass es sich um einen Samowar aus ihrer russischen Heimat handelte. Er bestand zum größten Teil aus einem kupfernen Wasserkessel, an dessen unterem seitlichem Rand sich ein Ablasshahn befand, unter dem ein Teeglas zum Befüllen stand. Amber hatte so etwas noch nie gesehen. Beheizt wurde der Kessel mit Holzkohle, die sich im Inneren des Wasserkessels in einer Röhre befand. Die Zufuhr der Verbrennungsluft erfolgte über eine Lochblende unter dem Kessel. Das durch die Kohle erhitzte Rohr erwärmte das umgebende Wasser im Kessel, während die senkrechte Röhre für einen Kamineffekt sorgte. Das obere Ende der Röhre durchstieß den Deckel des Wasserkessels mittig von unten. Um den Kamineffekt zu erhöhen, setzte der Butler noch eine Verlängerung auf das Rohrende. Wenig später begann das Wasser in dem Kessel hörbar zu brodeln. Amber staunte. Der Butler nahm die Verlängerung wieder ab und ersetzte sie durch einen sogenannten Komfort, einen Aufsatz, der an seiner Seite kleine Öffnungen hatte, aus denen die noch heiße Verbrennungsluft oberhalb des Kesseldeckels austreten konnte. Darauf setzte er eine kleine, silberne Kanne, die ein Teekonzentrat enthielt, die sogenannte Sawarka, wie Olga ihr blumenreich erklärte. Sie bat Amber auf einem der bequemen Sessel Platz zu nehmen, während sie sich schwerfällig auf ihrer Chaiselongue niederließ. Der Butler reichte Amber auf einem Untersetzer ein Teeglas, in das er erst etwas von der Sawarka gegossen hatte, um es dann mit dem heißen Wasser aus dem Samowar zu verdünnen. Amber schnupperte angetan an dem kräftigen Teegetränk, bevor sie davon kostete. Seit ihrer Zeit in Assam war sie zu einer großen Teeliebhaberin geworden. Auch diese würzige Variante weckte ihre Neugier.

»Mein Fuß ist immer noch schrecklich ramponiert«, teilte Olga, ebenfalls an ihrem Glas nippend, mit. »Es ist wohl unabwendbar, dass ich für immer daran leiden werde!« Sie verdrehte Mitleid heischend die Augen, doch Amber dachte gar nicht daran, darauf einzugehen.

»Ich finde, dass man deine Verletzung kaum noch bemerkt«, widersprach sie freundlich, aber bestimmt und wechselte sofort das Thema. »Was sind das alles für merkwürdige Schälchen, die du hier aufgestellt hast? Man könnte fast glauben, in einem indischen Tempel zu sein.«

Amber spielte auf die vielen Tonschalen an, die in allen Ecken von Olgas Wohnung herumstanden und von denen eine schwere Duftmischung aus Sandelholz, Patschuli und Myrrhe aufstieg. Olga strahlte Amber mit einer Begeisterung an, die sie stutzig machte.

»Diese Duftmischung, meine liebe Amber, hat mein neuer Bekannter Mohamand Akando eigens für meine Genesung zusammengestellt. Ihnen wird eine reinigende Wirkung nachgesagt, die meine Selbstheilungskräfte in Schwung bringen sollen. Stell dir vor, die Kräuter haben tatsächlich angefangen zu helfen! Ich fühle mich jeden Tag besser.«

Amber hob belustigt eine Augenbraue. »Wie bemerkenswert!«

Olga breitete begeistert ihre Arme aus. »Du musst diesen Meister der Weisheit unbedingt kennenlernen. Er ist ein großartiger Mann mit einer wundervollen Ausstrahlung, dazu belesen, charmant und äußerst höflich. Es gibt einfach kein Thema, zu dem er nicht eine fundierte Meinung hätte. Er ist weise, intelligent, gebildet und von einer Aura umgeben, die bezwingend ist.«

»Deine Schwärmerei erinnert mich zu sehr an die Begeisterung, die du einst Meister Ifet entgegengebracht hast. Ich hoffe nur, dass dieser Akando dich nicht ebenso schröpft wie dieser fragwürdige Ägypter, der sich später als südfranzösischer Kleinkrimineller entpuppt hat!«

Amber konnte mit der kritischen Bemerkung nicht an sich halten. Sie kannte Olga gut genug, um zu wissen, dass ihre Freundin in mancherlei Hinsicht äußerst leichtgläubig sein konnte. Der ägyptische Okkultist und Wunderheiler Ifet hatte vor einigen Jahren in Europa für allerlei Aufsehen gesorgt, weil er vorgab, Evokationen von Geistern bewerkstelligen zu können. Dazu zwang er die Geister, aus dem Jenseits zu ihm zu kommen, um für ihn Wunderheilungen durchzuführen. Amber wäre auf diesen Scharlatan um ein Haar selbst hereingefallen, wenn Rhys, den sie damals gerade kennengelernt hatte, sie nicht auf seine raffinierten Tricks aufmerksam gemacht hätte. Sie schämte sich noch heute für ihre Einfalt.

Auf der anderen Seite war es kein Wunder, wenn die Menschen den wie Unkraut aus dem Boden schießenden Okkultisten und Spiritisten mit ihren bewusstseinserweiternden Versprechen auf den Leim gingen. Die vertraute Welt, in der es ein von Gott gewolltes Oben und Unten gab, mit einem Gott und einer Kirche, die seit Tausenden von Jahren bestimmte, was Recht und Ordnung war, diese Welt war im Begriff auseinanderzufallen. Im gleichen Maße, wie industrielle Erfindungen und neue wissenschaftliche Erkenntnisse das alltägliche Leben auf den Kopf stellten und die Gesellschaft veränderten, wurden auch Sinn und Wahrheitsgehalt herkömmlicher Religionen infrage gestellt. An was sollte der Mensch denn noch glauben können, wenn Wissenschaftler wie Charles Darwin behaupteten, dass die christliche Schöpfungsgeschichte nichts als eine von Menschen aufgeschriebene Geschichte war? Wenn der Mensch nicht länger als ein Abkömmling von Adam und Eva galt, sondern der Nachfahre eines Affen sein sollte? Was gab den Menschen denn dann noch Halt? Kein Wunder, dass selbst ernannte Wunderheiler und Hellseher so rasch neue Anhänger fanden. Amber befürchtete, dass ihre leichtgläubige Freundin erneut einem dieser Scharlatane verfallen war.

»Du bist viel zu misstrauisch«, entgegnete Olga beleidigt. Sie war augenscheinlich nicht bereit, auf Ambers Warnungen einzugehen. »Akando ist kein Mensch, dem materielle Werte wichtig sind. Er hilft, weil er ein tiefes Bedürfnis empfindet, Nächstenliebe wirklich zu praktizieren. Du müsstest sehen, mit welcher Hingabe er sich den Kindern im East End widmet. Er betreibt dort eine Suppenküche und versucht, vor allem die jungen Mädchen davon abzuhalten, sich bereits im Kindesalter zu prostituieren.«

In ihrer Erregung überhörte sie das Klingeln an der Wohnungstür. Wenig später trat Olgas Butler ein. »Master Mohamand Akando bittet um eine kurze Unterredung«, kündigte er den Besuch an.

Über Olgas Gesicht flog eine hastige Röte.

»Nun wirst du selbst diesen wunderbaren Menschen kennenlernen«, meinte sie verlegen. »Bitte ihn herein, James«, fügte Olga rasch hinzu und wirkte dabei mit einem Mal äußerst aufgeregt. Eben noch nachlässig auf ihrer Chaiselongue thronend, straffte sich ihre imposante Erscheinung, und ihr sonst eher blasser Teint frischte zusehends auf. Amber nahm es mit Erstaunen zur Kenntnis.

Kurz darauf öffnete sich die Tür, und ein kleiner, etwa fünfzigjähriger Inder, in tadellosen, hellgrauen Zwirn gekleidet, betrat den Salon. Unter dem Arm trug er eine Melone in derselben Farbe. Mit einer knappen Verbeugung und einem gewinnenden Lächeln begrüßte er erst Olga und dann Amber.

»Ich bitte vielmals um Verzeihung, dass ich so ungelegen hier auftauche, meine Damen«, entschuldigte er sich mit angenehmer Stimme. »Ich werde auch nicht lange Eure kostbare Zeit in Anspruch nehmen. Aber ich habe ausgesprochen gute Nachrichten, die ich Euch, meine geschätzte Madam Kasakowna, einfach nicht vorenthalten kann. Das Waisenhaus ist nun endlich genehmigt worden. Gerade eben kam die Depesche von höchster Stelle. Wir können bereits diese Woche mit den Umbauarbeiten beginnen. Das ist zweifelsohne Eurem Einfluss zu verdanken!«

Akando trat auf Olga zu, nahm ihre Hand und hauchte mit einer ehrerbietigen Verbeugung einen Kuss darauf. Olga errötete dabei wie ein junges Mädchen.

»Ihr übertreibt, lieber Mister Akando. Ich hatte nur unmaßgeblichen Einfluss auf die Entscheidung. Das Waisenhaus wäre auch so genehmigt worden.«

»Das wäre es ganz bestimmt nicht«, widersprach Akando energisch. »Wenn Ihr nicht bei Premierminister Viscount Palmerston persönlich vorgesprochen hättet, wäre unser Vorhaben bestimmt zum Scheitern verurteilt gewesen.«

»Wie auch immer«, wehrte Olga verlegen ab. »Jetzt heißt es Nägel mit Köpfen machen. Gleich heute Nachmittag werde ich eine Geldanweisung auf Euer Konto veranlassen. Was meint Ihr, werden dreitausend Pfund fürs Erste ausreichen?«

Amber verschlug es die Sprache. Dreitausend Pfund! Das war ein wahres Vermögen. Auch wenn Olga als äußerst vermögend galt, so musste es auch für sie ein erheblicher Betrag sein. Wie konnte sie diesem fremden Mann nur solche Unsummen einfach in den Rachen werfen? Doch zu ihrer Überraschung schlug Akando ihr Angebot aus.

»Meine werte Freundin, Eure Großzügigkeit ehrt Euch, aber ich benötige Euer Geld nicht. Für den Unterhalt des Waisenhauses ist bereits gesorgt. Es gibt genügend Spender, die mich ausreichend unterstützen. Ihr habt bereits genug für uns getan. Seid versichert …«

»Papperlapapp«, unterbrach Olga ihn ungehalten. »Geld ist immer vonnöten. Da braucht Ihr mir nichts vorzumachen. Ich bestehe darauf, dass ich meinen Anteil dazu beitrage. Keine Widerrede!«

Akando wirkte sichtlich verlegen, lenkte aber schließlich ein. »Wenn es Eurem Seelenfrieden von Nutzen ist, werde ich mich wohl damit abfinden müssen. Dennoch bestehe ich darauf, dass Ihr Euer Kapital in einer Stiftung anlegt. So habt Ihr immer ein Auge darauf, ob meine Leute und ich verantwortungsvoll mit dem Geld umgehen.«

Olga strahlte. »So soll es sein, mein Lieber! Wollt Ihr Euch nicht zu einer Tasse Tee zu uns gesellen?« Bevor Akando ablehnen konnte, winkte sie James herbei und bedeutete ihm, ein weiteres Glas zu füllen. Der höfliche Inder setzte sich Amber gegenüber und nahm den angebotenen Tee entgegen.

»Bitte verzeiht«, wandte er sich nun an Amber. »Es war nicht meine Absicht, aufdringlich zu sein. Ich bedaure sehr, Eure angeregte Unterhaltung gestört zu haben.«

Amber musterte den zierlichen Inder kritisch. Er hatte ein fein geschnittenes, fast aristokratisch anmutendes Gesicht mit einer etwas großen, geraden Nase und schmalen Lippen, die ein mildes Lächeln umspielte. Seine dunklen Augen zeigten einen samtenen Glanz, außerdem nahmen sie regen Anteil an ihrer Umgebung. Erst auf den zweiten Blick fiel ihr auf, dass Akando an seiner rechten Hand vier Finger fehlten. Geschickt verdeckte er diesen Makel mit seiner linken Hand. Sosehr sie auch nach Anzeichen von Hinterhältigkeit und schändlichen Absichten suchte, sie konnte sie auf den ersten Blick nicht entdecken. Dennoch beschloss sie, auf der Hut zu sein. So viel offensichtliche Fürsorge für das Wohl englischer Waisenkinder von einem Nichtengländer, das war ihr suspekt. Sie war sich sicher, dass Olga einem Betrüger aufsaß. Deshalb beschloss sie, ihm auf den Zahn zu fühlen.

»Ihr stört unsere Unterhaltung keineswegs«, meinte sie verbindlich. »Olga hat mir bereits von Euch erzählt, unter anderem auch, dass Ihr Euch auf die Heilkunst versteht. Was verschlägt einen gebildeten Mann wie Euch ins graue London?«

»Ich war in meiner Heimat Indien tatsächlich lange Zeit als Heilkundiger tätig«, gab sich Akando bescheiden. »Allerdings unterscheidet sich unsere Art der Medizin etwas von der, die hier in England praktiziert wird. Wir versuchen den Menschen als Ganzes zu sehen. Unsere Heilkunst beruht auf dem Prinzip der Ayurveda, einem Begriff aus dem Sanskrit.«

»Ich kenne mich ein wenig damit aus«, beschied ihn Amber, die nicht zulassen wollte, dass er vom Thema abwich. »Ayurveda bedeutet übersetzt ›*Lebenswissenschaft*‹ und beruht auf einer Mischung aus Erfahrungswerten und Philosophie, die sich auf die menschliche Gesundheit und Krankheit bezieht. Dabei werden physische, mentale, emotionale und spirituelle Aspekte gleichermaßen berücksichtigt. Der Mensch wird also als Ganzes gesehen.«

Mohamand Akando nickte anerkennend. »Das hätte ich nicht besser ausdrücken können, Lady Franklin. Darf ich fragen, woher ihr Eure Weisheit habt? Ihr vermittelt ganz den Anschein, als wärt Ihr davon angetan.«

»Ein tibetischer Mönch war mein Lehrmeister«, meinte Amber zurückhaltend. Das Gespräch nahm nicht den Verlauf, den sie vorgesehen hatte. Statt ihm auf den Zahn zu fühlen, war Akando dabei, ihr ihre eigenen Geheimnisse zu entlocken. »Er hat mich früher einmal behandelt.«

»Wegen Eures Beinleidens?«, fragte Akando mit einem leisen Lächeln. Amber runzelte unangenehm berührt die Stirn. Wie konnte der Mann von ihrem verkrüppelten Bein wissen? Sie saß unbeweglich auf ihrem Stuhl, und ihre Beine waren von ihrem langen Rock verhüllt. Er konnte es nur von Olga erfahren haben. Sie warf ihrer Freundin einen ungnädigen Blick zu, der Olga sofort zu einer Rechtfertigung nötigte.

»Ich habe Mister Akando nichts von deinem Leiden erzählt«, wehrte Olga sofort ab. »Ich sagte dir doch, dass er die Aura eines Menschen wahrnehmen kann.«

»Ich erkannte es an Eurer Sitzhaltung«, entschuldigte sich Akando verlegen. »Bitte verzeiht, wenn ich Euch damit zu nahe getreten bin. Aber es ist mir nicht verborgen geblieben, dass Eure linke Seite mehr von Eurem Körper beansprucht wird als Eure rechte. Allerdings sehe ich auch, dass Ihr sehr viel Kraft aufwendet, um das Ungleichgewicht Eures Körpers auszugleichen. Dies ist nur mit Disziplin und spiritueller Kraft möglich. Dafür habt Ihr meinen Respekt.«

»Ihr habt ein gutes Auge, Mister Akando«, musste Amber widerwillig zugeben. »Doch wir sind ganz von unserem ursprünglichen Thema abgekommen. Was verschlug Euch nun aus dem farbenprächtigen Indien in das triste England?«

Akandos Augen bekamen etwas Festes, als er sie nun ansah. »Ihr wollt mir auf den Zahn fühlen, Lady Franklin, um Eure Freundin notfalls vor mir zu warnen, nicht wahr?«

Amber hielt seinem Blick stand. »Und wenn dem so wäre?«, konterte sie schnippisch. »Ihr müsst wissen, dass Ihr nicht der Erste seid, der hinter dem Geld meiner lieben Freundin her ist.«

»Dann haltet Ihr mich also für einen Betrüger.« Akando nickte, wirkte aber keinesfalls beleidigt, wie Amber erwartet hatte. »Das kann ich Euch nicht verübeln. Schließlich wurdet Ihr gerade Zeuge, wie Madame Kasakowna mir ein nicht unerhebliches Vermögen übertragen hat.«

Amber nickte. Sie war gespannt, wie Akando sich nun erklären wollte. Doch stattdessen mischte sich Olga empört ein.

»Amber, nun gehst du wirklich zu weit! Wie kannst du dir anmaßen, meinen lieben Gast derart zu beschämen? Ich möchte, dass du sofort damit aufhörst.«

»Nicht doch, Madam Kasakowna«, widersprach Akando. »Ihr solltet es wertschätzen, solch eine treue Freundin wie Lady Franklin zu haben. Sie spricht nur aus, was wohl viele Eurer Freunde ebenfalls über mich denken mögen. Ich nehme es ihr bestimmt nicht übel, dass sie die Beweggründe für meine Wohltätigkeiten infrage stellt.« Damit wandte er sich verbindlich an Amber. »Das Schicksal hat mich nach London geführt. Ich stamme aus Nordindien. Mein Bruder ist der Maharadscha von Sanpur. Als Herrscher über ein ansehnliches Reich verfügt er über einigen Wohlstand, von dem auch ich profitiere, eben weil ich mein Land freiwillig verlassen habe.«

»Mister Akando wäre eigentlich der rechtmäßige Herrscher

von Sanpur«, erklärte Olga mit neuer Vehemenz. »Er hat freiwillig auf sein Erbe verzichtet, weil er kein Despot sein wollte!«

»Ganz so war es nicht«, gab sich Akando bescheiden. »Mich haben die Wissenschaften und die Menschen schon von Kindesbeinen an mehr interessiert als Politik und Machtansprüche. Es ist mir leichtgefallen, meinem Bruder Titel und Anerkennung zufallen zu lassen. Außerdem wollte ich schon immer die Menschen in England kennenlernen, die sich anmaßen, unser Land in Besitz zu nehmen. Zu meinem Erstaunen fand ich hier keine überlegene Rasse vor, sondern Menschen, die ebenso mit Armut und Missständen zu kämpfen haben wie meine Landsleute in Indien. Was macht es also für einen Unterschied, ob ich den Menschen in meiner Heimat oder den Menschen hier helfe?«

»Eure Landsleute sollten Euch näherstehen«, warf Amber schon sehr viel weniger kritisch ein. Akando begann sie wider Willen zu beeindrucken.

Der Inder wog nachdenklich den Kopf. »Das mag sein, aber im Laufe meines Lebens bin ich zu der Überzeugung gekommen, dass Rasse und Herkunft für mich keine wichtige Rolle spielen. Ich möchte einfach mein Vermögen für sinnvolle Dinge verwenden. Und nun nennt mir einen Grund, weshalb Ihr dasselbe Eurer Freundin Madam Kasakowna verwehren wollt?«

Amber biss sich auf die Lippen. Akando hatte recht. Es war anmaßend von ihr gewesen, ihn pauschal zu verurteilen.

Der Arzt stellte sein Teeglas auf den Beistelltisch und erhob sich. »Ich bedanke mich für die anregende Unterhaltung, aber ich bitte die Damen, mich nun zu entschuldigen. Auf mich wartet noch eine lange Liste von Aufgaben.«

»Ich hoffe nicht, dass ich der Grund für Euren übereilten Aufbruch bin«, meinte Amber beschämt. »Es war nicht meine Absicht, Euch zu beleidigen.«

Akando schürzte die Lippen und schüttelte den Kopf. »Aber nicht doch, Lady Franklin. Offene Worte beeindrucken mich weitaus mehr als hinterhältige Freundlichkeit. Ich wiederhole, Madame Kasakowna kann sich glücklich schätzen, Euch als Freundin zu haben.« Er verbeugte sich vor beiden, um sich zu verabschieden.

»Werdet Ihr mir bald von den Fortschritten am Umbau berichten?«, fragte Olga für ihr Temperament ungewohnt schüchtern. »Vielleicht morgen bei einem gemeinsamen Lunch?«

Akando war durchaus angetan. »Sehr gerne, liebe Madam Kasakowna.« Er nahm nochmals ihre Hand und hauchte zum Abschied einen Kuss darauf.

Als er das Zimmer verließ, sah Olga ihm verträumt hinterher.

9

Entsetzt starrte Padre Xavier auf den leblosen Körper des unbekannten Wilden. Er hatte den Indianer nicht töten wollen. Es war die Angst vor seinem schreckenerregenden Aussehen, die ihn so unbedacht hatte handeln lassen. Jetzt, nachdem es zu spät war, erkannte er, dass der Wilde ihm das Leben gerettet hatte. Ohne seine Hilfe hätte der Jaguar ihn zerrissen. Ein neuerliches Zittern überfiel seinen fiebergeplagten Körper. Ihm wurde übel, und er fühlte sich erbärmlich.

»Mein Gott, warum hast du mich verlassen?«, schluchzte er außer sich und sank dabei in die Knie. »Wie kann ich mit dieser Schuld jemals vor dich treten?«

Sein Blick fiel auf Stefano, der sich unweit von ihm regte. Rasch rappelte er sich auf, um nach seinem Freund und Mitbruder zu sehen. Der Jesuitenmönch atmete nur noch sehr unregelmäßig. Die braungrünen Blätter, auf denen sein Körper lag, waren von seinem Blut durchtränkt. Mit Tränen in den Augen streichelte Xavier über die blasse Stirn, als sich die Augen seines Freundes noch einmal öffneten.

»Gib mir die Letzte Ölung«, verlangte er mit schwacher Stimme. »Ich möchte nicht ohne dieses Sakrament vor unseren Herrn treten.«

Mit Tränen in den Augen erfüllte Xavier seinem Freund den letzten Wunsch. Noch bevor er die letzten segnenden Worte gesprochen hatte, richtete Stefano ein letztes Mal seine Augen nach oben, wo er hinter dichtem Blättergewirk den Himmel vermutete, dann erlosch sein Blick für immer. Xavier fühlte sich hilfloser denn je. Er war krank und wehrlos, besaß nichts als ein Messer und ein ungeladenes Gewehr. Seine letzte Patrone hatte er für diesen unschuldigen Wilden verschwendet. War es nicht die gerechte Strafe Gottes, wenn hier sein Leben ein Ende fand?

Kraftlos sank er auf Stefanos Leichnam nieder und ließ seinen Tränen freien Lauf. Sollte der Tod ihn doch holen. Er würde ihn dankbar annehmen. Grelle, verzerrte Bilder rasten durch seinen Kopf. Er sah die Zähne des Jaguars, spürte erneut seinen fauligen Atem über sich, sah Stefanos angstverzerrtes Gesicht und dann wieder sein Kloster in der Extremadura, das von einem rotschwarzen Teufel geleitet wurde.

Seine Fieberträume gerieten so durcheinander, dass er sicher war, nie wieder von ihnen loszukommen. War es Wahrheit oder Einbildung, dass ihn jemand von Stefanos totem Körper zog und auf ein Lager von Platanillo-Blättern bettete? Konnte es sein, dass seine Wunden gereinigt und mit zerstoßenen Blättern und Kräutern verbunden wurden? Als er irgendwann für einen Augenblick bei Bewusstsein war, sah er in eine mit roten und schwarzen Mustern bemalte Fratze, die sich über ihn beugte und ihm behutsam die Hände auf den Kopf legte und ihn langsam über den Brustkorb, den Bauch, über sein Geschlecht bis hinunter zu seinen Füßen betastete. Dabei schüttelte er immer wieder die Hände in der Luft aus, als wolle er sich von etwas entledigen. Dabei schrie der Fratzenmann laute und kräftige Drohungen hinaus. Xavier hielt ihn für die Wiedergeburt des Teufels und flüchtete rasch in neue Fieberträume.

Als er das nächste Mal erwachte, fühlte er sich besser. Seine Gedanken waren einigermaßen klar, und die Kopfschmerzen, die ihm die Sinne benebelt hatten, waren erträglicher geworden. Das täuschte jedoch nicht darüber hinweg, dass sein Körper immer noch völlig geschwächt war. Als er versuchte, sich ein wenig aufzurichten, sank er kraftlos zurück auf sein Lager. Nur seine Augen waren fähig, den Ort abzutasten, an dem er sich befand. Er lag in einem aus Palmblättern und Stöcken errichteten Unterstand. Neben ihm glomm ein schwaches Feuer. Beschämt stellte Xavier fest, dass er völlig nackt auf seinem Lager lag. Seine Kleider konnte er nirgendwo entdecken.

Irgendwann hörte er Schritte. Ein kräftig gebauter junger Mann, mit nichts als einer Schnur um die Taille bekleidet, trat heran. Sein Penis war unter die Schnur geklemmt. Für einen Indianer war seine Statur ungewöhnlich groß und schlank. Aus dem breiten Gesicht mit den hohen Wangenknochen musterten ihn zwei dunkle Augen mit grünen Einsprengseln. Seine Miene war ernst, aber nicht unfreundlich. Xavier erschrak, als er in ihm den Wilden erkannte, den er niedergeschossen hatte. Gleichzeitig überkam ihn große Erleichterung, weil er doch nicht zum Mörder geworden war. Über der linken Schläfe des Indianers prangte eine hässlich zerfranste Fleischwunde, die ihn wohl zeit seines Lebens an ihre Begegnung erinnern würde. Beschämt wandte Xavier den Blick von seinem Retter.

»Shori noje, shori noje«, sagte der Indianer und wies immer wieder mit seinem Daumen auf seine Brust. Er schien es Xavier nicht übel genommen zu haben, dass er auf ihn geschossen hatte.

»Shori noje«, wiederholte Xavier schwach.

Er ging davon aus, dass es dessen Name war. Er leckte sich über die Lippen, um ihm zu zeigen, dass er durstig war. Shori noje verstand ihn und setzte sogleich den Rand einer Kalebasse an seine Lippen. Xavier trank gierig und spürte erst beim Schlucken, dass dem Wasser etwas Bitteres beigefügt worden war. Schon wollte er die Flüssigkeit wieder ausspucken, doch der Indianer hielt ihm kurzerhand den Mund zu, sodass er gezwungen war, den Trank zu schlucken. Er schüttelte sich vor Widerwillen, doch dann ergriff ihn eine angenehme Müdigkeit, und er fiel in einen weiteren tiefen Schlaf.

Als er beim nächsten Mal erwachte, reichte ihm Shori noje etwas Gebratenes zum Essen. Xavier nahm es dankbar an. In dem Augenblick, als er seine Zähne in das nach altem Huhn schmeckende Fleisch grub, war ihm egal, was er aß. Als er jedoch die Knochen fein säuberlich abnagte und dabei das Skelett einer kleinen, feingliedrigen Kinderhand freilegte, ergriff ihn größtes Schaudern. Angewidert schleuderte er den Knochen von sich und starrte entsetzt auf den Indianer. Padre Cristóbal hatte in seinen Briefen von Kannibalen berichtet. Shori noje lachte herzhaft und entblößte dabei eine Reihe kräftiger weißer Zähne. Er schien sich über ihn lustig zu machen. Dann deutete er in die Äste und Zweige über sich und machte die Geräusche von Affen nach. Xavier atmete erleichtert aus, als er begriff, dass er einen Affen und keinen Kinderarm vertilgt hatte.

Die nächsten Tage verbrachten sie in dem behelfsmäßigen Unterstand, den Shori noje gebaut hatte. Die Palmblätter hielten den größten Teil des Regens ab, der fast täglich vom Himmel fiel. Der Indianer hatte ihm eine Hängematte aus Lianen geflochten, die er zwischen den Pfosten der Hütte aufgehängt hatte. Xavier war dankbar dafür, denn trotz der zähen Platanillo-Blätter bereitete ihm das Ungeziefer, das sich durch die Ritzen durchzwängte, großes Unbehagen.

Shori noje ließ ihn die meiste Zeit allein und verschwand tagsüber im Urwald. Kurz vor Sonnenuntergang kehrte er zurück, meist mit einem toten Affen, einer Schlange oder einem kleinen Aguti im Gepäck. Dann schürte er wortlos ein neues Feuer, nahm die Tiere aus und briet sie über dem Feuer. Xavier versuchte mehrmals, ein Gespräch mit seinem Retter zu beginnen. Doch der Indianer verstand weder Spanisch noch einen der oft von den Wilden des Amazonas gesprochenen Guarani-Dialekte, die er zur Vorbereitung seiner Missionstätigkeit gelernt hatte. Also versuchte er es mit einer Art Zeichensprache. Er deutete mit dem Daumen auf seine Brust.

»Ich bin Xavier«, sagte er. Dann zeigte er auf ihn. »Und du bist Shori noje.«

Der Indianer sah ihn verdutzt an. Xavier begriff, dass er die Verben weglassen musste, und wiederholte die Vorstellung.

»Xavier«, sagte er auf sich weisend. »Shori noje«, meinte er und zeigte auf den Wilden.

Dieser sah ihn kopfschüttelnd an. Dann deutete er auf seine Brust und meinte: »Shori noje«, und auf Xavier weisend ebenfalls: »Shori noje.«

Der Pater kratzte sich am Kopf. Offensichtlich war Shori noje doch nicht der Name des Indianers. Er versuchte es noch einmal.

»Xavier.« Er pochte bestätigend auf seine eigene Brust, dann berührte er die Brust seines Gegenübers und sah ihn fragend an.

Der Indianer schlug ihm ungehalten auf die Hand und grunzte unfreundlich. Als er es ein weiteres Mal versuchte, schrie er verächtlich: »Napé«, sprang auf und verschwand für die nächsten Stunden im Urwald. Xavier blieb ratlos zurück.

»Oh Herr, welche Prüfung lässt du nun wieder über mich ergehen?«, beschwerte er sich bei seinem obersten Herrn. Er hätte den Wilden zu gerne gefragt, wo er Stefano begraben hatte. Er wollte unbedingt ein Kreuz an der Stelle errichten, an der er beerdigt worden war. An diesem Tag kehrte der Indianer auch abends nicht zurück. Xavier fürchtete schon, dass er ihn so verärgert hatte, dass er ihn deshalb seinem Schicksal überließ.

Kurz vor Sonnenaufgang kehrte er jedoch wieder zurück. Unter dem Arm hielt er ein Paket aus Bananenblättern, das er ihm wortreich zu Füßen legte. Xavier hielt es für ein Geschenk, vielleicht sogar für eine Entschuldigung, weil er sich so ungebührlich ihm gegenüber verhalten hatte, und enthüllte freudig angetan den Inhalt. Er rechnete mit ein paar Früchten oder Nüssen. Doch nichts dergleichen befand sich darin. Nur ein kleiner Haufen schwarzer Kohlestücke. Seine Augen weiteten sich vor Entsetzen, als er erkannte, dass darin menschliche Knochen waren. Ein fürchterlicher Verdacht keimte in ihm auf.

»Ist das Stefano?«, fragte er entsetzt.

»Napé«, nickte der Indianer und reichte ihm eine Wurzel, die die Form eines Stößels hatte, sowie einen kleinen Bambusbehälter.

Xavier wusste nichts damit anzufangen und legte sie beiseite. Angewidert von der Barbarei des Wilden beschloss er, die verbrannten Überreste seines Mitbruders wenigstens in einem angemessenen Grab beizusetzen. Mit bloßen Händen und seinem Messer machte er sich daran, in dem Blätterberg ein Loch zu schaufeln, bis er unter dem welken, schnell verrottenden Blattwerk auf den lehmigen Boden stieß. Das dichte Wurzelwerk machte die Arbeit nicht einfacher, aber nach zwei Stunden hatte er immerhin ein armlanges, oberschenkeltiefes Loch in die Erde gegraben, in dem er Stefanos Überreste beisetzen konnte. Wieder eingehüllt in die Bananenblätter, legte er die Knochen hinein und sprach ein inniges Gebet. Der Indianer beobachtete von seiner Hängematte im Unterstand aufmerksam jede seiner Bewegungen; als er sich jedoch daranmachte, die Knochen wieder mit Erde zu bedecken, sprang er auf und versuchte, ihn daran zu hindern. Ein Schwall aufgeregter Worten prasselte auf Xavier nieder, die dieses Mal jedoch nicht wütend, sondern fast verzweifelt klangen. Xavier ließ sich davon nicht beeindrucken. Im Gegenteil.

»Lass mich in Ruhe, du gottloses Wesen«, fuhr er den Indianer wütend an. »Wer weiß, welchen Frevel du mit meinem

Freund schon angestellt hast. Damit ist jetzt Schluss. Sein Körper wird an diesem Ort auf die Einkehr ins Paradies warten. Und daran hinderst nicht einmal du mich!«

Er war so aufgebracht über das respektlose Verhalten dieses Wilden, dass er sogar sein Messer gegen ihn richtete. Ihre Blicke begegneten sich. Dieses Mal war es der Indianer, der seine Augen traurig abwandte und sich umgehend daranmachte, ihr Lager abzubrechen. Xavier beerdigte seinen Freund in aller Ruhe und sorgte dafür, dass die Erde auf seinem Grab fest genug war, dass kein wildes Tier sich daran zu schaffen machen konnte. Dann band er mithilfe von zwei Lianenfasern zwei Äste zu einem Kreuz zusammen und steckte es in die Erde. Mit Tränen in den Augen sprach er für seinen toten Freund ein letztes Vaterunser. Dann folgte er dem Wilden, der bereits ungeduldig auf ihn wartete.

Während Cauré ihnen einen Pfad durch das Unterholz schlug, fluchte er leise vor sich hin. Er fragte sich ernsthaft, ob es nicht doch ein Fehler gewesen war, diesen einfältigen Napé gerettet zu haben. Nicht genug, dass er ihn mit diesem feuerspeienden Zauberding um ein Haar getötet hätte, jetzt hatte er auch noch den Frevel begangen, die Überreste seines Freundes in der Erde zu begraben. Wusste er denn nicht, dass dessen Geist nun ruhelos im Dschungel umherstreifen musste? Er würde ihn mit Sicherheit erneut heimsuchen und plagen! Wie es dem Brauch seines Volkes entsprach, hatte er den Leichnam sorgfältig verbrannt, um dann seine Knochen aus der Glut zu holen. Er hatte seinen Xapiripé Lieder gesungen, damit sie wussten, dass sich jemand um ihn sorgte. Und nun wusste dieser hellhäutige Napé nichts Besseres mit ihm anzufangen, als ihn in der Erde zu begraben? War der andere Napé etwa ein Feind von ihm gewesen? Aber weshalb waren sie dann gemeinsam im Urwald unterwegs gewesen? Es gab so vieles, was an diesen hellhäutigen Menschen so anders war als bei seinem Volk. Und gerade das war es, was seine Neugier weckte. Das unterschied ihn von all seinen Brüdern und Schwestern im Shabono.

Cauré war schon als kleiner Junge von einer unbändigen Neugier getrieben worden. Es drängte ihn, den Dingen auf den Grund zu gehen. Seine Mutter Yoama, Takawes zweite Frau, hatte sogar schon gedroht, ihn wegen seines Wissensdrangs aus ihrer Hütte zu vertreiben. Neugier war bei den Hapuweteri tabu. Man lebte im Hier und Jetzt, nicht in der Vergangenheit und nicht in der Zukunft. Einzig Takawe hatte Verständnis für seinen Wissensdrang gezeigt. Er erklärte sich Caurés Anderssein damit, dass die Geister seines alten Stammes noch immer große Macht über ihn besaßen und ihn vielleicht gerade deswegen auf den Pfad des Shapori geführt hatten.

Cauré gehörte nicht zum Stamm der Yanomami wie die Hapuweteri. Sein Volk waren die Baniwa vom Oberlauf des Rio Negro. Im Alter von drei Jahren war er gemeinsam mit seiner Mutter von den Hapuweteri entführt worden. Seine leibliche Mutter war bald darauf gestorben. Ihn hatte man in die Obhut von Takawes zweiter Frau Yoama gegeben, die selbst keine Kinder gebären konnte. Sie war ihm eine gute Mutter gewesen, die stets schützend ihre Hand über ihn gehalten hatte – besonders dann, wenn Nakitao wieder einmal seine hinterhältigen Späße mit ihm getrieben hatte. Sein Stiefbruder war von Anfang an eifersüchtig wegen jeder Zuwendung gewesen, die er von Yoama, von seiner eigenen Mutter Ritimi und ganz besonders von Takawe bekam.

Der Anführer der Hapuweteri zeigte eine ganz besondere Zuneigung für den angenommenen Sohn. Es war nicht zu übersehen, dass er den bedächtigen, gelehrigen Jungen seinem eigenen, leiblichen Sohn vorzog. Ihm missfiel Nakitaos unbeherrschtes

Wesen. Er war aufbrausend, stolz und neigte dazu, Zwietracht unter den Bewohnern des Shabono zu säen. Wie oft hatte Cauré versucht, mit seinem Bruder in Frieden zu leben. Er hatte ihm Geschenke gemacht und ihm bei Jagdausflügen die Führung überlassen, obwohl er der bessere Fährtenleser unter ihnen war. Nakitao hatte es ihm nie gedankt. Im Gegenteil, sein Hass gegen ihn war im Laufe der Jahre nur noch gewachsen. Sein Bruder würde es sicher nicht gutheißen, wenn er den Napé mit in den Shabono brachte. Doch darauf konnte er jetzt keine Rücksicht nehmen. Er brauchte Takawes Rat. Der große Zauberer wusste so vieles, was ihm noch verborgen war. Er würde seine Träume deuten können und dann entscheiden, was richtig war.

Sie waren noch keine zwei Stunden gelaufen, als der Napé zu jammern begann. Er verlangte nach einer Pause. Cauré wunderte sich, denn schließlich hatten sie ihren Marsch erst begonnen. Als der Fremde nicht aufhörte zu klagen, reichte er ihm die Kalebasse mit Trinkwasser und bot ihm aus seinem letzten Vorrat an Tabakblättern eine Rolle Kautabak an, der ihm neue Kraft geben sollte. Der Weiße riss ihm die Kalebasse aus der Hand und ließ sich damit auf den Boden fallen. Den Kautabak verschmähte er mit angewiderter Miene.

»Wir müssen weiter«, fuhr Cauré ihn ungehalten an und schob sich den Kautabak selber zwischen Zähne und Unterlippe.

Der Napé schüttelte den Kopf und weigerte sich. Cauré überlegte einen Augenblick, ob er ihn fesseln und dann einfach hinter sich herziehen sollte. Viel Gegenwehr hatte er von dem schmächtigen Mann wohl nicht zu erwarten. Andererseits war der Napé ängstlich wie ein Affenbaby. Er würde ihm auch so folgen. Deswegen zuckte er ungerührt mit den Schultern und marschierte weiter. Damit der Fremde ihn finden konnte, brach er in Hüfthöhe immer wieder Äste ab, so wie es die Frauen mit ihren kleinen Kindern machen, wenn sie die ersten Male weiter mit ihnen in den Dschungel gehen. Doch der einfältige Napé war nicht fähig, diese einfachen Zeichen zu erkennen. Er schlug tatsächlich die falsche Richtung ein. Dann hörte er ihn lauthals um Hilfe schreien. Cauré knurrte ärgerlich und begann ihn zu suchen. Er fand den Napé bis zur Hüfte in einem Tierbau eingesunken. Vergeblich versuchte er sich daraus zu befreien.

»Du bist ja noch dümmer als ein Krieger der Makarati«, schimpfte Cauré.

Kopfschüttelnd befreite er den Napé aus seinem Loch, indem er ihm eine Liane zuwarf und ihn daran herauszog. Der Napé sackte zusammen und deutete mit schmerzverzerrtem Gesicht auf seinen Fuß. Cauré begann seinen Knöchel abzutasten, der innerhalb von kurzer Zeit anzuschwellen begann. Zum Glück war er nicht gebrochen. Cauré hatte keine Lust, diesen griesgrämigen Mann auf einer Bahre hinter sich herzuziehen. Er legte ihm einen Verband aus schmerzstillenden Kräutern und Bananenblättern an und schnitt ihm mit seinem Knochenmesser einen Ast ab, auf den er sich stützen konnte. Jeder Mann und jede Frau aus seinem Stamm wären ihm nun klaglos gefolgt. Doch dieser Mann hörte nicht auf zu jammern und kroch ihm mehr hinterher, als dass er lief. Zu Fuß waren es noch gut vier Tagesreisen bis zum Shabono. Doch mit der Geschwindigkeit, mit der der Napé lief, würden sie bestimmt das Dreifache an Zeit benötigen.

Cauré fasste einen Entschluss. Er würde den Umweg über den Fluss nehmen. Nicht weit von ihnen gab es einen Zufluss, der in den Rio Toototobi mündete. Am Ufer hatte er ein Rindenkanu gesehen, das ein Jäger der Makarati dort hatte liegen lassen.

Sechs Tage später erreichten sie endlich den Shabono.

10

Amber betrat die »Punch Tavern« in der Fleet Street erst zur späten Mittagsstunde. Das Pub mit seinen hellen Oberlichtern und seiner edlen Marmortheke war vor allem bei Künstlern, Intellektuellen und Angestellten aus der Zeitungsbranche in Mode gekommen. Sein Name spielte auf das bekannte Satiremagazin »Punch« an, dessen anarchisches Symbol die Handpuppe Mr. Punch war. Berühmt war das Magazin wegen seiner respektlosen politischen Karikaturen, die in letzter Zeit vor allem Charles Darwin und seine Thesen zum Thema hatten. Die Atmosphäre in dem eichenvertäfelten Pub war infolgedessen eher unkonventionell.

»Du bist spät«, beschwerte Rhys sich ungeduldig. Er stand rasch auf, um ihr einen Stuhl zurechtzurücken. »Wie war dein Morgen?«

Noch erfüllt von ihren Erlebnissen, begann Amber sofort zu erzählen, vor allem über Mister Akando und Olga ließ sie sich ausführlich aus.

»Stell dir nur vor, unsere Olga ist verliebt wie ein junger Backfisch«, bemerkte sie lachend.

Erst als Rhys kaum darauf reagierte, fiel ihr seine Zerstreutheit auf. Betroffen hielt sie in ihren Erzählungen inne und befürchtete, dass sein Morgen nicht so amüsant verlaufen war.

»War dein Vorstellungsgespräch vor der Royal Society nicht zufriedenstellend?«, fragte sie vorsichtig.

Rhys' Miene war ernst und verschlossen, so, dass sie sofort voller Mitgefühl nach seiner Hand griff.

»Du darfst die Hoffnung nicht aufgeben«, versuchte sie ihn zu trösten. »Es werden sich andere Möglichkeiten ergeben!«

Ohne eine Miene zu verziehen, ließ Rhys ihre Anteilnahme über sich ergehen, doch in seinen grauen Augen erkannte sie einen merkwürdigen Glanz. Amber wurde mit einem Mal stutzig.

»Moment mal!« Argwöhnisch geworden legte sie den Kopf schief. »Du willst mich doch nicht etwa auf den Arm nehmen?«

Ein triumphierendes Grinsen breitete sich über sein ganzes Gesicht aus.

»Sie wollen mich dem Gremium als Leiter der Amazonasexpedition vorschlagen«, verkündete er stolz. »Meine Ernennung ist nur noch reine Formsache!«

Amber blies vor gespielter Empörung die Backen auf, aber dann konnte auch sie ihre Freude nicht mehr verbergen.

»Aber das ist ja wundervoll«, stieß sie begeistert aus. »Ich habe dir ja immer gesagt, dass du der Beste bist!«

Rhys nahm ihre Hände und drückte sie fest.

»Ohne deine Unterstützung und vor allem deine Liebe hätte es nie geklappt, Amber Holy Franklin«, meinte er mit inniger Stimme.

Amber war gerührt von seinen Worten. Als eingefleischter Zyniker waren von ihm solche Worte nur selten zu hören. Sie räusperte sich, um ihre Verlegenheit zu überspielen.

»Und wann geht es los?«, fragte sie, um Sachlichkeit bemüht.

Rhys gab bereitwillig Auskunft. »Voraussichtlich im nächsten Frühjahr, wenn die Winterstürme vorüber sind. Bis dahin müssen noch zahlreiche Vorbereitungen getroffen werden. Wir werden vier Wissenschaftler sein, darunter ein Zoologe, ein Botaniker und ein Geologe. Ich selbst werde als Altertums-

und Feldforscher die Gewohnheiten der einheimischen Bevölkerung untersuchen. Master Darwin möchte, dass ich ihre Sitten und Gebräuche ebenso studiere wie ihre Lebensumstände. Möglicherweise wird daraus ein ganz neuer Wissenschaftszweig entstehen.«

»Und ich werde dir dabei mit meinen Zeichnungen und Studien behilflich sein«, meinte Amber, angesteckt von seiner Begeisterung.

Rhys ließ plötzlich ihre Hände los und wirkte etwas betrübt. »Darüber müssen wir später noch reden«, meinte er einsilbig.

Amber horchte sofort auf. »Du hast den Herren doch hoffentlich mitgeteilt, dass ich auch mitreisen werde?«, fragte sie argwöhnisch.

Rhys versuchte sie zu beruhigen.

»Natürlich habe ich das. Aber du kennst ja die alten Herren. Sie können sich nicht vorstellen, dass eine Frau den Strapazen einer solch langen und anstrengenden Reise gewachsen sein könnte. Sie haben noch ihre Vorbehalte, doch ich bin guter Dinge, dass ich sie umstimmen werde.«

»Das will ich doch meinen«, meinte Amber trotzig. »Noch einmal lasse ich dich nicht alleine!«

Ihre Unterhaltung wurde unterbrochen, weil der Kellner das Essen servierte. Er brachte gedünsteten Fisch, Senfsoße und Mangold. Dazu hatte Rhys einen leichten französischen Weißwein bestellt. Sobald Amber der feine Fischgeruch in die Nase stieg, wurde ihr erneut übel. Sie spürte, wie sich ihr Magen verkrampfte, und kämpfte gegen die aufsteigende Übelkeit an.

»Ich komme gleich wieder«, entschuldigte sie sich hastig und zog sich eilig in die Waschräume zurück, gerade noch rechtzeitig, bevor sie sich übergeben musste. Danach ging es ihr etwas besser.

Was ist nur in letzter Zeit mit mir los, überlegte sie, während sie ihr Gesicht mit kühlem Wasser benetzte. *Ich esse kaum noch etwas und nehme trotzdem zu.*

Olgas Worte kamen ihr plötzlich in den Sinn. »Du siehst so anders aus.«

Amber durchfuhr ein Schauer. Konnte es etwa sein, dass sie schwanger war? Das würde erklären, dass ihre Brüste voller geworden waren. Außerdem fiel ihr erst jetzt auf, dass ihre monatlichen Blutungen ausgeblieben waren, seit Rhys aus Amerika zurückgekommen war. Dabei war sie immer der Ansicht gewesen, dass sie nicht schwanger werden konnte. Amber fuhr sich über die Stirn und musterte überrascht ihr Spiegelbild.

»Solltest du etwa guter Hoffnung sein, Amber Holy?«

In dem Moment, da sie die Worte laut vor sich hin sagte, spürte sie ein freudiges Kribbeln in ihrem Bauch. Was für eine aufregende Vorstellung! Ein Kind war die Krönung ihres Glücks! Rhys würde außer sich sein. Doch was würde dann aus ihren Plänen mit Südamerika werden? Unpassender konnte der Zeitpunkt einer Schwangerschaft wirklich nicht sein! Sie biss sich auf die Lippen. Freude und Beklemmung wechselten einander ab. Aber was machte sie sich jetzt schon Gedanken? Es war ja gar nicht sicher. Bestimmt irrte sie sich.

Rhys machte sich Sorgen. Amber war in letzter Zeit auffallend blass und klagte oft über Übelkeit. Hoffentlich brütete sie keine Krankheit aus. Vorsichtshalber hatte er das Essen gleich wieder abräumen lassen. Als Amber jedoch von den Waschräumen zurückkehrte, war keine Spur mehr von ihrer Übelkeit zu bemerken. Im Gegenteil, sie gab sich aufgeräumt und munter.

»Möchtest du, dass ich noch etwas anderes zu essen kommen

lasse?«, erkundigte er sich besorgt. »Nein, lass uns lieber nach Hause fahren und dort ein paar Sandwiches zu uns nehmen«, meinte Amber mit einem tapferen Lächeln. »Ich hatte heute Morgen wohl etwas viel Aufregung. Sie muss mir auf den Magen geschlagen sein. Vielleicht sollte ich einmal Doktor Philips konsultieren.«

»Das solltest du wirklich«, stimmte Rhys sofort zu. »Am besten, wir fahren auf dem Heimweg gleich bei ihm vorbei.«

»Wenn du meinst.« Amber hatte nichts einzuwenden und schien sogar erleichtert zu sein.

Doktor Philips war ein alter Bekannter der Familie und ließ sie, obwohl sein Wartezimmer voller Patienten war, sofort in das Behandlungszimmer führen. Rhys ging davon aus, dass er seine Frau begleiten sollte, doch Amber wies ihn zurück.

»Ich möchte die Untersuchung gerne alleine hinter mich bringen«, erklärte sie ihm und schob ihn kurzerhand zurück ins Wartezimmer.

Rhys war nicht begeistert, aber ihm blieb nichts anderes übrig, als sich ihrem Wunsch zu fügen. In letzter Zeit verhielt sich Amber manchmal recht merkwürdig.

Um die Zeit des Wartens zu überbrücken, nahm er den *Daily Telegraph* von einem Beistelltisch und blätterte darin. Im Innenteil entdeckte er einen Artikel, der seine Aufmerksamkeit auf sich zog. Es war von einem einfachen Spinnereiarbeiter zu lesen, den es als jungen Mann zum Eisenbahnbau nach Indien verschlagen hatte und der danach eine erstaunliche Karriere als Erfinder neuer Maschinen gemacht hatte. Mittlerweile besaß der Mann ein eigenes Unternehmen und beriet Fabrikbesitzer und sogar die englische Regierung. Er war nun ein gemachter Mann.

Rhys betrachtete sein Konterfei, das auf einer Daguerreotypie dargestellt war: *Malcolm Bannister, vom einfachen Spin-*

nereiarbeiter in Yorkshire zum erfolgreichen Unternehmer und Teilhaber von Technical Improving Ltd. Das Abbild zeigte einen mittelgroßen, muskulösen Mann mit braunen, halblangen Haaren und einem offenen, sympathischen Blick. *Das ist der Bruder von Lexie Bannister,* fuhr es Rhys durch den Kopf. Die Ähnlichkeit war unverkennbar. Das ehemalige Dienstmädchen Lexie und ihr Bruder Malcolm stammten ebenfalls aus Bingley in Yorkshire und hatten einst für Ambers Vater gearbeitet. Lexie war mit ihrem Bruder vor einigen Jahren nach Indien ausgewandert. Dort war Rhys ihr unter abenteuerlichen Umständen begegnet.

Mit einem etwas zwiespältigen Gefühl erinnerte er sich daran, wie Lexie in Indien versucht hatte, ihn zu verführen. Das hätte ihn um ein Haar seine Beziehung zu Amber gekostet. Rhys riss den Artikel aus der Zeitung und wollte ihn gerade in seine Jackentasche stecken, als Amber aus dem Behandlungszimmer kam. Er ließ ihn liegen und eilte ihr entgegen. Doktor Philips, der hinter Amber in den Warteraum getretten war, lächelte vielsagend, als er Rhys zu dessen Überraschung die Hand reichte.

»Herzlichen Glückwunsch, Master Franklin. Die Vermutungen Eurer Frau haben sich bestätigt. Soweit ich es beurteilen kann, ist alles in Ordnung. Allerdings sollte Lady Franklin sich in nächster Zeit etwas schonen. Gebt gut auf sie acht!«

»Ihr gratuliert mir?«, fragte Rhys verdattert. »Ich verstehe nicht …« Noch während er das sagte und gleichzeitig Ambers verlegenes Kichern vernahm, erkannte er, dass er sich reichlich begriffsstutzig anstellte. »Mein Gott, das heißt doch nicht etwa …?« Er benötigte nochmals einige Sekunden, um seine Gedanken zu ordnen. »Das heißt also …«

»… dass ich ein Kind erwarte!« Amber sah ihn glückselig an.

Rhys griff sich an den Kopf, gleichzeitig spürte er heiße

und kalte Schauer gleichzeitig durch seinen Körper strömen. Das konnte doch nicht möglich sein! Damit hatte er nicht gerechnet! Amber hatte ihm immer versichert, dass sie nicht schwanger werden konnte. Und nun war es doch geschehen? Mit etwas einfältigem Gesicht blickte er von Amber zu Doktor Philips und dann wieder zu Amber.

»Das ist … das ist … einfach unglaublich!«

Etwas Geistreicheres brachte er im Moment nicht hervor. Zu seiner Überraschung empfand er ein tiefes Glücksgefühl, auch wenn die Schwangerschaft nun einiges durcheinanderbringen würde. Unbeholfen ging er auf Amber zu, um sie zärtlich in seine Arme zu schließen.

Doktor Philips räusperte sich und machte ihn darauf aufmerksam, dass sie nicht allein waren.

»Wir sollten jetzt gehen«, meinte Amber verlegen, verabschiedete sich und hakte sich bei Rhys ein.

Kaum waren sie vor der Tür, zog Rhys Amber zu sich heran und sog glücklich den frischen Veilchenduft ihrer Haare in seine Nase. »Das ist das schönste Geschenk, das du mir machen konntest«, flüsterte er ergriffen.

»Du hast ja Tränen in den Augen«, stellte Amber gerührt fest. Im Gegensatz zu ihm schien sie um einiges gefasster zu sein.

»Wir bekommen ein Kind!«

Rhys fühlte, wie ihm vor Rührung die Stimme zu versagen drohte. Hastig wischte er sich über die Augen.

»Dann freust du dich?« Amber sagte es voller Zurückhaltung, so als fürchte sie sich davor, dass es anders sein könnte.

»Wie kannst du das nur fragen?«, meinte er entrüstet. »Wir werden endlich eine Familie sein.«

»Ja, das werden wir.«

Amber nahm erneut seinen Arm und ließ sich von ihm auf

die Straße führen, wo ihre Kutsche wartete. Er half Amber hinein und befahl dem Kutscher, nach Hause zu fahren. Obwohl es in diesem Moment regnete, kam ihm die Welt so bunt und lebensfroh vor wie nie zuvor.

Die Kutsche fuhr mit einem Ruckeln an und holperte über das Kopfsteinpflaster der Straßen. Amber sah, den Kopf an die gepolsterte Kutschenwand gelehnt, gedankenverloren zum Fenster hinaus, während Rhys sich immer wieder besorgt erkundigte, ob es ihr auch gut ginge.

»Ich bin nicht krank, sondern schwanger«, meinte Amber schließlich etwas entnervt. »Auch für mich ist die Nachricht neu, und ich muss mich erst damit auseinandersetzen.«

»Das hört sich ja geradeso an, als würdest du dich nicht darüber freuen«, wunderte sich Rhys etwas pikiert. »Nun werden wir doch endlich vollkommen sein!«

»Vollkommen?« Amber rümpfte skeptisch die Nase. »Waren wir das bis jetzt etwa nicht?«

»Aber natürlich, mein Liebling.« Rhys nahm ihre Hand und drückte einen Kuss darauf. »Jeder Augenblick, den ich mit dir verbringen kann, ist vollkommen. Ich verstehe sehr gut, dass dich das Gefühl, ein Kind könnte sich zwischen uns stellen, ängstigt. Aber du wirst sehen, es wird unsere Beziehung nur bereichern. Ich weiß, wovon ich rede.«

Ein kurzer, dunkler Schatten huschte über sein Gesicht, und Amber wusste, dass er an seinen verstorbenen Sohn Billy dachte. Plötzlich tat es ihr leid, dass sie so pessimistisch geklungen hatte. Sie freute sich ja auch auf das Baby, aber der Gedanke ängstigte sie auch, vor allem, wenn sie an die nächste Zukunft dachte.

»Ich freue mich natürlich auch auf unser Kind«, versicherte sie ihm hastig.

Rhys' Gesichtszüge hellten sich sofort wieder auf, und er lächelte ihr aufmunternd zu.

Die nächsten Tage und Wochen wuchs Ambers Freude auf das Baby mit jedem Tag. In Anbetracht ihrer schweren Krankheit als Kind und ihrer kinderlos gebliebenen ersten Ehe war sie immer davon ausgegangen, dass sie nicht schwanger werden konnte. Umso mehr kam ihr die Schwangerschaft nun wie ein Wunder vor. Ihre Beziehung zu Rhys war noch tiefer und verständnisvoller geworden, als sie es ohnehin gewesen war.

In schweigender Übereinkunft hatte sie begonnen, ihm bei den Vorbereitungen für die Amazonasreise zu helfen, soweit es ihre Unpässlichkeit zuließ. Sie litt weiterhin an morgendlicher Übelkeit, und trotz ausreichenden Schlafs fühlte sie sich oft zerschlagen und musste auch tagsüber mehrfach ruhen. Rhys nahm auf rührende Art und Weise Rücksicht auf sie und behandelte sie wie ein rohes Ei. Manchmal war ihr das jedoch zu viel, und sie fuhr ihn ohne jeden Grund an.

Überhaupt spielten ihr ihre Gefühle in letzter Zeit immer wieder einen Streich. Es konnte vorkommen, dass sie aus heiterem Himmel weinen musste, obwohl es überhaupt keinen Grund dazu gab. Eine tote Taube auf dem Trottoir vor ihrem Haus konnte sie dermaßen aus der Fassung bringen, dass sie außer sich geriet und ihren Tränen freien Lauf lassen musste. Sie verabscheute sich dafür, war jedoch unfähig, diese albernen Gefühle im Zaum zu halten.

Ihr Vater Reginald und auch Maeve waren außer sich vor Freude, dass sie nun bald Großeltern werden sollten. Fast täglich kamen Briefe von ihnen, in denen sie Amber drängten, doch zu ihnen nach Highgrove Manor zu kommen. Die Ruhe des Landlebens würden ihr und dem Baby nur guttun. Doch Amber weigerte sich. Sie wollte unter allen Umständen bei

Rhys bleiben, um ihn bei seinen Vorbereitungen für seine Expedition zu unterstützen. Wenigstens das wollte sie tun, wenn sie schon nicht selbst an der Expedition teilnehmen konnte. Mittlerweile war die Abreise auf Mitte Mai verschoben worden, sodass Rhys die Geburt seines Kindes noch in England miterleben würde. Diese Aussicht tröstete sie ein wenig.

Nach etwa drei Monaten, mittlerweile hatte der regnerische Monat November Einzug gehalten, hörten sowohl die Gefühlsschwankungen als auch die Übelkeit auf. Amber spürte neue Kräfte in sich und war fest entschlossen, wieder mehr am täglichen Leben teilzuhaben. Rhys war in letzter Zeit viel unterwegs. Obwohl er immer noch keine offizielle Ernennung zum Expeditionsleiter von der Royal Society erhalten hatte, stürzte er sich voller Begeisterung in die Vorbereitungen. Mit Ambers Hilfe hatte er Listen für benötigte Instrumente und Gerätschaften erstellt und versuchte nun, diese von der Royal Society genehmigt zu bekommen. Das war ein schwieriges Unterfangen, weil die Gelder dafür nicht genehmigt wurden, bevor er als Expeditionsleiter offiziell bestätigt war. Außerdem gab es Unstimmigkeiten darüber, wer die Forschungsreise als Zoologe und Pflanzenexperte begleiten sollte. Die Herrschaften der Royal Society bevorzugten als Zoologen den Sohn eines angesehenen Mitglieds, der nicht nur wenig Erfahrung mitbrachte, sondern zudem ein scharfer Gegner von Charles Darwins Theorien war. Als Pflanzenexperten schlugen sie einen ältlichen, zugegebenermaßen erfahrenen Wissenschaftler vor, der allerdings gesundheitlich ziemlich angeschlagen schien.

Rhys hielt von beiden Männern nichts. Über Charles Darwin hatte er die Bekanntschaft des jungen Sebastian Stix gemacht, ebenjenes jungen Mannes, den Amber einst auf ihrer Kutschfahrt zu Olga kennengelernt hatte. Der junge, ehrgeizige Wissenschaftler steckte voller unkonventioneller Ideen, schien unkompliziert und voller Tatendrang. Außerdem war er sowohl ein Kenner der Flora als auch der Fauna. Damit konnte die Gesellschaft sich einen Wissenschaftler ersparen. Noch war nichts entschieden, aber Rhys war gemeinsam mit Darwin guter Dinge, dass sie ihre Interessen würden durchsetzen können.

Eines Abends saßen sie nach dem Essen noch am prasselnden Kaminfeuer ihrer Londoner Wohnung. Rhys nippte an seinem Whisky, während Amber auf ihrem Schoß eine Liste überprüfte, die Rhys hinsichtlich der Medikamente und medizinischen Gerätschaften erstellt hatte.

»Ihr solltet unbedingt ein zweites Mikroskop mitnehmen«, schlug sie Rhys vor. »Mit dessen Hilfe kann euer Zeichner auch Zeichnungen von ganz feinen Details der Pflanzen- und Tierorganismen anfertigen.«

Rhys antwortete zunächst nicht. Gedankenverloren drehte er sein halb volles Glas zwischen seinen Fingern. Amber sah ihn erwartungsvoll an.

»Hast du gehört, was ich gesagt habe?«, hakte sie ungeduldig nach.

Rhys hob seinen Kopf und sah sie unbehaglich an.

»Ich denke, das wird nicht nötig sein«, meinte er leise.

Amber sah ihn überrascht an. »Wenn es zu teuer wird, werdet ihr natürlich auch mit nur einem Mikroskop auskommen.«

»Amber, bitte!« Rhys unterbrach sie und stellte gleichzeitig das Glas auf den Tisch. »Es ist etwas geschehen, über das wir reden müssen.«

Amber fiel erst jetzt auf, wie blass Rhys war. Irgendetwas schien ihn zu bekümmern.

»Hattest du wieder Ärger?«, fragte sie besorgt.

Rhys nickte. »Die Stimmung in dem Ausschuss, der sich mit der Amazonasexpedition befasst, ist nicht die beste. Die Herren setzen plötzlich überall den Rotstift an – auch an dem

Personal …« Er sah sie offen an. »Sie haben mir eindeutig zu verstehen gegeben, dass ich zu viel verlange. Sie sind der Ansicht, meine ausgefallenen Ideen behindern den Erfolg der Expedition …«

»Aber Darwin ist doch so von ihnen angetan«, sagte Amber erstaunt, »er lobt dich doch in den höchsten Tönen!«

Rhys schüttelte den Kopf. Amber sah, wie schwer es ihm fiel weiterzureden.

»Es ist … alles sehr undurchschaubar. Sir Benjamin Brodie ist plötzlich sehr unschlüssig. Er sagt, es gäbe noch Schwierigkeiten mit der Finanzierung. In Wirklichkeit habe ich jedoch die Befürchtung, dass etwas ganz anderes dahintersteckt.«

»Glaubst du, sie wollen die Expedition absagen?«

»Das denke ich nicht«, meinte er nach längerem Zögern. »Aber das ganze Hin und Her zehrt allmählich an meinen Nerven. Ich habe schon so viel Zeit und Energie in die Vorbereitungen gesteckt – und werde immer wieder behindert.«

Amber legte ihre Hand auf seinen Arm. »Mach dir doch nicht so viel unnütze Gedanken. Du bist Darwins Favorit, und er ist einer der einflussreichsten Wissenschaftler seiner Zeit!«

»Vielleicht wäre es am besten, wenn ich mich freiwillig von der Expedition zurückziehe«, schlug Rhys vor. »Ich habe ohnehin kein gutes Gefühl, wenn ich dich und unser Kind so lange alleine lasse!«

Amber schüttelte ungehalten den Kopf.

»Unsinn! Das wirst du ganz bestimmt nicht tun«, sagte sie mit entschlossener Stimme. »Diese Expedition ist ein lange gehegter Traum von dir. Du glaubst an die Entdeckung dieses geheimnisvollen Volkes und fieberst alldem schon seit Jahren entgegen. Ich könnte mir nie verzeihen, wenn ich dich daran hindern würde!« Mit einer energischen Handbewegung wischte sie weitere Einwände beiseite.

Rhys sah sie voller Liebe an. »Weißt du eigentlich, dass du die wundervollste Frau auf Erden bist? Keine andere würde so selbstlos sein. Ich weiß doch, wie gerne du selbst mit nach Brasilien reisen würdest.«

Amber musste nun doch schlucken. So leicht, wie sie vorgab, fiel es ihr nicht, in England zurückbleiben zu müssen. »Es wäre schlecht, wenn du darauf verzichten müsstest«, zwang sie sich dennoch zu sagen. »Wir werden hier schon zurechtkommen.« Sie versuchte ein aufmunterndes Lächeln. »Immerhin haben wir ja noch ein paar Monate, bevor du abreist. Dann kannst du deinen Sohn oder deine Tochter wenigstens noch in die Arme schließen.«

11

Nach diesem Gespräch zog sich Amber gänzlich aus den Vorbereitungen zu der Expedition zurück. Sie ertrug es nicht mehr, die Reise bis ins Detail zu planen, in der Gewissheit, dass sie nicht daran teilnehmen konnte. So tapfer und verständig sie sich Rhys gegenüber auch verhielt, so sehr haderte sie insgeheim mit ihrem Schicksal. Am meisten fürchtete sie sich davor, dass sie und Rhys wieder für eine lange Zeit getrennt sein würden. Sie mochte gar nicht daran denken, wie einsam und langweilig ihr Leben werden würde. Auf keinen Fall wollte sie zurück nach Highgrove Manor, auch wenn ihr Vater sich nichts sehnlicher wünschte. Die Vorstellung, wieder unter seiner Obhut zu stehen, behagte ihr überhaupt nicht. Wenn sie schon allein zurückbleiben musste, wollte sie wenigstens unabhängig sein. Deshalb hatte sie für sich beschlossen, das Kind hier in der Wohnung in London aufzuziehen. Gemeinsam mit einem Kindermädchen und einem Dienstmädchen würde sie schon zurechtkommen. Und eine neue Aufgabe wollte sie sich auch suchen.

Diese Möglichkeit bot sich ihr schneller als gedacht. Um sich abzulenken, begann sie, Olga Kasakowna öfters zu treffen. Die Russin war nicht nur eine intelligente, wissbegierige Gesprächspartnerin, sondern verfügte auch über allerlei interessante Kontakte. Außerdem war sie die Einzige, die Amber verstand.

»Es ist schon eine bodenlose Ungerechtigkeit, dass wir Frauen dazu verdammt sind, Kinder auszutragen«, echauffierte sie sich wortreich. »Andererseits sind Männer doch viel zu wehleidig, als dass sie diese Strapazen überleben würden, findest du nicht auch?«

Amber musste wider Willen lachen.

»Du übertreibst mal wieder maßlos, liebe Olga!«

»Wie auch immer. Gerecht ist es trotzdem nicht! Auf jeden Fall werde ich dir eines versprechen: Ich werde dich und euer Kind während Rhys' Abwesenheit unter meine Fittiche nehmen. Das schwöre ich, so wahr ich Olga Petrowna Kasakowna heiße! Mach dir keine Sorgen, ich werde dir zur Seite stehen!« Sie schnaufte noch einmal empört, bevor sie Amber herzlich an sich drückte.

»Ich weiß deine Freundschaft sehr zu schätzen«, meinte diese rasch. Zwar rührte sie Olgas Anteilnahme, aber die Art, wie sie sie zeigte, machte ihr ihre eigene Hilflosigkeit nur noch mehr bewusst. »Wie ergeht es Mister Arkando und dem Waisenhaus?«, wechselte sie geschickt das Thema. Olga sah sie bekümmert an.

»Ich habe keine Ahnung«, gestand sie kleinlaut. »Akando war schon seit Tagen nicht mehr hier. Wahrscheinlich kann er meine Anwesenheit nicht mehr ertragen.«

»Diesen Eindruck hatte ich neulich aber überhaupt nicht«, meinte Amber schmunzelnd. »Im Gegenteil, ich fand, dass er überaus charmant zu dir war.«

»Das bildest du dir nur ein«, wandte Olga überraschend kleinlaut ein. »Für ihn bin ich doch nur eine aufdringliche Frau, die sich einbildet, mit ihrem Geld Zuneigung erkaufen zu können!«

Sie seufzte und sah wirklich niedergeschlagen aus. Amber tat ihre Freundin leid. Sie hatte sich nicht getäuscht. Olga war tatsächlich bis über beide Ohren in den Inder verliebt, sah sich jedoch nicht in der Lage, ihm ihre Gefühle zu offenbaren. So forsch und selbstbewusst sie sich auch sonst gab, Akando gegenüber war sie scheu und zurückhaltend wie ein junges Mädchen.

»Wenn ich ihm gegenüberstehe, fühle ich mich wie ein Elefant in einem Porzellanladen«, gestand sie selbstkritisch. »Er hat so eine empfindsame Seele, die jede Schwingung spürt, während ich wie mit einem Holzhammer immer alles zerstöre. Ich wünsche mir seine Anerkennung, aber das erscheint mir gleichzeitig so vermessen, als würde ich nach den Sternen greifen. Er will ja nicht einmal mein Geld haben.«

»Dafür solltest du dich glücklich schätzen«, warf Amber sofort ein. »Ich muss gestehen, dass mir der Gedanke, er habe es nur auf dein Geld abgesehen, als Erstes durch den Kopf schoss, als du mir Mohamand Akando vorgestellt hast. Zum Glück scheinen sich meine Befürchtungen nicht zu bestätigen.«

Olga sah Amber ungnädig an. »Ich bin eine Mäzenin und möchte den Menschen helfen. Nicht alle, denen ich geholfen habe, sind Bösewichte. Denke nur an Rhys!«

»Er hat dir deinen Kredit ja auch bis auf den letzten Penny zurückbezahlt«, erinnerte sie Amber.

Olga winkte unglücklich ab. »Natürlich! Aber das ändert nichts an der Tatsache, dass ich für Akando Luft bin. Er hat sich schon seit einer Ewigkeit nicht mehr bei mir gemeldet. Seitdem ich keine Beschwerden in meinem Knöchel mehr habe, lässt er sich nicht mehr sehen! Dabei habe ich ihm mehr als deutlich zu verstehen gegeben, dass er mir als Mensch sehr wichtig ist. Ich scheine ihm hingegen nur lästig zu sein …«

»Das hat bestimmt nichts mit dir zu tun. Er wird alle Hände voll zu tun haben und nicht wissen, wo ihm der Kopf steht. Wenn du ihn wirklich sehen willst, musst du dich ihm eben wieder in Erinnerung bringen.«

»Dazu fehlt mir der Mut.« Olga ließ bekümmert ihre Mundwinkel sinken.

»Biete ihm doch deine Unterstützung in Form deiner Mitarbeit an«, schlug Amber vor. »Bestimmt hat er nichts dagegen, wenn du ihm bei der Organisation oder der Umsetzung seiner Ideen zur Hand gehst. Du könntest nach Spitalfield fahren und dich persönlich nach den Fortschritten beim Umbau erkundigen. Dabei kannst du ihm deine Mitarbeit anbieten.«

Olga sah Amber immer noch zweifelnd an. »Ich weiß nicht recht …«

»Wenn du willst, begleite ich dich gerne dorthin.«

Olgas Miene hellte sich endlich auf. »Das würdest du für mich tun?«

Amber lächelte verschwörerisch. »Du bist eine gute Freundin – und ich habe ohnehin im Augenblick nichts anderes zu tun. Bestimmt kann Akando deinen Rat bezüglich der Einrichtung gebrauchen. Männer sind in dieser Hinsicht oft nicht sehr einfallsreich. Außerdem wird er Personal suchen müssen. Auch dabei könntest du ihm behilflich sein.«

»Du bist wirklich grandios«, strahlte Olga mit neuem Tatendurst. »Wann wollen wir hinfahren?«

Amber schlug den nächsten Morgen vor.

Die Aussicht, etwas Sinnvolles zu unternehmen, munterte Amber etwas auf. Sie kam sich nicht mehr gar so unnütz vor und spürte sogar eine gewisse Vorfreude, wenn sie daran dachte, vielleicht zwischen Olga und Akando Schicksal spielen zu können. Olga holte Amber pünktlich am nächsten Morgen in ihrer eigenen Kutsche ab. Amber war erleichtert, dass die Russin ihren Vorschlag beherzigt hatte, sich nicht allzu pompös zu kleiden, wie sie es ansonsten gerne tat. Sie trug ein hochgeschlossenes, graues Kostüm, das aus einem weiten Rock und einer passend auf Taille geschnittenen, kurzen Jacke bestand. Auf ihrer kunstvoll hochgesteckten Frisur saß ein mit Rüschen verzierter rosa Kapotthut wie das Sahnehäubchen auf einem Biskuit. Amber war mit einem dunkelblauen, knöchellangen Wollrock und einer schlichten, cremefarbenen Bluse bekleidet, über der sie einen kurzen, ebenfalls blauen Mantel trug, dazu geschnürte Stiefeletten und ebenfalls einen zierlichen Kapotthut, der jedoch weitaus dezenter ausfiel als der ihrer Freundin.

Je weiter sich die beiden Frauen vom reichen Londoner Norden mit seinen repräsentativen Prachtbauten und breiten Straßen entfernten, desto armseliger und schmutziger wurde die Umgebung. Seit Beginn des Jahrhunderts war die Bevölkerung Londons im wahrsten Sinne explodiert. Lebten um 1800 noch rund eine Million Menschen in der Metropole, waren es sechzig Jahre später schon mehr als drei Millionen. Immer mehr Menschen suchten in der Hauptstadt nach Arbeit und Wohnraum, in der Hoffnung auf ein besseres Leben. Stattdessen landeten die meisten von ihnen im Elend.

Im Londoner East End, zu dem auch Spitalfield gehörte, war die Armut besonders groß. Im zwölften Jahrhundert war dort eines der ersten Krankenhäuser Londons gegründet worden, das sogenannte St. Marys Spital, woher der Stadtbezirk auch seinen Namen hatte. Außerdem gab es dort seit dem siebzehnten Jahrhundert einen Obst- und Gemüsemarkt, der die Leute von weit her anzog. Nichtsdestotrotz war die Gegend heruntergekommen und armselig. Baufällige Mietshäuser und ärmliche Hütten reihten sich auf trostlose Weise entlang schmaler, kaum befahrbarer Gassen, in denen der Müll oft knöchelhoch stand. Vor den Pubs lungerten Frauen und Mädchen, um sich willigen Freiern für ein paar Münzen anzubieten. Manche der Mädchen waren noch Kinder, doch ihr hoffnungsloser Blick zeugte von Armut und Hunger. Hinzu kam der fast unerträgliche Gestank der Abwässer, die immer noch in die Themse geleitet wurden. Immer wieder gab es Ausbrüche von Cholera, weil auch das Trinkwasser aus der Themse geholt wurde. Wer es sich leisten konnte, trank lieber Ale, als dass er sich mit verseuchtem Wasser vergiftete.

Sowohl Amber als auch Olga erschraken, als sich plötzlich ein ausgezehrter Bettler an ihre Wagentür hängte und mit dürren Fingern an ihrem Fenster kratzte, um ein paar Pennys zu erbetteln. Olga wollte ihm schon etwas zustecken, doch Amber hinderte sie daran.

»Wenn du ihm etwas gibst, werden wir im Handumdrehen von einer ganzen Meute von Bettlern umgeben sein«, warnte sie ihre Freundin. »Sieh nur, dort an der Ecke, da warten schon die nächsten auf ihre Gelegenheit. Sie werden unsere Kutsche stürmen, wenn du ihm etwas gibst.« Sie gab dem Kutscher ein Zeichen, woraufhin dieser mit dem Knauf seiner Peitsche den Bettler von der Kutsche stieß. Unter wüsten Beschimpfungen ließ er los und taumelte rückwärts.

»Das ist einfach schrecklich«, meinte Olga angewidert. »Wie hält Akando dieses Elend nur aus?« Sie hielt sich ein parfümiertes Tuch vor die Nase und starrte auf den Schmutz um sie herum.

»Das beweist, dass es ihm wirklich um die Armen geht«, gab Amber nachdenklich zurück. »Ich glaube, ich habe mich in ihm wirklich getäuscht.«

»Wieso räumt niemand diesen Unrat weg?«, murmelte Olga.

»Weil es niemanden interessiert«, sagte Amber mit hochgezogenen Augenbrauen. »Die Bezirksverwaltung von Spitalfield hat weder Interesse noch Mittel, den Stadtteil sauber zu halten. Diese Ignoranten machen immer noch giftige Miasmen dafür verantwortlich, dass die Menschen hier in Massen an Cholera sterben. Dabei hat Doktor Snow vor einigen Jahren herausgefunden, dass der Unrat und verschmutztes Abwasser sowohl für den Gestank als auch für die Krankheiten verantwortlich sind. Doch das will keiner wissen.«

»Das sollten sie aber«, knurrte die Russin, »man müsste die hohen Herren mit der Nase darauf stoßen. Aber da wird mir schon noch etwas einfallen!«

Amber schmunzelte. Das war Olga, wie sie leibte und lebte. »Vielleicht ist das gar nicht so schwierig«, überlegte sie nun ihrerseits und dachte an ein Gespräch mit ihrem Vater vor einigen Monaten, worin er sich für die rasche Einführung eines neuen Londoner Abwassersystems eingesetzt hatte. Nach der großen Choleraepidemie vor einigen Jahren, der mehr als dreißigtausend Menschen zum Opfer gefallen waren, hatte der Council Joseph Bazalgette zum Chefingenieur des *Metropolitan Board of Works* gemacht. Seine Behörde war damit beauftragt worden, Londons Abwasserproblem in den Griff zu bekommen. Bazalgette plante ein über achtzig Meilen langes Kanalnetz, um die Unmengen von Abwasser östlich von London abzuleiten. Doch der Baubeginn war immer wieder aus Kostengründen verzögert worden, bis es zu einem Eklat gekommen war.

»Hast du von dem *Großen Gestank* gehört, der London im Sommer vor zwei Jahren heimgesucht hat?«, fragte Amber, um es Olga zu erklären.

»Zu der Zeit lebte ich in Paris – oder war es Moskau? Woher soll ich wissen, was sich damals in London zugetragen hat?«

»Eines der großen Probleme der Abwasserversorgung von London sind die Toiletten mit Wasserspülung, die neuerdings immer mehr in Mode kommen.«

»Sie sind ein wahrer Segen, wenn du mich fragst«, wandte Olga ein. »Sie ersparen uns den Gebrauch von stinkenden Nachttöpfen.«

»Auf der einen Seite wohl«, stimmte Amber zu, »aber auf der anderen Seite benötigt man dafür sehr viel Wasser, das mit den Fäkalien in die Sickergruben fließt, die eigentlich nur für sauberes Regenwasser gedacht sind, und sie folglich zum Überlaufen bringt.«

»Was für eine widerliche Vorstellung«, ekelte sich Olga, hörte aber Amber interessiert weiter zu.

»Dieses verschmutzte Abwasser gelangt nun in die Themse und verschmutzt ebenjenes Wasser, das die Menschen auch zum Trinken benutzen. Dazu kommen natürlich noch die Abwässer von Fabriken, Schlachthäusern und Gewerbebetrieben. Ein weiteres Problem sind die Gezeiten. Bei Flut drückt das Wasser vom Meer bis in die Stadt hinein und läuft für einige Stunden überhaupt nicht ab. Die Themse gleicht dann einer Kloake. In jenem heißen Sommer vor zwei Jahren kam alles zusammen. Der Gestank wurde so unerträglich, dass sogar die Parlamentsmitglieder die Flucht ergriffen haben und aus der Stadt flohen. Erst danach waren sie bereit, Geld für den Ausbau einer Kanalisation zu bewilligen. So Gott will, werden wir in wenigen Jahren wenigstens wieder sauberes Wasser haben.«

»Und was hat das mit dem Dreck und Unrat hier zu tun?«, fragte Olga verständnislos.

»Das liegt doch auf der Hand«, versuchte Amber zu erklären. »Die Stadt muss insgesamt sauberer werden. Unrat muss genauso effektiv beseitigt werden wie das Abwasser. Um das durchzusetzen, gibt es Politiker wie meinen Vater.«

»Du willst das Problem also politisch lösen?« Olgas Gesicht hellte sich auf. »Keine schlechte Idee.«

»Mein Vater kommt uns noch diese Woche in London besuchen. Ich werde gleich mit ihm reden«, meinte Amber begeistert. »Nächstes Frühjahr sind Wahlen, und mein Vater möchte unbedingt Abgeordneter der neu gegründeten Liberal Party werden. Wenn er sich des großen Müllproblems annähme, stünden bestimmt auch viele Arbeiter hinter ihm.«

»Dann solltest du keine Zeit verlieren«, meinte Olga gut gelaunt. »Sieh nur, das da vorne muss das Waisenhaus sein.«

Die Kutsche durchfuhr eine Gegend, in der vornehmlich Seidenwebereien zu finden waren. Hier wohnten neben Handwerkern und Seeleuten auch viele Deutsche, die es aus unterschiedlichen Gründen nach London verschlagen hatte. Zwischen zwei halb zerfallenen Magazinen befand sich ein dreistöckiges Bauwerk, dessen Dach gerade neu eingedeckt wurde. Auch innerhalb des schmalen Hauses waren Handwerker tätig und versuchten das baufällige Gebäude zu stabilisieren. Es herrschte ein reges Treiben. Ochsenkarren mit Baumaterialien verstopften die schmale Straße, sodass Amber und Olga gezwungen waren, schon ein gutes Stück vor dem Gebäude auszusteigen.

Tapfer kämpften sich die beiden Frauen durch den knöchelhohen Schlamm auf den Eingang des zukünftigen Waisenhauses zu. Dabei wurden sie argwöhnisch von den Bauarbeitern und Anwohnern beäugt. Noch bevor sie das Haus erreicht hatten, kam ihnen Mister Akando entgegen. Statt des feinen Zwirns, in dem Amber ihn kennengelernt hatte, trug er eine grobe braune Wollhose und schwere Stiefel. Seine dunkle Jacke war voller Dreck und Schlamm. Dennoch hatte seine Erscheinung etwas natürlich Vornehmes, was die eben noch so selbstbewusste Olga dazu veranlasste, wie ein missglücktes Soufflé in sich zusammenzufallen. Sie schob Amber vor und versuchte, sich im Hintergrund zu halten, was allein wegen ihrer Größe natürlich nicht möglich war.

»Lady Franklin, Madam Kasakowna«, begrüßte Akando die beiden Ladys erfreut. »Was verschafft mir die Ehre? Dieser Ort ist noch keineswegs würdig, solch vornehmen Besuch zu empfangen. Aber bitte! Folgt mir! In dem Gebäude ist es wenigstens einigermaßen sauber!«

Ohne auf ihre Reaktion zu warten, machte Akando auf dem Absatz kehrt und ging ihnen voraus. Durch einen dunklen Gang, von dem rechts und links einige Zimmer abgingen, führte er sie in einen großen Raum mit wenigen Fenstern, in dem ein notdürftiger Schreibtisch mit Bergen von Akten und einige Stühle standen. Akando bat sie, Platz zu nehmen.

»Dies hier wird einmal der Speisesaal werden«, erklärte er munter. »Direkt unter uns befinden sich die Küche und ein Aufzug, über den man die Speisen hierherbefördern kann. Es ist hier leider sehr dunkel, aber wenn die Wände erst einmal gekalkt sind, dann wird es hoffentlich viel freundlicher aussehen!«

Amber bemerkte zu ihrer Zufriedenheit, dass Akando sich bei seinen Erklärungen vorwiegend an Olga wandte, die das jedoch nicht zu bemerken schien, weil sie jeglichen Blickkontakt zu dem Inder vermied.

»Darf ich Euch fragen, was mir die Ehre Eures Besuches verschafft?«, fragte er schließlich.

Amber stieß Olga sanft in die Seite. Olga sah erschreckt auf und wurde bis in den Haaransatz rot.

»Nun … ähm«, stotterte sie, »wir waren rein zufällig hier …«, versuchte sie sich in fadenscheinigen Erklärungen. »Wir haben einen kleinen Ausflug gemacht und sind hier gelandet.«

Akando sah sie amüsiert an. »Wäre der Hyde Park oder der Regent's Park nicht ein angenehmeres Ziel für einen Ausflug?«

»Das schon …« Olga wurde noch eine Spur dunkler, und Amber fürchtete, dass sie bald gar kein Wort mehr über die Lippen brachte. Deshalb beschloss sie, ihrer Freundin unter die Arme zu greifen.

»Wir sind hier, um Euch unsere Hilfe anzubieten«, sagte

Amber forsch. »Madam Kasakowna hatte die Idee, dass wir Euch vielleicht tatkräftig unterstützen könnten, nicht wahr?« Sie warf ihrer Freundin einen durchdringenden Blick zu, der sie endlich wieder zur Besinnung brachte.

»Ich möchte Euch unbedingt helfen, wenn schon nicht mit meinem Geld, dann eben mit persönlichem Einsatz«, stieß Olga hervor. Als Akando keinen Einwand erhob, fasste sie etwas Mut. »Ich könnte die Einrichtung für das Heim organisieren: Tische, Betten, Matratzen, Töpfe, Herd, Wäsche … alles, was man braucht. Außerdem habe ich ein geschicktes Händchen, was Personal angeht. Wenn Ihr also meine Hilfe wollt, würdet Ihr mich zu der glücklichsten Frau dieser Welt machen!« Sie stotterte. »… und natürlich auch Lady Franklin.«

Auf Akandos Gesicht erschien ein strahlendes Lächeln. Seine Augen bekamen einen warmen Glanz, als er ihr antwortete.

»Das ist eine sehr große Ehre für mich. Ich bin tatsächlich im Augenblick etwas überfordert. An die Einrichtung habe ich noch keinen Gedanken verschwendet. Die Behörden machen mir zu schaffen, und die Handwerker kommen nicht so voran, wie ich es mir wünschen würde. Wir wollen unser Waisenhaus noch vor Weihnachten eröffnen. Da ist mir jede Hilfe äußerst willkommen.«

»Dann sollten wir gleich damit beginnen!« Olga erwiderte beglückt Akandos Blick.

Amber räusperte sich, um die beiden daran zu erinnern, dass sie auch noch da war. Amüsiert beobachtete sie, wie nun beide erröteten. »Vielleicht wollt Ihr uns erst einmal durch das Haus führen?«, schlug sie vor.

Akando stand sofort auf und bat die beiden, ihm zu folgen. Das schmale Gebäude war geräumiger, als es auf den ersten Blick aussah. Während im Erdgeschoss Platz für Büroräume und Besucherzimmer sowie das Esszimmer war, sollten im ersten und zweiten Stock jeweils vier Schlafsäle mit jeweils acht Betten untergebracht werden.

»Die Kinder sollen in kleinen Gemeinschaften untergebracht werden«, erklärte Akando. »Da können sie bessere Beziehungen untereinander aufbauen.«

»Ist es nicht üblich, dass in den Schlafsälen der Waisenhäuser bis zu vierzig Betten stehen?«, fragte Amber, die sich bereits etwas informiert hatte.

Akando stimmte ihr zu. »Das ist jedoch nicht sehr vorteilhaft. Ich möchte gerne, dass die Kinder, die einen Schlafsaal teilen, auch zueinander passen. Manche von ihnen haben schreckliche Dinge in ihrem Leben erlebt. Sie wurden geprügelt, sind halb verhungert, wurden zum Stehlen gezwungen oder mussten sich bereits als Kinder prostituieren. Diese Kinder müssen erst wieder lernen, dass es zwischen Menschen auch so etwas wie Liebe geben kann. Das bedarf der Zeit. Deswegen möchte ich sie wenigstens nachts nicht mit denjenigen zusammentun, die zwar ihre Eltern verloren haben, aber aus einigermaßen ordentlichen Verhältnissen stammen. Es wird ohnehin eine große Herausforderung sein, diesen Kindern so etwas wie eine Familie zu bieten.«

»Da habt Ihr Großartiges vor«, lobte Olga. »Was man allgemein so hört, werden Waisenhäuser in der Regel wie Zucht- und Arbeitshäuser geführt. Diese Kinder können einem nur leidtun!«

Akando lächelte erfreut und bot Olga und Amber jeweils einen Arm an, als er sie beide die Treppen in den ersten Stock führte.

»Nun kommen wir zu den Schlafsälen, und am Ende des Ganges ist noch ein gesonderter Waschraum. Wir legen viel Wert auf Hygiene, auch wenn die Qualität des Wassers hier noch sehr zu wünschen übrig lässt.«

»Wie gedenkt Ihr mit kranken Kindern umzugehen?«, erkundigte sich Amber, die sehr beeindruckt von Akandos Plänen war. »Fürchtet Ihr Euch nicht vor Epidemien?«

»Dazu wird im dritten Stock eine eigene Krankenstation errichtet«, erklärte Akando bereitwillig. »Wenn es die Spenden zulassen, werden wir dort sogar eine eigene Krankenschwester beschäftigen. Ich werde mich persönlich um die Gesundheit der Kinder kümmern.«

»Ihr seid ein wahrer Wohltäter«, meinte Olga hingerissen.

Akando wurde durch ihr Lob verlegen. »Ihr übertreibt, Madam Kasakowna, aber ich freue mich sehr über Euer Interesse. Wollt Ihr mir die Ehre erweisen und mich zu einem kleinen Mittagessen begleiten?« Er warf Amber einen raschen Blick zu. »Ihr seid selbstverständlich auch eingeladen, werte Lady Franklin. Ich könnte Euch bei dieser Gelegenheit meine Pläne genauer erläutern.«

»Liebend gern!«, antwortete Olga entzückt, woraufhin Akando zufrieden lächelte.

Amber kam sich inzwischen vor wie das fünfte Rad am Wagen. »Ich habe mich zum Mittagessen mit meinem Gatten verabredet«, griff sie zu einer Notlüge. »Ich hatte das ganz vergessen. Ich hoffe, Ihr verzeiht mir.«

»Das ist wirklich bedauerlich«, meinte Olga und zwinkerte Amber zu. »Natürlich wird dich Graham fahren.«

Sie unterhielten sich noch eine Weile über die anstehenden Arbeiten und Aufgaben. Amber wollte versuchen, ihren Vater für die Beseitigung des Müllproblems zu gewinnen. Außerdem wollte sie sich gemeinsam mit Olga um die Einrichtung des Waisenhauses kümmern. Dann verabschiedete sie sich.

Amber war ziemlich müde, als sie nach Hause kam. Der Ausflug nach Spitalfield hatte sie mehr mitgenommen, als sie gedacht hatte. Außerdem spürte sie ein Ziehen in ihrem Unterleib, das sie auf das lange Stehen zurückführte. Aus diesem Grund beschloss sie, sich ein wenig hinzulegen. Als sie den Salon betrat, um nach dem Dienstmädchen zu klingeln, fand sie zu ihrer Überraschung Rhys vor. Mit gesenktem Kopf, die Unterarme auf die Knie gestützt, saß er in seinem Ohrensessel vor dem kalten Kamin und brütete vor sich hin. Amber spürte sofort, dass etwas nicht in Ordnung war.

»Wie schön, dass du schon da bist«, begrüßte sie ihn, um Fröhlichkeit bemüht. »Ich hatte nicht damit gerechnet, dass du zum Lunch schon hier bist. Wir können Macy bitten, uns eine Kleinigkeit zuzubereiten.«

Rhys warf ihr nur einen kurzen Blick zu. »Ich habe keinen Appetit«, brummte er.

Amber sah erst jetzt, dass neben ihm auf dem Beistelltisch eine Karaffe Whisky stand, die er zu einem guten Teil bereits geleert hatte. Sie war sofort gewarnt. Rhys trank tagsüber nur äußerst selten einen Whisky. Sie steuerte auf ihn zu und nahm ihm gegenüber auf dem zweiten Sessel Platz. Als sie sich hinsetzte, durchfuhr sie ein stechender Schmerz, den sie tapfer zu ignorieren versuchte. Sie wusste, dass Rhys es nicht mochte, wenn man zu sehr in ihn drang, also wartete sie, bis er von selbst zu erzählen begann.

»Heute haben sie den Leiter der Amazonasexpedition ernannt«, begann er schließlich.

Amber verstand nicht. »Aber das ist doch wunderbar! Dann kannst du endlich frei über die Gelder verfügen. Von nun an wird alles viel einfacher sein.«

Rhys hob seinen Kopf und sah sie aus whiskygeschwängerten Augen an. Dann lachte er rau auf. In seiner Stimme lag beißender Spott.

»Einfacher, ja, das wird es wohl für den neuen Leiter. Dumm

ist nur, dass ich nicht diese Person bin, sondern ein drittklassiger Geologe, der aus einer herausragenden Familie stammt, über gute Verbindungen verfügt und ein eigenes Vermögen. Ach ja, das habe ich noch vergessen: Er ist natürlich auch deshalb besonders für die Expedition geeignet, weil er Engländer ist, kein verdammter, ungebildeter Amerikaner wie ich. Dieser verdammte Snobismus von euch Engländern widert mich aus tiefstem Herzen an!«

»Aber das ist doch nicht möglich«, fuhr Amber entsetzt hoch. »Sir Brodie, Hooke und vor allem Charles Darwin, sie haben sich doch eindeutig für dich ausgesprochen. Sie haben dir ihr Wort gegeben!«

»Sie haben mich hingehalten«, stellte Rhys bitter klar. »Sie behaupten, sie hätten mir nie ein Versprechen gegeben, sondern nur ihr Wohlwollen mir gegenüber ausgedrückt.«

»Aber du bist doch seit Wochen mit den Vorbereitungen der Expedition beschäftigt. Wie konnten sie das zulassen, wenn du überhaupt nicht ihr Wunschkandidat warst?«

»Oh, Charles Darwin und Hooke haben mir wohl versichert, dass ich ihr Wunschkandidat bin. Leider werden die Entscheidungen in der Royal Society an anderer Stelle getroffen. Blut ist eben dicker als wissenschaftlicher Verstand.«

»Das ist einfach unerträglich!« Amber beugte sich vor, um nach Rhys' Hand zu greifen. Widerwillig ließ er es geschehen. »Und wer wurde nun stattdessen zum Expeditionsleiter ernannt? Du hast doch selbst gesagt, dass es keine weiteren Mitbewerber gab.«

Rhys schüttelte angewidert den Kopf. »Manchmal kann das Leben eben grausam sein. Die Familie des neuen Expeditionsleiters ist uns beiden wohlbekannt. Er ist ein Cunningham. Soviel ich weiß, handelt es sich um den jüngeren Bruder von Lucius Cunningham, den wir beide nur zu gut aus unserer Zeit in Indien kennen.«

»Dieser widerwärtige Kolonialbeamte, der dich damals erpresst hat? Wurde dieser Schuft nicht unehrenhaft aus seinen Ämtern entlassen?«

»Oh ja, das wurde er«, presste Rhys wütend hervor. »Ich war damals nicht unmaßgeblich daran beteiligt, dass er zur Verantwortung gezogen wurde. Leider wurde er nur aus seinen Ämtern entlassen, aber nie dafür bestraft, dass er Staatsgelder hinterzogen hatte. Immerhin war sein gesellschaftlicher Ruf dadurch reichlich ramponiert. Und nun rächt er sich an mir, indem er seinen unfähigen Bruder in das Amt einzusetzen hilft, das mir so wichtig war.«

»Aber das kannst du nicht zulassen! Wir müssen etwas dagegen unternehmen.«

»Was denn?« Rhys fuhr aufgebracht hoch und entzog Amber ungnädig seine Hand. Seine Augen funkelten vor Wut. »Die Entscheidung ist unumstößlich. Lester Cunningham hat bereits offiziell seine Ernennungsurkunde erhalten. Aber das Beste kommt noch. Dieser unverschämte Snob hat sich erdreistet, mir eine Stelle anzubieten.« Rhys äffte Lester Cunninghams näselnde Stimme nach: »›Ihr dientet doch bereits als Untergebener meines Bruders. Wenn Ihr also wollt, nehme ich Euch gerne ebenfalls in meine Dienste, natürlich nicht als Wissenschaftler, sondern als mein Assistent.‹«

»Dieser Schuft!« Amber dachte noch mit Schauern an Lucius Cunningham, der ihr damals auf widerwärtige Weise in Assam nachgestellt hatte. Nun konnte sie sich gut vorstellen, dass sein Bruder nicht sehr viel besser war. »Was hast du ihm geantwortet?«

»Ich habe ihm vor allen Gentlemen eins auf die Nase gegeben«, meinte Rhys mit einem grimmigen Lächeln.

Amber schluckte. Sie konnte sich gut vorstellen, was diese Aktion für Folgen gehabt hatte.

»Danach haben sie dich rausgeworfen, nehme ich an?«

Rhys nickte. »Die Herren waren empört und verwiesen mich sofort des Hauses. Nur Charles Darwin bekundete sein Bedauern. Aber was bringt das schon. Auch ihm sind die Hände gebunden. Nun ist der Traum, die versunkene Hochkultur am Amazonas zu entdecken, für immer begraben«, seufzte Rhys resigniert.

»Das tut mir unendlich leid«, meinte Amber. Sie bedauerte Rhys von ganzem Herzen, denn sie wusste, wie sehr diese Zurückweisung an ihm nagte. Eine ganze Weile saßen sie schweigend nebeneinander. Beide waren mit ihren eigenen Gedanken beschäftigt. Amber überlegte verzweifelt, wie sie Rhys helfen konnte. Sie kannte seinen Hang zu Abenteuern. Er war ein Forscher und Suchender, der angetrieben wurde durch den heißen Wunsch, Neues zu entdecken und verborgene Geheimnisse zu lüften. Und ausgerechnet das wurde ihm nun verwehrt. In England brauchte er nach diesem Eklat gar nicht mehr zu versuchen, einen anderen Geldgeber aufzutreiben. Die Gentlemen in den Adelskreisen hielten alle zusammen. Keiner von ihnen würde sich mehr dazu herablassen, diesem rüden Amerikaner die Leitung einer Expedition anzuvertrauen.

Schließlich war es Rhys, der das Schweigen brach.

»Es tut mir leid, dass ich mich so habe gehen lassen«, entschuldigte er sich zerknirscht und schob die Whiskykaraffe weit von sich. »Ich war einfach nur so enttäuscht, aber das hilft mir nun auch nicht weiter.« Er schenkte Amber ein schmallippiges Lächeln. »Du musst dir keine Sorgen machen. Ich werde schon für uns sorgen.« Er nahm ihre Hand und knetete sie. »Meine wissenschaftlichen Referenzen sind ausgezeichnet«, meinte er zögernd. »Ich bin sicher, dass man mir in Oxford eine Dozentenstelle anbieten wird. Die Arbeit mit Studenten wird mir sicherlich Spaß machen, und mit ein wenig Fleiß und Einsatz werde ich vielleicht eines Tages sogar zum Professor berufen. Außerdem werde ich so viel Zeit für dich und unser Kind haben!«

Amber versuchte, ein zuversichtliches Lächeln aufzusetzen. Sie konnte sich Rhys einfach nicht als trockenen Wissenschaftler vorstellen, der seine Zeit ausschließlich in Bibliotheken beim Studium von Büchern verbrachte. Aber hatten sie denn eine andere Wahl? Die Möglichkeit, bei ihrem Vater und Camden in die Spinnerei oder Kohlemine einzusteigen, hatte er ja bereits ausgeschlagen. Vielleicht täuschte sie sich ja, und er fügte sich besser in ein Leben als Gelehrter ein, als sie sich vorstellen konnte.

»Du wirst bestimmt ein wundervoller Gelehrter«, meinte sie dennoch halbherzig.

12

Malcolm Bannister verfluchte sich, weil er wieder einmal seinem Drang nachgegeben hatte, nach Yorkshire zu reisen. Bingley, die Spinnerei der Callahans und alles, was er dort erlebt hatte, hätte längst der Vergangenheit angehören müssen. Dieser Lebensabschnitt war ein für alle Mal vorbei, zumindest sollte er es sein. Doch die Geister aus der Vergangenheit streckten ihre kalten Finger immer wieder nach ihm aus. Dabei hätte er leicht ein angenehmes Leben führen können.

Seit er vor mehr als zwei Jahren aus Indien zurückgekehrt war und sich als Entwickler neuer dampfbetriebener Maschinen einen Namen gemacht hatte, war er in ganz England zu einem gefragten Mann geworden. Seine Firma *Technical Improving Ltd.* war ein florierendes Unternehmen mit mittlerweile über zwanzig angestellten Ingenieuren. Viele Fabrikbesitzer und sogar Eisenbahngesellschaften wandten sich an sein Unternehmen, um Verbesserungsvorschläge für ihre technische Produktion zu erhalten. Malcolm war es schon immer leichtgefallen, das Wesentliche eines Ablaufs zu erkennen. Außerdem war er ein Tüftler und liebte es, Maschinen so zu konditionieren, dass sie eine größtmögliche Effizienz erbrachten. Sein Erfindungsreichtum hatte sich rasch herumgesprochen. Mittlerweile konnte sich seine Firma kaum noch vor Aufträgen retten.

Vor wenigen Monaten hatte er jedoch einen Brief von der

Spinnerei *Callahan & Sons* aus Bingley erhalten, in der er als einfacher Spinnereiarbeiter einst seine Karriere begonnen hatte. Mit dem Schreiben brachen alte, längst verheilt geglaubte Wunden in Malcolm auf. Er hatte Camden Callahans Handschrift auf den ersten Blick erkannt. Mit klammen Fingern hatte er das Kuvert geöffnet, aber dann gezögert, den Brief herauszuziehen. Hatte Camden etwa herausgefunden, dass er hinter *Technical Improving Ltd.* stand? Schon bei der Vorstellung, dass sein einstiger Geliebter Kontakt mit ihm aufnehmen könnte, wurde ihm ganz flau. Doch dann verwarf er den Gedanken wieder. Als offizieller Geschäftsführer zeichnete schließlich sein Freund und Teilhaber Thomas Harrods. Er kümmerte sich um alle finanziellen und gesellschaftlichen Belange, während Malcolm im Hintergrund die technischen Abläufe organisierte. Er mochte nicht im Vordergrund stehen, schon allein, um gesellschaftlichen Verpflichtungen zu entgehen. Nachdem er einige unliebsame Erfahrungen mit der heiratswilligen Damenwelt und ihren nicht minder aufdringlichen Vätern gemacht hatte, hatte er sich immer mehr aus dem gesellschaftlichen Leben zurückgezogen.

Als er den Brief schließlich dann doch aus dem Kuvert gezogen hatte und die anonyme Anrede las, war er fast ein wenig enttäuscht, dass er nicht an ihn persönlich gerichtet war. Offenkundig hatte Camden eine der Anzeigen seiner Firma in einer Zeitung gelesen und war so auf sie aufmerksam geworden. In höflich distanziertem Ton bat er den Geschäftsführer um Unterstützung bei der Organisation und technischen Umsetzung eines neuen Produktionszweiges, den seine Firma auszuprobieren gedachte. Bei Interesse würde er ihn oder einen seiner Ingenieure gerne bei sich in Bingley begrüßen.

Malcolm hatte damals lange mit sich gerungen. Sein erster Gedanke war gewesen, bei Camden persönlich vorzusprechen, um ihm seine Hilfe anzubieten. Es war eine unverfängliche Möglichkeit, wieder Kontakt zu ihm aufzunehmen. Die Vorstellung, den einstigen Geliebten wiederzusehen, hatte sein Blut in Wallung gebracht. Er hatte Camden nie vergessen können, auch wenn ihnen nur eine einzige gemeinsame Nacht vergönnt gewesen war.

Bevor er sich endgültig entschied, holte er über einen Mittelsmann unauffällig Informationen über ihn ein. Dabei erfuhr er, dass Camden mittlerweile nicht nur verheiratet war, sondern dass seine Frau ihm auch einen Sohn geboren hatte. Das war für ihn Grund genug, sein Vorhaben sofort wieder aufzugeben. Camden hatte sich entschieden und schien ein glücklicher Ehemann und Familienvater zu sein. Demnach hatte er kein Recht, sich in sein Leben einzumischen.

Schweren Herzens bat er Thomas, ihren besten Ingenieur zu *Callahan & Sons* zu schicken, und versuchte die Angelegenheit wieder zu vergessen. Doch so einfach, wie er gedacht hatte, war das nicht. Je mehr er versuchte, Camden zu vergessen, desto häufiger tauchte er in seinen Gedanken und Träumen wieder auf. Schließlich redete sich Malcolm ein, dass er Camden nur dann vergessen konnte, wenn er sich selbst davon überzeugt hatte, dass es ihm gut ging. Also war er an einem Sommerwochenende mit dem Zug von London nach Bingley gereist, hatte sich im Morgengrauen in einem Mietstall ein Pferd geliehen und war nach Highgrove Manor geritten.

Da er in Bingley aufgewachsen war, kannte er die Gegend wie seine Westentasche. Immer darauf bedacht, nicht gesehen zu werden, hielt er sich möglichst hinter Büschen und Bäumen versteckt, um sich auf Umwegen dem Herrenhaus zu nähern.

Er war viele Jahre nicht mehr in seiner Heimat gewesen und deshalb überrascht, wie vieles sich doch verändert hatte. Ganz in der Nähe von Highgrove Manor war ein weiteres Herrenhaus in einer wunderschönen Parkanlage errichtet worden. Aufgrund der ausgedehnten Stallungen und anschließenden Weiden vermutete Malcolm, dass dort Camden mit seiner Frau Beatrice wohnte. Seiner Leidenschaft für Pferde frönte er offensichtlich immer noch, und das machte Malcolm Hoffnung, dass Camden gleich am Morgen nach den Pferden sehen würde.

Von einem Hügel, hinter einer Eiche verborgen, hatte er das Anwesen beobachtet. Es war ein schöner, warmer Spätsommermorgen gewesen. Tau glitzerte auf den Blättern der Laubbäume, während sich der watteweiche Bodennebel langsam in der Morgenwärme auflöste. Sein Herz schlug heftig, als Camden tatsächlich aus seinem Haus trat und auf die Stallungen zuging. Er wurde von einem jungen, athletisch gebauten Mann empfangen, offensichtlich dem Stallmeister, der ihn herzlich begrüßte.

Obwohl Malcolm ein ganzes Stück entfernt war, glaubte er zu bemerken, dass der Stallmeister und Camden allzu vertraulich miteinander umgingen. *Blödsinn!* Malcolm ärgerte sich über seine plötzliche Eifersucht. *Er ist ein glücklich verheirateter Mann! Das bilde ich mir nur ein!* Doch allein der Gedanke, dass Camden doch noch etwas für Männer empfinden könnte, ließ ihn plötzlich ganz unruhig werden. Sollte er es doch wagen, Kontakt zu ihm aufzunehmen? *Er reitet bestimmt gleich aus! Ich könnte zufällig seinen Weg kreuzen und behaupten, dass ich einen Besuch in der Heimat mache …*

Sein Herz riet ihm, es zu tun, doch dann ließ er es bleiben, denn Camden ritt nicht allein aus, sondern ließ sich von dem Stallmeister begleiten. Malcolm nahm es als Anlass, um sich wieder auf den Rückweg zu machen. Doch es war, als befände sich ein winziger, eiternder Dorn unter seiner Haut, der ihn plötzlich daran zweifeln ließ, dass Camden ein glücklich verheirateter Mann war.

Seither hatte es ihn mehrmals am Wochenende nach Bingley gezogen, wie auch heute, an diesem tristen Novembertag, der unglücklicherweise durch nasskaltes Wetter und heftigen Dauerregen jegliche Aussicht auf einen Ausritt zunichtemachte. Da er nun aber schon einmal die Reise auf sich genommen hatte und das Wetter für den nächsten Tag Besserung versprach, mietete er sich im Nachbarort ein Zimmer in einem kleinen Pub. Es war noch früh am Abend, also begab er sich in den Schankraum, um dort ein Bier zu trinken und etwas zu essen. Vielleicht hatte er ja am nächsten Morgen mehr Glück. Allein die Vorstellung, Camden aus der Ferne betrachten zu können, ließ sein Herz höher schlagen.

Malcolm war Realist genug, um zu wissen, dass seine Schwärmerei zu nichts führen würde, doch er konnte es einfach nicht lassen. Camden geisterte durch seinen Kopf und nahm immer mehr von ihm Besitz. Dabei hatte er alles versucht, um ihn zu vergessen. Er hatte sogar eines jener Etablissements in London aufgesucht, in denen junge Männer für Geld diskret ihre Körper anboten. Malcolm hatte zwar dort seinen Trieb befriedigen können, doch mehr als ein schales Gefühl war ihm hinterher nicht geblieben.

Trübsinnig starrte er auf sein halb leeres Bierglas vor sich und verachtete sich für seine Schwäche. Abseits von der Theke saß er in einer dunklen Ecke und beobachtete, wie sich das Pub allmählich füllte. Es war Samstagabend. Nach und nach trudelten Arbeiter und Bauern aus der Umgebung ein, um sich bei ein paar Bier über die letzten Neuigkeiten auszutauschen. Im gleichen Maße, wie sich das Pub füllte und immer mehr Alkohol floss, wurde es auch lauter. Malcolm dröhnte bald der Kopf, und er hatte das Bedürfnis, etwas frische Luft zu schnappen. Er stand auf und drängte sich durch die Menschenmenge zur Tür. Obwohl es draußen immer noch regnete, beschloss er, einen kleinen Spaziergang durch das Dorf zu machen.

Er schlug den Kragen seines Mantels hoch, zog seine Ballonmütze tief in die Stirn und marschierte durch den Regen die von Pfützen bedeckte Dorfstraße hinab. Eine einsame Laterne leuchtete auf dem Dorfplatz und ließ in ihrem Licht den Regen wie einen grauen Schleier aussehen. Eine schwarze Katze querte seinen Weg und verschwand hinter einem Holzschuppen. Trotz des ungemütlichen Wetters stapfte Malcolm weiter, bis er an den Ortsrand gelangte und sich der Weg in dunkelschwarzem Nichts verlor. Die Straße führte an Bingley vorbei in Richtung Highgrove Manor. Eine Weile blieb er dort stehen und lauschte dem Plätschern des Regens.

Aus der Dunkelheit drang plötzlich das Klappern von Pferdehufen. Malcolm trat zurück, um dem Reiter Platz zu machen, der in raschem Trab an ihm vorbeiritt, ohne ihn weiter zu bemerken. Malcolm erkannte sofort am Tritt des Pferdes, dass es ein wertvoller Vollblüter war. Er wunderte sich, weil er sich kaum vorstellen konnte, dass einer der Bauern hier ein solch wertvolles Pferd besaß.

Kurz darauf zügelte der Reiter, der in einen dunklen Umhang gehüllt war, sein Pferd und lenkte es in eine schmale Seitengasse zu einem kleinen Häuschen, neben dem ein Schuppen stand. Der Reiter stieg ab und führte das Pferd in den Holzschuppen. Kurz darauf öffnete sich die Tür des Hauses, und ein kräftiger Mann trat mit einer leuchtenden Petroleumlampe hinaus. Zu seiner Überraschung erkannte Malcolm in ihm den Stallmeister. Um nicht gesehen zu werden, drückte er sich an die nächstbeste Hauswand. Was ging hier vor? Er musste nicht lange warten, bis der Reiter aus der Schuppentür kam und von dem Stallmeister auf eine Art und Weise umarmt wurde, die ihm den Atem stocken ließ. Arm in Arm gingen die beiden Männer schließlich in das Haus.

Malcolm wartete, bis sie die Tür geschlossen hatten, dann schlich er ihnen nach. Sein Herz klopfte heftig, als er schließlich vor dem Haus stand und durch den Spalt des Vorhangs, der vor das Fenster gezogen war, einen Blick hineinwarf. Ein Blitzschlag hätte Malcolm nicht mehr aus der Fassung bringen können, als er in dem fremden Reiter Camden erkannte. Er hatte gerade seinen nassen Umhang abgelegt, als der Stallmeister auf ihn zutrat, um ihn gierig zu küssen. Mit hektischen Bewegungen begann er, Camden auszuziehen, während er sich selber von seiner Hose befreite. Malcolm wollte sich abwenden, denn es tat weh, mit ansehen zu müssen, wie der Mann, den er mehr liebte als sein eigenes Leben, sich einem anderen hingab. Wie gebannt blieb er stehen und sah zu, wie sich die beiden entkleideten. Noch dazu war ihm dieser Stallmeister keinesfalls sympathisch. Er war zwar gut gebaut und jung, aber sein Blick hatte etwas Berechnendes und kam ihm nicht vertrauenerweckend vor. Als die Männer schließlich nackt auf dem einfachen Lager auf dem Boden lagen, zog sich Malcolm zurück. Mit geballten Fäusten und zutiefst bewegt taumelte er durch den Regen zurück in das Pub. Dort bestellte er sich einen doppelten Whisky und trank ihn in einem Zug leer. Danach bezahlte er seine Zeche und kündigte dem Wirt an, dass er am nächsten Morgen mit dem ersten Zug zurückzufahren gedachte.

13

»Cauré ist zurück!«

»Er hat einen Napé bei sich.«

»Kommt schnell, er sieht aus wie ein wildes Tier!«

Die Kinder, die am Fluss Frösche gefangen hatten, liefen eilig in den Shabono, um die anderen Bewohner auf die Ankunft der beiden vorzubereiten. Die meisten erwachsenen Hapuweteri waren schon von ihrer Arbeit auf den Brandrodungsfeldern zurückgekehrt und lagen jetzt kautabakkauend und vor sich hin dösend in ihren Hängematten. Yoama bereitete gerade einen Kochbananenbrei zu, während die alte Abami Tabakblätter unter dem Palmdach zum Trocknen aufhängte. Sobald sie die Nachricht von Caurés Rückkehr vernahmen, kam Leben in die Bewohner. Sie eilten freudig ans Flussufer, um Cauré und seinen Begleiter zu begrüßen.

Auch Takawe erhob sich schwerfällig aus seiner Hängematte und humpelte ans Flussufer. Er hatte sich einen Dorn tief in den Fuß getreten, der sich nun trotz Abamis Wundbehandlung schlimm entzündet hatte. Er war froh, dass sein Sohn zurückkehrte. Er würde ihn bitten, die bösen Geister aus seinem Fuß zu vertreiben.

Unterdessen hatte Cauré sein Kanu ans Ufer gelenkt und half dem anscheinend verletzten Napé auszusteigen. Takawe zuckte unangenehm berührt zusammen, als er sah, wie hell und kränklich die Haut des Fremden aussah, auch wenn er völlig verschmutzt war. Er trug merkwürdige Fetzen an seinem Körper und ein rundes Ding aus Bast auf seinem Kopf. Schwarzes Haar hing ihm wirr und ungeschoren bis auf die Schultern, selbst im Gesicht prangte es wie wildes Gras. Was für ein hässliches Wesen! Cauré musste gute Gründe haben, diesen Napé zu ihnen zu bringen. Er sah nicht aus, als könne aus ihm ein anständiger Jäger werden. Trotz seiner Bedenken überwog die Freude, seinen Lieblingssohn endlich wiederzusehen.

»Es ist gut, dass du zurück bist, mein Sohn!«, begrüßte er ihn. »Wie ich sehe, hast du uns jemanden mitgebracht. Ist er dein Gefangener?« Takawe trat auf Cauré zu und umarmte ihn herzlich.

»Ich habe ihn sechs Tagesreisen von hier gefunden. Sein Begleiter wurde von einem Jaguar getötet. Er muss von weit her kommen, denn sein Benehmen ist recht ungewöhnlich. Er verhält sich im Dschungel wie ein Dummkopf. Stell dir vor, er hat seinen toten Freund sogar in der Erde begraben!«

Ein entsetztes Raunen ging durch die Menge. Die Kinder versteckten sich hinter den Erwachsenen und fürchteten sich noch mehr vor dem seltsamen Fremden, der mutwillig böse Geister in den Urwald entlassen hatte.

»Wieso hast du ihn dann mit zu uns gebracht?«, verlangte Takawe zu wissen.

Sein Sohn wirkte mit einem Mal verunsichert. »Ich hatte viele Träume in letzter Zeit«, verriet er zögernd. »Immer wieder träumte mir von einer Frau, die vom selben Stamm kommen muss wie dieser Napé. Ich fühle mich auf merkwürdige Art mit ihr verbunden, so als bestünde ein Band zwischen ihrem Leben und meinem. Erst dachte ich, sie sei wegen ihrer hellen Hautfarbe ein Geist, aber nun weiß ich, dass sie ein Mensch ist wie wir. Ich habe den Fremden ihretwillen geholfen. Vielleicht sind sie Sendboten der Xapiripé?«

»Hm.« Takawe dachte nach. Ihm war nicht wohl dabei, diesen

Napé in ihren Shabono einzuladen. Er hatte etwas Bedrohliches an sich, auch wenn sein Körper schwach und hilflos schien. Seine Augen flackerten, und er glaubte, gierige Geister in ihnen zu erblicken. Auf der anderen Seite war Cauré dabei, ein großer Shapori zu werden. Seine Träume mochten trotz aller Bedenken wichtig für die Hapuweteri sein. Er beschloss, den Napé erst einmal aufzunehmen. Falls es Schwierigkeiten mit ihm geben sollte, konnten sie ihn immer noch davonjagen oder töten.

»Bring ihn in den Shabono«, ordnete er deswegen an.

Jetzt trat Ritimi, seine erste Frau, aus dem Kreis der Umherstehenden. Sie war offensichtlich empört über seine Entscheidung.

»Ich möchte nicht, dass dieser stinkende Napé in meiner Hütte schläft«, protestierte sie. »Ich habe ein kleines Baby. Wer weiß, was dieses wilde Tier ihm antut?«

»Er ist kein Tier, er ist ein Mensch«, mischte sich nun Cauré bestimmt ein. »Er mag wild und dreckig sein, aber wenn wir ihn richtig pflegen, wird er völlig harmlos sein.«

»Du bringst immer Dinge in unseren Shabono, die nicht zu uns gehören. Denk nur an den Tukan! Jeder weiß, dass seine Anwesenheit Streit und Unglück in unsere Siedlung bringt.«

Einige andere stimmten ihr kopfnickend zu. Takawe war froh, dass sein Erstgeborener Nakitao nicht unter ihnen war. Er hätte die Stimmung gegen den Weißen sicherlich noch mehr angeheizt. Es wurde Zeit, ein Machtwort zu sprechen.

»Der Napé kommt an mein Feuer. Cauré wird sich um ihn kümmern. Wenn er Ärger macht, werden wir ihn dafür zur Verantwortung ziehen. Und nun begrüßt den Fremden, wie es sich gehört.«

Er machte den Anfang, trat auf den Mann zu und legte ihm seine Hand auf die dreckigen Fetzen auf seiner Brust, woraufhin dieser erschrocken zurückwich. Doch dann erkannte er, dass Takawes Absichten friedlich waren, und grinste, wobei er faulige Zähne enthüllte. Yoama, seine Herzensfrau, trat als Nächste aus der Runde. Sie umarmte und küsste als Erstes ihren Sohn Cauré, dann trat sie auf den Weißen zu und umarmte und küsste ihn ebenfalls. Ihre Geste brach den Bann der Zurückhaltung. Nach und nach wagten sich nun auch die anderen hervor. Nur die Kinder hielten sich immer noch zurück.

Nakitao war außer sich, als er von seinem Jagdausflug zurückkehrte und diesen abstoßenden Fremden unter dem Dach seiner Familie vorfand. Sein befremdliches Aussehen entsetzte ihn weniger als die Tatsache, dass es wieder einmal Cauré gewesen war, der ohne Not ein Tabu gebrochen hatte. Was kümmerte die Hapuweteri dieser Mann aus einem fremden Volk? Er war schwächlich und krank und würde niemals ein guter Jäger werden. Jemand wie er war nutzlos und außerdem in der bevorstehenden Regenzeit, wo die Lebensmittel knapp wurden, ein unnötiger Esser mehr. Er hielt mit seiner Meinung nicht hinter dem Berg.

»Dieser Napé muss verschwinden«, ereiferte er sich vor Takawe. »Er ist ein *aka boreti,* ein Dummkopf. Das sieht doch jeder. Er spricht weder unsere Sprache, noch kennt er unsere Sitten!« Um seine Abneigung zu verdeutlichen, trat er auf die Hängematte zu, aus der der Fremde ihn angsterfüllt anstarrte, und spuckte seinen grünbraunen Kautabak über ihm aus.

Cauré versuchte ihn zu beschwichtigen. »Bruder! Unser Vater hat angeordnet, dass der Napé eine Zeit lang hierbleiben darf. Er ist unser Gast. Auch du solltest das akzeptieren.«

Die Worte seines Bruders machten Nakitao nur noch wütender.

»Gar nichts werde ich! Dieser Mann hat hier nichts verloren. Matuwe und Sisiwe sind ebenfalls meiner Meinung.«

Um Cauré zu provozieren, stieß er ihm mit beiden Fäusten vor die Brust, sodass er gegen den Pfosten taumelte, der den hinteren Teil der Überdachung stützte. Eine Flut von Schaben, Spinnen und Ameisen fielen daraufhin aus den Palmwedeln im Dach. Angriffslustig wartete Nakitao darauf, dass Cauré ihn zum *Nabrushi* herausforderte. Dieses Ritual diente dazu, eine Auseinandersetzung auszutragen, und dabei war er seinem Bruder weitaus überlegen. Er hatte schon mehrfach bewiesen, dass sein Kopf härter war als der vieler anderer Männer. Doch Cauré dachte gar nicht daran, sich provozieren zu lassen, sondern ging zu der Feuerstelle, um den Dorn aus der Glut zu nehmen, mit dem er Takawes Wunde am Fuß auszubrennen beabsichtigte.

»Was ist? Bist du zu feige, um unseren Streit beizulegen?« Nakitao funkelte ihn an und musste sich bezähmen, nicht gleich die Keule zu nehmen, um auf ihn loszugehen.

»Ich muss mich erst um unseren Vater kümmern«, erklärte Cauré ungerührt. »Takawes Wunde am Fuß sieht sehr schlimm aus. Wenn es mir nicht gelingt, die bösen Geister auszutreiben, wird er sterben.«

Der alte Mann saß auf einem Holzblock neben dem Feuer und beobachtete seine beiden charakterlich so verschiedenen Söhne. Bisher hatte er noch kein Wort gesprochen. Und doch sagte der traurige Blick, den er Nakitao zuwarf, alles. Nakitao wusste, dass Takawe sich für ihn schämte, doch sein Groll war größer als die Achtung vor seinem Vater. Es wurde ohnehin Zeit, dass er seine Stellung als künftiger Anführer der Hapuweteri festigte.

»Ich verlange, dass mein Wort mehr gilt als seines hier«, forderte er von seinem Vater. Er warf Cauré einen verächtlichen Blick zu. »Jeder hier weiß, dass er anders ist als wir. Wach endlich auf und erkenne, dass mein Bruder dich mit seinen Xapiripé nur verhext hat. Kein anderer meiner Brüder wäre auf die Idee gekommen, diesem *aku boreti* Gastfreundschaft anzubieten. Warum überlässt du sie nicht beide ihrem Schicksal? Ich verlange, dass der Napé von hier verschwindet!«

»Willst du etwa meine Entscheidung infrage stellen?«, fragte Takawe nun sichtlich aufgebracht.

Seine Stimme war leise, doch die Drohung, die darin mitschwang, war auch für Nakitao nicht zu überhören. Er wusste, wenn er noch weiter widersprach, würde ihn sein Vater für einige Zeit aus dem Shabono verbannen. Noch war er der Kasike, der hier das meiste Sagen hatte. Eine öffentliche Demütigung musste er auf alle Fälle vermeiden. Doch die Wut brannte in ihm wie Feuer. Klein beigeben konnte er auch nicht.

»Solange dieser Napé unter deinem Dach wohnt, werde ich zu Matuwe ziehen«, gab er zähneknirschend bekannt. Um zu unterstreichen, wie ernst es ihm war, stieß er nochmals wütend gegen den Dachpfosten und stapfte dann ans andere Ende des Shabono, wo sein Freund Matuwe mit seiner Familie lebte.

Nakitaos Ablehnung gegenüber dem Fremden übertrug sich zum Glück nicht auf den Rest der Bewohner des Shabono. Die meisten Hapuweteri gewöhnten sich rasch an den seltsamen Fremden, der sich nur langsam von seiner Fiebererkrankung erholte. Yoama versorgte ihn mit Essen, während Cauré sich um seine medizinische Versorgung bemühte. Er verabreichte ihm Kräutertränke, die das Fieber aus seinem Körper ziehen sollten, und behandelte seinen Fuß mit selbst gemachten Salben. Auf diese Weise verbrachte er jeden Tag einige Zeit mit ihm und erfuhr, dass der Napé sich selbst Xavier nannte. Er schien nichts dabei zu finden, wenn man ihn bei seinem Namen nannte. Für Cauré und die Seinen war das unmöglich, denn es galt als Beleidigung, den Namen eines Menschen in seiner Gegenwart auszusprechen. Mit viel Geduld gelang es ihm, einige Worte der Sprache der Napé zu erlernen. Im Gegenzug brachte er dem Napé Worte aus seiner eigenen Sprache bei. Nach einigen Wochen konnten sie sich einigermaßen verständigen.

»Yoama lässt fragen, ob sie dich gemeinsam mit Abami von deinen Läusen befreien soll«, meinte Cauré eines Tages. »Sie meinen auch, dass es an der Zeit ist, dass du endlich ein Bad im Fluss nimmst und dich deiner stinkenden Fetzen entledigst. Sie werden dir dafür anständige Kleidung geben. Wenn du es nicht tust, werden bald die Larven von Käfern aus deiner Haut schlüpfen.«

Cauré sagte dies nicht ohne Grund. Xavier hatte sich bislang geweigert, sich zu waschen und auch nur eines seiner Kleidungsstücke abzulegen. Sein dichtes, verklebtes Haar strotzte nur so vor Ungeziefer, und in seinem Bart lebten ganze Horden von Läusen und Milben. Sie legten bereits ihre Eier unter seiner Haut ab. Dies war auch ein Grund dafür, dass er sich nur langsam erholte. Doch dieser Mann war unglaublich stur, dabei benahm er sich auch noch so, als wäre er ihm und seinem Stamm überlegen. Cauré und die anderen führten es auf seine offensichtliche Dummheit zurück und nahmen ihm seine Arroganz nicht weiter übel. Irgendwann würde auch Xavier lernen, wie man sich bei den Hapuweteri zu benehmen hatte.

Die Vorstellung, dass womöglich Larven aus seiner Haut krabbeln könnten, musste bei Xavier nun doch zu einem gewissen Einsehen geführt haben, denn an diesem Tag erklärte er sich endlich bereit, mit den Frauen an den Fluss zu gehen. Nur von seinen Kleidern wollte er sich nicht trennen. Immerhin ließ er zu, dass die Frauen sie mit Waschnüssen und Flusssand einigermaßen reinigten. Als er vom Fluss zurückkam, wartete Cauré mit einem geschärften Stück Bambus auf den Napé, um ihm Haare und Bart zu stutzen. Xavier ließ es bereitwillig geschehen. Mit geschickten Bewegungen schnitt Cauré ihm die bei den Hapuweteri übliche Rundfrisur und rasierte ihm das Gesicht. Nur als er sich mit einem messerscharfen Grashalm daranmachen wollte, ihm eine Tonsur zu schneiden, begehrte Xavier auf.

»Ich nicht Wilder«, brummte er. »Ich nicht wollen.«

Cauré versuchte ihm zu erklären, dass sich am Haarwirbel in der Regel die meisten Läuse versammelten, aber Xavier wollte nichts davon wissen. Er schimpfte nur vor sich hin und murmelte etwas von seinem Gott, den sie durch diese Sitte beleidigen würden. Cauré zuckte mit den Schultern.

Jetzt, da Xavier endlich etwas menschlicher aussah, trauten sich auch die Kinder in seine Nähe. Erst beobachteten sie ihn von Weitem, dann schlichen sie immer näher an ihn heran, bis das erste Kind es wagte, ihn kurz an seinem Arm zu berühren. Der Napé schien von der wachsenden Zutraulichkeit der Kinder sehr angetan zu sein. Cauré hatte ihm zur Stärkung eine Honigwabe geschenkt, eine äußerst begehrte und seltene Süßigkeit. Mit dieser lockte er nun die Kinder an und verteilte freigebig von seinem Honig. Zum Dank hingen sie von nun an wie Kletten an ihm. Früh am Morgen kletterte eines der Kinder in seine Hängematte und küsste den Schlafenden ab, während die anderen sich um ihn herum versammelten und ihn durch Kitzeln zum Aufstehen zu bewegen versuchten.

So unwirsch und arrogant sich Xavier auch den Erwachsenen gegenüber benahm, zu den Kindern war er immer freundlich. Cauré bekam schnell heraus, dass er eine bestimmte Absicht damit verknüpfte. Denn nach einigen Tagen brachte er die Kinder dazu, ihm an den Fluss zu folgen, wo er mit ihnen ein ähnliches Kreuz aus langen Ästen zusammenband wie jenes, unter dem er den anderen Napé beerdigt hatte. Sie bohrten das mannshohe Gestell in den Flusssand, woraufhin Xavier in die Knie sank und irgendwelche Beschwörungen hören ließ. Dieser Vorgang beunruhigte Cauré zutiefst. Deshalb beschloss er, mit Xavier darüber zu reden. Am Nachmittag bat er ihn, mit ihm noch einige Tabakblätter aus dem angrenzenden Garten zu holen. Während die beiden Männer auf dem brandgerodeten Feld, das Takawes Familie zur Verfügung stand, von Caurés Ecke Tabak pflückten, begann er das Gespräch.

»Welche Bedeutung haben die beiden aneinandergebundenen Äste für dich?«, wollte er wissen. Xavier sah ihn erfreut an.

»Das ist das Kreuz des großen und einzigen Gottes meines Volkes«, versuchte er zu erklären. »Es ist ein Zeichen, dass er für uns alle sein Leben geopfert hat, damit wir eingehen in sein Paradies.«

»Paradies?« Cauré verstand dieses Wort nicht.

»Es ist ein Ort, wo es dir an nichts mangelt«, versuchte Xavier zu erklären. »Dort gibt es alles in Hülle und Fülle. Essen, Trinken, Feste. Alle Menschen leben dort in Frieden, sind gesund und fröhlich und preisen den Herrn. Es ist jedoch nur ein Ort für Menschen, die unserem Gott ergeben sind.«

»Das Haus des Donners!« Cauré nickte verständig. Auch in seiner Glaubensvorstellung gab es Orte, zu denen nur wenige gelangten. »Dann bist du ein Shapori wie ich?«

»In gewisser Weise«, gab Xavier zu. »Nur ist mein Gott viel mächtiger als alle die Geister, an die ihr glaubt.« Da war wieder das überhebliche Lächeln, das Cauré einen Stich versetzte. Woher nahm der Napé diese Sicherheit?

»Hast du deinen Gott dazu gebracht, deinen Begleiter zu töten?«, fragte er ihn unverhohlen. Xavier sah ihn entsetzt an. »Aber nein! Stefano war mein Freund. Wir waren wie Brüder. Er war auch Shapori. Ich bin traurig über seinen Tod.«

»Warum hast du dann seine Asche nicht mitgenommen, damit sie beim nächsten Bananenfest von dir und deinen Freunden verspeist werden kann?« Cauré war verwirrt.

»Ihr esst eure Toten?« Xavier schüttelte angewidert den Kopf. »Das ist böse und gefällt Gott nicht!«

Nun war es Cauré, der wütend wurde. Wie kam der Napé dazu, die Bräuche seines Volkes zu verhöhnen? Damit brach er die Gesetze der Gastfreundschaft. »Sag das nie wieder!«, drohte er Xavier. »Unseren Geistern gefällt nicht, wie du mit deinen toten Freunden umgehst. Du bist schuld, wenn der Geist deines Freundes nun Unheil anrichtet.«

Plötzlich hatte er keine Geduld mehr mit dem unfreundlichen Fremden. Er kehrte ihm den Rücken zu und ging auf einem Pfad in den Dschungel.

»*Quenky-quenky-quok-quok-quok.*«

Wie aus dem Nichts erschien der Tukan und flatterte ihm ungeschickt auf die Schulter.

»Warum hast du mich zu diesem Fremden geführt?«, fragte ihn Cauré und kraulte seinen leuchtend gelben Hals. Der Vogel schmiegte seinen Kopf in seine Hand, gab ihm allerdings keine Antwort. Cauré war hin- und hergerissen. War es falsch gewesen, Xavier in den Shabono zu bringen? Er hatte gehofft, dass Takawe ihm helfen würde. Aber sein Vater hatte sehr großes Vertrauen in die Zauberkräfte seines Sohnes. Die Xapiripé jedoch hatten sich ihm nicht mehr offenbart, seit der Napé bei ihnen war. Es war, als hätten sie sich von ihm zurückgezogen. Vielleicht war er ja gar kein Shapori. Selbst der Geist des Tukans hatte ihn verlassen. Er setzte sich auf eine Lichtung, von der er wusste, dass sie von vielen Geistern aufgesucht wurde, und schnupfte etwas Yakoana-Pulver. Doch die Visionen, die er davon bekam, machten ihm nur schreckliche Angst.

Als er früh am nächsten Morgen zurück in den Shabono kehrte, erfuhr er, dass seine Befürchtungen zur Gewissheit geworden waren.

14

Dezember 1860

»Möchtest du es dir nicht doch noch einmal überlegen?«

Amber war enttäuscht, weil Rhys sie nicht zu der Eröffnung des Waisenhauses begleiten wollte. Sie war zum Ausgehen bereit und hatte bis zum letzten Augenblick darauf gehofft, dass er es sich noch anders überlegt habe. Sie hatte ihm oft genug gesagt, wie wichtig ihr dieses Waisenhaus in den letzten Wochen geworden war. Gemeinsam mit Olga hatte sie nicht nur die Einrichtung organisiert, sondern auch noch erste Schritte in Sachen Müllbeseitigung in Angriff genommen. Ihr Vater hatte sich tatsächlich bereit erklärt, das Thema als Tagesordnungspunkt im Unterhaus vorzuschlagen. Nach einer ersten Anhörung standen die Chancen nicht schlecht, dass auch die ärmeren Gegenden Londons bald mit einer unterirdischen Kanalisation ausgestattet werden sollten. Doch Rhys schien das alles nicht besonders zu interessieren. Seit er von der Expedition ausgeschlossen worden war, gab er sich immer verschlossener.

»Ich muss zurück nach Oxford, um für Professor Stanley die Kurse vorzubereiten«, brummte er prompt ablehnend. »Außerdem ist für heute Abend noch eine wissenschaftliche Sitzung angesagt, in der ich protokollieren soll.« Er zog missgelaunt seine Augenbrauen hoch. »Dein Mann ist zum persönlichen Assistenten von Professor Stanley befördert worden. Du kannst stolz auf mich sein. Wenn ich Glück habe, darf ich sogar seine Tasche tragen.« Seine Stimme troff vor Sarkasmus.

»Sei doch nicht immer so pessimistisch«, beschwerte sich Amber. Sein Selbstmitleid begann ihr allmählich auf die Nerven zu gehen. »Du bist erst seit zwei Wochen an der Universität angestellt und beschwerst dich, dass man dich noch nicht zum Professor ernannt hat. Du musst schon etwas Geduld haben, bevor sich etwas tut.«

Rhys warf ihr einen eisigen Blick zu.

»Du hast natürlich wie immer recht«, meinte er hart. »Trotzdem habe ich heute keine Zeit. Du wirst ohne mich gehen müssen.« Er hauchte Amber zum Abschied einen Kuss auf die Stirn und machte Anstalten, sich zurück in den Salon zu begeben.

»Dann wünsche ich dir eine schöne Woche.«

Amber ließ sich von Macy in den Mantel helfen und verließ verstimmt die Wohnung.

Rhys ging zurück in den Salon und schenkte sich einen Whisky ein. Es tat ihm im Nachhinein leid, dass er Amber so brüskiert hatte, aber sein Sinn stand nun wirklich nicht nach gesellschaftlichem Geplänkel und langen Reden. Allein die Vorstellung, in den nächsten Stunden wieder zurück nach Oxford in sein schmuckloses Zimmer im Balliol College zu müssen, erschien ihm deprimierend genug.

Er hatte Amber nicht erzählt, wie schwierig es gewesen war, überhaupt eine Dozentenstelle an der Universität zu bekommen. Bei den meisten Colleges der Universität von Oxford war er aufgrund seiner Herkunft abgelehnt worden, ohne sich überhaupt vorstellen zu dürfen. Ein Amerikaner, der über englische Geschichte und Altertum dozieren wollte, passte für sie, trotz seiner ausgezeichneten Referenzen, nicht in das Profil ihrer Tradition. Nur im Balliol College, das bereits im dreizehnten Jahrhundert gegründet worden war, hatte man sich weltoffener gegeben. Unter dem derzeitigen Rektor Master Benjamin Jowetts war das Balliol zu einem der angesehensten Colleges in Oxford geworden, unter anderem auch deswegen, weil es ungewöhnlich viele ausländische Studenten und auch Lehrkräfte aufnahm. Diesem Umstand war es zu verdanken, dass man Rhys überhaupt eine Chance gegeben hatte.

Als Lecturer hatte er gewissermaßen die unterste Stufe auf dem Weg zum Professor inne. Seine Stelle wurde nicht nur miserabel bezahlt, sondern war auch auf Zeit befristet. Seine Kompetenzen beschränkten sich darauf, Einführungsseminare abzuhalten und den über ihm stehenden Senior Lecturer und den Professoren mit und ohne Lehrstuhl zuzuarbeiten. Arbeiten wie diese hatte er zuletzt als Student in Boston gemacht. Seine einzige Hoffnung war, dass er die Herren am College durch sein Wissen und seine Erfahrung beeindrucken konnte, um möglichst rasch in der Hierarchie aufzusteigen. Wenn er erst einmal eine Professur innehatte, würden sich auch Chancen ergeben, wieder auf eine Forschungsreise zu gehen. Nur diese Hoffnung und die Tatsache, dass er den Unterhalt für seine Familie aufbringen musste, ließen ihn die täglichen Demütigungen überhaupt ertragen.

Im Vergleich zu seiner Heimat Amerika waren die Hierarchien innerhalb einer englischen Universität verkrusteter und engstirniger. Als frei denkender Mensch tat er sich mit einzuhaltenden Dienstwegen ohnehin schwer, und so war es kein Wunder, dass er sich gleich in der ersten Woche den über ihn stehenden Senior Lecturer Alwin Stringle zum Feind gemacht hatte, weil er ihn aus schlichter Unwissenheit übergangen hatte.

Stringle war von Professor Stanley angehalten worden, ihm

sämtliche Bücher zum Thema keltische Ausgrabungen und Fundorte aus verschiedenen Bibliotheken auf dem Campus zusammenzusuchen, eine aufwendige Arbeit, die den umständlichen Stringle Tage gekostet hätte. Um sich die mühselige Arbeit zu sparen, hatte er Rhys damit beauftragt, ihm aber verschwiegen, dass es eigentlich seine Aufgabe gewesen wäre. Wie es der Zufall wollte, traf Rhys mit dem Rollwagen voller zusammengesuchter Bücher auf dem Weg von der Bibliothek zurück in die Fachräume auf Professor Stanley. Der Professor warf einen neugierigen Blick auf die Bücher und wirkte überrascht.

»Habt Ihr diese Sammlung zusammengestellt?«, fragte er.

»Auf Anordnung von Mister Stringle«, gab Rhys knapp zur Antwort.

Professor Stanley zog seine buschigen Augenbrauen in die Höhe und nickte.

»Gute Arbeit, Franklin. Bringt die Bücher bitte direkt in mein Büro.«

Erst da dämmerte es Rhys, dass Stringle versucht hatte, sich auf seine Kosten zu profilieren. Er kochte innerlich vor Wut über so viel Dreistigkeit, erhielt im Nachhinein jedoch Genugtuung. In diesem Fall war der Schuss für Alwin Stringle nach hinten losgegangen. Er erhielt nicht nur von Professor Stanley eine persönliche Rüge, sondern musste auch dulden, dass der Professor seither Rhys und nicht mehr ihn als persönlichen Assistenten ansah. Seither hatte Rhys in dem Senior Lecturer einen persönlichen Feind. Der hagere Wissenschaftler ließ keine Gelegenheit aus, Rhys das Leben schwer zu machen. So ließ er ihn durch gezielte Fehlinformationen überflüssige Arbeiten verrichten, sorgte dafür, dass er Sitzungen verpasste, und versuchte ihn bei jeder sich bietenden Gelegenheit zu denunzieren.

»Schluss mit dem Trübsinn«, schalt sich Rhys und trank den Whisky in einem Zug aus, um sich gleich darauf einen weiteren einzuschenken. Er wusste, dass er in letzter Zeit zu viel trank. Aber dieser kleine Trost half ihm immerhin, die Frustration an der Universität zu überstehen.

Dann wurde es Zeit, seine Tasche zu packen, um zurück nach Oxford zu reisen.

Als Amber bei dem Waisenhaus in Spitalfield eintraf, war sie überrascht, wie viele Menschen sich dort eingefunden hatten. Es hatte sich offensichtlich wie ein Lauffeuer verbreitet, dass es an diesem Tag kostenlosen Eintopf und Freibier geben sollte. Handwerker, Arbeiter, einfache Angestellte und Ladenbesitzer fanden sich ebenso ein wie Seeleute, Arbeitssuchende, Bettler und Huren. Olga hatte eine Blaskapelle engagiert, die dem Ganzen fast einen Volksfestcharakter verlieh. Amber bahnte sich einen Weg durch die Menge und wurde dabei mehrfach unsanft angerempelt. Einmal wäre sie um ein Haar mit einem rennenden Jungen zusammengestoßen, wenn sie ihm nicht schnell ausgewichen wäre. Dem schnellen Schritt zur Seite folgte ein heftiges Stechen in ihrem Unterleib. Für einen Augenblick blieb ihr sogar die Luft weg. Doch dann ließ der Schmerz zum Glück wieder nach, und sie konnte ihren Weg fortsetzen.

Olga und Akando erwarteten sie bereits und führten sie zu den Ehrenplätzen auf dem errichteten Podium. Als sie ihre Plätze eingenommen hatten, verstummte die Musik, und der erste Redner betrat die Tribüne. Es handelte sich um einen offiziellen Abgesandten des Bürgermeisters, der Mister Akandos Einsatz und Arbeit ausgiebig würdigte. Ihm folgte ein Geistlicher, der nicht müde wurde, die Anwesenden daran zu erinnern, dass sie allein Gottes Gnade ausgeliefert waren und sich deshalb dankbar erweisen müssten. Den Abschluss bildete ein Politiker der Liberal Party mit einer langatmigen Rede über soziale Verantwortung und Interesse am Gemeinwohl, die jedoch in der durch das Freibier bereits aufgelockerten Stimmung mehr oder weniger unterging. Mohamand Akando ließ die Reden wie eine Strafpredigt über sich ergehen. Er fühlte sich sichtlich unwohl, obwohl doch gerade er der Initiator und Sponsor des Waisenhauses war. Öffentliche Auftritte lagen ihm offensichtlich so wenig wie das Zurschaustellen seiner Person. Jegliches Lob der Honoratioren schien ihm peinlich zu sein, wohingegen Olga richtig aufblühte, wenn sie in irgendeinem Zusammenhang erwähnt wurde. Kaum waren die Reden zu Ende, sprang die Russin auf und mischte sich unters Volk, um sich zu vergewissern, dass alle Gäste genügend zu essen und zu trinken bekamen.

»Ich beneide Madam Kasakowna um ihre offenherzige Art«, meinte Akando zu Amber. »Wenn sie nicht die ganzen gesellschaftlichen Kontakte für mich übernähme, wäre ich völlig aufgeschmissen.«

»Das hört sich ja nicht sehr begeistert an«, stellte Amber fest. »Heute ist ein Festtag zu Euren Ehren. Ohne Euren Einsatz und Euer Geld wäre das Waisenhaus nie entstanden. Ihr müsstet doch gerade heute glücklich sein.«

Akandos Handflächen berührten sich, und er machte in Ambers Richtung eine höfliche Verbeugung.

»Das bin ich auch, Lady Franklin. Ich möchte nicht undankbar erscheinen, doch der heutige Tag stellt in Wirklichkeit ja nur den Beginn einer weiteren, noch viel größeren Aufgabe dar. Ich mache mir Gedanken, ob es uns gelingen wird, den Waisenkindern hier ein behagliches Zuhause zu bieten. Es gibt noch so viele Dinge zu erledigen, bevor die ersten Kinder morgen eintreffen. Und ich sitze hier und muss diese Reden und Feierlichkeiten über mich ergehen lassen.« Er seufzte resigniert.

Amber zwinkerte Akando verschwörerisch zu. »Wer sagt denn, dass wir hier noch länger sitzen müssen? Auch ich fühle mich hier reichlich überflüssig. Lasst uns einfach von hier verschwinden. Wir wollen noch einmal im Büro nach dem Rechten sehen. Die anderen werden gar nicht bemerken, wenn wir nicht mehr da sind.«

Akando warf ihr einen überraschten Blick zu, doch dann lächelte er und reichte ihr seinen Arm.

Gemeinsam verließen sie das Podium über die Hintertreppe und machten sich auf den Weg in Akandos Büro, das sich im Erdgeschoss des Waisenhauses befand. Auf halbem Weg spürte Amber erneut ein heftiges Ziehen in ihrem Unterleib. Sie blieb kurz stehen, um dem Schmerz zu begegnen. Eine Woge der Angst stieg in ihr hoch, die sie mit aller Gewalt zu unterdrücken versuchte.

»Geht es Euch nicht gut, Lady Franklin?« Akando blieb neben ihr stehen und sah sie besorgt an.

Amber schüttelte den Kopf und versuchte ein Lächeln.

»Es ist alles in Ordnung. Ich hatte einen kurzen Krampf. Das kommt vom langen Sitzen. Jetzt ist er wieder vorüber.«

»In Eurem Zustand solltet Ihr Euch mehr schonen«, ermahnte sie Akando ernst. »Ich werde eine Kutsche besorgen, damit Ihr nach Hause fahren könnt. Ihr habt Euch in letzter Zeit übernommen. In den letzten Wochen habt Ihr mehr Zeit hier als in Eurem Zuhause verbracht. Ich mache mir ernsthafte Sorgen um Euch.«

»Mir geht es gut«, widersprach Amber tapfer. »Aber wenn es Euch beruhigt, werde ich nach Hause fahren, sobald ich mit Euch noch einmal die Listen und Tagespläne für die nächste Woche abgeglichen habe. Wir sollten sicher sein, dass uns morgen, wenn die Kinder hier eintreffen, nichts fehlt.«

Sie wartete Akandos neuerliche Einwände gar nicht erst ab, sondern setzte ihren Weg fort. Noch bevor sie das Waisenhaus erreicht hatten, kam ihnen Missis Miller, die neue Waisenhausvorsteherin, entgegen. Sie war eine großgewachsene, hagere Frau mittleren Alters, die während der Krimkriege wie Florence Nightingale als Krankenschwester in einem Lazarett gearbeitet hatte. Normalerweise brachte sie nichts so schnell aus der Fassung.

»Wir haben da ein Problem«, verkündete sie jetzt jedoch aufgebracht. »Soeben ist eine Gruppe Waisenkinder hier eingetroffen. Sie stehen auf keiner Liste und sind uns auch nicht angekündigt worden. Weiß der Himmel, woher sie kommen. Wir sind überhaupt nicht auf sie vorbereitet. Wenn die anderen Kinder kommen, wird kein Platz für sie hier sein. Außerdem verfüge ich im Moment noch über keinerlei Personal. Köchin, Küchenmädchen und Wärterinnen treffen erst morgen ein. Was sollen wir nur mit ihnen tun? Ich kann sie doch nicht einfach wegschicken. Aber wir haben nicht einmal etwas zu essen da. Die Lieferungen kommen ebenfalls erst morgen.«

»Nun beruhigt Euch erst einmal«, versuchte Akando die Lage zu entschärfen. Die praktisch veranlagte Amber überlegte unterdessen, was man tun konnte.

»Wie viele Kinder sind es denn?«, fragte sie.

»Acht oder neun.« Missis Miller zuckte hilflos mit den Schultern. »Sie sehen allesamt schrecklich aus. Einige von ihnen sind nahe am Verhungern, und ein Junge scheint mir ernsthaft krank zu sein.«

»Bringt sie in den Speisesaal«, ordnete Akando kurzerhand an. »Danach werden wir weitersehen.«

Missis Miller nickte und eilte davon, um seine Anweisung auszuführen.

»Ich werde mit Olgas Hilfe versuchen, etwas von dem Eintopf abzuzweigen«, schlug Amber vor. »Die Kinder werden sicherlich hungrig sein.«

»Eine gute Idee«, sagte Akando erleichtert. »Ich werde mir unterdessen die Kinder ansehen.«

Die meisten der Waisenkinder waren wirklich in einem erbärmlichen Zustand. Verdreckt, abgemagert und ziemlich eingeschüchtert hatten sie sich im Speisesaal eingefunden und standen dort wie eine Herde verlorener Schafe herum. Obwohl es Winter war, trugen viele nur ein paar zerfetzte Lumpen am schmutzigen Leib. Ihre Füße waren nackt oder notdürftig mit Stoffresten umwickelt. Einige husteten, und ein kleiner Junge von vielleicht vier Jahren glühte vor Fieber. Er schien kaum bei sich zu sein.

»Wer hat euch geschickt?«, erkundigte sich Akando bei einem etwa zwölfjährigen Mädchen, das ihm recht aufgeweckt erschien.

»Die Mam vom Waisenhaus in Redbridge hat uns heut Morgen davongejagt«, berichtete das Mädchen trotzig. »Sie hat gesagt, dass jetzt Schluss ist mit ihrer Mildtätigkeit. Sie hätte genug andere Mäuler zu stopfen. Wir soll'n hier nach Spitalfield gehen, hatse gesagt.«

»So eine Unverschämtheit«, erboste sich Missis Miller. »Sie kann doch nicht einfach die Kinder auf die Straße setzen und ihrem Schicksal überlassen.«

»Offensichtlich schon«, seufzte Akando.

»Und was machen wir nun mit ihnen?«, fragte Missis Miller. »Außer Tee und ein paar Keksen haben wir nichts da.«

»Dann bringt herein, was uns zur Verfügung steht. Lady Franklin und Madam Kasakowna versuchen auch etwas zu organisieren. Alles Weitere findet sich später.«

»Meine Portion kann Sean haben«, sagte die Zwölfjährige und deutete auf den kleinen, fiebernden Jungen. »Er is mein Bruder, und sonst macht er's nich mehr lange.«

»Was hat er denn?« Akando ging zu dem Jungen, um ihn zu untersuchen.

Das Mädchen zuckte mit den Schultern. »Er hustet und spuckt Blut. Das war bei Mum genau so, bevor se gestorben is.«

Der Junge glühte vor Fieber und war kaum mehr bei Bewusstsein. Akando runzelte besorgt die Stirn. Wahrscheinlich litt der Kleine an Tuberkulose und war womöglich ansteckend.

»Ich muss ihn gleich nach oben in die Krankenstation bringen«, unterrichtete er Missis Miller, die gerade das Tablett mit Bechern und Tee hereinbrachte. »Kümmert Euch um die anderen hier.«

Vorsichtig nahm er den Jungen auf den Arm und trug ihn nach oben. Während Missis Miller noch Tee verteilte, betraten Amber und Olga mit Brotkörben den Speisesaal, dicht gefolgt von einem kräftigen Mann, der einen gut gefüllten Eisentopf trug. Mit Schwung stellte er ihn auf den Tisch. Beim Geruch des würzigen Eintopfes richteten sich alle Kinderaugen sehnsüchtig auf das leckere Essen. Sofort scharten sie sich um den Tisch. Amber tat das Herz weh, als sie ihr Verlangen sah.

»Ihr bekommt gleich alle etwas davon«, versprach sie ihnen. »Am besten, ihr stellt euch alle in einer Reihe auf. Die Kleinen ganz vorne, die größeren hinten.«

Während Olga darauf achtgab, dass alle Ambers Anweisungen Folge leisteten, holte Amber mit Missis Millers Hilfe Teller und Löffel aus der Küche. Dann verteilten sie die Kohlsuppe, in der sogar einige Fleischbrocken schwammen. Dazu bekam jedes Kind einen Kanten frisches Brot. Wenig später hörte man nur noch das Klappern der Löffel in den Blechtellern.

Missis Miller hatte inzwischen eine Idee, wo sie die Kinder unterbringen konnte.

»Oben im Krankentrakt haben wir zwei Zimmer«, überlegte sie. »Wir könnten ihnen erst einmal den kleineren Raum zuteilen. Später verteilen wir die Kinder dann auf die anderen Räume. Aber erst einmal müssen sie sich waschen und saubere Kleidung bekommen. Sonst haben wir hier mehr Flöhe und Wanzen, als uns lieb sein kann.«

»Ich werde Euch helfen«, bot sich Amber sofort an.

Olga, die sich ebenfalls angesprochen fühlte, verdrehte die Augen.

»Ich kann das nicht«, wehrte sie entschieden ab. »Allein der Gedanke, mit Ungeziefer in Kontakt zu kommen, macht mich krank. Aber wenn die Kleinen alle schön sauber sind, werde ich ihnen eine hübsche Geschichte von Mütterchen Russland erzählen.«

Amber und Missis Miller machten sich sofort daran, Betten und Bettzeug herzurichten und sie zu beziehen. Danach mussten Eimer mit Wasser vom Brunnen geholt und erhitzt werden. Es war eine schwere und vor allem für Amber ungewohnte Arbeit. Das immer heftiger werdende Ziehen in ihrem Unterleib versuchte sie zu ignorieren. Sie redete sich ein, dass es nichts zu bedeuten hatte. Das waren Dinge, die zu einer normalen Schwangerschaft eben dazugehörten. Als sie sich jedoch daranmachte, einen Eimer mit Wasser vom Brunnen in die Küche zu schleppen, durchfuhr sie ein scharfer Schmerz, der ihr wie ein Dolchstoß in die Eingeweide stieß. Mit einem Wimmern entglitt ihr der Eimer und fiel zu Boden. Amber kämpfte gegen Schwindel und Übelkeit, dann sank sie in sich zusammen und spürte nicht einmal, wie das verschüttete Wasser ihre Kleider durchdrang.

Missis Miller war sofort bei ihr.

»Lady Franklin, was ist los mit Euch?«, fragte sie erschrocken und kniete sich neben sie, um ihr wieder aufzuhelfen.

Amber versuchte es, doch ihre Kräfte reichten nicht aus.

»Holt Doktor Akando«, wisperte sie und wusste gleichzeitig, dass es zu spät war.

Missis Miller lief sofort los, während Amber hilflos einen weiteren Krampf durchstehen musste. Der Schmerz durchflutete ihren Körper und raubte ihr fast die Besinnung. Dann überkam sie pure Verzweiflung.

»Bleib bei mir«, wimmerte sie, als könne sie noch irgendetwas aufhalten. »Ich will dich nicht verlieren!«

Sie krümmte sich auf dem Boden zusammen, als könnte sie so Schlimmeres verhindern. Gleichzeitig spürte sie etwas Warmes, Klebriges zwischen ihren Beinen. Voller Entsetzen stellte sie fest, dass es Blut war. Sie versuchte noch einmal, sich aufzurappeln, als eine Welle von Schmerz, größer als alles, was sie je erlebt hatte, etwas in ihr zum Platzen brachte. Sie schrie auf, versuchte sich dagegen zu wehren und spürte gleichzeitig, wie das Leben, das die letzten Monate so zart in ihr herangewachsen war, wieder aus ihr herausströmte. Gleichzeitig umgab sie ein immer lauter werdendes Rauschen. Ihr Sichtfeld begann sich zu verschleiern. Dann hüllte sie eine gnädige Ohnmacht ein.

15

Dichter Nebel umhüllte die Bäume rund um das Dorf. Jetzt, am frühen Morgen, hoben sich die Palmwedel, die vom Dach herunter über den Rand der Hütten hingen, scharf gegen den grauen Himmel ab. Drei Tage und drei Nächte hatte Cauré im Dschungel verbracht, um mit seinem utupé in Kontakt zu treten. Doch seine Doppelgänger, die Vögel, hatten sich in tiefes Schweigen gehüllt. Sogar der Tukan war verstummt. Dafür hatten ihn schlimme Träume heimgesucht. Träume voller Blut und Grausamkeiten, denen eine Leere gefolgt war, die sein Herz eingeschnürt hatte wie die mörderische Liane Matapalo einen Kapokbaum. Er wollte zu Takawe gehen, um ihn zu bitten, mit ihm das Vollmond-Ritual zu vollziehen. Vielleicht konnte das die Xapiripé bewegen, wieder zu ihm zu sprechen. So in Gedanken versunken, bemerkte er Ritimis fünfjährigen Sohn Kamosiwe erst, als er schon fast bei ihm war. Er schien außer sich zu sein.

»Bruder, komm schnell! Mutter geht es nicht gut! Ritimi hat hohes Fieber und zittert am ganzen Körper. Böse Geister haben von ihr Besitz ergriffen.«

»Warum kümmert sich Vater nicht um sie?«, fragte Cauré und beschleunigte seine Schritte. Takawe war ein viel mächtigerer Shapori als er, vor allem, wenn es um die Geister ging.

»Er kann sich selbst kaum rühren«, klagte Kamosiwe. »Sein ganzer Körper fühlt sich an, als wäre er geschlagen worden.

Außerdem klagt er über Schmerzen im Hals. Abami hat ihm schon einen Kräutersud gebraut.«

Takawe klagte nie. In der tiefen Sorge um seinen Vater beschlich Cauré die fürchterliche Ahnung, dass seine Träume nun Wirklichkeit zu werden begannen.

»Gibt es noch mehr Leute, die Beschwerden haben?«

Kamosiwe nickte bekümmert. »Meine Freundin Texoma und ihr Bruder Hoaxiwe fühlen sich auch nicht wohl. Und Matuwe und Yotomi wälzen sich so unruhig in ihren Hängematten, als hätten sie ebenfalls Fieber.«

Cauré ließ den Jungen stehen und eilte an ihm vorbei zum Shabono. Obwohl er nur wenige Tage fort gewesen war, herrschte eine beängstigende Stimmung in der Siedlung. Kein Kinderlärm hieß ihn wie sonst willkommen. Nur wenige seiner Brüder und Schwestern gingen schweigend ihren morgendlichen Aufgaben nach. Die meisten lagen geschwächt in ihren Hängematten.

Cauré fand Ritimi nass vor Schweiß in ihrer Hängematte. Er legte seine Hand auf ihre Stirn und spürte, wie ihr Körper vom Fieber glühte. Sie öffnete kurz ihre Augen, schloss sie jedoch sofort wieder, so als würde sie ihn nicht erkennen. Abami, die am besten im Dorf mit Heilpflanzen umzugehen verstand, hatte ihr bereits einen Sud gegen das Fieber verabreicht. Doch er schien nicht zu helfen. Auch den anderen Kranken ging es zunehmend schlechter. Jeder Dritte im Shabono klagte über Hals- und Gliederschmerzen, denen rasch ein heftiges Fieber folgte – und es wurden immer mehr. Takawe saß reglos brütend vor dem Feuer.

»Es ist gut, dass du gekommen bist«, sprach er seinen Sohn an, ohne zu ihm aufzublicken. Cauré erkannte an seiner verkrampften Haltung, dass es seinem Vater ebenfalls nicht gut ging. Doch der ließ sich davon nicht unterkriegen. »Wir müssen unsere Kräfte bündeln und den Xapiripé des Kolibris beschwören, uns zu helfen. Er ist der mächtigste aller Geister, wenn es darum geht, die Geister der Krankheit aus dem Körper zu jagen.« Er bedeutete seinem Sohn, sich ihm gegenüber niederzulassen.

In diesem Augenblick stieß Nakitao zu ihnen. Ohne seinen Bruder eines Blickes zu würdigen, ließ auch er sich an dem Feuer nieder.

»Ich werde an der Beschwörung ebenfalls teilnehmen«, verkündete er selbstbewusst. »Ritimi ist meine Mutter, und Matuwe und seine Familie stehen mir längst näher, als ihr es tut.« Er warf Cauré einen feindseligen Blick zu, bevor er hinzufügte: »Seit du den Tukan in unseren Shabono gebracht hast, herrschen hier Streit und Zwietracht.«

»Streit und Zwietracht herrschen nur, weil du sie immer wieder hervorlockst«, wehrte sich Cauré. Er hatte es satt, sich ständig von seinem Ziehbruder beschimpfen zu lassen.

Doch Nakitao war noch nicht fertig.

»Und seit dieser Napé hier ist, kommt auch noch die Krankheit hinzu. Weißt du, Vater, dass der weiße Mann unten am Fluss ebenfalls die Geister beschwört? Er hat zwei Äste auf merkwürdige Weise miteinander verbunden, sodass die Geister jetzt von allen vier Himmelsrichtungen zu ihm gelangen können. Wer sagt uns, dass nicht er es ist, der Ritimi und die anderen verzaubert hat? Vielleicht macht mein Bruder ja mit ihm gemeinsame Sache!«

Für diese Unterstellung wollte Cauré seinem Bruder die Faust ins Gesicht schlagen, doch die donnernde Stimme seines Vaters gebot ihm Einhalt.

»Hört auf, euch zu streiten«, rief Takawe aufgebracht. »Lasst uns lieber mit dem Gesang beginnen.«

Mühsam versuchte er seine Schwäche zu verbergen, als er

Abamis Mann Xorowe winkte, damit er mit den rituellen Bemalungen begann. Sobald ihre Körper mit roter und schwarzer Farbe bestrichen waren, verlangte Takawe nach dem Rohr, das Xorowe mit Yakoana-Pulver gefüllt hatte. Unter heftigem Husten blies der alte Shapori erst Nakitao, dann Cauré eine Ladung des Rauschgifts in die Nase, dann ließ er sich die Droge von Xorowe ebenfalls verabreichen. Das Pulver jagte durch Caurés Nase in seinen Kopf und verursachte einen heftigen Kopfschmerz, der ihm das Gefühl gab, aus Nase und Mund in Strömen zu bluten. In Wirklichkeit waren es nur Speichel und Schleim, die daraus flossen.

Wenig später, nachdem er die darauf folgende Übelkeit einigermaßen überwunden hatte und die Schwere in seinen Gliedern etwas nachließ, erhob er sich und folgte den kleinen roten und gelben Lichtpünktchen, die er draußen auf dem nicht überdachten Innenhof des Shabono bemerkte. Takawe und Nakitao folgten ihm und begannen mit ihrem Tanz, während jeder von ihnen sein Lied sang, mit dem er die Xapiripé anzulocken versuchte. Mit wiegenden Schritten tanzten sie den ganzen Tag im gleißenden Licht der Sonne, ohne auch nur eine Pause zu machen. Alle paar Stunden verabreichte Xorowe ihnen eine neue Ladung der Droge, die ihnen half, ihre Trance aufrechtzuerhalten.

Als die Sonne hinter den hohen Urwaldriesen unterging und den Dorfplatz kurz in ein orangefarbenes Licht tauchte, bevor die Schatten die Farbe stahlen, kamen die Geister nach und nach zu ihnen. Cauré sah die Geister der Tukane mit ihren großen Ohrstechern und leuchtendroten Lendenschurzen, die Geister der Frösche, die auf ihren Rücken Köcher mit Giftpfeilen trugen. Er sah die Nabelschweingeister, die Fledermausmenschen, die Geister der Wasserfälle. Sie umringten ihn, wagten sich jedoch nicht in seine Nähe. Als Letzter kam der Xapiripé des Kolibris. Er schwirrte hoch über den Köpfen unter dem dunklen Sternentuch der Nacht.

»Komm runter und hilf uns, die Geister der Krankheit zu besiegen«, bat Cauré in seinem Lied, das er ständig wiederholte.

Doch der Kolibri-Geist, der wie ein Mensch in kunterbuntem Federgewand aussah, schüttelte nur traurig den Kopf und schenkte ihm erneut die Vision von der hellhäutigen Napé-Frau, die ihm etwas mitzuteilen versuchte.

»Wer ist die Frau?«, verlangte Cauré zu wissen. »Kann sie die bösen Geister aus unserem Dorf vertreiben?«

Der Kolibri-Geist blieb ihm die Antwort schuldig. Schweigend zog er sich mit den anderen Geistern zurück, ohne ihn noch einmal eines Blickes zu würdigen.

Als ein erster Streifen Licht über den Bäumen im Osten auftauchte, erwachte Cauré aus seiner Trance. Neben ihm wankten Nakitao und Takawe, schwach und ausgelaugt, wie er selber es war. Langsam stiegen dunkle, purpurrote Wolken über ihnen auf, die in ihrer Farbe an eine blutige Wunde erinnerten. Morgentau funkelte auf den Blättern an dem Saum aus Palmwedeln, die von den Hüttendächern hingen. Aus Takawes Hütte waren Stimmen der Trauer zu hören. Ritimi war noch während ihrer Beschwörung gestorben. Die kleine Texoma und ihr Bruder Hoaxiwe rangen ebenso mit dem Tod wie ihr Vater Matuwe. Auch Caurés Mutter Yoama klagte nun über Gliederschmerzen und Abgeschlagenheit. Xavier war bei ihr und umwickelte ihre Füße und Stirn mit Stofffetzen, die er sich aus seiner eigenen Kleidung gerissen hatte.

»Was machst du da?«, wollte Cauré wissen.

»Ich senke das Fieber deiner Mutter«, versuchte Xavier zu erklären. »Kühles Wasser zieht die Hitze aus dem Körper.«

»Lass sie in Ruhe!« Cauré stieß den Napé wütend weg von seiner Mutter. »Sie braucht deine Zauberei nicht!«

»Das ist keine Zauberei, nur ein Heilmittel. Es schadet nicht, es hilft!«

»Jagt ihn endlich davon!«, verlangte Nakitao mit kaum zu unterdrückender Wut in den Augen. Die Trauer über den Tod seiner Mutter ließ ihn noch unberechenbarer werden. »Er ist schuld an dieser seltsamen Krankheit. Das Sterben wird erst aufhören, wenn er tot ist. Ich habe mit eigenen Augen gesehen, wie er die bösen Geister am Fluss unten beschwört. Sogar unsere Kinder missbraucht er dafür!«

»Ich habe keine bösen Geister geholt«, wehrte sich Xavier und trat Nakitao wagemutig entgegen. »Ich bete zu meinem Gott für dein Dorf. Er wird euch alle retten.«

»Er lügt! Seit er hier ist, hängt das Unglück wie eine Gewitterwolke über uns! Ich sage, er muss fort!«

Bevor einer von ihnen auch nur reagieren konnte, nahm Nakitao seine Kriegskeule und schlug sie Xavier so heftig gegen den Kopf, dass dieser bewusstlos auf dem Boden zusammenbrach. Ohne die Umstehenden zu beachten, verließ er daraufhin den Shabono und verschwand für mehrere Tage im Urwald.

Keiner der Umstehenden rührte sich von der Stelle, um dem Napé zu helfen. Sie alle starrten nur hilflos zu Takawe, der sich vor Schwäche kaum noch auf den Beinen halten konnte. Xaviers Blut sickerte unterdessen aus einer Platzwunde an seiner Schläfe und vermischte sich mit dem gestampften Lehmboden. Endlich erhob der alte Shapori seine Stimme.

»Sieh nach, ob noch Leben in ihm ist«, forderte er Cauré auf.

Dieser tat, wie man ihm befohlen hatte, und kniete sich neben dem Niedergeschlagenen nieder.

»Er atmet«, bestätigte Cauré, »aber Nakitaos Schlag war so heftig, dass er sich nur schwer davon erholen wird.«

»Sobald er wieder laufen kann, muss er unser Dorf verlassen«, bestimmte Takawe. Er musste sich am Pfosten der Hütte festhalten, um nicht umzufallen. Cauré bemerkte es und sprang rasch auf die Füße, um ihn in seine Hängematte zu führen. Noch bevor er jedoch bei seinem Vater war, sank dieser bewusstlos zusammen.

Die Hapuweteri mussten hilflos mit ansehen, wie die Krankheit in den folgenden Tagen einen nach dem anderen von ihnen einholte und schließlich dahinraffte. Nach Ritimi starben Kamosiwes Freunde Texoma und Hoaxiwe. Ihnen folgten ihr Vater Matuwe und dessen Frau. Keine der sechs Familien im Shabono wurde verschont. Takawe rang ebenfalls lange mit dem Tod. Doch trotz seines hohen Alters hielten die Xapiripé an ihm fest und sorgten dafür, dass seine Seele in seinem Leib blieb. Nach fünf Tagen hatte er das Fieber überstanden und war wieder fähig, etwas Nahrung zu sich zu nehmen. Doch er blieb lange geschwächt und konnte kaum aufstehen. Alle wichtigen Entscheidungen überließ er Cauré und dem alten Xorowe.

Auch Yoana, Caurés Ziehmutter, überlebte die Krankheit. Dafür wurden ihnen noch Kamosiwe, Ritimis fünfjähriger Sohn und Nakitaos Bruder, genommen. Nach einem halben Monat lebten im Shabono von achtundzwanzig Menschen nur noch zwölf. Überall im Wald rings um die Siedlung brannten die Totenfeuer, in denen die Knochen der Angehörigen darauf warteten, herausgeholt und zerstampft zu werden. Cauré sang Tag und Nacht Lieder für die Toten und bat darum, dass die Xapiripé ihre Geister gnädig im Haus des Donners willkommen hießen. Ab und zu sah er nach Xavier, der, seit er aus seiner mehrtägigen Bewusstlosigkeit erwacht war, nur noch unzusammenhängendes Zeug faselte. Cauré war sich sicher, dass sein Körper von fremden Geistern in Besitz genommen worden war und seine Seele ihn verlassen hatte.

Nachdem der Mond sich einmal erneuert hatte, hatte das Sterben endlich ein Ende. Kurz darauf kehrte auch Nakitao aus dem Dschungel zurück. Die Zeit des Alleinseins hatte ihn noch verbitterter werden lassen.

Als er erfuhr, dass nicht nur seine Mutter, sein Lieblingsbruder und die Familie seines besten Freundes gestorben waren, überkamen ihn neben der Trauer auch Wut- und Rachegefühle. Er verabscheute die Untätigkeit, die im Shabono herrschte. Warum unternahm Takawe nichts? Ihre Feinde, die Makarati, hatten bestimmt schon längst davon erfahren, wie schlecht es um ihre Siedlung stand. Sein Vater war alt geworden und zu schwach, um die Hapuweteri weiterhin zu führen. Es wurde Zeit, dass andere diese Aufgabe übernahmen. Und wer war besser dafür geeignet als er? Nakitao berief eigenmächtig eine Versammlung ein, um über das zukünftige Schicksal des Dorfes zu beraten. Alle Überlebenden versammelten sich auf dem Platz inmitten des Shabono.

»Das Volk der Hapuweteri wird es bald nicht mehr geben!«, eröffnete Nakitao unheilverkündend die Versammlung. »Sobald unsere Feinde, die Makarati, mitbekommen, dass so viele unserer Leute gestorben sind, werden sie kommen, um uns zu überfallen. Sie werden unsere Frauen stehlen und unsere Männer töten.«

Ein Raunen des Entsetzens ging durch die Versammlung, als die Menschen begriffen, dass ihr Leiden womöglich noch lange kein Ende haben würde. Nakitao nutzte die Aufregung, um sich noch mehr in Szene zu setzen. Sein Blick streifte seinen Vater, der dem Sohn aufmerksam zuhörte. Der wandte rasch seine Augen ab, weil er sich plötzlich schämte. Schließlich war er gerade dabei, seinen eigenen Vater zu entmachten. Doch als sein Blick weiter zu seinem verhassten Halbbruder Cauré wanderte, der ihn mit ausdrucksloser Miene beobachtete, verflüchtigte sich dieses Gefühl wie der Rauch eines Feuers. Auch sein Bruder würde heute erleben, was es hieß, wenn er hier das Sagen hatte. Doch zuerst galt es, die Leute auf seine Seite zu ziehen.

»Wir müssen den Shabono verlassen und uns dorthin zurückziehen, wo die Felsen der *hutu pata* sind«, übertönte er mit lauter Stimme das Gemurmel der Anwesenden. »Dorthin werden uns die feigen Makarati nicht folgen. Wir haben dort noch alte Gärten, die uns für die erste Zeit mit dem Nötigsten versorgen werden. Lasst uns dort Hütten bauen und dann auf einen Kriegszug gehen, um neue Frauen und Kinder zu rauben. Sie werden uns helfen, einen neuen Shabono zu errichten.«

Wiederum erhob sich eine laute Diskussion. Im Grunde hatte Nakitao recht. Sie mussten die Siedlung verlassen. Der alte Xorowe äußerte jedoch Bedenken.

»Werden uns die Xapiripé am *hutu pata* nicht böse sein, wenn wir so nah an ihre Heiligtümer ziehen?«, fragte er. »Ich habe ihre Klagegesänge selbst gehört, als ich vor langer Zeit in dem Garten am Fuß des Plateaus Bananen gepflanzt habe.«

»Sie werden uns schon in Ruhe lassen, wenn wir ihren heiligen Berg nicht besteigen«, knurrte Nakitao.

»Mein Mann hat recht«, bekräftigte Abami. »Die Xapiripé sind ohnehin böse auf uns. Wir sollten sie nicht noch mehr herausfordern. Lasst uns woanders hinziehen. Takawe wird uns weisen.«

Zustimmendes Gemurmel gab ihr recht. Nakitao fürchtete schon, dass seine gerade gewonnene Autorität verloren ging. Zu seiner Überraschung ergriff ausgerechnet Cauré für ihn Partei.

»Ich stimme meinem Bruder zu«, rief er laut über ihre Köpfe hinweg. »Die Makarati werden irgendwann kommen und uns so lange suchen, bis sie uns überfallen können. Deswegen sind wir bei den *hutu pata* vor ihnen am sichersten, denn sie sind Feiglinge und werden es nicht wagen, uns dorthin zu folgen. Ich war selbst dort und weiß, dass uns die Xapiripé nichts antun werden, wenn wir ihre Regeln befolgen. Doch es gibt keinen Grund zur Eile, denn die Makarati werden uns so lange in Ruhe lassen, bis sie sicher sind, dass keiner von uns die Krankheit mehr in sich trägt. Warten wir also ab, bis unser Kasike Takawe wieder kräftig genug ist, um uns zu führen.«

»Ein weiser Rat von einem weisen Shapori«, stimmte Xorowe zu und erntete von der Allgemeinheit ein zustimmendes Gemurmel. »Lasst uns hören, was Takawe dazu zu sagen hat!«

Voller Ärger bemerkte Nakitao, wie die Stimmung zugunsten von Takawe und Cauré umschlug. Sie schienen Cauré viel mehr zu vertrauen als ihm. Sein Bruder versuchte wieder einmal, ihn in aller Öffentlichkeit bloßzustellen. Nur mit Mühe gelang es ihm, seine Eifersucht und seine Wut auf Cauré zu zügeln. Nun war er nur noch entschlossener, seinen Rivalen endgültig zu beseitigen.

»Ich sage: Wir müssen sofort aufbrechen«, verlangte Nakitao vehement, noch bevor sein Vater das Wort ergreifen konnte. »Die Worte meines Bruders sind wie vergifteter Honig. Er will euch nur hinhalten, damit die Makarati leichtes Spiel mit uns haben. Ich sage euch außerdem, dass er Schuld daran trägt, dass die bösen Geister über unseren Shabono gekommen sind. Mein Bruder wünscht unseren Untergang, weil er nie ein richtiger Hapuweteri sein kann. Wenn er den Napé nicht in unser Dorf gebracht hätte, hätte keiner von uns sterben müssen. Seht doch endlich, wo die Wurzel der Wahrheit liegt. Mein Vater ist alt und schwach. Die Zeit, in der wir auf sein Wort gehört haben, ist endgültig vorbei. Folgt mir und ich verspreche euch, dass wir schon bald wieder eine glückliche Gemeinschaft sind.«

»Ich stimme meinem Bruder zu«, mischte sich nun Sisiwe, ein enger Freund von Nakitao, ein. »Wir müssen so schnell wie möglich weg von hier. Lasst uns zu den *hutu pata* aufbrechen, sobald die Totenfeuer erloschen sind. Lasst Nakitao unser neuer Kasike sein.«

Nun erhob sich Takawe. Auf wackligen Beinen stehend, erhob er beide Hände.

»Brüder und Schwestern«, sagte er mit brüchiger Stimme, die dennoch immer noch eine große Autorität ausstrahlte. »Ich kann meinem Erstgeborenen nicht verdenken, dass er danach strebt, Kasike zu werden. Dieser Wunsch stand schon lange in seinen Augen geschrieben. Er hat einen starken Willen, ist ein hervorragender Jäger und hat sich bei den *nabrushi,* den Keulenkämpfen, einen großen Namen bei den umliegenden Stämmen gemacht. Es gibt also viele Gründe, ihn zum neuen Kasike zu wählen.«

Nakitao spürte seinen langen, sehr nachdenklich wirkenden Blick auf sich ruhen, der trotz des Lobes in ihm Besorgnis auslöste. Bevor er weiter darüber nachdenken konnte, fuhr sein Vater fort.

»Ich habe selbst schon oft darüber nachgedacht, in Kürze meine Verantwortung für den Shabono abzugeben, doch was meinem Erstgeborenen noch fehlt, um ihn zu einem umsichtigen Kasike zu machen, ist Selbstbeherrschung. Sein Handeln ist zu oft von Jähzorn und Eifersucht geprägt anstatt von besonnenen Überlegungen. Ich sage euch, er braucht noch Zeit, um seine Gefühle in den Griff zu bekommen.«

»Was rätst du uns, Kasike?«, fragte Sisiwe.

»Wir brechen auf, sobald die Totenfeuer erloschen sind«, bestimmte Takawe.

»Aber Vater, für so einen langen Marsch bist du noch nicht kräftig genug«, protestierte Cauré.

»Schweig!«, wies ihn Takawe heftig zurecht. Nakitao sah, wie sein Bruder betroffen zusammenzuckte. »Du hast genug Fehler in letzter Zeit begangen«, tadelte er auch ihn. »Wie kannst du es wagen, unseren Aufbruch verschieben zu wollen, nur weil ich zu schwach bin? Hältst du mich für wertvoller als die Menschen hier? Deine Gefühle für mich sind genauso unbesonnen wie die Absicht meines Erstgeborenen, mich zu entmachten.«

In diesem Augenblick spürte Nakitao, dass er verloren hatte. Niemand stand mehr auf seiner Seite. Mit der Anrede »Kasike« hatte Sisiwe deutlich gemacht, dass er Takawes Stellung weiterhin akzeptierte. Damit hatte er das ausgedrückt, was die anderen ebenfalls dachten. Das Gefühl tiefer Demütigung machte sich in Nakitao breit. Darüber half ihm nicht einmal die Genugtuung hinweg, dass auch Cauré öffentlich getadelt worden war. In einem letzten Aufbegehren meldete er sich nochmals zu Wort.

»Was geschieht mit dem Napé? Ich verlange, dass du ihn endlich davonjagst, Vater!«

»Er ist ungefährlich«, mischte sich Cauré erneut ein. »Seine Seele hat seinen Körper verlassen. Er spricht nur noch wirres Zeug. Er stellt keine Gefahr mehr dar.«

Takawe schüttelte wütend den Kopf, bevor er sich erneut gegen Cauré wandte.

»Der Napé wird nicht mit uns ziehen«, bestimmte er mit ungewohnter Härte. »Wir lassen ihn zurück. Nakitao hat recht. Dieser Mann hat nur Unglück über unser Volk gebracht. Wir müssen dafür sorgen, dass das ein Ende hat.«

»Ich werde ihn töten«, bot sich Nakitao mit einem bösen Seitenblick auf Cauré an.

»Sein umherirrender Geist würde uns nur verfolgen«, antwortete Takawe leise. Sein Blick ruhte nun auf Cauré. Nakitao konnte sehen, dass ihm die nächsten Worte schwerfielen.

»Du wirst den Napé zurück zu seinem Volk bringen«, verlangte er von seinem Lieblingssohn. »Du musst dich mit ihren Geistern versöhnen, bevor du wieder zu unserem Volk zurückkehren kannst.«

Bei diesen Worten empfand Nakitao große Befriedigung. Endlich wurde er seinen Widersacher los.

16

»Wie geht es meiner Frau?«

Rhys stürmte in ihre Londoner Wohnung, wo er bereits von Macy erwartet wurde. Das Dienstmädchen, das erst seit wenigen Monaten bei ihnen angestellt war, war völlig aufgelöst. Statt ihm eine Antwort zu geben, heulte sie wie ein Schlosshund. Rhys bekam fürchterliche Angst. Seit ihn an seinem College die Nachricht erreicht hatte, dass Amber einen Unfall gehabt hatte, war er nur darauf bedacht gewesen, möglichst schnell nach London zu kommen. Wie in Trance hatte er die nächstbeste Kutsche genommen und den Fahrer dazu angehalten, so schnell wie möglich zu fahren. Doch jetzt, da er die Wohnung betreten hatte, in der sie beide die letzten paar Monate gelebt hatten, überkam ihn ein schreckliches Gefühl von Hilflosigkeit. Er überließ das Dienstmädchen seinem Schicksal und eilte zu Ambers Schlafräumen. Sachte öffnete er die Tür und sah zu seiner Überraschung einen Inder, in feinen Zwirn gekleidet, am Bett seiner Frau stehen. Er brauchte eine Weile, bevor er begriff, dass dies jener Doktor Akando sein musste, dem Amber in den letzten Wochen geholfen hatte.

»Was, um Gottes willen, ist geschehen?«

Doktor Akando drehte sich zu ihm um. Sein dunkles Gesicht spiegelte äußerste Besorgnis wider.

»Es ist gut, dass Ihr da seid, Master Franklin«, begrüßte er ihn zurückhaltend. »Eure Frau hatte einen Zusammenbruch.

Es tut mir schrecklich leid. Ich mache mir große Vorwürfe, dass ich sie nicht rechtzeitig nach Hause geschickt habe.«

»Was hat das zu bedeuten?« Rhys spürte, wie sich ihm der Hals zuschnürte. Eine Welle von Angst und Hilflosigkeit überflutete ihn. »Wird Amber wieder gesund? Und wie, wie …« Er schluckte heftig, bevor er weitersprechen konnte. »… wie geht es dem Baby?«

Doktor Akando senkte die Augenlider und schüttelte bedauernd den Kopf.

»Es tut mir leid. Ich konnte nichts mehr für das Kind tun.«

Von ohnmächtigem Kummer ergriffen, fuhr sich Rhys heftig durch die Haare.

»Nicht noch einmal«, flüsterte er leise. »Bitte! Nicht noch einmal!« Nur mit Mühe gelang es ihm, sich nach Ambers Zustand zu erkundigen.

»Sie hat viel Blut verloren«, meinte der Inder. »Dementsprechend schwach ist sie noch. Sie schläft jetzt. Ich habe ihr etwas zur Beruhigung gegeben. Was mir jedoch weit mehr Sorgen bereitet, ist Lady Franklins Fieber. Ich fürchte, sie hat außerdem eine Infektion.«

»Wie kann das sein?«

Rhys war immer noch außer sich. Er setzte sich an Ambers Bett und fuhr unbeholfen mit seinem Handrücken über ihre fahle Haut. Wie zerbrechlich und klein sie plötzlich aussah. Eine neue Woge von Schmerz überrollte ihn. *Mein Gott, wie ich diese Frau liebe!* Was war er nur für ein Sturkopf gewesen. Er hatte in letzter Zeit nur an sich und die misslungene Expedition gedacht, anstatt sich um seine Frau und ihr ungeborenes Kind zu kümmern. Er hatte sie vernachlässigt, sodass sie sich in andere Aufgaben gestürzt und sich dabei übernommen hatte. Er biss sich auf die Unterlippe, um seine Schuldgefühle in den Griff zu bekommen. Er fühlte sich einfach schrecklich. *Bitte lass wenigstens sie überleben,* betete er aus tiefster Inbrunst. *Dann werde ich alles ertragen und mich nie wieder über mein Schicksal beschweren.* Der Gedanke, Amber verlieren zu können, erschien ihm unerträglich.

Ein sanfter Druck auf seiner Schulter ließ ihn für eine kurze Zeit aus seiner Verzweiflung auftauchen. Es war Doktor Akando, der ihm die Hand auf die Schulter gelegt hatte.

»Ihr dürft Euch keine Vorwürfe machen«, riet er ihm mit leiser, aber fester Stimme. »Weder Ihr noch Eure Frau tragt Schuld daran, dass das Kind gestorben ist. Es war sein Schicksal, dem es nicht entrinnen konnte. Ihr müsst jetzt stark sein – auch für Eure Frau. Ich weiß, wie sehr sie sich auf das Kind gefreut hat. Ich habe es jeden Tag am Strahlen ihrer Augen gesehen. Aber gerade deswegen müsst Ihr an die Zukunft denken. Eure Frau kann Euch noch mehr Kinder schenken.«

»Wenn sie nur überlebt«, seufzte Rhys und spürte erneut diese ohnmächtige Hilflosigkeit.

In den folgenden Tagen wurde Amber von heftigen Fieberschüben geplagt. Sie war kaum bei Besinnung und wälzte sich unruhig in ihren nass geschwitzten Laken. Rhys hatte Sir Reginald eine Nachricht zukommen lassen und ihn über den kritischen Zustand seiner Tochter informiert. Dieser machte sich, so schnell es ging, auf den Weg nach London und brachte in seinem Schlepptau gleich Doktor Swanson mit, Ambers langjährigen Hausarzt. Dieser tauschte sich mit Doktor Akando über ihren Zustand aus und bestand darauf, die weitere Behandlung zu übernehmen. Der Inder zog sich daraufhin stillschweigend zurück. Rhys bedankte sich bei ihm und wollte ihn für seine Dienste entlohnen, doch Akando winkte ab.

»Ich habe es für Lady Franklin gemacht. Sagt ihr, sie solle

niemals ihren Mut verlieren, auch wenn die Lage hoffnungslos erscheint.«

Rhys versprach, es ihr zu sagen, doch bis das möglich war, sollte noch viel Zeit vergehen.

Das Fieber sank nur langsam. Währenddessen wurde Amber von schrecklichen Albträumen geplagt. Sie träumte von blutigen Gedärmen, die aus ihrem Leib quollen und sie zu ersticken drohten. Dann rang sie hilflos nach Luft und musste mit ansehen, wie sie jämmerlich zu ersticken drohte. In einem anderen Traum war sie auf der Flucht durch dunklen Urwald. Alles um sie herum war fremd und unheimlich. Schrille Geräusche, lautes Brüllen von wilden Affen, der Schrei eines Tukans und hinter sich das hektische Rufen von bemalten Menschen, die hinter ihr herhetzten. Je schneller sie durch die verschlungenen Pfade zu fliehen versuchte, desto langsamer kam sie voran. Es war, als zöge sie ein Gummiband in Richtung ihrer Verfolger. Plötzlich war sie von einer Schar Wilder umringt. Sie gingen mit langen Messern und Spießen auf sie los und wollten sie töten. Die Klingen ritzten bereits ihre Haut, und sie schrie aus Leibeskräften ihren Tod herbei. Doch statt der Erlösung blickte sie in ein schemenhaftes Gesicht. Es dauerte eine ganze Weile, bis sie begriff, dass sie erwacht war. Sie blinzelte und versuchte zu erkennen, wer bei ihr war. Langsam verfestigten sich die Formen, und sie erkannte, dass es Rhys war, der bei ihr saß. Er lächelte ihr zu und betupfte ihre Stirn mit einem feuchten Lappen.

»Komm zurück«, flehte er sie an.

Doch sie schüttelte nur den Kopf und versank wieder in Fieberträumen. Nach fast zwei Wochen – Weihnachten stand vor der Tür – ließ das Fieber endlich nach, und sie fiel in einen tiefen, traumlosen Schlaf. Als sie daraus erwachte und in Rhys' und Doktor Swansons erleichterte Gesichter blickte, gelang ihr ein erstes, schwaches Lächeln. Rhys küsste sie zärtlich auf die Stirn und versicherte ihr, dass nun alles gut würde. Amber nickte tapfer, doch dann kam wie ein Schlag die Erinnerung zurück.

»Unser Baby ist … tot, nicht wahr?« Es gelang ihr nicht, ihre Tränen zurückzuhalten.

Rhys drückte ihre Hand.

»Es war krank. Niemand konnte es retten.«

Amber schluckte und versuchte den Schmerz, der ihr Herz zu zerreißen drohte, zu bezwingen.

»Wir werden um unser Kind trauern und darum beten, dass Gott uns noch einmal dieses Glück schenkt«, versprach er. Seine tröstenden Worte waren wie Balsam auf Ambers Seele, auch wenn sie der Verlust des Kindes schmerzte. Ja, sie würden es noch einmal versuchen. Sie schloss erschöpft die Augen, denn ihr Körper war ausgezehrt von dem langen Fieber. Rhys und Doktor Swanson mussten glauben, dass sie schlief, denn sie unterhielten sich so, als wäre sie gar nicht bei ihnen.

»Ihr habt gut daran getan, ihr neuen Mut zu machen«, flüsterte Doktor Swanson an Rhys gewandt. »Das wird Eurer Gemahlin neue Kraft geben.«

Amber wunderte sich über seine Worte und noch mehr darüber, was Rhys antwortete.

»Es ist mir wirklich schwergefallen.«

Amber spürte unendliche Verzweiflung in Rhys' Stimme. Es wollte nicht mit dem übereinstimmen, was er ihr gerade gesagt hatte. Sie versuchte die Augen zu öffnen, um ihn zu fragen, doch es gelang ihr nicht. Dafür drangen die Worte, die Rhys nun zu Doktor Swanson sagte, tief in ihr Bewusstsein ein.

»Ich kann es einfach nicht glauben, dass Amber nie wieder ein Kind bekommen kann«, sagte Rhys mit belegter Stimme. »Seid Ihr wirklich sicher, dass Ihr Euch nicht täuscht?«

»Bei allem Respekt«, antwortete Doktor Swanson mit gedämpfter Stimme. »Ich kenne Amber seit ihrer Geburt. Es war aufgrund ihrer Kinderlähmung ein Wunder, dass sie überhaupt schwanger wurde. Unglücklicherweise war das Kind missgestaltet und ist in ihrem Leib gestorben. Es hat ihren Körper vergiftet und dermaßen geschwächt, dass sie nie wieder schwanger werden wird. Ich weiß das aus lebenslanger Erfahrung.« Er seufzte. »Ihr werdet damit zurechtkommen müssen, dass Eure Ehe kinderlos bleibt.«

Amber verstand nicht, was Rhys darauf antwortete. Doch Doktor Swansons letzte Worte brannten sich in ihr Gehirn ein.

Ihr werdet damit zurechtkommen müssen, dass Eure Ehe kinderlos bleibt.

In diesem Augenblick zerbrach das Lebensglück. Hoffnung, Freude, Zuversicht, Gefühle, die das Schiff ihres Lebens auch in stürmischen Zeiten stets auf Kurs gehalten hatten, sie wurden plötzlich zu bedeutungslosen Worthülsen. An ihre Stelle trat eine namenlose Traurigkeit, die sich immer tiefer in ihre Seele bohrte. Sie geriet in einen Strudel, der sie mehr und mehr nach unten zog. Der eben noch weite Himmel schrumpfte zu einem winzigen Punkt, gerade so, als säße sie am Grund eines tiefen Brunnens, aus dem es kein Entrinnen gab. Was hatte es noch für einen Sinn zu leben, wenn ihr Körper tot und unfruchtbar war? Jedes Mal, wenn Rhys sie von nun an berührte, würde es ihm und ihr bewusst werden, was sie verloren hatten. Irgendwann würde er sie dafür hassen und ihr Vorwürfe machen, dass sie nicht vorsichtig genug gewesen war. Diesen Vorwurf machte sie sich längst selbst. Warum nur war sie nicht mit dem Kind gestorben?

Amber flüchtete sich in Schlaf, der ihr wenigstens eine Zeit lang die Schuldgefühle nahm. Doch immer wenn sie erwachte und in Rhys' besorgtes Gesicht sah, tauchten die Selbstvorwürfe wie Schreckgestalten erneut auf. Schließlich ertrug sie seine Anwesenheit nicht mehr und wandte sich jedes Mal ab, wenn er zu ihr kam.

Rhys bemühte sich nach allen Kräften, Amber aufzuheitern. Er liebte sie über alles und wünschte sich von Herzen, dass sie nach diesem Schicksalsschlag wieder neuen Lebensmut schöpfte. Doch je mehr Zeit er an ihrem Bett verbrachte, desto ablehnender wurde sie ihm gegenüber, gerade so, als könne sie seine Anwesenheit nicht länger ertragen. Das verletzte ihn mehr, als er es sich eingestehen konnte. Wieso war sie so ungerecht zu ihm? Schließlich hatte nicht nur Amber das Kind verloren. Auch er musste mit dem schrecklichen Verlust klarkommen.

Die Weihnachtstage verbrachten sie allein in ihrer Londoner Wohnung. Amber musste immer noch das Bett hüten und erholte sich nur langsam. Sie schlief viel, und wenn sie wach war, redete sie nur das Nötigste. Anfang Januar war Ambers körperliche Gesundheit so weit wiederhergestellt, dass sie für einige Stunden aufstehen konnte. Dann setzte sie sich in einen Lehnstuhl und starrte stundenlang schweigend zum Fenster hinaus. Wenn Rhys ihr Gesellschaft leistete, beachtete sie ihn kaum. Er wurde das Gefühl nicht los, dass sie sich völlig aus der Welt zurückgezogen hatte. Besuche lehnte sie ab. Sie wollte weder Olga noch Akando sehen, obwohl sie immer wieder vorsprachen. Als nach den Feiertagen der Universitätsbetrieb wieder losging, war Rhys beinahe froh, wieder nach Oxford zurückfahren zu können. Die lähmende Stille im Haus bedrückte ihn und schlug mittlerweile auch auf sein Gemüt. Amber saß auf ihrem Lieblingsplatz am Fenster, als er sich am Sonntagnachmittag von ihr verabschiedete.

»Freitagabend werde ich wieder bei dir sein«, versprach er.

»Bist du sicher, dass du so lange mit den Dienstboten alleine zurechtkommst?«

»Ich werde Camden bitten, mich noch diese Woche nach Highgrove Manor zu bringen«, informierte ihn Amber, ohne ihren Blick vom Fenster zu nehmen. Rhys zog überrascht die Augenbrauen hoch.

»Du möchtest deinen Vater besuchen? Willst du damit nicht warten, bis es dir wieder etwas besser geht?«

»Ich fühle mich kräftig genug«, beschied ihn Amber und wandte sich ihm endlich zu. Ihre Augen blickten starr und ausdruckslos an ihm vorbei. »Ich habe mich entschlossen, die nächsten Monate, vielleicht auch den Sommer, in Yorkshire zu verbringen. Die frische Landluft wird mir sicherlich guttun.«

Rhys behagte der Gedanke überhaupt nicht.

»Aber dann werden wir uns lange nicht sehen«, versuchte er sie von ihrem Vorhaben abzubringen, »allenfalls alle paar Monate in der vorlesungsfreien Zeit. Wir waren uns doch einig, dass wir möglichst viel Zeit miteinander verbringen wollen.«

Amber zuckte gleichmütig mit den Schultern.

»Das wird sich eben nicht ändern lassen.«

Ihre herzlosen Worte verletzten und ärgerten ihn gleichermaßen. Außerdem hielt er sie lediglich für einen Vorwand.

»Noch vor Kurzem hast du behauptet, dass dir das öde Landleben in Yorkshire zum Hals heraushängt. Und was ist mit deinem Engagement im Waisenhaus? Hast du schon vergessen, dass man dich dort braucht?«

»Ich habe meine Meinung diesbezüglich grundlegend geändert«, entgegnete Amber ohne äußerliche Regung. »Olga und Akando kommen bestens ohne mich aus. Alles, was ich für sie tun konnte, habe ich getan. Ich habe ihnen meine Entscheidung bereits in einem Brief mitgeteilt. Vielleicht engagiere ich mich ja in Bingley für ein ähnliches Projekt.«

Rhys verschlug es die Sprache.

»Das hört sich für mich so an, als wäre in deinem künftigen Leben gar kein Platz mehr für mich!«

Ambers Blick wanderte wieder in Richtung Fenster zurück. »Vielleicht ist das auch besser so«, sagte sie leise. »Ich möchte dir nicht länger im Weg stehen. Alle unsere gemeinsamen Pläne haben sich zerschlagen. Ich bringe dir nur Unglück, sonst nichts …«

»Wir werden wieder glücklich sein«, widersprach Rhys heftig. »Gib uns einfach etwas Zeit! Es ist furchtbar, dass wir unser Kind verloren haben, aber wer weiß, vielleicht bekommen wir noch einmal eine Chance …«

Amber erhob abwehrend die Hand.

»Schluss mit den Lügen, Rhys! Du musst mich nicht länger schonen. Ich weiß längst, dass wir keine neue Chance mehr bekommen werden. Doktor Swanson hat selbst gesagt, dass ich unfruchtbar bin.«

»Du hast unsere Unterhaltung gehört!« Rhys biss sich verstört auf die Unterlippe. »Ich wollte dich schonen, deshalb habe ich dir nie etwas gesagt. Bitte verzeih!«

»Da gibt es nichts zu verzeihen«, sagte Amber hart. »Ich trage an allem die Schuld. Und deshalb wünsche ich, dass wenigstens du in Zukunft glücklich wirst. Du bist kein Wissenschaftler, der in staubigen Bibliotheken sein Glück findet. Du gehörst in die Feldforschung.«

»Die Arbeit bei Professor Stanley ist gar nicht so schlecht«, versuchte Rhys zu widersprechen. »Ich habe keine schlechten Aussichten, in absehbarer Zeit eine Professur zu erhalten.«

Tatsächlich hatten sich in letzter Zeit einige vielversprechende Aufgaben für ihn ergeben. Er würde schon noch Gefallen daran finden.

»Weshalb steckst du deine Energie nicht endlich wieder in

Dinge, die dich wirklich interessieren?«, insistierte Amber. Sie wandte sich ihm wieder zu. Dieses Mal sah sie ihm direkt in die Augen. »Ich hatte viel Zeit nachzudenken. Du solltest zurück nach Amerika gehen, um dort Geldgeber für eine Amazonasexpedition zu finden. Geh deinen Weg ohne mich!«

Ihr Vorschlag kam so überraschend, dass Rhys völlig überrumpelt war.

»Das meinst du doch nicht im Ernst. Wie stellst du dir das vor? Ich glaube kaum, dass du in den nächsten Monaten kräftig genug sein wirst, auf solch eine weite Reise zu gehen.«

»Ich werde dich ja auch nicht begleiten«, erinnerte ihn Amber kühl. »Meine nächste Zukunft liegt auf Highgrove Manor, wie ich dir bereits sagte.«

»Du willst also tatsächlich, dass wir getrennte Wege gehen?«, vergewisserte er sich nochmals ungläubig. »Das glaube ich einfach nicht. Du bist noch nicht wieder bei Sinnen.«

Amber lachte bitter auf. »Mehr denn je.« Ihre bernsteinfarbenen Augen bekamen plötzlich einen harten, metallischen Glanz. »Ich ertrage ganz einfach deine Anwesenheit nicht. Du wirst für mich immer das Spiegelbild meines eigenen Versagens sein.«

Rhys wollte ihr antworten, aber ihre Worte waren für ihn so ungeheuerlich und verletzend, dass er darauf keine Antwort fand. Benommen und fassungslos ob ihrer Gefühlskälte drehte er sich auf dem Absatz um und verließ die Wohnung.

17

Camden war spät dran. Wenn er sich nicht beeilte, würde das Küchenmädchen bereits die Feuer in den Kaminen anschüren, bevor er nach Hause kam. So eine Begegnung würde nur den Tratsch im Haus unnötig anheizen. Rasch schlüpfte er in Hemd und Hose und achtete darauf, James nicht zu wecken. Doch sein Geliebter rekelte sich bereits verschlafen und versuchte, ihn noch einmal zu sich aufs Lager zu ziehen.

»Lass das«, brummte Camden und befreite sich aus seiner Umarmung. »Wenn ich mich nicht beeile, werde ich noch vom Dienstpersonal erwischt.«

»Und wenn schon«, meinte James lässig, während er die Petroleumlampe neben dem Bett entzündete. »Lass sie doch reden. Sie werden glauben, dass du irgendeinem Mädchen im Dorf hinterhersteigst. Das ist in euren Kreisen doch durchaus üblich.«

»Ich mag nicht, wenn du so redest«, beschwerte sich Camden. »Beatrice hat es nicht verdient, dass man sich über uns das Maul zerreißt. Ich möchte sie nicht kränken.«

»Ich möchte sie nicht kränken«, äffte James dessen Tonlage nach. Er richtete sich auf und winkelte die Beine an. Dabei verzog er sein Gesicht zu einem Schmollmund. »Hast du schon einmal daran gedacht, wie ich mich fühle, weil wir uns nur ab und zu nachts und dann immer heimlich sehen können?«

James' Worte riefen in Camden sofort ein schlechtes Gewissen hervor. Er war sich durchaus bewusst, dass er James ausnutzte. Während der Stallmeister ihn auf seine Art wirklich liebte, wurde ihm immer deutlicher bewusst, dass er sich nur von dessen Körper angezogen fühlte. Auf geistiger Ebene hatten sie wenig gemeinsam. James war ein roher Bursche mit einem hervorragenden Pferdeverstand, aber wenig Mitgefühl für Camdens Lebensumstände. Zudem sprach er nur selten mit Achtung von seinen Mitmenschen, selbst für Sir Reginald und seine liberalen Ansichten hatte er nur Hohn und Spott übrig. Manchmal hatte Camden sogar das Gefühl, dass James ihn aushorchen wollte, um womöglich später einmal Einzelheiten über seine Familie gegen ihn zu verwenden. Deshalb gab er sich zusehends verschlossener, was James wiederum ärgerte und eifersüchtig werden ließ, weil er glaubte, Camden habe etwas vor ihm zu verbergen. Ihre Treffen in James' kleinem Dorfhaus wurden in letzter Zeit immer unbefriedigender. Aus dem anfänglichen Rausch war fade Gewohnheit geworden. Im Grunde genommen war Camden nur zu feige, um diese Beziehung zu beenden.

»Darüber reden wir ein anderes Mal«, antwortete er deshalb ausweichend. Er strich James über den Kopf und gab ihm einen Abschiedskuss.

»Sehen wir uns diese Woche noch einmal?«, fragte James einigermaßen besänftigt.

Camden verneinte. »Ich werde für einige Tage nach London zu meiner Schwester fahren. Außerdem habe ich noch einige geschäftliche Dinge dort zu erledigen.«

»Ich könnte dich begleiten«, schlug James vor. »Du hast es mir versprochen, weißt du noch? Du könntest sagen, dass du dir noch ein neues Rennpferd ansehen willst.«

Seine stechend blauen Augen hatten etwas Herausforderndes. Camden mochte es nicht, wenn er ihn so ansah. Er war froh, dass er eine triftige Ausrede parat hatte.

»Das ist unmöglich. Meine Schwester war sehr krank. Ich werde sie oft sehen und sie nach Highgrove Manor begleiten. Deine Anwesenheit wäre also nicht zu erklären. Du musst dich gedulden, bis sich eine bessere Gelegenheit ergibt.« Ohne James' Reaktion abzuwarten, nahm er seine Jacke, streifte sie über und verließ das Haus.

Als Camden durch die Hintertür sein Haus betrat, war das Küchenmädchen tatsächlich schon dabei, im Erdgeschoss die kalte Asche aus den Kaminen zu räumen, bevor sie die Glut neu anschürte. Um von ihr nicht gesehen zu werden, nahm er den Dienstbotenaufgang zu seinen Räumen. Auf diesem Weg kam er an Beatrices Zimmern vorüber, in denen auch ihr gemeinsamer Sohn Andrew lebte. Beatrice hatte entgegen aller Gepflogenheiten darauf bestanden, ihr Kind selbst zu stillen. Sie weigerte sich, es einer Amme anzuvertrauen, was zur Folge hatte, dass sie nur wenige ungestörte Nächte hatte. Auch in dieser Nacht schrie sein Sohn wie am Spieß. Camden beschleunigte seine Schritte, von seinem schlechten Gewissen getrieben. In diesem Augenblick öffnete sich eine der Türen. Völlig unvermittelt stand Beatrice mit Andrew auf dem Arm im Nachthemd vor ihm. Sie war äußerst überrascht, ihn zu sehen.

»Du hier?«, fragte sie und musterte abschätzig seinen Aufzug. »Was machst du um diese Uhrzeit draußen? Es ist mitten in der Nacht!«

Er hatte noch frischen Schnee an den Stiefeln, und sein Gesicht war gerötet vom Ritt durch die kalte Nacht.

»Ich konnte nicht schlafen und brauchte einen klaren Kopf«, log er. »Deshalb habe ich einen Spaziergang gemacht.« Er deutete auf Andrew, der beim Anblick seines Vaters prompt mit dem Schreien aufgehört hatte. »Ist etwas nicht in Ordnung mit ihm?«

»Er hat mal wieder Blähungen«, gab Beatrice einsilbig zur Antwort.

Camden konnte sehen, dass sie mit seiner Erklärung nicht zufrieden war. Unbeholfen strich er seinem Sohn mit dem Finger über seinen weichen, goldblonden Flaum.

»Soll ich einen Arzt rufen lassen?«, fragte er pflichtschuldig.

Beatrice lachte nur. »Wenn du dich etwas mehr für deinen Sohn interessieren würdest, wüsstest du, dass er beinahe jede Nacht so schreit. Um ihn zu beruhigen, unternehme ich ebenfalls Spaziergänge während der Nacht.«

Ihre blauen Veilchenaugen warfen ihm einen vielsagenden Blick zu, und Camden überlegte sofort, ob sie ihn vielleicht schon öfters bei seinen Ausflügen ertappt hatte.

»Nun scheint unser Sohn ja Ruhe zu geben.« Camden lächelte seiner Frau unbeholfen zu.

Sie quittierte es mit einem schmallippigen, aber nicht unfreundlichen Lächeln. Dann hauchte er einen Kuss auf ihre Stirn, bevor er sich rasch in seine Gemächer verabschiedete.

Während der Eisenbahnfahrt nach London fasste Camden einen wichtigen Entschluss. Die Begegnung mit Beatrice in der vorigen Nacht hatte ihn nachdenklich gemacht. Ihm war plötzlich deutlich geworden, welch große Verantwortung er für sie trug. Sie drei waren eine Familie, für die er zu sorgen hatte. Jeder andere Mann würde sich glücklich schätzen, zwei so wunderbare Menschen an seiner Seite zu wissen. Und was tat er? Er setzte ihr Glück leichtfertig aufs Spiel. Zwar konnte er Beatrice nicht so lieben, wie er Männer liebte, aber er konnte versuchen, ihr ein verlässlicher Lebensgefährte und Andrew ein guter Vater zu sein, zu dem beide aufsehen konnten. Dies war Grund genug, um in Zukunft wieder sehr viel mehr Zeit mit den beiden zu verbringen. Dazu gehörte auch, dass er die Beziehung zu James Crombie gleich nach seiner Rückkehr beenden musste.

Dieser Gedanke gärte schon länger in ihm. Das Verhältnis zu dem Stallmeister wurde ohnehin immer schwieriger. James forderte mehr von Camden, als er bereit war zu geben. Er stellte Ansprüche und vereinnahmte ihn auf eine Weise, die ihn in untragbare Konflikte brachte. Was hatte James sich nur dabei gedacht, als er ihm vorgeschlagen hatte, ihn nach London zu begleiten? Das waren unwägbare Risiken, die er nicht länger eingehen wollte. Kein Gentleman nahm seinen Stallmeister mit in die Hauptstadt. Camden beobachtete nachdenklich, wie sich der rußige Rauch aus dem Kamin der Dampflokomotive am blauen Winterhimmel verflüchtigte. Es wurde Zeit, sich wieder auf verlässliche Dinge zu konzentrieren.

Als er am späten Nachmittag auf dem belebten Bahnhof King's Cross in London ankam, überlegte er, ob er gleich einen Besuch bei Amber machen sollte. Dann entschied er sich jedoch dagegen und beschloss, sein Gepäck erst einmal im Club, in dem sein Vater und er Mitglied waren, unterzustellen. Dort würde noch Zeit genug für einen Whisky sein. Amber erwartete ihn ohnehin erst am nächsten Tag.

Für den Abend plante er, die Einladung zum Empfang der Firma *Technical Improving Ltd.* anzunehmen. Thomas Harrods hatte ihn schon mehrmals zu den regelmäßig stattfindenden gesellschaftlichen Ereignissen eingeladen. Nun schien es ihm eine gute Gelegenheit, um die Firma etwas näher unter die Lupe zu nehmen. Die Vorschläge zu Produktionsverbesserungen, die ihm ein junger Ingenieur namens Linus Smith gemacht hatte, waren sehr ansprechend gewesen, wohingegen der geforderte Preis für die Umsetzung schwindelerregend hoch gewesen war. Bevor Camden einen so bedeutenden Betrag zu investieren bereit war, wollte er sich selbst einen Eindruck von dem Unternehmen machen. Der Geschäftsführer Thomas Harrods erwartete ihn und wollte ihm gleichzeitig noch einige Verbesserungsvorschläge zu Smiths Angebot machen, die sein Teilhaber, den er noch nicht kennengelernt hatte, erarbeitet hatte. Camden war einigermaßen gespannt, was ihn erwarten würde.

Für gewöhnlich achteten Unternehmen darauf, dass ihre Firmenadresse in einem angesehenen Viertel von London lag. *Technical Improving Ltd.* befand sich jedoch in einer wenig populären Gegend, nämlich südlich der Themse in der Nähe der Southwark Cathedral. Diese Gegend war eher für anrüchige Gewerbe bekannt, doch Camdens Befürchtungen lösten sich in Wohlgefallen auf, als der Kutscher ihn an der gotischen Kathedrale vorbei zu einem dreistöckigen, herrschaftlichen Haus fuhr, an das sich mehrere großzügige Werkhallen anschlossen. Das Anwesen machte einen einfachen, aber sehr gepflegten Eindruck. Offensichtlich kam es den Inhabern mehr auf Funktionalität denn auf Protz an.

Als Camden die Haustürglocke betätigte, wurde er umgehend von einem livrierten Butler empfangen. Er führte ihn über eine Treppe in einen glasüberdachten Wintergarten voller tropischer Pflanzen, in dem sich die geladene Gesellschaft versammelt hatte. Herren in feinen Gehröcken unterhielten sich in kleinen Grüppchen, während es sich die Damenwelt mit ihren weit ausladenden Krinolinen und modischen Schaukelzöpfen auf samt- und brokatbezogenen Sofas und Sesseln bequem gemacht hatte. Camden hatte den Salon noch nicht ganz betreten, als er auch schon von Thomas Harrods, dem Geschäftsführer, begrüßt wurde. In seiner Begleitung befand sich Linus Smith, den er bereits von seinen Besuchen in Bingley kannte.

»Welch eine Freude, dass Ihr uns das Vergnügen bereitet, unser Gast zu sein.« Harrods war ein wohlbeleibter, nicht sehr großer Mann mit roten Hängebacken, die von einem hellblonden Backenbart umrahmt wurden. Sein spärlicher, lockiger Haarbewuchs erinnerte an den Flaum junger Enten. Er mochte um die vierzig sein, hatte wache, braune Augen und ein offenes Wesen. Er war Camden auf Anhieb sympathisch.

»Auch mir ist es ein Vergnügen«, antwortete er deswegen galant und ergriff die entgegengestreckte Hand von Harrods, der sofort einen der Bediensteten herbeirief und Camden ein Glas Champagner reichen ließ.

»Ihr müsst Euch noch ein wenig stärken, bevor wir mit dem Rundgang durch unsere Anlagen beginnen«, riet ihm Harrods, nachdem sie weitere Höflichkeiten ausgetauscht hatten. »Die Lachskanapees und Schinkenpasteten kann ich nur empfehlen.«

»Ihr wollt mir Eure Fabrikation zeigen?«, fragte Camden angenehm überrascht. »Ich dachte, dies sei ein gesellschaftlicher Empfang.«

»Ist es auch«, meinte Harrods gut gelaunt. »Ich glaube jedoch kaum, dass Ihr den weiten Weg von Bingley hierher gemacht habt, um mit mir oder meinen Ingenieuren belanglose Plaudereien zu führen. Ihr wollt unserem Unternehmen doch sicherlich auf den Zahn fühlen.«

»Nun ja, wenn Ihr mich so direkt darauf ansprecht«, gab Camden zu. Ihm gefiel Harrods' offene Art, sodass er sich dazu entschloss, ebenfalls ehrlich zu sein. »Wenn wir Euer Angebot annehmen, müssen wir eine überaus hohe Summe an Geld investieren. Deshalb …«

»… deshalb wollt Ihr Euch versichern, dass sich diese Investition auch lohnt. Es wird Euch sicherlich zusätzlich erfreuen, dass wir Euch mit dem Preis noch um einiges entgegenkommen werden. Verlieren wir also keine Zeit«, nahm ihm Harrods gut gelaunt das Wort aus dem Mund. Er schob sich genüsslich ein letztes Kanapee in den Mund und forderte Camden auf, ihm zu folgen. Sie verließen den Glaspavillon durch eine Seitentür und gelangten über ein kleineres Treppenhaus zu den Büroräumen der Firma. Diesen schloss sich ein großes, von Mauern umgebenes Gelände an, auf dem sich drei größere Werkhallen befanden. Sie waren aus Stahl und Glas errichtet und daher ebenfalls lichtdurchflutet. Durch große, eiserne Schiebetüren, die man auf Rollen bewegen konnte, gelangte man in ihr Inneres.

In jeder Werkhalle standen unterschiedliche Maschinentypen, an denen einige Ingenieure und Maschinisten sogar um diese vorgerückte Stunde noch schraubten. Das Bemerkenswerte daran war, dass sich sämtliche Maschinen auf Loren befanden, die man über unterschiedliche Gleissysteme von einer zu der anderen Halle transportieren konnte.

»Wir sind der Meinung, dass die Zukunft den Maschinen gehört«, erklärte Harrods wichtig. »Bislang konzentrieren sich die Fabriken meist nur auf einen wesentlichen Arbeitsprozess, der vorwiegend maschinell erledigt wird. Vieles drum herum wird immer noch von Hand gemacht. Das kostet viel Zeit und ist oft nicht besonders effektiv. Es kommt zu Zeitverzögerungen im Arbeitsablauf. Die Philosophie meines Teilhabers ist, dass man Arbeitsprozesse so organisieren muss, dass sie in einer Art Fließarbeit sinnvoll hintereinandergeschaltet werden. Unterschiedliche Arbeitsprozesse werden durch unterschiedliche Maschinen bewerkstelligt, aber diese zusammen bilden eine größere, organische Einheit.«

Camden war beeindruckt. »Ihr möchtet also eine Art Reihenfertigung, in der die Herstellung eines Produktes in aufeinanderfolgende Arbeitsprozesse unterteilt wird, die man dann wiederum in einzelne Arbeitsschritte aufteilt. Interessant! Wie seid Ihr auf diese geniale Idee gekommen?«

»Nun, die Idee ist nicht ganz neu«, gab sich Harrods bescheiden. »Mein Geschäftspartner hatte sich bei seiner Rückkehr aus Indien in einer englischen Fabrik umgesehen, die Schiffszwieback an einem Fließband herstellte. Er war fasziniert und kam auf die Idee, diese Technik auch in anderen Arbeitsbereichen zur Anwendung zu bringen. Derzeit stehen wir in Verhandlung mit einem Schlachthofbesitzer im amerikanischen Cincinnati. Banny hatte die Idee, in der Schlachthofhalle hochgelegte Transportbänder zu installieren, die die geschlachteten Schweine von einem zum anderen Arbeiter transportieren können. Wir sind guter Dinge, dass dieser Deal zustande kommt.«

»Und was hat das mit *Callahan & Sons* zu tun?«

»Wir wollen dieses Prinzip auch in Eurer Fabrik zur Anwendung bringen. Indem wir dafür sorgen, dass die einzelnen Arbeitsschritte und Arbeitsstationen vom Kardieren bis zum Spinnen und Verpacken so festgelegt werden, dass ihre Durchführung eine genau festgelegte Zeitdauer hat. Durch diese Taktzeit bekommen wir einen festen Fertigungsablauf, der es Euch ermöglicht, genau vorherzusagen, wann Ihr wie viel Ware liefern könnt. Sämtliche Termin- und Kapazitätsprobleme lassen sich auf diese Weise effizient lösen.«

»Das hört sich in der Tat sehr verlockend an. Allerdings auch sehr aufwendig. Wer sagt mir, dass sich das alles einmal finanziell auszahlt? Welche Investitionen kämen auf mich zu, und wie und wer überwacht ihre technische Umsetzung?«

»Das sind viele Fragen auf einmal – und ich fühle mich dabei, ehrlich gesagt, etwas überfordert«, meinte Harrods entschuldigend. »Aber dafür sind ja unsere Techniker da. Wo steckt denn Smith?« Er sah sich ärgerlich um, aber sein Ingenieur war weit und breit nirgendwo zu sehen. »Er war doch eben noch da! Ich werde gleich nach ihm schicken lassen.«

»Ich glaube, er wurde in der letzten Halle, die wir besichtigt haben, aufgehalten«, warf Camden ein.

»Pah!« Harrods schnaubte vor Ungeduld, aber dann fiel sein Blick auf eine neuartige Maschine, mit deren Hilfe man Blech stanzen konnte. An ihr schraubte ein einzelner Mann herum. Sofort erhellte sich sein Blick, und er rief ihm laut zu: »Hey, Banny, dich schickt der Himmel! Könntest du mir einen Gefallen tun und diesem Gentleman hier das Konzept deiner Fließbandarbeiten erklären?«

Ein unfreundliches Grunzen war die einzige Antwort. *Ein reichlich respektloses Benehmen für einen Angestellten,* dachte Camden befremdet. Harrods schien das jedoch nicht zu stören.

»Nun komm schon, alter Junge, eine kleine Pause wird dir guttun! Es ist Mister Callahan aus Bingley.«

Camden hörte einen Schraubenschlüssel hart auf den Boden knallen. Dann schob sich eine Gestalt rückwärts aus den Maschinenteilen und richtete sich langsam auf. Hände und Gesicht waren ölverschmiert, doch Camden hätte diesen einen Mann unter Tausenden wiedererkannt.

Missmutig versah Alwin Stringle Federzeichnungen griechischer Artefakte mit einzelnen Nummern, um sie danach zu katalogisieren. Eine zeitraubende Angelegenheit, die eigentlich der untergeordnete Lecturer hätte machen müssen. Doch Professor Stanley hatte ausgerechnet ihn damit beauftragt. Stringle kochte innerlich vor Wut. Seit dieser Amerikaner am College war, galten alte Regeln nur noch wenig. Das hartnäckige Klopfen an der Tür überhörte er geflissentlich. Wahrscheinlich war es irgendein Student, den er ruhigen Gewissens noch eine Weile schmoren lassen konnte. Doch statt sich in Geduld zu üben, ging die Tür zu dem Studierzimmer auf, das Franklin und er sich teilten, und ein junger, etwas schlaksiger Mann in einem grünen Gehrock trat ein. Stringle hatte ihn am College noch nie gesehen.

»Ich bitte um Verzeihung«, sprach der Jüngling in gebrochenem Englisch. »Kann ich bitte Master Franklin sprechen? Es ist wichtig!«

Stringle musterte den Eindringling ungnädig. »Ich kann mich nicht erinnern, dass ich ›Herein‹ gesagt hätte. Hat man Euch keine Manieren beigebracht?«

»Oh, Verzeihung«, meinte der blondhaarige Eindringling unbekümmert. »Ich habe mehrmals versucht, mich bemerkbar zu machen. Dann habe ich einfach nachgesehen. Könnt Ihr mir nun sagen, wo ich Master Franklin antreffen kann? Ich habe wichtige Nachrichten für ihn.«

Alwin Stringle ließ seinen Stift fallen und verließ sein Pult. Mit verschränkten Armen trat er dem jungen Mann entgegen. Allein die Tatsache, dass dieser Ausländer Franklin zu sprechen wünschte, reichte aus, um ihn gegen sich einzunehmen.

»Mister Franklin ist unten in den Archiven«, fuhr er ihn unfreundlich an. »Dort hat kein Unbefugter Zutritt. Außerdem hat er jetzt und auch später keine Zeit für private Plaudereien. Verschwindet, bevor ich den Hausmeister rufe, um Euch hinauswerfen zu lassen.«

»Aber es ist wichtig!« Der Fremde ließ sich nicht abwimmeln. »Ich habe nicht sehr viel Zeit. Ich muss noch heute Abend das Schiff nach Frankreich erreichen.« Er öffnete seinen Gehrock und deutete auf eine Rolle, die er in seinem Saum verborgen hatte. »Ich brauche wirklich nicht lange«, insistierte der junge Mann nochmals. »Dieses Dokument ist für Master Franklin von großer Bedeutung, glaubt mir!«

Seine Worte ließen Stringle aufhorchen. Was mochte das

für ein Dokument sein? Intrigierte Franklin etwa hinter seinem Rücken gegen ihn? Beschaffte er sich aus ihm unbekannten Quellen wissenschaftliches Material, um sich bei Professor Stanley noch beliebter zu machen? Er musste herausfinden, was es damit auf sich hatte. Kurzerhand entschloss er sich, seine Taktik zu ändern, und gab sich scheinbar einsichtig.

»Franklin kann jetzt wirklich nicht kommen, aber ich könnte ihm unter Umständen die Nachricht von Euch zukommen lassen. Eigentlich habe ich als sein Vorgesetzter anderes zu tun, aber warum nicht? Gebt mir das Dokument, ich werde es ihm bringen.«

Der junge Mann zögerte. Es war offensichtlich, dass es ihm lieber gewesen wäre, Franklin die Botschaft persönlich zu überreichen.

»Ihr könnt mir ruhig vertrauen«, meinte Stringle mit einem freundlichen Nicken. »Franklin und ich sind gute Freunde. Wir kennen uns schon eine Ewigkeit.«

»Ach, wirklich?« Unschlüssig kratzte er sich an seinem blonden Lockenschopf, dann zog er die versiegelte Rolle aus seinem Saum und überreichte sie Stringle widerstrebend. »Versprecht Ihr mir, sie Master Franklin umgehend auszuhändigen?«, vergewisserte er sich.

Stringle nickte gewichtig. »Habt keine Sorge und beeilt Euch lieber, Euer Schiff zu erreichen! Ihr könnt Euch auf mich verlassen.«

Der Blondhaarige wirkte nicht sehr glücklich, machte sich jedoch daran, den Raum wieder zu verlassen. Stringle hielt ihn nochmals auf.

»Vielleicht wollt Ihr mir ja noch Euren Namen verraten, damit Master Franklin im Bilde ist?«

Der junge Mann lächelte zerstreut.

»Aber natürlich! Verzeiht! Mein Name ist Sebastian Stix. Ich komme aus dem Königreich Bayern. Master Franklin und ich, wir haben uns an der Royal Society bereits kurz gesehen. Wir hatten einmal gemeinsame Pläne. Wenn er einverstanden ist mit dem, was in beigefügtem Brief steht, soll er zu dem angegebenen Treffen in drei Monaten nach London kommen. Bitte richtet ihm das aus!«

Stringle zwang sich zu einem verständnisvollen Lächeln.

»Dann werde ich mich mal gleich auf den Weg zu Franklin machen«, gab er sich aufgeräumt und verließ mit ihm das Studierzimmer. Er konnte es kaum erwarten, bis der schmächtige Deutsche endlich in den Gängen des Colleges verschwunden war. Dessen Auftritt hatte ihn neugierig gemacht. Was mochte jenes Dokument wohl zum Inhalt haben? Bevor er es Franklin übergab, beschloss er selbst einen Blick hineinzuwerfen.

Um ungestört zu sein, begab er sich in einen Nebenraum, in dem sich nur selten jemand aufhielt. Dort suchte er sich eine ruhige Ecke. Ohne schlechtes Gewissen brach er das Siegel und entrollte das Dokument. Mit dem geschulten Blick eines Wissenschaftlers erkannte er, dass er kein Original vor sich hatte, sondern die Abschrift eines historischen Dokuments. Leider war sie auf Portugiesisch verfasst, dessen er nicht mächtig war, nur die Jahreszahl verriet ihm, dass das Original aus dem Jahr fünfzehnhundertzweiundvierzig stammen musste. Enttäuscht legte Stringle das Dokument beiseite. Er war der festen Überzeugung gewesen, dass die Unterlagen etwas mit den griechischen Ausgrabungen zu tun hatten, über die Professor Stanley gerade arbeitete. Er traute Franklin durchaus zu, dass er durch seine internationalen Beziehungen auch an andere Quellen kam und sich mit diesen beim Professor noch mehr lieb Kind machen wollte. Wäre dem so gewesen, dann wäre es für ihn die Gelegenheit gewesen, Franklin eins auszuwischen, indem er die Dokumente einfach verschwinden ließ. Doch dieser Wunsch wurde ihm nicht erfüllt. Ärgerlich wollte er die Abschrift wieder zusammenrollen, als ihm der beigefügte Brief in die Hände fiel. Er warf einen kurzen Blick auf den Absender und stutzte. Er stammte von Charles Darwin, jenem berühmten, viel diskutierten Wissenschaftler, der derzeit in aller Munde war. Das Schreiben war an Franklin persönlich gerichtet.

Was hatte sein Widersacher noch mit einem Mitglied der Royal Society zu tun? Neugierig faltete er den Brief auseinander und legte ihn vor sich auf den Tisch:

Verehrter Master Franklin,
sicherlich werdet Ihr überrascht sein, nach unserer unerfreulichen letzten Begegnung vor der Royal Society nochmals von mir zu hören. Sollte damals der Eindruck entstanden sein, dass ich ebenfalls gegen Eure Ernennung zum Expeditionsleiter gewesen sei, so muss ich hier betonen, dass dies keinesfalls zutrifft. Im Gegenteil. Der Brief hier mag es beweisen. Ich konnte und kann mir keinen besseren Mann als Euch dafür vorstellen. Allein die Tatsache, dass ein unfähiger Spross der einflussreichen Familie Cunningham die Expedition an den Amazonas nun leiten wird, versetzt meinen Verstand und mein Herz in Empörung. Unter solch einem Stern muss die Unternehmung zum Scheitern verurteilt sein, denn ich traue keinem der Mitreisenden den Mut zu, mit der notwendigen Entschlossenheit solch eine Expedition zu leiten. Schon jetzt treten Unstimmigkeiten zwischen den Teilnehmern auf, die zu unentschuldbaren Verzögerungen führen. Es würde mich nicht wundern, fände das Unternehmen überhaupt nicht statt.

Diesen Zwistigkeiten rund um Cunningham ist es auch zu verdanken, dass mein junger deutscher Schützling Sebastian Stix, der Euch diese Botschaft und beiliegendes Dokument, auf das ich noch zu sprechen kommen werde, nun ebenfalls nicht den Amazonas bereisen soll. Stix ist ein wirklich bemerkenswerter junger Mann. Mit seinen kaum zwanzig Jahren hat er nicht nur das Studium der Medizin und weiterer Naturwissenschaften höchst erfolgreich beendet, sondern er ist auch ein eifriger Verfechter meiner Theorien. Seine Abhandlung über die Anpassung unterschiedlicher Mäusearten an diverse Lebensräume in seiner bayrischen Heimat ist wirklich bemerkenswert. Er ist, wie es mir während meiner Weltreise mit der HMS Beagle mit den Finkenarten ergangen ist, zu der Erkenntnis gekommen, dass sich auch Mäuse unter dem Druck der Überpopulation im Laufe von Generationen auf verschiedene Lebensbereiche spezialisieren. Das bedeutet, meine Theorie lässt sich auch auf andere Arten, möglicherweise auch auf den Menschen (?) anwenden.

Doch dies nur nebenbei. Bitte verzeiht, ich schweife allzu gerne ab.

Was ich mit meinen Ausführungen bezwecken möchte, ist, dass dieser Sebastian Stix, der mir übrigens von der höchst angesehenen Deutschen Akademie der Naturforscher Leopoldina anempfohlen worden ist, sich nicht damit abfinden wollte, dass die Expedition für ihn und auch für Euch gescheitert sein soll. Er ist ein großer Bewunderer Eurer Theorie, dass es am Amazonas möglicherweise schon vor Tausenden von Jahren große Kulturen gegeben haben könnte. Ihr erinnert Euch vielleicht, ich empfahl ihn Euch als Begleiter, um die Flora und Fauna des amazonischen Regenwaldes zu erkunden. Seiner unglaublichen Beharrlichkeit ist es zu verdanken, dass er die Idee, eine eigene Expedition unter Eurer Führung zu unternehmen, niemals aufgab. Um dies zu verwirklichen, braucht es natürlich neue Geldgeber und Fürsprecher und einen neuen Ansatz, der deren Interessen weckt. Dies ist ihm zumindest bei mir gelungen. Deshalb kommt nun auch meine Wenigkeit ins Spiel.

Es war Stix, der mich überzeugte, dieses Schreiben an Euch zu verfassen. Seinen Plan, private Geldgeber für eine Expedition zu finden, kann ich nur unterstützen. Es ist mir eine Genugtuung, eventuell Cunningham damit ein Schnippchen zu schlagen. Sicherlich dürfte Euch beiliegendes Dokument, dessen Original in einer Münchner Bibliothek verwahrt wird, dazu ermuntern. Sein Auffinden ist Stix' hartnäckigen Bemühungen zu verdanken. Es handelt sich um einen bislang unbekannten Bericht eines Überlebenden der Orellana-Expedition. Er untermauert einmal mehr Eure Theorie von der Existenz eines einstmals einflussreichen Kulturvolkes in den Tiefen des Amazonas. Die durchaus begründete Aussicht, dabei auf große Reichtümer zu stoßen, dürfte so manchen Geldbeutel lockermachen.

Ich könnte mir durchaus vorstellen, dass auch Professor Stanley für solch ein Unternehmen ein offenes Ohr haben dürfte. Während Stix sein Glück in Deutschland versucht, möchte ich Euch dazu ermuntern, es auch hier in England zu versuchen. Macht Euch so schnell wie möglich an die Arbeit. Es wird sich lohnen! Als Mitglied der Royal Society ist es mir leider aus Loyalitätsgründen nicht möglich, mich selbst zu betätigen. Dafür werdet Ihr sicherlich Verständnis haben!

Hochachtungsvoll
Euer
Charles Darwin

Stringle fühlte beim Lesen Neid und Missgunst gleichermaßen in sich aufsteigen. Erbost griff er nach dem Brief und knüllte ihn zusammen. Wieso fiel Menschen wie Rhys Franklin immer alles zu, während er sich jahrzehntelang wie ein Esel am Mühlstein plagte, bevor er auch nur einen kleinen Schritt vorankam?

Eine Expedition an den Amazonas, noch dazu die aussichtsreiche Suche nach einer untergegangenen Kultur, womöglich unvorstellbare Reichtümer und am Ende ein Ruhm, der ihn unsterblich machen würde. Nicht, dass er selber den Wunsch verspürte, solch eine waghalsige Reise zu unternehmen. Dafür fehlte ihm der Mut und wohl auch die Fähigkeit zu organisieren. Aber die Vorstellung, dass es Franklin gelingen könnte, Professor Stanley für sich einzunehmen, machte ihn wütend. Es war allgemein bekannt, dass Stanley außer seinem Hauptgebiet Griechenland ein Faible für fremdländische Kulturen hatte. Mit dem Bericht des Portugiesen würde es für Franklin ein Leichtes sein, ihn für sich einzunehmen. Womöglich unterstützte der Professor ihn sogar finanziell. Seine Familie war bekanntermaßen vermögend. Stringle ballte seine Hände zu Fäusten. Doch je länger er nachdachte, desto mehr entspannte er sich wieder, und seine Laune wurde zusehends besser. Franklin wusste weder von dem Dokument noch von Darwins Brief. Wenn er es genau bedachte, hatte der Zufall ihm dieses Mal glücklich in die Hände gespielt. Wenn Franklin nichts erfuhr, würde alles höchstwahrscheinlich im Sand verlaufen.

Über das schlaksige, deutsche Bürschchen machte er sich keine Gedanken. Er war längst auf dem Heimweg nach Deutschland. Wer weiß, ob er jemals wieder nach England zurückkehren würde.

Ein zufriedenes Lächeln huschte über Stringles verhärmtes Gesicht. Dieses Mal würde Franklin das Nachsehen haben.

Malcolm war wie erstarrt, als er von Thomas den Namen Callahan hörte. Der schwere Schraubenschlüssel fiel ihm aus der Hand, und er musste sich an einem Querholm abstützen, bevor er wieder einen klaren Gedanken fassen konnte. Camden Callahan war hier! Natürlich, der Empfang! Wie hatte er das vergessen können? Thomas hatte während ihrer kurzen Besprechung am Nachmittag erwähnt, dass der Inhaber der bedeutendsten Firma unter ihren Kunden zu dem heutigen Empfang kommen würde, um die neuen Produktionspläne abzuholen und gegebenenfalls den Vertrag zu zeichnen. Er hätte sofort aufhorchen müssen, schließlich gehörte die Planung der Fließfertigung für die Firma *Callahan & Sons* seit Wochen zu seinen Hauptaufgaben. Stattdessen war er mit den Gedanken bei seiner neuen Stanzmaschine gewesen, deren Fertigstellung unmittelbar bevorstand. Er verfluchte seine Zerstreutheit. Nun würde das eintreten, was er immer hatte vermeiden wollen, eine persönliche Begegnung mit Camden. Sie hätten diesen Auftrag einfach nicht annehmen dürfen. Doch nun war es zu spät. Er holte tief Luft und kroch aus seiner Maschine heraus.

»Banny, das ist Mister Callahan von *Callahan & Sons.* Mister Callahan, das ist Malcolm Bannister, der Gründer und technische Kopf von *Technical Improving Ltd.*«

»Sehr erfreut, Mister Bannister.«

Malcolm versetzte es einen Stich. Wenn Camden überrascht war, so gelang es ihm auf bemerkenswerte Weise, seine Gefühle zu verbergen. Mit einem verbindlichen Lächeln fügte er noch hinzu: »Nach unserer letzten Begegnung konnte ich nicht hoffen, Euch noch einmal wiederzusehen.«

»Ihr kennt Euch?«, reagierte Harrods prompt überrascht. »Wieso hast du mir nie etwas davon erzählt?«

Malcolm wollte nicht, dass Thomas von ihrer gemeinsamen Vergangenheit in Bingley erfuhr.

»Wir hatten früher schon einmal geschäftlich miteinander zu tun«, erklärte er rasch. »Das war vor meiner Zeit in Indien.«

Harrods warf ihm einen abwägenden Blick zu. Malcolm konnte ihm ansehen, wie er sich gerade einen Reim darauf zu machen versuchte, dass er Linus Smith mit der technischen

Abwicklung vorgeschoben hatte, wenn er Callahan doch kannte. Bevor er diesbezüglich weitere Fragen stellen konnte, musste Malcolm seinen Geschäftspartner rasch loswerden.

»Ich werde mich gerne um Mister Callahan kümmern und ihm die technischen Abläufe erläutern, Thomas. Du kannst wieder nach unseren anderen Gästen sehen«, schlug er ihm vor. »Sobald wir hier fertig sind, werde ich dir Mister Callahan wieder zuführen.«

Harrods war dies nur angenehm.

»Wir sehen uns dann später wieder zu einem gepflegten Glas Whisky, Mister Callahan«, meinte er gut gelaunt.

Sie warteten, bis Harrods aus dem Blickfeld verschwunden war. Erst dann wagte Malcolm Camden direkt anzusehen. Er war älter geworden, reifer. In seinen dichten, dunklen Haaren zeigten sich erste silberne Fäden. Das Gesicht war markanter geworden, der Mund entschlossener, wenn er auch immer noch fein geschwungen war. Um die Augenwinkel hatten sich kleine Fältchen eingegraben.

Camden erwiderte seinen Blick, blieb dabei aber enttäuschend unverbindlich. Sein Gesichtsausdruck verriet durch keinerlei Regung, was er dachte.

Es zeigt, dass ich ihm nie etwas bedeutet habe, schoss es Malcolm durch den Kopf. *Natürlich. Er hat Frau und Kind und außerdem einen gut aussehenden Geliebten.* Er zwang sich, die schmerzliche Erinnerung beiseitezuschieben, und konzentrierte sich auf seine Aufgabe. Unter keinen Umständen wollte er sich jetzt eine Blöße geben. Mit betont kühler Stimme bat er Camden, ihm zu folgen.

Schweigend verließen sie auch diese Halle und betraten das Planungsbüro in der nächsten Werkhalle. Dort war auf einer großen Holzplatte das Miniaturmodell von Camdens Spinnerei aufgebaut. Er hatte es selbst angefertigt, um mit Smith, dem Ingenieur, den er mit der Abwicklung der Arbeiten beauftragt hatte, alle wesentlichen Details durchgehen zu können. Es war von Anfang an Malcolms Projekt gewesen, auch wenn Linus Smith nach außen hin als Planer auftrat. Alle wesentlichen Details stammten von ihm. Camden begutachtete das Modell mit fachmännischem Blick. Er ließ sich lange Zeit, bevor er endlich etwas dazu anmerkte.

»Ich hätte gleich darauf kommen müssen, dass du hinter diesen bemerkenswerten Ideen steckst«, sagte er schließlich nachdenklich. »Darf ich erfahren, weshalb du mich nie wissen ließest, dass du hinter *Technical Improving Ltd.* stehst?«

Camden gebrauchte wieder das ihnen einstmals so vertraute Du. Malcolm ballte seine Hände zu Fäusten, so angespannt fühlte er sich.

»Ich ziehe es vor, im Hintergrund zu bleiben«, gab er sich einsilbig. »Thomas vertritt die Firma nach außen, ich kümmere mich um die technischen Details. Gesellschaftliche Verpflichtungen waren noch nie meine Stärke.«

»Verstehe«, sagte Camden, ohne weiter nachzuhaken. »Es ist ja auch von keinerlei Bedeutung. Möchtest du mir jetzt die neu hinzugekommenen Details näher erläutern?«

»Selbstverständlich.« Malcolm bemühte sich um einen nüchternen Ton. Dann machte er sich daran, ihm die Vorteile einer koordinierten Arbeitsweise zu erklären. Je mehr er ins Detail ging, desto mehr verlor er seine Befangenheit. Camden hörte aufmerksam zu, stellte ab und zu die richtigen Fragen und schien offensichtlich recht angetan von seinen Vorschlägen zu sein. *Es ist wie früher, als wir die neue Spinnmaschine eingerichtet haben,* dachte Malcolm und wünschte sich, dass die Vertrautheit, die für den Augenblick zwischen ihnen herrschte, länger andauern würde. Vielleicht sollte er Camden doch erklären, weshalb er damals Hals über Kopf nach Indien abgehauen war?

»Gut! Dann bin ich ja jetzt im Bilde.«

Die abrupte Nüchternheit, mit der Camden ihre Unterredung plötzlich beendete, brachte Malcolm schnell von seiner Idee ab. *Er möchte nicht mehr als nötig mit mir zu tun haben,* gestand er sich schmerzlich ein. *Es war dumm von mir, auch nur ansatzweise zu glauben, dass sich unsere frühere Vertrautheit wieder einstellen könnte.* Es war vorüber. Als Malcolm sich dessen bewusst wurde, fühlte er sich verpflichtet, Camden zu zeigen, dass auch er nur an geschäftlichen Dingen interessiert war.

»Falls du dich für unser Modell entscheiden solltest, wird Linus Smith die Umbauarbeiten in Bingley leiten. Ich werde weiterhin nur im Hintergrund tätig sein.«

Camden gab durch ein Nicken seine Zustimmung.

»Die technischen Details sind ja so weit geklärt. Mister Smith scheint mir ein begabter Ingenieur zu sein. Allerdings möchte ich mir erst noch den Vorschlag eines anderen Ingenieurbüros ansehen. Ihr werdet euch also noch ein wenig gedulden müssen.«

Malcolm sah Camden befremdet an.

»Ich wusste nicht, dass wir mit anderen konkurrieren. Davon war bislang nie die Rede. Ich dachte immer, unser Unternehmen wäre einzigartig.«

»Das ist es offensichtlich nicht.« Camden bedachte ihn mit einem seltsam verkniffenen Blick. Es war das erste Mal, dass er etwas von seiner Haltung verlor. Doch dann strafften sich seine Gesichtszüge wieder, und er fuhr in nüchternem Tonfall fort: »Ich habe noch eine wichtige Verabredung heute Abend. Du wirst mich sicherlich entschuldigen.«

Er nickte ihm kurz zu und verschwand durch die Schiebetür in die dunkle Nacht.

18

Mit eiligen Schritten verließ Camden die Werkhalle, in der er sich eben noch mit Malcolm unterhalten hatte. Von dem gesamten Gespräch war er so angespannt, dass er jetzt nur noch den Wunsch hatte, diesen Ort und vor allem Malcolm so schnell wie möglich hinter sich zu lassen. Seine mühsam aufrechterhaltene Fassade drohte zusammenzubrechen. Das durfte er einfach nicht zulassen. Am meisten schockierten ihn die tiefen Gefühle, die er immer noch für diesen Menschen hegte. Der längst überstanden geglaubte Schmerz, als Malcolm ihn damals verlassen hatte, war neu aufgebrochen. Er mischte sich mit der Freude, ihn wiederzusehen, mit der Neugier, zu erfahren, wie es ihm ergangen war, und dem fast übermächtigen Wunsch, ihm erneut nah zu sein. Seine Gefühle übermannten ihn. Er wunderte sich selbst darüber, wie gut es ihm gelungen war, seine Emotionen zu verbergen. Ja, er hatte seine Rolle gut gespielt, aber nun musste er dafür sorgen, dass Malcolm nicht noch einmal sein Leben durcheinanderbrachte. Er musste sämtliche Beziehungen zu *Technical Improving Ltd.* beenden. Deshalb hatte er vor Malcolm auch behauptet, dass es noch einen anderen Mitbewerber um die Planung gab. Es war eine Lüge, die ihn sicherlich teuer zu stehen kommen würde. Malcolms Pläne waren hervorragend und würden nicht nur die Produktion steigern, sondern auch den Profit der Spinnerei. Doch das alles war es nicht wert, wenn dadurch sein Leben wieder durcheinandergeriet. Am liebsten hätte er das Gelände unbemerkt durch einen Nebenausgang verlassen. Doch der Anstand gebot ihm, sich wenigstens von Thomas Harrods zu verabschieden. Malcolms behäbiger Kompagnon war erstaunt, ihn so rasch und vor allem ohne Malcolm wiederzusehen.

»Ich hoffe, Mister Bannister konnte Eure Fragen zufriedenstellend beantworten«, meinte er mit gerunzelter Stirn.

»Sicher.« Camden zwang sich zu einem Lächeln. »Ich habe nun alle wesentlichen Details erfahren und werde die Angelegenheit nochmals mit meinem Vater besprechen«, teilte er ihm mit. Es tat ihm leid, den sympathischen Harrods so vor den Kopf stoßen zu müssen. »Wie ich bereits Eurem Kompagnon mitgeteilt habe, gibt es in der Zwischenzeit noch einen vielversprechenden Mitbewerber.«

»Oh! Ich verstehe. Das verändert natürlich die Lage.« Harrods rang die Hände. Er war sichtlich beunruhigt. »Leider können wir Euch keinen weiteren Preisnachlass geben. Wir haben die Grenze des Kalkulierbaren bereits nahezu überschritten.«

Camden konnte Harrods' Enttäuschung gut verstehen. Mit gutem Grund war der Geschäftsmann von einer raschen Einigung ausgegangen, vor allem, weil *Technical Improving Ltd.* ihm bereits finanziell erheblich entgegengekommen war.

»Es liegt nicht unbedingt am Preis«, gab er mit einem gewissen Bedauern zu. »Es haben sich einfach gewisse Voraussetzungen geändert. Ich werde in der nächsten Zeit von mir hören lassen. Doch nun muss ich mich leider verabschieden. Ich habe noch etwas Wichtiges zu erledigen.«

Mit einem kurzen Nicken kehrte er Thomas Harrods den Rücken und verließ den Wintergarten.

Amber erwartete ihren Bruder auf bereits gepackten Koffern. Sie konnte es kaum erwarten, endlich aus London und der gemeinsamen Wohnung zu verschwinden. Alles hier erinnerte sie an den Verlust ihres Kindes und an das, was sie mit Rhys nie wieder würde teilen können. Dunkle Gedanken tanzten wie wilde Gespenster um sie herum. Sie drückten auf ihr Gemüt und versperrten ihr jeden Ausweg. Alles, wonach sie sich sehnte, war Ruhe, und diese hoffte sie in der Abgeschiedenheit von Highgrove Manor zu finden. Was mit Rhys und ihr geschehen sollte, kümmerte sie im Augenblick nicht. Sie wusste nur, dass sie bereit war, auf ihn zu verzichten, damit wenigstens er seine Träume verwirklichen konnte. Seit seinem abrupten Abschied am letzten Wochenende hatte sie nichts mehr von ihm gehört. Sie atmete erleichtert auf, als es endlich klingelte. Macy öffnete und bat Camden hinein. Als Amber ihren Bruder vor sich stehen sah, verlor sie erneut die Fassung.

»Ich bin so froh, dass du da bist«, schluchzte sie und fiel ihm voller Dankbarkeit um den Hals. Es gelang ihr einfach nicht, ihre Gefühle unter Kontrolle zu bringen. Camden schob sie sanft von sich und sah sie besorgt an.

»Mein Gott, Amber. Steht es wirklich so schlimm um dich?«

Sie biss sich beschämt auf die Lippen.

»Verzeih! Ich habe mich so kindisch benommen. Mir geht es gut. Es ist nur so, dass ich es kaum erwarten kann, endlich nach Hause zu kommen.«

Camden hob kritisch eine Augenbraue.

»Hast du nicht immer gesagt, dass dein Zuhause dort ist, wo Rhys sich befindet?«

Amber winkte müde ab.

»Ich brauche einfach meine Ruhe. Rhys kommt die nächste Zeit recht gut ohne mich aus. Er hat so viel zu tun, dass er gar nicht merken wird, wenn ich nicht da bin.«

Erst jetzt fiel ihr auf, dass auch ihr Bruder nicht besonders glücklich aussah. Er hatte Ringe unter den Augen und war recht blass.

»Ist bei dir wenigstens alles in Ordnung?«, fragte sie rasch nach. »Wie geht es Andrew und Beatrice? Sind sie gesund?«

»Sie sind wohlauf, genauso wie ich«, behauptete Camden mit einem schwachen Lächeln. »Sie freuen sich schon, dich zu sehen. Genauso wie Vater, Maeve und Francis.«

»Dann lass uns rasch aufbrechen!«

Amber gab sich mit seiner flüchtigen Antwort zufrieden. Sie sah sich augenblicklich nicht in der Lage, genauer nachzufragen. Stattdessen gab sie Anweisungen, ihr Gepäck in die wartende Kutsche zu verladen.

Zwei Stunden später erreichten sie mit der Mietkutsche den Bahnhof von King's Cross. Der Bahnhof war erst vor wenigen Jahren als Endstation für die Great Northern Railway gebaut worden. Zwei riesige, verglaste Torbögen bildeten die Front des rechteckigen Sandsteinbaus, dessen Mitte von einem davorstehenden Uhrenturm betont wurde. Westlich des Bahnhofsgebäudes lag das schmucke Great Northern Hotel, das Fernreisenden eine erste Unterkunft in London bot. Amber hatte für all die baulichen Vorzüge kaum einen Blick übrig. In triste Gedanken versunken, wartete sie auf dem Bahnhofsvorplatz, während Camden dafür sorgte, dass ihr Gepäck in den bereits wartenden Zug auf dem Abfahrtsgleis verladen wurde.

»Lady Franklin! Welch eine Überraschung«, rief ihr jemand von hinten zu. Sie wandte sich um und erblickte einen etwas zerzaust wirkenden jungen Mann, den sie erst auf den zweiten Blick wiedererkannte.

»Mister Stix«, meinte sie einigermaßen überrascht. »Wollt Ihr mir etwa wieder eine Kutsche streitig machen?«

»Keinesfalls«, bemerkte Stix fröhlich, indem er sich etwas ungelenk verbeugte. In seinem hellgrünen Gehrock und seiner zerzausten, hellblonden Lockenpracht machte er einen etwas verwahrlosten Eindruck. »Obwohl ich zugeben muss, dass ich es auch dieses Mal wieder eilig habe.«

Der treuherzige Blick, mit dem er Amber dabei bedachte, hätte sie unter anderen Umständen bestimmt zum Schmunzeln gebracht.

»Wollt Ihr auch in den Norden fahren?«, erkundigte sie sich beiläufig.

»Aber nein! Ich werde die nächste Postkutsche nach Dover nehmen und von dort in mein Heimatland reisen, um Mittel für die Amazonasexpedition zu beschaffen, die ich mit Eurem Mann und Euch unternehmen möchte.«

Amber verzog missbilligend das Gesicht.

»Was redet Ihr da für einen Unsinn?«, tadelte sie den jungen Wissenschaftler. »Ihr wisst genau, dass diese Expedition niemals stattfinden wird. Die Herren der Royal Society haben es vorgezogen, jemand anderen als Master Franklin zu berufen.«

Stix winkte ab.

»Natürlich weiß ich das! Die hohen Herren mögen keine Ausländer. Sie haben mich auch ausgeladen, obwohl Master Darwin ein gutes Wort für mich eingelegt hat.« Er legte den Kopf schief und sah sie mit einem verschwörerischen Blick an. »Aber das bedeutet nicht, dass die Reise nicht möglich ist. Aus diesem Grund war ich gerade in Oxford, um Euren Gemahl von einer privaten Expedition zu überzeugen. Leider traf ich ihn nicht persönlich an, aber sein Kollege versprach, meine Nachricht zu überbringen.«

»Deshalb seid Ihr nach Oxford gefahren?«, fragte Amber befremdet. »Den Aufwand hättet Ihr Euch sicherlich sparen können.«

Stix widersprach ihr umgehend.

»Master Darwin war so freundlich, mich unter seine Fittiche zu nehmen. Von ihm erfuhr ich auch, dass Master Franklin eine bedeutende Großkultur am Amazonas vermutet. Diese Vorstellung fand ich sehr faszinierend.«

»Es gibt einige Berichte von Missionaren, denen dies durch Eingeborene zu Ohren gekommen ist«, bestätigte ihm Amber mit einem Blick auf die Bahnhofsuhr. Sie erwartete Camden jeden Augenblick zurück.

»Leider gelten diese Berichte nicht als Beweise, denn …«

»Das ist hinlänglich bekannt«, unterbrach ihn Amber erneut. »Aus diesem Grund findet sich auch kein privater Geldgeber für eine Expedition. Mein Gemahl wird Euch Ähnliches bestätigen.«

»Wird er nicht«, behauptete Stix triumphierend. »Ich habe mir nämlich erlaubt, etwas nachzuforschen. Ein guter Freund von mir in München hat Zugang zu zahlreichen Dokumenten, die sich mit der Zeit der Konquistadoren auseinandersetzt. Ich habe ihn gebeten, nach Hinweisen zu suchen, die die Theorie Eures Gemahls unterstützen. Tatsächlich stieß er auf den Brief eines Adligen, der seiner Frau über seine abenteuerlichen Erlebnisse im amazonischen Urwald berichtet. Darin erwähnt er, dass er bei einem Überfall im Dschungel so schwer verwundet wurde, dass er von seinen Kameraden als tot liegen gelassen wurde. Ein Indianer fand den Schwerverletzten und brachte ihn in ein weitab entlegenes Dorf. Dort pflegte man ihn gesund und nahm ihn ganz selbstverständlich in die Gemeinschaft auf. Sobald er einigermaßen genesen war, musste er auch an ihren Zeremonien teilnehmen. Man führte ihn zu einem Platz, den die Indianer ›Berg des Windes‹ nannten. Inmitten des Urwalds erhob sich ein Plateau, das übersät war von den Resten gewaltiger Bauten. Er beschreibt einen zentralen Tempel mit Götterfiguren, die mit Gold und Edelsteinen überzogen waren, und gepflasterte Straßen, vom Dickicht des Urwalds verschluckt.«

»Das hört sich nach einer der vielen Legenden über El Dorado an. Kein Mensch mit Verstand wird auch nur einen Penny darauf geben«, tat Amber Stix' Bericht wenig freundlich ab. Was interessierten sie die Hirngespinste dieses spanischen Adligen, selbst wenn sie wahr gewesen sein sollten. Sie würde ohnehin nie an den Amazonas reisen. Dieser Traum war gestorben.

Der junge Wissenschaftler reagierte prompt enttäuscht.

»Das seht Ihr völlig falsch, Lady Franklin! Immerhin ist das Dokument zweifelsfrei ein historisch verbürgter Hinweis, der Master Franklins Theorie bestätigt. Außerdem hat dieser Adlige, der übrigens Luis de Jerez hieß, eine grobe Karte angefertigt, die einige Anhaltspunkte für den Fundort liefert. Ich bin überzeugt, dass sich mit diesem Schriftstück Geldgeber finden werden.«

»Dafür wünsche ich Euch viel Glück. Leider müsst Ihr mich nun entschuldigen«, brach Amber das Gespräch endgültig ab. »Gute Heimreise, Mister Stix!«

Damit wandte sie sich Camden zu, der sie durch Winken auf die bevorstehende Abfahrt ihres Zuges aufmerksam machte.

Malcolm brütete über dem Plan einer neuen Stanzmaschine. Er hatte noch ein Problem mit der Kraftübertragung. Sobald das gelöst war, würde er mit der Produktion von vorgefertigten Maschinenteilen starten. Damit konnten sie alle sehr viel effektiver arbeiten. Das Prinzip war denkbar einfach. Das zurechtgeschnittene Werkstück, zum Beispiel ein Stück Eisen oder Blech, wurde vom Bediener der Maschine eingelegt und positioniert. Über eine mechanische Kraftübersetzung erfolgte dann der Stanzhub, der das Werkzeug auf das Eisen drückte. Auf diese Weise konnten mehrere Löcher oder Vorbohrungen gleichzeitig hergestellt werden – oder wenn das Werkzeug ein Stempel war, konnte man damit auch Material prägen. Er war so in seine Arbeit vertieft, dass er Thomas Harrods erst bemerkte, als der sich laut räusperte. Überrascht sah er von seinem Plan auf.

»Thomas«, rief er überrascht. Sein leicht übergewichtiger Kompagnon kam nicht oft in diesen abgelegenen Teil ihrer Firma.

»Wir müssen reden, Banny«, fiel dieser gleich mit der Tür ins Haus. Er wischte sich den Schweiß von der Stirn, so erregt war er. »Ich habe das ungute Gefühl, dass das Geschäft mit *Callahan & Sons* nicht zustande kommen wird.«

»Und wenn schon.« Malcolm legte seinen Plan beiseite und sah Thomas betont gleichmütig an. »Wir können die Pläne für eine andere Spinnerei machen, zum Beispiel für Lewis in Manchester.«

Harrods ließ sich ächzend auf dem Stuhl gegenüber von Malcolms Schreibtisch nieder. Sein Gesicht war hochrot.

»Du hast mal wieder keine Ahnung«, schnaubte er. »Uns steht das Wasser bis zum Hals. Unsere Einnahmen decken bei Weitem nicht die laufenden Kosten. Denk an die teuren Materialien und Werkzeuge, die du zum Bau deiner Maschinen benötigst, ganz zu schweigen von den Löhnen unserer Arbeiter und Angestellten und die Rückzahlungen an die Bank. Die Kosten fressen uns auf! Ohne das Geld von Callahan sind wir aufgeschmissen.«

»Wir haben doch einen Kredit über zwanzigtausend Pfund von der Bank erhalten«, wandte Malcolm unsicher ein. »Es muss doch noch genügend Geld übrig sein, um eine Zeit lang über die Runden zu kommen. Außerdem werden wir bald andere Einnahmen haben. Denk an die Druckerei in der Fleet Street und die Weberei in Lonsedale.« Er hasste es, sich mit Gelddingen auseinandersetzen zu müssen.

Thomas lachte nur bitter auf.

»Der Kredit wurde längst von den Investitionen und Ausgaben verschlungen! Du musstest ja unbedingt auf drei Werkhallen bestehen.« Thomas machte eine ausladende Bewegung. »Deine Spielwiese hier wird uns ruinieren!«

»Darüber haben wir oft genug geredet«, brauste Malcolm auf. »Ohne die Möglichkeiten moderner Fertigung können wir nicht innovativ sein. Falls es wirklich so schlimm um *Technical Improving* steht, verzichte ich notfalls eben eine Zeit lang auf meinen Lohn!«

Harrods sah ihn nur kopfschüttelnd an.

»Du hast es immer noch nicht kapiert. Selbst wenn wir beide das ganze nächste Jahr auf unseren Lohn verzichten, können wir so nicht überleben. Und mit den Einnahmen, die vielleicht in einem Jahr kommen, auch nicht. Wir müssen Bankrott anmelden, wenn Callahan abspringt. Was ist überhaupt gestern zwischen euch vorgefallen? Mir schien Callahan nach eurer Begegnung reichlich reserviert. Woher kennst du ihn, und warum hast du mir nie davon erzählt?« Harrods' Blick bohrte sich erwartungsvoll in Malcolms.

»Ich kenne ihn von früher«, meinte dieser ausweichend. Er wollte Thomas nicht mehr als nötig über ihre Beziehung verraten. »Bevor ich damals nach Indien ging, arbeitete ich als Werkstattleiter in seiner Spinnerei. Er hat es mir wohl übel genommen, dass ich damals gekündigt habe, um zur Eisenbahn zu gehen.«

»Du hast ihm aber nicht bei dieser Gelegenheit auch noch die Portokasse entwendet?«, fragte Harrods bissig.

Malcolm schenkte ihm ein verkniffenes Lächeln.

»Ich staune immer wieder über deinen haarscharfen Verstand, Thomas!«

Harrods wischte sich mehrmals über das Gesicht, während er angestrengt nachdachte.

»Wer, glaubst du, ist unser Mitbewerber?«

Malcolm zuckte mit den Schultern.

»Ich glaube, den gibt es gar nicht. Meines Wissens gibt es kein ähnliches Unternehmen wie unseres. Er wollte uns damit nur Angst machen.«

»Dann gibt es nur eine einzige Möglichkeit«, stellte Harrods fest. »Du musst die Sache mit Callahan bereinigen. Fahr zu ihm nach Yorkshire, rede mit ihm und überzeuge ihn davon, dass wir die Besten sind!«

»Das werde ich ganz sicher nicht! Ich habe meine Gründe dafür und bitte dich, sie zu respektieren!«

»Es ist unsere letzte Chance!« Thomas beugte sich vor und sah Malcolm eindringlich an. »Wir werden an unseren Schulden zugrunde gehen, wenn du Callahan nicht von uns überzeugst!«

»Dann soll es eben so sein!« Malcolm wurde langsam wütend. »Wir haben es nicht nötig, ihm hinterherzulaufen. Entweder er erkennt, was er an uns hat, oder er lässt es eben bleiben.«

Harrods raufte sich erneut die Haare.

»Nicht Callahan ist nachtragend. Du bist es!«, fuhr er ihn an. Er erhob sich schwerfällig von seinem Stuhl, um sein Büro zu verlassen. »Also gut. Dann werde ich es also noch einmal bei ihm versuchen.«

19

In der Nacht, bevor Cauré mit Xavier aufbrach, träumte er wieder von der fremden, hellhäutigen Napé. Dieses Mal sah er sie, wie sie in einer steinernen Hütte gefangen war und seelenlos aus dem Fenster starrte. Ihre Traurigkeit berührte ihn tief, obwohl er ihren Grund nicht kannte. In seinem Traum machte er sich daran, ihr ein Lied zu singen, das ihr helfen sollte, ihre Seele wiederzufinden. Doch bevor ihm das gelang, stürzte ein dunkler Schatten aus dem Gemäuer, richtete sich beängstigend groß vor ihm auf und drängte ihn zurück in die Wirklichkeit. Ein wenig von der Traurigkeit der Napé-Frau war nun auch auf ihn übergegangen. Immer noch verwirrt von seinem Traum, fragte er sich, weshalb ihm die Xapiripé immer wieder diese Träume schickten. An weiteren Schlaf konnte er nun nicht mehr denken. Also schälte er sich leise aus seiner Hängematte, um die Glut etwas anzuschüren.

Zu seiner Überraschung saß Takawe ebenfalls am Feuer. Er schien nachzudenken. Cauré wagte nicht, ihn zu stören, und beschloss, die Hütte zu verlassen. Seit der Versammlung hatten sie kein Wort mehr miteinander gewechselt. Doch Takawe ließ ihn nicht gehen, sondern winkte ihm, neben ihm Platz zu nehmen. Beklommen kauerte sich Cauré neben seinen Ziehvater, der ihn vor all seinen Brüdern und Schwestern verstoßen hatte. Er fürchtete sich davor, dass ihm noch mehr berechtigte Vorhaltungen gemacht würden. Hatte er nicht als Shapori versagt und Unruhe unter den Xapiripé gestiftet? Erst wenn es ihm gelang, sie wieder zu versöhnen, durfte er zurückkehren. Cauré seufzte laut. Er liebte Takawe, wie ein Sohn seinen Vater nur lieben konnte. Deswegen schmerzte es ihn umso mehr, dass er ihn so enttäuscht hatte.

Als könne der alte Mann seine Gedanken lesen, eröffnete er das Gespräch.

»Du weißt, dass du mir von all meinen Kindern immer das liebste gewesen bist, auch wenn du nicht meinen Lenden entsprungen bist«, begann er mit leiser Stimme.

Cauré konnte die Traurigkeit, die darin lag, spüren.

»Ich habe immer gesehen, dass etwas Besonderes in dir wohnt. Die Xapiripé haben Großes mit dir vor, glaubte ich, auch als du diesen Fremden in unsere Siedlung brachtest …« Nach einer längeren Pause, in der sie nur dem leisen Knistern des Feuers lauschten, fuhr er fort: »Doch das war vielleicht ein Fehler.«

»Ich weiß«, gestand Cauré kleinlaut. »Deswegen ist es nur gerecht, dass du mich aus dem Stamm ausschließt.«

Takawe nickte.

»Wir Hapuweteri leben nur im Hier und Jetzt. Was vergangen ist, interessiert uns genauso wenig wie das, was morgen geschieht. Wir leben den Augenblick, deshalb sind wir zufrieden. Dieser Napé denkt anders. Sein Volk lebt mehr in der Vergangenheit und in der Zukunft als im Hier und Jetzt. Auch ich habe mit ihm gesprochen, bevor die Seele durch Nakitaos Schlag seinen Körper verlassen hatte. Er glaubt an einen einzigen, grausamen Gott, den sein eigenes Volk umgebracht hat. Kannst du dir solch einen Unsinn vorstellen?« Er lachte leise auf. Dann suchten seine schon leicht trüb gewordenen Augen die seinen. »Du bist diesen Napé sehr ähnlich«, behauptete er plötzlich. Cauré erschrak über den Vergleich und wollte ihm widersprechen, doch Takawe winkte ab. »Manchmal glaube ich sogar, dass etwas von ihrem Blut in dir fließt, auch wenn deine Mutter eine Baniwa war. Aber das ist es nicht, was ich dir sagen will. Es ist deine Neugier, die dich anders sein lässt, als wir es sind. Du willst immer hinter die Dinge sehen, auch wenn das nicht nötig ist. Ich habe lange versucht, dir diese Eigenschaften auszutreiben, damit du besser in unsere Gemeinschaft passt. Doch dann erkannte ich, dass diese Eigenschaft dir auch die Möglichkeit gibt, die Xapiripé auf ganz besondere Weise zu erleben. Du bist seit langer Zeit der erste Hapuweteri, der es wieder gewagt hat, die Ebenen des *hutu pata* zu besteigen. Die Xapiripé haben dich nicht getötet, sondern dir den Ort gezeigt, an dem sie einst über unsere ganze Welt geherrscht haben. Leider haben sie dabei auch deinen Geist verwirrt. Du konntest nicht mehr unterscheiden, welcher Ruf der Xapiripé gut und welcher schlecht war. Sie haben dich genarrt, und deshalb hast du Leid über unser Volk gebracht. Um weiteren Schaden von uns abzuwehren, musst du fort von uns. Du musst lernen, die Geister der Fremden zu beherrschen, wenn du wieder zu uns zurückkehren willst.«

»Ich weiß, Vater«, behauptete Cauré. »Ich träume bereits von den hellhäutigen Geistern. Eine Napé-Frau braucht meine Hilfe. Ich weiß, dass ich mit ihr verbunden bin.«

Takawe ging nicht darauf ein.

»Weißt du, dass auch ich einst an den *hutu pata* war?«, fragte er stattdessen. Cauré sah seinen Vater überrascht an. Er hatte ihm nie davon erzählt. Takawes Gesicht spiegelte einen gewissen Stolz wider. »Auch ich habe erst dort meinen utupé gefunden. Mein Doppelgänger ist nicht so machtvoll wie deiner, aber ich bin mit den Geistern glänzender Steine verbunden und kann sie dort aufspüren, wo sie in der Erde verborgen liegen. Oben auf den *hutu pata* gibt es jede Menge davon, genau wie in den Flüssen um den Shabono. Die Xapiripé haben mir die Orte gezeigt und etwas mitgegeben.« Er griff nach dem Bambusbehälter neben sich, öffnete ihn und zog daraus einen kleinen Baumwollbeutel, der an einer Lianenschnur hing. Mit einem aufmunternden Nicken reichte er ihn Cauré. »Öffne ihn und sieh nach, was darin ist.«

Cauré tat, wie ihm befohlen wurde, und holte daraus einen cashewnussgroßen Gegenstand hervor, der trotz des schlechten Lichts so hell strahlte wie die aufgehende Sonne. Seine Oberfläche war glatt und wie blank poliert. Erst auf den zweiten Blick erkannte Cauré im diffusen Schein des Feuers, dass schwarze, glänzende Steine darin eingelassen waren, die ein seltsam vertrautes Muster bildeten. Plötzlich erinnerte er sich daran, dass er dieses Muster in den steinernen Hütten bei den *hutu pata* gesehen hatte. Der Stein fühlte sich warm und gut in seiner Hand an.

»Die Xapiripé müssen dir sehr wohlgesinnt sein, wenn sie dir dieses Geschenk machten«, sagte er voller Bewunderung.

Takawe schüttelte leise lachend den Kopf.

»Ich habe es auf dem Felsplateau unter einem der Würfelfelsen gefunden. Mein utupé führte mich in eine gut versteckte Höhle, die einst tief in den Fels geschlagen worden war. Darin findet man jede Menge leuchtende Steine. Aber dieses Stück hier war etwas Besonderes. Ich hatte das Gefühl, dass der Stein mich zu sich rief und mich bat, ihn mitzunehmen. Also steckte ich ihn ein. Lange Zeit lag er unbeachtet zwischen meinen Sachen. Doch als das Fieber mich erfasste, verrieten mir die Xapiripé, dass der Stein für dich bestimmt ist. Ich bin sicher, dass er dir helfen wird, den Fluch, den du über uns gebracht hast, zu lösen. Behalte ihn und trage ihn immer bei dir als Erinnerung an deinen Vater und Lehrmeister. Vielleicht hilft er dir, die Xapiripé wieder mit dir zu versöhnen.«

Cauré spürte, wie sich der Kloß in seinem Hals löste. Also hatte er die Liebe seines Vaters doch noch nicht verloren. Behutsam legte er den Stein in sein Säckchen zurück und hängte sich dieses um den Hals. Es war Zeit zu gehen. Er griff nach dem Tragekorb mit dem Proviant, den ihm seine Mutter gepackt hatte, hängte sich Köcher und Bogen um und weckte Xavier.

»Ich bringe dich nach Hause«, verkündete Cauré leise, ohne seinen Vater noch zu beachten. Zwischen ihnen war alles gesagt.

Xavier sah ihn mit großen Augen an. Seit seiner Erkrankung war Cauré für ihn so etwas wie ein großer Bruder, dem er blind vertraute. Ohne Nachfragen rappelte er sich auf und beeilte sich, Cauré zu folgen.

Cauré stapfte über die bekannten Pfade des Urwalds hinein ins Unbekannte. Xavier folgte ihm wie ein williges Kind. Ab und zu grummelte er leise vor sich hin oder kicherte aus unerfindlichen Gründen, doch solange das Grau der Morgendämmerung sie noch umfing, verhielt er sich leise. Erst als die ersten Lichtstrahlen die Umgebung in ein bläuliches Grün tauchten, durch das vereinzelt Lichtstrahlen wie durch einen verborgenen Erdspalt in eine unterirdische Höhle drangen, wurde sich der Napé bewusst, dass etwas anders war als sonst.

»Wohin gehen wir, Bruder?«, fragte er gut gelaunt.

»Nach Hause«, wiederholte Cauré einsilbig, in der Hoffnung, dass er sich damit zufriedengab. Er hatte keine Lust, sich auf das einfältige Gerede des Irren einzulassen. Xavier scherte sich jedoch nicht darum. Er kicherte und klatschte begeistert in die Hände.

»Au ja! Mutter wird sich freuen, mich zu sehen. Ich bin nämlich ein gutes Kind, weißt du?«

Cauré schüttelte verständnislos den Kopf und ging noch schneller. Xavier folgte ihm mühelos, denn im Gegensatz zu ihm trug er kein schweres Gepäck. In Caurés Tragekorb waren nicht nur Kochbananen, sondern auch ihre beiden Hängematten sowie ein Behälter mit der roten Pflanzenfarbe Urucum und einige Sachen zum Tauschen, die sie brauchen konnten, wenn sie fremde Stammesgebiete betraten. Cauré hatte ein Knäuel aus naturfarbenem Baumwollgarn, neue Pfeilspitzen und einen Bambusbehälter mit Yakoana-Pulver dabei. Dazu trug er noch den Bogen sowie den Köcher mit den vergifteten Pfeilen.

»Mutter wird sich freuen, wenn ihr kleiner Junge wieder nach Hause kommt«, plapperte Xavier munter in seinen Rücken hinein. »Ihre Tortillas sind die besten im ganzen Dorf. Du musst sie auch probieren. Sie sind wunderbar …«

Es kümmerte ihn nicht, dass Cauré nicht reagierte. Im Gegenteil, sein Redeschwall nahm nur noch zu. Cauré ertrug es zunächst stillschweigend. Solange sie sich noch im Gebiet der Hapuweteri befanden, vertrieb der Dummkopf mit seinem Gerede nur die Tiere. Irgendwann würde er schon von allein den Mund halten. Doch da hatte sich Cauré getäuscht. Je höher die Sonne stieg, desto größer wurde Xaviers Mitteilungsdrang, und dann begann er zu allem Überfluss auch noch zu singen.

»O Haupt voll Blut und Wunden,
Voll Schmerz und voller Hohn,
O Haupt, zum Spott gebunden
Mit einer Dornenkron',
O Haupt, sonst schön gezieret
Mit höchster Ehr' und Zier,
Jetzt aber hoch schimpfieret:
Gegrüßet sei'st du mir!«

Cauré zuckte zusammen, als er den Liedtext zum ersten Mal vernahm. Er verstand immerhin ein bisschen von Xaviers Sprache, genug, um zu ahnen, dass der Mann von einem kaputten Kopf sang. Ob ihn der große Xapiripé, von dem Xavier erzählt hatte, als er noch seine Seele besessen hatte, noch mehr plagen wollte? Er schüttelte den Kopf und versuchte, nicht länger hinzuhören. Doch selbst das Geschrei der Brüllaffen vermochte den sich ständig wiederholenden Gesang auf Dauer nicht zu übertönen. Wieder und wieder sang er dieselben Worte. Cauré steckte sich schließlich Blätter in die Ohren, weil dieser Singsang begann, sich wie ein Wurm in seinen Kopf zu bohren.

»O Haupt voll Blut und Wunden,
voll Schmerz und voller Hohn …«

Cauré hatte bald das Gefühl, dass ein Bienenschwarm durch seinen Kopf schwirrte.

»O Haupt voll Blut und Wunden,
voll Schmerz und voller Hohn …«

Wenn der Napé nicht bald damit aufhörte, würde der große Xapiripé auch ihn noch verhexen, fürchtete Cauré. Er musste ihm Einhalt gebieten.

»Hör auf zu singen«, forderte er seinen Begleiter streng auf. Xavier sah ihn aus großen Augen unverständig an, verstummte aber tatsächlich. Cauré nickte befriedigt und marschierte weiter. Doch kaum legten sie gegen Mittag eine erste, kurze Pause ein, fing Xavier erneut mit seinem Gesang an.

»O Haupt voll Blut und Wunden,
voll Schmerz und voller Hohn …«

Cauré zuckte zusammen. Nun war er sich ganz sicher, dass die Worte verhext waren. Sie sollten ihn genauso irre machen wie Xavier. Das durfte er nicht zulassen.

»Schweig!«, fuhr er ihn böse an und hob zur Unterstreichung seiner Autorität seine Faust. Xavier erschrak darüber so sehr, dass er wie ein gescholtenes Weib zu weinen begann. *Immer noch besser, als zu singen,* dachte Cauré verächtlich und stapfte weiter. Doch das Geheule hatte eine ähnlich zermürbende Wirkung wie der Gesang. Es zehrte an seiner Geduld und ließ ihn unaufmerksam für seine Umgebung werden.

So allmählich verließen sie das Gebiet der Hapuweteri. Bald würden sie das Gebiet der ihnen feindlich gesinnten Makarati betreten, das sie durchqueren mussten. Wenn einer ihrer Jagdtrupps sie entdeckte, würde es mit Sicherheit zu einer Auseinandersetzung kommen. Das war keine verlockende Aussicht, zumal er diesen wehrlosen Napé bei sich hatte. Außerdem vertrieb der Lärm sämtliches Wild, das er jagen konnte. Doch was sollte er tun? Der große Xapiripé ließ Xavier nicht in Ruhe. Weder Freundlichkeit noch Gewalt brachte ihn zum Schweigen.

Einen Moment lang erwog Cauré, den Fremden, der ihnen so viel Unglück gebracht hatte, einfach zurückzulassen. So hätte er ein für alle Mal Ruhe vor ihm, auch wenn er damit dessen sicheren Tod beschwor. Nicht, dass er dies bedauern würde. Auf der anderen Seite konnte es aber bedeuten, dass der große Xapiripé des Napé stattdessen ihn und seine Leute verfolgte. Vielleicht war das ja der Fluch, den er auf sie geladen hatte? Er musste diesen Geist auf andere Weise besiegen. Womöglich gelang es ihm ja, Frieden für sein Volk zu erbitten. Das Beste war, das Nachtlager noch vor dem Gebiet der Makarati aufzuschlagen. Mit vollem Magen und einem guten Klumpen Kautabak würde er vielleicht eine Lösung finden.

Als er einen geeigneten Ort fand, gab er dem immer noch heulenden Xavier zu verstehen, dass sie hier übernachten würden. Tatsächlich bewirkte die Aussicht auf eine Pause, dass sein Begleiter mit dem Jammern aufhörte. Doch noch während Cauré ihre Hängematten zwischen einigen Baumstämmen aufhängte, begann sein Begleiter erneut zu singen.

»O Haupt voll Blut und Wunden,
voll Schmerz und voller Hohn,
O Haupt, zum Spott gebunden
Mit einer Dornenkron',
O Haupt, sonst schön gezieret
Mit höchster Ehr' und Zier,
Jetzt aber hoch schimpfieret:
Gegrüßet sei'st du mir!«

Er stellte den Gesang erst ein, nachdem Cauré Feuer gemacht und für Xavier und sich Platanillo-Blätter ausgebreitet hatte, auf die sie sich setzen konnten. Während die Kochbananen im Feuer garten, begann Cauré einige getrocknete Tabakblätter aus dem Bündel in seinem Korb zu nehmen, sie in einer Kürbisschale mit Wasser einzuweichen und dann mit der Asche von dem Feuer zu bestreuen. Mit flinken Händen rollte er sodann die Tabakblätter zu Klumpen und schob sich einen davon zwischen Zahnfleisch und Unterlippe. Mit Genuss lutschte er, bis ihm grüner Speichel aus den Mundwinkeln lief. Schon bald spürte er die Entspannung, die die Wirkung des Tabaks ihm verschaffte. Xavier beobachtete ihn dabei mit wachsender Begierde.

»Xavier will auch«, bettelte sein Begleiter und betrachtete dabei sehnsüchtig die anderen Tabakklumpen, die er sich als Vorrat gedreht hatte. Cauré war nicht sehr angetan davon, seinen begrenzten Vorrat mit dem Verrückten zu teilen. Doch dann kam ihm die Idee, dass er damit vielleicht ja den großen Xapiripé, der Xavier quälte, zur Einsicht bringen konnte.

»Ich gebe dir Tabak, wenn du nicht mehr singst«, schlug er vor, indem er auf die Tabakklumpen neben sich zeigte. Xavier sah ihn mit großen, verständnislosen Augen an.

»Hast du mich verstanden?«

Xavier schüttelte den Kopf und versuchte mit einem Kichern an den Tabak zu kommen. Doch Cauré ließ es nicht zu. Xavier verzog sein Gesicht zu einer Grimasse und begann erneut zu heulen. Cauré nahm nun einen Tabakklumpen in die Hand. Doch bevor Xavier erneut gierig danach greifen konnte, zog er ihn wieder zurück und hielt ihm stattdessen mit der anderen Hand dessen Mund zu.

»Du schweigst, dann Tabak, verstanden?«, knurrte er. Plötzlich ging ein Strahlen über Xaviers einfältiges Gesicht, und er begann eifrig zu nicken.

»Ich schweige, ich bekomme Tabak«, meinte er freundlich und presste zur Bekräftigung fest die Lippen zusammen.

Cauré atmete erleichtert auf und gab ihm endlich den Klumpen. Xavier stopfte ihn sich gierig in den Mund und begann sofort, lautstark daran zu lutschen. Cauré war zufrieden. Der große Xapiripé hatte sich offensichtlich auf den Handel eingelassen. Als der Napé noch eine Seele besessen hatte, hatte er den Tabak seines Volkes verdammt. Nun fanden die Geister, die seine Seele entführt hatten, offensichtlich großen Gefallen daran.

Die folgende Nacht hatte er tatsächlich seine Ruhe. Nach dem Essen verkroch sich Xavier in seine Hängematte und schlief bis zum nächsten Morgen. Doch kaum hatten sie am folgenden Morgen die Reste ihres Kochbananenbreis aufgezehrt, bettelte er um eine neue Portion. Cauré versuchte ihm klarzumachen, dass Tabak wertvoll war und sie damit sparsam umgehen mussten. Doch Xavier zeigte dafür kein Verständnis. Solange er sich weigerte, ihm einen neuen Klumpen zu geben, verlegte er sich abwechselnd wieder aufs Singen und Weinen.

»O Haupt voll Blut und Wunden,
voll Schmerz und voller Hohn …«

Cauré gab sich geschlagen. Er schob ihm rasch eine weitere Portion in den Mund, woraufhin Xavier und sein Xapiripé zufrieden für die nächsten Stunden verstummten. Am darauf folgenden Abend kletterte Xavier, sobald Cauré das Lager aufgeschlagen hatte, unaufgefordert in seine Hängematte und schlief. Der Hapuweteri nutzte die Zeit, um auf die Jagd zu gehen. Als er später mit einem erlegten Aguti zurückkehrte, schlief der Fremde immer noch. Erst der Geruch von gebratenem Fleisch machte ihn wieder munter. Gierig verschlang er das Fleisch des Nagetiers, trank etwas Wasser und legte sich daraufhin sofort wieder hin. Cauré hatte Xaviers Xapiripé überlistet.

Auf ähnliche Weise vergingen die nächsten Tage. Hin und wieder stieß Cauré auf menschliche Spuren. Die Jäger der Makarati waren nicht weit, doch sie hatten Glück und wurden von keinem ihrer Jagdtrupps aufgespürt. Allmählich veränderte sich die Landschaft. Cauré erinnerte sich vage daran, hier schon einmal gewesen zu sein. Es war nur eine flüchtige Kindheitserinnerung, vielleicht aus der Zeit, bevor die Hapuweteri ihn und seine Mutter entführt hatten. Jedenfalls war ihm der Urwald auf sonderbare Weise vertraut. Im Gegensatz zu der Heimat der Hapuweteri gab es im Süden noch mehr Flüsse, und er wusste von Takawe, dass sie alle sich an einem fernen Ort zu einem riesigen Fluss vereinigten, den seine Leute den Vater aller Flüsse nannten. An diesem Ort hoffte er, auf einen freundlichen Stamm zu treffen, der ihm vielleicht verraten konnte, wo die hellhäutigen Napé lebten. Dorthin wollte er Xavier bringen, um herauszufinden, wie er sich mit deren großen Xapiripé versöhnen konnte.

Je weiter sie in den nächsten Tagen in das fremde Gebiet vorstießen, desto öfter trafen sie auf andere Indianersiedlungen. Ihre Dörfer lagen oft nahe beieinander, und zwischen ihren Stämmen herrschte ein reger, meist friedlicher Tauschhandel. Die beiden Reisenden wurden in der Regel von den Bewohnern freundlich aufgenommen und von ihren Anführern eingeladen, für ein oder zwei Nächte bei ihnen zu bleiben. Den hellhäutigen Napé beobachteten die Indianer zuerst argwöhnisch, doch sobald sie bemerkten, dass der Fremde ein seelenloser Dummkopf war, duldeten sie seine Anwesenheit, ohne ihm noch weiteres Interesse entgegenzubringen.

Nachdem der Mond sich einmal erneuert hatte und kurz davor stand, sein volles Gesicht zu zeigen, näherten sie sich einem Dorf am Ufer eines breiten Flusses, den man nur mit einem Einbaum überqueren konnte. Mehrere Kinder, die am sandigen Flussufer Frösche fingen, entdeckten sie. Cauré winkte ihnen freundlich zu. Einige winkten zurück, doch als sie Xavier entdeckten, ließen sie alles stehen und liegen und rannten aufgeregt schreiend in ihr Dorf, um die Ankunft der Fremden anzukündigen. Cauré befahl Xavier, sich in den Sand am Ufer zu setzen, während er selbst seinen Bogen auf den Boden legte als Zeichen, dass er in friedvoller Absicht gekommen war. Kurze Zeit später näherten sich ihnen einige der Bewohner. Offensichtlich waren die meisten Männer und Frauen bei der Feldarbeit oder auf der Jagd, denn die Abordnung bestand lediglich aus einem alten Mann und mehreren Frauen unterschiedlichen Alters. Cauré hob nochmals beide Arme zum Zeichen seiner Friedfertigkeit.

»Shori noje, shori noje«, sprach Cauré die Begrüßungsformel seines Volkes und hoffte, dass dies ein Stamm war, der seine Sprache verstehen konnte. Der Alte antwortete ihm in einem fremden Dialekt, den er jedoch zu seiner eigenen Überraschung erstaunlich gut verstand.

»Ein guter Freund ist uns immer willkommen«, antwortete der Alte und schenkte Cauré ein wohlwollendes Kopfnicken. Doch in der Zwischenzeit hatten die Frauen den am Boden hockenden Xavier entdeckt und begannen unfreundlich zu murmeln.

»Er ist ungefährlich«, versuchte Cauré sie vergeblich zu beschwichtigen. Eine junge Frau trat aus der Gruppe heraus. Sie fiel auf, weil sie größer war als ihre Stammesgenossinnen; außerdem war sie ausgesprochen hübsch. Sie war schlank und bewegte sich mit der anmutigen Eleganz eines Rehs. Im Gegensatz zu den anderen Frauen war ihr Gesicht nicht rund und flach, sondern schmal mit auffallend großen Augen über den hohen Wangenknochen. Wie alle Frauen des Stammes trug sie die samtschwarzen Haare lang. Nur über der Stirn waren sie über den Augenbrauen geschnitten. In ihren Ohrlöchern steckten bunte Vogelfedern, ansonsten war sie ohne Schmuck. Cauré beeindruckte ihre stolze Erscheinung, obwohl sie ihn nicht sehr freundlich begrüßte.

»Was hast du mit diesem Seringueiro zu schaffen?«, fragte sie ihn angriffslustig. »Diese Menschen und ihre Freunde sind in unserem Volk nicht willkommen. Verschwindet!« Zum Zeichen ihrer Abscheu spuckte sie vor Xavier aus, woraufhin dieser vor Angst den Kopf zwischen seine Knie steckte.

Caurés Herz schlug mit einem Mal schneller. Nicht etwa, weil ihn die unfreundlichen Worte der schönen Frau beleidigten, sondern weil ihre Worte ihm sagten, dass ihr Volk mit den weißen Napé bekannt sein musste. Sie hatte sogar einen Namen für sie: *Seringueiros.*

»Du kennst das Volk dieses Napé?«, fragte er überrascht.

Die junge Frau sah ihn befremdet an. »Jeder hier kennt die Seringueiros. Sie sind bösartige und hinterlistige Menschen, die vor keiner Gewalt zurückschrecken. Sie sind unsere Feinde!« Ihre dunklen Augen, in denen sich das Licht des Flusses spiegelte, funkelten vor Empörung. »Und ihre Freunde sind ebenfalls die Feinde der Waimiri!«

»Ich komme in friedlicher Absicht«, verteidigte sich Cauré heftig. Er setzte seinen Tragekorb ab und holte daraus den Bambusbehälter mit dem Urucum, den er der Waimiri-Frau reichte. »Diese rote Paste ist für dich. Meine Mutter Yoama hat sie selbst zubereitet. Sie weiß, wo die besten Früchte zu finden sind.«

Die junge Frau zierte sich zunächst. Erst als ihr der Alte zustimmend zunickte, nahm sie das Urucum entgegen.

»Warum bist du hier?«, erkundigte sie sich nun eine Spur freundlicher. Ihr Blick blieb dennoch durchdringend und verursachte bei Cauré Unbehagen und Neugier zugleich. Er war noch nie einer so stolzen Frau begegnet. Auf der anderen Seite fand er, dass es ihr nicht zustand, ihn im Namen ihres Dorfes so feindlich zu behandeln.

»Das sage ich eurem Kasike, wenn er es wünscht«, entgegnete er deswegen barsch und hielt ihrem Blick trotzig stand. Eine Weile standen sie sich kräftemessend gegenüber. Dann wandte sich die Frau plötzlich ab und verschwand mit seinem Geschenk in Richtung Dorf.

»Jandeira hat allen Grund, auf die Seringueiros böse zu sein«, mischte sich nun der Alte ein. »Sie lebt erst seit kurzer Zeit in unserem Dorf. Sie ist keine Waimiri. Sie ist eine Caboclo vom Rio Negro und hat bei uns Zuflucht gesucht. Ihre Mutter und ihre Schwestern wurden von den Seringueiros getötet, ihre Brüder und ihr Vater gefangen genommen. Sie war die Einzige, die den Überfall überlebt hat. Sie floh in den Dschungel und wurde dort halb tot von unseren Jägern gefunden. Jetzt lebt sie hier. Nun weißt du, weshalb sie dich und deinen Freund als Feinde betrachtet.«

»Ich bin aber nicht einer der weißen Napé«, verteidigte sich Cauré bestürzt. Die Worte des Alten gefielen ihm gar nicht. Sie bedeuteten, dass diese Weißen wirklich gefährlich waren. »Ich bin gekommen, um diesen Mann zurück zu seinem Volk zu bringen.«

»Was geht dich sein Schicksal an?«, wollte der Alte nun wissen. Seine Stimme klang um einiges versöhnlicher als die von Jandeira. Cauré spürte, dass er Anteil an seinem Schicksal nahm. Deswegen beschloss er, ihm die Wahrheit zu sagen.

»Unser Shapori glaubt, dass ich Schuld daran trage, dass sich der große Geist der weißen Napé gegen unser Volk gewandt hat. Ich habe diesen Mann ebenfalls verletzt im Wald gefunden und in unser Dorf gebracht. Meine Neugier trieb mich, denn ich wollte wissen, wie er denkt und woher er kommt, anstatt ihn im Urwald seinem Schicksal zu überlassen. Er ist so anders, als wir es sind. Er glaubt nicht an die Geister des Waldes, sondern an einen einzigen großen Geist, der alles beherrscht. Wir haben ihn ausgelacht. Doch dann wurden viele von uns krank und starben. Das ist der Beweis, dass wir seinen mächtigen Xapiripé verärgert haben. Aus diesem Grund muss ich zu ihrem Shapori gehen und ihn bitten, mir zu helfen, den großen Geist wieder zu versöhnen.« Er seufzte und spürte plötzlich die ganze Last der Verantwortung auf seinen Schultern ruhen. Dann deutete er auf Xavier, der sich um die anwesenden Indianer in keiner Weise kümmerte, sondern mit einem Stöckchen Kreuze in den Sand malte. »Der Napé ist harmlos. Seine Seele hat ihn nach einem Streit mit meinem Bruder verlassen. Nur wenn ich ihn zurückbringe, kann ich den Fluch lösen. Von euch erbitte ich nur, dass ihr mir helft, über den Fluss zu gelangen.«

Die umstehenden Waimiri nickten verständig. Jeder von ihnen wusste, wie schwer es wog, wenn man die Geister verärgerte. Sie berieten sich kurz, dann lud der Alte Cauré und Xavier ein, ihnen in ihr Dorf zu folgen.

Jandeira war nicht wohl dabei, als sie sah, dass der alte Paodaco die Fremden in ihr Dorf einlud. Sosehr ihr der junge Hapuweteri gefiel, sosehr verabscheute sie den weißen Mann, den er mit sich führte wie einen Hund. Zu nah waren ihr noch die schrecklichen Erlebnisse. Mit Grauen dachte sie an jenen Vormittag vor etlichen Monden, als sie gemeinsam mit ihren zwei Schwestern und der Mutter auf dem brandgerodeten Feld Unkraut gejätet hatte, während ihr Vater und ihre beiden Brüder neue Pflanzen setzten.

Ihr Vater war ein Tucano vom Rio Negro gewesen, ihre Mutter eine Juri, deren Stamm sich einst etwas oberhalb des Zusammenflusses von Rio Negro und Amazonas niedergelassen hatte. Die Familie von Jandeiras Mutter lebte in einer Siedlung aus Steinen und Lehmhütten, die die Weißen neuerdings Manaus nannten. Dort hatten sich ihre Eltern einst auch kennengelernt. Weil ihrem Vater das Leben in der großen Siedlung nicht gefallen hatte, waren sie nach ihrer Hochzeit an einen Seitenarm des Rio Negro gezogen und hatten sich dort in der Wildnis niedergelassen. Ihr Vater mochte die Weißen nicht, denn er war der Überzeugung, dass sie nur darauf aus waren, den Indianern ihre Seele zu stehlen und sie zu unwürdiger Arbeit anzuhalten. Wie richtig er mit seiner Meinung lag, hatte sie selbst erfahren.

Jener Tag, an dem das Unglück über sie hereinbrach, war ungewöhnlich schwül gewesen. Während Jandeira etwas abseits das Unkraut zwischen den Maniokwurzeln jätete, näherte sich ihr unvermittelt ein ganzer Wolkenschwarm von *puri-puri*. Innerhalb von Sekunden ließen sich die lästigen schwarzen Fliegen auf ihr nieder, um aus jeder ihrer Körperöffnungen zu trinken. Wild um sich schlagend flüchtete sie in die Dunkelheit des Waldes, die die Insekten dazu brachte, wieder von ihr abzulassen. Sie konnte nicht wissen, dass ausgerechnet diese Fliegen ihr das Leben retten sollten.

Während sie immer noch damit beschäftigt war, die Tiere von ihrem Körper abzureiben und nach dem Baum zu suchen, dessen Rinde, wenn man sie auf die Haut rieb, die Insekten davon abhielt, sich nochmals auf ihr niederzulassen, hörte sie plötzlich auf der Lichtung die laute, aufgebrachte Stimme ihres Vaters. Sie wollte schon zurück auf das Feld gehen, um nachzusehen, was geschehen war, als mehrere Schüsse erneut die Stille des Waldes durchbrachen. Jandeira begann am ganzen Leib zu zittern, als sie kurz darauf die gellenden Schreie ihrer Mutter und der Schwestern vernahm, die von wütenden, geilen Männerstimmen unterbrochen wurde. Dann hörte sie, wie ihr kleiner Bruder Joao versuchte, sich gegen die Eindringlinge zur Wehr zu setzen. Nie würde sie vergessen, wie sein Protest durch das Zischen einer Machete erstickt wurde.

Jandeira wusste nicht, wie lange sie in ihrem Versteck zwischen den Bretterwurzeln eines Kapokbaumes ausgehalten hatte. Sie wusste nur, dass es ihr wie eine Unendlichkeit vorgekommen war. Sobald die Männer das Feld verlassen hatten, wagte sie sich näher. Hinter Büschen verborgen sah sie die geschändeten Leiber ihrer toten Mutter und ihrer beiden älteren Schwestern. Nicht weit davon die Überreste von Joao, sein Leib grotesk verzerrt zwischen den Kochbananen, während sein blutiger Kopf etwas abseits bereits von schwarzen Ameisen übersät war. Sie erbrach sich an Ort und Stelle. Die Männer durchstöberten unterdessen ihre Hütte nach Wertsachen, bevor sie wieder in ihre Boote stiegen und den Fluss hinabpaddelten, ihren Vater und ihren älteren Bruder als Sklaven mit sich führend.

Weinend ließ sie sich auf die Knie fallen. Der Verlust ihrer Familie wog so schwer, dass sie glaubte, selbst sterben zu müssen. So in ihr Leid versunken, war ihr nicht aufgefallen, dass eines der Boote noch immer am Flussufer lag. Als sie aufblickte, sah sie in das bärtige Gesicht eines Seringueiro. Seine Augen verschlangen sie vor wilder Gier. Jandeira schrie auf und versuchte wegzulaufen. Doch der Mann war schneller und auch kräftiger als sie. Mit groben Händen packte er sie an den Schultern und warf sie zu Boden. Bevor sie sich wehren konnte, war er auch schon über ihr und tat ihr dasselbe an, was seine Freunde zuvor mit ihrer Mutter und ihren Schwestern getan hatten. Sie wusste, dass er sie töten würde, sobald er mit ihr fertig war. Ein letzter Rest von Überlebenswille ließ sie dagegen aufbegehren. Während er in ihr stöhnte, gelang es ihr, an das Messer an seinem Gürtel zu kommen. Sie zog es aus seiner Scheide und stieß mit der letzten Kraft, die ihr noch zur Verfügung stand, in seine Seite. Mit einem lauten Aufstöhnen ließ der Weiße von ihr ab und griff sich an die Seite. Hellrotes Blut breitete sich rasch auf seinem Hemd aus. Doch die Wunde war nicht tief genug, um ihn vollständig außer Gefecht zu setzen. Als Jandeira versuchte aufzustehen, griff er mit seiner freien Hand in ihr Haar. Sie schrie auf. Gleichzeitig versetzte sie ihm mit dem Fuß einen Tritt in den Magen. Der Vergewaltiger ließ mit einem wütenden Schmerzensschrei von ihr ab, Zeit genug für sie, sich aufzurappeln und in den Wald zu fliehen. Als sie sich ein letztes Mal nach ihrem Verfolger umsah, sah sie in die blitzende Mündung seines Revolvers. Kurz darauf spürte sie einen stechenden Schmerz in ihrem Arm und dann das Blut, das in einem Strom aus der entstandenen Wunde trat. Ohne darauf zu achten, floh sie weiter. Sie rannte und rannte und rannte, bis sie irgendwann das Bewusstsein verlor.

Noch heute träumte sie jede Nacht davon. Damals hatte sie geschworen, nie wieder einem Weißen oder dessen Freunden zu trauen.

20

Bingley, Februar 1861

Amber saß am Fenster ihres Zimmers und beobachtete, wie sich der Himmel über den sanften Hügeln von Yorkshire rasch verdunkelte. Wintergraue Wolkenfetzen ballten sich in Windeseile zu einem Zentrum zusammen, um daraus Heerscharen von Schneeflocken zu entlassen. Wild wirbelnd tanzten sie vom Himmel herab und besetzten in einem letzten Aufbegehren des abziehenden Winters noch einmal die Welt. Von der späten Wintersonne, die eben noch die ersten Frühblüher als bunte Vorboten des Frühlings freundlich aus den Schneeresten hatte leuchten lassen, war nur noch ein gelblicher, trüber Fleck übrig geblieben, der schließlich völlig in dem Schneetreiben verschwand.

Amber wandte sich ab. Der wilde Tanz der Flocken machte sie schwindlig. Vor ihr stand die leere Staffelei, die vergeblich darauf wartete, von ihr bemalt zu werden. Auch wenn sie sich jeden Tag aufs Neue vornahm, endlich wieder am Leben teilzunehmen, es wollte ihr nicht gelingen. Ihr fehlte immer noch der Antrieb.

Die Tage verstrichen einer nach dem anderen ereignislos und spiegelten in ihrer Monotonie die Leere in Ambers Innerem wider. Sie träumte kaum und meditierte auch nicht mehr, wodurch die lose, geistige Verbindung zu ihrem jugendlichen

Freund und Lehrer Tashi ebenfalls unterbrochen war. Der tibetische Mönch hatte einst behauptet, dass ihrer beider Leben schicksalhaft miteinander verknüpft war. Lange Zeit hatte sie tatsächlich eine tiefe Bindung zu ihm verspürt. Tashi war in der schweren Zeit nach Ashtons Tod nie von ihrer Seite gewichen. Sie hatte so vieles von ihm gelernt und dabei Dinge erfahren, die sich menschlichen Vorstellungen normalerweise entziehen. Von ihm hatte sie auch das Meditieren gelernt, das ihr gemeinsam mit bestimmten Übungen half, den ständigen Schmerz in ihrem verkrüppelten Bein in den Griff zu bekommen und ihren Geist für übersinnliche Dinge zu öffnen. Immer wieder war es geschehen, dass Tashi durch seine Gedanken zu ihr sprechen und mit ihr über Tausende von Meilen kommunizieren konnte. Das letzte Mal war er während Beatrices schwerer Geburt mit ihr in Kontakt getreten. Doch seit dem Tod ihres Ungeborenen war auch diese Verbindung gerissen. Ambers Geist irrte allein durch ihre unstillbare Trauer.

Nur der Gedanke an Rhys berührte sie hin und wieder wie der Flügelschlag einer Taube. Auch wenn sie es nicht zugeben wollte, die Tatsache, dass er sich in den vier Wochen, die sie in Yorkshire war, noch nicht einmal hatte sehen lassen, kränkte sie. Ein kurzer Brief, in dem er bedauerte, dass er leider auch in der vorlesungsfreien Zeit nicht zu ihr reisen könne, war alles, was sie von ihm erhalten hatte. Er gab vor, Tag und Nacht für Professor Stanley an der Einschätzung griechischer Ausgrabungen arbeiten zu müssen. Doch Amber mutmaßte, dass dies nur ein Vorwand war. Wahrscheinlich ertrug er einfach ihre triste Stimmung nicht. Wie konnte sie ihm das verdenken? Das Beste war ohnehin, wenn er sie so schnell wie möglich vergaß. Sollte wenigstens er glücklich werden, wenn es sie schon nicht sein konnte.

Dann kam ihr mit einem Mal die Unterhaltung mit Sebastian Stix wieder in Erinnerung. Hatte er damals vor King's Cross nicht irgendwelche Beweise erwähnt, die es Rhys ermöglichen könnten, doch noch Geldgeber für eine Expedition zu finden? Vielleicht war Rhys längst wieder am Planen. Wieso war ihr das nicht schon früher in den Sinn gekommen? Womöglich stand seine Abreise schon bald bevor, und er wagte nur nicht, es ihr mitzuteilen. Je länger sie darüber nachdachte, umso wahrscheinlicher kam es ihr vor. Nachdenklich kaute sie auf ihrer Unterlippe. Rhys hatte es nicht verdient, dass er sich länger mit ihr quälen musste. Sie sollte endlich einen endgültigen Schlussstrich ziehen. Sie stand auf und begab sich an ihren Sekretär, wo sie Briefbogen, Tinte und Feder vorfand. Zum ersten Mal seit Langem war sie fähig, einen Entschluss zu fassen. Sie würde Rhys gleich jetzt einen Abschiedsbrief schreiben.

Sie war gerade dabei, den Brief zu versiegeln, als es an ihre Tür klopfte. Es war Maeve, gefolgt von ihrem alten Dienstmädchen Jane, die Tee und belegte Sandwiches brachte. Amber verbrachte die meiste Zeit in ihren Räumen. Selbst die Mahlzeiten nahm sie häufig dort ein, weil ihr die Gesellschaft von Menschen nach wie vor lästig war. Besuche lehnte sie grundsätzlich ab, nur Maeve durfte ihr ab und zu beim Tee Gesellschaft leisten. Ihre ruhige, selbstverständliche Art und vor allem ihre Diskretion taten Amber gut. Die beiden Frauen konnten lange schweigend beieinandersitzen, ohne dass es für einen von ihnen peinlich gewesen wäre.

»Auch wenn du es vorziehst, alleine zu sein, muss ich dich bitten, heute eine Ausnahme zu machen«, begrüßte sie Maeve und setzte sich ohne Umschweife auf die hellblaue Couch am Erkerfenster. Jane platzierte die silberne Teekanne und das Geschirr auf das geschwungene Tischchen davor und zog sich wieder zurück. Amber blieb gar nichts anderes übrig, als sich zu ihrer Stiefmutter zu gesellen. Während Maeve ihnen beiden Tee einschenkte, plauderte sie munter drauflos.

»Stell dir nur vor, Francis hat endlich lesen gelernt. Er ist so stolz darauf, dass er sich nun von Reginald ein eigenes Pony dafür wünscht. Reginald ist natürlich dagegen. Er findet, dass er noch viel zu jung ist …«

Amber hörte nur mit halbem Ohr zu, wie Maeve von der geplanten Geburtstagsparty für ihren Vater erzählte. Sie dachte stattdessen an Rhys und daran, wie er ihren Brief wohl aufnehmen würde. Ihre Worte hatte sie mit Bedacht hart und distanziert gewählt, weil sie hoffte, dass ihm damit der Abschied von ihr leichter fallen würde. Maeves Worte plätscherten immer noch gleichmäßig dahin, sodass sie erst nicht mitbekam, dass sie erneut das Thema gewechselt hatte.

»… Also konnten wir es gar nicht verhindern, dass sie uns morgen besuchen kommt. Sie wird sich auch von dir nicht abwimmeln lassen. Hörst du?«

»Wie bitte?«, fragte Amber irritiert. Maeves Frage hatte sie wieder in die Wirklichkeit zurückgeholt.

Ihre Stiefmutter schüttelte nachsichtig den Kopf.

»Ach, Amber, Liebes! Du bist mal wieder mit deinen Gedanken ganz woanders. Olga Petrowna Kasakowna wird im Laufe des morgigen Tages auf Highgrove Manor erscheinen. Sie lässt sich nicht länger abweisen und will dir unbedingt ihre Aufwartung machen.«

»Ich will sie aber nicht sehen«, gab Amber ungehalten zurück. »Ich ertrage ihren unerschütterlichen Optimismus einfach nicht mehr.«

»Das musst du ihr schon selber sagen«, entgegnete Maeve befremdet. Beschwichtigend fügte sie hinzu: »Ein wenig Abwechslung wird dir guttun. Du vergräbst dich seit Wochen in deinen Räumen und kannst etwas Aufmunterung durchaus gebrauchen. Olga ist genau die Richtige. Du darfst sie nicht brüskieren. Das hat sie nicht verdient.«

Amber zuckte lustlos mit den Schultern.

»Wenn du meinst. Lange wird sie es ohnehin nicht mit mir aushalten.«

April 1861

Lustlos verräumte Rhys die Berge von Büchern und Unterlagen, die sie nach der wochenlangen Sichtung und Bestimmung der antiken Ausgrabungsstücke aus der makedonischen Stadt Aigai nun nicht mehr benötigten. Der französische Archäologe Léon Heuzey hatte Professor Stanley bei deren Einschätzung um Hilfe gebeten, doch Rhys war es gewesen, der herausgefunden hatte, dass die Fundstücke einer königlichen Begräbnisstätte zuzuordnen waren. Dafür hatte er in den letzten Wochen und Monaten Tag und Nacht gearbeitet und alle privaten Tätigkeiten hintangestellt. Nun waren die Arbeiten abgeschlossen, und Stanley würde Rhys' Verdienste als die seinen ausgeben.

Nicht, dass ihm das besonders viel ausgemacht hätte. Im wissenschaftlichen Getriebe einer Universität war es gang und gäbe, dass die Professoren sich mit fremden Federn schmückten. Vielmehr ödete ihn wieder einmal die Aussicht auf weitere, ewig gleiche, langweilige Routine an. Er war nicht dafür geschaffen, akribische Kleinarbeit zu erledigen. Für den kommenden Term hatte Stanley ihm zwar kürzlich eine eigene Vorlesung in Aussicht gestellt, doch Alwin Stringle, der ihm als Senior Lecturer übergeordnet war, hatte ältere Rechte geltend gemacht. Der friedliebende Stanley hatte daraufhin

Stringle die nächste Vorlesung zugesagt und ihn auf das übernächste Semester vertröstet. Rhys würde sich wieder nur in Kleinarbeit ergehen müssen. Außerdem verabscheute er diese nutzlosen Grabenkriege mit Stringle, die zu nichts als Ärger führten. Sein Kollege ließ keine Gelegenheit aus, ihn zu schikanieren. Es war ihm offensichtlich ein Dorn im Auge, dass Stanley Rhys' Mitarbeit bevorzugte. Dabei sehnte der sich mehr denn je nach richtigen Aufgaben, die seinen Entdeckergeist befriedigten, und nicht nach der akribischen Auswertung von Fundstücken, die andere entdeckt hatten.

Einmal mehr trauerte er der gescheiterten Amazonasexpedition nach. Er hatte den Gedanken daran nie aufgegeben. Um ein Haar wäre es ihm sogar gelungen, den Professor dafür zu begeistern. Stanley hegte eine Vorliebe für exotische Kulturen. Allerdings war er aufgrund der nur dürftigen Hinweise, über die Rhys verfügte, nicht bereit gewesen, Geld für eine eigene Expedition zu riskieren. Rhys' Traum von der Entdeckung einer Amazonaskultur würde wohl für immer ein solcher bleiben. Er seufzte, während er eine der Glasvitrinen aufschloss und sie öffnete. Wenn er wenigstens Amber noch an seiner Seite gewusst hätte. Mit Bitterkeit dachte er an ihren letzten Brief.

Ich möchte deiner Zukunft nicht länger im Wege stehen und gebe dich deshalb frei. Unsere Wege sind von nun an getrennt.

Sein Herz krampfte sich immer noch zusammen, wenn er an die kalte, emotionslose Formulierung dachte, in der sie ihn vor vollendete Tatsachen gestellt hatte. Empfand sie wirklich gar nichts mehr für ihn? War mit ihrem Kind tatsächlich auch ihre große Liebe gestorben? In den ersten Wochen nach ihrer Trennung war er noch der Meinung gewesen, dass ihre Launen bald vorübergehen würden. Doch mittlerweile zweifelte er immer mehr daran. Sie hatte ihm sogar untersagt, sie zu besuchen.

Nachdem er die letzten Unterlagen eingeordnet und die Vitrine wieder verschlossen hatte, griff er nach seinem Gehrock, um das College über das Wochenende zu verlassen. Ein Blick auf seine Taschenuhr zeigte ihm, dass ihm nur noch wenig Zeit blieb, wenn er die letzte Postkutsche in Richtung London noch erreichen wollte. Eine private Kutsche konnte er sich derzeit nicht leisten. Mit großen Schritten durchmaß er den Innenhof des schlossähnlichen Colleges, eilte durch die engen Straßen von Oxford hin zur Poststation, wo die Kutsche zur Abfahrt bereitstand. Wenig später ruckelte das Gefährt über das grobe Pflaster in Richtung Hauptstadt.

Nachdem er sich monatelang hinter seiner Arbeit versteckt hatte, würde er am heutigen Abend ausgehen. Olga Kasakowna hatte ihn zum Dinner eingeladen. Seit Monaten hatte sie ihn bedrängt, sie endlich zu besuchen. Er hatte es ihr mehrfach versprochen, um es dann immer wieder zu verschieben. Doch nun gab es keine Ausrede mehr. Außerdem hatte Olga ihn dieses Mal besonders energisch um die Wahrnehmung der Einladung gebeten, da sie mit ihm Wichtiges zu besprechen habe. Rhys hatte die Ankündigung nicht besonders neugierig gemacht. Für seine russische Freundin waren selbst unbedeutende Dinge so »wichtig«, dass sie keinen Aufschub duldeten. Auf der anderen Seite freute er sich doch ein wenig, wieder einmal ihre erfrischende Gesellschaft zu erleben.

Nach der holprigen Fahrt über staubige Landstraßen beschloss Rhys, noch kurz in der Londoner Wohnung Zwischenstation zu machen. Er wollte sich noch etwas frisch machen und für das Dinner umkleiden. Seit Amber in Yorkshire war, kam er nur noch selten hierher. Das fiel ihm umso deutlicher auf, als er den Berg von Zeitungen auf dem Beistelltisch im Foyer entdeckte. Mehr zufällig fiel sein Blick auf die fett gedruckte Überschrift der *Times*.

Eskalation! Droht Amerika ein Bürgerkrieg?

Rhys erschrak und griff nach der Zeitung. Zu seiner Bestürzung las er, dass nach dem Angriff auf Fort Sumter am zwölften April ein Bürgerkrieg in Amerika unvermeidlich war. Seit Abraham Lincoln, der strikt für die Abschaffung der Sklaverei eintrat, im vergangenen November zum Präsidenten der Vereinigten Staaten gewählt worden war, hatten sich nacheinander mehrere Südstaaten von der Union losgesagt, um wenig später die Konföderierten Staaten von Amerika mit einem eigenen Präsidenten zu gründen. Jefferson Davis und seine Anhänger standen für die Beibehaltung der Sklaverei. Ohne Sklaven waren die riesigen Baumwollplantagen im Süden nicht zu bewirtschaften. Rhys hegte große Sympathien für Abraham Lincolns politische Ansichten und hoffte, dass es ihm gelang, die Sache der Union mit einem schnellen militärischen Erfolg zu krönen. Sklaverei war barbarisch und zutiefst verachtenswert. Ihm kam plötzlich der Gedanke, dass er selbst womöglich dazu beitragen könnte, sie zu bekämpfen. Was hielt ihn denn noch in England, nachdem Amber nichts mehr von ihm wissen wollte?

Er schüttelte unwillig den Kopf und beschloss, sich vorerst lieber anderen Dingen zuzuwenden.

Rhys hatte damit gerechnet, dass Olga ein größeres Dinner mit mehreren Gästen veranstalten würde. Sie liebte gesellschaftliche Veranstaltungen, in denen sie wie ein bunter Paradiesvogel agieren konnte. Angenehm überrascht stellte er jedoch fest, dass außer ihm Mohamand Akando der einzige Gast war.

Der indische Arzt war es auch, der ihm die Tür öffnete.

»Wie schön, Euch nach so langer Zeit wiederzusehen«, begrüßte er ihn mit seinem feinen Lächeln. »Olga wird in wenigen Augenblicken bei Euch sein. Ich hoffe, Ihr gebt Euch so lange mit mir zufrieden?«

Ganz selbstverständlich übernahm der Inder die Rolle des

Gastgebers und schenkte ihm ein Glas Portwein ein. Sie unterhielten sich ein wenig über Rhys' Arbeit in Oxford, bevor Akando über die Fortschritte im neuen Waisenhaus berichtete.

»Es ist wirklich sehr schade, dass Eure Gemahlin sich völlig von ihren Aufgaben dort zurückgezogen hat. Sie hat eine wunderbare Art, mit Kindern umzugehen.«

Rhys spürte einen schmerzlichen Stich in seiner Brust und wurde sich bewusst, dass genau die Kinder der Grund dafür waren, dass Amber ihre Aufgaben nicht länger wahrgenommen hatte.

»Sie hat es leider nie verwunden, dass sie nie wieder Kinder bekommen kann«, stieß er gepresst hervor.

Akando sah ihn mitfühlend an.

»Ein Kind zu verlieren ist immer ein furchtbarer Schicksalsschlag. Aber wie könnt Ihr sicher sein, dass Amber nicht noch einmal schwanger wird?«

»Doktor Swanson ist sich seiner Sache sehr sicher.« Rhys gelang es kaum, die Bitterkeit in seiner Stimme zu unterdrücken. »Niemand kennt sie besser als er. Außerdem gilt er als Koryphäe in Sachen Frauenleiden.«

Akando wiegte vielsagend den Kopf.

»Doktor Swanson wird für seine Diagnose sicherlich triftige Gründe haben. Meine Kenntnisse mögen gegenüber seinen auch nur sehr geringfügig sein. Doch wenn Ihr auch meinen Rat hören mögt, so sollte man die Hoffnung erst dann aufgeben, wenn keine mehr da ist.«

Rhys winkte ungnädig ab.

»Das spielt nun ohnehin keine Rolle mehr. Lady Franklin hat für ihre Zukunft ohnehin andere Pläne als ich.« Er prostete Akando trotzig zu. »Doch das soll uns heute Abend nicht die Stimmung verderben.«

»Wer möchte uns hier die Stimmung verderben?«, fragte

Olga und rauschte in einem veilchenblauen Kleid aus Organza, das mit glitzernden Perlen bestickt war, zu ihnen herein. Ihre blondierten Haare waren zu einem kunstvollen Turm aufgesteckt, wie man es im Rokoko getragen hatte. Wertvolle Ohrgehänge aus in Silber gefassten Rubinen baumelten bis beinahe auf die Schultern. »Wie schön, dich endlich einmal wiederzusehen, lieber Rhys«, begrüßte sie ihn, ohne weiter auf ihre erste Frage einzugehen. Dafür bot sie ihm ihre ausgestreckte Hand dar, die in einem ellenbogenlangen, ebenfalls veilchenblauen Handschuh steckte. Rhys nahm sie und hauchte rasch einen Kuss darauf. Er verabscheute diese europäischen Sitten, wollte Olga aber heute nicht brüskieren. Natürlich durchschaute sie ihn und lachte laut. »Du beherrschst neuerdings Umgangsformen?«, zog sie ihn auf. »Früher hättest du dich nicht so verbiegen lassen.«

»Die Zeiten ändern sich eben«, gab Rhys mit einem etwas widerwilligen Schmunzeln zurück.

Auf ihre aufdringliche, aber natürliche Art schaffte es Olga, seine eben noch so trübsinnigen Gedanken aufzuheitern. Munter plaudernd begann sie ihm beim Dinner im angrenzenden Esszimmer weitere Einzelheiten aus dem Waisenhaus zu erzählen. Immer wieder huschten ihre Augen während ihrer Erzählungen dabei zu Akando, der ihr hingerissen zuhörte. Rhys brauchte kein Hellseher zu sein, um zu bemerken, dass die beiden mittlerweile sehr vertraut miteinander waren. Es freute ihn für Olga, dass sie endlich jemanden gefunden hatte, der ein ebenso großes Herz wie sie besaß. Während sie russische Soljanka, Lammbraten mit Minzsauce und zum Nachtisch Waldmeisterpudding aßen, erfuhr er außerdem, dass die beiden gerade dabei waren, Investoren für ein Armenkrankenhaus im East End zu begeistern.

Dankbar für die angenehme Unterhaltung und die Ablenkung überließ Rhys Olga und Akando gerne den Gesprächsfaden und mischte sich nur hin und wieder ein, um ein paar höfliche Fragen zu stellen. Nach dem Dinner bat Olga ihn ins Kaminzimmer, wo ihnen russischer Wodka serviert wurde. Olga verzichtete plötzlich auf den unverbindlichen Plauderton und wurde ungewohnt ernst.

»Nun haben wir genügend geschnattert«, meinte sie. »Jetzt möchte ich wissen, was genau zwischen dir und Amber vorgefallen ist.«

Rhys wollte Einspruch erheben, dass sie das nichts anginge, doch Olga schien seine Absicht erraten zu haben und winkte ungeduldig ab.

»Du brauchst es gar nicht abzustreiten. Ich komme gerade von diesem tristen Yorkshire zurück und habe mir selbst ein Bild gemacht. Amber ist nur noch ein Schatten ihrer selbst. Und wenn ich auf dich zu sprechen komme, dann behauptet sie, dass du jetzt dein eigenes Leben führst. Ihr beide enttäuscht mich! So schnell gibt man keine Ehe auf. Ihr habt vor Gott ein Bündnis für die Ewigkeit geschlossen.«

»Das leider nicht in Ewigkeit Bestand hat«, unterbrach sie Rhys mit bitterem Sarkasmus. »Was soll ich deiner Meinung nach denn tun, wenn Amber mich nicht mehr an ihrem Leben teilhaben lässt? Vor ihrer Tür liegen und wie ein liebeskranker Hund heulen?«

»Immer noch besser, als in diesem grässlichen Oxford zu verstauben«, entgegnete Olga kühl. »Ich verstehe euch beide wirklich nicht. Amber ergeht sich in Selbstmitleid, und du steckst wie ein Vogel Strauß den Kopf in den Sand. Wieso höre ich von dir nicht, dass du eine neue Expedition auf die Beine stellst? Amber hat mir erzählt, dass dieser deutsche Wissenschaftler dir stichhaltige Hinweise für die Existenz einer großen Amazonaskultur zur Verfügung gestellt hat. Warum fängst du mit dieser Information nicht endlich etwas an? Hast du nie daran gedacht, mit deiner guten alten Freundin Olga darüber zu reden? Du weißt genau, dass ich für solche Dinge immer ein offenes Ohr habe.«

Ihre wasserblauen Augen funkelten herausfordernd, während Rhys versuchte, sich einen Reim darauf zu machen, was er gerade von ihr zu hören bekam.

»Wovon redest du da?«, fragte er perplex. »Ich verstehe dich nicht. Ich habe niemals irgendwelche Unterlagen erhalten, schon gar nicht solche, die meine bislang nur auf vagen Berichten beruhenden Theorien stützen.«

»Hast du nicht?« Nun war es an Olga, verblüfft zu sein. »Aber Amber hat mir selbst erzählt, wie sie diesem … deutschen Menschen, der dich begleiten sollte … Wie hieß er doch gleich noch mal?« Sie sah sich hilfesuchend nach Akando um, der ihr nur mit einem Schulterzucken zu antworten vermochte.

»Sebastian Stix?«

Rhys erinnerte sich sehr wohl an den jungen Mann, der vor einigen Monaten erst Ambers Weg gekreuzt hatte und später zu einem Schützling von Charles Darwin aufgestiegen war. Darwin hatte ihm den jungen Mann wärmstens als Begleitung empfohlen. Leider hatten sie sich danach wieder aus den Augen verloren.

»Genau, Stix war sein Name. Amber traf ihn am King's Cross, bevor sie nach Yorkshire fuhr. Er behauptete, dass er gerade von Oxford gekommen sei, wo er deinem Kollegen ebenjene Unterlagen für dich gegeben hat.«

»Meinem Kollegen?« Rhys war sich plötzlich im Klaren darüber, dass es sich dabei nur um Alwin Stringle handeln konnte. Ein schrecklicher Verdacht keimte in ihm auf. Mit einer unbeherrschten Bewegung fuhr er sich durch sein dichtes Haar. »Alwin Stringle«, presste er mit mühsam verhaltenem Zorn hervor. »Dieser miese Schuft! Er hat mir gegenüber nie etwas erwähnt, geschweige denn mir etwas übergeben.« Er musste an sich halten, um nicht sofort aufzuspringen, um sich den Kerl in Oxford vorzuknöpfen.

»Du bist also über nichts im Bilde?«, fragte Olga ungläubig. »Was für eine Ironie des Schicksals!« Sie sah ratlos von Rhys zu Akando, der ihrer Unterhaltung bislang nur schweigend gefolgt war. Der Inder zuckte vielsagend mit den Schultern.

»Zumindest in dieser Hinsicht musst du Master Franklin um Verzeihung bitten.«

Doch davon wollte Olga nichts wissen. Sie ging über Akandos mahnende Bemerkung leichtfüßig hinweg.

»Dann ist Rhys eben kein Vogel Strauß«, stellte sie lapidar fest. »Was nicht bedeutet, dass ich mit allem einverstanden bin, was er tut.« Sie bedachte ihn nochmals mit einem vorwurfsvollen Blick, bevor sie erleichtert auflachte. »Dann ist ja doch noch nicht alles verloren! Du musst gleich morgen diesen Kollegen in Oxford auffordern, dir die Unterlagen auszuhändigen. Falls dich die Papiere, oder was auch immer dich erwartet, überzeugen, kommst du wieder zu mir.«

Akando schüttelte über Olgas Enthusiasmus nur den Kopf. Sie antwortete ihm darauf mit einem strahlenden Lächeln.

»Und dann werden Akando und ich dich in jederlei Hinsicht unterstützen.« Sie lächelte ihn an. »Glaub mir, ich habe mittlerweile genügend Kontakte, um andere Vermögende überzeugen zu können, etwas Kapital in eine gute Sache zu stecken.«

»Ihr wollt mir also helfen, eine eigene Expedition auf die Beine zu stellen?« Das Angebot kam für Rhys so überraschend, dass er kaum einen zusammenhängenden Satz zustande bekam. »Und was ist, wenn Stix' ›Beweise‹ nichts taugen?«, wandte er kritisch ein.

»Dann werden wir ein anderes Argument für eine Expedition finden«, meinte Akando mit einer vielsagenden Geste. »Es gibt immer Mittel und Wege!«

Rhys war es, als hätte ihm jemand das Tor in ein neues Leben aufgestoßen. Nach langer Zeit der Resignation spürte er endlich wieder Tatkraft und Energie in seinem Blut pulsieren. Allein die Vorstellung, dass sein Traum doch noch in Erfüllung gehen konnte, ließ ihn beinahe euphorisch werden. Der einzige schmerzliche Dämpfer blieb die Tatsache, dass Amber ihn nicht begleiten würde.

21

Ein lauer Frühlingswind strich durch das junge Grün des Buchenwaldes. Eine Schar frisch geschlüpfter Kohlweißlinge hob sich flatternd in die Lüfte, um sich sogleich in alle Richtungen zu zerstreuen. Der feine Duft von weißen Maiglöckchen und zartgelben Schlüsselblumen lag wie ein dezentes Parfüm über dem plätschernden Bächlein, an dem Amber gerade entlangschlenderte. Die Blätter der Buchen über ihr waren gerade dabei, sich voll zu entfalten, wobei durch das helle Grün noch viel flirrende Sonne drang.

Sie hatte es sich zur Gewohnheit gemacht, jeden Tag einen langen Spaziergang zu unternehmen. Weniger aus Freude an der Natur, sondern gezwungenermaßen, um die Muskeln in ihrem verkrüppelten Bein zu stärken. Durch die Untätigkeit der letzten Wochen und Monate hatten sich heftige Schmerzen eingestellt, die sie zeitweise sogar dazu zwangen, wieder an einem Stock zu gehen.

Sie war immer noch nicht bereit, sich erneut auf die Übungen und Meditationen einzulassen, die Tashi ihr einst beigebracht hatte, um ihre Schmerzen in den Griff zu bekommen. Mit ihrem Kind hatte sie auch einen großen Teil ihres Lebensmutes verloren. Ihr Körper funktionierte wie eine der Spinnmaschinen in Camdens Fabrik. Sie aß, sie trank, sie schlief, sie machte Spaziergänge und ließ auch hin und wieder ein Dinner im Kreis ihrer Familie über sich ergehen. Dabei verhielt sie sich freundlich, wenn auch zurückhaltend, war aber nicht fähig, Anteilnahme an den täglichen Freuden und Sorgen ihrer Umwelt zu zeigen. Nicht einmal Rhys' letzter Brief, in dem er sie nochmals um eine Aussprache bat, konnte sie berühren. Er hatte ihr erneut seine unverbrüchliche Liebe zu ihr versichert, in Worten, die für seine Verhältnisse ungewöhnlich wortreich und romantisch waren. Und er hatte sie gebeten, ihn an den Amazonas zu begleiten, um gemeinsam einen Neuanfang zu wagen.

Amber freute sich für ihn, dass wenigstens sein Traum in Erfüllung zu gehen schien. Sie selbst sah sich jedoch nicht als Teil dieses Planes. Alles, was damit jemals zu tun gehabt hatte, war für sie belanglos geworden. Aus diesem Grund hatte sie ihm nur eine kurze Notiz zukommen lassen, in der sie ihm mitgeteilt hatte, dass sie ihm viel Erfolg für seine lange Reise wünsche, ein Gespräch mit ihm aber als unnötig betrachte.

Der schmale Waldweg, dem sie folgte, machte eine größere Kurve und entfernte sich von dem munter plätschernden Bächlein, um hinaus auf die Wiesen zu führen, in denen die Fischteiche von Highgrove Manor lagen. Schon von Weitem war fröhliches Kindergeschrei zu hören. Amber blieb wie vom Blitz getroffen stehen und hielt sich die Ohren zu. Der Lärm tat ihr weh. Er erinnerte sie grausam an den Verlust, den sie erlitten hatte. Sie schämte sich dafür, aber sie konnte weder die Anwesenheit von Francis noch von Baby Andrew oder irgendeinem anderen Kind ertragen. Jedes Mal, wenn Kinder ihren Weg kreuzten, war es, als bohre jemand in ihre schwärende Wunde. Sie ertrug weder ihren Anblick noch ihre Stimmen. Ihre ursprüngliche Absicht, an den Fischteichen vorbei zurück nach Highgrove Manor zu laufen, ließ sie sofort fahren. Sie beschloss umzudrehen, um auf demselben Weg zurückzugehen.

Ein gellender, durchdringender Schrei zerriss die Luft, der in immer verzweifelter klingende Hilferufe mündete. Er stammte von einem Kind. Instinktiv nahm sie wahr, dass etwas Schreckliches vorgefallen sein musste, gleichzeitig spürte sie den Drang, einfach davonzulaufen. Ihr Pflichtbewusstsein, sofort nachzusehen, was vorgefallen war, kämpfte mit dem Wunsch, ihrem eigenen Verlustschmerz zu entgehen, den ihr die Anwesenheit der Kinder bescherte.

Der Schmerz war stärker. Sie konnte nichts dagegen tun. Eilig raffte sie ihre Röcke und floh vor dem Geschrei. Sie spürte, wie das Blut immer rascher durch ihren Körper wallte, bis es pochend ihren Kopf erreichte. *Weg hier! Nur weg!* Der Gedanke beseelte sie und trieb sie immer weiter weg von den verzweifelten Rufen. Die Stimmen klangen bald schwächer. Dennoch hielt sie sich erneut die Hände an die Ohren, um sie zu überdecken. Dann brach ganz tief in ihrem Inneren unvermittelt etwas auf. Erst war es nur ein feiner Haarriss, der einen kleinen Schimmer Licht durchließ. Er reichte immerhin aus, um zu bewirken, dass sie stehen blieb und die Hände von den Ohren nahm. Noch immer klangen nun schwächer werdende Hilferufe zu ihr herüber. Sie kamen aus der Richtung, wo die Fischteiche lagen. *Was tust du nur?* Der Haarriss in ihrem Inneren wurde größer, und mit dem Licht, das aus ihrer trauerdunklen Seele drang, kehrte auch das Mitgefühl zurück. *Ich muss zurück! Wie konnte ich nur so egoistisch sein!* Noch einmal raffte sie ihre Röcke, doch dieses Mal lenkte sie ihre Schritte in die umgekehrte Richtung. So schnell es ihr Bein erlaubte, eilte sie aus dem Wald hinaus hinunter zu den zwei Fischteichen, die noch etwa zweihundert Yards von ihr entfernt lagen. Sie erkannte einen vielleicht achtjährigen Jungen, der aufgeregt am Ufer entlanglief. Ein zweiter Junge strampelte verzweifelt in dem kalten

Wasser. Seine schwere Kleidung zog ihn immer wieder unter die Wasseroberfläche.

»Francis!«

Für den Bruchteil einer Sekunde glaubte Amber, dass ihr vor Schreck das Herz stehen blieb, als sie ihren Halbbruder im Wasser erkannte. Noch einmal sah sie, wie er seine Arme hochriss, bevor er in den Tiefen des graublauen Gewässers endgültig verschwand.

»Hol Hilfe!«, schrie sie dem anderen Jungen zu, woraufhin sich dieser rasch in Richtung Dorf in Bewegung setzte. Der erste Hof war nur wenige hundert Yards von den Weihern entfernt. Amber überwand unterdessen ihren Schrecken und beschleunigte nochmals ihre Schritte. Noch während sie auf das Ufer zueilte, ließ sie ihren Umhang fallen, um sich wenige Augenblicke später ohne Zögern in das eiskalte Wasser zu werfen. Die Kälte raubte ihr kurz den Atem. Auch sie musste dagegen ankämpfen, dass ihre schweren Röcke sie nach unten zogen. Dennoch gab sie nicht auf. Sie war nur noch von dem verzweifelten Wunsch beseelt, ihren kleinen Bruder zu finden.

Wenig später hatte sie strampelnd und prustend die Stelle erreicht, wo sie ihn zuletzt gesehen hatte. Sie war keine gute Schwimmerin, doch mit dem Mut der Verzweiflung hielt sie die Luft an und tauchte unter. Das trübe Wasser ließ kaum Licht durchscheinen. Schlieriges Dunkel voller Seegras und Wassertang umfing sie. Etwas unterhalb von ihr sah sie etwas Dunkles immer tiefer sinken. *Francis!* Mit einem Tauchzug war sie bei ihm und griff nach dem leblosen Körper. Kräftig strampelnd versuchte sie, mit ihrer Last wieder aufzutauchen, doch mittlerweile war ihr selbst die Luft knapp. Ihre Kleidung und Francis zogen genauso kraftvoll nach unten, wie sie nach oben zu kommen versuchte. Der Druck auf ihren Brustkorb nahm weiter zu, genau wie die Panik, es nicht zu schaffen. Mit einer letzten Willensanstrengung tauchte sie auf und rang prustend nach Luft. Verzweifelt versuchte sie, das Ufer zu erreichen, doch die Macht der Tiefe zog sie erneut unter Wasser.

Als James sich in scharfem Galopp der verlassenen Bauernkate in der Nähe des Flusses Wharf näherte, war er freudig überrascht, dass Camden ihn schon erwartete. Er zügelte voller Vorfreude sein Pferd und ließ es bis zur Hütte austraben. Mit Schwung sprang er von seinem Rücken, um es neben Camdens Hengst anzubinden. Endlich hatten sie sich einmal wieder zu einem Stelldichein verabredet.

James hatte bereits vor Monaten in dem halb verfallenen Gemäuer ein behagliches Lager für sie eingerichtet. Es war ein idealer Platz für ein heimliches Treffen. Sie hatten viele schöne Stunden hier erlebt. Voller Vorfreude näherte er sich ihm. Sein Geliebter stand lässig an die verwitterte, graue Holzwand gelehnt und kaute auf einem Grasstängel. Sein nachdenklicher Gesichtsausdruck hatte für James etwas höchst Verführerisches. Sein Schritt wurde hart, wenn er an die lustvollen Stunden dachte, die nun vor ihnen lagen. Wie lange hatte er darauf warten müssen! Sie hatten sich in letzter Zeit kaum gesehen, und wenn, dann immer viel zu kurz. Oft hatte es gerade mal zu einem gestohlenen Kuss gereicht. Es war ihm schwergefallen, sich damit abzufinden, aber Camden hatte vorgegeben, dass er alle Hände voll mit der Umstrukturierung der Fabrik zu tun hatte. Nun würden sie nachholen, worauf sie so lange verzichtet hatten.

Camden stieß sich mit dem Fuß von der Holzwand ab und kam langsam auf ihn zu. James beschleunigte seine Schritte. Er konnte es kaum erwarten, endlich seinen Körper zu spüren. Doch Camdens Umarmung fiel seltsam steif aus. Er wollte nicht einmal zulassen, dass er ihn küsste.

»Wir müssen reden«, begrüßte er ihn stattdessen reichlich förmlich.

James wollte es nicht zur Kenntnis nehmen. Sein Verlangen nach Camdens Körper wurde übermächtig.

»Lass es uns später tun«, drängte er und zog ihn mit seinen kräftigen Armen an sich heran.

Camden ließ es widerwillig geschehen. Erst als James' Zunge sich gierig in seinen Mund schob und er gleichzeitig in dessen Schritt griff, spürte er, wie sein Widerstand nachließ. Zufrieden stellte er fest, wie auch das Glied seines Geliebten hart wurde und sein Atem schneller ging. James war bereits so erregt, dass er nicht länger warten konnte. Hastig schob er seine Hose nach unten, um Camden dann ebenfalls von seiner Last zu befreien. Doch er verwehrte es ihm. Heftig keuchend stieß er ihn von sich, um sich gleichzeitig mit der anderen Hand seine Stirnlocke aus dem Gesicht zu schieben.

»Lass das!« Seine Stimme klang noch rau vor unterdrückter Leidenschaft, aber dennoch entschlossen. »Besser, du ziehst dich wieder an.« Sein Blick auf James' entblößtes Glied musste so ernüchternd wirken, dass es sofort erschlaffte.

»Was soll das für ein Spiel sein?«, fragte James empört. »Erst springst du voll auf mich an, und jetzt lässt du mich abblitzen?«

Camden hob betreten die Hände. »Das war nicht meine Absicht! Verzeih! Es wird nicht wieder vorkommen.«

»Das will ich hoffen.« Halb versöhnt zog James seine Hose hoch. »Dann lass uns in Gottes Namen erst reden, wenn du darauf bestehst.« Er wollte nach Camdens Hand greifen, um mit ihm in der Kate zu verschwinden. Doch Camden entzog sich ihm und setzte sich stattdessen auf einen Holzblock.

James wurde plötzlich misstrauisch. Irgendetwas stimmte nicht.

»Ich habe lange nachgedacht«, begann Camden nach einer

kurzen Pause. »Das Risiko, dass wir erwischt werden, wird immer größer. Ich habe schon jetzt manchmal den Eindruck, dass das Personal über uns tratscht.«

»Das hat dich bislang doch auch nicht gestört«, meinte James verwirrt. Er konnte sich Camdens plötzliche Angst nicht erklären. »Wir müssen eben noch vorsichtiger sein.«

Camden wandte sich ihm nun zu. Seine dunklen Augen bekamen einen harten, unnahbaren Glanz.

»Ich möchte, dass wir uns nicht wiedersehen. Es ist aus!«

Die Worte trafen James so hart und unvorbereitet wie eine Ohrfeige. Wie konnte Camden es wagen, ihm so etwas anzutun? Er gehörte zu ihm! Er konnte ihn nicht einfach wegschicken. Wie betäubt starrte er seinen Geliebten an.

»Das kann nicht dein Ernst sein!« James hatte Mühe, seine Stimme in den Griff zu bekommen. »Wir lieben uns! Das kannst du doch nicht einfach wegwerfen!«

Die Empörung und der Schmerz darüber, dass Camden ihn so einfach fallen lassen wollte, mischte sich mit aufkeimender Wut.

»Es ist mir ernst«, sagte Camden. Dann wurde seine Stimme eine Spur weicher, so, als ob er ihn um Verständnis bitten wollte. »Es ist das Beste für uns beide, James. Du weißt so gut wie ich, dass auf unsere Art von Beziehung in England die Todesstrafe steht. Außerdem …«

»Selbst wenn es herauskommt«, unterbrach ihn James aufgebracht, »wer soll uns schon anzeigen? Die Dienstboten werden einen Teufel tun, weil sie dadurch ihre Anstellung verlieren würden, und deiner Frau bist du doch ohnehin egal …«

»Lass Beatrice aus dem Spiel!«, wies Camden ihn zurecht. »Wir beide haben uns versöhnt. Ich habe vor, Beatrice in Zukunft ein zuverlässiger Ehemann zu sein.« Er machte eine kleine Pause und sah ihn bedeutungsvoll an. »… in jeder Beziehung!«

»Aber … aber das stört mich nicht.« James wollte es einfach

nicht wahrhaben. »Ich würde mich sogar damit abfinden, dass wir uns nur noch selten sehen …«

»Es ist aus! Mein Entschluss ist unumstößlich.« Camden erhob sich und verschränkte seine Arme. Mit einem Mal war er wieder der Gutsherr, der seinem Burschen Anweisungen gab. »Ich bitte dich hiermit, dir eine andere Stellung zu suchen oder mein Angebot anzunehmen. Lord Gilmore in Devon sucht einen guten Trainer. Ich werde dich ihm gerne empfehlen. Selbstverständlich bekommst du ein hervorragendes Zeugnis, den Lohn bis zur Mitte des Jahres und obendrein eine Anerkennung für deine guten Dienste.«

Camdens Worte waren für James wie eine zweite Ohrfeige. Er wusste nicht, was ihn mehr verletzte, die anmaßende Art, wie er plötzlich zu ihm sprach, oder die Tatsache, dass er ihn nach seinem Gutdünken ablegte wie einen alten Mantel. In seinen Schmerz und seine Empörung mischten sich nun Wut und Rachsucht.

»Du willst mich also bezahlen wie eine Hure?«, platzte es aus ihm heraus. »Ich war für dich also nur ein bezahlbares Vergnügen. Ich verstehe.« Er ballte seine Hände zu Fäusten und musste dagegen ankämpfen, nicht auf Camden loszugehen. Dieser trat sofort betroffen einen Schritt zurück.

»Das war niemals meine Absicht! Im Gegenteil, es sollte ein Zeichen meiner Wertschätzung für dich sein.« Camden suchte nach einer Erklärung. »Du bist ein wundervoller Mensch, James. Ich bin froh, dich kennengelernt zu haben. Unsere Trennung hat nichts mit dir zu tun. Aber du musst auch mich verstehen. Dir muss doch immer klar gewesen sein, dass diese Beziehung nicht ewig währt. Glaub mir, die Trennung fällt auch mir schwer. Aber mir ist erst in letzter Zeit klar geworden, welch große Verantwortung ich für meine Familie und alle Arbeiter trage, die für *Callahan & Sons* arbeiten.«

»Und für mich trägst du keine Verantwortung?« James spürte, wie sich ein neuer Dorn in sein Fleisch bohrte.

»Ich trage für dich Verantwortung, indem ich dir eine hervorragende Zukunft biete«, versuchte es Camden erneut. »Es wird dir an nichts fehlen, das verspreche ich dir.«

Allmählich begriff James, wie ernst es Camden war. Doch so leicht würde er ihn nicht davonkommen lassen. In seinem ganzen Leben war er es stets gewesen, der eine Beziehung beendet hatte. Er war es gewohnt, dass er der Stärkere war.

»Du lässt mir also keine andere Wahl.« Es war mehr eine Feststellung als eine Frage. James gelang es vorübergehend, seine Gefühle wieder in den Griff zu bekommen. Wenn er sich schon mit dieser Zurückweisung abfinden musste, würde er wenigstens dafür sorgen, dass Camden ordentlich dafür blutete. Niemand verließ einen James Crombie, ohne dafür zu bezahlen. »Ich bin einverstanden«, sagte er nach einer kurzen Bedenkzeit. »Ich werde nach Devon zu Lord Gilmore gehen.« Um Camdens Mundwinkel zuckte es erleichtert. Doch James war noch nicht fertig. »Wenn deine ›Anerkennung‹, wie du es formulierst, auch meinen Vorstellungen entspricht.« Nun sah er ihn provozierend an, bevor er hinzufügte: »Wie wäre es mit fünfzig Pfund?«

James wusste selbst, dass seine Forderung vermessen war. Doch Camden stimmte sofort zu.

»Ich bin einverstanden.«

Er streckte ihm die Hand hin, damit er einschlagen konnte. James sog scharf Luft ein. Das war überaus großzügig von Camden. Mit so viel Geld konnte er lange ein sorgloses Leben führen. Er wollte schon einschlagen, als ihm auffiel, dass Camden mit keiner Wimper gezuckt hatte, als er die Summe von ihm gefordert hatte. Plötzlich begriff er, dass noch viel mehr herauszuschlagen war. Camden war schließlich einer der reichsten Fabrikbesitzer in Yorkshire.

»Was ist, willst du nicht einschlagen?«, fragte Camden. Seine Stimme klang nun leicht verunsichert.

James genoss es plötzlich, ihn noch etwas zappeln zu lassen.

»Wenn ich es mir richtig überlege, müssen es schon zweihundert Pfund sein«, forderte er dreist, um dann mit beißendem Sarkasmus hinzuzufügen: »Männliche Huren sind um einiges teurer als weibliche.«

Mit einer gewissen Genugtuung stellte er fest, wie sich Camdens Gesicht vor Empörung verfärbte und seine Kaumuskeln zu mahlen begannen. Leider gab er sich nicht die Blöße, die Beherrschung zu verlieren.

»Also gut«, gab er sich schließlich einverstanden. »Du wirst das Geld bekommen. Doch dafür verlange ich, dass du von hier verschwindest, sobald ich einen neuen Trainer gefunden habe.«

Als Amber das Bewusstsein wiedererlangte, fand sie sich ausgestreckt auf der Wiese neben dem Teich liegend. Ihr Hals kratzte von dem Seewasser, das sie soeben erbrochen hatte. Gegen die Sonne blinzelnd, erkannte sie über sich das grobe Gesicht eines Bauern. Sie erinnerte sich seltsamerweise an seinen Namen.

»Miller?«, krächzte sie fragend.

Der Mann nickte erfreut.

»Alles in Ordnung, Lady. Mein Junge kommt gleich mit ’nem Wagen, um Euch nach Hause zu bringen.«

Schlagartig setzte ihre Erinnerung ein. Sie war ins Wasser gesprungen und hatte versucht, ihren kleinen Bruder zu retten. Doch dann hatte die Kraft sie verlassen, und sie war untergegangen. Mit einem Ruck richtete sie sich auf.

»Wo ist Francis?«, rief sie panisch. Sie würde es nicht ertragen, wenn ihm auch noch etwas geschehen war.

»Es geht ihm gut!«

Miller beruhigte sie und wies auf eine in eine viel zu große Jacke gehüllte Gestalt gleich neben ihr. Es war Francis, der vor Kälte wie Espenlaub zitterte. Vor Erleichterung begann Amber die Fassung zu verlieren. Sie konnte nicht mehr an sich halten und weinte all die Tränen, die sie die letzten Monate zurückgehalten hatte.

Francis kam zu ihr herübergekrochen und legte zaghaft seine kleine Hand auf ihre Schulter.

»Mir geht es gut, Amber«, bibberte er. »Bist du auch in Ordnung?«

Amber schniefte und lächelte ihn an. Mit dem nassen Ärmel ihrer Bluse wischte sie sich über ihr Gesicht.

»Aber natürlich. Mir geht es so gut wie schon lange nicht mehr.«

Die Aufregung war groß, als sie mit Millers Pferdefuhrwerk auf Highgrove Manor ankamen. Maeve und Reginald wurden vom Dienstpersonal benachrichtigt und stürzten wenig später außer sich vor Sorge aus dem Haus. Amber informierte sie kurz über den Vorfall, woraufhin Maeve ihren Sohn sofort dem Kindermädchen übergab, damit er ein heißes Bad und etwas Trockenes zum Anziehen bekam.

Amber wollte sich ihm anschließen. Trotz der Decken, die Miller ihr gegeben hatte, fror sie erbärmlich und sehnte sich nach trockenen Kleidern. Doch Maeve und Reginald wollten sie nicht so einfach gehen lassen.

»Francis würde nicht mehr leben ohne dich«, schluchzte Maeve ergriffen und umarmte ihre Stieftochter, ungeachtet der Tatsache, dass ihre Kleider dabei ebenfalls nass wurden. Auch ihr Vater kämpfte mit den Tränen.

»Das war sehr mutig von dir, mein Kind«, versicherte er ihr

mehrmals. Amber war das Aufhebens um ihre Person peinlich.

»Ich habe nur das getan, was jeder gemacht hätte«, wehrte sie ab. »Aber nun müsst ihr mich wirklich entschuldigen, denn auch ich brauche trockene Kleider.«

»Warte, ich klingele nach dem Dienstmädchen«, bot sich Maeve besorgt an. Doch Amber verzichtete lieber darauf.

»Ich komme gut allein zurecht.«

Sie machte erneut Anstalten zu gehen, als Reginald sie nochmals aufhielt.

»Kommst du heute Abend zum Dinner?«, bat er sie beinahe schüchtern.

Amber wollte aus Gewohnheit ablehnen, doch plötzlich stellte sie fest, dass sie sich auf ein wenig Gesellschaft sogar freute.

»Ich werde es mir überlegen«, antwortete sie zurückhaltend, aber in dem freundlichen Lächeln, das sie ihrem Vater schenkte, versteckte sich eine Zusage.

Während des Dinners, an dem außer Amber, Maeve und Reginald ausnahmsweise auch der kleine Francis teilnehmen durfte, berichtete der Junge wort- und gestenreich, weshalb er ins Wasser gefallen war.

»Bruce Miller und ich haben Schilfboote gebaut, um ein Wettrennen zu machen«, erzählte er wichtig. »Das Boot desjenigen, der als Erstes die andere Uferseite des Sees erreichte, sollte für den nächsten Monat der Anführer von Bruces Bande sein. Mein Boot hatte einen ordentlichen Vorsprung, weil …« Er warf Amber einen etwas unsicheren Blick zu. »… weil Rhys mir doch gezeigt hat, wie man sie besonders schnittig baut.«

Schnell sah er wieder weg, wie Amber beschämt registrierte. Selbst ihr kleiner Bruder nahm es ihr übel, dass sie Rhys aus ihrem Leben verbannt hatte.

»Rhys baut die besten Schiffe«, versicherte sie rasch, um seinen Erzählfluss nicht zu unterbrechen.

»Ja, das tut er. Er baut außerdem die besten Bögen und weiß, wie man gerade Pfeile hinbekommt«, fügte Francis hinzu, bevor er mit seiner Geschichte fortfuhr. »Bruces Schiff lag weit hinter meinem, doch dann ist meines an einem Holzstück hängengeblieben. Bruces Schiff holte auf. Und ich wollte doch so gerne einmal der Anführer von seiner Bande sein. Das konnte ich nicht zulassen. Also bin ich auf den Baum gestiegen, dessen Ast weit über den See reicht.«

»Ich hatte dir verboten, überhaupt in die Nähe der Weiher zu gehen«, mischte sich nun Sir Reginald tadelnd ein. »Das wird für dich noch Folgen haben, mein Sohn.«

»Nun lass ihn doch erst einmal zu Ende erzählen«, versuchte Maeve ihren Gatten zu beschwichtigen. Sie nickte Francis zu. Sehr viel kleinlauter brachte dieser nun seine Geschichte zu Ende.

»Ich hatte einen langen Stock dabei, mit dem ich mein Boot von oben befreien wollte. Das ist mir auch gelungen. Mein Schiff hat mit ordentlichem Abstand gewonnen. Bruce war ganz schön sauer, sag ich euch, bis ich leider beim Hinunterklettern die Balance verlor und ins Wasser fiel.« Er warf Amber einen schüchternen Blick zu. »Ich weiß, dass ich ertrunken wäre, wenn du nicht versucht hättest, mich zu retten«, fügte er verlegen hinzu.

Amber tätschelte begütigend seine Hand.

»Im Grunde genommen hat Miller uns beiden das Leben gerettet. Ich musste leider feststellen, dass ich eine lausige Schwimmerin bin …«, meinte sie und bat den Butler noch um ein Glas Wasser. Sie fühlte sich plötzlich gar nicht gut. Ihr war abwechselnd heiß und kalt, außerdem kratzte ihr Hals.

Maeves scharfem Blick entging es ebenfalls nicht.

»Ist mit dir alles in Ordnung?«, fragte sie besorgt. »Du siehst etwas mitgenommen aus.«

»Ich habe mich wohl etwas erkältet«, erklärte Amber. »Wenn es euch nichts ausmacht, würde ich mich gerne nach dem Dinner zurückziehen. Ein langer Schlaf und etwas von Mollys Kräutertee werden mir guttun.«

In jener Nacht kamen die Träume zu Amber zurück. Sie fand sich auf einem schmalen Einbaum durch ein Labyrinth sich windender Flüsse fahrend. Vor und hinter ihr saßen je ein halb nackter Indianer. Es waren kleinwüchsige, kräftige Gestalten, deren Körper mit schwarzen, an Leopardenfell erinnernden Mustern bemalt waren. In ihren topfähnlichen Haarkränzen steckten bunte Vogelfedern. Mit blattförmigen Paddeln steuerten sie schweigend das wackelige Gefährt durch die wie Adern sich verzweigenden Wasserstraßen. Das Licht der untergehenden Sonne ließ das Wasser glitzern wie pures Gold. Von der überwältigenden Vielfalt an Grüntönen, in denen der Dschungel zu beiden Seiten des Flusses leuchtete, war Amber wie geblendet: Am Boden duckten sich Moose und Farne über verrottendem Laub. Darüber standen Büsche und halbhohe Baumgräser, die sich zu den wenigen lichten Lücken in dem Blätterdach der Baumkronen der alten Urwaldriesen reckten. Auf diesen saßen wiederum Aufsitzerpflanzen wie Orchideen, Bromelien und Lianen. Nur wenn sie ihren Kopf in den Nacken legte, konnte sie über dem Fluss einen schmalen Streifen blauen Himmels sehen.

Amber konnte sich nicht sattsehen. Durch das Grün des Regenwaldes drangen fremdartige Geräusche an ihr Ohr. Fasziniert von ihrer Umgebung bemerkte sie das aufziehende Gewitter nicht. Es näherte sich von allen Seiten gleichzeitig. Der schmale, blaue Streifen Himmel über der Flussmitte wurde graugelb und düster. Erst als eine kräftige Windbö, begleitet von einem unheilvollen Grollen, Amber die Haare aus dem Gesicht blies, merkte sie auf. Überrascht stellte sie fest, dass ganze Affenhorden und Vogelscharen die Flucht in die entgegengesetzte Richtung antraten. Dann setzte auch schon der Regen ein. Ohne Vorwarnung ergossen sich tropische Wassermassen über sie. In weniger als einer Minute war sie bis auf die Haut durchnässt. *Wir müssen umkehren,* rief sie durch das laute Prasseln des Regens ihren Begleitern zu. Doch die Indianer nahmen keinerlei Notiz von ihr, sondern setzten mit ruhigen Paddelbewegungen ihre Tour fort. Auch als sie sie anstupste, reagierten sie nicht. Sie begriff plötzlich, dass sie dazu bestimmt waren, in ihren Untergang zu steuern.

Das Wetter wurde immer stürmischer. Blitze zuckten über den Himmel, schlugen in die Urwaldriesen ein und brachten knirschend die flachwurzligen Baumstämme zu Fall. Ein Donnerschlag ertönte. Regenmassen prasselten wie Peitschenschläge auf Amber herab und füllten rasch den flachen Einbaum. Voll Sorge musste sie feststellen, dass sich der Bootsrand immer mehr der Wasseroberfläche anglich.

Nicht mehr lange und sie würden sinken.

Mit beiden Händen begann sie zu schöpfen, schnell und immer schneller kämpfte sie gegen die Urgewalt des Regens an. Das eben noch golden dahinfließende Wasser verwandelte sich nun in eine wild brodelnde, gelbbraune Wassergischt. Vom Wasserschöpfen abgelenkt, hatte Amber nicht bemerkt, dass auch die Fließgeschwindigkeit des Flusses zugenommen hatte. Neben dem Donnergrollen hörte sie das dunkle Tosen eines mächtigen Wasserfalls, dem sie sich unablässig näherten. Vergeblich versuchte Amber einem der Indianer sein Paddel zu entreißen, damit sie selbst ans Ufer steuern konnte. Doch mit eiserner Faust behielt dieser es in den Händen, um unbeirrt die Schicksalsfahrt fortzusetzen. Das Tosen kam immer näher, übertönte längst die Gewittergeräusche, während um Amber herum der Todestanz ihres Bootes begann.

Ein Strudel riss den Einbaum mit sich, warf ihn gegen einen grauen Felsblock. Die Gewalt der Wassermassen drückte das Gefährt dagegen und verkeilte es. Amber wollte schon aufatmen und sah sich nach einer Möglichkeit um, auf den rettenden Felsblock zu klettern. Er war zu hoch, als dass sie es alleine hätte schaffen können.

Unterdessen taten die beiden Indianer alles, um das Boot wieder freizubekommen, damit es auf die unheilvolle Tiefe zusteuern konnte. Mit aller Kraft stemmten sie sich gegen die Felswand. Der Einbaum bewegte sich schon und löste sich mit einem Ruck aus dem Strudel. Wimmernd vor Angst und Erschöpfung ließ Amber sich auf die Knie fallen, um sich auf das Unausweichliche vorzubereiten. *Ich will leben, nicht sterben,* schluchzte sie. Da hörte sie, erst schwach, doch dann immer kräftiger werdend, die Stimme eines fremden Mannes, der am Ufer stand und ihrem Treiben zusah. Er war ebenfalls Indianer und kam ihr seltsam vertraut vor. Er hielt mit ihr Zwiesprache. *Du musst das Leben nur wollen,* raunte er ihr zu. – *Wie denn? Sie sind viel stärker als ich! – Das sind sie nicht,* widersprach ihr der Indianer. *Du musst nichts weiter tun, als den Mut zu finden, dich von deiner seelischen Last loszusagen! Die Männer im Boot sind nur die Geister, die deinen Untergang wollen. Räum ihnen nicht länger die Macht über dich ein. Nur in diesem Boot bist du in ihrer Gewalt.* Sie wollte fragen, wie sie das denn schaffen solle, doch der Indianer hatte sich schon wieder aus ihrem Bewusstsein zurückgezogen.

Noch einmal nahm ihr Boot Geschwindigkeit auf und näherte sich mit rasender Schnelligkeit dem Abgrund. Als die Spitze des Einbaums bereits über den Abgrund ragte und das Boot mit ihr ins Kippen geriet, begriff Amber endlich, was sie tun musste. Sie richtete sich auf und sprang hinein ins Leben.

22

London, Ende Mai 1861

Rhys hatte die Londoner Wohnung in der Zwischenzeit zu seinem Hauptquartier gemacht. Von hier aus koordinierte er alle Tätigkeiten, die in Zusammenhang mit der Expedition standen. Bis auf Macy, die ihm den Haushalt einigermaßen instand hielt, hatte er aus Kostengründen alles Personal entlassen. Er hatte ohnehin ein schlechtes Gewissen, weil er hier kostenlos lebte. Zwar hatte er seinem Schwiegervater angeboten, ihm eine Miete zu bezahlen, doch Sir Reginald hatte es entrüstet abgelehnt.

Hinter einem Berg von Büchern und Folianten verborgen, war Rhys gerade dabei, mehrere Listen miteinander zu vergleichen. Dabei nahm er die Zusammenstellungen zu Hilfe, die Amber in besseren Tagen für ihn gemacht hatte. Er seufzte, als er sie in die Hand nahm. Mehr denn je vermisste er seine Frau.

Auf dem schweren Perserteppich neben ihm lagen Land- und Seekarten verteilt sowie einige neuartige Messinstrumente, die eine exakte Bestimmung des jeweiligen Aufenthaltsortes möglich machen sollten. Rhys wollte sich noch mit ihnen vertraut machen. Er gähnte und kämpfte mit der aufsteigenden Müdigkeit. Seit dem frühen Morgengrauen hatte er ohne Unterlass gearbeitet. Nun ging die Sonne bereits unter. Er streckte Arme und Beine aus und beschloss, eine kleine Pause einzulegen.

Alles in allem konnte er sehr zufrieden sein. Die Vorbereitungen für die Expedition kamen nach anfänglichen Schwierigkeiten rasch voran. Olga war es bereits gelungen, einige ihrer vermögenden Freunde zu Geldspenden zu überreden. Den weniger Großzügigen bot sie »Expeditionsaktien« zum Verkauf an, die bei Erfolg der Expedition eine Gewinnausschüttung versprachen. Auf diese Weise waren schon über sechstausend Pfund zusammengekommen – Geld genug, um die Ausrüstung für die Reise zu beschaffen. Jetzt musste nur noch ein Schiff gefunden werden, das den Transport der Fracht nach Belém, einer Stadt im Norden Brasiliens, übernahm. Sobald dieses Problem gelöst war, konnten sie an den Aufbruch denken.

Schon seit Tagen erwartete Rhys einen Brief von Sebastian Stix. Er hoffte sehr, dass der junge deutsche Wissenschaftler ihn auf seiner Reise begleiten würde. Nicht nur seine Referenzen waren hervorragend; seinem Ehrgeiz und seiner Beharrlichkeit hatte Rhys es schließlich zu verdanken, dass die Reise möglich wurde.

Mit einer gewissen Genugtuung dachte er an die Ereignisse der letzten Wochen. Nach jenem aufschlussreichen Dinner bei Olga Kasakowna war er sofort zurück nach Oxford gereist, um Alwin Stringle zur Rede zu stellen. Sein überraschender Besuch hatte den hinterhältigen Kollegen ganz schön aus der Fassung gebracht. Vor allem, als er ihm an einem Samstagmorgen unvermittelt in dessen eigenen vier Wänden gegenübergestanden hatte. Rhys hatte nicht viel Federlesens gemacht. Er war an Stringles Vermieterin vorbei in dessen Wohnung im ersten Stock gestürmt und hatte ihn ohne große Begrüßung sofort am Kragen gepackt und gegen die Wand gedrückt.

»Wo sind die Unterlagen von Herrn Stix?«, hatte er ihn angefahren. »Ihr rückt sie sofort heraus, oder ich werde ungemütlich.«

»Ich … ich weiß nicht, wovon Ihr redet«, stammelte der Wissenschaftler empört. »Aber wenn Ihr mich nicht sofort loslasst, hole ich die Polizei.«

Rhys hatte nur gelacht und seinen Griff um Stringles Hals fester werden lassen.

»Davor fürchte ich mich nicht! Und nun rate ich dir, nicht weiter zu lügen. Ich weiß über alles Bescheid. Stix hat sich meiner Ehefrau anvertraut. Demnach hast du mir einige sehr wichtige Informationen vorenthalten – und das kann ich überhaupt nicht vertragen.«

Um zu unterstreichen, wie ernst es ihm war, hatte er seine Faust erhoben. Stringle war zwar verschlagen und hinterhältig, aber er war ein noch größerer Feigling.

»Bitte, bitte, Franklin, verschont mich. Ich gebe ja alles zu. Mir … mir schien dies alles nicht so wichtig zu sein, also muss ich es wohl vergessen haben. Ich … ich konnte doch nicht ahnen, was die Unterlagen Euch bedeuten. Ein Brief von diesem verrückten Charles Darwin … Was habt Ihr schon als Archäologe mit ihm zu schaffen?«

Perplex über diese zusätzliche Neuigkeit hatte Rhys ihn losgelassen, woraufhin dieser wie ein Häuflein Elend auf den Boden gestürzt war. Nur um gleich darauf wieder von Rhys hochgerissen zu werden, damit der ihn ordentlich durchschütteln konnte.

»Du erbärmlicher Wicht«, hatte er den intriganten Wissenschaftler angefaucht. »Ich hätte große Lust, dich einfach aus dem Fenster zu werfen.« Um seine Absicht zu verdeutlichen, schob er ihn zum Fenster, öffnete es und drückte Stringle ein wenig über die Fensterbrüstung.

»Tut das nicht!« Er heulte nun wie ein kleines Kind. »Ich werde Euch alles geben, was Ihr wünscht. Wirklich alles!«

Angewidert von seiner Feigheit und Unterwürfigkeit zog Rhys ihn wieder ins Zimmer und ließ ihn endgültig los.

»Du bist es gar nicht wert, dass ich mich näher mit dir befasse«, meinte er nur verächtlich. »Gib mir die Unterlagen und hüte dich in Zukunft davor, mir nochmals in die Quere zu kommen.«

Zitternd hatte Stringle ihm daraufhin die Abschrift eines Dokuments sowie Darwins Brief überreicht, die er beide in der Schublade seines Schreibtisches aufbewahrt hielt. Rhys hatte ihm noch einen letzten, abschätzenden Blick zugeworfen, dann war er verschwunden. Erwartungsgemäß hatte Stringle sein rabiates Eindringen weder bei der Polizei noch bei Professor Stanley angezeigt. Er musste genau gewusst haben, dass es ihn allenfalls als gemeinen Dieb entlarvt hätte.

Danach war alles Schlag auf Schlag gegangen. Noch am selben Tag hatte Rhys Darwins Brief gelesen und begonnen, die Glaubwürdigkeit des portugiesischen Berichts zu untersuchen. Dazu verglich er in der Bibliothek sämtliche Landkarten, die er dort über das Amazonasgebiet finden konnte. Sie waren jedoch meist nicht sehr detailliert, da die Region weitgehend unerforscht war. Doch dann entdeckte er auf einer Landkarte, die nach der Forschungsreise Alexander von Humboldts vor einigen Jahrzehnten angefertigt worden war, dass zwar nur ein kleiner, aber doch wesentlicher Kartenausschnitt mit der Skizze des Konquistadoren übereinstimmte. Rhys konnte sein Glück kaum fassen. Das war der Anhaltspunkt, der auch Skeptiker überzeugen musste. War dieser Stix doch ein Teufelsbraten! Hinzu kam, dass die Abschrift des portugiesischen Konquistadoren von einem deutschen Bibliothekar beglaubigt worden war und somit fast so aussagekräftig war wie das Original.

Rhys hatte die Unterlagen Professor Stanley gezeigt, der nach sorgfältiger Prüfung der Dokumente seine Meinung änderte und ihm offiziell tatkräftige Unterstützung zusagte, sehr zum Missfallen von Alwin Stringle.

Ein Klopfen an der Tür riss Rhys aus seinen Gedanken. Es war das Dienstmädchen, das ihm auf einem Tablett einen Umschlag reichte.

»Das ist gerade für Euch abgegeben worden«, sagte sie mit einem Knicksen.

Rhys nahm den Brief an sich, in der Hoffnung, dass es die sehnlich erwartete Antwort von Sebastian Stix war. Er hatte dem jungen Wissenschaftler schon vor Wochen in einem Brief ausführlich geschrieben und ihn herzlich eingeladen, ihn an den Amazonas zu begleiten. Deshalb war er umso überraschter, dass der Brief von seinem Schwager Camden stammte, der ihn für den nächsten Tag um ein Treffen zum Lunch in der Punch Tavern bat.

»Du siehst bezaubernd aus.«

Camden gab sich alle Mühe, sein Wohlgefallen zu zeigen. Mit einem charmanten Lächeln sah er zu, wie seine Frau die geschwungene Treppe hinunter ins Foyer stieg. Beatrice beantwortete sein Kompliment mit einem freundlichen, wenn auch kurzen Nicken. Immerhin reichte sie ihm ihre behandschuhte Hand, auf die er eilig einen Kuss hauchte. Das zartfliederfarbene Abendkleid aus Moiré mit den kurzen Ärmeln stand ihr ausgesprochen gut. Wie es der derzeitigen Mode entsprach, bauschten sich die Röcke anmutig über der Tournüre und betonten ihre wieder schlank gewordene Taille. Der Halsausschnitt war mit raffinierten Verzierungen und Schleifchen geschmückt, die ihre helle Haut vorteilhaft zur Geltung brachten.

»Wo sind Fitz und Lavinia?«, fragte sie, überrascht, die beiden nicht vorzufinden.

»Sie sind bereits vorausgefahren, weil Fitz noch etwas in seinem Handelskontor zu erledigen hatte. Sie erwarten uns im Foyer des Theaters.«

Camden hakte sie in seinen Arm ein und geleitete sie vor die Tür, wo bereits eine Mietkutsche auf sie wartete. Der Kutscher hielt den Verschlag auf, während Camden seiner Frau in das Innere half. Wenig später fuhren sie vom vornehmen Marylebone, wo sie bei Beatrices Jugendfreundin Lavinia und ihrem Ehegatten Fitzgerald Hampton logierten, in Richtung Covent Garden. Auf Beatrices Wunsch verbrachten sie einige Tage in London. Camden hatte sich gerne dazu überreden lassen, auch um seiner Frau zu beweisen, dass es ihm wirklich ernst mit ihr war. Den kleinen Andrew hatten sie bei Kinderfrau und Amme in Bingley zurückgelassen.

Seit Wochen versuchte er, sich Beatrice mit Gefälligkeiten und Geschenken wieder gewogen zu machen. Trotz all seiner Bemühungen machte er jedoch nur langsam Fortschritte. Für den heutigen Abend war ein Besuch im gerade erst wiedereröffneten Royal Theatre am Covent Garden geplant, mit einem anschließenden Dinner. Camden hatte Beatrice mit Karten für die Oper »Falstaff« des irischen Komponisten Michael William Balfe überrascht. Seine Frau liebte Musik über alles und hatte ein besonderes Faible für Balfes Opern. Die Überraschung war ihm sichtlich geglückt, denn Beatrice ließ zum ersten Mal seit Monaten wieder etwas mehr Nähe zu. Während der Kutschfahrt plauderte sie mit ihm so ungezwungen wie schon lange nicht mehr.

Camden war froh, dass sich sein Leben wieder in die richtige Richtung entwickelte. Seitdem er mit James reinen Tisch gemacht hatte, war eine riesige Last von ihm abgefallen, auch wenn der Stallmeister und Trainer immer noch in Bingley lebte. Das Angebot, nach Devon zu gehen, hatte James trotz ihrer Abmachung nicht angenommen. *Kein Wunder,* dachte Camden mit einer gewissen Verbitterung. *Mit dem Geld, das ich ihm gegeben habe, kann er sich auch so ein schönes Leben leisten.* Es behagte ihm gar nicht, den Stallmeister weiterhin in seiner Nähe zu wissen. Immerhin hielt James sich weitgehend von ihm fern, auch wenn Camden das Gefühl nicht loswurde, dass er dauernd von ihm beobachtet wurde.

Die Kutsche hielt vor dem hellen, sandsteinfarbenen Opernhaus, dessen säulenverzierte Fassade an einen griechischen Tempel erinnerte. Über breite Treppen führte Camden seine Frau in das hell erleuchtete Foyer. Überall strahlten gasbetriebene Kristallleuchter von Decken und Wänden und verwandelten die Eingangshalle in ein glitzerndes Lichtermeer. Da sie etwas spät dran waren, hatten sich die meisten Theaterbesucher längst über die verschiedenen Eingänge auf ihre Plätze begeben. Fitz und Lavinia gehörten zu den wenigen, die sich noch hier aufhielten. Sie erwarteten sie bereits ungeduldig.

»Ich dachte schon, ihr hättet etwas Besseres vor und kämt gar nicht mehr«, begrüßte sie Fitz mit einem vielsagenden Zwinkern. Camden überspielte die anzügliche Bemerkung mit einem vernehmlichen Räuspern, während Beatrice so tat, als hätte sie nichts gehört.

»Wir sollten keine weitere Zeit verlieren«, drängte Lavinia. »Es hat bereits zum ersten Mal geklingelt.« Sie warf ihrem Gatten einen indignierten Blick zu, dann hakte sie sich bei Beatrice unter und führte sie zu einem der Hauptflure. Die Männer folgten ihnen auf dem Fuße.

»Wie hat Camden es nur angestellt, noch Karten für die besten Plätze zu bekommen?«, hörte Camden Lavinia fragen. »Du kannst stolz auf ihn sein.«

Beatrice hielt statt einer Antwort inne und tastete erregt an ihrem Handgelenk.

»Ach herrje! Ich glaube, ich habe meinen Beutel mit dem Fächer und dem Opernglas in der Kutsche liegen gelassen.« Sie sah Camden hilfesuchend an.

»Geht nur vor«, bot sich dieser selbstverständlich an. »Ich werde rasch zurückgehen und nachkommen.«

Während die anderen ihre Plätze aufsuchten, begab sich Camden noch einmal auf den Platz vor dem Theater, wo sich in einer langen Reihe die wartenden Kutschen befanden. Zum Glück war es noch hell, sodass er die Kutsche, die sie hergebracht hatte, schnell ausmachen konnte. Er beeilte sich, denn er wollte keinesfalls zu spät zu der Vorstellung kommen. Es hatte ihn einiges gekostet, Karten in den ersten Reihen zu ergattern. Sie galten als die besten Plätze. Im Gegensatz zu den Logenplätzen hatten sie allerdings den Nachteil, dass die Eingänge zum Zuschauerraum bei Vorstellungsbeginn geschlossen wurden. Er hatte Glück. Beatrices Beutel und Fächer lagen tatsächlich auf dem Lederpolster. Er nahm beides rasch an sich und eilte zurück. Er war nicht der Einzige, der sich verspätet hatte. Nur wenige Schritte vor ihm hastete ein Mann mit Zylinder und Abendgarderobe die Treppen hinauf. Beinahe gleichzeitig betraten sie das lichtdurchflutete Foyer. Der Mann sah sich kurz um, sodass Camden ihm für einen Augenblick ins Gesicht sehen konnte.

»Malcolm!«

Es durchfuhr Camden wie ein Stromschlag, während er seinen Namen lautlos aussprach. Seit jenem Abend vor einigen Monaten hatten sie sich nicht mehr gesehen.

Sein Gegenüber stutzte nur für einen kurzen Moment, nickte ihm kurz zu und verschwand in die entgegengesetzte Richtung. Camden ballte vor Erregung die Hände zu Fäusten, dann hatte er sich wieder gefasst und beeilte sich, auf seinen Platz zu kommen. Völlig kopflos setzte er sich neben Beatrice und vergaß dabei ganz, ihr Beutel und Fächer zu reichen.

»Was ist denn mit dir los?«, fragte sie ihn belustigt. »Willst du mir meine Sachen nicht geben?«

»Oh ja! Selbstverständlich! Hier ist alles!«

Camden entschuldigte sich gedankenverloren und übergab ihr beides. Zum Glück wurden gerade die Lichter im Zuschauerraum gelöscht, sodass Beatrices Aufmerksamkeit sich wieder auf den Vorhang richtete. Verstohlen sah Camden sich noch einmal um, konnte Malcolm jedoch unter den vielen Gästen nirgendwo entdecken. Allein die Vorstellung, dass sie beide in ein und demselben Raum waren, versetzte ihn erneut in Aufruhr. Dabei hatte er alles darangesetzt, Malcolm aus seinem Leben zu verbannen. Er erinnerte sich an Thomas Harrods' Besuch in Yorkshire, wenige Tage nachdem sie sich in London begegnet waren. Harrods war eigens angereist, um ihn nochmals von der Notwendigkeit einer Zusammenarbeit zu überzeugen. Es war offensichtlich gewesen, dass Malcolm sich geweigert hatte, ihn selbst aufzusuchen. Camden war ihm dafür dankbar gewesen, denn so hatte er sich in der Lage gesehen, das Angebot doch noch anzunehmen. Sie waren stillschweigend übereingekommen, dass Linus Smith und Harrods die laufenden Geschäfte übernehmen würden, während Malcolm sich weiter im Hintergrund hielt. Dadurch war gewährleistet, dass sie sich nicht begegnen würden. Und nun das! Ausgerechnet hier im Theater musste Malcolm ihm wieder über den Weg laufen.

Das Raunen im Zuschauerraum nahm ein Ende, als aus dem Orchestergraben die Ouvertüre erklang. Camden gelang es kaum, sich zu konzentrieren. Sobald der Vorhang sich öffnete und durch das Bühnenlicht auch der Zuschauerraum wieder etwas erhellt wurde, sah er sich erneut nach ihm um. Es geschah fast zwanghaft. Schließlich entdeckte er ihn in einer der rechten Logen, nicht weit von seinem Platz entfernt. Malcolms Blick war gebannt auf die Bühne gerichtet, sodass ihm genügend Zeit blieb, ihn ausgiebig zu mustern, auch wenn das Licht ihn nur dürftig beschien. Das kräftige Kinn mit den schmalen Lippen, die kurzen, dichten Haare, seine etwas gedrungene Figur. Neben ihm war ein Platz frei. Allem Anschein nach besuchte er die Vorstellung alleine. Camden war bislang nicht bekannt gewesen, dass Malcolm auch Gefallen an Kunst gefunden hatte. Er ertappte sich plötzlich bei dem Wunsch zu erfahren, was Malcolm all die Jahre, die er in Indien verbracht hatte, erlebt hatte. Ob er noch manchmal an ihre gemeinsame Zeit in Bingley dachte?

»Wo siehst du denn die ganze Zeit hin?«

Es war Beatrice, die ihn aus seinen Gedanken riss. Unangenehm berührt zuckte er zusammen.

»Ach, es ist nichts. Ich hatte mir eingebildet, einen Bekannten zu sehen, aber ich habe mich getäuscht.«

In der nächsten halben Stunde bemühte er sich, nicht mehr zu Malcolm hinzusehen. Als er dann aber erneut einen Blick wagte, bemerkte er, dass auch dieser zu ihm hinübersah. Für einen magischen Augenblick ruhten ihre Blicke ineinander, ohne dass einer von ihnen sich abwandte. Erst der Beifall nach einer Arie unterbrach ihren Blickkontakt.

Camden saß wie auf Kohlen. Er fühlte sich hin- und hergerissen, war aufgewühlt und außerstande, sich auf die Geschichte rund um den Lebemann Falstaff zu konzentrieren, geschweige denn die Musik zu genießen. Dann kam die Pause. Fitzgerald schlug vor, gemeinsam hinauszugehen, um eine Erfrischung einzunehmen. Camden folgte ihnen wie in Trance. Er bemerkte weder Beatrices befremdeten Blick, noch war er imstande, sich dazu zu äußern, wie ihm das Stück gefallen hatte.

»Ich komme gleich nach«, entschuldigte er sich schließlich und gab vor, gewisse Örtlichkeiten aufzusuchen. Während Beatrice, Fitz und Lavinia sich unter die anderen herausgeputzten Zuschauer mischten, die lachend von Lakaien servierte Champagnergläser entgegennahmen und sich prächtig amüsierten, zog Camden sich zurück. Er war sich der Tatsache kaum bewusst, dass seine Schritte ihn automatisch zu der Loge führten, in der Malcolm saß. Erst als er vor der Tür stand, die Hand bereits am Türgriff, wurde ihm der Irrsinn seines Unterfangens bewusst. Was tat er hier? War er von allen guten Geistern verlassen? Plötzlich ernüchtert wollte er sich rasch wieder zurückziehen, doch in diesem Augenblick ging die Tür auf – und Malcolm stand direkt vor ihm. Er schien nicht im Mindesten überrascht, ihn zu sehen.

»Ich hatte gehofft, dass du den ersten Schritt unternehmen würdest«, begrüßte er ihn mit seiner warmen Stimme. Seine grünbraunen Augen glitzerten im Widerschein der Kristallleuchter.

»Verzeih! Es war vermutlich ein Fehler.« Camden versuchte vergeblich, sein unüberlegtes Handeln zu entschuldigen. Doch es war zu spät. »Ich konnte nicht anders«, besserte er zögernd nach. »Ich wollte noch einmal mit dir reden.« Seltsam, wie leicht ihm die Wahrheit mit einem Mal über die Lippen ging. Er sagte einfach das, was er gerade fühlte. Malcolms Lippen umspielte ein freudiges Lächeln.

»Darüber freue ich mich mehr, als du dir vorstellen kannst«, antwortete er mit belegter Stimme. Ein kleiner Schauer rieselte Camdens Rücken hinunter. Es tat so gut, diese Stimme zu hören. Dennoch fühlte er sich ihm gegenüber immer noch verlegen.

»Möchtest du mit in meine Loge kommen?«, fragte Malcolm plötzlich. »Im Augenblick ist sie leer.«

Camden folgte ihm schweigend und setzte sich auf den freien Platz neben Malcolm. Ihre Knie waren nur eine Handbreit voneinander entfernt.

»Weshalb bist du damals so plötzlich verschwunden?«, drängte es ihn plötzlich zu fragen. Sein Gesicht verdunkelte sich, als der Schmerz, der ihm damals fast das Herz gebrochen hatte, ihn erneut zu überwältigen drohte. »Warum hast du mir nie gesagt, dass du beabsichtigst, nach Indien zu gehen?«

Malcolm schüttelte sacht den Kopf. In seinem Blick spiegelte sich ein mindestens ebenso großer Schmerz wie in seinem. »Ich habe Bingley damals nur deinetwegen verlassen«, antwortete er leise. »Ich habe dich geliebt, aber ich wusste auch, dass unsere Beziehung, so wie sie damals war, dein Leben zerstört hätte.«

»Wie kannst du das behaupten?«, fragte Camden empört. »Wäre es nicht an mir gewesen, das zu beurteilen?«

»Vielleicht«, gab Malcolm zu. »Damals habe ich dich mit anderen Augen gesehen. Ich dachte, dass unsere gemeinsame Nacht für dich möglicherweise nur ein Ausrutscher gewesen ist. Du hattest am nächsten Morgen so heftig reagiert. Außerdem hast du mir selbst erzählt, dass du schon bei Frauen gelegen hast. Für mich hingegen wäre eine körperliche Berührung mit ihnen unmöglich. Verstehst du, was ich meine?« Er sah ihn flehend an, und Camden spürte, wie er auf sein Verständnis hoffte. Unter diesem Gesichtspunkt hatte er ihre Affäre nie betrachtet. »Heute weiß ich«, fügte Malcolm noch eine Spur leiser hinzu, »dass du, was Männer angeht, genauso empfindest wie ich.«

Camdens Haltung versteifte sich sofort. »Wie meinst du das?«, fragte er befremdet.

»Ich habe beobachtet, wie du deinen Stallmeister aufgesucht hast.«

»Du hast was …?« Camden sprang empört von seinem Sitz auf. »Du spionierst mir hinterher? Das kann ich einfach nicht glauben!«

»Es ist anders, als du denkst!« Malcolm stand ebenfalls auf und versuchte, Camdens Hand zu nehmen. Doch er entzog sie ihm. Erneut setzte Malcolm zu einer Erklärung an, doch in diesem Augenblick öffnete sich die Tür, und die anderen Logenbesucher traten ein.

»Unsere Unterhaltung war sehr aufschlussreich«, empfahl sich Camden so kühl, wie er es in Anbetracht seiner Empörung vermochte. »Damit ist wohl alles zwischen uns geklärt.«

»Warte!« Malcolm versuchte es noch einmal. Doch Camden winkte nur ungehalten ab und verließ grußlos die Loge.

Rhys saß in der »Punch Tavern« vor einem dunklen Bier. Er wartete nun schon fast eine halbe Stunde auf seinen Schwager. Camden hatte sich offensichtlich zum verabredeten Lunch verspätet. Verärgert wanderte sein Blick immer wieder zu der Uhr über dem Tresen. Nur seine Neugier hielt ihn davon ab, zu bezahlen und von hier zu verschwinden. Er hatte noch eine Menge zu erledigen und konnte es sich eigentlich nicht leisten, hier unnütze Zeit zu vertrödeln.

Olga hatte alle Geldgeber und Investoren für den heutigen Abend zu einer Soirée geladen, damit er ihnen in einem Vortrag über den Ablauf und die Zusammensetzung der Expedition berichten konnte. Rhys hatte dabei ein mulmiges Gefühl. Zwar waren die Vorbereitungen bezüglich der Ausrüstung nahezu abgeschlossen, doch war bislang noch nicht vollends geklärt, wer außer ihm an der Expedition teilnehmen würde. Er würde sich in vagen Äußerungen ergehen müssen, denn bislang hatte er weder die Zusage von Sebastian Stix, den er gerne als wissenschaftlichen Experten für Flora und Fauna an seiner

Seite gewusst hätte, erhalten, noch einen geeigneten Gehilfen gefunden, der ihre Funde zeichnerisch dokumentieren konnte. So in seine Gedanken vertieft, bemerkte er nicht, wie ein neuer Gast den Schankraum betrat. Erst das Räuspern einer weiblichen Person ließ ihn aufmerken.

»Amber!«

Die Überraschung, ausgerechnet sie hier zu sehen, war so groß, dass er sie für eine ganze Weile nur voller Staunen betrachten konnte. Mein Gott! Er hatte gar nicht mehr gewusst, wie schön sie war. Sie trug ein aufwendig mit Spitzen, Schleifchen und Raffungen versehenes Tageskleid aus flaschengrünem Taft mit einem cremefarbenen, geknöpften Brustteil. Der dezent gehaltene Halsausschnitt war ebenfalls mit hellen Spitzen umrahmt. Dazu ein cremefarbener, flacher Hut, der ihr dunkles, in sorgfältige Locken gedrehtes Haar bekrönte. Er hatte sie blass und ausgezehrt in Erinnerung, doch nun stand sie mit leicht gebräunter Haut und roten Wangen wie das blühende Leben vor ihm.

»Darf ich mich zu dir setzen?«, fragte sie fast ein wenig schüchtern. Rhys sprang sofort auf, um ihr den Stuhl zurechtzurücken. Sie setzte sich und legte ihre behandschuhten Hände in den Schoß. Er wusste nicht, was ihn mehr überraschte – die Tatsache, dass sie leibhaftig vor ihm saß oder dass sie sich plötzlich so ungewohnt schüchtern verhielt.

»Ich hatte eigentlich Camden erwartet«, begann Rhys, nur um etwas zu sagen.

Amber lächelte entschuldigend.

»Ich habe etwas geschummelt, weil ich mir nicht sicher war, ob du auch gekommen wärst, wenn *ich* dich zu diesem Treffen gebeten hätte.«

Rhys lachte hart auf. »Wie kommst du nur auf diese dumme Idee? Seit Monaten versuche ich, dich zu einem Treffen zu bewegen. Darf ich dich daran erinnern, dass es immer *du* warst, die dagegen war?«

»Es tut mir leid«, meinte Amber zerknirscht. »Ich habe mich schrecklich egoistisch verhalten.« Zum ersten Mal, seit sie da war, suchte sie Blickkontakt zu ihm. »Ich war so in meiner eigenen Trauer gefangen, dass ich nie darüber nachgedacht habe, dass auch du einen großen Verlust erlebt hast. Ich fühlte mich schuldig, und gleichzeitig war ich aufgebracht gegen das Schicksal, das uns solch eine harte Strafe auferlegt hat. Indem ich dich verließ, glaubte ich wenigstens dir ein sorgloses Leben zu ermöglichen …« Sie schwieg plötzlich und sah betreten auf ihre Hände, die immer noch in ihrem Schoß lagen. »Das war ein großer Fehler«, räumte sie ein.

Rhys spürte plötzlich, wie eine Welle von Zuneigung ihn erfüllte. Gleichzeitig kamen ihm aber auch die vielen Tage und Wochen wieder in Erinnerung, in denen er wegen ihrer Zurückweisung fürchterlich gelitten hatte. Es war nicht einfach für ihn, ihr ohne Vorbehalt zu verzeihen.

»Ich habe mich mittlerweile damit arrangiert«, meinte er ausweichend. »Dank Olgas Hilfe werde ich in Kürze wohl doch noch an den Amazonas aufbrechen.«

»Ich habe davon gehört«, sagte Amber leise. »Ich wünsche dir von ganzem Herzen, dass du das findest, was du suchst. Aus diesem Grund bin ich auch gekommen. Ich möchte dir nicht nur Glück für die Reise wünschen. Ich möchte auch, dass wir vor deiner Abreise miteinander Frieden schließen.«

Rhys sah sie enttäuscht an. »Nur Frieden schließen? Ist das nicht ein bisschen wenig? Zwischen uns herrschte meines Erachtens nie Streit. Du hast mir nur einfach deine Liebe entzogen.« Es auszusprechen ließ erneut Verbitterung in ihm aufsteigen.

Amber schüttelte den Kopf und sah ihn nun ihrerseits ungläubig an.

»Ich habe dir nie meine Zuneigung und Liebe entzogen«, behauptete sie. »Verstehst du denn nicht, dass ich nur verhindern wollte, dass du mit einer schwermütigen, kranken Frau die Zukunft teilen musst?«

»Nein, das verstehe ich nicht!«, brauste Rhys empört auf. »Hast du etwa vergessen, was wir uns bei unserer Eheschließung versprochen haben? In guten wie in schlechten Tagen … Für mich sind das keine leeren Worte. Sie bedeuten Verantwortung und Hingabe!«

Ambers Schultern sackten schuldbewusst herab. Sie schien unendlich niedergeschlagen, als sie sich von ihrem Stuhl erhob. Ihm wurde bewusst, wie sehr sie seine Worte verletzt haben mussten. Das tat ihm leid. Er wusste ja selbst, wie krank und verletzt sie gewesen war. Ihr Geist war von der Trauer um das verlorene Kind verwirrt und wie vernebelt gewesen. Es war falsch, wenn er ihr deswegen noch mehr Vorwürfe machte.

»Es ist besser, wenn ich jetzt gehe.«

Sie nickte ihm kurz zu und ging auf den Ausgang zu. Da wusste er, dass er das nicht noch einmal zulassen durfte.

»Warte!« Rhys stand ebenfalls auf und eilte ihr hinterher. Noch bevor sie die Tür erreicht hatte, schob er sich vor sie und legte seine Hand auf ihre Schulter. Neugierige Blicke folgten ihnen. Rhys kümmerte sich nicht um die anderen Gäste. »Ich habe auch Fehler gemacht«, sagte er mit fester Stimme. Er sah in Ambers Augen, die bis zum Rand mit Tränen gefüllt waren. Dadurch wirkte sie noch verletzlicher. »Ich hätte mich einfach noch mehr um dich kümmern müssen. Anstatt dir hinterherzureisen und um unsere Liebe zu kämpfen, blieb ich in diesem verdammten Oxford. Ich habe mich in die Arbeit gestürzt, um den Tod unseres Kindes zu verdrängen. Es tut mir leid! Bleib bei mir und lass uns noch einmal von vorne anfangen.«

Eine ganze Weile blieben ihre Blicke ineinander verhakt. Rhys konnte sehen, wie sich die Anspannung in Ambers Gesicht nach und nach zu lösen begann. Wie befreit kullerten ein paar Tränen aus ihren Augenwinkeln und rannen über die Wangen.

Dann setzte sich ein schalkhaftes Lächeln auf ihrem Gesicht fest, und sie sagte mit dem ihr eigenen Humor: »Auf diese Worte habe ich, ehrlich gesagt, die ganze Zeit gewartet.«

2. Teil

… und da sind diese Ströme eines sagenhaften Reichtums, an deren fernen Ufern weit ab von der zivilisierten Welt Sklavenheere Blut schwitzten im Kampf um dieses fluchbeladene schwarze Gold, den Saft der Kautschukbäume.
BLAISE CENDRARS

1862–1863
Lissabon
Belém
Manaus
Rio Toototobi, nördliches Amazonasbecken

23

Lissabon, Juli 1861

»Ist das nicht wundervoll?«

Amber atmete die frische Meeresbrise tief ein und genoss den wundervollen Ausblick, den man vom Castelo de Sâo Jorge über Lissabon hatte. Unterhalb des Hügels, auf dem die alte Befestigungsanlage stand, lag die Altstadt mit ihren verwinkelten Gassen, an die sich zum Hafen hin großzügige Gebäude, Paläste, Plätze und Kirchen anschlossen. Auch der Hafen selbst, der in der Mündung des Rio Tejo lag, war gut zu sehen. Im strahlenden Licht der Nachmittagssonne glänzte der helle Stein des Torre de Belém, um die ankommenden Schiffe zu begrüßen. Sebastian Stix, der vor einigen Tagen von Deutschland aus zu ihnen gestoßen war, fing ihren Blick auf und fühlte sich sogleich bemüßigt, ihr die Sehenswürdigkeit zu erklären.

»Der Torre de Belém ist fünfunddreißig Meter, nein, wartet …« – der junge Wissenschaftler überlegte einen kurzen Augenblick – »ähm … ja, hundertvierzehn Fuß in englischem Maß hoch. Er wurde 1521 unter König Manuel I. gebaut, um die Dominanz Portugals als führender Seemacht zu unterstreichen. Ursprünglich stand der Turm auf einer Insel im Rio Tejo, doch mittlerweile hat sich das Land bis an die Insel herangeschoben. Bemerkenswert ist der Turm auch deswegen, weil er das fürchterliche Erdbeben im Jahre 1755 und die darauf folgende Flutwelle als eines der wenigen Bauwerke Lissabons überstanden hat. Ebenso wie das ganz in der Nähe liegende Mosteiro dos Jerónimos, das durch seinen prächtigen Innenhof und die reichen Verzierungen an Wänden, Decken, Fenstern und …«

Amber rollte hilfesuchend mit den Augen, während Sebastian Stix ihnen mit ungebrochener Begeisterung die Sehenswürdigkeiten von Lissabon erklärte. Seitdem der dritte Teilnehmer ihrer kleinen Expedition vor wenigen Tagen aus München zu ihnen gestoßen war, ließ er keine Gelegenheit aus, sie mit seinem Wissen und seiner Belesenheit zu beglücken. So liebenswert und hilfsbereit sie den bayrischen Wissenschaftler auch fand, sosehr gingen Amber allmählich seine Vorträge und Belehrungen auf die Nerven. Sebastian war zweifelsohne ein vielseitiger Wissenschaftler und außerordentlich belesener Mensch, aber warum nur musste er ständig mit seinem Wissen glänzen? Rhys, der ihre Gedanken zu erraten schien, trat näher an sie heran.

»Bevor wir an Bord der *Princesa* gehen, müssen wir Sebastian unbedingt klarmachen, dass er sich mit seinen Ausführungen etwas zurückhalten muss«, raunte er in ihr Ohr. »Der Kapitän und seine Männer sind jetzt schon ungehalten, weil der alte Besserwisser zu jeder Kleinigkeit seinen Senf abgeben muss. Wenn er so weitermacht, kann ich nicht dafür garantieren, dass ihm die Männer an Bord nicht irgendwann einen Streich spielen werden! Am Ende binden sie ihn noch geknebelt an den Mast.«

Amber musste bei der Vorstellung kichern, was bei Sebastian sofort ein vorwurfsvolles Stirnrunzeln hervorrief.

»Wie könnt Ihr lachen, wenn ich gerade von den vielen Toten erzähle, die das schwere Erdbeben damals verursacht hat!«, beschwerte er sich.

»Verzeiht, lieber Sebastian!« Amber bemühte sich rasch um einen angemessenen Gesichtsausdruck. Sie nutzte die Gelegenheit, um das Gespräch in eine andere Richtung zu lenken. »Ich war in Gedanken nur bereits auf dem Schiff. Schließlich reisen wir ja in wenigen Stunden schon ab. Ich fragte mich gerade, ob unsere Mitreisenden Senhor de Andrade und seine Tochter Miou ebenfalls heute Abend an Bord gehen werden.«

»Oh, davon darf man wohl ausgehen!« Stix nahm es ihr nicht übel, dass sie seinen Vortrag unterbrochen hatte, und wandte sich sofort dem neuen Thema zu. »Die Herrschaften haben bereits gestern ihr Gepäck auf die *Princesa* bringen lassen. Mindestens zwanzig Bedienstete haben auf dem Schiff alles durcheinandergebracht und außerdem …«

»Außerdem scheint unser portugiesischer Gönner einen äußerst verschwenderischen Lebensstil zu pflegen«, unterbrach Rhys rasch Sebastians neu einsetzenden Redefluss. »Du hättest sehen sollen, was sie alles verladen haben. Möbel, Kisten mit Geschirr, sogar eine Badewanne waren darunter, ganz zu schweigen von der Menge an Stoffen und Kleiderkoffern. Sie nehmen beinahe mehr Platz in Anspruch als unsere gesamte Ausrüstung für die Expedition.«

»Vielleicht möchte Senhor de Andrade, dass sich seine Tochter in ihrer neuen Heimat schnell wie zu Hause fühlt«, mutmaßte Amber. »Von Camden weiß ich, dass Senhorita Miou noch nie in Brasilien gewesen ist. Sie verbrachte ihre Kindheit und Jugend in der Schweiz und die letzten Jahre in einem vornehmen Internat. Angeblich kennt sie ihren Vater kaum.«

»Damit könntest du durchaus recht haben«, stimmte Rhys ihr zu. »Auch wenn ich diese Verschwendungssucht reichlich übertrieben finde. Mit Luxus allein lässt sich kein Herz gewinnen. Aber das alles muss uns zum Glück nicht kümmern. Die Hauptsache ist, dass Senhor de Andrade uns freundlicherweise mit nach Brasilien nimmt, auch wenn mir nicht recht einleuchten will, weshalb er sich uns gegenüber so generös zeigt.«

»Dir ist doch bekannt, dass er bei Camden in der Pflicht steht und sich schon deshalb bemüßigt sieht, uns mitreisen zu lassen«, meinte Amber achselzuckend. »Auf jeden Fall bin ich schon sehr gespannt auf ihn und seine Tochter. Und nun lass uns zurückgehen. Es ist bereits spät, und ich brenne darauf, endlich an Bord zu kommen.«

Sie hakte sich bei Rhys unter und zog ihn mit sich zu den Stufen, die den Hügel hinab zu ihrer Pension führten.

In dem vornehmen Stadthaus, in dem sie bei einer alleinstehenden Witwe einige Zimmer gemietet hatten, wartete bereits der Rest ihres Gepäcks auf die Verladung. Während Amber sich von der Witwe verabschiedete, kümmerten sich Rhys und Sebastian darum, dass alles ordnungsgemäß auf dem bereitstehenden Transportwagen verstaut wurde. Dabei kontrollierte Sebastian mehrere Male, ob die Gepäckstücke richtig verzurrt waren. Erst als alles zu seiner Zufriedenheit geschehen war, gab er die Erlaubnis zur Abfahrt. Dann bestiegen sie die Mietkutsche, die dem Transportwagen folgen sollte, und fuhren zum Hafen.

Amber hatte das Schiff erst einmal kurz gesehen. Es war gerade in den Hafen eingelaufen und sah wirklich imposant aus. Schon damals war sie beeindruckt gewesen. Doch nun, als sie vor der *Princesa* stand, wurde ihr erst bewusst, wie groß das Schiff war. Stix hatte ihr längst erklärt, dass es sich bei dem Dreimaster um ein sogenanntes Schraubenlinienschiff handelte, das einst für Kriegseinsätze gebaut worden war. Zu seiner Segelbetakelung verfügte es über einen zusätzlichen Dampfantrieb, der es von Flauten unabhängig machte. Wie unvorstellbar reich musste Tiago de Andrade sein, dass er sich dieses Schiff mit den zwei Decks leisten konnte, fragte sie sich nicht zum ersten Mal. Was für eine glückliche Fügung es doch gewesen war, dass ihr Bruder mit diesem Mann, dessen Schiff regelmäßig zwischen der Amazonasmündung und Europa verkehrte, geschäftliche Verbindungen unterhielt. Soweit sie unterrichtet war, hatte Camden einen nicht unerheblichen Teil seines Vermögens in de Andrades Unternehmen investiert, um den Absatzmarkt des Kautschuks in England kontrollieren zu können. Seit einigen Jahren wuchs die Nachfrage nach dem plastischen Harz. Der Rohstoff wurde zunehmend bei der Herstellung von Regenmänteln und Schuhen verwendet, aber auch beim Bau von Maschinen und Eisenbahnen. Die gesteigerte Nachfrage führte zu ständig steigenden Preisen und versprach schon bald einen satten Gewinn. Männer wie Tiago de Andrade waren dadurch innerhalb kürzester Zeit zu Millionären geworden.

»Nun komm schon«, drängte Rhys und riss Amber aus ihren Gedanken. »An Bord ist es noch viel schöner!«

Kapitän Amado, ein stämmiger Mann mit grauem Bürstenschnitt und einem ausladenden schwarzen Schnauzer, erwartete sie bereits auf dem Oberdeck. Er begrüßte sie herzlich und lud die Neuankömmlinge zu einem Umtrunk ein. Einige Matrosen sorgten in der Zwischenzeit dafür, dass ihr persönliches Gepäck in die Kabinen gebracht wurde. Sie lagen im unteren Stockwerk. Dann begleitete er seine Gäste zur Offiziersmesse, wo ihnen Portwein serviert wurde.

»Die Mannschaft ist bereits vollzählig an Bord. Die Ladung ist komplett, und die Wetterbedingungen könnten nicht besser sein. Wir werden aller Voraussicht nach eine angenehme Überfahrt haben«, unterrichtete er sie gut gelaunt. Amado stellte sich als leutseliger Mensch heraus. Er verriet ihnen, dass er erst seit Kurzem bei de Andrade in Diensten stand und diese Fahrt erst seine zweite auf der *Princesa* war. »Davor war ich Kapitän auf einem Handelsschiff. Ich habe alle Häfen der Welt gesehen, und nun genieße ich es, nur noch zwischen Lissabon und Belém hin- und herzupendeln!« Er lachte ihnen freundlich zu. Es war zu spüren, dass ihm viel daran lag, dass sie sich auf seinem Schiff wohlfühlten.

»Sind Senhor de Andrade und seine Tochter ebenfalls schon an Bord?« Amber nippte an ihrem Glas und sah den Kapitän fragend an. Es fiel ihr schwer, ihre Neugier im Zaum zu halten. Sie brannte darauf, endlich ihren großzügigen Gönner persönlich kennenzulernen. Schließlich war Tiago de Andrade nicht nur bereit gewesen, sie auf seinem Schiff mit nach Brasilien zu nehmen, sondern hatte zudem darauf bestanden, dass sie seine Gäste waren. Umsonst und ohne zusätzliche Kosten. Ein Segen in Anbetracht ihrer ohnehin schon stark strapazierten Reisekasse. Rhys sah das zwar als geborener Skeptiker etwas weniger euphorisch als sie, doch sie war so voller Vorfreude auf das bevorstehende Abenteuer, dass sie de Andrades Großzügigkeit einfach als gegeben hinnehmen wollte.

»Die Herrschaften werden erst kurz vor Auslaufen des Schiffes zu uns an Bord kommen«, informierte sie Amado. »Ich möchte mit dem auffrischenden Wind im Morgengrauen auslaufen. Er treibt uns direkt auf die offene See zu. Spätestens um Mitternacht erwarte ich den *patrao*.«

»Erlaubt die Frage, Sir, weshalb wollt Ihr segeln, wo die *Princesa* doch über einen Dampfantrieb verfügt?«, mischte sich Stix wissbegierig ein. Wie immer schien er bestens über alles Bescheid zu wissen. »Nach meinen Informationen verfügt das Schiff über beinahe tausend Pferdestärken. Wozu sich da noch von der Windkraft abhängig machen?« Er sah den Kapitän herausfordernd an.

Amber wunderte sich einmal mehr über Stix' Eifer. Außerdem fiel ihr auf, wie gut der junge Deutsche mittlerweile die englische und nun auch die portugiesische Sprache beherrschte. Er war in vielerlei Hinsicht überraschend begabt.

»Die Kraft der Motoren ist nur für Notfälle gedacht«, brummte Kapitän Amado nicht besonders angetan von dessen Einmischung. »Wir können aufgrund unserer schweren Ladung nicht genügend Kohle in dem Schiff aufnehmen, um damit über den Ozean zu fahren. Aber das ist in Anbetracht der günstigen Winde auch gar nicht nötig. Macht Euch keine Sorgen. Meine Männer und ich wissen schon, was zu tun ist.«

»Selbstverständlich!«, lenkte Stix umgehend ein. Die Zurechtweisung schien ihn nicht zu kümmern. »Es war ja auch nur eine Frage. Aber was ist denn in den vernagelten Kisten im Unterdeck alles drin? Sie scheinen mir der Grund für unsere allzu schwere Ladung zu sein.«

»Das müsst Ihr schon den Marquis selbst fragen!« Amado wurde allmählich sichtlich ungehalten über Stix' respektlose Fragerei. Zum Glück mischte sich nun Rhys in die Unterhaltung ein.

»Marquis?«, wunderte er sich mit gerunzelter Stirn. »Mir war nicht bekannt, dass de Andrade adlig ist.«

»Das ist er auch nicht im eigentlichen Sinne«, gab Amado etwas zögernd zu. Amber bemerkte, dass ihm dabei nicht ganz wohl in seiner Haut war. »Senhor de Andrade wünscht jedoch, dass ihn alle seine Angestellten mit diesem Titel anreden. Da ich für ihn fahre, muss ich mich wohl oder übel an diese Regel halten.« Er lächelte unsicher. Amber sah überrascht zu Rhys. Allem Anschein nach schien Tiago de Andrade exzentrische Eigenschaften zu besitzen.

Ihre Vermutung wurde bestätigt, als sie zum Dinner in einen überaus luxuriösen Speisesalon geführt wurden. Die mit rotem Mahagoniholz getäfelten Wände waren mit aufwendigen Intarsienarbeiten aus Elfenbein und Ebenholz verziert. Ein ovaler Nussbaumtisch diente als Speisetafel und war so fürstlich eingedeckt, als wären sie zu Gast an einem Fürstenhof und nicht an Bord eines Handelsschiffes. Die Kopfwand nahm ein verglaster Bücherschrank ein, in dem sich eine erlesene Auswahl literarischer Meisterwerke befand. In der Mitte des Raumes hing ein tropfenförmiger Kristalllüster von der Decke, der den Raum mit warmem Gaslicht beleuchtete. Das Geschirr war ebenso erlesen wie die Speisen, die man ihnen auftischte.

Eine Schar von indianischen Bediensteten kümmerte sich um ihr leibliches Wohl. Amber, die noch nie zuvor Indianer gesehen hatte, versuchte mehrere Male, ein Gespräch mit einem von ihnen zu beginnen. Sie hätte die Leute gerne ein wenig über ihre Heimat ausgefragt. Doch die Bediensteten taten so, als würden sie sie nicht verstehen. Selbst als sie sie auf Portugiesisch ansprach, das sie in den letzten Wochen eifrig zu erlernen versuchte, reagierten sie nur mit einem zurückhaltenden Blick und beantworteten keine einzige ihrer Fragen.

Nach dem Abendessen wurde Amber bewusst, wie müde sie war. Die Reisevorbereitungen und der Ausflug hatten sie mehr erschöpft, als sie hatte zugeben wollen. Deshalb bat sie Rhys und Sebastian, sich zurückziehen zu dürfen. Rhys erhob sich sofort und erbot sich, sie zu begleiten. Dankbar für seine Aufmerksamkeit verabschiedete sie sich von Stix, der noch einige Dinge an ihrer Ausrüstung kontrollieren wollte.

Die Kabine, die man ihnen zugeteilt hatte, war überraschend groß. Auch hier hatte de Andrade es an nichts fehlen lassen. Alles war von erlesener Qualität. Die Betten waren weich und behaglich. Es gab einen geräumigen Kleiderschrank und einen Waschtisch mit Spiegel sowie einen kleinen, aber kunstvoll gearbeiteten Sekretär mit ausreichend Papier, Tinte, Löschsand und Federn.

»Andrade verfügt nicht nur über viel Geld, sondern hat zudem noch Geschmack«, stellte Amber anerkennend fest.

Rhys schnaubte verächtlich durch die Nase. »Für meinen Geschmack umgibt er sich ein wenig zu viel mit Luxus. Ein wenig Mäßigung könnte nicht schaden.«

»Höre ich da etwa Neid aus deiner Stimme?«, zog Amber ihn auf. Sie deutete auf ihren Rücken und bat Rhys, die vielen Knöpfe ihres Kleides zu öffnen. »Wie könnte ich neidisch sein, wo ich doch das schönste Gut hier in meinen Händen halte«, raunte er lüstern, während er sich an die Arbeit machte. Gleichzeitig bedeckte er ihren nackten Hals mit zärtlichen Küssen. Amber schauderte unter seinen zarten Berührungen.

»Wir sollten uns keine Gedanken über diesen Andrade machen, sondern lieber die Zeit bis zum Ablegen des Schiffes sinnvoll nutzen, findest du nicht auch?«

Rhys drehte Amber sachte zu sich herum. Seine grauen Augen leuchteten wie dunkle Seen, auf denen sich das Licht tausender Sterne widerspiegelte. Sein intensiver, an Zirbelholz erinnernder Duft stieg ihr in die Nase und erregte sie. Sie spürte, wie ihre Knie weich wurden, als er seine Lippen auf die ihren legte und er lustvoll mit der Zunge ihren Mund erkundete. Ihre Müdigkeit war mit einem Mal wie weggeblasen. Stattdessen fühlte sie eine Leidenschaft, von der sie selbst überrascht war. Jede Faser ihres Körpers sehnte sich nach seinen Berührungen. Schon lange hatte sie Rhys nicht mehr auf diese stürmische Weise begehrt. Sie wollte ihn nur noch spüren. Jetzt. Plötzlich konnte ihr alles nicht mehr schnell genug gehen. Sie erwiderte seine Küsse mit einer drängenden Ungeduld. Sie spürte Rhys' Knie zwischen ihren Beinen und rieb sich daran voller Wollust. Während er hastig die Verschnürung ihres Korsetts löste, machte sie sich an seiner Hose zu schaffen. Noch immer halb bekleidet, ließ sie sich stöhnend aufs Bett fallen und spreizte auffordernd die Beine. Ihre Hand spielte an ihrer empfindsamsten Stelle, während sie darauf wartete, dass er sie endlich beglückte. Rhys stand vor ihr mit heruntergelassener Hose. Sein aufgerichtetes Geschlecht pulsierte vor Lust, während seine Augen nun einen silbrigen Glanz bekamen. Dann riss er ihr mit einer raschen Bewegung die Unterhose vom Leib und drang machtvoll in sie ein. Amber schrie laut auf vor Lust. Es gelang ihr nicht länger, sie zu beherrschen. Rhys legte ihr schnell die Hand auf den Mund.

»Pscht!«, flüsterte er heiser. »Willst du etwa, dass uns jemand hört?«

Sie spürte, dass auch er kaum noch an sich halten konnte. Das erregte sie noch viel mehr. »Selbst wenn die ganze Mannschaft jetzt hier stünde, könnte ich mich nicht mehr beherrschen«, keuchte sie außer sich vor Lust. »Besorg es mir. Jetzt!« Sie schob ihm ihr Becken entgegen und krallte ihre Finger in sein nacktes Hinterteil. Endlich verstand er, was sie wollte, und drang heftig in sie ein.

»Für dich würde ich alles tun, alles«, keuchte Rhys und stieß ein letztes, erfüllendes Mal zu. Amber glaubte in diesem Augenblick, als sie beide gleichzeitig zum Höhepunkt kamen, nie glücklicher gewesen zu sein.

Das Geklapper von Pferdehufen und das Rumpeln einer Kutsche am Kai weckten Amber mitten in der Nacht auf. Sie lag immer noch in Rhys' Armen und spürte seine gleichmäßigen Atemzüge. Vorsichtig löste sie sich aus seiner Umarmung und setzte sich auf. Kurz darauf hörte sie das leise Gemurmel eines Gesprächs auf dem Oberdeck und wenig später schwere Schritte vor ihrer Kabinentür, die sich rasch wieder entfernten. Sie wollte sich gerade wieder hinlegen, als sie nochmals Schritte vernahm, die von dem leisen Schluchzen einer Frau begleitet wurden. Zweifelsohne gehörte es zu Miou de Andrade, der Tochter ihres Gönners. Amber überlegte einen kurzen Augenblick, ob sie nachsehen sollte. Doch dann entfernten sich die Schritte, und sie verzichtete darauf.

Kurze Zeit später hörte sie, wie die Segel gesetzt und der Anker gelichtet wurden. Die *Princesa* lief endlich in Richtung Brasilien aus.

Gut ausgeruht begaben sich Amber und Rhys am nächsten Morgen an Deck. Die Sonne funkelte immer wieder zwischen weißgrauen Wolken hervor, während ein frischer Wind die *Princesa* immer weiter auf das tiefblaue Meer hinaustrieb. Es herrschte ein geschäftiges Treiben an Bord. Die Matrosen waren immer noch damit beschäftigt, einzelne Segel zu setzen, während der Kapitän oben auf der Brücke mit seinem Steuermann den Kurs besprach. Das Festland war nur noch als silberner Streifen am Horizont auszumachen.

Amber lehnte sich behaglich an Rhys' Schulter, während sie die frische Seeluft genoss. Sie hatte sich für die erste Begegnung mit Tiago de Andrade extra ein aufwendig gearbeitetes schokoladenbraunes Tageskleid angezogen mit cremefarbenem Brustbesatz und zahlreichen Drapierungen und Rüschen. Es war eines der wenigen vornehmen Kleider, die sie auf die Reise mitgenommen hatte. Ansonsten bestand ihre Garderobe aus praktischen, hellen Reisekleidern und Hosenröcken, die sich auch für längere Märsche durch den Urwald eigneten.

Als sie wenig später den Speisesalon betraten, saßen Tiago de Andrade und seine Tochter Miou bereits an der ovalen Tafel – er am schmalen Ende vor dem gläsernen Bücherschrank, sie rechts neben ihm. De Andrade begrüßte sie mit einem charmanten Lächeln. Amber stellte fest, dass der etwa vierzigjährige Kautschukhändler eine gepflegte, gut aussehende Erscheinung war. Er war ganz anders, als sie ihn sich vorgestellt hatte. Sein schmales Gesicht wurde von tiefliegenden Augen beherrscht, die auf den ersten Blick etwas Strenges ausstrahlten. Er hätte als schön bezeichnet werden können, wenn seine lange, schmale Nase nicht durch eine starke Krümmung dem Gesicht etwas Bizarres verliehen hätte. Offensichtlich rührte die Verunstaltung von einem schlecht verheilten Nasenbeinbruch her. Die halblangen, tiefschwarzen Haare trug er mit Pomade aus der Stirn gekämmt. Erst auf den zweiten Blick erkannte Amber einige silberne Strähnen darin. Seine Tochter war eine ausgesprochene Schönheit mit braunen, schweren Haaren, die zu einer kunstvollen Frisur geflochten waren. Sie wirkte neben ihrem selbstbewussten Vater auf eine ganz besondere Art und Weise zierlich, ja beinahe zerbrechlich. Die junge Frau war wohl um die achtzehn Jahre alt und erinnerte Amber an eine kostbare Porzellanpuppe. Ihre Gesichtsfarbe war von vornehmer Blässe, was ihre großen, dunklen Augen mit dem dichten Wimpernbehang umso mehr zum Ausdruck brachte. Dennoch konnte ihre Schönheit nicht verhehlen, dass sie ein wenig unsicher, ja eingeschüchtert wirkte, was Amber sofort nachdenklich werden ließ.

»Was für eine bezaubernde morgendliche Überraschung«, begrüßte de Andrade sie geschmeidig. Mit der Wendigkeit einer Katze erhob er sich von seinem Stuhl und trat auf sie zu. Erst jetzt fiel Amber auf, wie groß und schlank der Mann war. De Andrade überragte selbst Rhys um fast eine Kopflänge. Er verbeugte sich galant vor ihr und hauchte ihr einen formvollendeten Kuss auf die Hand.

»Lady Franklin, ich bin entzückt, endlich Eure Bekanntschaft machen zu dürfen«, murmelte er in leicht südländisch eingefärbtem Englisch. Während er sich wieder aufrichtete, musterte er sie prüfend aus Augen, die das gesprenkelte Grau eines Granitfelsens besaßen. Amber spürte ein unangenehmes Kribbeln dabei und wich seinem Blick rasch aus. Tiago de Andrade räusperte sich kurz. »Bitte verzeiht meine Aufdringlichkeit, aber meine Tochter und ich konnten es kaum abwarten, endlich Eure Bekanntschaft zu machen, nicht wahr, Miou?«

Ohne ihre Reaktion abzuwarten, wandte er sich nun an Rhys.

»Doktor Franklin, ich habe bereits viel von Euch gehört. Euer Buch über indianische Hochkulturen in prähistorischer Zeit hat mich sehr fasziniert. Ich hoffe doch sehr, dass wir während unserer Reise einige Zeit finden werden, uns über Eure interessanten Hypothesen bezüglich südamerikanischer Hochkulturen zu unterhalten.« Sein Blick hatte etwas Lauerndes, was Amber erneut unangenehm auffiel.

»Ihr seid sehr freundlich«, meinte Rhys zurückhaltend. Im Gegensatz zu Amber hielt er de Andrades durchdringendem Blick mühelos stand. »Auch wenn ich sehr erstaunt darüber bin, dass ein Mann wie Ihr sich mit solch ausgefallenen wissenschaftlichen Themen beschäftigt.«

Tiago de Andrade räusperte sich ungehalten. »Das hört sich geradezu so an, als würdet Ihr einem Kautschukhändler nicht zutrauen, sich mit Kunst und Wissenschaft zu befassen?«

»Verzeiht meine Direktheit«, gab Rhys verbindlich zurück. »Aber ich frage mich nur, wie ein erfolgreicher Geschäftsmann wie Ihr noch die Zeit finden kann, sich grundlegend mit Wissenschaft und Kunst zu befassen.«

De Andrade kniff kurz die Augen zusammen und antwortete mit nachsichtigem Lächeln: »Dann werde ich unsere gemeinsame Reise dazu nutzen, um Euch davon zu überzeugen!« Mit einer nachlässigen Handbewegung deutete er auf den Bücherschrank hinter sich. »Hier findet Ihr nur eine kleine Auswahl an literarischen Kleinodien. Einige bedeutende Werke der Literatur, der Philosophie und der Naturwissenschaften. In meinem Anwesen in Manaus verfüge ich über eine weitaus umfassendere Bibliothek, die Euch jederzeit zur Verfügung steht. Selbst ein angesehener Wissenschaftler wie Ihr dürfte davon nicht enttäuscht sein.«

»Oh! Dann bitte ich hiermit um Verzeihung«, versicherte Rhys scheinbar bekümmert. Amber sah, wie dabei ein belustigtes Lächeln um seine Mundwinkel spielte, das seine Worte Lügen strafte.

De Andrade ging darüber hinweg und bot Amber seinen Arm an. »Bitte erlaubt mir, Euch an Euren Platz zu führen, Lady Franklin. Wir können unser anregendes Gespräch auch bei Tisch fortführen. Doch zuvor möchte ich Euch mit meiner liebreizenden Tochter Miou bekannt machen.«

Amber nickte der schüchtern wirkenden jungen Frau freundlich zu, während ihr de Andrade den Stuhl zurechtrückte und sich wieder ans Kopfende des Tisches setzte, wo Rhys bereits neben ihm Platz genommen hatte.

»Es freut mich sehr, Eure Bekanntschaft zu machen, Senhorita de Andrade«, wandte sich Amber an de Andrades Tochter. »Wir werden sicherlich auf dieser Reise genügend Zeit finden, uns ein wenig näher kennenzulernen.«

Miou wagte ein schüchternes Lächeln. »Es wird mir eine große Freude sein, Lady Franklin.«

Amber fühlte sich der jungen Frau sofort verbunden. Miou war sympathisch und wirkte natürlich und offen, auch wenn sie nicht besonders glücklich zu sein schien.

»Ach bitte, nennt mich doch einfach Amber«, bat sie spontan. Sie hatte das Gefühl, dass etwas mehr Vertrautheit es Miou einfacher machen könnte, ihre Zurückhaltung aufzugeben. Doch bevor diese darauf reagieren konnte, mischte sich de Andrade auf unangenehme Weise in ihr Gespräch ein.

»Was für eine wundervolle Idee!«, nahm er Ambers Gesprächsfaden auf. »Wir sollten uns alle für eine vertrautere Anrede entscheiden. In Brasilien gehen die Menschen nicht so formell miteinander um wie in Europa. Leute derselben Gesellschaftsschicht pflegen einander beim Vornamen zu nennen. Bitte nennt mich Tiago.« Er wandte sich mit einem fragenden Blick an Rhys, der zu Ambers Verärgerung gleichgültig mit den Schultern zuckte.

»Ich habe gegen Euren Vorschlag nichts einzuwenden, Senhor Tiago. Wir Amerikaner gehen ebenfalls leger miteinander um.«

Tiago de Andrades Mundwinkel verzogen sich zu einem selbstzufriedenen Lächeln. »Dann wäre das ja zumindest zwischen uns geklärt, Senhor Rhys! Und wie steht es mit Euch, Lady Franklin? Wie darf ich Euch in Zukunft ansprechen?«

Die arrogante Art, wie er ihren Namen in die Länge zog und sich dennoch ihr andiente, verärgerte Amber. Sie hatte Miou aus freundschaftlichen Gefühlen heraus, von Frau zu Frau gewissermaßen, die vertraute Anrede angeboten. Allerdings war das für sie als Engländerin noch lange kein Grund, dass de Andrade sich das Recht herausnahm, sie ebenfalls so anzureden, noch dazu bei ihrer ersten Begegnung. Sie warf ihrem Gatten einen ärgerlichen Blick zu, weil er so unbekümmert diese Vertrautheit zugelassen hatte. Andererseits konnte sie jetzt nicht einfach einen Rückzieher machen. Wenn sie jetzt darauf bestand, weiterhin mit Lady Franklin angesprochen zu werden, würde sie sich nur lächerlich machen.

»Wenn es Euer Wunsch ist, könnt Ihr mich selbstverständlich bei meinem Vornamen anreden«, antwortete sie leicht verkniffen.

»Dann lasst uns mit dem Frühstück beginnen. Wo bleibt denn Senhor Stix?«

»Um ehrlich zu sein, habe ich ihn heute noch gar nicht gesehen«, meinte Rhys. »Er muss irgendwo an Bord sein, denn seine Kabinentür stand vorhin offen.«

»Wie dem auch sei!«

Tiago klatschte in die Hände, woraufhin auf der Stelle vier indianische Bedienstete erschienen, um ihnen gebratene Eier, Würstchen, frisches Gebäck, Obst, Kaffee und Tee aufzutragen. Sie huschten mit gesenkten Köpfen herein und achteten darauf, so wenig wie möglich aufzufallen. Amber fiel wieder auf, wie eingeschüchtert sie sich verhielten. Sie fühlte sich mit einem Mal unbehaglich. Bildete sie sich das alles nur ein, oder hing tatsächlich eine gewisse Spannung im Raum, die sie nicht benennen konnte? Sie versuchte das Gefühl abzuschütteln und wandte sich ihrem Frühstück zu. Während Tiago Rhys einen Vortrag über den Kautschukhandel am Amazonas hielt, versuchte Amber, Miou etwas besser kennenzulernen.

»Wie kommt es, dass Ihr noch nie bei Eurem Vater in Brasilien wart?«, fragte sie nach einer Weile belanglosen Geplauders. Miou zögerte einen Moment. Als sie sich vergewissert hatte, dass ihr Vater ihnen nicht zuhörte, antwortete sie überraschend offen.

»Meine Mutter starb, als ich zwei Jahre alt war«, vertraute sie Amber an. »Mein Vater hatte gerade den Entschluss gefasst, mit uns nach Brasilien auszuwandern. Doch der Tod meiner Mutter zwang ihn dazu, seine Pläne zu ändern. Er konnte sich verständlicherweise nicht mit einem kleinen Kind belasten. Deshalb brachte er mich in die Schweiz zu den Eltern meiner verstorbenen Mutter. Meine Großeltern nahmen mich herzlich auf und sorgten dafür, dass ich in Lausanne eine anständige Ausbildung erhielt.« Sie seufzte unglücklich. »Sie waren immer sehr gut zu mir, und ich vermisse sie schrecklich.«

»Dann wärt Ihr also lieber bei Euren Großeltern geblieben?«, hakte Amber nach.

Miou warf nochmals einen Blick auf ihren Vater. Erst als sie sicher war, dass er weiterhin ins Gespräch mit Rhys vertieft war, antwortete sie leise: »Das wäre ich in der Tat sehr gerne! Ich mag nicht in Brasilien leben, und ich möchte noch viel weniger …«

Sie wollte noch etwas hinzufügen, doch im selben Augenblick wurde die Tür zum Salon aufgerissen, und ein überaus erregter Sebastian Stix stürmte herein, gefolgt von Kapitän Amado, der vergeblich versuchte, den jungen Mann zu besänftigen. Stix' blonde, lockige Haare standen ihm wirr vom Kopf ab. Er war schmutzig, und auch sonst wirkte er reichlich ramponiert. Außerdem umgab ihn ein unangenehmer Geruch, der an Mist und Moder erinnerte.

»Sebastian! Was ist denn mit Ihnen geschehen?« Rhys war mindestens so überrascht wie Amber.

»Man hat mich heute Nacht auf dem Unterdeck eingesperrt!«, schnaufte Stix empört. »Ich musste zwischen Schafen, Ratten und Mäusen nächtigen. Es ist ein Wunder, dass ich das überhaupt überlebt habe …« Sein aufgebrachter Blick machte die Runde und blieb dabei unvermittelt an Miou haften. Mit offenem Mund starrte er, nunmehr sprachlos, die junge Frau an. Dann überzog eine tiefe Röte sein schmutziges Gesicht, als ihm bewusst wurde, wie unmöglich sein momentaner Aufzug war. »Verzeiht, verzeiht, ich wusste nicht, dass …«, stammelte er plötzlich verlegen und sah betreten zu Boden.

Amber musste an sich halten, um ein amüsiertes Glucksen zu unterdrücken. Stix erinnerte irgendwie an ein gerupftes Huhn, wie er da so vor ihnen stand. »Vielleicht solltet Ihr uns erst einmal alles der Reihe nach erzählen«, schlug sie schließlich vor. Sebastian nickte und fasste sich endlich wieder.

»Ich konnte gestern Abend nicht einschlafen, also ging ich noch eine Runde über das Deck«, begann er erneut mit steigernder Erregung. »Dabei fiel mir ein, dass der Daguerreotypie-Apparat nicht, wie angeordnet, in meine Kabine gestellt worden war. Die Matrosen mussten ihn zu den anderen Kisten unter Deck gebracht haben. Dabei hätte der Abbildungsautomat Schaden erleiden können. Ich musste mich unbedingt davon überzeugen, dass alles seine Ordnung hatte. Als ich den Bootsmann und zwei andere Matrosen äußerst höflich aufforderte, mit mir den Apparat zu suchen, wurden sie grob und verweigerten mir ihre Hilfe. Sie machten sich sogar über mich lustig. Notgedrungen machte ich mich allein an die Arbeit und begab mich ins Unterdeck. Kaum war ich dort, hörte ich, wie die Luke zum Oberdeck verriegelt wurde und kurz darauf ein schadenfrohes Lachen. Sie haben ein hinterhältiges Spiel mit mir getrieben, jawohl!« Er warf Kapitän Amado einen finsteren Blick zu.

»Meine Männer hatten gestern Abend wichtigere Dinge zu tun, als sich von Senhor Stix von der Arbeit abhalten zu lassen«, versuchte der Kapitän die Situation zu erklären.

»Das ist noch lange kein Grund, mich in einem Rattenloch einzusperren«, beklagte sich Stix. »Ich hätte dabei umkommen können!«

»Ich finde das allerdings ebenfalls unerhört«, mischte sich nun de Andrade in das Gespräch ein. Sein Ton war scharf und unduldsam. »Ihr scheint Eure Männer nicht im Griff zu haben, Kapitän Amado!«

»Die Matrosen sind einfache, aber gute Männer«, nahm Amado seine Leute in Schutz, »allerdings reagieren sie ungehalten, wenn ihnen jemand allzu sehr auf die Nerven geht. Es ist durchaus üblich, dass sie dann ihre Späßchen treiben. Es tut mir natürlich leid für Senhor Stix. Ich werde dafür sorgen, dass solche Übergriffe nicht wieder vorkommen!«

De Andrade war damit in keiner Weise zufrieden und wandte sich an Sebastian.

»Amado wird dafür sorgen, dass die Verantwortlichen eine empfindliche Strafe bekommen werden, Senhor Stix. Das verspreche ich Ihnen.« Mit einem finsteren Blick an den Kapitän gewandt, fügte er hinzu: »Ich bin mehr als verärgert über diese Angelegenheit. Sorgt dafür, dass die Schuldigen umgehend bestraft werden.«

»Wie Ihr meint, Marquis. Ich werde den betreffenden Matrosen eine kräftige Standpauke halten und ihnen einen Freigang sperren«, willigte Amado mit einem Kopfnicken ein. Damit schien die Angelegenheit für ihn erledigt. Doch de Andrade ließ die Faust wütend auf den Tisch knallen.

»Ihr habt mich anscheinend nicht verstanden«, brüllte er unbeherrscht. »Einer meiner Gäste wurde beleidigt. Ihm steht eine angemessene Wiedergutmachung zu. Ihr werdet dafür sorgen, dass die Matrosen die neunschwänzige Katze zu spüren bekommen. Das ist das Mindeste, was Senhor Stix erwarten kann.«

Amber verschlug es den Atem. De Andrades Reaktion war völlig überzogen und in keiner Weise nachvollziehbar. Sie hörte, wie auch Miou neben ihr scharf einatmete. Zu ihrer Überraschung wagte ausgerechnet sie es, ihrem Vater zu widersprechen.

»Verzeih, Vater, dass ich mich einmische! Aber du kannst diese Männer nicht einfach auspeitschen lassen. Sie haben sicher eine Strafe verdient, aber doch nicht so eine grausame!«

Miou sah ihren Vater um Verständnis ringend an. Amado pflichtete ihr bei.

»Die neunschwänzige Katze bedeutet eine äußerst harte Strafe, Marquis! Von mir aus streiche ich den Schuldigen zwei weitere Freiwachen. Sie werden in dieser Zeit das Deck scheuern. Das wird die Männer hart genug ankommen.«

»Ihr werdet tun, was ich von Euch verlange, Amado«, presste Tiago leise hervor. Sein Gesicht war fahl vor unterdrücktem Zorn. Der Blick, den er seiner Tochter zuwarf, drückte mehr als Missbilligung aus. »Noch einmal: Eure Männer, Amado, haben meinen Gast verärgert. Dafür werden sie mit ihrem Blut bezahlen. Und nun möchte ich nichts Weiteres darüber hören. Keiner widersetzt sich mir an Bord meines Schiffes! Ist das nun endlich klar?«

»Wie Ihr befehlt, Marquis.« Amado gab sich gezwungenermaßen einsichtig, aber er hatte sichtlich Mühe, sich damit abzufinden.

Amber warf Rhys einen hilfesuchenden Blick zu, doch der schüttelte nur warnend den Kopf. Sie wusste, dass er ihr damit andeuten wollte, dass ein Einwand von ihrer Seite nur die Strafe der Matrosen verschärfen würde. Also zwang sie sich ebenfalls zu schweigen, aber sie verabscheute sich dafür. Nicht so Stix.

»Aber … aber … ich wünsche doch gar keine körperliche Züchtigung!«, stammelte er entsetzt von der Wendung, die seine Beschwerde hervorgerufen hatte. Er schien sich für die Eskalation persönlich verantwortlich zu fühlen. »Eigentlich war es gar nicht so schlimm dort unten«, lenkte er hilflos ein. »Und ganz sicher bin ich mir auch nicht mehr, ob die Matrosen die Luke mit Absicht geschlossen haben. Bitte, Senhor de Andrade, verschont die Männer. Es war im Grunde genommen meine eigene Dummheit, dass ich die Nacht so unbequem verbringen musste.«

Dabei streifte sein unglücklicher Blick auch Miou, so als hätte er ihr Unrecht getan. Doch de Andrade war von seiner Haltung nicht mehr abzubringen.

»Die Verantwortlichen werden ihre Strafe erhalten«, bestimmte er mit scharfer Stimme und ignorierte Stix' Einwand, als hätte er ihn gar nicht vorgebracht. »Ich werde mich persönlich darum kümmern! Kapitän! Sorgt dafür, dass sich die

Mannschaft samt der schuldigen Matrosen in einer halben Stunde vor dem Hauptmast versammelt.«

Amber konnte nun nicht länger an sich halten. Sie erhob sich empört.

»Verzeiht! Das wird mir nun doch alles etwas zu viel, Senhor de Andrade!« Sie wählte mit Absicht die förmliche Anrede. »Rhys, könntest du mich bitte in unsere Kabine begleiten?«

Rhys erhob sich sofort und trat an ihre Seite. Er nickte de Andrade kurz zu und verließ mit Amber am Arm den Salon. Stix schloss sich ihnen an. Er war völlig geknickt und machte sich heftige Vorwürfe.

»Ich hätte mich niemals so gehen lassen dürfen«, beklagte er sich, kaum dass sie an der frischen Luft waren. »Jetzt müssen diese armen Männer meinetwegen leiden. Können wir nicht irgendetwas dagegen tun?«

»Ich fürchte nicht! Hier auf dem Schiff hat Andrade das Sagen!« Rhys klopfte ihm auf die Schulter. »Macht Euch nicht allzu viele Gedanken. Die Matrosen sind hartgesottene Männer. Sie werden die Strafe schon überleben. Am besten geht Ihr jetzt ebenfalls in Eure Kabine und wartet, bis diese jämmerliche Aktion vorüber ist.«

»Ich werde zurückgehen und Andrade nochmals um Gnade bitten!« Stix wollte nicht lockerlassen. Doch Rhys hielt ihn davon ab.

»Andrade ist ein mächtiger Mann in Brasilien. Ihr solltet Euch lieber nicht mit ihm anlegen, Sebastian. Ich verabscheue sein Tun genau wie Ihr. Allerdings bin ich der festen Überzeugung, dass Ihr den Männern keinen Gefallen tut, wenn Ihr für sie bittet. De Andrade würde sie nur noch härter bestrafen.«

»Meint Ihr wirklich?« Stix schüttelte unglücklich den Kopf, während er mit schleppenden Schritten zu seiner Kabine ging.

24

Miou stand auf, um ebenfalls den Salon zu verlassen, doch ihr Vater hielt sie zurück.

»Du gehst erst, wenn ich es dir gestatte«, fuhr er sie ungehalten an. Sie blieb stehen und wandte sich ihm ängstlich zu. In der kurzen Zeit, die sie ihren Vater kennenlernen durfte, hatte sie längst eingesehen, dass es nicht ratsam war, sich seinen Anordnungen zu widersetzen. »Wie kannst du es wagen, dich in meine Angelegenheiten zu mischen?« Tiagos Stimme war leise, doch sie spürte seinen Zorn wie Feuer unter ihrer Haut brennen. Sein schmales Gesicht war im Erregungszustand noch blasser als gewohnt.

»Es tut mir leid, Vater«, beeilte sie sich zu versichern. Sie wollte ihn nicht noch mehr verärgern und hoffte, ihn durch Einlenken beschwichtigen zu können. Tatsächlich gab er sich eine Spur versöhnlicher.

»Es wird Zeit, dass du begreifst, dass eine de Andrade sich nicht von sentimentalen Gefühlen leiten lässt. Ich werde dafür sorgen, dass sich das ändert.«

»Gewiss, Vater.«

Seinen schmalen Mund umspielte ein unberechenbares Lächeln. Er stand auf und trat vor sie hin. Beinahe zärtlich berührte er mit seinem Zeigefinger ihre Wange. »Es gefällt mir, dass du so einsichtig bist, mein Täubchen. Vergiss niemals, dass du mein eigen Fleisch und Blut bist.«

Miou war erleichtert, dass sein Zorn am Abebben war. Sie hoffte, dass er sie nun in Ruhe ließe. »Ich werde versuchen, mich deiner würdig zu erweisen«, antwortete sie unsicher.

Tiagos Lächeln wurde eine Spur breiter, und aus seinen Augen sprach so etwas wie Zuneigung. »Das freut mich zu hören, meine Schöne!« Noch einmal strich er ihr zärtlich über die Wange. Dann verhärteten sich seine Züge wieder. »Aus diesem Grund wirst du an der Bestrafung der Männer teilnehmen.«

Miou schluckte entsetzt. Allein der Gedanke, sehen zu müssen, wie jemand gepeinigt wurde, verursachte ihr Übelkeit.

»Bitte erspar mir das, Vater!«, flehte sie mit leiser Stimme. »Ich werde dir auch ganz gewiss nicht wieder ins Wort fallen.«

»Genau das tust du aber gerade.« Tiagos Augen funkelten grausam. Er packte sie grob am Arm und drückte die Nägel seiner Finger langsam und kräftig in ihr Fleisch, bis sie aufschrie. Seine grauen Augen waren dabei unerbittlich auf sie gerichtet.

Miou hatte dem nichts entgegenzusetzen. Sie gab auf.

»Natürlich werde ich zusehen, wenn du es wünschst«, flüsterte sie mit bebender Stimme. Demütig senkte sie ihre Augen, da gab er sie frei.

Sebastian machte sich große Vorwürfe. Natürlich war es seine Absicht gewesen, dass seine Beschwerde den Matrosen eine kleine Strafe einbringen sollte, denn die Nacht in dem Drecksloch neben der Bilge saß ihm immer noch in den Knochen. Doch er hatte im Traum nicht damit gerechnet, dass de Andrade derart brutal durchgreifen würde. Jetzt hatte er es zu verantworten, dass die Matrosen so hart bestraft wurden. Er wusste, wie schmerzhaft die Verletzungen sein würden, die die Riemenpeitsche mit den neun geflochtenen Tauenden verursachte. Er hatte schließlich Medizin studiert und einige Zeit als Arzt gearbeitet, bevor er sich den biologischen Studien zugewandt hatte. Nachdem er sich rasch gewaschen und umgekleidet hatte, hielt er es nicht länger in seiner Kabine aus. Er griff nach Verbandszeug und einem Tiegel mit Salbe und begab sich aufs Oberdeck. Wenn er die Strafe schon nicht verhindern konnte, wollte er wenigstens danach die Schmerzen lindern.

Die Strafaktion sollte gerade beginnen. Tiago de Andrade hatte willkürlich drei Matrosen aus der Mannschaft als Schuldige ausgewählt und gleichzeitig darauf bestanden, dass die ganze Mannschaft antrat. Hemdsärmelig stand er nun vor dem Hauptmast und prüfte die Qualität der Peitsche. Stix erkannte den Bootsmann, der ihn am Vorabend noch verhöhnt hatte. Sie hatten ihn mit blankem Oberkörper an den Mast gebunden. Neben ihm zwei andere Burschen mit gesenkten Köpfen. Sie taten ihm aufrichtig leid. Doch was ihn beinahe noch mehr entsetzte, war die Tatsache, dass Senhorita Miou bei der Bestrafung ebenfalls anwesend war. Wie konnte sie sich das antun? Sie stand mit unbewegter Miene neben ihrem Vater, die Hände ineinander verkrallt, den Blick krampfhaft auf den Boden geheftet.

»Sieh hin!«, befahl de Andrade seiner Tochter. Miou hob gehorsam den Kopf. Sebastian konnte ihre Abscheu spüren. Es war offensichtlich, dass ihr Vater sie zwang, ebenfalls hier zu sein. Was für ein verachtenswerter Mensch dieser de Andrade doch war! Am liebsten wäre er zu Miou hingegangen, um ihr beizustehen. Doch das war natürlich unmöglich.

De Andrade sah sich um und nickte ihm zu. Seine Miene strahlte Genugtuung aus, während er zum ersten Schlag ausholte. Er warf seiner Tochter nochmals einen kurzen, triumphierenden Blick zu, dann ließ er die Enden der Peitsche mit voller Wucht auf den entblößten Oberkörper des Mannes niedersausen. Der Bootsmann stöhnte auf vor Schmerz, unterließ es aber zu schreien. Die Haut platzte schon beim ersten Schlag an mehreren Stellen auf und überzog seinen Rücken mit hellrotem Blut. Stix hoffte vergeblich, dass de Andrade nun Gnade walten ließe. Doch der holte bereits zum nächsten Schlag aus. Als die Peitsche erneut auf den Körper des Bootsmanns klatschte, schrie der laut auf. Nach dem fünften Schlag ging er winselnd in die Knie. De Andrade lachte hell auf. Stix schauderte, als er erkannte, was für ein Vergnügen er bei der Züchtigung empfand. Dieser Mann war ein Sadist, daran bestand für ihn kein Zweifel mehr. Erneut holte er unbarmherzig aus, doch dieses Mal fiel ihm der Kapitän in den Arm.

»Das reicht, Marquis«, sagte er mit eindringlicher Stimme. »Wenn der Mann auf diesem Schiff noch arbeiten soll, müsst Ihr Euch mäßigen.«

De Andrade schüttelte ungnädig die Hand des Kapitäns ab, verzichtete jedoch auf eine weitere Bestrafung.

»Gut, bringt den Nächsten.« Sein Blick ging in die Runde. Dabei streifte er erneut Sebastian. »Gefällt Euch der Anblick, Senhor Stix?«, fragte er herablassend.

Sebastian schnappte vor Empörung nach Luft. Genug war genug. »Keinesfalls. Ich finde Euer Vorgehen brutal und ungerechtfertigt. Ich bitte Euch dringend, die anderen zu verschonen!« Er deutete auf Miou, die zitternd neben ihrem Vater stand und Tränen in den Augen hatte. »Und wenn Ihr meinetwegen keine Gnade walten lassen wollt, dann erspart wenigstens Eurer Tochter diesen unwürdigen Anblick.« Er war so außer sich, dass er Rhys' Warnung, sich nicht mit dem Kautschukbaron anzulegen, völlig außer Acht ließ. De Andrade lachte laut. Er zog die blutigen Enden der Peitsche durch seine Hand und musterte ihn spöttisch.

»Ihr enttäuscht mich, Senhor Stix.« Die Ruhe und das Bedauern, die seine Stimme widerspiegeln sollten, waren jedoch nur gespielt. Sebastian sah, wie seine Kieferknochen ungeduldig aufeinander mahlten. »Schließlich habt Ihr zu verantworten, dass die Männer ausgepeitscht werden. Hättet Ihr Euch nicht beklagt, müsste keiner von ihnen leiden.« Er deutete auf die beiden anderen Matrosen, die mit gesenkten Köpfen neben dem Mast standen. »Wollt Ihr wirklich um Gnade für dieses Pack bitten?«

»Ja, das möchte ich mit Nachdruck!« Sebastian richtete sich selbstbewusst auf und sah de Andrade fest in die Augen. Der lachte nur abfällig.

»Dann seid Ihr noch dümmer, als ich Euch eingeschätzt habe.« Seine Augen bekamen einen harten Glanz. »Glaubt Ihr vielleicht, dass die Männer Euch dafür dankbar sein werden? Keiner von denen würde für Euch dasselbe tun. Stimmt's?« Er stieß mit dem Peitschenstiel dem am Boden liegenden Bootsmann in die Seite.

»Ja, Marquis«, stöhnte dieser gequält. »Ich würde keine Gnade für ihn erbitten.«

De Andrade sah Sebastian triumphierend an. »Seht Ihr! Euer Mitgefühl ist völlig fehl am Platz. Nehmt das als Lektion!«

Er wandte sich von ihm ab und befahl den Umstehenden, den nächsten Matrosen an den Mast zu binden. Hilflos musste Sebastian mit ansehen, wie auch die beiden anderen Männer ihre Strafe erhielten. Immerhin mäßigte sich de Andrade und beließ es bei drei Schlägen pro Mann. Nachdem der letzte der drei Matrosen ausgepeitscht worden war, verließ er grußlos das Oberdeck. Sebastian eilte sofort zu den Verletzten, um ihnen seine Hilfe anzubieten. Doch die Männer starrten ihn nur feindselig an und gaben ihm unmissverständlich zu verstehen, dass sie auf seine Hilfe keinen Wert legten. Von ihren Kameraden gestützt, wankten sie in ihre Unterkunft.

»Ich glaube, ich habe mir heute keine Freunde gemacht«, murmelte Sebastian unglücklich. »Ich fühle mich einfach nur schrecklich.« Er sah zu Miou, die immer noch wie angewurzelt auf ihrem Platz stand. Zögernd ging er auf sie zu. Ihr Blick blieb ausdruckslos und starr. Er hatte das Gefühl, dass sie sich im Augenblick in einer anderen, fernen Welt befand. Sie schien ihn gar nicht wahrzunehmen. Sebastian spürte, wie sich bei ihrem Anblick sein Herz verkrampfte. Eine hastige Entschuldigung murmelnd suchte er das Weite.

Amber und Rhys verbrachten den Tag in ihrer Kabine. Der Wind frischte weiter auf und trieb riesige Wolkentürme vor sich her. Gegen Nachmittag entlud sich ein heftiges Gewitter, das die *Princesa* dank Kapitän Amados umsichtiger Schiffsführung jedoch glimpflich überstand. Rhys und Amber nutzten die Zeit, um die lückenhaften Karten des Amazonasgebiets zu studieren und zu beratschlagen, wo sie mit ihren Forschungen beginnen sollten. Sie waren übereingekommen, von Manaus aus ihre Expedition zu starten. Mit Tiago de Andrade war abgesprochen, dass er sie bis nach Santa Maria de Belém do Grao Pará mitnahm. Sobald sie in einigen Wochen den südamerikanischen Kontinent erreicht hatten, würde ihre Reise mit der *Princesa* zu Ende sein. Der Dreimaster hatte zu viel Tiefgang für die oft flachen Gewässer der Amazonasregion. In diesem Hafen würden sie in einen Amazonasdampfer umsteigen müssen, der sie dann flussaufwärts nach Manaus brachte. Allein diese Fahrt würde weitere drei Wochen Zeit in Anspruch nehmen.

»Mir gefällt der Gedanke nicht, dass wir noch so lange Zeit mit de Andrade verbringen müssen«, stöhnte Amber. »Dieser Mann ist ein grausamer Tyrann! Es war völlig unnötig, die Matrosen so hart zu bestrafen. Ich habe das ungute Gefühl, dass er sogar Spaß am Quälen anderer Leute findet. Sebastian ist immer noch ganz außer sich.« Sie hatten den armen Bayern nach der unglückseligen Aktion ausgiebig trösten müssen. Dabei waren sie sich nähergekommen und hatten sich gegenseitig das vertrauliche Du angeboten.

»Er ist in der Tat ein sehr unangenehmer Mensch«, gab Rhys zu. »Unberechenbar und gefährlich. Auf der anderen Seite ist er erstaunlich gebildet und verfügt über wichtige Kontakte. Er kennt den Gouverneur von Manaus und kann uns dabei behilflich sein, die Genehmigung für unsere Expedition zu bekommen. Ohne dessen Zustimmung darf kein Fremder auf eigene Faust die Flüsse befahren.«

Amber seufzte. »Also bleibt uns nichts anderes übrig, als uns so gut wie möglich mit ihm zu arrangieren. Ich verabscheue mich allerdings dafür. Das einzig Positive, das ich an diesen Umständen finden kann, ist die Tatsache, dass Andrade eine so sympathische Tochter hat. Sie scheint mir allerdings auch nicht sehr glücklich zu sein. Ich mag kaum glauben, dass sie mit diesem Menschen verwandt ist.«

Rhys küsste Amber zärtlich auf den Scheitel und zog sie zu sich heran. »Ich liebe dich für deine scharfe Beobachtungsgabe«, flüsterte er zärtlich in ihr Ohr.

Beim Abendessen verhielt sich Tiago de Andrade wie ausgewechselt. Er gab sich alle Mühe, ihnen nur seine angenehmen Seiten zu präsentieren. Die Vorfälle des Morgens wurden mit keinem Wort erwähnt.

»Ich muss mich entschuldigen, dass ich ein so schlechter Gastgeber bin«, meinte er aufgeräumt. »Ich vergaß heute Morgen zu erwähnen, dass Euch selbstverständlich meine Bibliothek sowie der angrenzende Salon zur Verfügung stehen. Ich wünsche, dass Ihr Euch auf meinem Schiff möglichst wie zu Hause fühlt.«

»Das ist sehr liebenswürdig von Euch, Senhor Tiago«, meinte Rhys steif.

Sebastian, der ebenfalls anwesend war, enthielt sich jeder Bemerkung und wirkte immer noch bekümmert. Erst als Miou den Raum betrat, hellte sich seine Miene auf, auch wenn seine Gesichtsfarbe dabei die Farbe einer überreifen Tomate annahm. Amber schmunzelte in sich hinein. Offensichtlich war ihr junger Freund von der hübschen Tochter des Kautschukbarons mehr als nur angetan.

Der Marquis bat zu Tisch. Die Tafel war festlich eingedeckt. Auf einer gestärkten, blütenweißen Tischdecke standen funkelnde Kristallgläser, silbernes Besteck und feinstes Meissener Porzellan. Die kunstvoll gefalteten Servietten versprachen ebenso erlesene Gaumenfreuden wie die warm leuchtenden Kerzen in den silbernen Kerzenhaltern. Kaum hatten sie Platz genommen, huschten auch schon die indianischen Bediensteten herein, um ihnen ein kleines Horsd'œuvre zu servieren. Die winzigen, gerösteten Weißbrotscheiben mit Fischrillette, Olivenpaste und Eiercreme dufteten einladend. Amber lief schon bei ihrem Anblick das Wasser im Mund zusammen.

Während sie auf den ersten Gang warteten, erwähnte Tiago beiläufig, dass er seinen französischen Koch dem französischen Adligen Duc de La Force abgeworben habe. Überhaupt fühlte sich de Andrade sehr der höheren französischen Lebensart verbunden. Amber überlegte, ob die Marotte, sich von seinen Angestellten mit Marquis anreden zu lassen, womöglich daher rührte. Trotz seiner Höflichkeit und perfekten Manieren wurde ihr der Kautschukbaron nicht sympathischer.

Ihre Gedanken wurden abgelenkt, als man ihnen kross gebratene Wachteln, danach ein duftiges Gänselebersoufflé, gefolgt von pochiertem Fisch reichte. Dazu gab es allerlei frisches Gemüse, ein Gratin Dauphinois und zum Nachtisch flambierte Creme brûlée. Jeder einzelne Gang war einzigartig und schmeckte vorzüglich. Dazu wurden beste Weine aus Burgund und aus der Region um Bordeaux gereicht. De Andrade war wirklich ein aufmerksamer Gastgeber, unterhaltsam, höflich, und er gab sich immer wieder Mühe, Miou, die auffallend ruhig war, bei Laune zu halten. Doch immer wieder blitzte seine unangenehme Eitelkeit durch, die den bemüht sympathischen Eindruck trübte.

Bei einem Glas Portwein für die Damen und bei Cognac und Zigarren für die Herren ließen sie sich im angrenzenden zweiten Salon auf gemütlichen Ohrensesseln nieder. Um die etwas ins Stocken geratene Unterhaltung wieder in Gang zu bekommen, bat Rhys ihren Gastgeber, ihnen etwas aus seinem Leben zu erzählen. De Andrade war dazu gerne bereit.

»Als ich vor über fünfzehn Jahren zum ersten Mal an den Amazonas kam, war ich ein mehr oder weniger mittelloser Mann«, gab er sich bescheiden. »Außer meinem Instinkt für Geschäfte besaß ich nur die Kleider auf meinem Leib und etwas Bargeld, um mir eine bescheidene Unterkunft leisten zu können. Manaus war damals nicht viel mehr als eine verkommene, schmutzige Indianersiedlung, in der sich außer dem faulen Indianerpack nur einige Missionare und Soldaten niedergelassen hatten. Abgesehen von einer Kirche, dem Haus des Vikars und dem Gouverneurspalast war dort nichts zu finden, was den Namen einer Stadt verdient hätte. Es gab einige Großhändler, die mit Edelhölzern ihr Geld machten. Eine Weile spielte ich mit dem Gedanken, ebenfalls in dieses Geschäft einzusteigen. Doch ohne Schiffe, mit denen man das Holz ans Meer transportieren konnte, waren mir die Hände gebunden. Mir fehlte schlicht und einfach das Kapital. Auf der Suche nach einer Alternative bereiste ich die Flussläufe und hoffte, auf Gold zu stoßen. Dabei lernte ich nicht nur den Dschungel kennen, sondern auch Carlos dos Santos, der mittlerweile übrigens nicht nur meine rechte Hand, sondern auch mein einziger Freund ist. Es war eine bittere Zeit mit vielen Entbehrungen.«

Tiago wedelte mit der Hand, als wolle er die Erinnerung daran vertreiben. Dann fuhr er fort.

»Schließlich kam die Kunde, dass in Europa und Amerika Kautschuk zu einem begehrten Produkt geworden war. In allen industriellen Bereichen wurde der elastische Stoff nun benötigt …« Er sah in die Runde und holte durch die krumme Nase deutlich hörbar tief Luft. »Damals bewies ich als einer der Ersten in dieser Region mein gutes Gespür für Geschäfte.« Er lachte selbstgefällig. »Durch meine Reisen wusste ich, dass es am Oberlauf des Rio Negro jede Menge Kautschukbäume gab. Die Indianer benutzten das Zeug schon von alters her. Kurz und gut, sie zeigten mir, wie man damit umgeht. Das war mein Kapital.«

»Wie wird Kautschuk denn gewonnen? Ich kann mir darunter überhaupt nichts vorstellen«, erkundigte sich Amber, nur um die unangenehme Kunstpause zu füllen, die er nun einlegte. Es war Sebastian, der ihr darauf eine Antwort gab. Offensichtlich störten auch ihn die selbstverliebten Ausführungen de Andrades. Außerdem war es eine gute Gelegenheit, um bei Miou mit seinem Wissen etwas Eindruck zu schinden.

»Es gibt mehrere Arten von Kautschukbäumen«, erläuterte Sebastian. »Jedoch nur eine Art, die Hevea brasiliensis, besitzt die außerordentlichen elastischen Eigenschaften, die ihn für die industrielle Produktion so nützlich machen. Diese bestimmten Bäume wachsen in unregelmäßigen Abständen im Dschungel. Kautschuk nennt man das Harz, das diese Bäume absondern. Um es zu gewinnen, muss man die Rinde anritzen und das langsam fließende, milchige Harz in Gefäßen auffangen. Danach wird der Saft eingedickt und zu Ballen geformt.

Wie bereits von Senhor de Andrade erwähnt, kannten die Indianer dieses Verfahren schon von alters her. Mit dem plastischen Rohstoff dichteten sie Gefäße ab, stellten wasserdichte Hüte her oder umhüllten damit ihre Füße. Ihre Kinder formten daraus Vollgummibälle, mit denen sie spielten. Monsieur Charles Marie de La Condamine, der zwischen 1735 und 1745 für die Pariser Akademie der Wissenschaften eine wissenschaftliche Expedition in das Amazonasgebiet unternommen hatte, beschrieb als Erster die Art der Verwendung und die indianische Herstellungsweise des Kautschuks. Seine Beschreibungen hatten zur Folge, dass überall in Europa nun Versuche mit diesem Werkstoff unternommen wurden. Im Jahre 1761 wurde ein Lösungsmittel für festen Kautschuk gefunden. Nur neun Jahre später entstand der Radiergummi, mit dem man Grafitstiftspuren auslöschen kann.«

Ein zufriedenes Lächeln huschte über sein Gesicht, als er bemerkte, dass Miou gebannt seinen Ausführungen lauschte. Das ermunterte ihn fortzufahren.

»Und 1791 kam Samuel Peal auf die wunderbare Idee, in Terpentin gelösten Kautschuk auf Gewebe aufzutragen und es damit wasserabweisend zu machen. Heute kennt jeder Engländer die Regenmäntel von MacIntosh und die Wellington Boots. Allerdings …«, und wieder machte er eine kunstvolle Pause, »allerdings blieb diese elastische Eigenschaft nur für kurze Zeit bestehen. Bei Hitze wurde der Kautschuk weich und klebrig, bei Kälte zersetzte er sich und wurde brüchig. Erst seit es Charles Goodyear, einem Landsmann von dir, lieber Rhys, im Jahre 1839 gelang, die Eigenschaften von Kautschuk zu bewahren, änderte sich dies.«

Sebastian hatte sich in Begeisterung geredet und war kaum noch zu stoppen. Amber warf Rhys einen amüsierten Blick zu, den er mit einem versteckten Augenrollen beantwortete. Die

Begeisterungsfähigkeit ihres Freundes schien keine Grenzen zu kennen. Prompt fuhr ihr Freund fort. Dabei wandte er sich immer mehr an Miou, die ihm voller Bewunderung an den Lippen hing. »Goodyear experimentierte schon länger mit Kautschuk und versuchte, ihn unempfindlich gegenüber extremen Temperaturen zu machen. Er fügte dem Stoff die verschiedensten Materialien und Chemikalien zu, bis er durch einen Zufall die richtige Lösung fand. Eine Schwefel-Kautschuk-Mischung fiel aus Versehen auf eine heiße Herdplatte. Und voilà: Das Ergebnis war eine trockene und dauerhaft elastische Substanz. Der mit Schwefel vermischte Kautschuk hatte sich durch die zufällige Erhitzung in einen neuen Stoff gewandelt, das Gummi. Dieses Verfahren wird interessanterweise Vulkanisierung genannt. In diesem Zusammenhang muss ich natürlich auch noch erwähnen, dass …«

»… dass Lady Ambers Frage nun ausreichend beantwortet ist«, fuhr ihm Rhys schließlich unhöflich dazwischen. »Außerdem sind wir alle auf die Fortsetzung von Senhor Tiagos Erzählung gespannt, lieber Sebastian.«

Stix sah ihn für einen Augenblick verblüfft an.

»Wenn du meinst«, murmelte er gekränkt. »Ich hätte allerdings noch einige interessante Details mehr hinzufügen können.«

»Zweifelsohne, lieber Sebastian«, schmunzelte Amber. »Wir wissen bereits, wie vielseitig gebildet du bist.« Sebastian errötete, weniger wegen ihres eilig vorgetragenen Lobes, sondern eher deshalb, weil Miou ihm bewundernd zulächelte. De Andrade war der vertrauliche Blickwechsel ebenfalls nicht entgangen. Er runzelte missbilligend die Stirn.

»Wie dem auch sei«, ergriff er erneut das Wort. »Damals begann das Kautschukfieber, und ich gehörte zu den Ersten, die erkannten, welcher Profit sich daraus ziehen ließ. Mir kam die

Idee, in großem Stil den Kautschuk von Indianern einsammeln und eindicken zu lassen, um ihn dann an Großhändler in Belém zu verkaufen, die den Kautschuk wiederum nach Europa und Nordamerika verschiffen sollten. Carlos, meine rechte Hand, sorgte dafür, dass die Indianer den Kautschuk lieferten, ich kümmerte mich um den Verkauf. Das war die Grundlage meines Imperiums. Heute darf ich mit Fug und Recht behaupten, dass ich nicht nur einer der mächtigsten Kautschukbarone in der Region bin, sondern ein einflussreicher Großhändler, der seine Produkte direkt nach Europa verkauft. Euer Bruder, Lady Amber, ist mir dabei ein wertvoller Handelspartner.« De Andrade lehnte sich in seinem Sessel zurück und zog genüsslich an seiner Zigarre. »Selbst der Gouverneur weiß, welchen Einfluss ich in der Region habe. Wir sind mittlerweile gute Freunde geworden.« Er schenkte Rhys ein gönnerhaftes Lächeln. »Wenn Ihr es also wünscht, werde ich gerne meinen Einfluss geltend machen und den Gouverneur bitten, Eure Expedition zu unterstützen.«

Rhys runzelte zweifelnd die Stirn. »Darf ich fragen, weshalb Ihr uns so großzügig unterstützen wollt? Ein Mann wie Ihr hat doch vor allem den Profit im Auge.«

De Andrade legte den Kopf leicht schief und bedachte Rhys mit einem undurchdringlichen Blick. Dann umspielte ein feines, berechnendes Lächeln seine schmalen Lippen.

»Ich bin, wie gesagt, ein Freund der Wissenschaft«, antwortete er schließlich vage. »Und ich rieche tatsächlich …«, er tippte sich mit dem schlanken Zeigefinger an die Nase, »… wenn sich ein vielversprechendes Geschäft anbahnt.«

Rhys zeigte sich überrascht. »Ein Geschäft? Mit uns? Da müsst Ihr Euch täuschen! Senhor Sebastian und ich sind Wissenschaftler, keine Geschäftsleute. Wir werden hauptsächlich die Flora und Fauna der Region erkunden, hoffen natürlich neue Pflanzen- und Tierarten zu entdecken und beabsichtigen, ein wenig zu kartografieren. Außerdem interessieren uns die Menschen und ihre Lebensweisen. Was kann einen Mann wie Euch daran interessieren?«

»Ich denke, dass Ihr das ganz genau wisst, Senhor Rhys.« De Andrades Ton war plötzlich eine Spur schärfer geworden. »Glaubt Ihr tatsächlich, dass ich nicht über die wahren Gründe Eurer Reise informiert bin? Dann habt Ihr mich wohl doch unterschätzt.« Er lachte selbstgefällig. Seine Züge bekamen nun etwas Weiches, fast Anbiederndes, wie Amber fand. »Ich kenne Eure Hypothese, die besagt, dass Ihr aufgrund der Aufzeichnungen über Francisco Orellana eine Hochkultur am Amazonas vermutet. Das finde ich höchst bemerkenswert.«

»Das ist richtig«, gab Rhys ungerührt zu. »Daraus habe ich nie ein Geheimnis gemacht. Es gibt Indizien, die durchaus dafür sprechen, auch wenn die meisten meiner Kollegen der Überzeugung sind, dass in diesem wasserreichen Gebiet keine Hochkulturen möglich waren.«

»Die Berichte von Orellanas Biograf sind nur äußerst vage«, gab de Andrade zu bedenken. »Ich habe sie selbst studiert. Aus diesem Grund verwundert es mich, dass ein so hervorragender Mann der Wissenschaft, wie Ihr es seid, so viel auf eine so gewagte Vermutung gibt. Verfügt Ihr etwa über weitere Quellen?« Sein Blick hatte nun etwas von einer Schlange, die sich in Angriffsstellung begab.

»Das tun wir allerdings«, mischte sich Sebastian nun übereifrig ein, woraufhin Rhys ihm einen verärgerten Blick zuwarf. Doch es war bereits zu spät. Übereifrig gab Stix Auskunft.

»Ich bin in meiner Heimatstadt München auf ein Schriftstück gestoßen, das einst von einem Soldaten Orellanas aufgesetzt worden war. Darin beschreibt er, dass er eine Zeit lang bei einem Indianervolk gelebt hat, das in einer Stadt mit steinernen Palästen und Tempeln wohnte. Seine Ausführungen sind höchst glaubwürdig, denn er sagt sogar, wo …«

»Sie sind nichts weiter als die Fantastereien eines fieberkranken Mannes«, unterbrach Rhys Sebastians Rede.

»Aber …«

Amber, die Sebastian am nächsten saß, stieß ihm mit dem Fuß gegen das Schienbein. Endlich begriff der Bayer.

»Aber da hat Senhor Rhys natürlich recht«, lenkte er ungeschickt ein. »Die Ortsangaben sind so ungenau, dass man sie wahrscheinlich nie findet.«

Amber stöhnte innerlich über so viel Unbedachtheit. Zum Glück hatte Sebastian noch nichts von dem Gold erzählt, das der Soldat bei den Einheimischen vorgefunden hatte. Wenn das bekannt wurde, konnte leicht Goldgräberstimmung aufkommen und ihre Mission zum Scheitern bringen, noch ehe sie begonnen hatte. De Andrades Interesse blieb jedoch ungebrochen.

»Mir war durchaus klar, dass Ihr über mehr Informationen verfügen müsst«, meinte er selbstgefällig. »Aus diesem Grund bin ich auch bereit, Eure Expedition großzügig zu unterstützen. Ich kann Euch Träger, Verpflegung und bewaffnete Männer zur Verfügung stellen, falls Ihr mich nur ein wenig über Eure Forschungsergebnisse auf dem Laufenden haltet.« Er sah Zustimmung heischend von Rhys zu Stix und schließlich zu Amber.

»Unsere Expedition ist bereits bestens organisiert. Wir können keinen weiteren Teilnehmer gebrauchen«, lehnte Rhys freundlich, aber bestimmt ab. »Jeder von uns Teilnehmern hat seine bestimmten Aufgaben. Die Entdeckung einer zweifelhaften Hochkultur ist für uns nur zweitrangig und außerdem sehr unwahrscheinlich.«

»Das ist wirklich sehr bedauerlich.« Tiago gab vor, sich mit der Antwort zufriedenzugeben. Doch die Art, wie er seine Finger ineinander verhakte, strafte seine Worte Lügen. Sein Mund hatte sich zu einem schmalen Strich verengt und drückte seine Verstimmtheit aus. Erst nachdem er seinen Cognac geleert hatte, entspannten sich seine Gesichtszüge wieder.

»Selbstverständlich werde ich Euch weiterhin behilflich sein«, meinte er knapp und erhob sich von seinem Sessel. »Doch nun muss ich noch einige wichtige geschäftliche Angelegenheiten regeln. Deshalb bitte ich Euch, mich zu entschuldigen. Miou!«

Er wandte sich an seine Tochter und bedeutete ihr, ihm zu folgen.

Sebastian konnte nicht schlafen. Die Aufregungen der Reise setzten ihm ordentlich zu. Außerdem ging ihm Senhorita Miou nicht aus dem Kopf. Nachdem sich die anderen zurückgezogen hatten, begab er sich aufs Oberdeck, um dort ein wenig Luft zu schnappen. Das Wetter hatte wieder aufgeklart. Der Himmel war wolkenlos, und die Sterne warfen ihr silbernes Licht auf die grauen Wellenberge. Unter dem Knarren der Segel und dem Ächzen der Masten und Rahen schlenderte er langsam in Richtung Bug und versuchte, seine Gedanken zu ordnen. Dabei drehte sich alles nur um eine Person – um Miou de Andrade und den unmöglichen Eindruck, den er vermutlich bei ihr hinterlassen hatte. Seit er sie am Morgen zum ersten Mal gesehen hatte, war es um ihn geschehen. Sie war das schönste und begehrenswerteste Mädchen, das er jemals gesehen hatte. Ihr scheues Lächeln und ihre entzückenden Wangengrübchen berührten sein Herz ebenso wie ihr trauriger Blick, der etwas Feenhaftes an sich hatte. Sie hatte ihn völlig in ihren Bann gezogen, und er hatte sich wie ein Vollidiot benommen. Mit Sicherheit hielt sie ihn für den unattraktivsten

Dummkopf, der ihr je unter die Augen getreten war. Das Beste war, wenn er sie sich sofort wieder aus dem Kopf schlug. Doch jedes Mal, wenn er an sie dachte, machte sein Herz einen kleinen Satz vor Freude. Wie konnte das nur sein? Bislang war er für alle weiblichen Reize unempfindlich gewesen. Die Naturwissenschaft war sein Leben gewesen und hatte ihn ausgefüllt. Und nun schien ihm das alles plötzlich nicht mehr so wichtig. Was war nur mit ihm geschehen?

Vorne am Bug des Schiffes entdeckte er eine schemenhafte Gestalt. Er vermutete, dass es einer der Matrosen war, und denen wollte er auf keinen Fall begegnen. Gerade als er wieder kehrtmachen wollte, wandte sich die Person ihm zu, und er erkannte, dass es eine Frau war.

Miou!

Die Erkenntnis durchzuckte ihn wie ein Blitz. Sein Herz hämmerte vor Aufregung gegen seine Brust. Er blieb wie angewurzelt stehen und wartete darauf, dass sie sich wieder abwandte. Doch stattdessen kam sie langsam und zögernd auf ihn zu. Er konnte sein Glück kaum fassen. Nach dem unglücklichen Vorfall am Morgen war er der festen Überzeugung gewesen, dass sie nichts als Verachtung für ihn empfinden musste.

»Könnt Ihr auch nicht schlafen, Senhor Sebastian?« Ihre leise, melodische Stimme nahm ihn auf zauberhafte Weise gefangen. Warum fiel es ihm nur so schwer, die richtigen Worte zu finden? Vor Aufregung war sein Mund ganz trocken, und die Zunge klebte ihm am Gaumen.

»Ich … ich wollte Euch nicht stören, Senhorita Miou«, stammelte er ungeschickt. »Bitte entschuldigt, ich werde sofort woanders hingehen.«

»Oh, das müsst Ihr nicht. Ich war ohnehin auf dem Weg in meine Kabine. Es wird Zeit für mich, zu Bett zu gehen.« Sie nickte ihm freundlich zu und ging so nah an ihm vorbei, dass er ihren frischen Wiesenduft in die Nase bekam.

»Wartet!« Sebastian wunderte sich über seinen eigenen Mut, aber er hatte das dringende Bedürfnis, sich bei Miou zu entschuldigen. »Es tut mir so leid, dass ich heute Morgen so ungeschickt war«, brach es aus ihm heraus. »Ich fühle mich schuldig, weil ihr Zeugin dieser schrecklichen Auspeitschung werden musstet.«

Miou blieb stehen und drehte sich ihm wieder zu. Ihr blasses Gesicht, vom fahlen Licht des Mondes beschienen, hatte etwas Überirdisches.

»Aber das müsst Ihr nicht«, meinte sie überrascht. Ihr Ton wurde bitterer. »Mein Vater hat mich dazu gezwungen, weil er der Meinung ist, dass eine de Andrade so etwas aushalten muss. Ist das nicht lächerlich?« Sie lachte kurz auf, dabei füllten sich ihre Augen mit Tränen und glänzten silbern im Sternenlicht.

Sebastian suchte nach einem Taschentuch und reichte es ihr. Hilflos sah er zu, wie sie sich das Gesicht betupfte. Gleichzeitig freute er sich, dass sie überhaupt mit ihm sprach. In diesem Augenblick fiel eine ganze Schar von Sternschnuppen vom Himmel. Miou sah überrascht zu ihm hin.

»Das sind die Perseiden«, erklärte Sebastian schüchtern. »Wenn wir Glück haben, sehen wir noch mehr.« Er deutete zum Himmel.

»Wie wundervoll!«, hauchte Miou hingerissen.

»Lasst uns nach vorne zum Bug gehen. Von dort aus haben wir einen besseren Blick.« Sebastian ergriff die günstige Gelegenheit und bot Miou seinen Arm. Wie selbstverständlich hängte sie sich ein und ließ sich von ihm zur Reling führen. Sein Herz klopfte vor Freude. Um seine Verlegenheit zu überspielen, begann er wortreich, das Phänomen zu erklären. »Die

Perseiden sind um diese Jahreszeit eine alljährlich wiederkehrende Erscheinung. Ihr müsst nur das Sternbild des Perseus im Auge behalten.« Er zeigte es Miou, die ihm aufmerksam zuhörte. Zu seiner Überraschung kannte sie sich bestens mit Sternbildern aus.

»Mein Großvater ging mit mir jeden Sommer in die Berge«, erzählte sie mit verklärtem Gesicht. »Wir stiegen hoch hinauf, nur um den Sternen nah zu sein. Dabei hat er mir nicht nur den Himmel erklärt, sondern auch Geschichten dazu erzählt. Sie gehören zu den schönsten Erinnerungen, die ich habe.« Sie sah ihm zum ersten Mal direkt in die Augen. »Wisst Ihr, dass diese Sternschnuppen auch Laurentiustränen genannt werden?«

Sebastian schüttelte den Kopf. Es kam nur selten vor, dass ihn jemand mit Wissen übertrumpfte. Über Mious Gesicht wanderte ein spitzbübisches Lächeln. »Sie werden so genannt, weil ihr Erscheinen mit dem Fest des Märtyrers Laurentius zusammenfällt. Dieser wurde vor langer Zeit auf einem glühenden Rost zu Tode gefoltert. Kurz vor seinem Tod soll er der Legende nach zu seinem Widersacher, dem römischen Kaiser Valerian, gesagt haben: ›Du armer Mensch, mir ist dieses Feuer eine Kühle, dir aber bringt es ewige Pein.‹ Danach starb er und hinterließ die Tränen des Laurentius in Form von Sternschnuppen. Ist das nicht eine wunderschöne Geschichte?«

»Ja, das ist sie!« Sebastian schluckte. »Und ich könnte sie wieder und wieder aus Eurem Mund hören«, gestand er hingerissen.

Miou errötete, wich seinem Blick jedoch nicht aus. Zwischen ihnen herrschte plötzlich eine Vertrautheit und eine Anziehungskraft, die Sebastian ganz schwindlig werden ließ. Gerade überlegte er, ob er es wagen könne, sie zu küssen, als sich ihnen von mittschiffs zwei Männer näherten. Miou zuckte sofort zusammen.

»Mein Vater! Er darf uns nicht zusammen sehen!«, rief sie erschrocken und wich einen Schritt zurück.

»Es sind nur zwei Matrosen«, beruhigte sie Sebastian. »Seht nur, sie gehen in ihre Unterkunft.«

Doch der Zauber war gebrochen. Miou murmelte hastig eine Entschuldigung, dann eilte sie rasch davon.

25

Der alte Paodaco führte Cauré zum Gemeinschaftshaus des Dorfes, wo er auf die Rückkehr des Kasike wartete. Cauré hatte nicht vor, sich lange bei den Waimiri aufzuhalten. Er wollte sie nur bitten, ihn und den Napé auf einem ihrer Einbäume über den Fluss zu setzen. Seit er mit dem verrückten Xavier unterwegs war, wurde er von einer inneren Unruhe angetrieben. Es drängte ihn, seine Mission so schnell wie möglich zu beenden. Als wenig später Karuna, der Kasike der Waimiri, mit seinen Männern von der Jagd zurückkehrte, erkannte dieser an der Art seiner Tätowierungen sofort, dass Cauré ein Hapuweteri war.

»Du musst heute Nacht bei uns bleiben und uns von deinem Stamm erzählen«, lud Karuna ihn herzlich ein. Beim gemeinsamen Mahl, das aus Schlangen- und Affenfleisch mit Süßkartoffeln und Früchten bestand, erzählte der Kasike ihm, dass sein verstorbener Vater vor vielen Jahren Takawe begegnet war. »Dein Vater ist ein großer Shapori«, meinte Karuna voller Anerkennung. »Er hat meinem Vater das Leben gerettet. Seither sind dein Volk und meines Freunde. Bleib einige Zeit bei uns«, drängte er Cauré, »wir haben uns vieles zu erzählen.«

»Ich komme wieder«, versprach dieser, »doch zuerst muss ich den weißen Napé zurück zu seinem Volk bringen.« Er erzählte Karuna von dem Fluch, der auf ihm und damit auf seinem Volk lastete. »Ich muss den Shapori der Weißen finden und ihn bitten, die Geister, die uns quälen, zu vertreiben.«

Wie auch der alte Paodaco zuvor zeigte Karuna dafür großes Verständnis.

»Ich werde euch ein Boot zur Verfügung stellen, mit dem ihr den Fluss befahren könnt. So werdet ihr wesentlich schneller vorankommen. Auch an Kochbananen und Früchten soll es euch nicht mangeln.«

Cauré war zufrieden und plante, gleich am nächsten Morgen aufzubrechen. Doch noch am selben Abend befiel Xavier ein heftiges Fieber und machte eine schnelle Weiterreise unmöglich. Karuna, der dem verrückten Weißen wenig Beachtung schenkte, freute sich über diese Verzögerung. Großzügig bot er Cauré an, bis zur Genesung des Weißen bei ihm an seinem Feuer zu wohnen. Außerdem befahl er einer seiner Frauen, Xavier einen fiebersenkenden Trank zu brauen.

Cauré dankte seinem Schicksal, dass er auf eine so freundliche Gruppe von Waimiri gestoßen war, denn Karunas Gruppe war bei Weitem nicht so kriegerisch wie ihre benachbarten Brudervölker. Genau wie die Hapuweteri duldeten die Waimiri keine Fremden in ihrem Territorium. Fremde wurden wie Feinde behandelt und gewaltsam vertrieben. Im Gegensatz zu den Shabonos der Yanomami-Völker bestand das Gemeinschaftshaus der Waimiri aus einer ausladenden Rundhütte, die mit einem spitzen, bis fast auf den Boden hinuntergezogenen Kegeldach aus Palmwedeln bedeckt war. Zwischen den zahlreichen Pfosten, die den Rundbau stützten, lebten die einzelnen Familien an ihren Feuern. Zu Karuna gehörten seine beiden Frauen und deren Kinder, aber auch die schöne Jandeira. Cauré ging anfangs davon aus, dass sie ebenfalls eine der Frauen des Kasike war, doch recht bald stellte sich heraus, dass Karuna sie nur wie eine Schwester behandelte. Das freute ihn, auch wenn Jandeira ihn keines Blickes würdigte. Sie ertrug es offensichtlich nur mit großem Widerwillen, dass er und vor allem Xavier ausgerechnet an Karunas Feuer Gastfreundschaft gefunden hatten.

Immer wieder unternahm Cauré einen Versuch, sie von seinen friedlichen Absichten zu überzeugen, doch sobald er sie freundlich ansprach, wandte sie sich ruppig von ihm ab und tat so, als wäre er gar nicht vorhanden. Ihre Feindseligkeit verletzte Cauré. Die Frau war so abweisend wie die Tucuma-Palme mit ihren Dornen. Er versuchte, sie zu ignorieren, doch jedes Mal, wenn er sich ihrer Nähe bewusst wurde, fühlte er sich auf unwiderstehliche Weise von ihr angezogen. Es war nicht nur ihr wunderschöner Körper, der ihm schlaflose Nächte bescherte, sondern auch ihr selbstbewusstes Wesen und die klare Art, mit der sie Dinge zu beurteilen pflegte. Ihre geschmeidigen Bewegungen, wenn sie das Feuer schürte, faszinierten ihn ebenso wie die Art, wie sie ihr Haar zurückwarf, ihr Lachen, perlend wie ein kleiner Bach, und der liebevolle Blick in ihren Augen, wenn Karunas Kinder am Morgen in ihre Hängematte krabbelten, um sie durch Kitzeln zu wecken. Wenn er nachts nur wenige Schritte von ihrer Hängematte entfernt lag, lauschte er gebannt ihren regelmäßigen Atemzügen und ertappte sich bei dem Wunsch, sie zu berühren. Karuna, der ein aufmerksamer Beobachter war, waren seine sehnsüchtigen Blicke nicht entgangen.

»Jandeira kann dir niemals gehören«, warnte er Cauré eines Tages, als dieser ihm auf dessen Feld beim Pflanzen von Maniokwurzeln half. »Die Geister des Hasses wohnen in ihrem Herzen und lassen keinen Platz für die Liebe.«

»Paodaco hat mir erzählt, dass ihr Stamm von den weißen Napé überfallen wurde«, meinte Cauré. Er war begierig darauf, mehr über Jandeiras Schicksal zu erfahren. »Ist sie deshalb so abweisend?«

Karuna zuckte mit den Schultern. Er war ein kräftiger Mann mit einem breiten, freundlichen Gesicht und einem großen Mund. Sein Oberkörper war im Vergleich zu seinen kurzen, sichelförmigen Beinen ungewöhnlich kräftig.

»Die Geister der Vergangenheit halten sie davon fern, im Hier und Jetzt zu leben«, meinte er schließlich nachdenklich. »Wer Jandeiras Herz besitzen will, muss den Zauber der bösen Erinnerungen von ihr nehmen und sie in die Hierwelt zurückholen.«

»Dann werde ich es versuchen«, meinte Cauré mit plötzlicher Zuversicht erfüllt. »Ich bin ein Shapori und wurde von Takawe ausgebildet. Mein utupé sind die Vögel des Waldes. Ich werde ihr Herz durch ihren Lockruf befreien.«

»Du hast Unmögliches vor«, zweifelte Karuna. Offensichtlich war er nicht im gleichen Maße von Caurés spirituellen Fähigkeiten überzeugt wie dieser selbst. »Auch ich bin an dieser Frau gescheitert«, gab er zu. »Ich habe Jandeira sogar angeboten, meine Frau zu werden, obwohl ich sie viel zu groß finde. Aber sie wollte nicht einmal die Frau des angesehensten Mannes im Dorf werden, so groß ist ihr Hass auf Männer. Sie will alleine leben. Jeder in unserem Dorf hat das mittlerweile verstanden. Das solltest du auch tun.«

Damit war für ihn alles gesagt. Ohne Caurés Erwiderung abzuwarten, machte er sich wieder an seine Arbeit und bohrte mit dem Pflanzstock das nächste Loch in den Boden. Cauré tat es ihm gleich. Doch seine Gedanken wanderten immer wieder zu Jandeira, und er grübelte darüber nach, wie er ihr Herz gewinnen konnte.

Nachdem die Arbeit gegen Mittag getan war, sah er nach Xavier, der immer noch von wilden Fieberträumen geplagt wurde. Er verabreichte ihm einen Sud von geriebenen Baumrinden und wartete darauf, dass er wieder einschlief. Dann ging er zurück in den Wald, um Honig zu sammeln. Er hatte ganz in der Nähe der Felder ein Bienenvolk in einem Baum entdeckt. Karuna würde sich über die Süßigkeit sicherlich freuen. Auf seinem Weg dorthin stieß er auf eine noch begehrtere Leckerei. Ein alter, umgestürzter Bananenbaum zeigte unter seiner Rinde reges Leben. Mit einem kräftigen Tritt gegen den Stamm fand Cauré heraus, was sich darunter verbarg. Tatsächlich krabbelten fette Maden hervor. Die weißen, zappelnden Insekten waren eine Delikatesse und nur selten zu finden. Cauré sammelte die Maden ein und rollte sie in Pishaansi-Blätter ein, die überall wuchsen. Nun mussten sie nur noch zum Garen auf die Glut gelegt werden. Er wollte mit seiner Beute gerade wieder zurück zum Dorf gehen, als er am anderen Ende der Felder Jandeira entdeckte, die dort Papayas pflückte. Kurzerhand beschloss er, ihr die Maden zu schenken. Er traf auf sie, als sie sich mit ihrer schweren Rückentrage auf den Rückweg machen wollte.

»Ich habe ein Geschenk für dich«, sprach er sie freundlich an. Wie jedes Mal, wenn er in ihrer Nähe war, fühlte er sich verlegen und unsicher. Jandeira warf ihm nicht einmal einen Blick zu, sondern schob sich wortlos an ihm vorbei.

»Willst du nicht wenigstens sehen, was ich für dich habe?«, fragte er gekränkt. »Es sind fette Termitenmaden. Wenn du möchtest, werde ich sie für dich im Feuer garen.«

»Ich nehme keine Geschenke von den Freunden weißer Napés«, antwortete sie nur kurz angebunden. Das ärgerte Cauré und bestärkte ihn in seinem Entschluss, nicht gleich aufzugeben.

»Karuna hat mir erzählt, dass die Geister des Hasses dein Herz besetzen, weil die weißen Napés deine Familie getötet haben. Ich bin Shapori, ich kann dich von ihnen befreien. Lass mich ein Ritual für dich durchführen.«

Jandeira blieb stehen und wandte sich ihm widerwillig zu. Bei all ihrer Feindseligkeit entdeckte er zum ersten Mal einen Funken von Interesse in ihrem Blick.

»Mein utupé sind die Vögel«, schob er rasch nach. »Ich kann ihre Xapiripé bitten, dein Herz von seinem Hass zu befreien. Es wird dir …«

»Woher willst du wissen, dass ich das möchte?«, fuhr Jandeira unfreundlich dazwischen. »Vielleicht gefällt es mir ja so, wie es ist. Lass mich mit deinen Beschwörungen in Ruhe.«

»Niemand kann lange am Leben bleiben, der den launischen Einflüssen der Geister ausgesetzt ist. Das weißt du genau.«

»Und was ist, wenn der Tod für mich seinen Schrecken verloren hat?«, fragte Jandeira leise. Cauré erschrak über ihre Worte. Erst jetzt begriff er, wie groß ihr Leid war. Er versuchte seine Hand auf ihre Schulter zu legen. Doch kaum hatte er sie berührt, schrie sie panisch auf und wich entsetzt vor ihm zurück. Dabei rutschte ihr Tragekorb von ihren Schultern, und die Papayas rollten über den Waldboden.

»Verzeih! Ich wollte dich nicht bedrängen.« Cauré fühlte sich plötzlich hilflos. Schweigend half er ihr beim Aufsammeln der Früchte. Dabei achtete er sorgfältig darauf, sie nicht noch einmal zu berühren. Als sie sich danach alleine auf den Rückweg ins Dorf begab, sah er ihr traurig hinterher.

Quenky-quenky-quok-quok-quok!

Cauré blickte hoch zu den Bäumen und entdeckte plötzlich seinen Tukan zwischen ihren Wipfeln. Er steuerte in seinem unbeholfenen Flatterflug direkt auf ihn zu. Für einen Augenblick vergaß sein Herz Jandeiras erneute Zurückweisung und füllte sich mit Freude. Seitdem er die Hapuweteri verlassen hatte, war der Vogel nie wieder aufgetaucht. Er hatte schon befürchtet, dass sein Fernbleiben ein Teil des Fluches war, den er auf sich geladen hatte. Doch offensichtlich hatte er sich getäuscht.

Jandeira war ebenfalls auf den Ruf des Tukans aufmerksam geworden und sah neugierig zum Himmel hoch. Als sie bemerkte, dass der große Vogel direkt auf den Hapuweteri zugesteuert kam, blieb sie stehen. Sie traute ihren Augen kaum, als der Vogel wie selbstverständlich auf Caurés Schulter landete. *Die Vögel sind meine Doppelgänger*, hatte er behauptet. Konnte er etwa tatsächlich über sie bestimmen? Jandeiras Volk kannte den Zauber der Doppelgänger nicht, was allerdings nicht bedeutete, dass sie nicht an Magie glaubte. Mit widerwilliger Bewunderung beobachtete sie, wie Cauré liebevoll den bunten Vogel am Hals kraulte. Das Tier schloss seine türkis umrandeten Augen und drückte genüsslich den gekrümmten Hals in seine Handfläche. Mit einem gewissen Neid stellte sie fest, dass zwischen den beiden ein unausgesprochenes Einverständnis herrschte, das andere ausschloss. Und das bekümmerte sie seltsamerweise. Sie hatte es nicht für möglich gehalten, dass sie zu solchen Gefühlen überhaupt noch fähig war. Seit dem Tod ihrer Familie hatte sie nichts außer Hass und Trauer empfinden können. Gab es in ihr etwa doch noch einen Platz für andere Gefühle?

Der Tukan beachtete sie nicht. Er hatte nämlich soeben das Päckchen mit den Maden entdeckt. Cauré hatte es auf dem Waldboden abgelegt, bevor er ihr beim Aufsammeln der Papayas geholfen hatte. Der Vogel hüpfte gewandt von dessen Schulter und machte sich begeistert über die Leckerei her. Cauré protestierte und versuchte, ihm die Beute wieder abzunehmen, doch der Tukan war schneller, schnappte sich mit seinem großen Schnabel die eingerollten Maden und schleppte sie ins dornige Unterholz. Cauré machte ein so verdutztes Gesicht, dass Jandeira wider Willen laut auflachte. Es war zu komisch, wie der Hapuweteri nun krabbelnd versuchte, dem Vogel seine Beute wieder abzuluchsen. Durch ihr Lachen abgelenkt, hielt er unvermittelt in seiner Bewegung inne und sah sich erstaunt nach ihr um. Dann ging ein Strahlen über sein Gesicht, und er fiel in ihr Lachen ein.

Seit jenem kleinen Zwischenfall verhielt sich Jandeira zu Caurés großer Freude nicht mehr ganz so feindselig. Es war, als hätte der Tukan ihm geholfen, eine Öffnung in ihrem dornigen Panzer zu finden. Cauré wusste, dass dies nur ein kleiner Anfang war. Jeder noch so kleine Fehler in seinem Verhalten konnte dazu führen, dass sie die Barriere zwischen ihnen wieder neu errichtete. Also hielt er sich zurück. Er achtete darauf, ihr nie zu nahe zu kommen, sie in keiner Weise zu bedrängen, auch wenn seine Gefühle für sie jeden Tag stärker wurden. Er musste sich mit wenig begnügen.

Wenn Jandeira ihm hin und wieder ein freundliches Lächeln schenkte, dann waren das Augenblicke, die sein Herz vor Freude tanzen ließen. Und wenn sie ihm am Feuer sein Essen auf einem Bananenblatt zuschob, dann spürte er ein nie gekanntes Hochgefühl, weil er ihren frischen Duft nach Papaya und Heliconia-Blumen in die Nase bekam. Cauré empfand für Jandeira mehr als für jede andere Frau, die er jemals gehabt hatte. Er hatte sich verliebt, und dieses Gefühl verlieh ihm eine neue, unbändige Energie. Plötzlich umtanzten ihn wieder die bunten, lichten Xapiripé. Vor allem die Geister der Vögel suchten seine Nähe. Er brauchte nur ihren Ruf nachzuahmen, schon näherten sich die Tiere der Lüfte und ließen sich sogar von ihm kraulen. Bereitwillig gestatteten sie ihm, dass er ihren Geist teilte, und erlaubten ihm, durch ihre Augen zu sehen. Auf diese Weise begriff er, wie groß der Urwald in Wirklichkeit war und wie unendlich verzweigt seine Flussläufe.

Eines frühen Morgens wachte er im ersten Morgengrauen auf. Als er sah, dass Jandeiras Hängematte leer war, beschloss er, ebenfalls aufzustehen und an den Fluss zu gehen. Xavier schlief neben ihm den unruhigen Schlaf eines Fiebernden. Doch sein Körper glühte nicht mehr so sehr wie in den Tagen zuvor, und seine Atemzüge waren ruhiger geworden. In nur wenigen Tagen würde er sich so weit erholt haben, dass sie weiterreisen konnten. Cauré schob den Gedanken daran rasch beiseite, denn er bedeutete, dass er Jandeira auf unbestimmte Zeit verlassen musste. Dichter Nebel umhüllte die Bäume rund um das Dorf und verlieh dem Rundbau im morgendlichen Grau etwas Gespenstisches.

Als er das Flussufer erreicht hatte, kämpfte sich das erste Sonnenlicht durch die dichten Nebelschwaden. Es bestrahlte bereits die glatten Felsen am Ufer. Cauré stürzte sich voller Behagen in das frische Wasser. Er tauchte unter und schwamm einige Züge, bevor er damit begann, seinen Körper mit Sand einzureiben und sich die Haare mit zerriebenen Nüssen zu waschen. Er war gerade damit fertig, als er spürte, dass er beobachtet wurde.

Jandeira saß nicht weit von ihm auf dem Felsen, der gerade von der Morgensonne beschienen wurde. Auch sie hatte gebadet und trocknete nun ihren nackten Körper. Sobald er sie entdeckte, erstarrte er vor Bewunderung. Die noch tiefstehende Sonne umgab ihre dunkle Silhouette wie ein Strahlenkranz und verlieh ihr etwas Göttliches. Der Drang, zu ihr zu eilen und sie zu umarmen, wurde so übermächtig in ihm, dass er sich kaum beherrschen konnte. Nur mit Mühe hielt er an sich und beobachtete stattdessen, wie sich die Sonne endlich hob, bis er ihren Körper in allen Einzelheiten betrachten konnte.

Bildete er es sich nur ein, oder schenkte sie ihm tatsächlich ein ermunterndes Lächeln? Er vermochte es im Gegenlicht nicht mit Sicherheit zu erkennen, also blieb er, immer noch halb im Wasser stehend, dort, wo er gerade war.

Dann entdeckte er am Ufer, auf der großen Lichtung vor dem Fluss, einen balzenden Roten Felsenhahn, der mit stolz geschwellter Brust und aufgestellter Federhaube versuchte, durch Schritte und kurze Sprünge mehrere Weibchen anzulocken. Doch noch hatte sich keines blicken lassen. Cauré spürte die Enttäuschung des Tieres, aber auch die Hartnäckigkeit, mit der es sich noch nicht geschlagen gab. Plötzlich formte sich in ihm eine Idee. Er ahmte den Ruf des Felsenhahns mehrmals nach und wartete darauf, dass sich ihm sein Geist öffnete. Sobald der Kontakt hergestellt war, lockte er den Vogel zu sich. Das war nicht einfach, denn der Felsenhahn wollte lieber seinen Paarungstanz fortführen. Erst als er sanfte Gewalt anwandte, ließ sich das Tier überreden. Einige Augenblicke später flog der scheue Vogel in seinem scharlachroten Gefieder zu ihm und setzte sich auf seine ausgestreckte Hand. Cauré kraulte ihn am Hals und spürte erleichtert, wie der Widerstand des Vogels nachließ. Es war weder für das Tier noch für ihn gut, wenn sie nicht freiwillig miteinander kommunizierten. Seine Gedanken brachten den Vogel schließlich dazu, zu Jandeira auf den Felsen zu fliegen.

Jandeiras Herz begann vor Freude laut zu pochen, als sie den wunderschönen Vogel sah, der sich ihr mit kräftigen Flügelschlägen näherte. *Cauré kann tatsächlich zaubern,* dachte sie berührt und streckte ihre Hand aus. Tatsächlich landete der Vogel darauf. Noch nie in ihrem Leben hatte sie ein solch schönes Tier von Nahem gesehen. Sie war froh, dass keiner der Waimiri-Männer in der Nähe war, denn die Federn des Felsenhahns galten als besonders wertvoller Schmuck. Der Vogel zeigte sich auch ihr gegenüber überraschend zutraulich und begann sogar sein Gefieder auf ihrer Hand zu putzen. Fasziniert beobachtete sie seine zarte Gestalt mit dem orangenen Schnabel und den gelbroten Augen.

»Ich werde für dich jeden Vogel des Waldes rufen, wenn du es wünschst.«

Sie zuckte zusammen, denn Cauré stand plötzlich ganz in ihrer Nähe. Auf seiner Schulter saß der Tukan. Doch näher als auf ein paar Schritte wagte er sich nicht an sie heran. Zum ersten Mal bedauerte sie, dass er so zurückhaltend blieb. Wie kräftig er gebaut war. Sein längliches Gesicht mit der geraden Nase, den hohen Wangenknochen und den geschwungenen Lippen drückte Stolz und Verletzlichkeit in einem aus. Sein Körper war noch nass. Wie schillernde Perlen glänzten die Wassertropfen auf seiner nackten Haut und dem pantherschwarzen Haar.

»Kannst du wirklich mit den Vögeln reden?«, fragte sie schüchtern.

»Nur wenn ihre Xapiripé mir gewogen sind«, antwortete er bescheiden. »Ich glaube, auch sie wünschen, dass sich dein Hass auf mich in Luft auflöst.«

»Ich hasse dich nicht mehr, ganz im Gegenteil …« Die Worte kamen wie von selbst über ihre Lippen. Jandeira verstummte und spürte, wie sie errötete. Was sollte Cauré nun von ihr denken?

Doch er lächelte nur erfreut und fragte sie, ob er sich neben sie setzen dürfe. Als er nur eine Handbreit neben ihr Platz nahm, spürte sie ein leises Kribbeln in ihrem Bauch. Der Hapuweteri war so anders als die Männer, die sie bislang kennengelernt hatte. Der Rote Felsenhahn stieß plötzlich einen Schrei aus und flog zeternd von ihrer Hand aus in die Luft. Mit heftigen Flügelschlägen flatterte er zurück zu seiner Lichtung, wo sich unterdessen ein anderes Felsenhahnmännchen an seinem angestammten Platz im Balztanz übte und dabei sogar schon einige Hennen als Zuschauerinnen gefunden hatte. Im wilden Sturzflug landete Jandeiras Vogel direkt neben seinem Konkurrenten und begann sogleich ebenfalls zu tanzen. Jandeira und Cauré lachten, als sie die beiden Nebenbuhler um die Gunst der Weibchen im Wettstreit sahen.

»Weißt du, dass du wunderschön bist, wenn du lachst?«, fragte Cauré. Sie verstummte.

»Mit dir ist das Lachen wieder in mein Leben zurückgekehrt«, stellte sie überrascht fest. »Ich glaube fast, du bist tatsächlich ein Zauberer.«

Cauré schüttelte das nasse Haar. »Ich habe dich nicht verzaubert«, sagte er mit rauer Stimme. »Ich versuche nur, mit meiner Liebe den Hass aus deinem Herzen zu vertreiben.«

Seine Hand lag dicht neben ihrer, und sie wünschte sich, dass er sie berühren möge. Doch er tat es nicht. Plötzlich spürte sie, wie der große, bunte Schnabel des Tukans ihr Haar zerzauste. Cauré vertrieb den Vogel mit einer Handbewegung von seiner Schulter. Dabei streiften seine Finger unbeabsichtigt Jandeiras Wange.

»Verzeih, ich wollte dich nicht berühren«, meinte er verlegen und rutschte sofort wieder von ihr ab. Sie begriff, dass er ihre Gefühle nicht verletzen wollte.

»Ich habe nichts dagegen, wenn du mich berührst«, flüsterte sie zu ihrer eigenen Überraschung. Zitternd wartete sie darauf, dass er sie küsste. Doch Cauré zögerte immer noch, sodass sie schon glaubte, sie habe etwas Falsches gesagt. Sie wich rasch seinem Blick aus, damit er ihre Verlegenheit nicht bemerken konnte. Da huschten seine Fingerspitzen wie eine sanfte Brise über ihre Wange. Sie erschauderte vor so viel Zärtlichkeit. Dann nahm er ihr Kinn in die Hand und drehte ihr Gesicht zu sich hin. In seinen Augen tanzte das Licht der Sonne, als er ihr endlich den ersehnten Kuss auf die Lippen hauchte. Er war wie die kurze Berührung eines Schmetterlings. So sanft und weich, dass sich darin ihr ganzer Schmerz verlor, und dabei voller Verheißung. Sie spürte, wie ihr innerer Schutzwall zu bröckeln begann.

26

Amazonien, Anfang September 1861

Die Reise an die Amazonasmündung verlief ohne Zwischenfälle. Kapitän Amado stellte sich als erfahrener Seemann heraus, der es verstand, die *Princesa* geschickt über die nach Süden verlaufende kanarische Strömung bis zu den Kapverdischen Inseln zu lenken. Auf den kargen Inseln nahmen sie nochmals Wasser und frischen Proviant auf, bevor sie den nördlichen Äquatorialstrom nutzten, um auf den südamerikanischen Kontinent zu segeln.

In Höhe der niederländischen Kolonie Surinam verließen sie die günstigen Strömungen, die sie so rasch über den Atlantik gebracht hatten. Ab dort wurde die Reise beschwerlicher, denn nun musste die *Princesa* kreuzen und sich mit länger anhaltenden Flauten herumschlagen. Ein aufziehender Hurrikan zwang sie außerdem zu einem beträchtlichen Umweg. Obwohl es dem Kapitän gelang, dem schlimmsten Unwetter auszuweichen, gerieten sie in schlechtes Wetter. Heftige Regenfälle und Starkwind ließen die *Princesa* zum Spielball der Naturgewalten werden. In diesen Tagen hielt sich kaum einer der Passagiere an Bord auf. Rhys und Sebastian wurden so seekrank, dass sie die meiste Zeit über der Pütz verbrachten. Nur Amber blieb wie durch ein Wunder von der Seekrankheit verschont. Sie kümmerte sich aufopferungsvoll um ihre beiden Reisegenossen, brachte ihnen Tee und versuchte ihre leeren Mägen mit etwas Schiffszwieback wieder zu füllen. Sie schliefen jedoch viel, und so ließ Amber sie meist unbehelligt.

Auch Tiago de Andrade ließ sich in diesen Tagen nicht sehen. Amber nahm an, dass ihr Gastgeber ebenfalls unter dem kräftigen Seegang litt. Sie hatte ihn nur einmal kurz im Salon gesehen, und da hatte seine Gesichtsfarbe eine ähnlich grünliche Tönung gehabt wie die von Rhys und Sebastian. Miou hingegen ging es ebenfalls blendend. Sie lebte in den wenigen Tagen, in denen ihr Vater sie in Ruhe ließ, richtig auf. Das schlechte Wetter zwang die beiden Frauen, viel Zeit in dem Salon unter Deck zu verbringen. Sie nutzten sie, um einander näher kennenzulernen. Dabei freundeten sie sich an. Nach fünf Tagen war der Spuk endlich vorbei, und das Wetter besserte sich rasch.

Wenige Tage später näherten sie sich der Mündung des Amazonas. Nach fünf Wochen Überfahrt liefen sie endlich in den Hafen von Santa Maria de Belém do Grão Pará ein, das die Einwohner kurz Belém nannten. Auch diese Stadt hatte sich in den letzten Jahren von einer unbedeutenden Missionarssiedlung zu einer prosperierenden Metropole entwickelt. Von Belém wurde der Kautschuk aus dem Inland für die Weiterreise nach Europa und Nordamerika umgeschlagen. Im Hafen lagen zahlreiche andere hochseetaugliche Lastschiffe vor Anker. Wie die *Princesa* warteten sie darauf, neu beladen zu werden. Sobald sie in den Hafen eingelaufen waren und das Schiff am Dock fest vertäut war, wurde es Zeit, sich von Kapitän Amado zu verabschieden. Sein Schiff sollte nur wenige Tage vor Anker liegen bleiben, um dann mit einer neuen Kautschukladung zurück nach Europa zu segeln.

Bis zu ihrer Weiterreise nach Manaus hatte Tiago de Andrade sie in seine Villa in Belém eingeladen, die sich etwas außerhalb der Stadt auf einer der Mündungsinseln befand. Das bescheidene Domizil, wie Tiago sein Anwesen genannt hatte, stellte sich als geräumiges Landhaus heraus mit nicht weniger als elf Zimmern sowie einem Salon so groß wie ein Ballsaal, umgeben von mehreren Hektar Land. Das langgezogene, zweistöckige Gebäude war in einem freundlichen, hellen Gelb gestrichen. Großzügige Fenster ließen überall Licht herein. Schlanke Königspalmen säumten die lange Auffahrt vom Flussquai zum Eingang des Hauses. Ein weitläufiger Park voller bunter Blumen und Büsche machte das Haus zu einem Kleinod. Vor dem überdachten Eingangsportal wurden sie von einer spalierstehenden Reihe indianischer Bediensteten empfangen, denen ein mürrisch aussehender Verwalter namens Luciano vorstand. De Andrade wies ihn persönlich an, für das Wohl seiner Gäste zu sorgen. Der Kautschukbaron gab sich alle Mühe, auch weiterhin den besorgten Gastgeber zu spielen, doch Amber ließ sich von seiner Freundlichkeit längst nicht mehr täuschen. De Andrade blieb für sie weiterhin eitel und unberechenbar. Als sie ihre Zimmer bezogen hatten und sich zu einem Umtrunk auf der Terrasse einfanden, überraschte er seine Gäste mit der Ankündigung, dass er selbst wieder zurück in die Stadt reisen müsse. Amber atmete innerlich auf. Sie konnte sehr gut ohne die Gesellschaft des Kautschukbarons auskommen. Dennoch sah sie sich bemüßigt, ihn nach seinen Gründen zu fragen. Tiago hob bedauernd die Hände.

»Ich habe noch einige wichtige Geschäftspartner in der Stadt zu treffen. Außerdem muss ich mich um unsere Weiterreise kümmern.« Er lächelte über sie hinweg. »Luciano wird dafür sorgen, dass es Euch an nichts fehlt. Wenn Ihr in die Stadt wollt, wir er Euch ein Boot zur Verfügung stellen. Er ist über alles im Bilde. Fühlt Euch auf meinem Anwesen wie zu Hause.« Er breitete in einer großzügigen Geste seine Arme aus. »In weniger als einer Woche werden wir in Richtung Manaus aufbrechen«, versprach er. Dann reiste er ab.

»Ich bin wirklich froh, dass wir wenigstens ein paar Tage lang festen Boden unter den Füßen haben werden«, meinte Rhys gut gelaunt am nächsten Morgen. Die schwüle Hitze hatte sie früh aus den Betten getrieben. Jetzt frühstückten sie auf der schattigen, großzügigen Veranda, die einen herrlichen Blick über den Garten und den angrenzenden Palmenstrand bot. »Wir könnten die Zeit nutzen, um uns etwas in der Stadt und der Umgebung umzusehen. Was hältst du davon?«

»Ich möchte lieber meine Malsachen auspacken und etwas zeichnen«, gestand Amber, die sich an diesem Morgen nicht sehr wohlfühlte. »An Bord der *Princesa* hatte ich keine Gelegenheit dazu. Und in dem herrlichen Garten gibt es so vieles, das geradezu danach ruft, von mir gemalt zu werden.« Sie lächelte ihm entschuldigend zu. »Ich bin sicher, dass ihr beide euch auch ohne mich vergnügen werdet.«

Rhys zog Amber an sich heran, um sie leidenschaftlich zu küssen. »Ich freu mich schon auf heute Abend«, raunte er in ihr Ohr. »Verausgabe dich nicht zu sehr beim Malen. Ich benötige heute Nacht noch deine Dienste.«

»Du bist unmöglich«, schimpfte Amber und schlug ihm mit der Serviette auf den Arm. »So etwas darfst du vielleicht denken, aber keinesfalls aussprechen.«

Rhys grinste breit, drückte ihr noch einen Kuss auf den Mund, um sie dann freizugeben. »Dann werde ich mal nach Sebastian sehen und Luciano bitten, das Boot klarzumachen.«

Er winkte ihr zu und verschwand im Haus. Amber sah ihm gedankenverloren nach.

Miou stand am Fenster ihres Zimmers und beobachtete, wie Amber und Rhys sich zärtlich voneinander verabschiedeten. Die Innigkeit, mit der die beiden sich küssten, versetzte ihr einen wehmütigen Stich. Sie dachte an Sebastian und ihre verwirrenden Gefühle für ihn. Seit jenem Sternschnuppenabend auf der *Princesa* ging ihr der junge Mann nicht mehr aus dem Sinn. Sie fühlte sich in seiner Nähe so wohl und geborgen. Er war ein feiner, einfühlsamer Mensch. Und er war so unheimlich klug und dabei kein bisschen überheblich. Sie hatte das Gefühl, Sebastian schon ewig zu kennen.

Zu ihrem großen Bedauern hatte sie seither keine Gelegenheit mehr gehabt, mit ihm allein zu sein. Ihr Vater hatte alles getan, um dies zu verhindern. Er hatte ihr sogar verboten, abends allein an Deck zu gehen. Und doch war es ihnen gelungen, sich immer wieder versteckte Blicke oder ein scheues Lächeln zuzuwerfen, das ihr neue Hoffnung gab. Ob sich jetzt, da ihr Vater nicht vor Ort war, vielleicht die Gelegenheit für ein heimliches Rendezvous mit Sebastian ergab? Sie überlegte, ihre Freundin Amber einzuweihen. Mit ihrer Hilfe sollte es ihnen gelingen, den griesgrämigen Luciano abzulenken, der ihr ständig wie ein unliebsamer Schatten folgte. Miou war sich sicher, dass ihr Vater ihn instruiert hatte, sie keinen Augenblick aus den Augen zu lassen. Sie seufzte. Was waren das nur für törichte Gedanken, die ihr durch den Kopf gingen? Sie musste vernünftig bleiben und sich Sebastian aus dem Kopf schlagen. Selbst wenn er dieselben Gefühle für sie hegte wie sie für ihn, war es unfair, ihm Hoffnungen zu machen. In nur wenigen Monaten würde sie Carlos dos Santos heiraten müssen, den Mann, den ihr Vater für sie bestimmt hatte. Miou biss sich auf die Unterlippe. Wieso war das Leben nur so ungerecht?

»Crédit Mobilier kann nicht bankrott sein. Das ist unmöglich! Deine Informationen müssen falsch sein.« Tiago fuhr sich nervös durch die pomadigen Haare. »Ich war erst vor wenigen Monaten in Paris und habe bei den Herren Pereire persönlich vorgesprochen. Sie hatten mir ihr Wort gegeben, dass mein Vermögen bei ihnen sicher ist.« Er schnellte von seinem Ledersessel hoch und beugte sich drohend über den schweren Schreibtisch, hinter dem Bankdirektor Ambrosio Eduardo eingequetscht in seinem Stuhl saß.

»Du wirst dafür sorgen, dass ich mein Geld zurückbekomme, Ambrosio! Ich habe mein gesamtes Barvermögen dieser Bank anvertraut, hörst du?«

Eduardo rekelte sich unbehaglich in seinem Stuhl. Er kaute auf seinen fleischigen Lippen und zupfte hilflos mit den Fingern an seinem grauen Backenbart.

»Nun beruhige dich doch, Tiago! Du warst selbst ganz begeistert von der Idee, das Geld in die französische Volksbank zu investieren. Die Renditen waren hervorragend. Keiner konnte wissen, dass es einen Zusammenbruch an der Börse geben würde. So wie dir geht es sämtlichen Anlegern bei Crédit Mobilier. Auch wir haben einiges verloren.«

»Ich soll mich nicht aufregen, nein?« Tiagos Stimme kippte vor Wut. Das Blut schoss ihm in den Kopf, und er spürte, wie er kurz davor stand, die Fassung zu verlieren. Am liebsten wäre er diesem aalglatten Bankmenschen an den Kragen gegangen. Doch diesen Gefallen durfte er ihm nicht tun. Damit würde er nur zugeben, wie sehr ihn dieser Verlust traf. Jetzt hieß es, das Gesicht zu wahren. Mit geballten Fäusten setzte er sich wieder auf den Ledersessel. »Wie konnte das geschehen?«, fragte er knapp.

Eduardo atmete erleichtert aus und faltete die Hände vor seinem Bauch.

»Wie du sicherlich ebenfalls erfahren hast, führen die Südstaaten von Amerika gegen die Nordstaaten einen Krieg, weil Präsident Lincoln die Abschaffung der Sklaverei angeordnet hat. Aufgrund der Auseinandersetzungen gab es Lieferschwierigkeiten mit der Baumwolle. Die Südstaaten sind bekanntermaßen die Hauptexporteure von Baumwolle nach Europa. Das bedeutet im Umkehrschluss, dass nicht mehr ausreichend Rohware nach England und Frankreich kommt. Viele Spinnereien und Webereien mussten aufgrund der Lieferschwierigkeiten Kurzarbeit einführen, Löhne herabsetzen und zum Teil über die Hälfte ihrer Arbeiter entlassen …«

»Und was hat das alles mit Crédit Mobilier zu tun?«, unterbrach Tiago ihn ungeduldig. »Noch vor kurzer Zeit lagen die Aktien der Gesellschaft bei zweitausend Francs pro Stück, und jetzt sollen sie nur noch knapp hundertfünfzig wert sein? Das ist ein Verlust von über neunzig Prozent! Das ist unfassbar! Es handelt sich schließlich um eine Kreditbank des Volkes, die vom Staat kontrolliert wird. Napoleon III. hat sie selbst gegründet. Die Bank hat die Weltausstellung von 1855 finanziert, riesige Großprojekte für die Industrie und den Eisenbahnbau, ja selbst den Umbau von Paris. Und du willst mir weismachen, dass sie pleite ist? Das musst du mir schon erklären!«

Eduardo zog ein Taschentuch aus seiner bunt bedruckten Weste und fuhr sich damit über die schweißgetränkte Stirn.

»Wegen einer früheren Wirtschaftskrise musste Crédit Mobilier Teile seiner Bank verkaufen. Ich habe davon erfahren, aber mir weiter keine Gedanken gemacht«, räumte er widerwillig ein. »Émile und Isaac Pereire vertuschten ihre Schwierigkeiten geschickt und investierten weiterhin in Großprojekte. Jedermann dachte, dass sie noch über genügend Liquidität verfügten. Doch dem war nicht so. Um ihren Verlust zu decken, begannen sie an der Börse zu spekulieren. Als dann der Börsencrash wegen der Baumwolle kam, traf es die Bank doppelt. Zum einen hatte sich der Aktienkurs des Unternehmens mit den fallenden Kursen deutlich nach unten bewegt, zum anderen hatten die Spekulationsgeschäfte ein noch tieferes Loch in den Kassenbestand gerissen. Ein paar Monate lang ging das noch gut, bis eine letzte Fehlspekulation den Herren Pereire das Genick brach. Durch die Niederlage im Krieg gegen Preußen verloren die österreichischen Staatspapiere, die sie zuhauf besaßen, rasch an Wert. Crédit Mobilier war damit am Ende.«

»Nicht nur Crédit Mobilier«, murmelte Tiago fassungslos. Der Verlust seines gesamten Geldvermögens würde für ihn womöglich noch viel weiter reichende Folgen haben. Er hatte schließlich nicht nur mit seinem Vermögen spekuliert, sondern auch die gesamten Anteile seines englischen Geschäftspartners Camden Callahan in Aktien der Crédit Mobilier investiert. Und das ohne dessen Wissen. Callahan ging davon aus, dass er sein Geld in eigene Kautschukaktien investiert hatte. Tiago spürte, wie ihm der Schweiß ausbrach. Callahan besaß eine der größten Webereien in Yorkshire! Die Baumwollkrise würde ihn dazu zwingen, sein Geld von ihm zurückzuverlangen, um wieder zahlungsfähig zu sein. Wie sollte er ihm klarmachen, dass er auf längere Zeit kein Bargeld zur Verfügung haben würde? Es würde Monate, vielleicht Jahre dauern, bis er wieder einigermaßen flüssig war. Sein Kreditrahmen bei Eduardo war wegen seines aufwendigen Lebensstils ausgereizt, und doch war dies seine einzige Chance. Außerdem stand Mious Hochzeit mit Carlos bevor. Auch da durfte er sich nicht lumpen lassen.

»Du musst mir noch einen Kredit einräumen«, verlangte Tiago, nachdem er sich wieder einigermaßen im Griff hatte. »Ich brauche rund eine Million Real, um meine Ausgaben für die nächsten Monate zu decken.«

Eduardo versuchte sein Unbehagen hinter einem übertrieben lauten Lachen zu verbergen.

»Eine Million! Du bist verrückt, Tiago! Du weißt selbst, dass ich dir eigentlich nicht einmal hunderttausend Real geben darf. Doch ich will kein Unmensch sein. Unter den besonderen Umständen bin ich bereit, dir fünfhunderttausend zu leihen.«

»Das ist nicht dein Ernst!«, brauste Tiago erneut auf.

Eduardo hob abwehrend die Hände. »Meine Bank hatte durch den Bankrott ebenfalls Verluste, die ich dem Vorstand erklären muss. Außerdem bin ich gezwungen, von nun an fünfzehn Prozent Zinsen zu nehmen anstatt zehn.«

Tiago kniff die Augen zusammen, bis sie nur noch Schlitze waren.

»Oh nein, Ambrosio, so leicht kommst du mir nicht davon«, sagte er leise. »Du wirst mir die Million geben müssen, für, sagen wir einmal, sieben Prozent, oder ich lasse dich auffliegen. Hast du etwa schon unser kleines Geheimnis vergessen?«

Eduardo wurde bleich. Er fuhr sich mehrmals nervös mit dem Taschentuch über die breite Stirn.

»Welches Geheimnis, lieber Tiago?«, fragte er mit unsicherer Stimme. »Ich weiß nicht, wovon du redest.«

»Das glaube ich dir gern«, meinte Tiago mit einem maliziösen Lächeln. »Wer möchte schon daran erinnert werden, dass er an seiner Bank vorbei faule Geschäfte gemacht hat. Ich könnte mir vorstellen, dass die Herren Rodrigues und Souza sehr entsetzt darüber wären, wenn sie erführen, dass du von dem Gewinn, den ihre Edelhölzer abwerfen, immer einen ordentlichen Teil abzwackst. Nennt man das nicht Unterschlagung? Ich treffe die beiden übrigens nachher im Club zum Mittagessen.«

»Das wagst du nicht«, jammerte Eduardo. Seine fleischigen Hände zitterten dabei auf der Stuhllehne. Dann fiel er in sich zusammen wie ein Ballon, aus dem man die Luft entweichen ließ.

»Also gut«, meinte er geschlagen. »Ich werde mich persönlich für den Kredit einsetzen, allerdings kann ich dir bei den Zinsen höchstens auf zehn Prozent entgegenkommen. Alles andere würde auffallen.«

Tiago atmete tief aus. Wenigstens schien das nun geregelt.

Sebastian rührte gedankenverloren in seinem Kaffee und starrte über den träge dahinfließenden graubraunen Fluss. Gemeinsam mit Rhys saß er in einem etwas heruntergekommenen Café direkt an der Baja de Guajara unweit des belebten Marktes. Dort boten die Einheimischen alle Waren feil, die dieser Teil des Amazonas zu bieten hatte. Fische, tropische Früchte, Gemüse, aber auch Heilmittel und Pflanzenextrakte für alle möglichen Zipperlein.

»Was ist los mit dir, mein Freund? Ich bin es gar nicht gewohnt, dass du so lange schweigst«, neckte ihn Rhys. »Macht dir etwa die Hitze zu schaffen?«

Es war wirklich außerordentlich schwül, die stickige Luft machte einem das Atmen schwer. Doch das war es nicht, was ihn bekümmerte. Sebastian warf Rhys einen prüfenden Blick zu. Ob er sich seinem amerikanischen Freund wohl anvertrauen konnte? Er beschloss, es zu wagen. Vielleicht würde ihm danach leichter ums Herz sein.

»Es ist nicht die Hitze«, fing er zögernd an. »Ich stecke momentan nur in einer heiklen Situation und weiß einfach nicht, was ich machen soll.«

Rhys hob eine Augenbraue und sah ihn aufmunternd an. »Kann ich dir helfen?«

Sebastian zuckte hilflos mit der Schulter.

»Nun ja, es ist etwas geschehen, was ich mir selbst nicht erklären kann. Bislang kannte ich nur mein Interesse für die Natur und ihre Geheimnisse. Das füllte mich vollkommen aus, aber nun, nun ist etwas geschehen, was mich außerordentlich verwirrt …«

Er sah Rhys unglücklich an und wusste nicht, wie er fortfahren sollte. Die Angelegenheit war wirklich nicht leicht zu erklären. Zu seiner Überraschung begann Rhys nun auch noch zu lachen.

»Verdammt! Amber hatte recht. Du bist verliebt, alter Knabe. Herzlichen Glückwunsch!« Er klopfte ihm so fest auf den Rücken, dass er husten musste.

»Wie kommst du denn darauf?«, fragte er verdutzt.

»Glaubst du, ich habe keine Augen im Kopf?« Rhys' Mundwinkel verzogen sich zu einem belustigten Lächeln. »Jeder, der dich in den letzten Wochen beobachtet hat, muss zu diesem Schluss kommen. Es ist die kleine Miou de Andrade, nicht wahr?«

Sebastian spürte, wie er rot anlief. Er konnte einfach nichts dagegen tun, dass ihm das alles außerordentlich peinlich war, selbst vor Rhys, den er längst als Freund betrachtete.

»Nun ja«, gab er zögernd zu, »ich hege gewisse Gefühle für Senhorita Miou. Allerdings fürchte ich, dass es umgekehrt nicht so sein könnte, obwohl …«, die Röte in seinem Gesicht intensivierte sich, »… obwohl es auf der anderen Seite durchaus Anzeichen gibt, dass sie mich auch ganz gern hat.« Er seufzte schwer. »Aber ich weiß einfach nicht, wie ich an sie herankommen soll. Ihr Vater passt auf sie auf wie Zerberus, der Höllenhund aus der Unterwelt. Und ich wage es einfach nicht, ihn zu bitten, offiziell um sie werben zu dürfen. Ich bin schließlich nur ein einfacher Gelehrter, der einer Frau wie Miou niemals ein standesgemäßes Leben bieten könnte.«

»Senhor Tiago scheint tatsächlich andere Pläne mit seiner

Tochter zu haben«, meinte Rhys finster. Er sah ihn mit aufrichtiger Anteilnahme an.

»Wie meinst du das?« Sebastian fuhr erschrocken hoch.

»Sie ist einem anderen Mann versprochen. Miou hat es Amber anvertraut. Sie scheint sehr unglücklich darüber zu sein, denn sie kennt ihren künftigen Gemahl noch nicht einmal.«

»Einem anderen Mann?«, wiederholte Sebastian tonlos. Sein Herz krampfte sich zusammen.

»Es ist de Andrades Verwalter, ein gewisser Carlos dos Santos. Er wartet in Manaus auf seine Verlobte.« Rhys legte seine Hand auf Sebastians Arm. »Es tut mir wirklich leid für dich, aber ich kann dir nichts anderes raten, als sie dir aus dem Kopf zu schlagen, bevor du dir Schwierigkeiten einhandelst.«

»Aber wenn Miou unglücklich ist, dann bedeutet das doch für mich, dass noch nicht alles vergebens ist.« Neue Hoffnung glomm wie ein zaghafter Funke in Sebastian auf. Doch Rhys schüttelte energisch mit dem Kopf.

»Vergiss das Mädchen«, riet er ihm. »Wenn du dich mit Andrade anlegst, wirst du garantiert den Kürzeren ziehen. Männer wie er fackeln nicht lange, wenn sich ihnen jemand in den Weg stellt.«

Sebastian antwortete nichts darauf. Doch in seinem tiefsten Inneren war er nicht bereit, so einfach aufzugeben.

27

Bingley, Yorkshire

»Sir, wir haben ein Problem.«

Alex Hooper drehte verlegen seine Ballonmütze in den Händen. »Die indische Baumwolle ist zu kurzfaserig. Sie lässt sich einfach nicht richtig verarbeiten …« Er reichte Camden eine Spule mit gesponnenem Garn. »Diese Qualität wird uns keine der Webereien abnehmen. Wir haben alles versucht, aber selbst Mister Smith weiß sich keinen Rat mehr. Er ist vor zwei Tagen zurück nach London gereist, um sich mit seinem Chef zu besprechen. Er sagt, nur Mister Bannister kann da noch eine Lösung finden.«

»Mister Bannister?« Camden schüttelte unwillig den Kopf. »Was soll der denn schon für uns tun können?«

»Das möchte er Euch selber sagen, Sir«, meinte Hooper. »Er wartet draußen und bittet um ein Gespräch.«

Camdens Magen zog sich zusammen. »Mister Bannister ist hier?«, fragte er fassungslos. Hooper zuckte mit den Schultern. »Ich sagte doch, dass Smith sich mit ihm beraten wollte.«

Camden fuhr sich erregt durch sein dichtes Haar. Am liebsten hätte er seinem Vorarbeiter gesagt, dass sich Bannister zum Teufel scheren möge. Seit ihrer Begegnung in der Oper hatte er versucht, jeden Gedanken an ihn zu verdrängen. Es hatte ihn zu sehr verletzt, dass Malcolm ihm heimlich hinterherspioniert hatte. Sogar von seiner Beziehung zu James Crombie hatte er gewusst. Doch seine persönlichen Gefühle hatten in Anbetracht der angespannten Situation nun hintanzustehen.

Die Spinnerei stand wegen der angespannten weltpolitischen Lage kurz vor dem Ruin. Durch den Bürgerkrieg in Nordamerika war eine weltweite Wirtschaftskrise ausgebrochen. Die Südstaaten waren nicht länger in der Lage, ihre Baumwolle zuverlässig nach Europa zu verschiffen. Es kam zu immer mehr Engpässen. Camden hatte geglaubt, sie durch den Import von indischer Baumwolle überbrücken zu können. Doch diese hatte sich als minderwertig herausgestellt. Nun stand er vor dem Problem, dass er die Webereien nicht mit der gewohnten Qualität beliefern konnte. Einige wichtige Kunden waren ihm bereits abgesprungen. Wenn es so weiterging, musste er die Hälfte seiner Arbeiter entlassen. Die Rücklagen waren schon so gut wie aufgebraucht. Die einzige Möglichkeit, sich aus dem Desaster zu befreien, war, Tiago de Andrade darum zu bitten, ihm seine Einlagen und die Gewinne aus seinem Kautschukgeschäft sofort auszuzahlen. Das hatte er bereits vor Wochen getan. Das Wohlergehen seiner Firma, aber auch das der Arbeiter und deren Familien hing davon ab. Aber auch wenn er den zu erwartenden Geldsegen irgendwann in Händen hielt, musste er nach neuen Lösungen suchen. Und dabei konnte ihm nur einer helfen. Malcolm Bannister.

»Richte Mister Bannister aus, dass ich ihn erwarte«, beschied er Hooper schließlich schweren Herzens. Kurze Zeit später trat Malcolm durch die Tür. Er sah älter aus, als er ihn von ihrer letzten Begegnung in Erinnerung hatte. Sein ehemals breites, volles Gesicht war etwas eingefallen. Das struppige Haar war an den Schläfen ergraut, aber seine grünbraunen Augen strahlten immer noch jene Zuversicht und Neugier aus, die ihn schon vor vielen Jahren so fasziniert hatte.

»Schön, dich zu sehen«, hörte Camden sich zu seiner eigenen Überraschung sagen. »Ich sitze mal wieder richtig in der Klemme.«

Malcolm nahm seine Melone ab und legte sie vor Camden auf den Tisch.

»Dann lass uns am besten gleich nach dem Rechten sehen.«

Sie sprachen nicht viel miteinander, während Camden ihn durch die Spinnerei führte und auf die anstehenden Probleme aufmerksam machte. Es war wie früher. Sie verstanden sich auch ohne viele Worte. Camden erklärte Malcolm die neuen Arbeitsabläufe und zeigte ihm schließlich die Kardier- und Spinnmaschinen, die mit den kurzen Fasern der indischen Baumwolle nur schlecht zurechtkamen. Malcolm sah sich alles in Ruhe an. Hin und wieder machte er sich Notizen, indem er kleine Skizzen in einem Büchlein festhielt. Nach mehreren Stunden gingen sie wieder zurück in Camdens Büro.

»Es ist aussichtslos, nicht wahr?«, fragte Camden, der aus Malcolms verschlossener Miene nicht viel herauszulesen vermochte. Der zuckte nur mit den Schultern.

»So würde ich das nicht sagen«, gab er sich einsilbig. »Gibt es den alten Schuppen noch, in dem ich vor vielen Jahren meine ersten Maschinen gebaut habe?«, fragte er stattdessen.

Camden sah ihn irritiert an. »Dort war jahrelang niemand mehr zugange. Soviel ich weiß, steht alles noch an seinem Platz.«

»Ich würde gerne dort wieder einziehen, solange ich hier bin«, sagte Malcolm. »Natürlich nur, wenn du nichts dagegen hast.«

»Selbstverständlich nicht«, sagte Camden. »Aber wäre ein Zimmer in Bingley nicht bequemer?«

»Nicht nötig. Ich möchte gerne möglichst nah an der Spinnerei sein. Wir treffen uns wieder, sobald ich mehr sagen kann.« Er nickte ihm zu, nahm seine Melone vom Tisch und verließ das Büro.

Die nächsten Tage sah Camden Malcolm nur selten. Er hätte froh darüber sein müssen, dass er ihn in Ruhe ließ, doch er ertappte sich immer wieder dabei, dass er ständig an ihn denken musste. Jedes Mal, wenn er ihn sah, wurde ihm ganz mulmig. Es gelang ihm nur mit Mühe, sich auf seine tägliche Arbeit zu konzentrieren. Dabei kam es ihm zupass, dass er einen wichtigen Termin bei seinen Anwälten in London wahrzunehmen hatte. Es ging wieder einmal um Tiago de Andrade. Der Kautschukhändler hatte bislang auf keinen seiner Briefe geantwortet. Dafür gab es Anzeichen, dass er in undurchsichtige Geldgeschäfte verwickelt war.

Bereits nach einer Woche hatte Malcolm eine Lösung für Camdens Probleme gefunden. Mit ein paar einfachen Umstellungen bei den Kardiermaschinen war auch kurzfaserige Baumwolle gleichmäßig zu verspinnen. Mithilfe des Vorarbeiters Hooper hatte er sich sofort an die Umrüstung der Maschinen gemacht und bereits die erste Baumwolle versponnen. Zufrieden mit seinem Ergebnis begab er sich zu Camden. In seinem Büro erfuhr er, dass dieser erst am Abend aus London zurückerwartet wurde. Auf dem Weg zurück traf er auf Beatrice. Sie schien auf ihn gewartet zu haben.

»Mister Bannister«, grüßte sie ihn freundlich. »Ich war gerade auf dem Weg zu Euch. Mister Hooper hat mir bereits von Euren Fortschritten erzählt. Das wird Camden sicherlich freuen. Wollt Ihr uns nicht heute Abend beim Dinner Gesellschaft leisten? Dann könnt Ihr meinem Gatten gleich die gute Neuigkeit überbringen. Schließlich seid Ihr doch alte Jugendfreunde, nicht wahr?«

»Das ist sehr freundlich von Euch, Lady Callahan, aber …«

Malcolm wusste nicht recht, was er sagen sollte. Camden würde sicherlich nicht erfreut sein, ihn in seinem eigenen Hause zu sehen. Doch Beatrice ließ ihm keine Wahl.

»Dann sehen wir uns gegen acht Uhr?«

Sie nickte ihm nochmals freundlich zu, bevor sie ihre Schritte in Richtung Highgrove Manor lenkte.

Camden war müde und erschöpft. Nach endlos langen Debatten mit seinen Anwälten in London hatte er erst den letzten Zug zurück nach Bingley nehmen können. Sein Aufenthalt in London war überaus unerfreulich gewesen. Seine schlimmsten Befürchtungen hatten sich bewahrheitet. Tiago de Andrade, der vielversprechende Kautschukbaron von Manaus, war im Augenblick zahlungsunfähig. Die Anwälte hatten alle möglichen rechtlichen Schritte mit ihm besprochen. Zu seinem Glück gab es Verträge, die ihn ermächtigten, den nach Europa verschifften Kautschuk selbst zu verkaufen. Den Verträgen nach musste Camden de Andrade sechzig Prozent des Gewinns auszahlen, doch in Anbetracht der Lage sahen die Juristen gute Chancen, dass er zunächst alles für sich behalten konnte, bis sein Anteil getilgt war. Doch ein Durchsetzen seiner Ansprüche würde Zeit in Anspruch nehmen. Die größte Sorge, die ihn umtrieb, war, wie er in der Übergangsphase seine Arbeiter bezahlen sollte. Selbst wenn Malcolm eine Methode fand, die indische Baumwolle zu verspinnen, mussten sie erst wieder an neue Aufträge kommen. Dafür brauchte er Zeit. Zeit und Geld, das er nicht hatte.

Seine Stimmung hob sich ein wenig, als er das Foyer seines Hauses betrat und ihm der kleine Andrew mit wackeligen Schritten strahlend entgegenstolperte. Seine Nanny war gerade dabei, ihn ins Bett zu bringen. Er ging in die Knie und streckte die Arme aus. Mit einem Jauchzen stürzte sich sein Sohn in seine Arme. Camden wirbelte ihn herum und setzte ihn dann behutsam wieder ab.

»Was bist du nur für ein kleiner Goldschatz«, murmelte er hingerissen. Er küsste ihn auf die lockige Stirn und gab ihn wieder seiner Nanny in die Obhut, die den protestierenden Jungen nach oben führte. Aus dem angrenzenden Salon hörte er Gelächter. Beatrice musste Gäste eingeladen haben. Auch das noch! Verstimmt legte er Hut und Mantel ab und begab sich in den Salon. Zu seiner Überraschung fand er dort Malcolm und Beatrice in ein munteres Gespräch vertieft vor. Ihm stockte der Atem, als er sie bei einem Glas Sherry plaudern sah. Wie verkehrt die Welt doch ist, schoss es ihm durch den Kopf. Dann hatte er sich wieder gefasst.

»Beatrice, Darling! Malcolm, welch eine Überraschung! Es ist schön, euch in dieser Vertrautheit zu sehen.«

Er ging auf seine Frau zu und küsste sie auf die Wange. Dann reichte er Malcolm die Hand. Es war die erste Berührung seit jener gemeinsamen Nacht vor vielen Jahren, und sie durchzuckte ihn wie ein Stromstoß. Malcolm hielt seine Hand ein wenig länger, als es sittsam gewesen wäre, und er ließ es mit einem Schaudern zu. Ihre Blicke begegneten sich, und Camden las in Malcolms Augen aufrichtige Freude und noch etwas, was ihm ein tiefes Gefühl der Geborgenheit vermittelte. Für einen Augenblick hatte er das Gefühl, dass nun endlich alles seine Richtigkeit hatte. Mit einem leisen Hüsteln machte sich Beatrice wieder bemerkbar und zerstörte die kurze Vertrautheit. Camden räusperte sich und ließ Malcolms Hand wieder los.

»Ich habe deinen alten Freund zum Dinner eingeladen. Er hat gute Neuigkeiten für dich«, informierte ihn Beatrice bestens gelaunt. »Wir sollten nicht länger mit dem Essen warten, sonst wird Missis Collins mir morgen früh den Kopf abreißen.« Sie lachte und hängte sich in Malcolms Arm ein. »Ihr müsst mir unbedingt beim Dinner mehr von Euren Indienerfahrungen berichten, lieber Malcolm.«

Camden, der den beiden folgte, betrachtete das Paar versonnen. *Wie schön wäre es doch, wenn ich die Welt auf den Kopf stellen könnte,* dachte er erneut. *Beatrice müsste Malcolms und meine Freundin sein. Und ich Malcolms Mann. Wie erfüllend könnte dann unser Leben sein.* Seltsamerweise schämte er sich nicht mehr für seine abwegigen Gedanken. Mittlerweile war er erfahren genug, um zu wissen, dass es Männer wie ihn, James Crombie und Malcolm zuhauf gab. Man räumte ihnen nur nicht das Recht ein, so zu leben, wie sie es für richtig hielten. Lange Zeit hatte er sich für seine andersartigen Neigungen geschämt. Sie hatten ihm das Gefühl vermittelt, abartig und verkommen zu sein. Doch mit welchem Recht wurden sie von der Gesellschaft so stigmatisiert? Waren vor Gott nicht alle Menschen gleich? Mittlerweile war er zu der Überzeugung gekommen, dass die ehrenwerte Gesellschaft nur Angst davor hatte, dass ihre althergebrachte Ordnung durch andere Lebensmodelle auf den Kopf gestellt wurde. Es war die Angst vor dem Verlust des Gewohnten. Aus diesem Grund musste sich alles, was anders war, den gewohnten Konventionen unterordnen. Und die Andersartigen waren dazu gezwungen, sich diesem System unterzuordnen.

Das Dinner gestaltete sich überaus angenehm. Nachdem Malcolm ihn über die Fortschritte an den Kardiermaschinen informiert hatte, begann er auf Beatrices erneute Bitte von seiner Zeit in Indien zu erzählen. Camden stellte fest, dass er ein überaus launiger Erzähler war. Er verstand es, selbst ernste Erlebnisse auf humorvolle Art anschaulich und unterhaltsam darzustellen. Auch die sonst eher zurückhaltende Beatrice war hingerissen von Malcolms lebendiger Erzählweise. Er hörte sie zum ersten Mal seit langer Zeit wieder unbeschwert lachen.

Es war schon bemerkenswert, fand Camden, dass sie alle so vertraut miteinander umgehen konnten. Nach dem Dessert schlug Camden vor, noch ein Glas Whisky in der Bibliothek zu trinken. Malcolm nahm gerne an, doch Beatrice gab vor, müde zu sein.

»Ich möchte euch wirklich nicht den Abend verderben, aber ich hatte heute einen anstrengenden Tag. Genießt ruhig noch die letzten Stunden des Abends. Ich werde mich jetzt zurückziehen.«

Als sich Beatrice in ihren Räumen befand, war ihre Müdigkeit plötzlich wie weggeblasen. Nachdem sie nochmals nach Andrew gesehen hatte, der mit geballten Fäustchen wie ein Engel in seinem Gitterbettchen lag, setzte sie sich auf einen Lehnstuhl am geöffneten Fenster. Die Luft war ungewöhnlich lau für einen späten Septemberabend. Der helle Mond wurde teilweise von zerrissenen Wolken verdeckt. Dennoch strahlte sein Licht weit über die großzügige Parklandschaft, die sich hinter der Auffahrt zu ihrem Anwesen erstreckte.

Beatrice war nicht unzufrieden. Ihr Leben verlief in wohlgeordneten Bahnen. Sie konnte sich nicht beschweren. Andrew war gesund und entwickelte sich zu einem munteren, aufgeweckten Jungen. Camden liebte ihn abgöttisch und las ihm jeden Wunsch von den Augen ab. Manchmal war Beatrice fast eifersüchtig auf ihren Sohn. Dann wünschte sie sich, dass Camden dieselben Gefühle auch für sie empfinden könnte. Sie hatte längst aufgegeben, sich zu fragen, weshalb ihr Mann sich ihr gegenüber immer so reserviert verhielt. Es musste seine Art sein, dass er mit ihr nicht so vertraut umgehen konnte, wie Amber und Rhys es miteinander taten. Im Grunde genommen war sie damit zufrieden, dass er sich alle Mühe gab, ihr ein guter Ehemann zu sein. Er beschenkte sie mit Schmuck und schönen Kleidern, ging mit ihr zu Ausstellungen und führte sie hin und wieder nach London ins Theater aus. Er war aufmerksam und immer loyal. Dass er sie so gut wie niemals mehr in ihren Räumen aufsuchte, war ihr sogar lieb. Sie hatte ihre gemeinsamen körperlichen Intimitäten niemals besonders genossen und ging davon aus, dass es Camden nicht anders ging. Doch was bedeutete das schon? Wichtig war nur das Leben, das sie als Familie führten.

Das Knirschen von Kies riss sie aus ihren Gedanken. Sie sah hinab und erkannte Camden und Malcolm, die gemeinsam auf der vom Mond beschienenen Kiesauffahrt standen. Sie standen nah beieinander und schienen sehr vertraut. Malcolm legte seine Hand auf Camdens Schulter und ließ sie dort liegen. Sie vermochte wohl ihre Stimmen zu hören, verstand aber nicht, was sie sagten. Ihr Gemurmel verriet, dass es beiden gut ging. Malcolm tut Camden gut, dachte Beatrice und erinnerte sich an den vergnügten Abend. Selten hatten sie so unbeschwerte Stunden erlebt. Wie abgekämpft er doch noch vor wenigen Stunden ausgesehen hatte, dachte sie. Und jetzt strahlte er vor neuer Lebensfreude. Auch sie hatte sich schon lange nicht mehr so gut amüsiert. Vielleicht bleibt er uns ja noch eine Weile erhalten.

Sie erhob sich, schloss leise das Fenster und machte sich daran, ihre Kleider abzulegen. Nicht weit von ihr, aber ungesehen, standen Malcolm und Camden auf der Auffahrt und gaben endlich ihren Gefühlen nach.

28

Xavier saß summend neben der Feuerstelle und sah Karunas Frauen beim Pressen und Rösten des Maniokmehls zu. Die gleichmäßigen Bewegungen der Frauen hatten eine beruhigende Wirkung auf ihn. Er fühlte sich wohl in ihrer Nähe, und er hatte Hunger. Das Fieber hatte seinen Körper endlich verlassen, und seine Kräfte kehrten langsam zurück. Doch wo war Cauré, der ihn zurück zu seiner Mama bringen wollte? Der Gedanke, dass sein Freund ohne ihn aufgebrochen sein könnte, machte Xavier Angst. Er sah sich hastig um, und als er ihn nirgendwo im Dorf entdeckte, ergriff ihn plötzliche Panik. Wie angestochen fuhr er hoch und stürzte sich schreiend auf den Dorfplatz. Sein Blick wanderte irr umher, während er laut nach Cauré rief und dabei wie wild um sich schlug. Die Frauen an der Maniokpresse riefen die kleinen Kinder zu sich und begannen zu schimpfen. Cauré, der mit einer Indianerin am Fluss nach Krebsen suchte, hörte den Aufruhr und eilte schnell herbei. Die Frau folgte ihm zögernd.

»Beruhige dich, mein Bruder! Es ist alles in Ordnung.«

Xavier beruhigte sich, als Cauré ihm auf die Schulter klopfte. Seine ruhige Stimme tat ihm gut.

»Wo warst du?«, klagte er weinerlich. »Ich hatte Angst, dass du alleine zu meiner Mama gehst.«

Die Indianerin hinter Cauré musste kichern. »Er ist wirklich verrückt.«

Ihr Lachen gefiel Xavier nicht. Mit zusammengekniffenen Augen blickte er Cauré an.

»Was will die Frau? Sie soll verschwinden und mich nicht anrühren!«

»Niemand fasst dich an«, versprach sein Freund. »Das ist Jandeira, und sie meint es gut mit dir.«

Xaviers Blick blieb skeptisch. »Ich mag sie nicht. Sie sieht dich so seltsam an. Ich glaube, sie will dich mir wegnehmen. Schick sie fort! Sie ist bestimmt eine Hexe, die dich verzaubert hat!« Rasch barg er seinen Kopf in den Händen, um die Frau nicht länger ansehen zu müssen. Er hörte allerdings, wie sie zu dem Feuer ging, um aus einem der irdenen Töpfe etwas zu holen. Der verführerische Duft von Süßkartoffeln stieg ihm in die Nase. Cauré strich ihm unterdessen immer wieder beruhigend über den Rücken.

»Jandeira ist keine Hexe«, erklärte er ihm geduldig. »Sie ist unsere Freundin. Sie meint es gut mit dir.« Xavier schüttelte unwillig den Kopf, blinzelte jedoch verstohlen zwischen seinen Fingern hindurch. Er mochte diese Frau nicht. Sie nahm ihm nur seinen Freund weg.

»Sie soll verschwinden«, verlangte er nochmals. »Sie ist böse.«

»Sieh mal, was ich hier für dich habe.« Die Stimme der Frau klang verführerisch wie die Schlange im Paradies. Bestimmt wollte sie ihm nur schmeicheln. Doch darauf fiel er nicht herein! Um ihr zu zeigen, was er von ihr hielt, streckte er ihr die Zunge raus. Satan würde ihn nicht in Versuchung bringen. Doch dann sah er die Süßkartoffel auf ihrer Hand, und sofort begann sein Magen laut zu rumoren. Oh, wie sehr er sich nach so etwas Leckerem sehnte! Die Kartoffel war ganz nah. Er musste nur schnell zugreifen, um sie zu ergattern. Er kniff die Augen zu einem winzigen Spalt zusammen und taxierte die dargebotene Frucht auf Jandeiras Hand. Mit einer raschen

Bewegung entriss er sie ihr und stopfte sie sich hastig in den Mund. Genüsslich kaute er die Kartoffel, doch sie reichte nicht aus, um seinen Hunger zu stillen.

»Möchtest du noch eine?«

Da war sie schon wieder, diese honigsüße Frauenstimme. War sie vielleicht doch keine Hexe? Mit schräg gelegtem Kopf beobachtete er, wie sie ihm eine weitere Kartoffel reichte. Dieses Mal zierte er sich nicht, sondern griff sofort danach. Jandeira ging zurück zum Feuer und brachte auf einem Bananenblatt etwas Affenfleisch und Kochbananen. Jetzt ließ Xavier jede Zurückhaltung fahren und griff gierig danach.

»Wenn du Caurés Freundin bist, bist du auch meine Freundin«, sagte er überzeugt. »Du darfst von nun an hierbleiben.« Es gefiel ihm, wie sie nun lachte. Dann stieg ihm jedoch wieder der Duft des Fleisches in die Nase, und er machte sich rasch darüber her.

»Was ist dem Napé widerfahren?«, wandte sich Jandeira an Cauré. »Was hat seinen Geist so verwirrt?«

»Mein Ziehbruder hat ihn mit einem Knüppel niedergeschlagen. Seither weiß er nicht mehr, was er tut«, erklärte Cauré knapp.

»Dann muss er dafür einen guten Grund gehabt haben.« Jandeira dachte an all die anderen Weißen, die bislang nur Unglück und Tod über die Menschen des Dschungels gebracht hatten.

»Er war anders, als wir es sind«, stimmte ihr Cauré nachdenklich zu. »Er sang gerne Lieder und versuchte uns von seinem Gott zu überzeugen, der mächtiger sein sollte als alle Geister des Waldes. Er sprach von der großen Liebe, die dieser Gott für alle Menschen empfand, und davon, dass er ihnen alle Qual und Schmerzen nehmen wollte. Ein paar meiner

Leute haben ihm vertraut – auch ich fand nichts Schlechtes an seinen Worten. Doch ich habe mich getäuscht. Der Napé hat uns in Wirklichkeit verflucht. Nachdem er zu uns gekommen war, brachen Krankheit und Streit in unserem Dorf aus. Und ich trage dafür die Verantwortung, weil ich ihn mitgebracht habe. Ich muss einen Weg finden, um diesen Fluch zu lösen. Deshalb bringe ich den Napé zu einem ihrer Shapori. Ich werde ihn bitten, mir zu helfen.«

Jandeiras Hände verkrampften sich bei seinen Worten.

»Die Napés bringen nur Unheil über unsere Stämme«, stellte sie verbittert fest. »Sie sind Mensch gewordene Dämonen, die uns unser Leben stehlen.«

»Sie passen nicht zu uns«, pflichtete ihr Cauré bei. »Deshalb bringe ich Xavier zurück. Die Napé sollen bleiben, wo sie sind.«

Jandeira lachte bitter auf. »Daran werden sie sich nicht halten. Die Napé überrennen längst unsere Wälder wie Ameisen ein sterbendes Tier. Sie bevölkern Orte, an denen vorher nur unsere Leute gelebt haben. Jag diesen dummen Napé davon!«

»Das kann ich nicht«, beharrte Cauré eigensinnig. »Es ist meine Bestimmung, Xavier zurück zu seinen Leuten zu bringen. Es ist der Wille der Xapiripé.« Er erzählte ihr von der hellhäutigen Frau, die immer wieder in seinen Träumen erschien. »Ich weiß, dass sie es ist, die mein Volk retten wird.«

Jandeira schwieg einen Augenblick. Seine Worte verwirrten sie. Außerdem war sie traurig, dass es ihr nicht gelungen war, ihn zum Bleiben zu überreden.

»Wann willst du aufbrechen?«, fragte sie schließlich betrübt.

»Morgen schon.« Cauré vermied es, sie anzusehen. Sie konnte seinen Schmerz über ihren bevorstehenden Abschied spüren. »Wirst du auf mich warten?«

Noch während Cauré die Frage stellte, wusste Jandeira, wo

in Zukunft ihr Platz sein würde. Entschieden schüttelte sie ihren Kopf.

»Nein, ich werde nicht auf dich warten«, antwortete sie mit fester Stimme. Neue Zuversicht durchströmte sie, weil sie sich sicher war, dass sie das Richtige tat. Erst als sie sah, wie sich Caurés Augen vor Entsetzen weiteten, begriff sie, dass er sie missverstanden hatte. Mit einem scheuen Lächeln legte sie ihm die Hand auf die Schulter. »Ich kann nicht auf dich warten, weil ich dich begleiten werde«, erklärte sie schlicht.

Cauré starrte sie erst ungläubig, dann mit einem breiten, glücklichen Grinsen an. »Dann willst du also mein Leben teilen?«

Jandeira nickte. »Ich kenne den Weg, der zu den Siedlungen der Napés führt. Wir können schon in wenigen Tagen dort sein. Je schneller wir den da loswerden, desto besser für uns.«

Sie ließ zu, dass er ihre Hände nahm und sie küsste.

»Du gehörst an meine Seite, so wie das Wasser zu den Fischen des Flusses gehört.«

Vor dem ersten Morgengrauen des nächsten Tages brachen die drei auf. Wie versprochen hatte ihnen Karuna einen Einbaum zur Verfügung gestellt. Dazu Kochbananen, Papayas und Maniokmehl für die nächsten Tage. Zum Abschied überreichte der Kasike Cauré Tabak und eine Kalebasse mit frisch zubereitetem Pfeilgift. Im Gegenzug schenkte Cauré dem Häuptling eine Kräutermischung, die er eigens zusammengestellt hatte, um ihm Linderung gegen seinen hartnäckigen Husten zu verschaffen. Sie gingen als Freunde auseinander, und Cauré musste Karuna versprechen, auf seiner Rückreise noch einige Zeit bei seinem Stamm zu verbringen. Als die Sonne mit Pastelltönen den Himmel zum Morgengruß verfärbte, hatten sie das Dorf schon ein ganzes Stück hinter sich gelassen.

Cauré sah, dass der Tukan ihnen folgte, und nahm es als gutes Zeichen. Solange er in ihrer Nähe war, bedeutete es, dass die Geister des Waldes und seine utupé ihnen Schutz boten. Mit kräftigen, gleichmäßigen Paddelschlägen steuerte er ihr Boot mehrere Stunden lang flussabwärts. Das Wasser floss träge dahin, sodass er nicht viel zu tun hatte. Jandeira saß vorne am Bug, während Xavier zwischen ihnen beiden hockte und interessiert auf das Wasser starrte. Die Fahrt mit dem Boot gefiel ihm, denn er lachte viel und fing auch wieder an, seine schrecklichen Lieder zu singen. Jandeira hielt sich genervt die Ohren zu. Cauré reichte Xavier rasch etwas Kautabak, den dieser sich in den Mund stopfte und dann endlich verstummte.

Als die Sonne senkrecht über ihnen stand, erreichten sie eine Stelle, an der sich der Fluss gabelte. Jandeira wies Cauré an, dem linken Arm bis zu der Stelle zu folgen, an der ein riesiger Kapokbaum seine Brettwurzeln bis zum Wasser ausstreckte. Seine Zweige und Äste waren von verschiedenen Lianen- und Bromelienarten überwuchert und gaben dem Urwaldriesen das Aussehen eines zottigen Ungeheuers. Unter dem herabhängenden Gestrüpp mündete, kaum sichtbar, ein etwas schmalerer Seitenarm in ihr Gewässer. Diesem folgten sie flussaufwärts.

Cauré musste nun gegen die Strömung paddeln. Jandeira griff nach dem zweiten Paddel und half mit. Wegen des schmalen Flussverlaufs rückte die Vegetation nun näher an sie heran. Dichtes, dunkles Gebüsch ragte auf beiden Uferseiten wie Steilwände empor. Sie berührten einander fast. Dazwischen war nur noch ein schmaler Streifen Himmel zu sehen. Mit dem geübten Auge eines Jägers hatte Cauré immer die im Gestrüpp verborgenen Tiere im Auge. Er achtete darauf, dass ihre Köpfe nicht zu viele Äste berührten, um nicht ungebetene Gäste wie Spinnen oder Giftschlangen in ihr Boot einzuladen. Die fingerdicke Lianenschlange war von den herabhängenden Lianen kaum zu unterscheiden und hochgiftig. Auch die tödliche Jararaca-Lanzenotter lebte in den Bäumen und Büschen nahe des Wassers. Als Junge war Cauré oft mit Takawe losgezogen, um diese Schlangen zu fangen. So tödlich der Biss der Jaracara-Lanzenotter auch war, so hilfreich konnte das Gift sein, wenn man kleinste Mengen davon mit zerstampften Heilpflanzen vermischte. Die Hapuweteri benutzten diese Medizin zur Stärkung eines schwachen Herzens.

Schrilles Pfeifen und lautes Keckern kündigte plötzlich eine Horde von Totenkopfäffchen an. Kurze Zeit später bebte die grüne Wand zu ihrer rechten Seite. Äste und kleine Zweige brachen und flogen zu ihnen herab, während sich die kleinen Affen geschickt mit ihren langen Schwänzen durch das Geäst hangelten. Neugierig verfolgten die Primaten den Weg des Bootes, denn sie hatten schon bald die Bananen und Früchte darin entdeckt. Lautstark schienen sie darüber zu beratschlagen, wie sie an die begehrte Nahrung herankommen konnten. Jandeira legte rasch die Hängematten über den Korb mit Früchten, um sie vor einem plötzlichen Angriff von oben zu schützen. Die Äffchen wurden immer wagemutiger. Einmal gelang es einem von ihnen, in ihr Boot zu springen und sich dem Korb zu nähern. Cauré vertrieb ihn mit seinem Paddel. Den Tumult nutzten zwei andere Tiere, um ebenfalls an Bord zu springen und rasch in den Korb zu greifen. Kreischend vor Freude machten sie sich mit ihrer Beute davon. Cauré knurrte ärgerlich, während Xavier über den Besuch der Affen höchst entzückt war.

»Die Gesichter dieser Affen erinnern mich an den Schädel, den Abbé Gustavo auf seinem Schreibtisch hatte«, kicherte er und spielte damit auf die totenkopfähnlichen weißen Gesichtsmasken der Äffchen an.

Noch bevor die Sonne untergegangen war, fanden sie eine breite Sandbank, die sich als Lagerplatz eignete. Cauré zog das

Boot die Böschung hinauf und machte sich sofort daran, mit seinem Messer einen Stock zuzuspitzen. Er wollte das restliche Tageslicht nutzen, um einige Fische zu harpunieren. Jandeira sammelte unterdessen gemeinsam mit Xavier Feuerholz. Als sie wenig später durch das Reiben zweier Hölzer Feuer gemacht hatte, kehrte Cauré mit ein paar ansehnlichen Fischen zurück. Jandeira hüllte sie in Blätter und legte sie ins Feuer. Nach dem Essen hängten sie ihre Hängematten zwischen die Bäume und legten sich schlafen.

Mit dem ersten Morgengrauen standen sie wieder auf, um ihre Reise fortzusetzen. In diesem Rhythmus vergingen die folgenden Tage. Trotz der Anwesenheit des Napé genoss Cauré das Zusammensein mit Jandeira. Sie verstanden sich ohne große Worte. Ihre Gedanken waren immer eins. Was für ein Glück, dass die Xapiripé mir diese Frau gezeigt haben, dachte Cauré voller Glück. Ihm war, als kenne er sie schon sein ganzes Leben lang. Sobald Xavier eingeschlafen war, gab Jandeira ihm ein Zeichen und lockte ihn ein Stück weit in den Wald. Dort begannen sie sich auf Palmblätter gebettet zu lieben. Auf diese Weise entdeckte Cauré jede Nacht neue Seiten an seiner Geliebten. Er wünschte sich, dieses Glück möge nie vergehen.

Die ersten Tage ihrer Reise blieb der Tukan ihr ständiger Begleiter. Mal flatterte er neben ihrem Boot her, mal flog er in den Wald auf Nahrungssuche, um sich dann wiederum auf Caurés Schulter oder den Bootsrand niederzulassen. Das Tier zeigte sich mittlerweile auch Jandeira und Xavier gegenüber zutraulich, weil beide ihn immer wieder mit Nüssen oder anderen Leckereien anlockten. Dafür ließ er sich sogar am Hals kraulen. Im Laufe der Zeit änderte sich das Gesicht des Waldes. Der Bewuchs wurde weniger dicht, weil Menschen große Flächen gerodet hatten. Immer wieder passierten sie Waldlichtungen, die bis an den Fluss reichten. Hier war das Jagdrevier einer Harpyie. Ihr schriller Ruf hallte wie eine Drohung durch den Wald. Sobald Caurés Tukan ihren durchdringenden Schrei vernahm, verfiel er in helle Panik. Aufgebracht flog er auf und brachte sich mit ungelenken Flugbewegungen in Sicherheit. Cauré gab sich große Mühe, ihn in das Boot zurückzulocken, doch der Tukan ließ sich nicht besänftigen. Er flog davon und verschwand.

Sie paddelten weiter. Der Urwald um sie herum erschien ihm mit einem Mal wie tot und verlassen. Eine ungewöhnliche Stille machte sich breit und hinterließ in dem Hapuweteri ein Gefühl der Leere. Da war etwas, was ihm Angst einflößte. Sein Blick wanderte rundum, bis hoch in die Baumwipfel. Da sah er im Geäst eines toten, silbergrauen Baumes die Harpyie sitzen. Im nächsten Augenblick traf ihn der Geist des riesigen Greifvogels wie ein Keulenschlag. Ihre gelben, durchdringenden Augen saugten ihn förmlich auf. Er spürte eine große, zornige Kraft, die sich gegen ihn und seine Begleiter richtete. Es war eine unmissverständliche Drohung, die von ihr ausging. Cauré stemmte sich dagegen und versuchte, in den Geist des Raubvogels einzudringen. Vergeblich. Plötzlich begriff er, dass dieser utupé ihn warnen wollte. Doch wovor? Der eben noch so laute Wald war immer noch von gespenstischer Stille erfüllt. Jandeira war es ebenfalls aufgefallen. Sie sah erst den Greifvogel, dann ihn ängstlich an. Die Harpyie richtete bedrohlich den schwarz-weißen Federschopf ihres Hinterkopfes auf. Wie ein schwarzer Mantel lag ihr Gefieder über den Schultern und der Brust; der Bauch selbst war weiß, die kräftigen Beine bis zu den gelben Krallen gestreift. Noch einmal ließ die Harpyie einen grellen Schrei los, dann erhob sie sich in die Lüfte. Die Flügelspannweite war größer, als ein Mann lang war. Cauré fröstelte. Nie hatte er einen größeren Vogel gesehen. Die Warnung des Vogels blieb wie ein langgezogenes Echo in der Luft hängen. Kurz darauf setzte wieder das Summen der Insekten und Zwitschern der Vögel ein. Zweige und Äste knackten wieder, und im Wasser regte sich neues Leben. Mit einem mulmigen Gefühl paddelten sie weiter.

Es war Ende der Trockenzeit und der Wasserstand der Flüsse ungewöhnlich niedrig. Die großen Ströme und Nebenflüsse hatten sich weit in ihre Flussbetten zurückgezogen und Sandinseln und breite Strände vor Steilufern freigelegt. Dieser Umstand zwang die Reisenden zu oft beschwerlichen Umwegen. Manchmal fragte sich Cauré, ob Jandeira den Weg zu den Napé wirklich kannte, weil sie mehrfach in entgegengesetzten Richtungen fuhren. Doch dann näherten sie sich endlich den ersten Siedlungen, die nicht von Waldmenschen bewohnt wurden. Jandeira hatte ihm erzählt, dass die Flussmenschen oder Caboclos, wie sie die Bewohner nannte, schon seit vielen Generationen an diesem Teil des Flusses lebten. Sie waren keine Weißen wie Xavier, sondern Mischlinge, Kinder von Weißen und Indianern, aber auch von Indianern und dunkelhäutigen Menschen, die die Weißen als Sklaven hierhergebracht hatten. Da sie keinem richtigen Stamm zugehörten, hatten sie sich mit ihren Familien als Fischer und Jäger am Fluss niedergelassen. Sie trugen Kleider wie Xavier und besaßen Feuerwaffen, deren Kraft er ja bereits gespürt hatte.

Cauré sah zum ersten Mal Häuser aus Holz mit Türen und Fenstern, die sich verschließen ließen. Er fragte sich mit Grauen, was die Menschen wohl dazu brachte, sich freiwillig in diese Kisten zu begeben. Xavier dagegen geriet beim Anblick der ersten Häuser vor Freude außer sich. Er sprang erregt von seinem Platz im Boot auf und wäre um ein Haar über Bord gefallen, wenn Cauré ihn nicht festgehalten hätte.

»Meine Mama!«, rief der Verrückte begeistert. »Bald werde ich meine Mama sehen!«

Während ihrer Reise versuchten Jandeira und Xavier Cauré weiterhin die Sprache der Flussmenschen beizubringen. Es fiel ihm nicht leicht, aber nach und nach erlernte er einige Brocken. So erfuhr er auch, dass Jandeiras Eltern, obwohl sie Indianer gewesen waren, ebenfalls als Caboclos gelebt hatten.

»Meine Mutter wollte nicht zu den Tucano weit in den Norden gehen«, erklärte sie Cauré, »und ihr Stamm hatte sich aufgelöst. Also lebten sie allein mit uns am Fluss. Es war eine schöne Zeit.« Ihr Blick verschleierte sich, während sie ihm das erzählte.

Wenig später trafen sie auf zwei Fischer in einem Boot. Die beiden Caboclos steuerten neugierig auf sie zu. Als Cauré sah, dass sie eine Donnerwaffe in ihrem Boot liegen hatten, griff er sofort nach seinem Bogen. Jandeira warf ihm einen warnenden Blick zu. Er senkte die Waffe, legte sie jedoch griffbereit neben sich.

»Oi«, begrüßte sie einer der Männer. Sein schiefes Grinsen entblößte eine Reihe schiefer Zähne. Er war ein hagerer Mann mit einem Schnauzbart. Seine dünnen Arme waren so dicht mit Haaren bewachsen wie das Fell eines Affen. Der andere Fischer grüßte ebenfalls. Er war kleiner und etwas jünger als sein Begleiter. Seine kräftige Statur und das kantige Gesicht standen in seltsamem Gegensatz zu seinen weichen, wulstigen Lippen.

»Was macht ihr hier in dieser Gegend?«, fragte der Hagere, der sich als José vorstellte. Jandeira teilte ihm in knappen Worten mit, dass sie die nächste größere Siedlung anzusteuern gedachten.

»Könnt ihr uns sagen, wie weit sie noch entfernt ist?«

»Etwa zwei Tagesreisen von hier ist ein Ort mit Namen Paratuba«, gab José bereitwillig Auskunft. »Allerdings ist der Weg dorthin nicht ungefährlich. Es gibt unberechenbare Stromschnellen, und ihr müsst durch das Gebiet von Carlos dos Santos. Er und seine Männer sind mal wieder auf der Suche nach Seringueiros.«

Jandeira erblasste bei dem Wort »Seringueiro«. Cauré sah ihr ihre Angst an. Jandeira hatte ihm unterwegs einiges über die Kautschuksammler, die Seringueiros, erzählt. Er wusste, dass die meisten Männer nicht freiwillig das weiße Gold der Bäume einsammelten, sondern von bewaffneten Kriegern dazu gezwungen wurden. Die Arbeit in den mückenverseuchten Wäldern war anstrengend. Viele starben an ansteckenden Krankheiten. Aus diesem Grund bestand ein ständiger Bedarf an neuen Arbeitskräften. Vor allem Indianer waren begehrt, weil sie an das Leben im Wald gewöhnt waren.

»Dann werden wir während der Nacht reisen«, entschied er kurzerhand. »Frag den Mann, ob die Strömungen das zulassen.«

»Das ist unmöglich«, warnte sie der Hagere. »Die Strömung wird flussabwärts immer stärker, weil der Fluss sich zwischen engen Felswänden durchwinden muss. Felsen blockieren den Lauf, außerdem gibt es gefährliche Stromschnellen. Ihr würdet nicht weit kommen.«

»José hat recht«, bestätigte der Jüngere, der sich Nunio nannte. »Selbst am Tag ist der Weg gefährlich.«

Cauré beobachtete, wie der Hagere seinem Freund kurz zuzwinkerte. In Nunios Augen flackerte kurz etwas auf.

»Am besten bleibt ihr bis in die frühen Morgenstunden in unserem Lager. José und ich haben genügend Platz. Wenn ihr zwei Stunden vor dem Einsetzen der Dämmerung aufbrecht, erreicht ihr mit dem ersten Tageslicht den Beginn der Stromschnellen. Bis zum Abend seid ihr sicher in Paratuba.«

Cauré gefiel die Vorstellung nicht, bei den Fischern zu bleiben. Vor allem der Hagere konnte seine Augen kaum von Jandeira lassen. Er wollte lieber noch ein Stück flussabwärts fahren und dort ihr Lager aufschlagen. Doch Xavier machte ihm einen Strich durch die Rechnung.

»Lass uns die Einladung annehmen«, bettelte er. »Mein Hintern schmerzt, und ich habe schrecklichen Hunger. Meine Mama möchte nicht, dass ich Hunger leide.«

»Hat der Alte einen Vogel?«, wollte José von Jandeira wissen. Er warf Xavier einen mitleidigen Blick zu.

»Er ist seit einem Schlag auf den Kopf verrückt. Wir wollen ihn zu dem Shapori seines Volkes bringen. Er glaubt, dort wohnt seine Mutter.«

»Das tut sie auch«, versicherte Xavier treuherzig. »Aber heute schlafen wir bei den lieben Männern, nicht wahr? Habt ihr auch etwas Anständiges zu essen?«

»Bohnen und Fisch, wenn du dafür bezahlen kannst«, knurrte Nunio ungehalten. »Da könnte ja jeder kommen und …«

»Wir teilen unser Essen gerne mit euch«, mischte sich José rasch ein und schnitt seinem Begleiter das Wort ab. »Wir haben genügend Fisch für uns gefangen, nicht wahr?«

»Ich möchte lieber weiter«, sagte Cauré. Doch auch Jandeira war anderer Meinung.

»Mit den Seringueiros ist nicht zu spaßen«, sagte sie. »Ich habe Angst vor ihnen.« Etwas leiser, aber sehr eindringlich fügte sie hinzu: »Solche Männer haben meine Familie getötet …«

Cauré musste einsehen, dass er überstimmt war. Vielleicht waren seine Befürchtungen wegen der Männer ja unbegründet. Außerdem wollte er nicht, dass sich Jandeira unnötig ängstigte. Also stimmte er zu. Tatsächlich erwiesen sich José und Nunio als freundliche Gastgeber. Sie begleiteten sie zu einem Holzsteg, wo sie ihr Boot vertäuen konnten. Der Steg führte zu zwei Hütten, die von hohen Stelzen getragen wurden. Sie standen auf einer zurückgezogenen Lichtung. Während der

Regenzeit, wenn der Fluss stark anstieg, reichte das Wasser bis zu der Plattform, die die Hütten umgab. Doch nun herrschte Niedrigwasser, und man musste die Hütten über Leitern erreichen. José bot ihnen eine der Hütten als Schlafplatz an, doch Cauré weigerte sich, sie auch nur zu betreten. Er zog es vor, mit Jandeira am Waldrand zu campieren, und entfachte dort ein Feuer. Xavier war hingegen von dem Angebot begeistert. Er kletterte den Männern sofort hinterher in die Hütte. Kurz darauf hörten sie ihn mit den Fischern scherzen. Nach Sonnenuntergang brachte ihnen José eine Schale mit gekochten Bohnen, Süßkartoffeln und Fisch aus der Hütte.

»Ihr werdet bestimmt Hunger haben«, gab er sich großzügig und setzte sich zu ihnen ans Feuer. Während sie sich hungrig über das Essen hermachten, erzählte ihnen José, dass Nunio und er schon seit einigen Monden hier am Fluss lebten. Dann fragte er sie nach ihrem Leben aus. Cauré antwortete nur einsilbig. Er bat stattdessen Jandeira, den Caboclo über die Siedlung der Napés zu befragen. Als er hörte, dass es dort auch Shapori gab, die von den Caboclos Priester genannt wurden, war er zufrieden. Es sah ganz so aus, als würden sie bald ihr Ziel erreicht haben.

Das Essen der Flussmenschen war scharf gewürzt und machte Durst. Cauré wollte nach der Kalebasse mit Wasser greifen, doch José bot ihm ein grünes, durchsichtiges Behältnis an.

»Trink lieber das hier! Das wird deine Kräfte stärken«, behauptete er und nahm selbst einen großen Schluck davon. Cauré griff danach und schnupperte an der Flüssigkeit. Sie roch stärker als das Bier, das sie in seinem Dorf herstellten. Vorsichtig probierte er einen Schluck. Er hustete. Das Zeug war scharf und brannte in seiner Kehle, aber es wärmte auf angenehme Art seinen Magen. José lachte und nahm die Flasche wieder an sich, um selbst noch einmal davon zu trinken.

»Das ist Cachaca«, erklärte er. »Den hat Nunio selbst gebrannt.«

Er reichte die Flasche wieder an Cauré zurück. Dieser wollte ablehnen, weil er sich bereits leicht benebelt fühlte. Doch José drängte ihn.

»Es ist bei uns Sitte, dass wir mit unseren Gästen trinken«, sagte er.

Cauré nickte. José hatte recht. Sie waren Gäste der Flussmenschen und durften sie nicht beleidigen. Vom Inneren der Hütte hörte er Xavier lachen. Er schien sich mit Nunio bestens zu unterhalten. Alles war friedlich. Er nahm die Flasche und setzte sie großzügig an seine Lippen. Dieses Mal rann es schon leichter die Kehle hinab. Das Gebräu war gar nicht so übel. Es ließ ihn die Anstrengungen der letzten Tage vergessen. Er reichte die Flasche Jandeira, die ebenfalls einen kräftigen Schluck nahm, den Inhalt jedoch sofort wieder angeekelt ausspuckte.

»Das ist nur was für echte Kerle!«, lachte José, trank und reichte die Flasche wieder an Cauré.

»Trink leer! Ich habe oben noch mehr.«

Cauré gehorchte. Doch kaum hatte er die Flasche abgesetzt, begann sich alles in seinem Kopf zu drehen. Er musste die Augen schließen, bevor er wieder klar sehen konnte. José klopfte ihm anerkennend auf die Schulter.

»Du hast eine wunderschöne Frau«, schmeichelte er ihm. Dabei sah er begehrlich auf Jandeiras Brüste. Das brachte Cauré wieder kurz zur Besinnung.

»Lass die Augen von meiner Frau«, forderte er mit lallender Stimme.

José hob beschwichtigend die Arme. »Ist ja gut«, brummte er. »Ich werde sie nicht wieder ansehen.«

Cauré versuchte ihm einen drohenden Blick zuzuwerfen. Doch als er Josés Gesicht fixieren wollte, verschwammen dessen Gesichtszüge und lösten sich in undeutliche Konturen auf.

»Zeit, schlafen zu gehen, Jandeira«, murmelte er benommen.

Was machte das Getränk nur mit ihm? Sein Körper fühlte sich mit einem Mal schwer und kraftlos an. Er versuchte sich aufzurappeln, knickte jedoch sofort wieder ein. Jandeira war sofort bei ihm und half ihm auf.

»Was ist mit dir?«, fragte sie besorgt. Cauré bekam den vorwurfsvollen Blick in Josés Richtung nicht mehr mit. »Was hast du ihm gegeben?«

»Es ist nicht meine Schuld, wenn er den Schnaps nicht verträgt«, hörte er José undeutlich sagen. Klang da nicht Hohn in seiner Stimme? »Ihr werdet dadurch hilflos wie Kinder. Und genau das macht es uns jetzt leicht.«

»Was habt ihr vor?« Jandeiras Stimme klang voller Angst. José lachte grob und rief nach Nunio. »Der Indio ist besoffen genug. Carlos wird sich freuen.«

Cauré versuchte sich auf den Fischer zu konzentrieren. Ihm dämmerte langsam, dass nichts mehr in Ordnung war. Er sah, wie Jandeira von ihm weggestoßen wurde. Wütend wollte er sich auf den Fischer werfen, um ihn zu Boden zu stoßen. Doch seine Schritte waren ungelenk. Bevor er José erreicht hatte, holte der mit der Faust aus und ließ sie krachend auf seinen Kiefer prallen. Cauré hörte noch Jandeiras entsetzten Aufschrei, dann sank er in bleierne Ohnmacht.

29

Nach dem unerfreulichen Gespräch mit Ambrosio Eduardo verließ Tiago de Andrade eilig das Bankgebäude. Er brauchte dringend frische Luft, um wieder einen klaren Kopf zu bekommen. Er beschloss, ein paar Schritte zu Fuß zu gehen, auch wenn die heiße Äquatorsonne unbarmherzig auf die Stadt herabbrannte. Dabei hatte er weder Augen für die prachtvollen Gebäude und vornehmen Geschäfte, die die Hauptstraße säumten, noch für die Passanten und Fuhrwerke, die die blau blühenden Jacarandaalleen belebten. Die unvorhergesehene Pleite der französischen Volksbank machte sämtliche Zukunftspläne zunichte. Die Gewissheit, dass er nun mit dem Rücken zur Wand stand, brachte ihn so auf, dass er seine Erregung kaum noch unter Kontrolle bekam.

Es machte ihn rasend, wenn ihm die Dinge entglitten. Schon als Kind hatte er das nicht ertragen können. Das Gefühl der Ohnmacht wurde so stark, dass er das dringende Bedürfnis verspürte, ein Ventil zu finden, das ihm half, sich abzureagieren. Danach würde er seine Emotionen leicht wieder in den Griff bekommen. Äußerlich gelang es ihm noch, sich zu beherrschen, doch das Bewusstsein, dass er durch eine unbedachte Fehlinvestition alles verloren hatte, fraß sich wie ätzende Säure in sein Gehirn. Nur seiner Kaltschnäuzigkeit war es zu verdanken, dass es ihm gelungen war, Eduardo so unter Druck zu setzen, dass er ihm wenigstens einen Überbrückungskredit eingeräumt hatte. Das Geld würde ihm jedoch nur kurze Zeit über die Runden helfen. Es änderte nichts an der Tatsache, dass er pleite war. Die nächste Kautschukfracht würde zwar Gewinne einbringen, aber längst nicht genug, um seinen kostspieligen Lebenswandel weiterhin aufrechtzuerhalten.

Zu allem Überfluss saß ihm jetzt auch noch dieser Callahan im Nacken. Er hatte ihn unmissverständlich dazu aufgefordert, ihm umgehend seine Einlagen wieder zurückzuzahlen. Das Recht stand auf seiner Seite, denn Tiago hatte dessen Geld anders verwendet, als er es ihm versprochen hatte. Er konnte nur hoffen, dass seine Anwälte Mittel und Wege fanden, um eine schnelle Rückerstattung zu verhindern. Und dann war da noch die anstehende Hochzeit von Miou und seinem Freund Carlos. Die Hochzeit war bereits in aller Munde. Wenn seine gesellschaftliche Stellung in Manaus nicht leiden sollte, durfte er es dabei an nichts fehlen lassen. Nicht nur Carlos dos Santos, sondern auch der Gouverneur erwarteten ein rauschendes Fest. Gerade jetzt durfte er auf gar keinen Fall die Gunst des Gouverneurs verlieren. Gerade jetzt nicht!

Die momentane Situation zwang ihn mehr denn je dazu, weiter zu expandieren. Es war Sache des Gouverneurs, ihm weiteres Land zuzusprechen, auf dem er Kautschuk ernten konnte. Leider hatte er einen mächtigen Konkurrenten um die besten Wälder, einen steinreichen Deutschen, der sich ebenfalls ausnehmend gut mit dem Gouverneur verstand. Tiago machte sich diesbezüglich nichts vor. Wenn er nicht ausreichend Bestechungsgelder in die richtigen Stellen pumpte, hatte sein Konkurrent eine bessere Ausgangslage. Dessen Sohn, munkelte man, war mit der Tochter des Gouverneurs so gut wie verlobt. Das alles sah gar nicht gut aus. Wenn es ihm nicht gelang, den Kautschukumsatz in den nächsten Monaten zu verdoppeln oder eine andere Geldquelle aufzutreiben, würde er seine Verluste nie ausgleichen können. Dazu brauchte er nicht nur neues Land, sondern noch mehr Seringueiros. Carlos wartete bereits auf die Waffen und die Munition, die er dafür extra aus Europa mitgebracht hatte.

De Andrade befand sich mittlerweile in der Nähe des Stadtparks. Am Ende einer Allee von schlanken Königspalmen befand sich der Club, in dem sich um diese Zeit alle wichtigen Personen des öffentlichen Lebens trafen. Dort erfuhr man nicht nur den üblichen gesellschaftlichen Klatsch und Tratsch, sondern auch die wichtigsten politischen Neuigkeiten. Im Grunde genommen wurden dort viele politischen Entscheidungen getroffen und alle wesentlichen Geschäfte angebahnt. Er blieb für einen Augenblick stehen, um seine innere Anspannung unter Kontrolle zu bekommen. Doch es wollte ihm einfach nicht gelingen. Er war zu aufgewühlt und unruhig. Die drohende Niederlage schmerzte wie ein Dorn in eitrigem Fleisch. Dadurch hatte er sich der Lächerlichkeit preisgegeben – genauso wie es sein Vater mit ihm als Junge gemacht hatte.

Vor seinem inneren Auge richtete sich plötzlich wieder der alte Patriarch vor ihm auf. Unerbittlich und hart, mit einem spöttischen Zug um seine Lippen, wenn er ihn betrachtete. Sein Vater hatte nie einen Hehl daraus gemacht, dass er ihn verachtete und für einen Versager hielt, nur weil er nicht so schmeichlerisch veranlagt gewesen war wie sein verhasster älterer Bruder. Tiago begann zu zittern. Wenn die Erinnerungen an die Demütigungen seiner Kindheit ihn überwältigten, hatte er dem nichts mehr entgegenzusetzen. Er fühlte ohnmächtige Wut und erbärmliche Hilflosigkeit zugleich in sich aufsteigen. Schweiß brach ihm aus allen Poren. Er fuhr sich mit seinem Taschentuch über die Stirn und fächelte sich mit dem Hut Luft zu. Was war er nur für ein Versager, dass er so viel Geld leichtfertig aufs Spiel gesetzt hatte? Der Bankrott der Bank warf ihn um Jahre zurück. Wenn er wenigstens Eduardo hätte Vorwürfe machen können! Aber nein! Es war ganz allein seine Idee gewesen, all das Geld in die Aktien der Crédit Mobilier zu investieren. Es war ein aufregendes Spiel gewesen, das er nun verloren hatte.

Seine Anspannung war so groß, dass er plötzlich ein unliebsames Ziehen in der Lendengegend spürte. Peinlich berührt sah er sich nach anderen Menschen um. Nicht jetzt, dachte er verärgert, doch seine Erektion war bereits unübersehbar. Er konnte sie nicht kontrollieren und wusste, dass es nur einen Weg gab, um die innere Anspannung loszuwerden. Er versuchte, tief durchzuatmen, doch es wurde nicht besser. Hastig sah er sich nach einer Kutsche um. Anstatt den Park in Richtung Club zu durchqueren, kehrte er zu der Hauptstraße zurück und hielt weiter Ausschau. Mit dem breitkrempigen Panamahut verdeckte er sein sichtbares Verlangen. Nicht weit von ihm stand ein offener Duc, in den er umgehend einstieg. Er gab dem Kutscher eine Adresse in der nördlichen Altstadt und war froh, als das Gefährt endlich anfuhr. Während sie über die kopfsteingepflasterten Straßen holperten, gelang es ihm vorübergehend, seine Erregung unter Kontrolle zu halten. Doch er wusste, dass er erst wieder Ruhe finden konnte, wenn er seinen Trieb abreagiert hatte.

Endlich hielt der Duc vor einem Gebäude, das zweifelsohne schon einmal bessere Zeiten gesehen hatte. Von dem einst herrschaftlichen Haus blätterte der blaue Putz, während der Garten mit seinen Palmen und Bananenstauden ebenso verwahrlost wirkte wie der Portikus, der den Eingang überwölbte. Doch alldem schenkte Tiago keinen Blick. Er stieg mit eiligen Schritten die Treppen hinauf und betätigte ungeduldig den glanzlosen Türklopfer. Mit einem kurzen Blick vergewisserte er sich, dass ihn beim Betreten des Gebäudes niemand sah. Nur wenige Augenblicke später wurde ihm geöffnet.

»Na, sieh einmal einer an, wen haben wir denn da?« Eine hochgewachsene Mulattin, etwa in seinem Alter, begrüßte ihn mit laszivem Blick. »Ich dachte schon, dir wäre etwas zugestoßen!«, fügte sie halb spöttisch, halb verächtlich hinzu. Ihr nachlässig gebundener Seidenbademantel rutschte ihr dabei ein wenig über die Schulter und gab den Blick auf ihre üppigen Brüste frei.

»Nun lass mich schon rein, Doña Lucinda«, knurrte Tiago ungeduldig und schob sich an der stark geschminkten Frau vorbei ins Innere des Hauses. Doña Lucinda ließ ihn gewähren. Ihre schlanken Finger fuhren durch ihre nachlässig hochgesteckten Haare. Dabei musterte sie ihn aus schräg geschnittenen, grünen Augen, die sowohl ihre europäische als auch ihre indianische Herkunft verrieten. Ihre schlanke Figur, der katzenhafte Gang und die vollen Lippen erinnerten dagegen an ihre afrikanischen Ahnen. Kaum befand sich Tiago im Inneren des recht verwahrlosten Etablissements, umfasste er die schlanke Taille der Hure und zog sie gierig an sich heran. Dabei ging er nicht zimperlich vor.

»Ich brauche dringend etwas Abwechslung, Doña Lucinda«, stöhnte er, vor neuer, schmerzlicher Lust ergriffen. Im gleichen Maße der Erregung stieg stets auch sein Bedürfnis, andere zu quälen. Seine Zunge kreiste auf Doña Lucindas nackter Halsbeuge, bevor er seine Zähne unvermittelt in ihren Hals grub. Dabei umfasste er in einem harten Klammergriff ihre Brust.

»Mäßige dich!«

Doña Lucinda trat ihm mit dem Knie gerade so fest in den Schritt, dass er aufjaulend losließ, aber nicht weiter verletzt wurde. Ehe er sich's versah, schlug sie ihm mit der Peitsche, die sie in der Hand hielt, auf die Finger. Tiago keuchte wütend, gleichzeitig verlieh ihm der Schmerz ein erhabenes Gefühl. Doña Lucinda schob ihn von sich und musterte ihn mit zusammengekniffenen Augen.

»Du musst ja ganz schönen Notstand haben, wenn du dich schon an mir vergreifen willst!«, spottete sie. »Was ist geschehen, dass du so aufgewühlt bist? Ich habe dich schon lange nicht mehr so rasend erlebt.«

Sie sah an ihm herunter und heftete geringschätzig ihren Blick auf sein geschwollenes Gemächt. Seine Lust war so greifbar wie eine reife Frucht. Tiago ertrug es kaum, wie sie ihn ansah. Er musste seine Lust niederzwingen, um nicht einfach über dieses Miststück herzufallen, das es wagte, sich über ihn lustig zu machen. Er hasste sich dafür, dass er seinen Trieben so ausgesetzt war, aber nur wenn er sie befriedigte, würden die Teufel, die ihn quälten, ihn in Ruhe lassen.

»Bring mir ein frisches Mädchen, je jünger, desto besser, am besten eine, die noch nicht richtig zugeritten wurde. Aber beeil dich!«

Doña Lucinda lachte herb und klatschte in die Hände. Sofort erschien ein schwarzer, muskelbepackter Hüne. Sobald er Tiago sah, verfinsterte sich sein Blick.

»Bring den Marquis in das Sonderzimmer, Samson«, befahl sie, ohne dem Riesen auch nur einen Blick zuzuwerfen. »Und sorg dafür, dass Melissa sich bereit macht.«

»Melissa?« Dem Schwarzen schien die Anweisung nicht zu gefallen. »Sie ist noch nicht mal einen Tag hier! Außerdem ist sie viel zu jung …«

»Tu, was ich dir sage«, unterbrach ihn Doña Lucinda ungerührt. »Der Marquis wird sie mit Gold aufwiegen, nicht wahr?«

Am späten Nachmittag kehrten Rhys und Sebastian von ihrem Ausflug nach Belém zurück. Die beiden Männer gesellten sich zu Amber auf die große Veranda. Dort saß sie im Schutz eines Sonnendaches vor ihrer Reisestaffelei und vollendete gerade mit ein paar letzten Pinselstrichen ein zartes Aquarell. Es zeigte den Blick vom Garten aus über die weitläufige Amazonasmündung mit dem großartigen Wolkenspiel darüber. Graue und weiße Wolkenfetzen zogen in unterschiedlichen Formationen über den coelinblauen Himmel landeinwärts. Sie verliehen der Szenerie etwas Dramatisches, während sich in der Baia do Marapatá die graugrünen Gewässer der zahlreich in die Amazonasmündung einfließenden Flüsse mit dem dunkelblauen Meerwasser vermengten. Wie ein riesiger See lag das ruhig fließende Gewässer vor ihnen. Ein Segel- oder Dampfschiff passierte die Mündungsbucht, ansonsten gehörte das Wasser den Fischern, die in langgestreckten schmalen Booten ihre Netze auswarfen, und den zahlreichen Vögeln, die darüber hinwegzogen.

Amber hatte den Fokus ihres Aquarells auf den wolkenüberzogenen Strand gelegt. Dadurch, dass die Regenzeit noch nicht begonnen hatte, war der Wasserstand niedrig und gab ausgedehnte Sandflächen frei, auf denen eine ganze Armee von Palmen ihre schlanken Stämme in den Himmel reckte. Ungewöhnlich waren ihre Luftwurzeln. Sie sahen aus wie ineinander verschlungene Krakenarme, die in dem gelben Sand verzweifelt nach Halt suchten. Sowohl Rhys als auch Sebastian waren von ihrem Werk sehr angetan.

»Dein Bild gibt die Stimmung genau wieder«, lobte Rhys.

»Und nicht nur die hast du getroffen«, ergänzte Sebastian begeistert, »sondern auch jedes noch so kleine Detail. Seht nur, wie exakt Amber *Euterpe oleracea*, dem Laien auch als Kohlpalme oder Acai-Palme bekannt, darstellt. Sie ist für jeden Fachmann sofort zu identifizieren. Wusstest du, verehrte Amber, dass die Leute hier sowohl die Palmherzen als auch die Früchte essen?«

»Das ist mir durchaus bekannt, lieber Sebastian«, schmunzelte Amber belustigt. Der eifrige Botaniker in ihm ließ wirklich keine Gelegenheit aus, mit seinem Wissen zu glänzen. »Ich habe hier auf dieser Insel noch viel mehr interessante Blumen- und Pflanzenarten entdeckt, auch einige Vogel- und Echsenarten, ebenso Affen. Wir sollten unbedingt die Gelegenheit ergreifen und gemeinsam losziehen, um einige Exemplare einzusammeln.«

»Eine wunderbare Idee!« Sebastian war sofort von ihrer Idee angetan. »Vielleicht hat Senhorita Miou auch Lust, uns zu begleiten?« Er sah sich suchend um. »Wo ist sie überhaupt?«

»Ich habe sie nur heute Morgen kurz gesehen. Danach zog sie sich sofort wieder in ihr Zimmer zurück. Ich fürchte, es geht ihr ziemlich auf die Nerven, dass dieser Luciano ihr wie ein Schatten folgt. Bestimmt wird sie zum Abendessen erscheinen. Dann kannst du sie ja fragen.«

Sebastian errötete verlegen. »Könntest nicht du …?« Er geriet ins Stocken.

Amber zwinkerte ihm vergnügt zu. »Es mangelt dir doch auch sonst nicht an Mut«, zog sie ihn auf.

Sein Gesicht wurde noch eine Spur dunkler, vor allem, als Rhys stirnrunzelnd den Kopf schüttelte.

»Ach lassen wir das«, meinte er schließlich kleinlaut. »Wenn ihr mich jetzt entschuldigen wollt, ich möchte mich noch etwas frischmachen vor dem Abendessen.« Damit hastete er eilig davon.

»Was ist denn mit dem los?«, wunderte sich Amber.

»Unser alleswissendes Wunderkind ist tatsächlich bis über

beide Ohren verliebt, fürchte ich«, meinte Rhys. »Wenn er sich damit nur keinen Ärger einholt. Wie ich Tiago einschätze, wird er alles tun, um diese Schwärmerei zu unterbinden.« Er zog Amber von ihrem Stuhl hoch und gab ihr einen leidenschaftlichen Kuss. »Dabei weiß ich genau, wie Sebastian sich fühlt. Als du damals noch mit Ashton verheiratet gewesen bist, habe ich ähnlich gelitten und doch nie aufgegeben. – Ich liebe dich!«, raunte er in ihr Ohr. »Ich habe dich heute die ganze Zeit vermisst. Gib zu, dass du es auch nicht erwarten konntest, dass ich zurückkehren würde.«

»Hat dir schon mal jemand gesagt, dass du ganz schön eingebildet bist?«, neckte ihn Amber. »Ich habe mich, wie du siehst, bestens ohne dich amüsiert.«

Rhys küsste sie auf die Nase. »Lass uns ein wenig spazieren gehen«, meinte er. Er nahm Ambers Arm und verließ mit ihr die gemauerte Terrasse.

Über eine gepflegte Rasenfläche, die von purpurnen Bougainvillea-Büschen eingefasst war, gingen sie zum Strand, um den kurzen, aber intensiven Sonnenuntergang nicht zu verpassen. Innerhalb von Minuten zerflossen die Konturen des Urwalds auf der anderen Seite der Baia. Sie erstarrten zu einer einzigen dunklen, tiefgrünen Schattenwand. Unterdessen spielte sich am Himmel ein wundervolles Farbenspiel ab. Der Wind hatte nachgelassen, sodass sich die dichten Wolken in langgezogene, farbige Wolkenbänder auflösten. Einige von ihnen verwandelten sich von einem dunklen Grau in ein sanftes Gelb, andere leuchteten violett, orange oder pastellgrün vor dem intensiven Türkis des Himmels und dem kräftigen Rot der untergehenden Sonne. Als diese schließlich den Horizont erreicht hatte und dahinter verschwand, tauchte sie die Reste des Tages für einen magischen Moment in ein glühendes, unwirkliches Orange. Selbst die sanften Wellen der Baia Marapatá spiegelten ihr Licht wider, wobei die Wellenkämme ein goldenes Schimmern bekamen.

»Es sieht aus wie das Tal der goldenen Flüsse«, meinte Amber hingerissen von dem großartigen Schauspiel. Sie schmiegte sich tief in Rhys' Arme. Sie fühlte sich geborgen und dabei so lebendig wie schon lange nicht mehr.

»Du musst mir einen Gefallen tun.« Sebastian gab sich einen Ruck und fing Amber im Treppenhaus ab. Zu seiner Erleichterung war sie ohne Begleitung, denn das, worum er sie bitten wollte, würde mit Sicherheit nicht Rhys' Zustimmung finden. »Kannst du Senhorita Miou diesen Brief übergeben, ohne dass jemand es bemerkt?« Seine Stimme zitterte, während er ihr den Brief in die Hand drückte. »Es ist sehr wichtig für mich«, fügte er hastig hinzu.

Amber sah ihn leicht befremdet an. Für einen Augenblick fürchtete er, sie könne ihm den Brief zurückgeben. Zu allem Überfluss tauchte auch noch dieser grimmige Verwalter auf. Wie ein Geist stand er plötzlich hinter ihnen. Ob er etwas von ihrem Gespräch mitbekommen hatte?

»Steht alles zu Eurer Zufriedenheit?«, erkundigte er sich beflissen.

»Alles ist bestens«, versicherte Amber geistesgegenwärtig. Sie ließ die Notiz rasch in ihrem Handgelenksbeutel verschwinden. »Ach ja! Wir planen für morgen einen kleinen Ausflug über die Insel, um ein paar Pflanzen zu sammeln. Deswegen wären wir Euch sehr verbunden, wenn Ihr für ein kleines Picknick sorgen könntet.«

»Wie Ihr wünscht, Lady Franklin.« Luciano verbeugte sich und zog sich wieder zurück. Mit einem Lächeln wandte sie sich wieder Sebastian zu.

»Mach dir keine Sorgen.« Sie tätschelte seinen Arm. »Ich

werde Senhorita Miou gleich beim Abendessen deine Nachricht überbringen.«

Sie zwinkerte ihm nochmals zu, bevor sie vor ihm den Speisesaal betrat. Sebastian war viel zu nervös, um Amber gleich zu folgen. Wo blieb Miou überhaupt? Das Abendessen würde gleich beginnen. Was, wenn sie an einer Unpässlichkeit litt? Seine Befürchtungen lösten sich in Wohlgefallen auf, als sie endlich die Treppe hinunterkam.

Unglücklicherweise wurde sie von Luciano erwartet, der sofort ihren Arm ergriff und sie in den Speisesaal begleitete. Sebastian blieb kaum die Zeit, ihr zuzulächeln.

Sebastian hatte insgeheim gehofft, Mious Tischnachbar zu sein, doch Luciano hatte dafür gesorgt, dass sie möglichst weit voneinander entfernt saßen. Der benimmt sich wie eine Bulldogge, dachte er verstimmt. Seine schlechte Laune konnte nicht einmal das ungewöhnliche Abendessen heben.

An diesem Abend wurde zum ersten Mal einheimische Kost serviert. Tiagos französischer Koch hatte für einige Tage freibekommen, weswegen Lucianos Frau Seva für die Gäste gekocht hatte. Nach einer würzigen Fischsuppe wurde ihnen Pato no Tucupí, eine Spezialität der Region, serviert. Dabei handelte es sich um würziges Entenfleisch, das gemeinsam mit Jambú, einem krautigen Gemüse, das beim Kauen ein prickelndes Gefühl auf der Zunge hinterließ, in Tucupí-Flüssigkeit gekocht wurde. Luciano erklärte ihnen, dass Tucupí ein Nebenprodukt bei der Maniokgewinnung war. Den gelblichen Saft gewann man durch das Pressen von geriebenem Bittermaniok. Weil der frisch gepresste Saft in hohem Maße Blausäure enthielt und somit giftig war, musste er mehrere Stunden lang ruhen, wurde dann abgeschöpft und gefiltert und mehrere Stunden gekocht, bevor er als stärkehaltiges Nahrungsmittel verwendet werden konnte.

Sebastian, der sonst alle Neuigkeiten wie ein Schwamm in sich aufsog, zeigte heute kaum Interesse. Immer wieder wanderten seine Augen zu Miou hinüber, die sich angeregt mit Amber unterhielt. Sosehr er auch nach Anzeichen suchte – nichts wies darauf hin, dass sie seine Nachricht schon gelesen hatte. Lustlos stocherte er in seinem Essen herum und redete sich ein, dass seine Bemühungen ohnehin umsonst sein würden. Wie hatte er nur auf die einfältige Idee kommen können, dass eine Frau wie Miou irgendetwas für ihn empfinden könnte? Er sah seine Vermutung bestätigt, als sich Miou nach dem Essen als Erste in ihre Räumlichkeiten zurückzog. Sie gab vor, müde zu sein, und verließ den Raum, ohne ihn eines Blickes zu würdigen.

Tiago versuchte seinen ganzen Hass und die Frustration an dem jungen Ding auszulassen, das ihm Doña Lucinda zur Verfügung gestellt hatte. Normalerweise regten ihn Unschuld und Kindlichkeit an. Doch heute empfand er keinerlei Befriedigung beim Quälen des Mädchens. Verdammt, er hatte noch nicht einmal einen Orgasmus gehabt. Verärgert klingelte er nach dem Hünen. Kurze Zeit später klopfte Samson an der Tür der Folterkammer. Tiago öffnete die Tür einen Spalt weit.

»Schick Doña Lucinda zu mir«, befahl Tiago ungeduldig. »Sofort!« Er wollte gerade die Tür wieder schließen, als der Hüne sich an ihm vorbeischob und einen Blick an ihm vorbei auf die Holzpritsche warf. Dort lag immer noch das gefesselte Mädchen. Es war blutüberströmt.

»Was hast du Melissa angetan?«, knurrte er drohend und trat noch einen Schritt auf ihn zu. Tiago ließ sich davon nicht beeindrucken.

»Du sollst Doña Lucinda holen, du verdammter Lakai!«, keifte er erbost über dessen Zudringlichkeit. Doch Samson schubste ihn nur beiseite und trat an die Pritsche. Mit einem Griff an ihre Halsschlagader vergewisserte er sich, dass das Mädchen noch lebte. »Sie atmet kaum noch«, stellte er wütend fest. Mit funkelnden Augen baute er sich vor Tiago auf. »Du verdammter Kinderschänder! Wenn die Kleine stirbt, bekommst du Ärger mit mir«, brüllte er ihn an. »Sie ist etwas Besonderes, verstehst du?«

»Und wenn schon«, brummte Tiago ungerührt. »Hau endlich ab und bring mir deine Herrin!« Er sah dem Hünen unerschrocken in die Augen. Der Kerl mochte ihm körperlich überlegen sein, mental war er es sicher nicht.

Samson verzog wütend sein Gesicht. Sein Körper bebte vor Anspannung. Doch dann ballte er seine Hände zu Fäusten und verließ wortlos den Raum. Kurze Zeit später tauchte eine empörte Doña Lucinda, gefolgt von ihrem Leibwächter, auf. Ohne Tiago zu beachten, begab sie sich zu Melissa, um sie von ihren Fesseln zu befreien. Das Mädchen war mittlerweile wieder zu sich gekommen und stöhnte vor Schmerzen. Ihre Lippen waren aufgeplatzt, und ein Auge war gänzlich zugeschwollen.

»Bring sie in ihr Zimmer und sorge dafür, dass ein Arzt kommt«, befahl Doña Lucinda ihrem Diener. Nachdem der Hüne Melissa aus dem Zimmer getragen hatte, wandte sie sich Tiago zu. Sie legte den Seidenmantel ab und präsentierte ihm ihren Körper. Sie trug nichts als ein enges Ledermieder, das ihre vollen Brüste wie reife Früchte zur Schau stellte. Tiago gefiel, was er sah. »Was hast du dir dabei gedacht?«, funkelte die Bordellbesitzerin ihn an. So aufgebracht hatte er sie noch nie gesehen. »Wie konntest du sie so herannehmen? Das Mädchen wird für Monate zu nichts mehr nütze sein. Vielleicht stirbt sie sogar!«

»Nun stell dich doch nicht so an!« Tiago wollte ihren Zorn nicht nachvollziehen. »Ich werde dir ihren Ausfall erstatten.

Du weißt, wie großzügig ich sein kann …« Er spürte, wie sich seine Lust wieder regte, und leckte sich anzüglich mit der Zunge über die Lippen. »Es gefällt mir, wenn du so wütend bist, Lucinda. Willst nicht du es mir richtig besorgen?«

»Verschwinde, Marquis! Ich will dich hier nicht mehr sehen!« Doña Lucinda ließ sich nicht so leicht beschwichtigen, was ihn nur noch mehr erregte. Sie musste ihn erhören, egal, um welchen Preis.

»Du weißt, dass ich dich in der Hand habe«, drohte er lüstern. »Statt mich zu beschimpfen, solltest du dafür sorgen, dass du mich zufriedenstellst. Oder hast du schon vergessen, dass es mich nur ein Wort kostet – und du bist deinen Laden los? Wie du weißt, ist der Polizeipräfekt ein guter Freund von mir!«

»Du bist ein erbärmliches Schwein«, fauchte Doña Lucinda. Sie hielt plötzlich eine Peitsche in der Hand. Ihre grünen Augen funkelten wie die einer Katze, als sie ausholte und damit auf die Pritsche knallte, auf der vorhin noch Melissa gelegen hatte. Tiago zuckte vor Wollust zusammen.

Oh ja! Das war genau das, wonach er sich sehnte. Doña Lucinda würde ihm zeigen, wo es langging.

»Du gehörst bestraft!«, sagte sie mit kalter Stimme. »Ich werde dafür sorgen, dass du leidest, du Miststück!«

Völlig unerwartet schlug sie ein weiteres Mal zu. Dieses Mal traf die Peitsche ihn selbst. Er spürte ihr Brennen, das sich wie eine schwelende Lunte über seine Wange ausbreitete. Ein weiterer Schlag fuhr ihm über die nackte Brust. Tiago zischte auf vor Schmerz und Wollust und griff sich vor Erregung in den Schritt.

»Ja, besorg es mir«, verlangte er unterwürfig. »Ich verdiene es, von dir bestraft zu werden.«

Lucinda hatte nur ein verächtliches Lächeln für ihn übrig. »Auf die Knie«, befahl sie und spuckte ihm mitten ins Gesicht.

Miou wartete in ihrem Zimmer, bis die Geräusche im Haus verstummt waren. Ihr Zimmer lag zur Veranda hinaus, sodass sie von ihrem Fenster aus einen guten Blick auf den Garten hatte. Vorsorglich hatte sie alle Lichter gelöscht, denn sie ahnte, dass der Verwalter noch vor dem Zubettgehen seine Runde durchs Haus drehen würde, um sich zu vergewissern, dass sie auch schlief. Luciano ließ sie wirklich keine Sekunde aus den Augen. Und doch würde sie ihm ein Schnippchen schlagen. Sebastians Nachricht hatte sie mit neuer Hoffnung erfüllt. Vergessen war der traurige Tag, an dem sie vergeblich versucht hatte, sich den jungen Deutschen aus dem Kopf zu schlagen. Sie liebte ihn, auch wenn ihr Vater dieser Verbindung niemals zustimmen würde. Ob Sebastian wirklich dieselben tiefen Gefühle für sie hegte? Die Vorstellung, dass sie sich seine Zuneigung nur einbilden könnte, machte ihr fast ebenso viel Angst wie der Gedanke an ihren Vater. Sie drückte den Bogen, auf dem Sebastian ihr in seiner schönen, geschwungenen Handschrift seine Nachricht übermittelt hatte, fest an ihren Busen. Sie kannte den Inhalt längst auswendig.

Liebste Miou,
ich hoffe, Ihr verzeiht mir meine vertraute Anrede, aber ich brauche sie, um Euch Folgendes gestehen zu können. Seit ich Euch zum ersten Mal auf dem Schiff gesehen habe, ist für mich klar, dass nur Ihr meinem Leben einen Sinn verleihen könnt. Natürlich kann ich nicht davon ausgehen, dass Ihr ebenso empfindet wie ich – das wäre vermessen – keine Frage. Und doch keimt ein Fünkchen Hoffnung in meinem Herzen, genährt von Euren freundlichen Blicken. Aus diesem Grund wage ich die Bitte: Ob Ihr Euch wohl heute gegen Mitternacht mit mir unten am Strand treffen möchtet? Euer

Kommen wäre mir ein Zeichen, dass nicht alle Hoffnung für mich verloren ist! Ich werde jede Sekunde zählen, die ich noch warten muss.

Euer Euch von ganzem Herzen ergebener Sebastian Stix

Miou war längst entschlossen, sich mit Sebastian zu treffen. Doch die Zeit bis Mitternacht war lang. Um Luciano nicht unnötig auf sich aufmerksam zu machen, war sie gezwungen, im Dunkeln zu bleiben. Sie rückte einen Stuhl ans Fenster und sah gedankenverloren in die samtschwarze Nacht hinaus. Die Zeit verrann viel zu langsam. Einige Male war sie kurz davor einzuschlummern. Doch dann war es endlich so weit. Sie schlang einen dünnen Umhang um ihre Schultern und verließ leise ihr Zimmer.

Doña Lucindas grüne Augen fixierten Tiago aus zwei schmalen, zusammengekniffenen Schlitzen, als sie endlich mit ihm fertig war. Sie gab sich keine Mühe, ihre Abscheu für ihn zu verbergen, als sie ihn von seinen Fesseln losband. Sein nackter Oberkörper und seine Gesäßbacken waren kreuz und quer mit Striemen überzogen. Allerdings hatte sie nur so hart zugeschlagen, dass die Haut nicht aufgeplatzt war. Aber erst als sie ihn mit heißem Wachs übergossen hatte, war er zum Orgasmus gelangt.

Männer wie Tiago waren besonders schwer zufriedenzustellen. Sie brauchten den Schmerz und die Erniedrigung ebenso sehr wie das Gefühl der Macht, wenn sie selber die Quälenden waren. Unter all ihren Kunden mit Sonderwünschen war de Andrade allerdings der Unberechenbarste. Er gehörte zu der Sorte Mensch, die kein Maß kannte und deren Verstand gefährlich nah an der Grenze zum Wahnsinn war. Nicht, dass sie seine Neigungen moralisch verurteilen wollte – dafür war sie selbst zu abgebrüht –, doch sie wollte nicht länger seiner Willkür ausgesetzt sein. Die Grausamkeit, mit der er ihr Mädchen misshandelt hatte, erschütterte selbst sie. Dieser Mann war ein Pulverfass, deshalb musste sie versuchen, ihn loszuwerden.

»Das hier geht aufs Haus, Marquis«, informierte sie ihn. »Allerdings erwarte ich von dir, dass du dich nie wieder hier blicken lässt.«

Tiago antwortete nur mit einem höhnischen Lachen. »Das könnte dir so passen, du alte Schlampe.«

Er suchte seine Geldbörse und warf hundert Real auf die Pritsche. Doña Lucinda schob ihm verärgert das Geld zurück.

»Behalt dein Geld und verschwinde«, fauchte sie ihn an. Dummerweise hatte sie nicht mit Tiagos Reaktionsschnelligkeit gerechnet. Schneller als eine Schlange im Angriff umfasste er ihr Handgelenk und zog sie grob zu sich heran.

»Ich bestimme hier die Regeln«, sagte er leise. »Vergiss das niemals!«

Das kalte Funkeln in seinen Augen ließ Doña Lucinda frösteln. Sie wusste plötzlich, dass sie nicht in der Lage war, ihm zu trotzen. Es war klüger, die Grenzen nicht weiter auszuloten. Also nahm sie das Geld, nickte ihm kurz zu und verließ schweigend den Raum.

Vor dem Bordell winkte Tiago eine Kutsche heran und befahl dem Fahrer, ihn zum Hafen zu bringen. Endlich fühlte er sich wieder von seiner quälenden Last befreit. Nach der unbefriedigenden Nummer mit dem Mädchen hatte er durch Doña Lucindas Züchtigung endlich den Kopf wieder freibekommen. Es tat gut, wieder die Kontrolle über alles zu haben. Nun wurde es Zeit, sein Schicksal wieder selbst in die Hand zu nehmen.

Der Kutscher setzte ihn an dem Kai ab, wo die *Princesa* noch vor Anker lag. Dort erfuhr er von Kapitän Amado, dass die Fracht bereits gelöscht und auf seine beiden kleineren Flussschiffe verladen worden war. Schneller als vorgesehen waren sie bereit für die Weiterfahrt nach Manaus. Tiago rieb sich zufrieden die Hände. Wenigstens hier lief alles nach Plan. Obwohl die Nacht schon weit fortgeschritten war, beschloss er, nicht in der Stadt zu bleiben, sondern zurück zur Insel zu fahren. Je schneller er nach Manaus kam, desto eher konnte er vor Ort seine Angelegenheiten regeln. Er war fest entschlossen, den deutschen Konkurrenten auszubooten, notfalls mit Gewalt.

Mit neu gewonnener Zuversicht ließ er sich auf die Insel rudern. Kurz vor Mitternacht traf er an der Bootsanlegestelle ein. Wie erwartet waren bereits alle Lichter im Haus gelöscht. Still und friedlich lag das Anwesen im trüben Mondlicht. Tiago steuerte auf den Eingang zu. Die Bediensteten hatten sich ebenfalls alle zurückgezogen. Einen Augenblick überlegte er, ob er Luciano wecken sollte, doch dann verzichtete er darauf, als er die Haustür unverschlossen vorfand und mühelos ins Innere des Hauses gelangte. Er stellte die Gasbeleuchtung in der Eingangshalle an und legte Stock und Hut auf das Empfangstischchen, auf das die Besucher ihre Visitenkarten zu legen pflegten. Als sein Blick dabei zufällig in Richtung Treppe schweifte, glaubte er einen Schatten oben an der Balustrade gesehen zu haben.

»Ist da wer?«

Keiner antwortete. Sofort erwachte sein angeborenes Misstrauen. Dort oben lagen die Zimmer seiner Tochter. Er traute Miou genauso wenig wie diesem liebeskranken Deutschen, der sie ständig mit seinen sehnsüchtigen Blicken verfolgte. Nicht umsonst hatte er Luciano beauftragt, seine Tochter keinen Augenblick aus den Augen zu lassen. Er musste sich vergewissern, dass mit ihr alles in Ordnung war. Mit großen Schritten eilte er die geschwungene Treppe hinauf und sah sich um. Auf dem schmalen Korridor, von dem die Zimmer abgingen, war niemand zu sehen. Alle Türen waren geschlossen. Vorsichtshalber beschloss er dennoch, im Zimmer seiner Tochter nachzusehen. Ohne das geringste schlechte Gewissen drückte er die Klinke an ihrer Zimmertür herunter und öffnete die Tür einen Spalt weit. Das Zimmer war dunkel. Es war nichts Auffälliges zu sehen. Im trüben Mondlicht konnte er die Umrisse von Mious Körper auf dem Bett erkennen. Auch hörte er ihr regelmäßiges Atmen. Alles schien in Ordnung. Tiago schloss befriedigt die Tür. Er hätte es Miou nie verziehen, wenn sie ihn betrogen hätte.

Mious Herz pochte wie wild, als sie hörte, wie ihr Vater die Tür zu ihrem Zimmer öffnete. Sie hatte es gerade noch geschafft, die Bettdecke über sich zu ziehen. Mit Mühe gelang es ihr, die ruhigen Atemzüge einer Schlafenden nachzuahmen. Sie betete darum, dass er nicht näher trat. Wie leicht hätte er bemerken können, dass sie noch angekleidet war. Wäre sie nur den Bruchteil einer Sekunde früher aus ihrem Zimmer gegangen, hätte er sie unten erwischt. Gar nicht auszudenken, was ihr dann geblüht hätte. Miou versuchte das Zittern in den Griff zu bekommen. Seit der Auspeitschung auf der *Princesa* ahnte sie, wozu ihr Vater fähig war. Es dauerte eine Ewigkeit, bevor er endlich wieder die Tür schloss und sich entfernte. Was sollte sie jetzt tun? Sebastian wartete auf sie, und sie wollte ihn nicht enttäuschen. Eine Zeit lang lag sie unschlüssig in ihrem Bett. Schließlich warf sie die Bettdecke beiseite und huschte zur Tür. Von unten hörte sie Geräusche. Ihr Vater unterhielt sich gerade mit Luciano. Der Verwalter musste das Eintreffen ihres Vaters bemerkt haben. Miou biss sich enttäuscht auf die Unterlippe. Nun war ihr der Weg nach draußen endgültig versperrt. Noch einmal würde sie es nicht wagen, sich heimlich nach draußen zu stehlen, nicht, wenn ihr Vater im Haus war. Niedergeschlagen begann sie sich auszuziehen. Voller Wehmut dachte sie an Sebastian und ihr versäumtes Glück.

30

Als Jandeira Cauré auf dem Boden liegen sah, floh sie Hals über Kopf in den Wald. Sie stolperte über Wurzeln und Pflanzen und versuchte verzweifelt, ihrem Verfolger zu entkommen. Doch José war größer und wendiger als sie. Mit wenigen Sprüngen hatte er sie eingeholt. Seine Hände verkrallten sich in ihrer Schulter und rissen sie zu Boden. Sie spürte seinen heißen, keuchenden Atem in ihrem Nacken und wusste, dass sie verloren hatte. Schicksalsergeben schloss sie die Augen. Der Caboclo zwang sie aufzustehen und mit ihm zu den Hütten zurückzukehren. Dort war Nunio gerade dabei, den immer noch besinnungslosen Cauré zu binden.

»Ein kräftiger Kerl, dieser Indianer«, grinste er anerkennend. »Der wird ein guter Seringueiro werden. Wenn Carlos ihn haben will, muss er uns das Doppelte bezahlen. Vielleicht nimmt er uns ja auch den Verrückten ab. Ich werde gleich im Morgengrauen aufbrechen, um ihm Bescheid zu geben.« Er warf einen Blick auf Jandeira, die trotzig zu Boden sah. »Das Weib lässt sich sicherlich auch zu Geld machen.«

»*Ich* nehme die Frau«, stellte José klar. Er zog Jandeira besitzergreifend an sich und drückte ihre Brust so fest, dass sie aufschrie. »Ich werde das Dschungelkätzchen gleich heute Nacht noch zähmen.« Genüsslich bleckte er seine gelben Zähne.

»Mach von mir aus heute Nacht mit ihr, was du willst«, brummte Nunio. »Aber sobald Carlos kommt, wird die Kleine verkauft. Weiber wie sie machen nur Scherereien. Schau nur, wie bösartig die dreinschaut.«

»Das werde ich ihr schon austreiben«, behauptete José, indem er sein Messer zückte. Aber Nunio war damit nicht einverstanden. »Wehe, du verstümmelst sie! Wir werden sie ebenfalls verkaufen. Für das Geld, das wir für sie bekommen, kannst du in Paratuba vier Wochen lang zwei Nutten gleichzeitig vögeln. Carlos steht auf Frauen wie die da. Sie ist was Besonderes, das hab ich gleich erkannt.«

José grunzte unzufrieden.

»Einverstanden. Aber heute Nacht mache ich mit ihr, was ich will!« Nunio zuckte gleichgültig mit den Schultern. »Pass auf, dass du ihr nicht das Gesicht zerstörst.«

José zog Jandeira mit sich und schleppte sie zu der Leiter, die in die Hütte führte. Er zwang sie, vor ihm hochzuklettern, und schubste sie grob ins Innere. Außer einer Kochstelle mit dreckigem Geschirr und Pfannen befand sich nur eine schmuddelige Matratze und eine weitere Flasche Schnaps darin. Jandeira verkroch sich sofort in den hintersten Winkel der Hütte. Sie wusste genau, was ihr nun bevorstand. Doch anders als bei ihrer letzten Vergewaltigung war sie dieses Mal gefasster. Dieser Sohn einer läufigen Hündin mochte vielleicht ihren Körper bekommen, doch er würde sie nicht mehr brechen.

Was ihr mehr noch als ihre eigene Lage Sorge bereitete, war Cauré, der nur wenige Meter von ihr gefesselt lag. Er durfte auf keinen Fall mitbekommen, was dieser Mann mit ihr machte. Er würde womöglich sein Leben aufs Spiel setzen, um ihr zu helfen. Und das wollte sie nicht riskieren. Mochten die Geister des Waldes verhüten, dass er aufwachte, bevor José mit ihr fertig war.

Der Caboclo musterte sie gierig im fahlen Licht der glimmenden Glut. Dabei griff er zu der Schnapsflasche und trank einen ordentlichen Schluck. Jandeira rührte sich nicht vom Fleck, ließ ihn aber nicht aus den Augen. Seltsamerweise spürte sie dieses Mal nicht diese bodenlose Angst, die sie beim letzten Mal fast wahnsinnig hatte werden lassen. Das Bewusstsein, dass dieser Mensch wohl ihren Körper, aber niemals ihre Seele besitzen könnte, verlieh ihr Stärke. Ihr Geist war untrennbar mit Cauré verbunden. Wie zur Bestätigung ihres Gedankens hörte sie mit einem Mal den Ruf des Tukans.

Quenky-quenky-quok-quok-quok!

Caurés utupé war zurückgekehrt. Sein Ruf hallte wie das heisere Quaken eines Frosches durch die Nacht. Da wusste sie, dass sie nicht allein war. Keinem Mann würde es gelingen, sie nochmals zu zerstören. In der Hütte glomm der Rest des Kochfeuers fahl auf. Es war kaum hell genug, um den kleinen Raum zu beleuchten. Schemenhaft erkannte sie, wie Josés hagere Gestalt auf sie zuwankte. Der Alkohol zeigte auch bei ihm Wirkung. *So wird es wenigstens schnell gehen,* dachte Jandeira verächtlich und wappnete sich innerlich für den Übergriff. Sie ließ es widerstandslos geschehen, als er sie rücklings auf die stinkende Matratze warf. Seine linke Hand krallte sich in ihre Schulter, während er umständlich seine Hose herunterließ. *Cauré.*

Alles in ihr konzentrierte sich auf den Geliebten, während sie versuchte, ihren Geist vom Körper zu lösen. Doch der schmerzhafte Stoß, auf den sie gewartet hatte, kam nicht. Der Caboclo war kraftlos wie eine faule Bananenfrucht. Er hatte offensichtlich Mühe, den Eintritt in ihre Pforte zu finden. Jandeira drehte den Kopf beiseite, als er versuchte, ihre Lippen zu küssen. Er keuchte schwer und versuchte mit der Hand sein schlappes Geschlecht zu massieren. Doch sosehr er sich auch Mühe gab, es gelang ihm nicht, sich zu erregen. Mit einem wütenden Jaulen gab er schließlich auf.

»Verdammte Schlampe«, schimpfte er und schlug ihr ins Gesicht. Dann wälzte er sich von ihr herunter und schlief ein.

Als Cauré aus seiner Besinnungslosigkeit erwachte, stand die Sonne hoch über ihm. Sein Kopf fühlte sich an, als beherberge er ein aufgebrachtes Termitenvolk. Verwirrt blinzelnd wollte er seine Augen mit den Händen beschirmen, und erst da wurde ihm bewusst, dass er gefesselt war. *Was war geschehen?* Er rüttelte an seinen Handfesseln, doch sie gaben keinen Fingerbreit nach. Auch seine Füße waren zusammengebunden. Nur langsam kehrte die Erinnerung zurück. Er hatte mit diesem Fischer am Feuer gesessen und getrunken. Danach war ihm schlecht geworden. Jandeira hatte ihm geholfen und dann … Die Wucht der Erinnerung traf ihn wie ein Schlag in die Magengrube. Der Caboclo hatte ihn mit der Faust niedergestreckt.

»Jandeira!«

Cauré versuchte sich aufzurichten, doch es gelang ihm nicht. Er lag allein im Gras zwischen den Holzpfosten, die die Hütte stützten. Was hatten sie mit ihr gemacht? Diese verdammten Verräter! Trotz des Brausens in seinem Kopf, das mittlerweile zu dem lauten Gebrumm eines Bienenschwarms angewachsen war, rollte er sich ein Stück in Richtung Büsche. Er musste einen Stein oder eine scharfe Kante finden, um seine Fesseln zu lösen. Doch bevor er etwas Geeignetes gefunden hatte, tauchte Nunio auf. Der stämmige Fischer stieß ihm mehrere Male verächtlich den Fuß in die Seite. Cauré schloss vor Schmerz die Augen. Dann sagte der Mann etwas, was Cauré nicht verstand. Allerdings verriet sein Tonfall, dass er ihn verhöhnte. Das Gelächter einiger anderer Männer bestätigte seine Vermutung. Die beiden Caboclos waren nicht mehr allein. Eine Handvoll bewaffneter Männer umringten ihn und musterten ihn abschätzend. Sofort begriff er, um was es ging. *Sie wollen mich zum Sklaven machen,* schoss es ihm durch den Kopf. Verzweifelt rüttelte er an seinen Fesseln, bis ihn Nunio, mit einem Knüppel drohend, zur Ruhe zwang. Notgedrungen fügte sich Cauré erst einmal in sein Schicksal und versuchte, seine Lage einzuschätzen. Einer der Umstehenden fiel ihm besonders auf. Er musste der Anführer sein. Es handelte sich um einen kräftigen Mann um die vierzig, der nachlässig an einen der Hüttenpfosten gelehnt dastand und rauchte. Sein rechtes Auge war durch eine Narbe verunstaltet, die quer über sein Gesicht lief und auch einen Mundwinkel abspaltete. Die Narbe gab dem Mann zwei Gesichter. Als er bemerkte, dass Cauré ihn musterte, sprach er ihn an.

»Bist du ein *yanomami thepe?*«, fragte er in einem Dialekt, den Cauré verstand. Seine Stimme klang rau und tief.

Cauré nickte überrascht. Es wunderte ihn, dass der Fremde ihn nach Art seiner Stammesgenossen ansprach.

»Warum hast du deinen Stamm verlassen?«, fragte der Fremde. Cauré antwortete nicht. Stattdessen stellte er ihm eine Gegenfrage.

»Warum behandelst du mich als Feind? Ich habe keinem deiner Leute etwas getan!«

Der Anführer lachte rau. Das vernarbte Auge füllte sich mit Tränen, während das gesunde ihn ungerührt fixierte. »Du wirst einiges bei uns lernen müssen«, gab er ihm zur Antwort.

Dann wandte er sich abrupt ab und sagte etwas zu Nunio, dem Verräter. Der ging davon und kehrte kurze Zeit später mit José zurück, Xavier und Jandeira im Gefolge. Während Xavier willig folgte, wehrte sich Jandeira gegen die groben Griffe und trat hocherhobenen Hauptes auf den Platz. *Wie eine Kriegerin!* Caurés Herz machte einen Satz, als er die Geliebte unverletzt sah. Gleichzeitig wurde er wütend.

»Lass uns frei!«, herrschte er das Narbengesicht an und rüttelte an seinen Fesseln. Der Anführer beachtete ihn nicht, sondern musterte Jandeira interessiert. Bei ihrem Anblick hellten sich seine Züge auf, und Cauré konnte in dem gesunden Auge ein begehrliches Blitzen erkennen. Das machte ihn nur noch zorniger.

»Das ist meine Frau! Lass sie in Ruhe oder kämpfe mit mir!«, forderte er ihn auf. »Oder seid ihr Napé alle Feiglinge?«

Das Narbengesicht bedachte ihn mit einem geringschätzigen Blick und nickte kurz seinen Männern zu. Zwei von ihnen rissen Cauré unsanft auf die Beine. Er rechnete damit, dass er nun losgebunden wurde, um sich mit dem Anführer zu messen. Doch kaum hatte er einen einigermaßen festen Stand gefunden, traf ihn ohne jede Vorwarnung ein Faustschlag mitten ins Gesicht. Die Wucht war so gewaltig, dass sein Jochbein brach und ein Auge augenblicklich zuschwoll. Ein weiterer Schlag traf knirschend seinen Kiefer. Kraftlos kippte er nach hinten. Doch die Männer richteten ihn sofort wieder auf und setzten ihre Misshandlungen fort. Ihre Fäuste prasselten unaufhörlich auf seinen Körper, trafen ihn am Oberkörper, in den Magen, an den Nieren, bis er wie ein lebloser Sack halb ohnmächtig zu Boden sank. Durch einen Schleier von Blut, das ihm über die Augen lief, sah er kaum, wie das Narbengesicht sich von seinem Pfosten löste und auf Jandeira zutrat.

»Die Frau gehört jetzt mir«, sagte er zu Cauré, ohne ihn eines Blickes zu würdigen. Prüfend legte er einen Finger unter Jandeiras Kinn, um ihr Gesicht anzuheben. Dann fuhr er langsam mit dem Finger ihren Hals hinab, verharrte mit der Hand auf ihren Brüsten, kniff hinein und nickte dabei anerkennend.

»Lass sie in Ruhe!« Trotz seiner Schmerzen versuchte Cauré sich aufzurichten. Er wollte alles tun, um Jandeira vor diesen Feiglingen zu retten. Doch ein paar Fußtritte brachten ihn zum Schweigen. Hilflos musste er mit ansehen, wie der Anführer seiner Frau zwischen die Beine fasste und ihn dabei spöttisch musterte. Jandeira ließ es mit unbewegter Miene geschehen. Cauré traten Tränen in die Augen, weil er ihr nicht helfen konnte. Doch dann ließ der Anführer von ihr ab und wandte sich wieder den Männern zu, indem er einen Lederbeutel aus seiner Jackentasche zog und ihn den beiden Fischern nachlässig vor die Füße warf. Der Stämmige bückte sich sofort, doch der Hagere war schneller und riss den Beutel an sich. Als er ihn öffnete und den Inhalt seinem Kumpan zeigte, erhellten sich ihre Gesichter freudig. Sie bedankten sich überschwänglich bei dem Narbengesicht, und Cauré begriff, dass sie eben den Preis für die erbeuteten Sklaven erhalten hatten. Und diese Sklaven waren Jandeira, Xavier und er selbst.

Jandeira saß mit dem Narbengesicht und zwei weiteren Männern im Boot, während Xavier und Cauré von drei anderen in einem zweiten Boot bewacht wurden. Immer wieder ging ihr Blick zu ihrem Geliebten, der mit verschwollenem Gesicht apathisch in der Mitte des Bootes kauerte. Ihre Lage war aussichtslos. Außerdem machte das Narbengesicht ihr Angst. Sein Blick war eiskalt, und die Gier in seinen Augen zeugte von Gewalt und Rücksichtslosigkeit. Bei der nächsten Gelegenheit würde er über sie herfallen. Sie versuchte den schrecklichen Gedanken beiseitezuschieben. Immerhin war Cauré noch in ihrer Nähe. Das gab ihr Kraft. Während der Stunden, die sie gemeinsam den Fluss hinunterfuhren, versuchte sie immer wieder, mit ihm in Blickkontakt zu treten. Sie wollte wissen, wie schlimm seine Verletzungen waren, doch er saß nur mit versteinerter Miene in seinem Boot und starrte vor sich hin. Nur einmal nickte er ihr kurz zu. Sie erschrak, weil sein Gesicht so grausam entstellt war.

Als die Sonne fast ihren höchsten Punkt erreicht hatte, veränderte sich der Fluss und wurde reißender. Die Männer an den Paddeln konzentrierten sich, um die Boote sicher durch die reißende Strömung zu lenken. Auf dem braunen Wasser wirbelten dichte, cremefarbene Schaumkronen wie tanzende Wattebäusche. Jandeira musste sich festhalten, um nicht über Bord zu gehen.

Aus den Augenwinkeln konnte sie erkennen, dass auch das andere Boot Schwierigkeiten hatte. Während sie gerade eine mannshohe Stromschnelle halbwegs glimpflich überstanden hatten – und in einem Kehrwasser nun auf die anderen warteten –, verpasste das ihnen folgende Boot die Stromzunge und geriet in einen Strudel. Die Männer versuchten sich durch wilde Paddelschläge daraus zu befreien. Jandeira sah, wie Xavier in Panik geriet und aufstand. Dadurch geriet das Boot in Schieflage. Xavier ruderte wild mit seinen Armen, verlor das Gleichgewicht und fiel hintenüber aus dem Boot. Er schlug mit dem Kopf gegen einen Felsen und verschwand in der schäumenden Gischt. Einer der Männer beugte sich vornüber, um nach dem Ertrinkenden zu sehen. Diesen Augenblick nutzte Cauré und stieß ihm unvermittelt seine Füße in die Seite, sodass auch er das Gleichgewicht verlor und aus dem Boot fiel. Jetzt waren nur noch zwei der Männer im Boot. Jandeira konnte erkennen, dass Caurés Hände nicht mehr gebunden waren. Es musste ihm gelungen sein, seine Handfesseln zu lösen. Jetzt griff er nach dem freien Paddel und zog es einem der Männer, die gerade verzweifelt mit der Strömung kämpften, über den Kopf. Betäubt sackte dieser zusammen. Der andere zog eine Pistole und schoss. Jandeira schrie entsetzt auf. Sie sah, dass Cauré getroffen worden war, denn er ließ das Paddel fallen und hielt sich die blutende Schulter. Durch das Geruckel löste sich das Boot plötzlich aus dem Strudel und wurde wieder von der Strömung erfasst. Da es seitlich hineingeriet, verkeilte es sich an einem Felsen. Cauré nutzte die Gelegenheit, um sich mit seinem unverletzten Arm auf den letzten Paddler zu werfen. Es gelang ihm tatsächlich, ihm seine Waffe zu entreißen, bevor er sie nochmals benutzen konnte. Einen kurzen Augenblick sah es so aus, als würde er die Oberhand behalten. Doch dann ertönte ein weiterer Schuss. Jandeira wandte sich um und sah, wie das Narbengesicht, den die Männer Carlos nannten, sein Gewehr senkte. Cauré wandte sich ihnen zu. In seinem Gesicht lag ungläubiges Staunen, als er auf das Loch in seiner Brust starrte. Er verharrte noch einen Augenblick reglos, dann kippte er rücklings ins Wasser. Die reißende Strömung trieb ihn direkt auf Jandeira zu. Mit dem Gesicht im Wasser schwamm er an ihnen vorüber. Fassungslos starrte sie seinem leblosen Körper nach, unfähig, sich zu bewegen. Sie sah, wie er von der nächsten Stromschnelle ergriffen und mitgerissen wurde. Dann erst begriff sie, dass Cauré für immer verloren war.

31

Amber, Rhys und Sebastian schifften sich ohne de Andrades und Mious Begleitung auf der *Araújo Junior* ein. Der Kautschukbaron war bereits vor einer Woche mit seiner Tochter nach Manaus abgereist. Dringende Geschäfte hatten seine vorzeitige Abreise unabdingbar gemacht. Amber war richtig erleichtert, für eine Zeit der Gesellschaft Tiagos entronnen zu sein. Dieser unberechenbare Mann war ihr nach wie vor unsympathisch. Miou hingegen vermisste sie. Die junge Frau war ihr in den letzten Wochen ans Herz gewachsen. Doch auch sie würde sie in einigen Wochen in Manaus wiedersehen.

Sebastian war seit Mious Abreise von tiefer Schwermut befallen und für seine Verhältnisse ungewohnt schweigsam. Seine unglückliche Liebe zu dem Mädchen schien ihn mehr mitzunehmen, als sie gedacht hatte. Sie bedauerte ihn aufrichtig. Rhys, dem es nicht so sehr lag, Gefühle offen zu zeigen, erfand ein anderes Mittel, um den liebeskranken Sebastian aus seiner Lethargie zu reißen. Er schlug ihm vor, einige Unterbrechungen auf ihrer siebenhundert Seemeilen langen Reise einzulegen, um die Flora und Fauna der Flusslandschaft zu erkunden. Die Aussicht auf sinnvolle Beschäftigung versetzte den Biologen tatsächlich wieder in bessere Stimmung. Seine alte Tatkraft kehrte teilweise zurück, auch wenn er hin und wieder in Melancholie verfiel.

Im glühenden Licht der aufgehenden Sonne stampfte die

Araújo Junior flussaufwärts. Der zweistöckige Amazonasdampfer wurde von einem dampfbetriebenen Schaufelrad angetrieben und besaß nur einen flachen Kiel. Kapitän Vivaldo steuerte sein Schiff vom Vordeck aus. Die kleine Kabine verließ er nur, wenn sie am Abend irgendwo in Ufernähe anlegten. Diese Sorgfalt war auch notwendig, denn die weitverzweigten Mündungsarme erforderten ein hohes Maß an Erfahrung und Navigationsgeschick. Die Gefahr, auf Grund zu laufen, war immens. Durch die geringe Strömungsgeschwindigkeit des Rio Amazonas veränderte sich der sandige Untergrund ständig und schuf dadurch neue Verzweigungen und gefährliche Untiefen. Doch Vivaldo schien das Navigieren im Blut zu liegen. Mit traumwandlerischer Sicherheit brachte er sie die nächsten Wochen durch alle Untiefen. Von Belém aus umfuhren sie in südwestlicher Richtung die größte Flussinsel der Welt, die Ilha de Marajó, mit ihren Schwemmländern und saftigen Weiden. Auf weiten Teilen dieser Insel wurde Vieh gehalten und Zuckerrohr angebaut. Prächtige Fazendas mit herrschaftlichen Ausmaßen zeugten vom Reichtum ihrer Besitzer.

Amber und ihre Begleiter saßen während der ersten Zeit ihrer Amazonasreise oft auf dem überdachten Oberdeck und genossen bei einer Tasse Tee die schöne Aussicht. Die *Araújo Junior* war zwar nicht so luxuriös wie die *Princesa*, dennoch mangelte es ihnen an nichts. Außer dem Kapitän waren noch dessen Frau Maria und sein fünfzehnjähriger Sohn an Bord. Vivaldinho kümmerte sich um die Beheizung des Dampfkessels und half seinem Vater, nach Sandbänken Ausschau zu halten, während Maria für das leibliche Wohl ihrer Fahrgäste sorgte. Im unteren Teil des Schiffes befanden sich der Dampfkessel und das Gepäck und im Heckbereich eine einfache Küche. Über eine Holztreppe gelangte man zu einer rund um das Schiff laufenden, überdachten Galerie, in deren Mitte sich zwei einfache, aber zweckmäßig eingerichtete Kojen befanden. Allerdings war es darin so stickig und heiß, dass Amber nach der ersten Besichtigung wieder an Deck flüchtete. Der Bug bestand aus einer Art Veranda mit einem Tisch und bequemen Korbsesseln. Hier war der angenehmste Platz an Bord, da der Fahrtwind ihnen etwas Abkühlung verschaffte.

Amber wunderte sich darüber, dass an den Pfosten, die das Dach stützten, überall Haken angebracht waren. Kurze Zeit später fand sie die Erklärung, als Vivaldinho mit mehreren gewebten Baumwolltüchern im Arm zu ihnen hochstieg. Die Tücher hatten an ihren Enden Schlaufen, die er an den Haken befestigte.

»Zum Schlafen«, erklärte der Junge, als er Ambers etwas ratlosen Blick bemerkte.

»Das ist die landesübliche Art, auf dem Amazonas zu reisen«, fügte Rhys schmunzelnd hinzu. Er deutete auf ein ähnliches Schiff wie ihres, das ihnen gerade entgegenkam. Es steckte voller Menschen, die sich dicht an dicht neben- und untereinander in Hängematten aufhielten. Jeder freie Fleck auf dem Schiff wurde so ausgenutzt. Wo kein Mensch war, standen Gepäckstücke, Hühnerkäfige, Körbe voller Gemüse und Früchte, Hunde und sogar Ziegen herum. Vivaldinho riet Amber, ebenfalls in einer Hängematte zu schlafen. Amber zierte sich.

»Ich weiß nicht … Ich glaube, ich ziehe Stuhl und Bett dieser wackligen Konstruktion lieber vor.«

»Du solltest dich lieber rasch an diese Art zu schlafen gewöhnen«, zog Rhys sie auf. Er hatte sich bereits in eine Hängematte gelegt und schaukelte nun genüsslich hin und her. »Sobald wir im Urwald übernachten, wird dir nichts anderes übrigbleiben, als in so einem Ding zu schlafen.«

Amber verzichtete auf eine Antwort und setzte sich demonstrativ in einen der bequemen Korbsessel.

Sobald die Sonne aufgegangen war, stach sie unbarmherzig auf sie herab. Durch das ständig kondensierende Wasser, das von den Urwäldern aufgenommen wurde, stieg die Luftfeuchtigkeit mit jeder Meile, die sie weiter flussaufwärts fuhren. Die drückende Hitze mit der atemraubenden Schwüle setzte ihnen allen zu. Selbst wenn sie im Schatten saßen, war es unvorstellbar heiß. Je weiter sie sich vom Meer entfernten, desto unangenehmer wurde das Klima. Manchmal zogen Wolken auf und trübten den Himmel ein. Amber hoffte dann auf etwas Regen, doch stattdessen wurde es nur noch schwüler. Eines Tages stand sie an der Reling und versuchte sich mit einem Fächer Luft zuzufächeln. Dabei starrte sie auf die graubraunen Wassermassen um sich herum. Der Fluss war an dieser Stelle so weit, dass man kaum die Ufer erkennen konnte. Er erinnerte sie an einen See, zumal die Strömung kaum zu spüren war.

Unvermittelt kam Wind auf, und eine halbe Minute später öffnete der Himmel seine Schleusen. Der Regen prasselte nicht nur von oben herab, sondern kam auch von der Seite. Vivaldinho erschien sofort an Deck und ließ rasch an dem Dach angebrachte Regenplanen aus gummiertem Leinen herab. Doch bis er sein Werk vollendet hatte, waren sie alle von dem warmen Regen längst bis auf die Haut durchnässt. Der Spuk dauerte nur wenige Minuten. Der Himmel riss auf und überließ der unbarmherzigen Sonne wieder das Spiel. Alles dampfte nun um sie herum und verwandelte den Fluss in eine geheimnisvolle Geisterlandschaft.

Gegen Abend steuerte Vivaldo für gewöhnlich das Ufer an und suchte dort nach einer geeigneten kleinen Bucht. Dort ankerte die *Araújo Junior* für die Nacht. Vivaldinho ließ unterdessen das Beiboot zu Wasser, um Fische zu angeln. Sebastian bat darum, ihn begleiten zu dürfen. Innerhalb kurzer Zeit kamen die beiden mit einem erstaunlich großen Fang zurück.

Vivaldinho hatte einen armlangen, getigerten Wels gefangen sowie einen farbenprächtigen Barsch, den er Tucunaré nannte. Sebastian präsentierte stolz einen rotbäuchigen Fisch namens Piranha. Der nicht sehr große Fisch hing noch zappelnd an seiner Angel.

»Von diesem Raubfisch gibt es hier jede Menge«, berichtete er eifrig. »Sieh nur, Amber, wie scharf seine Zähne sind.« Er fischte einen treibenden Ast aus dem Wasser und hielt ihn dem Fisch vors Maul. Der schnappte wütend zu und trennte ihn mit seinen scharfen Zähnen sauber in zwei Stücke. Amber schauderte.

»Das macht nicht sehr viel Lust auf ein Bad in diesen Gewässern«, meinte sie befremdet.

Sebastian pflichtete ihr bei. »Es sollen schon viele Menschen von diesen Bestien getötet worden sein. Besonders gefährlich sind sie, wenn man mit einer Verletzung ins Wasser geht, und sei sie noch so klein …«, behauptete er. »Die Fische werden von dem Blut angelockt und zerfetzen den Schwimmer im Nu. Innerhalb weniger Minuten ist nichts mehr von einem übrig.«

Plötzlich spritzte es neben ihnen auf. Während Sebastian sein Schauermärchen zum Besten gegeben hatte, war Vivaldinho mit einem Kopfsprung ins Wasser gesprungen und untergetaucht, ebendort, wo sie gerade den Piranha gefangen hatten. Amber hielt vor Entsetzen die Luft an und rechnete schon mit dem Schlimmsten. Sie betete darum, dass der Junge gleich wieder auftauchte. Doch sosehr sie auch nach ihm Ausschau hielt, er blieb verschwunden. Sebastian war ebenso blass geworden wie sie, und auch Rhys wirkte beunruhigt. Vivaldo, der ebenfalls an der Reling stand, grinste hingegen nur breit und deutete mit dem Daumen auf die andere Seite des Schiffes. Dort kletterte gerade sein tropfnasser Sohn wieder an Bord und schüttelte sich vor Lachen über seinen gelungenen Streich.

»Das war kein Spaß«, schnappte Sebastian empört nach Luft. »Du hättest tot sein können.«

»In dieser Bucht gibt es keine gefährlichen Tiere«, nahm Vivaldo seinen Sohn grinsend in Schutz. »Und diese Sorte Piranhas ist ohnehin nicht besonders aggressiv. Wir sind Caboclos, Flussmenschen. Wir wissen, wo man ins Wasser gehen kann und wo besser nicht. Wenn Ihr wollt, könnt Ihr an dieser Stelle in aller Ruhe ein Bad nehmen.«

Amber war sich nicht sicher, ob sie dem Kapitän vertrauen sollte, denn als sie am Abend bei Laternenlicht noch auf ihrer Schiffsveranda saßen, leuchteten am nahen Ufer Dutzende von gelben Augen. Rhys behauptete, dass es sich dabei um Kaimane handelte.

So fuhren sie in einem gemächlichen Tempo den Amazonas mit seinen zahlreichen Zuflüssen hinauf. Es war ein Wunder, dass Vivaldo sich in diesem Labyrinth von Wasserstraßen ohne Karte zurechtfinden konnte. Immer wieder steuerten sie eine der Siedlungen am Flussufer an, um Proviant aufzunehmen und neue Kohle für ihr Schiff zu besorgen.

Amber und ihre Begleiter nutzten die Zeit, um die nähere Umgebung zu erkunden. Sebastian war bei diesen Ausflügen nie ohne seine Botanisiertrommel unterwegs, und Amber trug immer Stift und Notizbuch bei sich, um Skizzen anzufertigen. Rhys hingegen hantierte mit seinen Messinstrumenten. Amber faszinierte nicht nur die reichhaltige Natur mit ihrer ungeheuren Pflanzen- und Tiervielfalt, sondern vor allem auch die Menschen und ihre Lebensweise erregten ihr Interesse. Von Vivaldo hatte sie erfahren, dass bis vor wenigen Jahrzehnten hauptsächlich Indianerstämme die Hauptufer des Amazonas bewohnt hatten. Doch Landstreitigkeiten sowie Krankheiten, die die Weißen einschleppten, hatten ihre Anzahl stark dezimiert. Viele Völker hatten sich notgedrungen tiefer in die Wälder zurückgezogen. So kam es, dass die kleine Reisegruppe zunächst hauptsächlich mit den Flussmenschen in Kontakt kam.

Viele Caboclos waren indianischen Ursprungs oder Mischlinge, die von Weißen, ehemaligen schwarzen Sklaven und Indianern abstammten. Die meisten von ihnen lebten als einfache Fischer. Denn Fisch war nach Maniok das wichtigste Grundnahrungsmittel. Für die Caboclos richtete sich der Fischfang nach den wechselnden Wasserständen des Flusses. Noch war Trockenzeit, und es herrschte Wassermangel. Die Fische mussten notgedrungen zusammenrücken und waren deswegen leicht zu fangen. Amber beobachtete, wie einzelne Fischer, manchmal auch Kinder, die Fische mit einem Wurfnetz fingen, einem kreisrunden Netz mit Bleigewichten an den Rändern. Die Indios, hörte sie, fischten dagegen meist mit Pfeil und Bogen oder mit dem Gift von Lianen. Genauso fasziniert war sie, wenn die Caboclos zum Ernten der Acai-Beere in Windeseile die senkrechten, schwindelerregend hohen Stämme des Palmenbaumes hinaufkletterten, um mit gezielten Schlägen ihrer Macheten die Beeren zu ernten. Die wuchsen an buschigen Fruchtständen und erinnerten mit ihrer violetten, fast schwarzen Farbe an Heidelbeeren oder schwarze Johannisbeeren. Die bitter-säuerlich schmeckende Beere gehörte zur traditionellen Ernährung der Bevölkerung. Püriert und unter Maniok oder Fisch gerührt, wurde daraus eine köstliche Speise. Zudem zügelte sie den Appetit.

Die Behausungen der Flussmenschen bestanden aus einfachen Holzhütten, die, wenn sie nah am Fluss lagen, auf Stelzen gebaut waren. Schon bald würde die Regenzeit einsetzen und den Wasserpegel bis zu sechzig Fuß ansteigen lassen. Die Siedlungen der Flussmenschen waren meist klein, manchmal bestanden sie nur aus wenigen Häusern. Nur an bestimmten

Knotenpunkten, wo mehrere größere Flüsse zusammentrafen, waren im Lauf der Zeit Städte entstanden.

Eine dieser Städte war Santarém, das etwa vierhundertfünfzig Meilen von Belém entfernt am Zusammenfluss des grünen Rio Tapajós und des milchigen Amazonas lag. Der Ort war 1659 von portugiesischen Jesuiten gegründet worden und hatte sich durch den Kautschukboom zu einer lebhaften Handelsstadt entwickelt. Der Hafen war außerdem ein wichtiger Umschlagplatz für Paranüsse und Tropenholz.

Von Santarém ging die Fahrt weiter in Richtung Óbidos, das einst ebenfalls von den Portugiesen gegründet worden war. Im Gegensatz zu Santarém war Óbidos ein verschlafenes Plätzchen, dessen einzige Sehenswürdigkeit ein portugiesisches Fort war. Außerdem verengte sich der ansonsten so weitläufige Amazonas an dieser Stelle bis auf kaum mehr als eine Meile.

»Dafür ist das Wasser umso tiefer«, erklärte ihnen Vivaldo. Auf Rhys' Wunsch hin machte die *Araújo Junior* von dort einen kleinen Abstecher in einen Seitenarm des Amazonas und befuhr einen kleinen Fluss namens Rio Paru. Dort gab es einige Indianerdörfer der Aparai und Wajana, die Rhys unbedingt besuchen wollte. Die Menschen dort galten als offen und gastfreundlich, eine wunderbare Gelegenheit, um mit den Ureinwohnern dieses Landes in Kontakt zu kommen.

Zwei Tage lang folgten sie dem Flusslauf, bis sie auf die erste Siedlung stießen. Das laute Geräusch der Dampfmaschine lockte die Menschen aus ihren Behausungen. Sie verließen ihre ovalen Holzhütten, die mit Palmblättern gedeckt waren, und empfingen sie neugierig am Ufer. Für die drei Reisenden war es der erste Kontakt mit den Ureinwohnern dieses Landes. Obwohl Amber nicht prüde war, war sie doch geschockt, wie offen die Menschen ihre Körper zur Schau stellten. Die meisten Kinder waren völlig unbekleidet, aber auch die Erwachsenen trugen nichts als einen notdürftigen Schurz um die Lenden, der so gut wie nichts verbarg. Fasziniert, aber auch etwas befremdet stand sie an der Reling ihres Schiffes und betrachtete die Menschen aus sicherer Entfernung. Aus ihrer Zeit in Indien wusste sie, dass diese einfachen Völker eigene Regeln und soziale Strukturen hatten, die mit ihrer englischen Welt nichts zu tun hatten. Sehr schnell konnte vordergründige Freundlichkeit in Abneigung und Hass umschlagen. Rhys hatte deswegen darauf bestanden, dass er und Sebastian erst einmal allein mit den Menschen in Kontakt treten wollten, während Amber an Bord blieb. Sie hatte nichts dagegen.

Während die *Araújo Junior* auf der Mitte des Flusses trieb, ließ Vivaldinho das Beiboot zu Wasser, mit dem er Rhys und Sebastian an Land ruderte. Sobald die drei an Land stiegen, wurden sie von den Aparai umringt. Die Menschen waren um einiges kleiner als Rhys und Sebastian, dafür sehr kräftig und muskulös. Die schwarzen Haare trugen Männer wie Frauen schulterlang mit einem exakt geschorenen Stirnpony. Ihre bronzefarbenen Körper waren in komplizierten Mustern bemalt. Vivaldinho, der mit den Aparai vertraut war und sogar einige Brocken ihrer Sprache beherrschte, stellte ihnen die beiden Männer vor. Rhys hatte als Gastgeschenk bunte Perlen und ein paar Messer dabei, die er feierlich dem Kasike überreichte. Dieser zeigte sich hocherfreut, schlug Rhys freundschaftlich auf die Schulter und deutete zu seinem Dorf. Offensichtlich lud er sie dorthin ein. Kurz darauf machten sich alle zu dem Dorf auf, das aus einer Handvoll flacher Holzhütten bestand, die um einen Innenhof herum errichtet waren. Damit verschwanden sie aus Ambers Blickfeld. Sie beschloss, die Zeit zu nutzen und einige Skizzen von dem Dorf anzufertigen. Noch während sie damit zugange war, hörte sie das Schlagen von Trommeln und anderen Rhythmusinstrumenten, dann den Klang von Flöten und Rasseln. Sie fragte Vivaldo, was sie zu bedeuten hätten.

»Die Aparai machen *wako*«, erklärte Vivaldo, der ihr Schiff mittlerweile an das Ufer gesteuert und dort vertäut hatte. Er grinste vielsagend. »Das bedeutet, dass die Männer noch nicht so schnell zurückkehren werden.« Er erzählte Amber, dass die Aparai gerne feierten, vor allem, wenn sie Geschenke erhielten. »Kein Fest ohne Trinkgelage. Offensichtlich war ihre Maniokernte gut, und sie haben *Caxiri* gebraut. Erst wenn ihre Vorräte erschöpft sind, ist das Fest zu Ende.«

»Und wann, bitte schön, wird das sein?«, erkundigte sich Amber misstrauisch.

Vivaldo zuckte mit den Schultern. »In etwa drei bis vier Tagen.«

Die Aussicht, so lange allein auf dem Schiff zu bleiben, fand Amber gar nicht verlockend. Sie überlegte, ob sie es auch wagen sollte, an Land zu gehen. Allem Anschein nach waren die Aparai freundliche Menschen. Vielleicht konnte sie sich ja mit einigen ihrer Frauen anfreunden? Doch Vivaldo riet ihr davon energisch ab.

»Das ist nichts für eine Senhora«, meinte er streng. »Die Wilden geraten bei diesen Feierlichkeiten sehr oft außer Rand und Band. Oft gibt es Streit und danach Schlägereien.«

»Aber das könnte auch Rhys und Sebastian gefährlich werden!«

Amber war mit einem Mal höchst beunruhigt.

»Die Auseinandersetzungen enden normalerweise nicht tödlich.«

Vivaldos Argument war für Amber nicht sehr tröstlich. Dennoch blieb ihr nichts anderes übrig, als geduldig auf dem Schiff auszuharren. Sie konnte nur hoffen, dass die Männer ihr Abenteuer unbeschadet überstanden.

Die Warterei schien ewig zu dauern. Amber konnte von ihrem Platz nur das Flackern der Feuer sehen, die das Dorf erhellten. Dazu dröhnte das Schlagen der Trommeln und Pfeifen der Flöten die ganze Nacht lang. Ab und zu wurde das Konzert durch disharmonische Gesänge und lautes Gelächter unterbrochen. Amber lag schwitzend in ihrer Hängematte und versuchte vergeblich Schlaf zu finden. Die Nacht erschien ihr noch schwüler als sonst. Außerdem wurde sie von einer Schar blutrünstiger Moskitos gequält. Endlich fiel sie in einen wirren Schlaf voll seltsamer Träume. Tashi erschien ihr darin. Ihr buddhistischer Freund befand sich vor einem kleinen steinernen Haus hoch oben in den Bergen des Himalajas. Er führte das Leben eines Eremiten und war gerade damit beschäftigt, Schneereste einzusammeln, um sich daraus einen Tee zu brauen. Bevor er in seiner einfachen Hütte verschwand, wandte er sich ihr zu.

»Die Saat wurde in die Erde gesteckt und beginnt nun zu keimen«, sagte er. Dabei lächelte er sein weises, verschmitztes Lächeln, das vieles offen ließ. »Doch bevor du die Früchte erntest, steht dir eine gewaltige Aufgabe bevor.«

Er deutete in Richtung der schneebedeckten Berge, die im klaren Licht der Wintersonne verheißungsvoll glitzerten. Amber genoss die Aussicht und die Kühle, die von ihnen ausging, und wollte Tashi fragen, was er ihr damit sagen wollte. Doch ihr tibetischer Freund war längst verschwunden. Sie starrte auf die fernen Berge und stellte fest, dass sie sich langsam veränderten. Zuerst schmolz der Schnee auf den Gipfeln und Flanken. Der harte Fels sprang auf und wurde von innen heraus porös und brüchig. Nach und nach verlor das Gebirge seine felsigen Konturen. Felsen verwandelten sich in organische Strukturen, wurden zu riesigen Bäumen und wirren Lianen. Die gerade noch so frische Bergluft löste sich auf und machte schwüler Luft Platz, die ihr das Atmen erschwerte. Innerhalb weniger Augenblicke befand sich Amber mitten im Urwald. Statt der klaren Stille der Berge umgab sie nun eine Kakophonie von Lauten. Das Quaken von Fröschen, das Brummen von Insekten, der Gesang der Vögel und das Gebrüll der Affen waren so laut, dass sie sich die Ohren zuhielt. Dann entdeckte sie plötzlich einen jungen Mann direkt vor sich. Bis auf einen Köcher mit Pfeilen, dem dazugehörigen Bogen und einem Messer, das er an einer Schnur um seine Lenden trug, war er unbekleidet. Er war kaum größer als Amber, dafür von kräftiger, athletischer Statur. Sein Kopf war bis auf einen schmalen schwarzen Haarkranz kahlgeschoren. Die Ohren waren mit Pflöcken durchstoßen und mit Bastbüscheln und bunten Vogelfedern geschmückt. Durch die Nasenscheidewand und durch die Unterlippe waren dünne Stöckchen getrieben. Sie erinnerten an die Barthaare von Raubkatzen. Sein Gesicht war mit roter und schwarzer Pflanzenfarbe in einfachen, geometrischen Mustern bemalt. Der Indianer sagte kein Wort, sondern betrachtete sie nur aus seinen braungrünen Augen. Sein Blick hatte etwas Altes, Wissendes und für Amber auf merkwürdige Weise Vertrautes an sich. Dann bedeutete er ihr, ihm auf einem verborgenen Pfad zu folgen. Sie tat es, ohne nach dem Grund zu fragen.

Sie erklommen einen steilen Berg. Der Aufstieg war beschwerlich und führte auf ein schwindelerregend hoch liegendes Plateau. Fasziniert von der scheinbar unendlichen Weite des unter ihr liegenden Dschungels, kam sie erst wieder zu sich, als der Indianer sie an der Schulter berührte. Da registrierte sie erst, dass die Hochebene, auf der sie sich nun befand, keinesfalls öde und leer war, sondern von einer großen Anzahl von Menschen bewohnt wurde. Die Siedlung war riesengroß und war von Gräben und Palisaden umgeben. In jeder Himmelsrichtung gab es ein großes Tor. Sie folgte dem Indianer durch eines davon in die Stadt. Die meisten der prachtvollen, palastähnlichen Gebäude waren aus Holz gebaut, einige wenige jedoch aus massivem Stein. Es gab Marktstände mit Obst, Gemüse, Webwaren, geflochtenen Körben und Geräten. Frauen feilschten mit Händlern, während ihre Kinder wild herumjagten. Ein Trupp Männer kam mit reichlicher Jagdbeute aus dem Dschungel zurück. Sie wurden von ihren Freunden und Verwandten fröhlich willkommen geheißen.

Das Herzstück dieser Wohnstätte war jedoch eine steinerne Höhle, die den Menschen als Kultstätte diente. Der Indianer führte sie geradewegs dorthin. Doch kaum hatten sie den Ort erreicht, brach ein wilder Tumult los. Schüsse ertönten, Menschen schrien, an allen Ecken und Enden brachen Brände aus. Amber hatte schreckliche Angst. Der Indianer deutete auf das Gebäude und rannte darauf zu. Sie wollte ihm folgen, doch in diesem Augenblick wurde der Indianer von Kugeln zerfetzt.

Amber wachte von ihrem eigenen Schrei auf. Der Eindruck des gerade Geträumten war ihr noch so nah, dass sie glaubte, es tatsächlich erlebt zu haben. Ihre Kleidung klebte an ihrer Haut, Kopf und Glieder schmerzten, als hätte sie Fieber. Mühsam quälte sie sich aus ihrer Hängematte, um nach einem Krug mit Wasser zu suchen. Gierig trank sie zwei Gläser leer. Erst danach fühlte sie sich ein wenig besser. Seit ihrer Zeit im Himalaja war sie sich sicher, dass jeder Traum eine spirituelle Bedeutung hatte. Tashi erschien in ihren Träumen regelmäßig, doch auch der wild aussehende Indianer war ihr aus vergangenen Träumen vertraut. Allerdings wusste sie nichts mit ihnen anzufangen. Je länger sie darüber nachgrübelte, desto wirrer wurden ihre Gedanken. Vom Ufer her hörte sie immer noch das Trommeln und Singen der Aparai. Das Fest war immer noch in vollem Gange, obwohl die Nacht schon weit fortgeschritten war. Rhys und Sebastian blieben verschwunden. Amber seufzte. In Momenten wie diesen kam ihr das Abenteuer, das sie mit Rhys gewagt hatte, so absurd vor, dass sie gar nicht verstehen konnte, weshalb sie sich darauf eingelassen hatte. *Amber, du bist ein Dummkopf,* tadelte sie sich kopfschüttelnd, *du wolltest nie etwas anderes, als die Geheimnisse der Welt zu entdecken.*

Sie setzte sich auf einen der Korbsessel und lauschte dem fröhlichen Fest. Es hatte ganz und gar nichts Bedrohliches an sich. Eine sanfte Brise, die den Anbruch des Tages ankündigte, strich ihr angenehm über die schweißnasse Haut. Der schrille Angstschrei eines Pekari drang aus dem Unterholz des gegenüberliegenden Ufers. Wahrscheinlich war es einem Jaguar zum Opfer gefallen. Nicht weit von ihr begannen Brüllaffen ihr morgendliches Gelärme. Kurz darauf folgte das Gezwitscher der ersten Tagvögel. Der Morgen kündete sich durch seine Geräusche lange vor den ersten Sonnenstrahlen an.

Am Nachmittag des folgenden Tages kamen die Männer reichlich mitgenommen von dem Dorf der Aparai zurück. Rhys und Sebastian mussten den jungen Vivaldinho stützen, weil er zu viel von dem *Caxiri* der Aparai getrunken hatte. Aber auch sie sahen nicht sehr viel munterer aus. Während einige der Dorfbewohner ihnen zum Abschied fröhlich zuwinkten, holte Vivaldo den Anker ein und setzte die *Araújo Junior* wieder auf Kurs in Richtung Manaus.

Rhys zog sich für eine Weile zurück, um sich zu erfrischen und neue Kleider anzulegen. Er war völlig verdreckt und fühlte sich noch ganz elend von den Folgen dieses Getränks, das die Indianer ausgeschenkt hatten. Das *Caxiri* berauschte nicht nur, sondern schmeckte zudem bitter. Außerdem verursachte es auch schlimme Kopfschmerzen. Amber gab den Männern etwas Weidenrindenextrakt, der ihre Schmerzen lindern sollte.

Mit verzerrtem Gesicht behauptete Rhys, dass all seine Versuche, das alkoholische Getränk abzulehnen, fehlgeschlagen waren. Jedes Mal, wenn das Tongefäß zu ihnen gekommen war, hatten die Aparai darauf bestanden, dass er und Sebastian davon tranken. Zwar hatte er immer nur genippt, doch auch so war im Laufe der vielen Stunden eine ganze Menge zusammengekommen. Vivaldinho hatte sich bereits mehrere Male übergeben, und auch Sebastian war ganz grün im Gesicht und hatte sich abgeschlagen in seine Hängematte zurückgezogen. Ein starker Kaffee, den Maria ihm aufgegossen hatte, brachte Rhys schließlich wieder so weit auf die Beine, dass er Amber von seinem Abenteuer berichten konnte. Sie erfuhr, dass die Aparai sich schon seit einigen Generationen mit den Wajana vermischten, was für die Völker des Amazonas eher ungewöhnlich war. Auf diese Weise profitierten beide Völker von den Fähigkeiten des jeweils anderen und kamen weit herum.

»Stell dir vor, die Aparai haben uns erzählt, dass ihr Stamm vor vielen Generationen ihr angestammtes Gebiet verlassen musste, weil sie von einem mächtigen Feind vertrieben worden sind. Das Volk soll mit den Geistern im Bund gewesen sein, denn es besaß mehr Krieger und bessere Waffen als alle anderen«, fügte Rhys plötzlich ganz aufgedreht hinzu. »Weißt du, was das bedeutet?«

Amber sah ihn erwartungsvoll an.

»Das ist ein weiterer Hinweis darauf, dass es tatsächlich einmal ein großes Reich hier am Amazonas gegeben haben muss«, klärte Rhys sie auf. »Der Anführer der Aparai hat uns berichtet, dass sie aus dem Nordwesten von einem Hochplateau kamen, das wie ein Adlerhorst weit über dem Urwald thronte. Er sprach von großen Siedlungen und steinernen Häusern, wie sie die Weißen bauen. Er behauptet sogar zu wissen, wie man dorthin gelangt.« Er strich sich nachdenklich über die Stirn.

»Er konnte mir natürlich nur eine sehr vage Ortsangabe geben, die ebenso gut aus dem Reich der Legenden stammen kann, wie ich zugeben muss, aber vielleicht liegt ja doch ein Funken Wahrheit darin.«

»Und was sollen wir nun tun?« Amber freute sich über Rhys' Enthusiasmus; gleichzeitig hatte sie plötzlich ein unbehagliches Gefühl. Ihr merkwürdiger Traum mit dem Indianer kam ihr wieder in den Sinn. Darin war ebenfalls ein hochentwickeltes Volk vorgekommen, das in einer stadtähnlichen Siedlung lebte. Sie wischte den Gedanken daran schnell beiseite. Die Hitze spielte ihrem klaren Verstand wohl einen Streich.

»Vielleicht kann Andrade uns weiterhelfen«, sinnierte Rhys. »Er prahlte oft genug damit, dass er Abschriften der neuesten Kartografierungen des Amazonasgebiets besitzt. Vielleicht stoßen wir da zufällig auf dieses Plateau …?« Er sah Amber hoffnungsfroh an. »Es ist auf jeden Fall einen Versuch wert.«

32

Miou saß gedankenverloren in einem Lehnstuhl auf der Veranda des Hauses ihres Vaters. Hier draußen war die drückende Schwüle, die über Manaus lag, am ehesten zu ertragen. Der Himmel war so grau wie ihre Stimmung. Durch die Palmen und Büsche, die den Garten mit seinem Springbrunnen begrenzten, konnte sie auf den einzigen großen Platz sehen, den Manaus besaß. Im Grunde genommen konnte man den Ort kaum als Stadt bezeichnen. Es war nicht mehr als ein elendes Kaff inmitten eines lebensfeindlichen Urwalds. Zwar wurde an allen Ecken und Enden gebaut, neue Steinhäuser, eine neue Kathedrale und Straßen, die einmal mit Paris und London konkurrieren sollten. Das konnte jedoch nicht über die Tatsache hinwegtrösten, dass sie inmitten der Provinz lag. Allein der Gedanke daran, wie weit es von hier bis in ihre geliebte Schweizer Heimat war, ließ Miou schaudern.

Beinahe drei Wochen hatte die Reise mit dem Dampfschiff gedauert, dazu die wochenlange Überfahrt mit dem Dampfsegelboot. Ihr war, als hätte man sie ans Ende der Welt verbannt. Mit jedem Tag, den Miou in diesem grässlichen Land verbringen musste, wuchs ihre Sehnsucht nach zu Hause. Sie vermisste die kühle klare Bergluft ebenso wie die Herzlichkeit ihrer Großeltern. Jetzt, im November, würde der erste Schnee fallen und die schroffen Felswände und herbstleeren Täler mit seinem zauberhaften Glitzern zieren. Seit sie in Manaus angekommen waren, wurde ihr die Enge ihres momentanen Lebens noch schmerzhafter bewusst als zuvor.

Ihr Vater hatte in den Wochen und Monaten, in denen sie nun zusammen waren, ohnehin kein besonderes Interesse an ihr gezeigt. Doch jetzt kümmerte er sich kaum noch um sie. Er war von morgens bis abends außer Haus, und wenn er zurückkam, zog er sich sofort in seine Räumlichkeiten zurück. Nicht, dass ihr seine Abwesenheit etwas ausgemacht hätte. Im Gegenteil. Seitdem ihr schmerzhaft klar geworden war, dass sie für ihn nur als sein Besitz eine gewisse Bedeutung hatte, legte sie auf seine Gesellschaft keinen großen Wert. Gefühle spielten für ihren Vater nur eine sehr untergeordnete Rolle, es sei denn, er geriet außer sich und wurde von seinem gefährlichen Jähzorn übermannt. Niemals würde sie die geschundenen Leiber der ausgepeitschten Matrosen vergessen. Sie träumte immer noch davon. Was sie viel mehr bekümmerte, war die Einsamkeit, der sie in ihrem neuen Zuhause ausgesetzt war.

Ihr Vater besaß gemäß seinem Stand ein herrschaftliches Stadthaus auf der Anhöhe über dem Fluss, auf der einst die kleine Festung Sao José do Rio Negro gestanden hatte, das erste Bauwerk der Stadt. Es war geräumig, großzügig und voller Luxus. Ihr Vater hatte sogar ein Badezimmer einbauen lassen, das über fließendes Wasser und eine eigene Badewanne verfügte. Die Tapeten an den Wänden und ein Großteil des Mobiliars waren aus Paris herbeigeschafft worden, die bunten Gläser aus dem venezianischen Murano und das Tafelporzellan aus Meißen. Jedes noch so kleine Detail stammte aus Europa, selbst das Holz für die Bibliotheksschränke. Dennoch strahlte das Gebäude bei aller Pracht nur Kälte und keinerlei Behaglichkeit aus. Miou fühlte sich wie ein unbeachtetes Schmuckstück in einer wertvollen Schatulle. Wenn wenigstens Amber in ihrer Nähe gewesen wäre. Sie vermisste die etwas ältere Freundin, die ihr während der Überfahrt so viel Zuspruch gewährt hatte. Nun saß sie wie eine Gefangene in ihrem goldenen Käfig und wartete darauf, dass ihr Vater sie an diesen Carlos dos Santos verschacherte. Bei einem der seltenen gemeinsamen Abendessen hatte sie von ihrem Vater erfahren, dass ihr Verlobter im Augenblick am oberen Rio Negro in geschäftlichen Dingen unterwegs war. Er wurde jedoch jeden Tag zurückerwartet. Miou hoffte, dass dies nicht so schnell der Fall sein würde. Das verschaffte ihr wenigstens etwas Zeit, sich an ihr Schicksal zu gewöhnen. Vielleicht würde es ihr ja doch gelingen, die Sehnsucht nach Sebastian und ihre hoffnungslose Liebe zu überwinden. Sie seufzte niedergeschlagen und wischte sich verstohlen eine Träne aus dem Auge. Der Gedanke daran, was zwischen ihnen hätte sein können, verursachte ihr immer noch einen bohrenden Schmerz im Herzen.

»Senhorita Miou?« Die heisere Stimme ihrer schwarzen Dienerin Maria riss sie aus ihren trüben Gedanken.

»Ich brauche nichts«, meinte sie abweisend. Mit einer flatternden Handbewegung bedeutete sie ihr zu verschwinden. Doch die Frau, die ihr Vater ihr als Kammerzofe zugedacht hatte, blieb und räusperte sich unbeholfen.

»Was ist denn noch? Ich will meine Ruhe haben!«, fuhr Miou ungeduldig hoch. Im gleichen Augenblick tat es ihr leid, dass sie so unbeherrscht reagiert hatte. Sie wandte sich ihrer Zofe zu und lächelte entschuldigend. »Bitte verzeih, aber es ist heute wirklich unerträglich heiß.«

Maria nickte nur und verzog keinerlei Miene. Sie war eine dunkelhäutige Caboclo mittleren Alters, deren afrikanische Wurzeln nur schwer zu verbergen waren. Bestimmt hatte Miou ihren Stolz verletzt.

»Euer Vater wünscht, dass Ihr Euch heute Abend besonders fein macht«, verkündete sie. »Er erwartet Euch zum Essen.«

»Dann entschuldige mich bitte. Ich habe Migräne«, gab Miou unwillig zurück. Ein Essen mit ihrem Vater war das Letzte, wonach ihr jetzt der Sinn stand. Marias nächste Mitteilung verdarb ihr endgültig die gute Laune.

»Euer Verlobter wird heute Abend ebenfalls unser Gast sein.«

Miou starrte Maria entsetzt an. *Bitte lass es nicht wahr sein,* dachte sie verzweifelt. Gleichzeitig war ihr bewusst, dass es keinen Sinn hatte, sich dagegen zu sträuben. Notfalls würde ihr Vater sie an den Haaren zu diesem Essen schleifen. Furcht und Beklemmung machten sich in ihrem Herzen breit.

»Ich werde Euch bei Eurer Garderobe helfen«, erklärte Maria.

Miou bildete sich ein, in ihrer heiseren Stimme so etwas wie Anteilnahme zu hören.

»Kennst du Senhor dos Santos? Was ist er für ein Mensch?«, fragte sie die Zofe in einer Anwandlung von Vertrautheit. Vielleicht war er ja gar kein so ein übler Mensch, wie sie befürchtete. Maria zögerte einen Augenblick zu lang, um ihrer Hoffnung Nahrung zu geben.

»Er ist ein mächtiger Mann, wie Euer Vater«, meinte sie zurückhaltend. »Ihr könnt Euch glücklich schätzen, ihn zum Mann zu bekommen.«

Ihre verhaltene Art ließ Miou vermuten, dass sie dazu auch noch eine andere Meinung hatte.

»Nun sag schon: Ist er gut aussehend und charmant?«, hakte sie halbherzig nach. Die Wahrheit war jedoch, dass Carlos der schönste und charmanteste Mann Brasiliens hätte sein können, in ihren Augen würde er gegen Sebastians wissbegierigen Charme niemals bestehen können.

Maria zuckte nur mit den Schultern und räumte rasch das Teegeschirr auf dem Beistelltischchen zusammen. Sie war wie das gesamte Personal von Tiago de Andrade nicht besonders gesprächig.

Miou blieb nichts anderes übrig, als sich in das Unvermeidliche zu fügen. In Marias Begleitung begab sie sich in ihr Zimmer, um sich für den Abend herzurichten. Die schweigsame Zofe ließ ihr ein kaltes Bad ein, in das sie duftende Kräuter und exotische Blumen einstreute. Das duftende, kühle Wasser weckte ein wenig ihre Lebensgeister und ließ sie nicht mehr ganz so pessimistisch auf den Abend sehen. Sie erinnerte sich plötzlich an die Worte ihres Großvaters, der ihr immer wieder versichert hatte, dass auch in scheinbar schlechten Dingen immer etwas Gutes wohnt. Hoffentlich würde sich das auch für sie bewahrheiten. Sie wählte ein dezentes, weinrotes Kleid mit hochgeschlossenem Kragen und halblangen Ärmeln. Dezente Stickereien an der Rockvorderseite und um den Kragen und die Ärmelenden gaben dem Kleid einen vornehmen, aber nicht zu protzigen Anstrich. Das Kleid war der neuen Mode entsprechend auf Silhouette geschnitten und wurde deswegen anstatt mit einer rundum aufbauschenden Krinoline mit einer das Hinterteil betonenden Tournüre getragen. Es betonte auf einfache, aber effektive Art und Weise Mious schlanke Figur. Maria half ihr dabei, ihr Haar sorgfältig hochzustecken und ihre Locken kunstgerecht zu drapieren. Sie ging dabei überraschend geschickt vor für eine Dunkelhäutige, die nie aus Manaus hinausgekommen war.

»Wo hast du das Frisieren gelernt?«, fragte Miou neugierig. »Die Art, wie du meine Haare aufgetürmt hast, ist gerade in Paris und London sehr in Mode gekommen. Ich bin sehr zufrieden mit dir.«

Maria freute sich über das Lob, auch wenn sie es nicht so zu zeigen vermochte.

»Meine frühere Herrin ließ sich regelmäßig Modezeitschriften aus Europa schicken. Ich musste sie immer nach der neuesten Mode frisieren.«

Miou fragte Maria ein wenig aus und erfuhr, dass ihre vorige

Stelle im Hause des Gouverneurs gewesen war, wo sie dessen Frau und Tochter bedient hatte.

»Hat es dir dort nicht mehr gefallen?«, fragte sie arglos. »Ich meine, weshalb hast du deine Stellung gewechselt? Bezahlt dir mein Vater mehr?«

Sie hatte die Frage weniger aus Interesse gestellt, als um die Konversation in Gang zu halten. Marias Körper versteifte sich ein wenig.

»Ich wurde nicht gefragt«, gab sie kurz angebunden zurück. »Der Gouverneur hat mich verkauft, weil seine Tochter demnächst einen deutschen Kautschukhändler heiraten wird und der für seine Frau eine jüngere Zofe bevorzugt.«

»Verkauft?« Miou stutzte. »Mein Vater hat dich gekauft? Das ist ja unerhört!«

Sie atmete noch einmal tief durch, bevor sie begriff, dass Maria eine Sklavin war. Die Sklaverei war in den meisten Ländern Europas schon vor vielen Jahren abgeschafft worden. Der Gedanke, dass Menschen wie Ware behandelt wurden, schockierte sie.

Maria verstand sie völlig falsch. Ihr Gesicht verdüsterte sich.

»Es tut mir leid, wenn Euer Vater mit mir die falsche Wahl getroffen hat. Ihr hättet sicherlich lieber eine junge Zofe bevorzugt«, murmelte sie mit ihrer heiseren Stimme und suchte eilig in einer Schatulle nach den passenden Handschuhen zu ihrem Kleid.

»Oh nein!« Miou tat das Missverständnis leid. »Ich kann mir keine bessere Zofe vorstellen«, setzte sie eilig nach. »Ich finde es nur befremdlich, dass du als Sklavin und umsonst in unserem Hause arbeitest.«

Maria sah sie an, als käme sie von einem anderen Stern.

»Ich arbeite nicht umsonst«, sagte sie unsicher. »Euer Vater hat viel Geld für mich bezahlt.«

Es war Zeit zu gehen, deshalb unterließ Miou es, die Diskussion weiterzuführen. Aber sie nahm sich insgeheim vor, sich bei ihrem Vater für Marias Freilassung zu verwenden. Wenigstens dieses Hochzeitsgeschenk würde sie von ihm einfordern.

Carlos dos Santos war erst seit einigen Stunden wieder in der Stadt. Die letzten Wochen hatte er im Dschungel verbracht, um neue Kautschuksammler aufzutreiben. Seit die Nachfrage nach dem Rohstoff so immens gestiegen war, fehlte es an Leuten für diese Aufgabe. Es wurde immer schwieriger, Geeignete zu finden. Zwar kamen mittlerweile aus allen Teilen Brasiliens arbeitswillige Männer, doch lange nicht genug, um den Bedarf zu decken. Außerdem waren sie meist Schwächlinge, die der erste Fieberschub, der im Dschungel unausweichlich war, niederstreckte. Er hielt nichts von den verweichlichten Zuwanderern aus dem Süden und hatte sich deswegen auf eine andere Strategie verlegt.

Er hatte lange genug im Dschungel gelebt, um zu wissen, dass die Indianer zum Kautschuksammeln sehr viel besser geeignet waren als die Caboclos und Weißen. Sie waren weniger anfällig für die Krankheiten des Dschungels und kannten sich besser mit den Pflanzen aus. Allerdings sah das faule Indianerpack keinen Sinn darin, für die Weißen zu arbeiten. Also musste er sie dazu zwingen. Dabei musste er sich meist nicht einmal selbst die Hände schmutzig machen. Seine Methode war einfach und höchst effizient. Er suchte sich zwei verfeindete Indianerstämme und gab einem davon Gewehre, damit sie ihre Feinde überfallen konnten. Im Gegenzug bekam er ihre Gefangenen als Sklaven. Leider hatte eine Fleckfieberepidemie, die einer seiner Wachmänner eingeschleppt hatte, ihn erst kürzlich über ein Dutzend Leute gekostet. Das hatte ihn gezwungen, länger im Dschungel zu bleiben als beabsichtigt. Immerhin besaß er nun ein Verlobungsgeschenk für seinen Freund und künftigen Schwiegervater. Die kleine Indianerin, die er neulich den Fischern abgekauft hatte, entsprach genau dessen Geschmack. Sie war kratzbürstig genug, um Tiagos Fantasien anzuregen. Carlos hatte die widerspenstige Kleine unter der Obhut seiner Männer in der Vila Rosa zurückgelassen. Tiago würde sie erst bei der offiziellen Verlobungsfeier erhalten.

Wie gewöhnlich hatte Carlos die beiden Zimmer in der Pousada oberhalb des Hafens bezogen. Die bewohnte er stets, wenn er Dinge in der Stadt zu erledigen hatte. Etwas lustlos rasierte er sich, bevor er in ein sauberes Hemd und einen hellen Anzug schlüpfte. Den Langbinder schnürte er nur lässig. Er hasste es, sich wie ein Pfau herauszuputzen. Nun war nur zu hoffen, dass seine Verlobte einigermaßen seinen Erwartungen entsprach. Nicht, dass es eine große Rolle gespielt hätte, ob sie hübsch und gefügig war. Das Weib musste ihm nur seine Nachkommen gebären, doch es würde sehr viel angenehmer sein, wenn er auch noch seinen Spaß mit ihr haben konnte. Dennoch war er leicht nervös, als er seinen Panamahut aufsetzte und sich nochmals vergewisserte, dass sich die goldene Halskette, die er seiner Zukünftigen zu schenken gedachte, in seiner Westentasche befand. Nicht mehr lang und er hatte sein Ziel erreicht. Mit der Heirat von Tiagos Tochter war er endlich seinem Freund und Mentor ebenbürtig. Sie würde das Pfand ihrer unverbrüchlichen Freundschaft sein und ihn zu einem gleichberechtigten Teilhaber machen. Er nickte sich zufrieden im Spiegel zu. Alles war an Ort und Stelle. Gemessenen Schrittes trat er vor die Tür. Obwohl es nicht weit bis zu Tiagos Stadthaus war, winkte er eine Kutsche heran.

Ein Diener führte ihn durch die Eingangshalle in Tiagos Bibliothek. Dort hielt sich der Kautschukhändler am liebsten auf. Als er den Raum betrat, fand er seinen Freund über Geschäftspapieren brüten. Tiago sah nur kurz auf und deutete auf das Buffet, auf dem Gläser und eine Karaffe mit goldfarbenem Cognac standen.

»Carlos! Schön, dass du da bist! Bedien dich, mein Freund. Ich muss nur noch eben den Vertrag zu Ende prüfen.«

»Lass dir nur Zeit!« Carlos nahm einen Cognacschwenker und füllte ihn weit über das Maß. Damit setzte er sich auf einen Lehnstuhl in der Nähe der geöffneten Veranda und genoss den sanften Luftzug, der vom Fluss her auf die Anhöhe zog. Tiagos hervorragenden Cognac vermisste er am meisten, wenn er draußen in den Wäldern war. Ansonsten hasste er die Stadt und freute sich schon wieder auf die Vila Rosa am Fluss. Sie gehörte Tiago, würde aber mit der Hochzeit auf ihn überschrieben werden. Er nippte erst an seinem Cognac, bevor er einen größeren Schluck nahm, um den Rauch- und Lederaromen des Weinbrands nachzuspüren. Ein wunderbarer Jahrgang. Er hoffte, dass sein künftiger Schwiegervater das für die Hochzeit versprochene Fass aus Frankreich nicht vergessen hatte. Tiago hatte unterdessen den Vertrag zu Ende gelesen und kam damit auf Carlos zu. Er überreichte ihm die Papiere.

»Dies sind meine Bedingungen, wenn du mein Teilhaber werden willst«, meinte er knapp. »Es ist alles so, wie wir es abgesprochen haben. Du wirst nach der Hochzeit mein Teilhaber sein, solange du die geforderte Menge an Kautschukballen liefern kannst.«

Carlos nahm die Papiere entgegen und blätterte darin. »Das sind zwanzig Prozent mehr Kautschuk, als wir ausgemacht hatten«, protestierte er ärgerlich. »Dafür habe ich nicht genügend Männer. Ich brauche mindestens zwanzig neue Seringueiros!«

»Das ist dein Problem«, gab Tiago ungerührt zurück. »Wir müssen unsere Produktion erhöhen. Ich werde im Gegenzug dafür sorgen, dass uns der Gouverneur die an die Vila Rosa angrenzenden Gebiete zur Ausbeute überlässt. Alles Weitere ist deine Sache.« Er berichtete ihm knapp von der Pleite seiner französischen Volksbank. »Wenn wir den Absatz nicht verdoppeln, sehe ich schwarz für uns – auch für dich, mein Lieber!«

Carlos biss sich verstimmt auf die Unterlippe. Das hörte sich nicht besonders gut an. Doch war das Problem mit den fehlenden Männern nicht unlösbar. Er würde die Indianer, die er mit Waffen ausgestattet hatte, einfach ein Stück weiter in den Norden schicken, wo noch andere Stämme lebten, und sich an ihnen bedienen.

»Geht in Ordnung«, willigte er ein. »Ich werde dir den nötigen Kautschuk besorgen.«

»Dann lass uns darauf anstoßen!«

Es klopfte an der Tür. Einen Augenblick später betrat Tiagos Tochter den Raum. Carlos Stimmung hob sich sofort, als er sie sah. Das Mädchen war nicht nur jung, sondern zudem eine außergewöhnliche Schönheit. Ihre aufrechte Haltung hatte etwas Stolzes und Aristokratisches. Diese Frau würde ihm bildhübsche Söhne gebären. Unverhohlen musterte er sie von oben bis unten. Es gefiel ihm, wie sie verärgert ihren Blick von ihm abwandte. Am liebsten hätte er sie noch in derselben Nacht besessen. Sein lüsterner Blick war auch Tiago nicht entgangen. Er lächelte zufrieden.

»Miou. Wie schön, dass du den Abend mit uns verbringen willst. Darf ich dir nun endlich deinen Verlobten vorstellen? Du hast dich schließlich lange genug in Geduld üben müssen.«

Carlos erhob sich von seinem Lehnstuhl und ging auf sie zu. Er versuchte einen guten Eindruck zu machen, doch seine Verbeugung geriet recht ungelenk.

»Senhorita Miou. Ihr seht noch besser aus, als man es mir versprochen hat«, stellte er zufrieden fest. Als er ihren empörten Blick bemerkte, fügte er rasch hinzu: »Ich wollte sagen, Ihr entsprecht ganz meinen Erwartungen.«

Nun begann auch noch seine Narbe zu jucken, sodass er sich im Gesicht kratzen musste. Er hasste es, wenn er so tun sollte, als wüsste er sich zu benehmen.

»Sehr freundlich«, antwortete seine Verlobte sichtlich befremdet. Ihr Blick war kühl und überheblich. Ihre gesamte Haltung war reine Ablehnung.

Na warte! Deinen Stolz wirst du bei mir schon noch ablegen, dachte Carlos gekränkt, zwang sich jedoch dennoch zu einem freundlichen Lächeln.

33

Quenky-quenky-quok-quok-quok.

Der vertraute Ruf des Tukans riss Jandeira aus ihrer Lethargie. Sie richtete sich aus ihrer Kauerstellung auf und lauschte durch die Ritzen des Schuppens, in den man sie eingesperrt hatte, nach draußen. *Quenky-quenky-quok-quok-quok.* Kein Zweifel, es war der unverwechselbare Ruf von Caurés utupé. Wollten die Geister des Waldes sie etwa narren? Cauré war tot, der utupé frei. Er sollte nicht sein Spiel mit ihr treiben. Der Tod ihres Geliebten brachte sie ohnehin halb um den Verstand. Der Schmerz brannte in ihrer Seele wie die Glut eines nie verlöschenden Feuers. Nur wegen der Erinnerung an ihre gemeinsame Zeit hatte sie noch nicht den Mut aufgebracht, Hand an sich zu legen, obwohl sie nah dran gewesen war nach dem, was dieser Carlos ihrem Körper angetan hatte.

Quenky-quenky-quok-quok-quok.

Da war es wieder. Der Ruf des Tukans war keine Einbildung. Weshalb ließen Caurés Geister sie nicht in Ruhe? Weil ihr Geliebter nicht ordentlich bestattet worden war? Die Hapuweteri hängten ihre Toten in die Äste großer Bäume, bis sie verwest waren. Danach verbrannten sie die Knochen und vermengten die Asche mit Bananenbrei. Alle, die dem Toten nahestanden, aßen davon und sorgten auf diese Weise dafür, dass er in ihnen weiterlebte. Wer dieses Ritual nicht erfuhr, irrte für alle Zeit als narrender Geist durch die Wälder. Sie schauderte. Sie hatte mit eigenen Augen gesehen, wie der Mann, den die Napé Xavier nannten, leblos an ihr vorbeigetrieben war, um dann von einem Mohrenkaiman ergriffen und unter Wasser gedrückt zu werden. Von ihm war nichts übrig geblieben als sein Blut, das sich wie ein kleiner See um die Unglücksstelle ausgebreitet hatte. Cauré musste ein ähnliches Schicksal erfahren haben. Sie hoffte nur, dass die Schüsse ihn getötet hatten, bevor die Kaimane oder Piranhas ihr schreckliches Werk vollendeten.

Ein lautes, unablässiges Scharren, so als wolle jemand den grob gezimmerten Fensterladen von außen öffnen, zog ihre Aufmerksamkeit auf sich. Sie spähte durch ein Astloch in der Schuppenwand und erschrak, als sie Caurés farbenprächtigen Tukan auf dem schmalen Fenstersims sitzen sah. Es gab keinen Zweifel. Er war es. Die türkisfarbenen Ringe um seine Augen waren unverwechselbar. Immer wieder versuchte das Tier mit seinem ungelenken Schnabel den Riegel beiseitezuschieben, der den kleinen Fensterladen von außen verschloss. Er ließ nicht ab von seinem Vorhaben. Sein Eifer tat Jandeira weh. Er war genauso vergeblich wie die Hoffnung auf Freiheit. Neuer Schmerz flutete durch sie hindurch. Es war so schwer, ihn zu beherrschen. Da hielt der Tukan plötzlich inne und legte seinen Kopf schief. Ihre Blicke trafen sich für einen kurzen, magischen Augenblick. Die starren, kalten Vogelpupillen lösten sich auf und nahmen die Form von Caurés leicht nach unten gebogenen Mandelaugen an. Weich und warm sah er sie aus seinen grünbraunen Augen an. Die Botschaft seines Blickes kam zu ihr wie Worte, die in ihr Herz trafen. *Gib nicht auf! Mein Herz wird immer in deinem schlagen!*

Der Augenblick war so schnell vorüber, wie er gekommen war. Ein greller Schuss zerteilte die Luft. Beinahe gleichzeitig zersplitterte das Holz des Fenstersimses, während der Tukan kreischend aufflog und flatternd sein Heil auf dem nächsten Baum suchte. Jandeira warf sich instinktiv auf den Boden. Von draußen hörte sie lautes Fluchen und eine wütende Stimme.

»Du Idiot! Was ballerst du hier sinnlos rum?«

»Das war doch nur Spaß! Ich wollte dem dämlichen Vogel einen Denkzettel verpassen. Was hat das Viech schon hier zu suchen!«

»Du hast direkt auf den Schuppen geschossen, in dem die verdammte Indianerin sitzt. Was, wenn sie nun tot ist? Carlos bringt dich um, wenn sie auch nur einen Kratzer hat. Darauf kannst du einen lassen!«

»Verdammt! Daran habe ich nicht gedacht.« Die Stimme des Beschuldigten wurde kleinlaut. »Dann seh ich mal lieber nach …«

Kurz darauf wurde die Tür zu Jandeiras Schuppen entriegelt, und der Wachmann sah zu ihr hinein. Als er sich vergewissert hatte, dass ihr nichts geschehen war, schlug er die Tür wieder zu und verriegelte sie.

Jandeira lehnte mit dem Rücken gegen die Wand und atmete tief durch. Plötzlich spürte sie wieder etwas Leben in sich. Der Tukan hatte ihr gezeigt, dass Cauré nicht wirklich tot war. Sein Geist lebte in dem Vogel weiter. Also musste sie auch weiterleben. Sie griff nach dem Krug und der Schale mit Bohnen und Reis, die sie bislang unbeachtet hatte stehen lassen. Sie trank von dem Wasser und zwang sich, etwas von dem Essen zu nehmen. *Ich muss neue Kraft schöpfen, um im richtigen Augenblick von hier verschwinden zu können,* dachte sie zuversichtlich, als sie erneut den Ruf des Tukans hörte.

Jandeira hatte längst aufgehört, die Tage zu zählen, die man sie hier schon gefangen hielt. Zeit spielte für ihr Leben keine Rolle. Das Einzige, was für sie zählte, war, dass der Tukan in regelmäßigen Abständen zu ihrem Schuppen kam und sich durch sein Rufen oder Scharren bei ihr bemerkbar machte. Das Wissen, dass er in ihrer Nähe war, machte ihr jeden Tag von Neuem Mut. Einmal pro Tag kam einer ihrer Bewacher zu ihr hinein, fesselte ihr die Hände und führte sie hinaus, damit sie im Wald ihre Notdurft verrichten konnte. Diese wenigen Augenblicke nutzte sie, um ihre Umgebung zu erkunden. Carlos und seine Männer hatten sie zu einer Kautschukplantage gebracht. Es war ein weitläufiges Anwesen mit mehreren Gebäuden, Schuppen und einem kleinen Laden, beinahe ein Dorf am großen schwarzen Fluss, den sie Rio Negro nannten. Es würde schwierig, wenn nicht sogar unmöglich sein, unbemerkt von hier aus durch den Wald zu fliehen, denn an das Anwesen schlossen sich die weit verstreuten Behausungen der Seringueiros an. Ihre einzige Chance bestand darin, sich unbemerkt eines der Boote zu nehmen. Leider ließen ihre Bewacher sie nie aus den Augen. Bislang hatte sich noch keine Möglichkeit zur Flucht ergeben. Dafür lebte sie ständig in der Furcht, von einem der Männer vergewaltigt zu werden. Ihre Blicke ruhten voller Hunger auf ihr. Sie wusste, dass nur der Befehl des Narbengesichts sie daran hinderte, mit ihr zu machen, was sie wollten. Der Anführer der Männer war seit einigen Tagen nicht mehr auf der Plantage. Doch sie wusste genau, dass, sobald er zurückkehrte, ihre Schonfrist vorüber sein würde.

Eines Tages war es so weit. Die Tür ihres Gefängnisses öffnete sich, und Carlos trat breitbeinig vor sie hin. Er musterte sie wie ein Raubtier auf der Lauer. Jandeira versuchte seinem lüsternen Blick ruhig zu begegnen. Sie war auf alles gefasst. Dieser Mann konnte ihren Körper nehmen, ihrem Stolz und ihrem Geist würde er nichts anhaben können. Sie erwartete, dass er sie hochzog und mit sich nahm. Doch stattdessen warf er ihr nur einen Haufen Stoff vor die Füße.

»Wasch dich, zieh das an und kämm dir die Haare«, befahl

er ihr barsch. Damit drehte er sich um und verließ wieder die Hütte. Jandeira rührte den Haufen nicht an. Sie hatte seit ihrer Flucht zu den Waimiri kein Kleid mehr getragen. Es gehörte zu einem früheren Leben, mit dem sie dank Cauré abgeschlossen hatte. Doch darauf nahm hier niemand Rücksicht. Kurze Zeit später wurde Jandeira mitsamt der Kleider von einem Bewacher zum Fluss gezerrt. Eine der Frauen, die bei den Seringueiros lebte, wurde herbeigerufen und damit beauftragt, sich um Jandeira zu kümmern.

»Zieh deinen Lendenschurz aus«, befahl sie unfreundlich. Sie machte keinen Hehl daraus, dass sie diese Aufgabe nicht freiwillig tat.

Jandeira verzog keine Miene, tat allerdings, was man ihr befahl. Sie ließ zu, dass die fremde Frau sie zum Wasser hin schubste und ihr angewidert eine Bürste und einen wohlriechenden Stein reichte, den sie Seife nannte. In aller Ruhe begann sie sich zu waschen. Es war lange her, dass sie die Möglichkeit gehabt hatte, sich zu reinigen. Während sie sich einseifte, erinnerte sich Jandeira daran, dass ihr Vater ihrer Mutter auch einmal solch einen Stein zum Geschenk gemacht hatte, nachdem er von einem der seltenen Besuche in der Stadt zurückgekehrt war. Es war eines der wenigen Luxusgüter gewesen, die er von den Weißen erworben hatte.

»Das reicht. Komm jetzt raus!«, fuhr die Frau sie an.

Jandeira warf ihr einen verächtlichen Blick zu und wusch sich in aller Ruhe zu Ende. Ebenso wenig achtete sie auf die lüsternen Blicke der Wachmänner, als sie splitternackt wieder an Land kam. *Ihr könnt meiner Seele nichts anhaben,* versuchte sie sich immer wieder einzureden. Mit unbewegter Miene ließ sie sich von der Frau helfen, die Kleider anzulegen. Als Erstes musste sie ein etwa hüftlanges, weißes Hemd anziehen, das die Frau Chemise nannte. Darüber kam ein heller Baumwollunterrock, der um die Hüfte mit Pferdehaar verstärkt war. Doch damit nicht genug. Die Frau zwängte nun ihren Oberkörper in ein mit Stäben verstärktes Gestell, das erst vorne mit Häkchen verschlossen wurde, um sie dann von hinten so fest einzuschnüren, dass sie kaum noch Luft bekam. Erst dann durfte sie das bodenlange Kleid anlegen. Jandeira fühlte sich in der ungewohnten Kleidung wie ein Fisch, der in eine Reuse geraten war. Ihr Mut sank. Mit diesen Kleidern würde sie niemals fliehen können.

34

Manaus, November 1862

Amber stand am Fenster des kleinen Stadthauses, das sie gemeinsam mit Sebastian bewohnten, und starrte missmutig auf den prasselnden Regen, der die enge Gasse überschwemmte. Der mit Kopfstein gepflasterte Weg war aus gutem Grund gewölbt, denn rechts und links floss das Wasser in Strömen durch die Rinnsteine den Berg hinab. Nun waren sie schon seit über zehn Tagen in Manaus, und jeden Tag schüttete es, als hätte der Himmel seine Schleusen geöffnet, um sie alle zu ertränken. Die Pegel des Amazonas und seiner beiden Hauptzuflüsse, des Rio Solimões und des Rio Negro, stiegen durch die ergiebigen Regenfälle ständig an. Weite Waldgebiete, die vor Kurzem noch begehbar gewesen waren, wurden nun überflutet und verwandelten die Landschaft in unübersichtliche Überschwemmungswälder.

Amber fühlte sich den Naturgewalten auf entsetzliche Weise ausgesetzt. Alles hier in den Tropen neigte zur Übertreibung. Das rasante Wachstum der Pflanzen ebenso wie die Masse an Insekten und Tieren, denen man hier ständig über den Weg lief. Die Gewitter waren lauter, heftiger und häufiger als irgendwo sonst auf der Welt. Der Begriff Elektrizität hatte durch die über Stunden hell leuchtenden Gewitterblitze zwar eine anschauliche, dafür allerdings auch umso furchterregendere Bedeutung für sie gewonnen. Waren sie nicht alle hier nur willenloses Spielzeug inmitten eines gewaltigen Hexenkessels? Amber, die das englische Wetter für gewöhnlich verabscheute, ertappte sich plötzlich dabei, wie sie sich nach dem milden Klima dort sehnte. Selbst ein tagelang währender Sommerregen wäre ihr lieber gewesen als diese unerträgliche, schwüle Hitze. Der einzige Vorteil, den sie erkennen konnte, war die Tatsache, dass die Hitze ihren von der Kinderlähmung geschädigten Knochen guttat.

»Wenn der Regen wenigstens ein wenig Abkühlung bringen würde«, begrüßte sie Rhys, der gerade von einem Besuch bei de Andrade zurückgekehrt war.

Er nahm seinen Hut ab, als er das kleine Zimmer betrat, das ihnen als Salon diente, und schüttelte ihn aus. Bevor er sich seiner ebenso nassen Jacke entledigte, gab er Amber einen flüchtigen Kuss.

»Dieser Regen ist wirklich unerträglich«, gab er ihr mit einem Schmunzeln recht. Im Gegensatz zu ihr war er weitaus besserer Laune. »Er fing übrigens genau in dem Augenblick an, als ich de Andrades Haus verließ, und hörte eben auf, als ich unseres betrat.«

Tatsächlich tropfte es nur noch vereinzelt von den Dächern und Blättern der Bäume. Die tiefliegenden dunklen Wolken verzogen sich in höhere Regionen, während sich über dem Boden dampfende Nebelschwaden erhoben. Die Sicht wurde so schlecht, wie sie im Londoner East End an gewöhnlichen Werktagen war. Amber öffnete das Fenster, um sich frische Luft zuzufächeln. Doch wie erwartet hielt die Kühlung nicht lange an. Die Luft begann sofort wieder schwül zu werden. Ihr schwindelte ein wenig, so wie öfter in den letzten Tagen. Aus diesem Grund hatte sie sogar schon auf das lästige Korsett verzichtet und sich mit lediglich einer Korsettabdeckung unter ihrem Kleid begnügt.

»Hast du wenigstens etwas Neues in der Bibliothek herausfinden können?«, fragte sie, obwohl sie an der Art, wie er das Zimmer betreten hatte, schon erkannt hatte, dass dem nicht so war. Wie erwartet verneinte er, aber längst nicht so niedergeschlagen, wie sie es vermutet hätte.

»Es gibt keine zuverlässigen Karten für das Gebiet, das wir bereisen wollen«, fasste Rhys zusammen. »Die meisten Karten begnügen sich damit, den Verlauf des Amazonas von Manaus nach Belém einigermaßen darzustellen. Schon ab dem *Encontro das Aguas*, wo sich der Rio Solimões mit dem Rio Negro zum Amazonas vereinigt, gibt es nur noch widersprüchliche Darstellungen. Wir werden wohl oder übel aufs Geratewohl losziehen müssen. Tiago hat mir versichert, dass sein künftiger Schwiegersohn jemanden kennt, der uns in den Norden führen kann – allerdings erst, wenn die Gewitterstürme etwas nachlassen.«

»Ich habe diese untätige Warterei jetzt schon satt«, beschwerte sich Amber unwillig. Sie wollte sich nicht von Rhys' guter Laune anstecken lassen. »Das Wetter lässt nicht einmal Exkursionen in die nähere Umgebung zu, ohne dass man fürchten muss, von einem Baum oder gar einem Blitz erschlagen zu werden.«

Rhys beachtete ihre schlechte Laune nicht, sondern zog sie an sich und gab ihr einen zärtlichen Kuss in die Halsbeuge. »Dann werden wir uns eben mit anderen Dingen beschäftigen«, murmelte er vielversprechend. »Ich könnte mir da durchaus das ein oder andere vorstellen. Was hältst du davon, wenn wir uns gleich etwas zurückziehen? Oder möchtest du lieber hier …?«

»Untersteh dich!« Amber stieß Rhys unwillig von sich. »Elvira könnte jederzeit auftauchen.«

Er sah sie mit schief gelegtem Kopf treuherzig an. »Wir

könnten die Tür verriegeln«, schlug er unbeeindruckt vor. Doch Amber war nicht in der Stimmung.

»Es wird Zeit, dass ich mich für die Soirée beim Gouverneur umkleide«, antwortete sie patzig. »Du hast selbst gesagt, dass wir bei ihm einen möglichst guten Eindruck hinterlassen müssen, damit er uns die Erlaubnis erteilt, auf eigene Faust das brasilianische Hoheitsgebiet zu erforschen.«

»Hat dir schon mal jemand gesagt, dass du sehr unromantisch sein kannst?«, beschwerte sich Rhys gekränkt. »Wie kannst du in solch einem magischen Augenblick an so was Langweiliges denken?«

Amber zuckte nur mit den Schultern. Sie wusste selbst nicht, was in letzter Zeit mit ihr los war. Ihre Stimmungen wechselten oft von einem Moment zum anderen, ohne dass sie es beeinflussen konnte. Wahrscheinlich waren sie eine Folge dieses grässlichen Klimas. Ebenso wie der gelegentlich auftauchende Schwindel und die Übelkeit.

Das Einzige, was Amber die steife Soirée im Palast des Gouverneurs erträglich erscheinen ließ, war die Aussicht, wieder einmal Miou de Andrade zu begegnen. Seit ihrer Ankunft in Manaus hatte sie die junge Freundin nur einmal kurz während des Antrittsbesuchs im Hause ihres Vaters gesehen. Miou war ihr an diesem Tag äußerst blass und kränklich erschienen. Offensichtlich setzte ihr das feuchtheiße Klima ebenfalls zu, denn jedes Mal, wenn sie ihr einen Besuch vorschlug, ließ sie sich entschuldigen.

Zu der Abendgesellschaft war alles, was in Manaus Rang und Namen hatte, eingeladen, wobei unter genauerer Betrachtung eher das Geld bei der Auswahl der Gäste eine Rolle gespielt haben dürfte. Amber zählte knapp zwanzig Menschen in dem mit Stuck und Kandelabern prächtig ausgestatteten Salon. Um den Raum etwas größer wirken zu lassen, waren an den Längsseiten mannshohe, mit Goldstuck verzierte Spiegel angebracht worden, in denen sich das Licht der Gasleuchten tausendfach widerspiegelte. Auch bei der Wahl der Möbel war der französische Einfluss zu spüren, dem sich der Gouverneur Manuel Clementino Carneiro da Cunha augenscheinlich ebenso verbunden fühlte wie Tiago de Andrade. Alles war im Stil des Second Empire eingerichtet und dementsprechend aufwendig. Möbel und Dekorationen waren von extremer Üppigkeit geprägt. Vorhänge, Tapeten und Teppiche mit überbordenden Blumenmustern konkurrierten mit ausgefallenen Sitzmöbeln, die mit Plüsch und Samt bespannt waren, an denen Fransen, Quasten und andere Posamente angebracht waren.

Amber, die eher schlichtere Umgebungen bevorzugte, fühlte sich in diesem Durcheinander von zur Schau gestelltem Protz äußerst unwohl. Dafür fand sie, dass die anderen Gäste des Gouverneurs umso besser zu dieser Pracht passten. Sowohl die Damen als auch die Herren trugen eine aufwendige Garderobe. Kostbare Stoffe, ausgefallene Kleiderschnitte in der neuesten Pariser Mode, dazu Schmuck im Übermaß. Zumindest die Damen zeigten an ihren Ohren, Armen und um den Hals, was ihre Männer an Geld verdienten. Dazu wollte allerdings der Umgangston, den man miteinander pflegte, so gar nicht passen. Den meisten merkte man an, dass sie erst kürzlich zu Reichtum gekommen waren. Davor mochten die meisten einfache Händler oder gar mittellos gewesen sein. Amber musste widerwillig zugeben, dass Tiago de Andrade unter all den Kautschukbaronen und Glücksrittern sowohl durch sein Auftreten als auch durch seine Umgangsformen positiv hervorstach. In Begleitung von Miou stellte er Rhys, Sebastian und sie selbst gleich zu Beginn des Abends dem Gouverneur vor. Miou sah trotz ihrer unnatürlichen Blässe bezaubernd aus. Sie trug ein kurzärmeliges, altrosafarbenes Seidenkleid mit einem modisch gerafften Rock, der einen Blick auf ihre fülligen Unterröcke gewährte. Ihr dunkles Haar trug sie in der Mitte gescheitelt und über den Ohren in sanfte Wellen gelegt. Der Rest der Haare war zu einem tiefsitzenden Knoten geflochten.

»Du siehst bezaubernd aus, liebste Miou«, raunte Amber ihr sogleich freudig zu. Sie wollte noch viel mehr sagen, doch Tiago stellte sie bereits dem Gouverneur vor. Exzellenz Carneiro da Cunha empfing sie mit großem Wohlwollen. Er war ein würdevoller, älterer Herr mit gepflegtem Spitzbart und Monokel. Sein Auftreten war jovial und freundlich, dabei in keiner Weise aufdringlich. Amber hatte gehört, dass er seinen Posten als Gouverneur von Amazonien nur als Sprungbrett für ein wichtigeres Amt innerhalb des Kaiserreichs Brasilien betrachtete. Dennoch interessierte er sich für seine Provinz und war ganz begierig darauf, mehr über die Expedition von Rhys und Sebastian zu erfahren. Offensichtlich hatte de Andrade ihm schon einiges über sie erzählt, denn er lud sie auf der Stelle dazu ein, ihm mehr darüber zu berichten. Rhys zwinkerte Amber erwartungsvoll zu, während er dem Gouverneur, de Andrade und Sebastian zu einem kreisrunden Sofa folgte, auf dem sich die Herren niederließen.

Amber war froh, die Männer beschäftigt zu sehen, und nahm die Gelegenheit wahr, sich endlich einmal ausführlich mit Miou zu unterhalten. Kurzerhand bugsierte sie ihre junge Freundin in eine etwas abseits gelegene Ecke. Dort nahmen sie auf einem modischen Confident Platz. Der S-förmig gepolsterte Doppelsessel hatte den Vorteil, dass man sich zurückgelehnt von Angesicht zu Angesicht unterhalten konnte.

»Ich habe dich in den letzten Wochen sehr vermisst«, gestand Amber unumwunden. »Warst du wirklich krank?«

Miou senkte ihre Augenlider und errötete.

»Ich war wohl etwas unpässlich«, murmelte sie. Aber dann hob sie abrupt den Kopf und blickte Amber trotzig an. »Nein, ich war nicht unpässlich«, sagte sie plötzlich mit fester Stimme. »Mein Vater hat mir verboten, allein aus dem Haus zu gehen.«

»Aber ich habe mehrfach angeboten, dich zu besuchen«, wandte Amber ein. »Hatte er etwa auch da etwas dagegen?«

Mious zarte Finger krallten sich in ihren Handgelenksbeutel.

»Ich hatte Hausarrest, weil ich mich geweigert habe, meinem Verlobten gewisse Zudringlichkeiten zu gestatten.« Ihr Tonfall war bitter, und ihre Stimme zitterte vor Erregung.

»Wie bitte?« Amber war einigermaßen sprachlos. »Was um Gottes willen ist denn geschehen?«

Miou fröstelte und malträtierte ihren Beutel noch kräftiger mit den Fingern.

»Ich kann diesen Carlos dos Santos nicht heiraten, Amber«, brach es aus ihr heraus. »Lieber gehe ich in ein Kloster. Der Mann ist einfach schrecklich. Grob, ungebildet und ohne Feingefühl. Außerdem ist er alt, mindestens so alt wie mein Vater. Sein Gesicht ist grausam entstellt, worüber ich wohl noch am ehesten hinwegsehen könnte, aber das Schlimmste ist, dass er mich in keiner Weise schätzt. Er behandelt mich schon jetzt wie einen Gegenstand, den er einmal besitzen wird. Er ist genauso kalt wie mein Vater!«

Amber griff nach Mious Hand und versuchte, sie zu beruhigen.

»Es wird schon nicht so schlimm werden«, meinte sie wenig überzeugt. Allein die Andeutung, dass dieser Santos ähnlich kaltschnäuzig sein könnte wie de Andrade, weckte ihr Unbehagen.

»Carlos hat darauf bestanden, mit mir einen Ausflug an einen der Strände zu machen. Wir fuhren mit der Kutsche dorthin, um ein Picknick zu machen …« Miou schluckte. »Als alles vorbereitet war, hat er seine Diener weggeschickt und versucht, sich mir unziemlich zu nähern.«

»Er hat dich also geküsst«, stellte Amber fest. Das entsprach bei einem ersten Treffen zwar nicht den Gepflogenheiten, war aber durchaus nichts Ungewöhnliches. Miou schüttelte den Kopf, als müsse sie sich selbst noch einmal die Situation vergegenwärtigen.

»Er hat mich nicht nur geküsst«, sagte sie zögernd. »Er hat mich an sich gepresst und versucht, mir die Kleider vom Leib zu reißen.« Sie atmete tief ein, bevor sie weitersprach. »Seine Hände waren überall. In meinem Ausschnitt, unter meinem Rock. Er hat sogar …« Sie brachte die Worte nicht über ihre Lippen.

Amber nahm nun beide Hände von Miou und drückte sie mitfühlend. »Hat er dich deiner Unschuld beraubt?«, forschte sie erschüttert nach.

Miou schüttelte den Kopf. »Ich habe irgendwie eine Champagnerflasche in die Finger bekommen. Es ist wirklich nicht meine Art, handgreiflich zu werden, aber irgendwie wusste ich mir keinen anderen Ausweg und schlug zu. Carlos sah mich fassungslos an und fiel dann einfach hintenüber. Er blutete und war nicht mehr ansprechbar. Ich stand in meiner Verzweiflung auf und floh zurück zur Kutsche. Ich war ganz außer mir und wollte nur noch weg …« Miou gab sich nun keine Mühe mehr, ihre Tränen zurückzuhalten.

»Du hast diesen Carlos doch nicht etwa totgeschlagen?« Amber rang nun selber um Fassung, bis Miou sie endlich beruhigte.

»Nein. Das ist mir leider nicht gelungen. Carlos hat nur eine Platzwunde davongetragen«, antwortete sie sarkastisch.

»Miou! So etwas darfst du nicht einmal denken!«, entfuhr es Amber. »Wenn der Kerl tot gewesen wäre, hätte man dich als Mörderin angeklagt!«

»Immer noch besser, als an diesen Sklaventreiber verheiratet zu werden«, antwortete Miou trotzig. »Verstehst du nun, dass ich ihn nicht heiraten kann? Du musst mir einfach helfen!«

Amber wollte gerade etwas darauf antworten, als Tiago zu ihnen trat und Miou aufforderte, ihn zu begleiten.

»Miou, es wird Zeit für dich, nach Hause zu fahren. Piedro erwartet dich unten in der Kutsche.«

Amber fiel sogleich der frostige Umgangston auf, mit dem sich de Andrade seiner Tochter zuwandte. Hatte der Mann denn wirklich kein Mitgefühl mit seinem eigen Fleisch und Blut? Wie konnte er es dulden, dass der Verlobte seiner Tochter derart übergriffig wurde? Sitte und Anstand geboten, dass die Beziehung nach solch einem Vorfall umgehend beendet wurde. Am liebsten hätte sie sich sofort eingemischt und Miou unter ihren Schutz gestellt. Doch Tiago bot ihr nicht mal ansatzweise eine Gelegenheit.

»Lady Amber, bitte entschuldigt meine Tochter. Sie ist im Moment noch etwas schwach und muss sich erst an das hiesige Klima gewöhnen. Sie benötigt ihre Kräfte, denn bereits nächsten Samstag werde ich ihre Verlobung bei einer standesgemäßen Feierlichkeit bekanntgeben. Miou wird Euch sicherlich davon berichtet haben. Sie ist ja so aufgeregt, nicht wahr?« Seine Stimme klang freundlich, doch sein Blick war lauernd. »Ich hoffe doch sehr, dass Ihr und Euer Gatte und auch der junge Herr Wissenschaftler uns zu diesem freudigen Ereignis mit Eurer Gesellschaft beehren werdet. Eine Einladung wird Euch morgen überstellt.«

Mit einer leichten Verbeugung, die mehr Arroganz als Ehrerbietung ausdrückte, griff er Miou am Arm und entschwand mit ihr in Richtung Ausgang.

Sebastian beobachtete, wie Tiago de Andrade seine Tochter zum Ausgang geleitete. Seine Hoffnung, Miou vor ihrer Verlobung noch einmal sprechen zu können, zerstob wie ein Funken in der Glut. Einer plötzlichen Eingebung folgend, ging er ihnen unauffällig hinterher. Hinter einer Säule des Portikus verborgen, sah er, wie Miou in eine offene Kutsche stieg und diese davonrollte. Ihr Vater sah ihr kurz hinterher und begab sich dann wieder in den Gouverneurspalast. Sebastian drückte sich enger in den Schatten der Säule, um nicht gesehen zu werden.

Mit klopfendem Herzen blickte er dem langsam über das Kopfsteinpflaster holpernden Gefährt nach. Die Kutsche kam durch die engen Gassen nur langsam voran. Im Grunde genommen wäre Miou schneller zu Fuß zu Hause gewesen. Es wäre ein Leichtes, sie einzuholen. Sebastian dachte nicht lange nach und folgte dem Gefährt. Aufgrund seiner vielen Streifzüge durch die Stadt kannte er eine Abkürzung, die ihn noch vor der Kutsche zu de Andrades Haus führen würde. Mit eiligen Schritten setzte er sein Vorhaben um. Auch wenn die Liebe zu dieser Frau sich für ihn wohl nie erfüllen würde, so wünschte er sich doch eine letzte Gelegenheit, sie zu sprechen. Er musste wissen, weshalb sie damals in Belém nicht zu ihrer Verabredung gekommen war. Wenn er wusste, dass sie ihn nicht liebte, würde es für ihn vielleicht einfacher sein, sich mit ihrer Hochzeit abzufinden. Seit sie in Manaus angekommen waren, hatten sich seine Gedanken unablässig um sie gedreht. Er konnte sich die junge Frau einfach nicht aus dem Kopf schlagen.

Im Grunde genommen war er sich klar darüber, dass sein Vorhaben verrückt war. Wie sollte er es anstellen, ihr unbemerkt zu begegnen? Das Personal würde sie vor ihrem Haus sofort in Empfang nehmen. Wie würde Miou reagieren, wenn sie ihn plötzlich sah? Und dennoch trieb es ihn weiter vorwärts.

Lange vor der Kutsche war er vor de Andrades Haus. Eine

mannshohe Mauer umgab das Anwesen. An der Vorderfront befand sich ein schmiedeeisernes Tor mit einer Glocke, das über einen kurzen Kiesweg zum Eingang führte. Das Haus selbst war nicht beleuchtet. Wahrscheinlich hielten sich die Bediensteten im hinteren Teil des Gebäudes auf. Plötzlich hatte Sebastian eine Idee. Er drückte die Klinke des Eisentores hinab und stellte erleichtert fest, dass das Tor nicht verschlossen war. Er öffnete es und schlüpfte schnell hinein. Dann wartete er im Dunkeln, bis Mious Kutsche vor dem Haus anhielt. Bevor der Kutscher von seinem Bock steigen und die Klingel betätigen konnte, öffnete Sebastian die Pforte und tat so, als wäre er einer von Mious Bediensteten, die sich für sie zur Verfügung zu halten hatten. Mit einer Selbstverständlichkeit, die ihn selbst verwunderte, öffnete er den Verschlag der Kutsche und reichte Miou zum Aussteigen seine Hand.

»Wir haben Euch bereits erwartet, gnädiges Fräulein«, sagte er mit einem unterwürfigen Tonfall. Sein Herz pochte gegen seine Brust, während er inständig hoffte, dass niemand im Haus die Kutsche gehört hatte und Miou sein Spiel nicht verderben würde.

Wenn sie erstaunt war, so zeigte sie es jedenfalls nicht. Sie nahm wortlos seine Hand und stieg aus der Kutsche.

»Ich komme allein zurecht«, beschied sie den Fahrer. Der nickte nur und ließ sein Pferd wieder antraben. Sebastian nahm Mious Arm und tat so, als wolle er sie zum Haus führen. Sobald der Kutscher außer Sicht war, machte sich Miou von ihm los.

»Seid Ihr verrückt geworden?«, hauchte sie mit zitternder Stimme. Sie hielt plötzlich inne und horchte. Tatsächlich waren im Haus Schritte zu vernehmen. Jemand von den Bediensteten musste die Kutsche ebenfalls gehört haben. Bevor sich die Eingangstür öffnen konnte, zog sie Sebastian mit sich in die Dunkelheit des Gartens. Dieser war nicht besonders weitläufig. Das zweistöckige Haus besaß großzügige Veranden zur Flussseite hin. Davor befand sich ein kleines kiesbedecktes Rondell mit einem Springbrunnen und etwas abseits an der Mauer ein kleines Gerätehaus. Dorthin ließ sich Sebastian von ihr führen.

Nicht weit von ihnen hörten sie jemanden aus dem Haus treten. Vermutlich sah sich derjenige um, verschwand jedoch wieder im Haus, als er nichts Auffälliges bemerkte. Während sie in die Dunkelheit lauschten, wurde sich Sebastian Mious Nähe deutlich bewusst. Ihr feiner Wiesengeruch lag ihm wie eine Verheißung in der Nase.

Langsam gewöhnten sich seine Augen an die Dunkelheit. Die Mondsichel lag hell am Himmel, wurde jedoch immer wieder von vorüberziehenden Wolken verhüllt. Aus der Nähe des Springbrunnens war vogelähnliches Geschnatter zu hören, das Sebastian unlängst als das Quaken einer besonderen Froschart entlarvt hatte. Eine Zwergohreule ließ einen schrillen, kurzen Schrei los, während direkt hinter dem Schuppen das Krächzen eines Papageien ertönte. Die den Mond verhüllende Wolke zog weiter, sodass weiches, silbernes Licht den Garten sanft beleuchtete. Sebastian bemerkte, dass sich eine Locke aus Mious Frisur gelöst hatte. Er konnte nicht widerstehen und schob sie sanft hinter ihr Ohr.

Miou, die ihn immer noch am Arm festgehalten hatte, ließ ihn plötzlich los. Ihre großen dunklen Augen leuchteten im Widerschein des Mondes. Er las Angst darin, aber auch eine gewisse Freude.

»Ihr seid vollkommen wahnsinnig!«, hauchte sie, ohne ihn aus den Augen zu lassen. »Wenn mein Vater erfährt, dass Ihr hier seid, dann bringt er Euch um!« Sie wollte noch mehr sagen, doch er legte nur sacht seinen Zeigefinger auf ihren Mund.

»Psst!«, meinte er mit einer noch nie zuvor empfundenen Zärtlichkeit. »Ich konnte nicht anders. Ich musste Euch einfach sehen.« Plötzlich verließ ihn der Mut, und er ließ seinen Finger wieder von ihrem Mund gleiten. »Ich weiß, dass ich mich nie damit abfinden werde, dass Ihr meine Gefühle nicht erwidert«, meinte er niedergeschlagen. »Aber ich werde es wenigstens versuchen, wenn Ihr mir versichert, dass Ihr mit diesem Carlos dos Santos glücklich sein werdet.«

Miou starrte ihn ungläubig an. »Nur deshalb habt Ihr dieses verrückte Wagnis auf Euch genommen, mich zu sehen?«

Sebastian nickte betrübt. »Ich habe mein Herz an Euch verloren, als ich Euch zum ersten Mal auf der *Princesa* gesehen habe. Ich kann nichts dagegen tun und bitte Euch von Herzen, mir deswegen zu verzeihen. Ich wollte Euch keinen Kummer bereiten.«

»Aber ich muss dir nichts verzeihen!« Mious Stimme klang mit einem Mal ganz sanft. »Im Gegenteil. Deine Worte machen mich sehr glücklich.«

Sebastian benötigte einen Augenblick, bevor er begriff, dass sie ihn soeben geduzt hatte. Nun war es an ihm, sie ungläubig anzustarren. »Dann … dann …« Er wusste nicht, was er sagen sollte, so verwirrt war er. »Aber warum seid Ihr …, warum bist du dann damals nicht in den Garten gekommen?«

»Mein Vater kehrte völlig unerwartet aus der Stadt zurück«, erzählte sie und berichtete von dem unglückseligen Abend. »Ich war schon fast bei dir, als ich wieder zurück in mein Zimmer fliehen musste.«

Sebastian nahm Mious Hände und drückte seine Lippen darauf. »Heißt das, dass du meine Gefühle erwiderst?«

»Was bist du nur für ein Dummkopf, dass du das nicht längst bemerkt hast.«

Mious offener Blick war mehr als eine Einladung. Sebastian überwand seine letzten Hemmungen und gab ihr endlich einen Kuss.

Amber langweilte die Soirée. Außerdem ärgerte sie sich darüber, dass Tiago Miou einfach nach Hause geschickt hatte. Es machte den Anschein, als wolle er nicht, dass sie zu viel Zeit mit ihr verbrachte. Wahrscheinlich wollte er vermeiden, dass Amber sich in irgendeiner Weise in das Leben seiner Tochter einmischte. Und das hätte sie tatsächlich am liebsten getan. Es war einfach unerhört, wenn ein Vater seine eigene Tochter solch einem Raubein anvertraute, wie es dieser dos Santos sein musste. Doch Amber war nicht naiv. Sie wusste, je mehr sie sich für Miou verwendete, desto mehr würde diese leiden müssen. Ihr blieb keine andere Wahl, als den Dingen ihren Lauf zu lassen.

Missmutig schlenderte sie durch die weitläufigen Räume. Die Gäste des Gouverneurs hatten sich in die verschiedenen Zimmer verteilt, um dort, je nach Vorliebe, Karten zu spielen, sich über Politik oder über den neuesten Klatsch in der Provinz zu unterhalten. Amber interessierte das alles im Moment nicht. Ihr gingen ganz andere Dinge durch den Kopf. Sie war immer noch frustriert von der ihnen aufgezwungenen Tatenlosigkeit. Die Aussicht, noch wochenlang in diesem tristen Regenwetter ausharren zu müssen, hob nicht gerade ihre Laune.

»Lady Franklin, wollt Ihr uns nicht ein wenig Gesellschaft leisten? Wir würden so gerne einiges über Euch erfahren!«

Eine hagere Frau mittleren Alters, die ihr als Paula de Brandao Castelo Branco Sobrinho vorgestellt worden war, winkte Amber zu einer Damenrunde, die sich in einer Sitzecke versammelt hatte. Amber hätte liebend gerne eine Ausrede gebraucht, um dieser Gesellschaft zu entgehen. Sie fühlte sich wirklich nicht in der Stimmung für belangloses Geplänkel. Dennoch blieb ihr keine andere Wahl. Der Mann von Senhora Brandao galt als enger Freund des Gouverneurs. Er hatte großen Einfluss. Möglicherweise war es nicht ratsam, ihn oder seine Frau zu verärgern. Sie benötigten schließlich die Genehmigung für ihre Weiterreise. Mit gequältem Lächeln folgte sie der Einladung.

Senhora Brandao stellte ihr die Damen einzeln vor. Amber begrüßte sie höflich und setzte sich zu ihnen. Erstaunt registrierte sie, dass sich noch zwei weitere Portugiesinnen, eine Französin, zwei Italienerinnen und eine Deutsche unter ihnen befanden. So unterschiedlich die Herkunftsländer auch sein mochten, das, was die Damen alle einte, war ihr Hang zu übermäßigem Luxus. Amber hatte noch nie zuvor solch eine übertrieben prunkvolle Garderobe und dazu so viel zur Schau gestellten Schmuck auf einmal gesehen. Diamantohrringe, die kaskadenartig auf die oft schon faltigen Hälse fielen, handtellergroße Edelsteinbroschen, Colliers und brillantbesetzte Armreife – das alles wurde offensichtlich nur getragen, um zu beeindrucken. Auf der anderen Seite vermochte es nicht die mangelnde Bildung und das bornierte Wesen der Frauen zu überdecken. Sie stammten allesamt aus einfachen Verhältnissen. Ihre Männer waren als Abenteurer in dieses Land gekommen und hatten es mit etwas Glück und Wagemut, gepaart mit rücksichtslosem Durchsetzungsvermögen, zu Unternehmern, Bankinhabern oder Bauunternehmern geschafft. Sie waren es, die jetzt das Geschick der Stadt lenkten. Der Erfolg gab ihnen recht und machte sie innerhalb von wenigen Jahren zu den Herrschern dieser abgelegenen Urwaldprovinz.

Amber war höchst erstaunt zu erfahren, dass Manaus' Einwohnerzahl sich augenblicklich jedes Jahr fast verdoppelte. Die

Frauen waren sich einig darin, dass die Stadt bald mit Paris und London würde konkurrieren können. Schließlich war in absehbarer Zeit sogar der Bau eines Opernhauses geplant.

Das Interesse an Ambers Person war wie erwartet nur oberflächlich. Die wissenschaftlichen Hintergründe der Expedition interessierten die Damen nicht. Gelangweilt wandten sie sich anderen Themen zu. Als die Sprache jedoch darauf kam, dass Amber die Expedition als einzige Frau begleiten sollte, kehrte ihr Interesse in Form von Empörung zurück. Was sie davon hielten, brachte eine Senhora Schmitz aus dem deutschen Koblenz auf recht derbe Art zum Ausdruck.

»Isch weiß auch nischt, warum Ihr Eusch als Frau dat antut«, bemerkte sie naserümpfend. »Eine Frau gehört meines Erachtens ins Haus zu ihren Kindern. Habt Ihr denn kein ordentlisches Zuhause, um dat Ihr Eusch kümmern könnt?«

Amber schluckte eine bissige Entgegnung mühsam hinunter. Innerlich kochte sie jedoch vor Wut über so viel Ignoranz. Noch ein Wort mehr von der rundlichen Rheinländerin, und sie hätte nicht mehr an sich halten können. Doch die lenkte das Gespräch umgehend auf ein anderes Thema, nämlich auf die Wäsche, die man per Schiff nach Portugal bringen und sie dort reinigen ließ.

»Darf ich fragen, weshalb die Wäsche nicht hier gewaschen werden kann?«, konnte Amber nicht umhin zu fragen. Was für ein ausgesprochener Irrsinn in Anbetracht des weiten Weges, dachte sie entsetzt.

Senhora Schmitz warf ihr nur einen abschätzigen Blick zu.

»Da merkt man mal wieder, dass Ihr noch nischt lange in diesem Land seid«, meinte sie kopfschüttelnd. »Ihr werdet sischerlisch auch bald feststellen, dat diese stinkenden und faulen Indianer und Mischlinge kaum dazu in der Lage sind, den Küschenboden ordentlisch aufzuwischen. Wie soll man die denn da an die Bettwäsche lassen?« Sie lachte laut in die Runde, als hätte sie einen guten Witz gemacht, und erntete dafür prompt wohlwollendes Kopfnicken.

Amber hielt es nun nicht länger auf ihrem Platz.

»Verzeiht, aber ich werde von meinem Gatten erwartet«, entschuldigte sie sich knapp und verließ eilig die Runde.

Am liebsten wäre sie nun nach Hause gegangen. Doch Rhys war leider immer noch beim Gouverneur, mit dem er sich schon vor einiger Zeit in dessen Arbeitszimmer zurückgezogen hatte. Auch Sebastian Stix war nirgendwo zu sehen. Sie beschloss, zurück in den großen Salon zu gehen, um von dort aus auf der Veranda etwas frische Luft zu schnappen. Auf dem Weg dorthin kam sie zu einer halb offenen Tür. Im Vorübergehen entdeckte sie zwei Männer, von denen einer eine festlich gekleidete Indianerin an der Hand festhielt. Es war offensichtlich, dass sie nicht freiwillig hier war. Amber blieb stehen. Zu ihrer Überraschung war Tiago de Andrade einer der beiden. Den anderen, der die Indianerin festhielt, hatte sie noch nie gesehen. Es handelte sich um einen gedrungenen kräftigen Mann mit kurzen, grauen Haaren, der sich ihr nun halb zuwandte. Als sie die entstellende Narbe in seinem Gesicht erkannte, wusste sie, dass dies Mious Verlobter Carlos dos Santos sein musste. Ambers Neugier war größer als ihr Anstand. Sie verbarg sich hinter der halb geöffneten Tür und belauschte das Gespräch der beiden. Offensichtlich war Tiago ganz erregt.

»Wie kannst du mir so einfach unter die Augen treten«, fuhr er Santos ärgerlich an. »Du hast versucht, meine Tochter zu schänden. Das ist ein guter Grund, um die Hochzeit abzusagen.«

»Es ist einfach über mich gekommen«, antwortete Santos nicht besonders zerknirscht. »Nun hab dich nicht so. Ich verspreche dir, dass ich Miou bis zur Hochzeit unberührt lasse. Von mir aus entschuldige ich mich sogar bei ihr.«

»Sie weigert sich, dich auch nur zu sehen«, knurrte Tiago. »Ich kann ihr das nicht einmal übel nehmen. Sie verlangt, dass ich die Verbindung löse.«

Carlos lachte rau. »Ganz schön zimperlich, deine Kleine. Doch leider wird sie mich nicht so leicht los. Es wäre doch ausgesprochen schade, wenn du in Zukunft auf meine Männer und den Kautschuk verzichten müsstest, nicht wahr?« Seine Stimme bekam bei aller Freundlichkeit etwas Schneidendes.

»Ich kann mir andere Männer suchen«, raunzte Tiago zurück. »Du bist nicht unersetzbar!« Trotz aller Härte meinte Amber eine gewisse Unsicherheit aus seiner Stimme zu hören. »Ich verlange, dass du von nun an meine Tochter mit aller Ehrerbietung behandelst. Hast du mich verstanden?«

»Dann hast du mir also verziehen?« Carlos' Stimme klang erfreut.

Tiago antwortete nicht, sondern deutete auf die Indianerin. »Was soll das Weib hier? Ich dulde nicht, dass du Miou öffentlich hintergehst, nicht einmal mit einer Hure wie dieser Indianerin.«

Carlos schob die Frau Tiago zu und grinste vielversprechend. »Diese Wilde habe ich im Dschungel aufgegabelt. Ihr Name ist Jandeira. Sie ist ein rassiges, junges Ding mit ordentlich Temperament. Ich schenke sie dir, gewissermaßen als Wiedergutmachung für mein ungeschicktes Benehmen. Sieh nur, wie schön sie ist.«

De Andrade ließ sich dadurch endgültig besänftigen. Er musterte die Indianerin wohlgefällig von oben bis unten. Amber beobachtete angewidert, wie er den Kopf der Frau anhob und ihr dabei lüstern in die Augen sah. Die Indianerin hielt seinem Blick stand, ohne eine Miene zu verziehen. Obwohl sie seine Gefangene war, strahlte sie Selbstbewusstsein und eine Kraft aus, die angesichts ihrer Lage erstaunlich war. Auch de Andrade schien das aufzufallen.

»Gefall ich dir?«

Die Frau antwortete nicht, sondern spuckte nur verächtlich vor ihm aus. De Andrade gab ein amüsiertes Lachen von sich und rieb sich die Hände. »Eine schöne Wildkatze hast du mir da mitgebracht, Carlos. Sie muss nur noch richtig dressiert werden, bis sie mir willig ist, was?« Seine Augen verengten sich zu schmalen, drohenden Schlitzen. »Bring sie zur Vila Rosa und rühr sie nicht an. Ich werde mich ihrer annehmen, sobald ich Zeit dafür finde.«

Amber hatte genug gehört. Empört machte sie sich auf, um Rhys zu suchen.

35

Tiago fühlte sich wie getrieben. Mit langen Schritten durchmaß er sein Arbeitszimmer und schwenkte ungeduldig den Brief, den er vor wenigen Tagen erhalten hatte. Er stammte von Camden Callahans Anwälten und enthielt, wie befürchtet, die Aufforderung, ihm umgehend die Einlagen, die er in sein Unternehmen gesteckt hatte, zurückzuerstatten. Sollte er den Forderungen nicht umgehend nachkommen, würde Callahan künftig die für Europa bestimmten Schiffsladungen mit Kautschuk beschlagnahmen lassen. Rechtliche Schritte diesbezüglich waren bereits eingeleitet worden. Tiago konnte nichts dagegen tun.

Doch das war längst noch nicht alles. Gouverneur da Cunha zierte sich immer noch, ihm die Lizenz zur Ausbeutung der Kautschukwälder zu übertragen. Er hatte keinen Hehl daraus gemacht, dass der Deutsche Gottlieb Waldmann das weitaus bessere Angebot vorgelegt hatte. Hinzu kamen weitere finanzielle Fehlspekulationen, die ihn um Monate, wenn nicht sogar Jahre zurückwarfen. Er durfte sich nichts vormachen: Falls nicht noch ein Wunder geschah, war er bankrott.

Hinter Tiagos Stirn trommelte der Schmerz wie Tropenregen. Er ging zu dem Teakholzbuffet und schenkte sich einen Cognac ein. Schwerfällig ließ er sich mit dem rundbauchigen Cognacschwenker auf einen Ledersessel sinken und betrachtete grüblerisch die darin schwappende goldbraune Flüssigkeit. Schließlich nahm er einen großen Schluck und versuchte den warmen, seidigen Geschmack zu genießen. Doch selbst der beste Cognac vermochte ihn heute nicht zu besänftigen. Ungeduldig trank er das Glas leer und stand auf, um sich die ganze Karaffe zu holen. Nach dem dritten Glas ließ seine Unruhe etwas nach, dafür stellte sich Selbstmitleid ein. Warum nur hatte sich alles gegen ihn verschworen? Am meisten enttäuschte ihn seine eigene Tochter. Sie hatte so gar nichts von ihm geerbt. Er hatte immer das Beste für sie im Sinn gehabt. Hatte er ihr nicht ein Leben in Luxus und Verschwendung zu bieten? Sie dankte es ihm mit Trotz und Verachtung. *Ich hätte sie nicht zu den Eltern ihrer Mutter geben dürfen,* dachte er voller Verbitterung. *Sie waren zu nachgiebig mit ihr und haben sie nicht streng genug erzogen. Sie hat dieselbe verweichlichte Art wie ihre Großeltern.* Tiago schenkte sich noch ein viertes Glas ein.

Während er langsam daran schlürfte, wanderte sein Blick in die Dunkelheit hinter den Fenstern der Veranda. Im Garten waren noch die Bediensteten zugange, um die Reste der Verlobungsfeierlichkeiten zu beseitigen. Das Klappern von Geschirr und das Knirschen von Kies waren zu hören. Er hatte weder Mühen noch Kosten gescheut, um aus dem heutigen Ereignis ein besonderes Erlebnis werden zu lassen. Sein Wunsch war es gewesen, Miou glücklich zu sehen. Er hatte ihr einen Mann verschafft, der ihr ein gutes Leben würde bieten können. Seinen besten Freund: Carlos dos Santos. Vielleicht war er nicht mehr ganz jung und mochte in seinem Äußeren nicht ganz dem entsprechen, was eine junge Frau ansprach. Aber was zählte das schon? Santos war treu und ihm gegenüber immer loyal. Leider war seine Tochter nicht in der Lage, diese Vorzüge zu erkennen. Tiago nagte an seiner Unterlippe. Womit hatte er so viel Undankbarkeit verdient?

Im Grunde genommen war Miou eine einzige Enttäuschung. Sie war nicht aus demselben Holz geschnitzt wie er. Er hatte sich täuschen lassen. Sie glich zwar auf schmerzhafte Weise ihrer verstorbenen Mutter, doch sie hatte nicht ihren Charakter. Rosa! Was für ein Jammer, dass sie so früh verstorben war! Sie war der einzige Mensch, den Tiago wirklich geliebt hatte. Wäre sie noch am Leben, würde vieles einfacher sein! Rosa hatte es sogar verstanden, sein perverses körperliches Verlangen einzudämmen, ohne dass er auf etwas hatte verzichten müssen. Sie war so anders als alle anderen Frauen gewesen, sanft und verständnisvoll im Alltag, dabei klug und wunderschön. Nur im Bett war sie genauso zerstörerisch veranlagt gewesen wie er. Sie hatten sich auf eine Weise ergänzt, die für sie beide die Erfüllung aller Leidenschaften bedeutet hatte. Nur von Rosa hatte er Grenzen akzeptieren können. Mit jedem Jahr, seit sie tot war, wuchs der innere Dämon in ihm wieder – und niemand und nichts vermochte ihn in Schach zu halten. Rosa war der Anker in seinem Leben gewesen. Sie hatte nach einem inneren Sturm die Wellen geglättet und ihm Nahrung gegeben, wenn er am Verhungern war. Doch dann hatte sie sich einfach viel zu früh aus seinem Leben davongeschlichen und war gestorben. Selbst heute, nach so vielen Jahren, tat es weh, wenn er an seine verstorbene Frau dachte.

Tiago trank noch einen Schluck und kehrte in seinen Gedanken zu seiner Tochter zurück. Wie hatte er so naiv sein können, in Miou Rosas Ebenbild zu sehen? Hinter ihrer vordergründig freundlichen Art steckte nichts als Ungehorsam und Eigensinn. Das Miststück hatte es gewagt, ihren Verlobten und damit ihn vor aller Öffentlichkeit zu brüskieren. Sie hatte die Verlobungsfeier heute zu einer lächerlichen Farce gemacht. Die Leute würden sich noch wochenlang das Maul über ihn zerreißen. Es gab wohl keinen Gast, der nicht begriffen hätte, wie wenig seiner Tochter an ihrem Verlobten lag. Allein die Tatsache, dass sie Carlos ständig aus dem Weg gegangen war, sprach Bände. Für die Ankündigung der Verlobung hatte er sie suchen müssen. Doch die größte Unverschämtheit war gewesen, dass sie sich geweigert hatte, sich den Verlobungsring an den Finger stecken zu lassen. Sie hatte ihn Carlos kurzerhand aus der Hand genommen und ohne Umstände in ihren Handbeutel gesteckt. Ein Raunen war durch die Menge gegangen. In Tiagos Kopf hallten immer noch die Empörung und der Spott der Gäste wider. Sie hatte mit dieser Geste nicht nur ihren Verlobten, sondern auch ihn, ihren eigenen Vater, in aller Öffentlichkeit lächerlich gemacht. Das sollte ihr noch leidtun. Dafür würde er schon sorgen! Oh ja! Seine schlanken Finger krallten sich um das bauchige Glas mit einer Heftigkeit, die es zerspringen ließ. Glassplitter bohrten sich in seine Hand, während sich die goldbraune Flüssigkeit über den schwarz-weiß gefliesten Boden ausbreitete. Tiago zog die Splitter ungeduldig heraus und leckte an dem hervorquellenden Blut. Der Eisengeschmack vermischte sich wohltuend mit den Resten von Cognac, die er noch auf der Zunge hatte.

Nur mit der Chemise bekleidet lag Miou auf dem Bett und starrte an die Decke. Sie wusste nicht, wie viel Zeit sie bereits in dieser Stellung verbracht hatte, sie wusste nur, dass alles in ihrem Leben ohne Sebastian keinen Sinn mehr hatte. Die Verlobungsfeier war eine einzige Tortur gewesen. Sie hatte sie nur mit Mühe durchgestanden. Doch als Carlos ihr den Ring an den Finger stecken wollte, hatte sie es nicht mehr ertragen. Sie hatte ihn ihm aus der Hand gerissen und war danach einfach davongestürmt. Am liebsten hätte sie sich auf den Weg zu Sebastian gemacht, um mit ihm durchzubrennen. Nur ein letzter Rest von Vernunft hatte sie davon abgehalten. Sie kannte ihren Vater inzwischen gut genug, um zu wissen, dass er sie noch vor dem Hafen aufgegriffen und sie beide streng bestraft hätte. Sein eiserner Wille machte sie zu einer Gefangenen.

Noch am Tag vor der Verlobung hatte sie ihn inständig gebeten, die Verlobung mit Carlos auszusetzen. Sie hatte versucht, ihm klarzumachen, dass sie sich vor seiner rauen Art ängstige, und ihn angefleht, die Verbindung zu lösen. Doch ihr Vater hatte ihre Ängste nicht einmal zur Kenntnis genommen, sondern sie als Hirngespinste eines jungen Mädchens abgetan. Als sie versucht hatte, sich stur zu stellen, hatte er sie grob am Arm gepackt und sie lauthals angefahren.

»Eine Andrade tut, was ihr Vater befiehlt, andernfalls bekommt sie seine ganze Härte zu spüren. Ist das klar?«

Seine Stimme war so kalt wie gehärteter Stahl gewesen und der Blick seiner Augen so gefährlich wie eine Giftschlange vor dem Angriff. Von eisiger Furcht erfüllt hatte Miou begriffen, dass er ihr nie eine Wahl lassen würde. Sie war gezwungen, ihm zu gehorchen, andernfalls würde er sie vernichten. Dafür verachtete sie ihren Vater, der nur Leid und Trauer in ihr Leben gebracht hatte. Wäre Sebastian nicht gewesen, so hätte sie ihrem Leben vielleicht ein Ende gesetzt. Seine Liebe ließ immer noch einen Funken Hoffnung in ihr glimmen. Miou dachte mit einer gewissen Genugtuung an Carlos' versteinerte, fassungslose Miene. Sie wusste, dass sie ihn tief gedemütigt hatte, und war sich gleichzeitig darüber im Klaren, dass sie fürchterlich dafür würde büßen müssen. An das vor Wut schon fast blau angelaufene Gesicht ihres Vaters erinnerte sie sich lieber nicht. Sie mochte gar nicht daran denken, was das für sie für Konsequenzen hatte. Doch was spielte das noch für eine Rolle? Ohne Sebastian hatte ihr Leben ohnehin keinen Sinn.

Als hätte sie ihr Schicksal herbeigerufen, hörte sie plötzlich lautes Poltern vor ihrer Tür. Sie erschrak nun doch. An der Art des Tritts erkannte sie ihren Vater. Miou fasste sich, stand hastig auf und zog sich einen Morgenmantel über, als es auch schon ungeduldig an ihrer Tür pochte. Sie schloss kurz die Augen, um sich für alles zu wappnen, dann öffnete sie.

Ihr Vater sah furchtbar aus. Seine Haare standen wirr vom Kopf ab. Die Augen waren glasig vom Alkohol, und von seinen erhobenen Händen tropfte Blut. Einen schrecklichen Augenblick lang fürchtete sie, dass er gekommen war, um sie zu töten. Doch nichts dergleichen geschah. Stattdessen starrte er sie an, als käme sie von einem anderen Stern. Seine zornverzerrte Miene veränderte sich und drückte mit einem Mal nichts als Fassungslosigkeit aus. Miou zog fröstelnd ihren Morgenmantel enger um ihren Körper.

»Rosa …«, presste Tiago mühsam hervor. »Wie kommst du hierher?« Er wankte einen Schritt zurück und hielt sich am Türrahmen fest. Er tat, als sähe er einen Dämon in ihr. Offensichtlich erkannte er sie nicht, sondern schien sie mit ihrer verstorbenen Mutter zu verwechseln. »Ich … ich will … ich wollte unserer Tochter bestrafen. Sie hat mich heute zum Narren gemacht, wusstest du das? Warum tut sie mir das an, Rosa? Weiß sie nicht, wer ich bin …?«

Er blinzelte verwirrt und schüttelte dabei immer wieder ungläubig den Kopf. Dann drehte er sich auf dem Absatz um und eilte Hals über Kopf die Treppe hinunter. Miou schauderte bis ins Mark. War ihr Vater nun endgültig wahnsinnig geworden? Ihr Herz klopfte zum Zerspringen, als sie hastig die Tür wieder verschloss. Die halbe Nacht verbrachte sie auf dem Bett sitzend, immer in der Furcht, dass der Vater zurückkommen könnte, um sie zu bestrafen. Doch nichts dergleichen geschah.

Als sie Maria am nächsten Morgen in ihr Zimmer ließ, erfuhr sie, dass ihr Vater für einige Tage mit Carlos zu seiner Vila auf die Kautschukplantage gereist war.

»Das Wetter wird besser. Es wird Zeit, dass wir endlich unseren Aufbruch planen«, versuchte Rhys am Tag nach der verunglückten Verlobungsfeier das Thema zu wechseln. Sie saßen beim gemütlichen Frühstück in ihrem Haus und erörterten gerade die gestrigen Ereignisse. Sebastian sah reichlich mitgenommen aus, während Amber ihrem Unmut ohne Umschweife freien Lauf ließ. Sie war regelrecht erbost darüber, dass die zarte Miou zu einer Hochzeit mit diesem Grobian dos Santos gezwungen werden sollte.

»Dieser Kerl wird sie ganz bestimmt nicht so behandeln, wie sie es verdient!«, brauste sie erneut auf. »Er handelt sogar mit Menschen. Ich war selbst Zeugin, wie er Andrade diese arme Indianerin zum Geschenk gemacht hat. Die Sitten in Brasilien scheinen mir doch noch recht barbarisch zu sein.«

»Nun beruhige dich doch wieder«, versuchte Rhys sie zu beschwichtigen. »Wir sind alle deiner Meinung. Leider sind uns aber auch die Hände gebunden. Tiago ist Mious Vater, und sie ist minderjährig. Also kann er mit ihr verfahren, wie er es für richtig hält.«

»Trotzdem! Es wird Zeit, dass uns Frauen endlich gestattet wird, unser Leben in die eigenen Hände zu nehmen!«, betonte Amber trotzig.

Rhys liebte seine Frau in diesen Augenblicken ganz besonders. So klein und zierlich sie auf den ersten Anblick auch scheinen mochte, so energisch und willensstark war ihr Charakter.

»Zu dumm, dass es in Brasilien keine Mixed Pickles gibt«, beschwerte sich Amber ohne jeglichen Zusammenhang.

Rhys schmunzelte. Es war nicht das erste Mal, dass Amber in letzter Zeit so merkwürdige Wünsche äußerte. Wahrscheinlich waren ihre Essensgelüste auf ein gewisses Heimweh zurückzuführen. Außerdem bekam ihr das feuchtheiße Klima nicht besonders. Selbst er sehnte sich hin und wieder eine kühle Brise herbei.

»Wir könnten morgen ein Stück den Rio Negro hinauffahren«, nahm er wieder den Faden auf. »Dort gibt es eine Siedlung, in der Indianer leben, die größtenteils aus dem Norden stammen. Wir könnten einige von ihnen als Führer engagieren. Gouverneur da Cunha gab mir diesen überaus wertvollen Tipp.«

»Dann haben wir also die Erlaubnis für die Expedition?« Amber war sofort ganz Ohr. Die Aussicht, endlich einmal das schlammige Manaus mit seinen tristen Häusern verlassen zu können, fand sie genauso verlockend wie er. »Ich werde mich sofort daranmachen, alles Notwendige zu packen«, rief sie begeistert und erhob sich von ihrem Stuhl. Sie strahlte erst Rhys und dann Sebastian an. Doch der saß nur trübsinnig vor seinem Teller und sagte dazu kein Wort.

»Was ist mit dir?«, fragte sie. »Welche Laus ist dir denn über die Leber gelaufen? Es geht endlich voran. Wir können in diesem Indianerdorf sicherlich auch Ausflüge in den Urwald machen, um ein paar Pflanzen und Tiere zu sammeln. Ich werde sie zeichnen und katalogisieren. Endlich gibt es wieder Arbeit!«

Sie sah Sebastian erwartungsvoll an.

»Ich fürchte, ich muss hierbleiben«, meinte er mit ungewohnter Zurückhaltung. »Ich habe mich wohl etwas erkältet«, gab er entschuldigend vor und schniefte demonstrativ durch die Nase. »Aber lasst Euch von Eurem Vorhaben auf keinen Fall abhalten. Ich werde die Tage nutzen, um mich auszukurieren.«

»Ich finde nicht, dass du besonders krank aussiehst«, fand Amber und musterte ihn kritisch. »Eher traurig und …«

Rhys warf ihr einen warnenden Blick zu. Also schluckte sie die Bemerkung, die ihr noch auf der Zunge lag, herunter. Sebastian hatte Liebeskummer, das konnte selbst ein Blinder erkennen. Warum ihn also weiter damit quälen?

»Wir werden alleine losfahren«, verkündete Rhys kurzerhand. »Für dich gibt es auch ohne Sebastian genügend andere Arbeiten in dem Dorf. Da Cunha erwähnte eine Schamanin im Haus des Priesters, die sich außergewöhnlich gut mit Heilpflanzen auskennt.«

»Nun gut.« Amber war nicht länger verstimmt darüber, dass Sebastian sie nicht begleiten wollte. Die Aussicht, etwas über die Kenntnisse der Einheimischen zu erfahren, war für sie verlockend genug.

Gleich am nächsten Morgen begaben sich Amber und Rhys mit leichtem Gepäck zum belebten Hafen von Manaus. Im Gegensatz zu der Stadt mit ihren Steinhäusern und ruhigen Gassen herrschte an und auf dem Fluss reges Treiben. Trotz der Regenzeit war der Wasserstand längst noch nicht auf seinem Höchststand, sodass der Kai immer noch einige Meter über dem Fluss lag. Um an die Anlegestelle der Flussschiffe zu kommen, mussten sie über eine Rampe hinunter zu den schwimmenden Holzplattformen gehen. Diese reichten weit in den Fluss hinein und waren gleichzeitig der Umschlagplatz für die einheimischen Lebensmittel.

Amber konnte sich an dem regen Treiben nicht sattsehen. Überall gab es Stände mit Gemüse, Obst, Fisch und Trockenfleisch in einer Auswahl, die Amber die Sprache verschlug. Allein die unterschiedlichen Fischarten waren in Größe und Färbung bemerkenswert. Das Obst war so vielfältig wie nirgendwo sonst auf der Welt. Ananas, Maracujas, unterschiedliche Bananensorten und Mangos kannte sie bereits aus ihrer Zeit in Indien. Doch hier gab es zusätzlich noch Obstsorten, die sie noch niemals zuvor gesehen hatte. Unterschiedliche

Palmfrüchte wie Pupunha und Tucumá, Genipapos und Noni, dazu Paranüsse, Cashewnüsse und Papayas. Leider hatte Amber erst einige dieser merkwürdigen Früchte gekostet, darunter die Cupuacu, eine armlange, längliche Frucht mit haariger, brauner Haut, die säuerlich, aber sehr erfrischend schmeckte, oder die stachlige Gaviolafrucht, deren zartrosa Fruchtfleisch herrlich süß war. Sie nahm sich fest vor, die anderen Köstlichkeiten ebenfalls zu kosten.

An einem Stand wurden Heilkräuter, Salben und Pasten angeboten. Aufputschendes Guarana, Palmöl gegen Hautkrankheiten und die nach Aas stinkende Nonipflanze, deren täglicher Genuss ein langes Leben versprach. Es gab Stände mit frisch gepresstem Zuckerrohrsaft genauso wie Schnapsbuden und Stände mit frittierten Süßkartoffeln, würzig duftenden Salgados mit Fleischfüllung und süße Tapiokafladen.

Rhys bahnte ihnen einen Weg über den leicht schwankenden Ponton, bis sie schließlich an die Bootsanlegestelle kamen. Dort wartete schon ein abfahrbereiter Amazonasdampfer, der sie gemeinsam mit anderen Reisenden den Rio Negro flussaufwärts bringen sollte. Es war das erste Mal, dass Amber auf einem Boot war, das nur von Einheimischen genutzt wurde. Dementsprechend eng ging es auch zu. Die Passagiere drängten sich auf den zwei Etagen des breiten Bootes und machten sich eilig daran, ihre Hängematten an den luftigsten Stellen aufzuhängen. Als das Boot längst voll war, wurden immer noch Käfige mit Hühnern, Ziegen, Körben voller Obst und Säcke mit Mehl auf das Schiff geladen, sodass Amber schon fürchtete, ihr Schiff könne sinken, bevor sie überhaupt ablegten. Doch Rhys beruhigte sie, indem er seinen Arm um ihre Schulter legte und sie an sich zog.

»Du wolltest doch das ursprüngliche Brasilien kennenlernen«, raunte er ihr liebevoll ins Ohr. »Voilà! Hier ist es!«

»Wirklich sehr romantisch!«

Amber schmunzelte vergnügt und schmiegte sich eng an seinen Körper. Sie genoss es tatsächlich, dass sie sich allein mit Rhys auf dieses kleine Abenteuer eingelassen hatte. Sie waren nun fern aller gesellschaftlichen Konventionen. Keiner der Umstehenden nahm zum Beispiel Anstoß an ihrem ungebührlich vertrauten Verhalten in der Öffentlichkeit. Ja, sie würden sogar Seite an Seite mit all den anderen Menschen die Nacht in ihren Hängematten verbringen. Wie gut, dass sie sich längst an diese seltsame Schlafmethode gewöhnt hatte.

Langsam drehten sich die Schaufelräder des Dampfers und schoben ihn flussaufwärts. Im Gegensatz zum Rio Solimões, der fruchtbares Weißwasser aus den Anden zum Amazonas transportierte, war der Rio Negro ganz dunkel. Er trug seinen Namen nicht umsonst. Skeptisch betrachtete Amber das ölig und schmutzig aussehende Wasser.

»Das sieht nicht sehr vertrauenerweckend aus«, stellte sie naserümpfend fest. »Bist du sicher, dass dieses Wasser auch trinkbar ist?«

Rhys gab ihr einen liebevollen Kuss auf die Stirn. »Ganz sicher! Aber du wirst es dennoch nicht trinken müssen. Es gibt genügend klares Wasser an Bord. Übrigens wird behauptet, dass es entlang des Rio Negro so gut wie keine Mücken gibt. Sie mögen das saure Wasser wohl nicht besonders leiden.«

So romantisch, wie Amber sich die kurze Reise vorgestellt hatte, wurde sie allerdings nicht. Das lebhafte Treiben an Bord, das Amber anfangs so aufregend gefunden hatte, zeigte bald seine Tücken, denn jeder einzelne Passagier versuchte auf oft recht rabiate Weise, sich auf dem Schiff möglichst viel Platz zu verschaffen. Dabei wurde keinerlei Rücksicht genommen. Es wurde gerempelt und geschoben, gedrückt und geflucht, sodass sich Amber schon vorkam wie ein Stück Vieh auf der Auktion. Zum Glück hatte Rhys ihre Matten am hinteren Ende des Schiffes aufgehängt. Dort war es wenigstens einigermaßen ruhig. Wie auf solchen Reisen üblich hatte jedermann seinen eigenen Proviant dabei, sodass sie ihren Platz nicht mehr verlassen mussten.

Auf engstem Raum zusammengepfercht, überstanden sie die Reise. Obwohl sie im Freien auf dem Oberdeck waren, drangen ihr die säuerlichen Ausdünstungen der Mitreisenden unangenehm in die Nase. Ihr Schnarchen übertönte sogar das laute Rattern der Maschinen. Amber machte die ganze Nacht kein Auge zu. Als sie gegen Morgen schließlich doch in einen unruhigen Schlaf fiel, träumte sie wieder von dem Einbaum, in dem sie und die zwei Indianer unerbittlich auf einen Wasserfall zuschossen. Bevor sie den Abgrund erreichten, drehte sich der vor ihr sitzende Indianer um. Er verwandelte sich in die Indianerfrau, die dos Santos Tiago im Gouverneurspalast als Geschenk überlassen hatte. Sie reichte Amber hilfesuchend ihr Paddel, damit sie das Unabwendbare noch abwenden möge. Doch bevor sie es versuchen konnte, wachte sie schweißgebadet auf. Am nächsten Tag fühlte sich Amber wie gerädert. Diese ständig wiederkehrenden Träume machten ihr Angst. Vielleicht war sie doch nicht für solche Abenteuer geschaffen.

Zum Glück dauerte die Fahrt auf dem überfüllten Schiff nicht sehr lange. Bereits im Laufe des folgenden Vormittags steuerten sie eine Bucht an, die unterhalb eines kleinen Dorfes lag. Rhys half ihr von Bord und führte sie über einen schmalen Holzsteg einen Hügel hinauf zu den Häusern. Die Bewohner beobachteten sie mit einer scheuen Zurückhaltung. Es waren zum großen Teil Indianer, außerdem noch einige Mischlinge sowie eine Handvoll Kautschuksammler, die es aus allen möglichen Ecken des Kaiserreichs Brasilien hierher verschlagen hatte.

Eine kleine, weiß gestrichene Holzkirche mit blauen Fenstern und Türen sowie zwei flankierenden Türmen an ihren Seiten stellte das Zentrum des kleinen Dorfes dar. Das Gebäude sah aus, als wäre es erst kürzlich errichtet worden, und erwies sich als der ganze Stolz des dort ansässigen Jesuitenpaters Thomas. Der deutsche Priester kam ihnen bereits am Ende des Stegs entgegen und lud sie herzlich ein, während ihres Aufenthaltes bei ihm zu wohnen. Der Pater zog ein Bein hinter sich her. Das Gehen bereitete ihm offensichtlich große Mühe, dennoch war er ein geselliger Mann.

»Ich freue mich über jeden Besuch«, erklärte er fröhlich. »Leider bin ich nicht mehr ganz so beweglich, wie ich es gerne wäre. Eine an sich harmlose Infektion hat mich letztes Jahr mein linkes Bein gekostet«, fügte er ohne Zurückhaltung hinzu. »Zum Glück hat mir Antonio ein neues geschnitzt.«

Zur Bestätigung klopfte er an sein linkes Bein, das eindeutig hölzern klang. Amber nickte verständnisvoll. Sie wusste schließlich aus eigener, bitterer Erfahrung, was es bedeutete, ein Handicap zu haben. Während sie auf Pater Thomas' Haus zusteuerten, wurde dieser immer wieder von Dorfbewohnern angesprochen. Die meisten hatten ein kleines Anliegen, auf das der Geistliche geduldig einging. Er hatte für jeden von ihnen ein freundliches Wort. Schließlich gelangten sie zu einer bescheidenen Holzhütte, die auf Pfosten gesetzt war und eine überdachte Veranda besaß. Dorthin führte er seine Gäste.

»Nehmt Platz.«

Amber und Rhys setzten sich auf einfache Holzstühle, die um einen grob zusammengezimmerten Holztisch standen. Pater Thomas ließ sich auf einem bequemer aussehenden Lehnstuhl nieder.

»Bitte seht es mir nach, wenn ich die bequemste Sitzmöglichkeit für mich in Anspruch nehme«, entschuldigte er sich.

»Aber ich muss dieses Höllengerät von Bein möglichst rasch wieder loswerden.«

Ohne auf die Anwesenden Rücksicht zu nehmen, schob er sein Hosenbein hoch und beeilte sich, die mit Riemen um einen rosigen Stumpf befestigte Prothese zu lösen. Amber verzog angewidert das Gesicht, als er sein Holzbein achtlos zu Boden warf. Der Anblick war für sie doch gewöhnungsbedürftig. Kurz darauf trat eine kleine, stämmige Indianerin aus dem Inneren des Hauses und brachte ihnen einen Tonkrug mit frischem Wasser und eine Schale voller Obst. Sie lächelte Amber und Rhys freundlich zu, während sie ihnen einschenkte.

»Das ist Linda«, stellte Pater Thomas die etwa vierzigjährige Frau vor. »Eigentlich heißt sie Aiurucaua, aber sie und ihr Mann Antonio haben christliche Namen angenommen, nachdem sie von mir getauft wurden.« Er nickte ihr wohlwollend zu. »Ohne Linda wäre ich hier draußen verloren. Sie hilft mir nicht nur im Haushalt, sondern ist außerdem eine hervorragende Krankenpflegerin. Ich habe ihr mein Leben zu verdanken. Keiner hier im Dorf kennt die Pflanzen des Urwalds besser als sie.«

Linda strahlte bei seinem Lob über das ganze Gesicht. Ihr breites Gesicht mit den hervortretenden Wangenknochen und den eingeschnittenen Mandelaugen erinnerte Amber irgendwie an die Menschen in Assam. Nur ihr Körperbau war gedrungener.

»Wäre es wohl möglich, dass ich dir in den nächsten Tagen etwas über die Schulter schaue?«, ergriff Amber sogleich die günstige Gelegenheit. »Ich würde so gerne mehr über deine Heilmethoden erfahren.« Linda war gerne einverstanden und lud sie ein, sie jederzeit in ihrer Hütte am Ende der Straße zu besuchen. »Ich habe vor ein paar Jahren für einige Zeit in Tibet und Assam gelebt«, erklärte sie Pater Thomas, der sich über ihr Interesse erstaunt zeigte. »Dort hat mich ein mir sehr lieb gewordener Mönch in einige Geheimnisse seiner Kultur eingeführt. Dank der Kräuter, die er mir gab, lebe ich nun weitgehend ohne Schmerzen.«

Amber erzählte ihm von ihrer Kinderlähmung und den damit verbundenen Benachteiligungen, die sie aufgrund ihrer Behinderung erfahren hatte. Pater Thomas zeigte großes Verständnis.

»Die meisten Indianerstämme verfügen tatsächlich über ein erstaunliches Heilwissen«, bestätigte er. »Sie betrachten den Dschungel wie eine große Apotheke, aus der man sich nur bedienen muss. Dabei fragen sie ihre Geister um Rat und suchen bei ihnen Hilfe und Stärkung. Leider verliert sich ihr Wissen immer mehr.« Er blickte nachdenklich auf die spielenden Kinder auf dem Dorfplatz. »Manchmal frage ich mich sogar, ob nicht wir Weißen Schuld daran tragen, dass altes, wertvolles Wissen verschwindet …«

Als er sah, wie Amber verwundert die Stirn in Falten legte, fügte er rasch hinzu: »Bitte versteht mich nicht falsch. Ich trage Gottes Wort mit Begeisterung in dieses Land und glaube fest daran, dass der christliche Glaube auch die Indianer erfüllen wird. Aber dürfen wir sie zwingen, deswegen gleich ihr ursprüngliches Leben aufzugeben?« Er seufzte resigniert. »Die meisten Menschen hier hat ein bedauernswertes Schicksal an diesen Ort verschlagen. Jeder Einzelne von ihnen lebte einst glücklich und zufrieden in seinem Dorf nach altbewährten Traditionen. Doch die Jagd nach dem weißen Gold hat Zwietracht und Streit zu ihnen gebracht und dazu geführt, dass sie sich gegenseitig vernichten. Schuld daran tragen Männer wie dos Santos, die dem einen Stamm Schusswaffen geben, damit er einen anderen Stamm überfällt, um dann die Besiegten zu Sklaven machen zu können. In diesem Dorf hier leben die Überlebenden von mehr als sieben unterschiedlichen Stämmen. Das Einzige, was sie eint, ist der Glaube an unseren Gott.«

»Spracht Ihr gerade von Carlos dos Santos?«, unterbrach Rhys Pater Thomas' düstere Reflexionen. Er warf Amber einen vielsagenden Blick zu.

»Ein übler Mensch, dem ein Menschenleben nichts wert ist«, bestätigte der Pater. »Er lebt nicht weit von hier in der Vila Rosa. Kennt Ihr ihn?«

»Nicht näher«, erwiderte Rhys ausweichend. »Wir haben ihn erst neulich auf seiner Verlobung mit Tiago de Andrades Tochter kennengelernt.«

Pater Thomas horchte auf.

»Dann hat Andrade seine Tochter also tatsächlich nach Brasilien geholt«, meinte er kopfschüttelnd. »Gebe Gott, dass die Arme mit Santos glücklich werden möge.«

»Diesem Wunsch kann ich nur beipflichten«, meinte Amber düster. »Seid Ihr mit Tiago de Andrade näher bekannt?«

Pater Thomas zuckte mit den Schultern.

»Hier kennt jeder jeden. Ich war Senhor de Andrades Beichtvater in Manaus, bevor es mich vor einiger Zeit hierher verschlagen hat. Darf ich fragen, wie Ihr zu seiner Bekanntschaft kommt?«, stellte er eine Gegenfrage.

Amber erzählte, dass sie gemeinsam von Lissabon an den Amazonas gereist waren. »Wir haben de Andrade als einen zwar gebildeten, aber äußerst kaltschnäuzigen Menschen kennengelernt. Sonst würde er kaum seine eigene Tochter mit diesem Santos verheiraten«, fügte sie grimmig hinzu. Das Schicksal der bedauernswerten Miou ging ihr einfach nicht aus dem Sinn.

»De Andrade ist im Grunde genommen selbst ein Opfer«, nahm Pater Thomas überraschenderweise Tiago in Schutz. Amber runzelte skeptisch die Stirn. Doch der Geistliche ließ sich nicht von seiner Meinung abbringen. »Er ist ein bedauernswerter Mann, ein Getriebener, den seine Vergangenheit immer wieder einholt. Er muss als junger Mensch Schlimmes durchlitten haben, sonst hätte das Schicksal ihn nicht zu dem werden lassen, der er heute ist. Tief in ihm steckt auch ein guter Kern.«

»Dann weiß er ihn gut zu verbergen.« Amber konnte sich die spitze Bemerkung nicht verkneifen. Doch sie wollte das unerfreuliche Thema nicht weiter vertiefen, deshalb lenkte sie das Gespräch auf die bevorstehende Expedition.

Auch hierbei versprach der Pater ihnen seine Hilfe. Er ließ Lindas Mann Antonio kommen. Der stammte aus dem Norden und kannte weite Teile des Dschungels wie seine Westentasche. Der drahtige Indianer mit den kurz geschnittenen Haaren und dem kantigen Gesicht stellte sich als ebenso sympathischer Mensch heraus wie seine Frau Linda. Rhys fragte ihn, ob er sich vorstellen könne, sie als Führer zu begleiten. Antonio war nicht abgeneigt. Es dauerte nicht lange, und man war sich handelseinig.

Gleich am nächsten Morgen unternahmen sie einen ersten gemeinsamen Ausflug in den Dschungel. Die Tour sollte nur einige Stunden dauern, damit sie einen ersten Eindruck von den bevorstehenden Strapazen gewinnen konnten. Die Hitze war an diesem Tag tatsächlich mörderisch. Mehrere Gewitterfronten zogen gleichzeitig aus unterschiedlichen Richtungen auf, ohne jedoch ihre aufgestaute Spannung zu entladen. Amber hatte schon Kopfschmerzen, bevor sie überhaupt den Wald betraten.

Während sie in Antonios Einbaum ein Stück durch die vom Morgendunst noch dampfenden Nebenarme des Rio Negro flussaufwärts paddelten, hatte Amber die Gelegenheit, das Leben um sich herum zu beobachten. Auf den Baumwipfeln entdeckte sie eine Schar der hühnerartigen Zigeunervögel. Auf einem abgestorbenen Baumstamm thronte ein Flussadler. Ein Königsfalke verharrte im Rüttelflug über ihnen, während Reiher auf der Suche nach Fischbeute entlang der Flussufer stakten. Im Geäst rechts und links hörte man das Knacken von Zweigen, das von Capybaras oder Tapiren herrühren mochte. Die einzigen Säugetiere, die sich offen zeigten, waren jedoch Affen. Besonders die kleinen Totenkopfäffchen mit ihren dunklen Schnauzen hatten es Amber angetan. Sie waren überaus neugierig und wagten sich sogar an Bord, als Antonio ihnen zu ihrer aller Belustigung eine Banane anbot. Ab und zu flatterte ein schwerfällig fliegender, gelbbrüstiger Tukan vor ihnen her. Das dunkle Wasser war an einigen Stellen von dichten, leuchtend grünen Pflanzenteppichen bedeckt. Immer wieder entdeckte Amber dazwischen den dreieckigen Schädel eines Mohrenkaimans. Sie schauderte bei dem Gedanken, dass diese Tiere, die so lang wie ihr Boot waren, sie mit nur einem Schwanzschlag zum Kentern bringen konnten.

Überhaupt war ihr das Gewässer nicht geheuer. Direkt unter ihnen lebten Dutzende unbekannter Fischarten. Manche, wie der Pirarucu, waren angeblich so groß wie ein Hai. An die messerscharfen Zähne der Piranhas mochte sie erst recht nicht denken. Die einzigen Flussbewohner, vor denen sie keine Angst hatte, waren die Flussdelfine. Immer wieder sah sie, wie ihre langschnäbeligen Köpfe mit den winzigen Augen die Wasserfläche durchstießen und die drolligen Gesellen ihnen mit ihren Flossen zuzuwinken schienen. Antonio erzählte ihr, dass die Flussbewohner die Botos, wie die Delfine hier genannt wurden, verehrten. Angeblich verwandele sich der Delfin bei Nacht in einen verführerischen, jungen Mann, der immer in Weiß gekleidet sei und wegen seines Kopfwulstes einen Hut trage. Der Boto sei immer lustig und zu Streichen aufgelegt und liebe es, sich auf Festen den schönsten Frauen zu nähern, um sie zu verführen.

»Der Boto ist der Vater aller Kinder, die ohne Vater aufwachsen«, schloss Antonio seine Erzählung ernst. »Auch in unserem Dorf leben einige seiner Kinder.«

Durch die Regenzeit waren mittlerweile große Waldgebiete überschwemmt. Man konnte fast den Eindruck gewinnen, dass der ganze Urwald unter Wasser stand. Doch nach etwa zwei Stunden erreichten sie eine Böschung, die den Beginn eines höher gelegenen Stück Waldes anzeigte. Dort vertäuten sie das Boot und stiegen aus. Schon nach wenigen Schritten waren sie von dichtem Urwald umschlossen. Es drang kaum noch Tageslicht bis zum Boden durch. Amber hatte das Gefühl, geschrumpft zu sein. Sie kam sich plötzlich wie eine Ameise vor, die sich durch eine Wiese kämpfen muss. Überall versperrten ihnen dichtes Gebüsch und eng stehende, dünne Bäume den Weg, den es gar nicht gab. Dazwischen ragten mächtige Urwaldriesen weit in den nicht sichtbaren Himmel hoch. Ihre Brettwurzeln waren so ausladend, dass man sich zwischen ihnen verstecken konnte. Alles war voller Lianen, stachliger Gräser und dorniger Palmen. Antonio trug eine Machete bei sich, mit der er ihnen den Weg freischlug. Obwohl er langsam ging, hatte Amber schon bald Mühe, ihm zu folgen. Jeder Schritt war eine Qual. War es auf dem Wasser schon drückend heiß gewesen, so war es im Wald noch viel schlimmer. Die feuchtwarme Luft erschwerte das Atmen. Außerdem fielen immer wieder Blätter von den Bäumen, oder es rieselten Aststückchen auf sie herab. Amber trug zwar einen Strohhut, dennoch konnte dieser nicht verhindern, dass ihr ab und zu etwas in den Ausschnitt fiel. Um sie herum schwirrten Mücken und andere Insekten, und der mit Blättern bedeckte Boden erwies sich als heimtückisch und voller Stolperfallen. Immer wieder versank sie bis zum Knie in einer unsichtbaren Erdhöhle, aus der sie von Rhys befreit werden musste. Sie lernte, dass es nicht ratsam war, ihre Hand allzu lange an einem Baumstamm zu lassen, denn innerhalb kürzester Zeit lockte sie so die unter den Rinden lebenden Ameisen und Termiten heraus. Ehe sie sich's versah, krabbelten die Insekten über ihre Hand und suchten Schutz unter dem Ärmel ihres Kleides. Amber beneidete Rhys und Antonio um ihre Hosen, denn die weiten Röcke ihres Kleides erschwerten ihr Fortkommen zusätzlich.

Trotz aller Mühsal gewöhnte sie sich dennoch nach einiger Zeit an die unwirtliche Umgebung, vor allem, weil Antonio nicht müde wurde, ihnen auch die Wunder des Dschungels vor Augen zu führen. Er machte sie auf grüngelbe Turmschnecken und handtellergroße, blaue Morofalter aufmerksam, zeigte ihnen knallbunte Frösche, die im Stauwasser von Bromelien ihren Laich ablegten, und warnte sie gleichzeitig vor ihrem tödlichen Gift. Je länger sie durch den Dschungel stapften, desto schärfer wurde Ambers Blick. Mehrfach bat sie um eine kleine Pause, um die eine oder andere Pflanze oder ein bemerkenswertes Insekt als Mitbringsel für Sebastian einsammeln zu können.

Quenky-quenky-quok-quok-quok.

»Was war das?«, fragte Amber, als sie das Geräusch aus allernächster Nähe hörte. Ihr Blick wanderte durch das Geäst, ohne dass sie jedoch etwas zu erkennen vermochte. Rhys hielt sie am Ärmel fest und deutete auf den Boden. Keine fünf Fuß von ihnen entfernt saß ein farbenprächtiger Tukan und sah sie aus seinen türkis umrandeten Augen aufmerksam an. Er schien keinerlei Angst vor ihnen zu haben.

»Das ist ein Unglücksvogel«, meinte Antonio verächtlich und warf ein Stück Holz nach dem Tier. Der Tukan krächzte verärgert, ließ sich jedoch nicht verjagen, sondern hüpfte nur ein wenig zur Seite. Antonio wollte einen Stock nach ihm werfen, doch Amber hielt ihn davon ab.

»Lass ihn«, sagte sie ungehalten. »Das ist ein wunderschöner Vogel. Ich habe noch nie einen von Nahem gesehen. Ich möchte mir sein Aussehen einprägen, um ihn später zu zeichnen.«

Als ob der Tukan sie verstanden hätte, hüpfte er noch ein Stück näher. Dort verharrte er einen Augenblick, bevor er sich wieder ein Stück weit entfernte und sie ein weiteres Mal aufmerksam musterte.

»Wenn es kein Tier wäre, könnte man glauben, dass der Vogel uns etwas zeigen will«, mutmaßte Rhys, der den Tukan ebenfalls fasziniert beobachtete.

»Wir können es ja mal ausprobieren«, schlug Amber vor. Sie machte einen Schritt auf den Tukan zu, der sich daraufhin wieder ein Stück von ihnen entfernte und erneut auf sie wartete. »Du hast recht! Sieh nur, er hüpft schon wieder ein Stück weiter, um dann wieder auf uns zu warten!«

Doch beim nächsten Schritt, den Amber auf den Vogel zumachte, flog er auf und verschwand mit einem nach Frosch klingenden *Quenky-quenky-quok-quok-quok.*

Amber, die sich durch das Spiel des Vogels etwas von den anderen entfernt hatte, wollte sich gerade wieder auf den Rückweg machen, als sie etwas aufblitzen sah. Ein einzelner Lichtstrahl, der durch das diffuse Dickicht des Waldes leuchtete, beschien einen glänzenden Gegenstand, der ihre Aufmerksamkeit erregte.

»Ich glaube, ich habe etwas gefunden«, murmelte sie und bückte sich, um den Gegenstand aufzuheben. Erst da entdeckte sie die halb unter dem modrigen Laub verborgene Hand.

36

Seit Sebastian Stix sich Mious Liebe gewiss sein konnte, war sein Leben endgültig durcheinandergeraten. Niemals hatte er geglaubt, dass ihn seine Gefühle einmal so überwältigen könnten. Er hielt sich für einen zwar begeisterungsfähigen, aber doch sehr nüchtern denkenden Naturwissenschaftler. Und nun hatte er sich zu einem Träumer entwickelt. Immer wieder ertappte er sich dabei, wie er waghalsige Pläne schmiedete, denn sein Wunsch war eine Zukunft mit Miou. Er konnte und wollte sich einfach nicht damit abfinden, dass die Geliebte seines Herzens einem anderen versprochen war. Sein Herz krampfte sich vor Eifersucht zusammen, wenn er sich nur vorstellte, dass in wenigen Wochen dieser widerliche Carlos dos Santos Mious Bett teilen würde. Das durfte er einfach nicht zulassen. Miou war für ihn bestimmt und er für sie.

Seit jener denkwürdigen Nacht war erst wenig Zeit verstrichen. Leider hatten sie sich nur noch ein einziges Mal, bei der Verlobungsfeier, aus der Ferne gesehen. Sie hatte ihm verstohlen zugenickt, bevor ihr Vater sie ihrem Verlobten zugeführt hatte. Sebastian hatte den Anblick nicht ertragen und war Hals über Kopf geflohen. Erst am nächsten Morgen hatte er von Amber erfahren, dass Miou einen Eklat provoziert hatte. Trotz seines Kummers verspürte er ein gewisses Glücksgefühl, wenn er daran dachte, dass sie seinetwegen ihren Vater und ihren Verlobten in aller Öffentlichkeit der Lächerlichkeit preisgegeben hatte. Wenn auch nur mit der Konsequenz, dass sie nun bis zu ihrer Hochzeit das Haus gar nicht mehr verlassen durfte.

Seit Amber und Rhys zu ihrem Ausflug aufgebrochen waren, machte sich Sebastian jede Nacht auf den Weg zu de Andrades Haus. Er hatte eine Stelle gefunden, an der er unbemerkt über die Umfassungsmauer in den Garten gelangen konnte. Im Schutz der Dunkelheit wartete er darauf, dass Miou sich aus dem Haus schlich. Er hatte ihr versprochen, dort jede Nacht auf sie zu warten. Doch Miou kam nicht. Nicht in der ersten Nacht und auch nicht in der zweiten. Er wartete jedes Mal bis kurz vor dem Morgengrauen, bevor er sich enttäuscht und müde wieder auf den Rückweg machte. In der dritten Nacht hatte er endlich Glück. Es war lange nach Mitternacht, als er plötzlich eine zierliche Gestalt über den mondbeschienenen Kiesweg huschen sah. Sie hielt direkt auf das kleine Gartenhäuschen neben dem Springbrunnen zu. Sobald Sebastian sich sicher war, dass es Miou war, verließ er den Schutz des Schattens und eilte ihr entgegen. Voller Glück schloss er sie in die Arme, bevor sie ihn rasch zurück in die Dunkelheit zog.

»Wir müssen vorsichtig sein«, flüsterte Miou.

Sebastian hörte nicht auf sie, sondern verschloss ihren Mund mit einem zärtlichen Kuss. »Ich weiß«, raunte er in ihr Ohr, »aber ich habe es einfach nicht mehr länger ausgehalten.«

Im kargen Licht der Nacht konnte er nicht viel mehr als ihre Silhouette erkennen. Sanft strich er ihr eine Locke hinters Ohr. Seine andere Hand fühlte, dass sie unter dem hauchdünnen Morgenmantel nichts als ihr Nachthemd trug. Die vollen Haare hatte sie zu einem einfachen Zopf geflochten.

»Mein Vater lässt mich Tag und Nacht bewachen«, erzählte Miou. Ihre Stimme klang nervös und unsicher. »Deswegen konnte ich nicht früher kommen. Maria, meine Zofe, schläft sogar vor meiner Tür. Erst heute ist es mir gelungen, sie zu überlisten. Sie hat einen verdammt leichten Schlaf. Aber heute habe ich etwas von meinem Schlafpulver in ihr Getränk gegeben. Ich komme mir deswegen richtig schäbig vor.«

»Keine Sorge! Du hast völlig richtig gehandelt!« Sebastian bedeckte ihr Gesicht mit einem Reigen kleiner Küsse. »Ist dein Vater auch im Haus?«

Miou erzählte ihm von dem schrecklichen Abend, an dem er sie für ihre Mutter gehalten hatte. »Seit drei Tagen ist er bei Carlos auf der Kautschukplantage.«

»Weißt du, wie lange er dort bleibt?« Miou verneinte. »Dann müssen wir seine Abwesenheit nutzen, um Fluchtpläne zu schmieden«, sagte Sebastian, von neuer Zuversicht erfüllt. »Gleich morgen früh gehe ich an den Hafen und sehe mich nach dem nächsten Schiff in Richtung Belém um. Wenn wir Glück haben, bleibt dein Vater noch einige Tage weg, dann werden wir einen genügend großen Vorsprung haben.«

»Er wird alle Hebel in Bewegung setzen, um mich aufzuspüren«, widersprach Miou sehr viel weniger zuversichtlich. »Und wenn er uns erwischt, wird er dich töten!«

»Wir werden uns nicht erwischen lassen!« Sebastian hatte in den letzten Tagen Zeit genug gehabt, um sich darüber Gedanken zu machen. »Wir werden nicht auf dem Dampfer bleiben, sondern in einer der Siedlungen wieder von Bord gehen, um danach ein anderes Schiff zu nehmen. Ich dachte daran, dass wir uns verkleiden, um nicht erkannt zu werden. Du wirst sehen, wir bekommen das hin!« Er nahm ihre beiden Hände und führte sie an sein Herz. »Die Alternative ist, dass du diesen schrecklichen Santos heiraten musst.«

Miou schenkte ihm ein tapferes Lächeln. »Dann werden wir es eben versuchen.«

Sie setzten sich auf die kleine Bank und besprachen mehrere Möglichkeiten. Sebastian wollte sich gleich am nächsten Tag um alles kümmern. In der darauf folgenden Nacht würde er wiederkommen, um ihr zu berichten. Miou wiederum wollte versuchen, zusätzliches Geld für ihre Flucht aufzutreiben.

»Was werden wohl Amber und Rhys dazu sagen, wenn du einfach verschwindest?«, fragte sie ihn zum Abschied.

»Sie werden mich verstehen. Das weiß ich ganz genau!«

Sebastian küsste sie ein letztes Mal leidenschaftlich, bevor sie wieder in Richtung Haus verschwand.

Ein schönes Paar, dachte Maria, während sie von einem Fenster des oberen Stockwerks beobachtete, wie sich Miou von ihrem Liebhaber trennte. Nur schade, dass es nicht der Mann war, der für sie bestimmt war. Aber so war das Leben eben, dachte sie bitter.

Die junge Herrin tat ihr leid. Sie würde hart bestraft werden, wenn ihr Vater von dem Verhältnis erfuhr. Einen Augenblick lang erwog die Sklavin, einfach das Geheimnis für sich zu behalten. Senhorita de Andrade war freundlich zu ihr. Maria konnte weiß Gott Schlimmeres widerfahren, als ihr zu dienen. Was ging es sie schon an, wenn die Tochter des Marquis einen Geliebten hatte? Doch de Andrade war ein unerbittlicher Herr. Er würde sie mit bestrafen, wenn die Sache aufflog. Schließlich hatte er ihr befohlen, darauf zu achten, dass Miou nur unter Aufsicht ihr Zimmer verließ. Maria hatte in der kurzen Zeit, die sie dem Portugiesen diente, schon einmal mitbekommen, wie er einen der Sklaven mit der Peitsche gezüchtigt hatte, nur weil er ihm nicht schnell genug zu Diensten gewesen war. Das war es nicht wert. Außerdem nahm sie es ihrer Herrin übel, dass sie versucht hatte, ihr heimlich ein Schlafmittel zu verabreichen. *Diese Weißen denken immer, sie seien so viel schlauer als wir,* dachte Maria verbittert. *Sie be-*

handeln uns wie Tiere. Die Herrin hatte gedacht, dass sie das Schlafmittel nicht bemerken würde. Dabei war der bittere Geschmack in dem Fruchtsaft selbst für einen Sklavengaumen spürbar. Die Verachtung für die Arroganz der jungen Herrin war plötzlich stärker als jedes Mitgefühl. Warum sollte ausgerechnet sie Rücksicht nehmen?

Die Tür des Schuppens wurde aufgerissen. Grelles Tageslicht blendete Jandeira, die zusammengekauert auf dem Boden lag. Sie blinzelte und versuchte zu erkennen, wer da zu ihr kam. Seit Tagen hatte sich niemand mehr um sie gekümmert. Einmal am Tag brachte ihr einer der Männer einen Krug Wasser und etwas zu essen, ansonsten ließ man sie in Ruhe.

»Mitkommen!« Kräftige Hände packten ihre Arme und rissen sie hoch. Mit derben Schlägen in den Rücken wurde sie über den Platz getrieben, wo man die Kautschukballen für den Abtransport sammelte. Sie stolperte mehr, als sie ging. Über den Hintereingang wurde sie ins Haus gestoßen. Dort erwartete sie dieselbe Frau, die sich schon einmal um sie gekümmert hatte. Mit einer Kopfbewegung deutete sie auf einen Zuber mit Wasser und Seife. Jandeira musste sich auskleiden und waschen. Sie tat es mit betonter Gleichgültigkeit, obwohl sie innerlich zitterte. Ein neues Kleid lag für sie bereit. Es war blau wie der Himmel ohne Regenwolken. Wieder wurde sie darin eingeschnürt, bis sie sich vorkam wie ein gefesseltes Tier. Jandeira vermutete, dass man sie für das Narbengesicht und seinen Freund zurechtmachte. *Sie werden meinen Körper bekommen, aber nicht meinen Geist,* dachte sie erneut in einem Anflug von trotziger Verzweiflung. Ihre Gedanken klammerten sich an den Tukan und Caurés Geist, der in dem Vogel wohnte. *Cauré wird bei mir sein, egal, was mir geschieht!*

Die Frau führte Jandeira durch das Treppenhaus zu einer

verschlossenen Tür. Nach einem kurzen Klopfen wurde geöffnet, und sie schob die junge Frau in das Zimmer hinein. Jandeiras Augen mussten sich erst an das dämmrige Licht gewöhnen. Obwohl es draußen noch hell war, drang nur wenig Licht durch die Fenster, da die umlaufende Veranda überdacht war und viel Schatten spendete. In der Ferne sah sie wie die Erinnerung an glückliche Zeiten den Fluss golden leuchten.

»Tritt näher!«

Jandeira wandte sich der Stimme zu, die aus einem dunklen Winkel des Raumes drang. Im Zwielicht erkannte sie das Narbengesicht und den Mann mit der krummen Nase. Sie saßen zurückgelehnt auf Ledersesseln, zwischen ihnen stand eine halb leere Flasche Schnaps. Jandeira roch den Alkohol. Der Mann mit der krummen Nase rauchte, während er sie eingehend musterte. Sein starrer Blick hatte etwas von einem Reptil. Jandeira fröstelte plötzlich. Von diesem Mann ging etwas aus, das ihr Angst machte. Es war eine Aura von unbeherrschbarer Gewalt. *Er möchte, dass ich leide,* schoss es ihr durch den Kopf. *Dabei leidet er selbst.* Instinktiv erkannte sie, dass der Mann selbst verletzbar war. Er war nicht so stark, wie er tat. Diese Erkenntnis gab ihr wieder etwas Mut zurück. *Schwache Tiere fürchten Stärke und Selbstbewusstsein.* Sie zwang sich zu einer aufrechten Haltung und trat einige Schritte auf die Männer zu.

»Ist das nicht ein Prachtweib?«, fragte das Narbengesicht. »Fast bedaure ich es schon, dass ich sie dir geschenkt habe. Sie ist bestimmt nicht so abweisend wie deine Tochter.«

»Jetzt fängst du schon wieder an«, brummte der andere. »Miou wird sich fügen. Ihr bleibt keine andere Wahl. Und du wirst ihr ein guter Ehemann sein.«

»Das werde ich«, lachte das Narbengesicht. »Sobald deine Tochter versteht, wer im Haus das Sagen hat.« Er stand auf und ging an Jandeira vorbei in Richtung Tür. »Dann lass ich euch Turteltäubchen mal allein.«

Kaum hatte er den Raum verlassen, stand der andere schon dicht vor ihr, zog sie grob zu sich heran und presste seine Lippen gewaltvoll auf ihren Mund. Jandeira handelte, ohne zu überlegen, und biss ihm kräftig in die Unterlippe.

»Verdammtes Biest!« Der Krummnasige ließ sie los und betupfte sich seine blutende Unterlippe. Jandeira wappnete sich bereits gegen die Schläge, die kommen würden. Doch der Mann lachte plötzlich und sah sie mit seltsamen Augen an. Sein Blick bekam fast etwas Zärtliches. »Gefällt es dir, andere zu quälen?«, fragte er sie.

Jandeira wollte den Kopf schütteln, um ihn nicht noch mehr zu verärgern. Doch seine Stimme hatte nicht wütend, sondern eher erwartungsvoll geklungen. Also nickte sie vorsichtig und versuchte, seinem Blick unerschrocken zu begegnen. Sie hatte keine Ahnung, auf was für ein Spiel sie sich da gerade einließ, sie wusste nur, dass es irgendwie darum ging, wer hier der Jäger und wer der Gejagte sein würde. Eine heftige Ohrfeige brachte Jandeira ins Wanken. Ihre Wange brannte wie der Biss von Feuerameisen. *Du darfst jetzt keine Schwäche zeigen.* Es war, als flüstere ihr Cauré die Worte ein. Trotzig hielt sie seinem Blick stand. Der Mann schlug erneut zu. Dieses Mal packte er sie an den Schultern und schüttelte sie durch. Sie ließ es mit sich geschehen, als wäre sie ein lebloser Gegenstand.

»Auf die Knie mit dir«, verlangte er herrisch. Jandeira tat, was er befahl. Noch immer waren ihre Augen ineinander verhakt. Er blickte auf sie herab, unschlüssig, was er als Nächstes tun sollte. *Es sind unsere Augen, die miteinander ringen, nicht unsere Körper,* erkannte Jandeira und intensivierte ihren Blick, indem sie die Augen ein wenig zusammenkniff. Für einen kurzen Augenblick begannen die Augen des Mannes unsicher zu flackern. *Ich kann ihn besiegen. Ich darf nur nicht aufgeben.*

»Zieh dich aus«, verlangte der Mann. Er griff in die Schublade der Kommode, die hinter ihm stand, und zog daraus eine mehrschwänzige Peitsche hervor. Genussvoll ließ er das Marterinstrument durch seine Hand gleiten, während er sie beobachtete. Jandeira zweifelte keinen Augenblick daran, dass er sie damit töten würde, wenn ihm danach war. Während er mit der Peitsche spielte und sich dabei immer wieder kräftig selbst auf den Handrücken schlug, entdeckte sie die Narben darauf. *Er gehört zu den Menschen, die Schmerzen lieben*, erkannte sie erneut. Genau dies war ihre Chance. *Du musst seine Triebe befriedigen, wenn du überleben willst.* Sie erinnerte sich, wie er genüsslich das Blut von seiner zerbissenen Lippe geleckt hatte.

»Was zierst du dich?«, zischte der Mann. »Ich habe gesagt, du sollst dich ausziehen.«

Er wollte mit der freien Hand in ihr Haar greifen, doch sie hinderte ihn daran, indem sie den Arm abfing. Sie musste versuchen, den Spieß umzudrehen, auch wenn sie sich davor fürchtete.

»Zieh du dich aus!«, forderte sie so bestimmt, wie sie konnte. Sie wusste nicht, woher ihr Mut plötzlich kam, denn sie griff mit der anderen Hand nach der Peitsche. Die Augen des Mannes begannen zu lodern, als er sie ihr überließ. Schon fürchtete sie, dass sie zu weit gegangen war. Doch das Gegenteil war der Fall. Mit zitternden Händen begann der Mann sich vor ihr zu entkleiden. Er streifte sein Hemd ab, sodass sie seinen nackten Oberkörper zu sehen bekam. *Er ist haarig wie ein Affe,* schoss es Jandeira durch den Kopf. Sie dachte an die frechen Kapuzineraffen, die hin und wieder ihre Siedlung überfallen hatten. Sie waren mit Stöcken auf die Tiere losgegangen, um sie zu vertreiben. Instinktiv spürte sie, dass sie jetzt auch hier die Oberhand behalten musste. *Er ist wie ein Affe,* redete sie sich ein. Einen Affen zu schlagen fiel ihr leichter. Der Mann bemerkte ihre Unsicherheit und wandte sich ihr zu.

»Na los, zeig es mir!« In seiner Stimme lag etwas Flehendes. Er kniete sich vor sie hin und wandte ihr den Rücken zu. Jandeira presste die Lippen aufeinander und schlug zu. *Er ist nur ein Tier.* Noch einmal ließ sie die Peitsche auf seinen Rücken knallen. Sie konnte es nicht fassen, dass er es so willig ertrug. Er heulte auf vor Schmerz, aber auch vor Vergnügen. Die Peitsche hinterließ rote Striemen auf seinem Rücken. Es kümmerte ihn nicht.

»Ich habe gesündigt«, heulte er zerknirscht. »Ich habe es verdient, dass du mich züchtigst.« Jandeira brachte es plötzlich nicht mehr über sich, ihn nochmals zu schlagen. Dieser Mann war verrückt und tat ihr mit einem Mal leid. »Mach weiter«, verlangte er und nestelte ungeduldig an seiner Hose. Jandeira wandte angewidert den Blick von seinem Geschlecht ab, das wie ein bebender Dolch aufragte. »Du musst mich bestrafen. Nun mach schon!«

Er faltete die Hände und starrte sie bettelnd an. Die dunklen Augen loderten vor Verlangen. Das Mitleid, das Jandeira eben noch gefühlt hatte, verrauchte so schnell, wie es gekommen war. An seine Stelle trat Verachtung. *Ich werde mich an dir und deinesgleichen rächen!* Sie umgriff die Peitsche fester und schlug mit neuer Entschlossenheit zu. Wieder und wieder. Ihr Blick ging ins Leere, während sie ihn züchtigte. Sie spürte die Gewalt wie einen Donner, der auch in ihr widerhallte. Sie hörte erst auf, als er sich mit einem lauten Aufstöhnen vor ihr ergoss. Es war vorüber. Jandeira wich einen Schritt zurück und bat die Geister, sie nun endlich in Ruhe zu lassen. Ein Zittern überfiel sie wie eine Krankheit. Schwer keuchend erhob sich ihr Peiniger und baute sich sofort wieder als Bedrohung vor ihr auf. Als sie seinen lauernden Blick sah, wusste sie, dass es nicht vorüber war. Er packte plötzlich ihr Handgelenk und verdrehte ihren Arm. Sie stöhnte leise auf, weil er ihr wehtat. Mit der anderen Hand entwand er ihr die Peitsche.

»Nun bist du dran, mein Vögelchen«, sagte er mit leiser drohender Stimme. »Du glaubst wohl, du bist die Einzige, die austeilen kann, was?« Er drückte sie auf den Boden und riss ihr Kleid vorne auf. »Brüste wie zwei spitze Kegel. Für eine Indianerin ist das nicht schlecht!« Jandeira schrie auf, als er seine spitzen Nägel in ihre Brust bohrte, bis kleine Blutstropfen hervorquollen. An seinen Augen sah sie, wie er sich über ihren Schmerz freute. »Du bist etwas ganz Besonderes«, sagte der Mann und malte mit ihrem Blut Linien auf ihre Haut. »So viel Spaß wie mit dir hatte ich schon lange nicht mehr.«

Jandeira schloss die Augen, als er ihr das ganze Kleid vom Körper riss. *Nun bin ich das Tier, das er quälen wird,* dachte sie entsetzt. Sie machte sich auf das Schlimmste gefasst, als sie aus blinzelnden Augenwinkeln sah, wie er die Peitsche gegen sie erhob. In diesem Augenblick ging die Tür auf, und das Narbengesicht erschien im Raum. An seiner Hand zerrte er eine dunkelhäutige Caboclofrau hinter sich her.

Jandeiras Peiniger fuhr ihn zornig an: »Was soll das? Bist du von allen guten Geistern verlassen!«

Das Narbengesicht kümmerte nicht, was ihr gerade angetan wurde. Er schenkte ihr nicht einmal einen Seitenblick, so wütend war er. Mit einer kräftigen Bewegung stieß er die Schwarze in den Raum hinein. Fluchend ließ der Krummnasige die Peitsche fallen und griff nach seiner Hose. Jandeira rollte sich zusammen, um ihre eigene Blöße zu verdecken. Völlig verängstigt wurde sie Zeugin des Gesprächs.

»Na los, Maria! Erzähl deinem Herrn, was meine Verlobte

während der Abwesenheit ihres Vaters treibt«, schäumte das Narbengesicht.

Sebastian frohlockte innerlich, als er sich mit großen Schritten vom Hafen zurück zu dem Haus begab, das er mit seinen Freunden bewohnte. Mious und seine Flucht zu organisieren war einfacher gewesen, als er gedacht hatte. Während er sich gleich am nächsten Morgen im Hafen nach einem geeigneten Passagierschiff in Richtung Amazonasmündung umsah, hatte er einen jungen Mann kennengelernt, dessen Vater ein Transportschiff besaß, das Edelhölzer nach Santarém transportierte. Für ein geringes Entgelt waren die beiden bereit, ihn und Miou als Fahrgäste mitzunehmen. Das hatte mehrere Vorteile, denn erstens konnten sie bereits am nächsten Morgen aufbrechen, und zweitens würden Tiago und Carlos sie niemals auf einem Transportkahn vermuten, sondern auf einem der Passagierschiffe. Sie hatten vereinbart, sich im Morgengrauen an der Hafenmole zu treffen. Sebastian hoffte nur, dass für Miou ihre Abreise nicht zu überstürzt kam. Doch die Zeit drängte. Tiago de Andrade konnte jeden Tag wieder zurück nach Manaus kommen. Seine Anwesenheit würde eine Flucht nur komplizierter, wenn nicht sogar unmöglich machen.

Die Vorfreude auf eine gemeinsame Zukunft mit seiner geliebten Miou wurde nur durch die Tatsache getrübt, dass Sebastian nun nicht an der bevorstehenden Expedition teilnehmen konnte. Es nahm ihn außerordentlich mit, dass er Amber und Rhys so einfach im Stich lassen musste. Die wissenschaftlichen Untersuchungen hatten noch nicht einmal richtig begonnen. Die Pflanzen- und Tierexponate, die sie bislang gesammelt hatten, waren nur ein Bruchteil dessen, was sie noch zu finden hofften. Und vor allem war da ja auch noch der Wunsch, die Spuren einer vergangenen Großkultur zu finden.

Nun würde er nicht dabei sein, wenn Amber und Rhys ihr El Dorado entdeckten.

Er seufzte tief. In den letzten Jahren hatte all sein Wirken darauf abgezielt, an dieser Expedition teilzunehmen. Es war weiß Gott schwierig gewesen, sie durchzusetzen – und nun würde er nicht dabei sein. Doch dann dachte er wieder an die bezaubernde Miou, an die Grübchen in ihren Wangen und an die vorbehaltlose Liebe, die sie ihm entgegenbrachte. Der Gedanke an sie machte ihn wieder froh.

Sie konnten auf ihrer Flucht nur das Nötigste mitnehmen. Sebastian packte zwei Hängematten, das Bargeld, das er besaß, sowie Kompass, Messer und ein Fernrohr in eine Ledertasche. Auf seine Botanisiertrommel und sein Notizbuch wollte er ebenfalls nicht verzichten. Alles andere würde er Amber und Rhys zur Verfügung stellen. Dann machte er sich schweren Herzens daran, seinen Freunden in einem Brief die Beweggründe für ihre Flucht zu schildern. Er hoffte, dass wenigstens Amber für seine Entscheidung Verständnis haben würde. Die nächsten Stunden verbrachte er mit der Katalogisierung seiner bisherigen Pflanzen- und Tiersammlung. Das würde Amber später helfen, sie in den richtigen Zusammenhang einzuordnen. Er tat dies teils aus schlechtem Gewissen, teils aber auch, weil er die lange Wartezeit möglichst sinnvoll verbringen wollte. Noch einmal las er den Brief von Orellanas Mitstreiter und betrachtete wehmütig das Dämonengesicht mit den geometrischen Mustern. Wie gerne hätte er herausgefunden, was es damit auf sich hatte. Ein heftiges Pochen an der Tür riss ihn aus seinen Gedanken.

Jandeira lag zusammengekauert unter dem Tisch. Sie fühlte sich wie ein angeschossenes, verängstigtes Tier, das im Schutz des Gebüschs darauf hofft, dass sein Verfolger es nicht findet.

Ihre Angst war so groß, dass sie die Unterhaltung nur mit halbem Ohr mitbekam. Die schwarze Caboclofrau erzählte etwas von der Tochter ihres Peinigers. An ihrer zitternden Stimme erkannte Jandeira, dass auch sie Angst hatte. Danach war ihr Peiniger, den die Frau Senhor de Andrade nannte, so aufgebracht, dass er wütend aus dem Zimmer stürmte. Das Narbengesicht und die Caboclofrau folgten ihm.

Plötzlich war Jandeira allein im Zimmer. Keiner hatte ihr mehr Beachtung geschenkt. Sie wartete noch einen Augenblick, dann krabbelte sie unter ihrem Tisch hervor. Mit geschärften Sinnen lauschte sie auf die Geräusche im Haus. Sie hörte Schritte und das Knallen einer Tür. Vorsichtig spähte sie aus dem Fenster, das auf die umlaufende Veranda des Hauses führte. Sie sah, wie das Narbengesicht, de Andrade und die Frau das Haus in Richtung Fluss verließen. Die Männer trugen Gewehre bei sich und gingen auf ein Boot zu, das sofort ablegte.

Zum ersten Mal seit langer Zeit schöpfte Jandeira etwas Hoffnung. Offensichtlich war etwas Bedeutungsvolles geschehen, sodass man sie vergessen hatte. Von der Küche hörte sie das Klappern von Geschirr. Sie vermutete, dass die Frau, die ihr beim Ankleiden geholfen hatte, dort zugange war. Wahrscheinlich würde sie sich bald an sie erinnern und dann nach den Wachmännern rufen. Jandeira musste so schnell wie möglich von hier verschwinden. Sie streifte das Kleid vollends von ihrem Körper. Die lästigen Stoffe hinderten sie nur an ihrer Flucht. Dann versuchte sie, eines der Fenster zu öffnen. Sie war mit dem Mechanismus nicht vertraut und brauchte deshalb eine ganze Weile, bis sie herausgefunden hatte, wie man es hochschob. Schließlich gelang es ihr doch, und sie schlüpfte eilig durch den Spalt nach draußen. Das Dach der Veranda schützte sie erst einmal vor den Blicken der Arbeiter und Wachmänner. Doch um in den Wald zu kommen, musste sie den großen, freien Platz überqueren, wo die Kautschukballen aus den Unterständen auf die Schiffe verladen wurden. Außerdem befanden sich die Hütten der Seringueiros direkt am Waldrand. Sie würde wohl kaum ungesehen von dort aus verschwinden können. Geradeaus lag der Holzsteg, an dem die Schiffe und Boote vor Anker lagen. Auch dieser Fluchtweg war von vielen Seiten gut einsehbar. Jandeiras einzige Chance lag darin, sich seitwärts durch den umzäunten Garten zu den Mangroven zu schleichen, die in den Fluss reichten.

Sie dachte nicht lange nach. Geschickt glitt sie von der Veranda und huschte im Schutz des Gartenzaunes, der das Gemüse vor den wilden Tieren schützte, auf den Mangrovenwald zu, der zum großen Teil bereits unter Wasser stand. Sie wusste, dass sich darin eine Menge giftiger Schlangen und Frösche aufhielten. Jeder Schritt in dem unwägbaren Sumpf konnte eine tödliche Gefahr bedeuten. Doch Jandeira blieb keine andere Wahl. So schnell es ging, verschwand sie in dem Dickicht.

Miou hatte den ganzen Tag in heller Aufregung verbracht. So überzeugt sie am Abend in Sebastians Nähe gewesen war, dass eine Flucht die einzige Möglichkeit für ihr Glück sein würde, so unsicher war sie sich, als sie am nächsten Morgen die ganze Angelegenheit bei Tageslicht betrachtete. Sie durfte sich nichts vormachen. Sie waren mitten im Amazonas, eintausendfünfhundert Kilometer vom Atlantik entfernt. Zwischen ihnen und der Zivilisation lag der größte Urwald der Erde, und ihr Vater war einer der unberechenbarsten Männer, reich und mit Sicherheit bereit, alles zu tun, um sie und Sebastian aufzuspüren. Dabei ängstigte sie sich weniger um sich als um ihren

Geliebten. Ihr Vater würde nicht zögern, ihn zu töten, wenn er ihn zu fassen bekam. Vielleicht sollten sie ihre gemeinsame Flucht doch noch etwas genauer überdenken? Hinzu kam, dass sie unter ständiger Beobachtung stand. Sie hatte das Gefühl, dass die Hausbediensteten sie seit dem frühen Morgen nicht mehr aus den Augen ließen.

Als sie nach dem Frühstück nach Maria rief, teilte man ihr mit, dass ihre Kammerzofe krank geworden sei und heute nicht zum Dienst erscheinen konnte. Miou erschrak, denn sie nahm an, dass Marias Krankheit ihre Schuld war. Schließlich war sie es gewesen, die der Dienerin am Abend zuvor das Schlafpulver verabreicht hatte. Hatte sie ihr eine zu hohe Dosis verabreicht? Um ihr schlechtes Gewissen zu beruhigen, entschloss sie sich, ihr etwas frisches Obst in die Senzana zu bringen. Miou war noch nie in der Unterkunft der Sklaven gewesen. Sie befand sich im Untergeschoss des Hauses, und da war nichts als ein stickiger, zweigeteilter Raum, in dem einige Strohmatratzen lagen. Miou fuhr vor Schreck zusammen, als ihr eine handtellergroße Kakerlake direkt über den Fuß lief. Das Kichern eines Mädchens, das nicht älter als elf Jahre sein mochte, weckte ihre Aufmerksamkeit. Sie war, soweit sie erkennen konnte, die einzige Person in dem Raum.

»Kannst du mir sagen, wo Maria ist?«, erkundigte sich Miou bei der Kleinen. Das Mädchen, ebenfalls eine Schwarze, sah sie aus großen Kulleraugen verwundert an. Offensichtlich war es nicht üblich, dass sich die Herrschaft hier unten zeigte. Miou deutete auf das Obst. »Maria ist doch krank. Ich wollte ihr eine kleine Freude machen.«

Das Mädchen lächelte schüchtern.

»Sie ist nicht hier«, sagte sie schließlich mit einem sehnsuchtsvollen Blick auf das Obst. »Sie hat vor dem Morgengrauen das Haus verlassen. Ich habe gehört, wie sie dem Majordomus gesagt hat, dass sie dringend zur Vila Rosa muss. Luis begleitet sie.«

Miou ließ vor Schreck beinahe die Obstschale fallen.

»Zur Vila Rosa?«, vergewisserte sie sich. Die Kleine nickte eifrig. Miou bedankte sich rasch und drückte ihr die Schale mit dem Obst in die Hände. Danach eilte sie, so schnell es ging, in ihr Zimmer und schloss sich dort ein. Sie musste erst einmal in aller Ruhe nachdenken. Marias Verschwinden konnte nur eines bedeuten. Sie hatte sie und Sebastian während der Nacht beobachtet und machte nun ihrem Vater Mitteilung darüber. Es war nicht schwer, sich auszudenken, was nun geschehen würde. Was für eine Ironie des Schicksals! Da hatte sie geglaubt, ihre Dienerin raffiniert ausgetrickst zu haben, und in Wirklichkeit schlug diese ihr nun ein Schnippchen.

Miou sah auf die Uhr und erschrak erneut. Es war beinahe Mittag. Nach allem, was sie wusste, lag die Vila Rosa etwa acht Stunden Bootsfahrt von Manaus entfernt. Wenn Maria im Morgengrauen aufgebrochen war, würde sie wahrscheinlich in wenigen Stunden dort ankommen. Ihr Vater würde alle Hebel in Bewegung setzen, um sofort zurückzukehren. Sie musste damit rechnen, dass er schon vor Mitternacht wieder hier war. Miou mochte sich nicht ausmalen, was er dann mit ihr und vor allem mit Sebastian anstellen würde. Nackte Angst kroch in ihr hoch, als sie daran dachte, mit welchem Vergnügen ihr Vater die Matrosen ausgepeitscht hatte. Vor ihrem inneren Auge sah sie Sebastian schon leiden. Das durfte einfach nicht geschehen. Sie mussten so schnell wie möglich beide von hier verschwinden. Miou war nicht besonders mutig, aber sie hatte einen klaren Verstand, und den beschloss sie nun einzusetzen.

Hastig suchte sie ein paar Wertsachen zusammen. Geld, etwas Schmuck und das Medaillon mit dem Bildnis ihrer Mutter verstaute sie in ihrem Handbeutel. Dann zog sie ein einigermaßen bequemes Reisekleid an, bevor sie dem Majordomus des Hauses mitteilen ließ, dass sie einige Einkäufe in der Stadt erledigen wollte. Ihr vager Plan war, den Diener, den man ihr zweifellos an die Seite stellen würde, hinters Licht zu führen, um dann rasch zu Sebastians Haus zu eilen, um die weitere Flucht mit ihm zu besprechen. Das war allerdings einfacher gedacht als getan. Der Majordomus höchstpersönlich bot sich an, sie zu begleiten. Der oberste Diener im Hause de Andrade war ein Vertrauter ihres Vaters und würde deswegen besonders gut auf sie achtgeben. Miou hatte ursprünglich vorgehabt, im Trubel, der in den Markthallen herrschte, unauffällig abzutauchen. Doch mit dem großgewachsenen Mestizen war dies nahezu unmöglich. Er ließ sie keine Sekunde aus den Augen. Miou musste sich eine andere Taktik ausdenken.

Schließlich kam ihr eine Idee. Sie besorgte sich an einem der Marktstände eine Flasche Likör und ließ sich dann in der Kutsche zu ihrer Schneiderin, einer gewissen Senhora Malvina, bringen. Ihr Atelier war nur wenige Straßenzüge von Sebastian entfernt. Miou gab vor, mit Senhora Malvina Änderungen an ihrem Hochzeitskleid besprechen zu müssen. Der Majordomus war wie erwartet davon nicht sehr angetan. Für ihn bedeutete es eine lange Wartezeit, denn es war natürlich ganz ausgeschlossen, dass er mit ihr das Ankleidezimmer betrat. Senhora Malvina war höchst überrascht, Miou zu sehen.

»Senhorita de Andrade! Wolltet Ihr nicht erst nächste Woche bei mir vorbeischauen?«

»Bitte verzeiht«, entschuldigte sich Miou mit einem freundlichen Lächeln. »Aber mir fiel heute Morgen eine neue Modebroschüre in die Hände mit ein paar umwerfenden Ideen für mein Brautkleid. Die Änderungen, die Ihr dazu vornehmen müsstet, sind langwierig, sodass ich keine Zeit verlieren wollte, sie mit Euch zu besprechen.« Noch ehe Senhora Malvina etwas darauf entgegnen konnte, schob sie sich an ihr vorbei in ihr Haus. »Du kannst mich in drei Stunden wieder hier abholen«, beschied sie den Majordomus, bevor sie die Tür vor seiner Nase zuschlug. So blieb ihm gar nichts anderes übrig, als ihren Anordnungen Folge zu leisten.

Senhora Malvina war von dem Überraschungsbesuch ebenfalls nicht sehr angetan. Die alte Dame hatte sich gerade zur Ruhe gelegt, um ein ausgiebiges Mittagsschläfchen zu halten. Als Miou ihr jedoch den Café-Likör überreichte, hellte sich ihre Miene sofort wieder auf.

»Wir brauchen doch etwas Stärkung für unser Gespräch, nicht wahr?«

Senhora Malvina holte sogleich zwei Gläser und stellte sie auf den Beistelltisch. Miou goss ihr großzügig ein und prostete ihr zu. Eine halbe Stunde und vier geleerte Likörgläser später fielen der alten Dame die Augen zu. Miou hatte nicht viel Beredsamkeit aufwenden müssen, um die Schneiderin beim Likör zu halten. Nun war sie eingeschlafen. Leise erhob sich die junge Frau von ihrem gepolsterten Stuhl und suchte den Hintereingang des Hauses.

Zehn Minuten später pochte sie an Sebastians Tür.

37

Er sah die Xapiripé an dünnen, weißen Lichtfäden zur Erde tanzen. Ihre Bewegungen waren leicht und anmutig. Wie gerne hätte er sich in ihren tanzenden Reigen eingefügt. Da war der Geist des Adlers in seinem weiß-braunen Federmantel. Er stolzierte wie ein Anführer den anderen Xapiripé voran, direkt gefolgt vom düsteren Urubu, dem Gott der ständig hungrigen Aasgeier. Der Geist der unberechenbaren Harpyie war ebenso da wie der des Kolibris, dessen buntschillernder Mantel genauso von allen bewundert wurde wie sein scharfer Verstand. Der nachdenkliche Geist des Tukans trat zu ihm, um mit ihm zu reden. »Nun warst du lange genug bei uns.« In seinem besonnenen Tonfall klang Tadel mit. »Es wird Zeit, dass du wieder in deine Welt zurückkehrst.«

»Aber ich bin glücklich bei euch«, wandte er ein. Der Gedanke, in die Welt der Menschen zurückzukehren, behagte ihm nicht. Er war glücklich in der Welt der Xapiripé.

Der Geist des Tukans ließ seinen Einwand nicht zu.

»Wie kannst du vergessen, was du einmal so sehr begehrt hast?«

Er blickte auf eine Lichtung, die von einem gleißend hellen Sonnenstrahl erhellt wurde. Das Licht blendete ihn, sodass er die Augen wieder schließen musste. Erst auf den zweiten Blick erkannte er darin eine Gestalt, die sich langsam auf ihn zubewegte. Sein Herz zog sich vor Freude schmerzhaft zusammen.

»Jandeira«, rief er beglückt. Wie hatte er sie nur vergessen können? Sie kam langsam näher. Ihre schemenhafte Gestalt begann sich zu verfestigen. Er versuchte aufzustehen, um ihr entgegenzugehen, doch sein Körper fesselte ihn an den Ort, an dem er war. Erfüllt von freudiger Ungeduld wartete er, bis sie endlich bei ihm war. Er streckte ihr seine Hände entgegen, in der Erwartung, sie gleich zu berühren. Doch als sie vor ihm stand, sah er nicht Jandeira, sondern die weiße Napé aus seinen Träumen.

»Alles hat seine Bestimmung«, hörte er den Tukan noch sagen, bevor er wieder von schwarzem Nebel umhüllt wurde.

»Er war kurz wach! Ich habe gesehen, wie er geblinzelt hat!« Amber tunkte eilig das Tuch in die Kräuterlösung, die Linda angerührt hatte, und beträufelte damit die Lippen des Indianers, den sie verletzt im Wald gefunden hatten. Er murmelte etwas Unverständliches. Für einen winzigen Augenblick hatte Amber das Gefühl, ihn schon einmal gesehen zu haben. Dann schloss er die Augen und fiel erneut in einen tiefen Schlaf.

Es war ein Wunder, dass der Mann noch lebte. Seine Verletzungen waren äußerst schwer. Eine Schusswunde am Oberarm, eine andere nur einen Fingerbreit vom Herzen entfernt, dazu zahlreiche Schürfwunden, eine schlecht verheilte Platzwunde am Kopf sowie gebrochene Rippen und ein ausgekugelter Arm. Die blutigen Spuren, die er hinterlassen hatte, führten tief in den Urwald hinein. Offensichtlich hatte der Mann sich ein gutes Stück von seinen Angreifern entfernen können. Antonio und Rhys waren sofort in Habtachtstellung gegangen, doch es schien ihm niemand gefolgt zu sein. Schließlich hatte Antonio eine Trage aus den Blättern der Palha Branca, einer ölhaltigen Palmenart, gebaut, und sie hatten ihn mitgenommen. Als sie den Verletzten schließlich in Pater Thomas' Dorf gebracht hatten, war der Mann mehr tot als lebendig gewesen. Sein Puls war flatternd, sein Herzschlag unregelmäßig. Alle rechneten damit, dass er die nächste Nacht nicht überstehen würde. Doch der Indianer starb weder in der Nacht noch am folgenden Tag. Amber kümmerte sich seither unermüdlich um ihn. Dabei wurde sie von Antonios Frau unterstützt. Linda kannte eine Unmenge von Heilpflanzen, die sie alle frisch aus dem Urwald holte. Die Blätter einer bestimmten Pflanzenart zerstampfte sie und kochte daraus einen bitter schmeckenden Sud. Diesen musste Amber dem Kranken immer wieder einflößen. Er sollte gegen das Wundfieber helfen. Zerquetschte Ameisen und pulverisierte Rinde vermengte die Caboclo mit Asche und Fett zu einer Paste und trug sie auf die entzündeten Wunden auf. Diese fixierte sie mit einem Blattverband.

Als Amber Linda etwas von ihrem Verbandsmaterial anbot, lehnte die Caboclo freundlich, aber bestimmt ab.

»Die Heilgeister dringen durch das dicke Tuch nicht durch«, behauptete sie mit einer Selbstverständlichkeit, die für sie offensichtlich in keinem Widerspruch zu der Tatsache stand, dass sie eine getaufte Christin war. Die Welt der Geister und schamanischen Heilkünste war für sie das eine, Pater Thomas und der Große Gott, der alle Sünden vergab, das andere. Beide Welten waren für sie gut vereinbar. Fasziniert verfolgte Amber Lindas Heilmethoden und versuchte möglichst viel davon im Gedächtnis zu behalten. Sie zeichnete die Heilpflanzen, bevor sie verarbeitet wurden, um sie später mit Sebastians Hilfe bestimmen zu können. Außerdem notierte sie die Verarbeitungsweise.

Rhys betrat das Krankenzimmer und erkundigte sich nach dem Befinden ihres Patienten. Amber berichtete ihm von den Fortschritten. »Ich habe das Gefühl, dass er es schaffen kann«, meinte sie zuversichtlich. »Sein Blick war für einen kurzen Moment kräftig und klar. Er braucht allerdings noch viel Ruhe.«

»Antonio ist der Meinung, dass der Mann von weit her kommen muss«, berichtete Rhys. Er war ganz aufgekratzt, seit sie den Fremden gefunden hatten, denn er hatte einen außergewöhnlichen Talisman in den Händen gehalten, der sein Interesse geweckt hatte. »Obwohl er schon weit herumgekommen ist, kennt Antonio kein Volk im weiteren Umkreis, zu dem der Mann gehören könnte.«

Nachdenklich betrachtete er den flachen Stein, der neben dem Kopf des Fiebernden lag. Amber wusste, dass er ihn am liebsten genauer untersucht hätte, doch Linda hatte darauf bestanden, dass er neben ihm liegen bleiben musste.

»Nur so kann sein Amulett ihm helfen«, hatte sie ihn beschieden.

Er hatte sich damit abfinden müssen. Rhys fuhr mit der Fingerkuppe über den stumpf glänzenden Stein. »Das ist pures Gold«, murmelte er nicht zum ersten Mal.

Das Artefakt war flach wie eine Kachel, und die einst glatt polierte Oberseite zierten Spuren von kunstfertigen Einlegearbeiten aus Obsidiansplittern. Die meisten Splitter hatten sich im Lauf der Zeit gelöst, sodass man nur in groben Zügen ein geometrisches Muster erahnen konnte. Eines war jedoch sicher: Das Artefakt, das der Indianer bei sich trug, war sehr alt.

»Ich muss unbedingt erfahren, woher er dieses Stück hat. Es war zweifelsohne einmal Teil einer Statue oder einer Wandverzierung. Verstehst du? Es ist die erste wirklich ernst zu nehmende Spur, die wir haben. Dieser Stein kann der Beweis dafür sein, dass es diese Kultur, von der Orellanas Soldat schreibt, wirklich einmal gegeben hat. Vielleicht ist er sogar ein Nachkomme dieses Volkes.«

»Ich möchte deine Zuversicht ja nicht dämpfen«, meinte Amber weit weniger euphorisch als ihr Mann, »aber es könnte genauso gut sein, dass er dieses Stück jemandem gestohlen hat. Dann sind wir wieder so weit wie zuvor.«

»Und wenn schon«, meinte Rhys nicht weniger zuversichtlich als zuvor. »Wenigstens wissen wir nun, dass unsere Expedition nicht auf einem Fehlglauben beruht.« Er strahlte förmlich vor neuer Energie.

In diesem Augenblick regte sich der Indianer erneut. Amber war sofort bei ihm, um ihm die fiebrige Stirn zu kühlen. Er blinzelte und öffnete abermals die Augen. Amber setzte eine Schale mit Wasser an seine spröden Lippen. Er trank einige Schlucke, dann ließ er den Kopf wieder erschöpft auf die Grasmatratze sinken. Seine Augen blieben dabei auf Amber gerichtet. Sie glaubte eine Mischung aus Neugier und Furcht darin zu erkennen. Schließlich formten seine Lippen einige Worte, die sie nicht verstand. Linda, die sie ebenfalls gehört hatte, wurde plötzlich ganz blass. Sie schlug die Hände zusammen und bekreuzigte sich danach mehrmals.

»Was hast du denn?«, verlangte Amber zu wissen. »Hast du verstanden, was er gesagt hat?«

Linda nickte verwirrt und starrte immer wieder von Amber zu dem Kranken.

»Er spricht einen Dialekt aus dem Norden. Ich verstehe nicht alles, aber ich bin mir sicher, dass er gesagt hat, dass er Euch aus seinen Träumen kennt«, wisperte sie leise, aber auch mit einer gewissen Bewunderung. »Er behauptet, du bist die Frau am Wasserfall.« Wieder bekreuzigte sie sich.

Amber wollte die Worte als Fieberfantasien abtun, aber dann kamen ihr unvermittelt die seltsamen Träume in den Sinn, die sie seit geraumer Zeit plagten.

»Das ist doch nicht möglich!«, sagte sie leise und betrachtete nochmals genauer sein verschwollenes Gesicht. War das womöglich der Wilde, der ihr immer wieder erschien?

»Der Mann hat hohes Fieber. Kein Wunder, dass er merkwürdige Dinge sagt.« Mit seiner pragmatischen Weltanschauung riss Rhys sie aus ihren Gedanken zurück in die Wirklichkeit.

»Natürlich hast du recht«, meinte Amber und schüttelte ihre seltsamen Gedanken rasch ab. »Es ist nur merkwürdig, dass ich tatsächlich öfter davon träume, einen Wasserfall hinabzustürzen.«

»Das ist nur die mörderische Hitze«, lächelte Rhys und strich ihr sanft eine Locke aus dem verschwitzten Gesicht.

Jandeira rannte um ihr Leben. Noch hatte keiner der Seringueiros und Wachmänner sie entdeckt. Doch es war nur eine Frage der Zeit, bis sie ihr auf den Fersen sein würden. Die ersten Stunden versuchte sie, sich möglichst weit von der Kautschukplantage zu entfernen. Sie stolperte über die dicht miteinander verknoteten Luftwurzeln der Mangroven, immer in der Angst vor gefährlichen Spinnen und Schlangen. Einmal hätte sie um ein Haar eine nachtschwarze Mangrovennatter übersehen. Sie hatte ihren Leib für einen Ast gehalten, an dem sie sich gerade festhalten wollte. Im letzten Augenblick erkannte sie jedoch die schwefelgelben Streifen des Schlangenkörpers und zog ihre Hand rechtzeitig zurück. Der Biss dieses Reptils wäre tödlich gewesen. An die reglos im Wasser lauernden Riesenschlangen mochte sie gar nicht denken.

Nach einigen Stunden hatte sie den Sumpfwald durchquert und erreichte ansteigendes Gelände. Dort erlaubte sie sich eine kurze Pause. Mit einem Mal wurde ihr die Sinnlosigkeit ihrer Flucht deutlich bewusst. Wo sollte sie schon hin? Ohne Caurés Schutz fühlte sie sich wie eine verdorrende Pflanze. Wenn wenigstens der Tukan bei ihr wäre. Sie hatte ihn seit ihrer Flucht nicht mehr gesehen. Von trüben Gedanken entmutigt, ließ sie sich auf den Boden sinken und weinte. Als sie jedoch plötzlich aus weiter Ferne die Stimme von Männern hörte, kehrte ihr Lebenswille zurück. Sie rappelte sich wieder auf und setzte ihre Flucht fort. Während sie lief, beschloss sie, zurück zu Karuna und den Waimiri zu gehen. Dort würde man sie sicherlich willkommen heißen. Um dorthin zu gelangen, musste sie zurück an den großen, schwarzen Fluss, selbst auf die Gefahr hin, dass sie dort erst recht ihren Häschern in die Arme lief. Sie hatte keine andere Wahl.

Nach einigen Stunden erreichte sie einen Bachlauf mit dunklem Wasser, von dem sie vermutete, dass er in den großen Fluss mündete. Um ihre Spuren zu verwischen, watete sie durch das dunkle Wasser und machte erst Halt, als die Sonne fast untergegangen war. Völlig erschöpft kroch sie an Land und ließ sich dort auf die Erde fallen. Der modrige Geruch der verrottenden Blätter rief ihr in Erinnerung, dass auch sie am Ende ihrer Kräfte war. Im dämmrigen Licht des Waldes sah sie sich nach etwas Essbarem um. Schließlich entdeckte sie einen dünnen Baum, hinter dessen loser Rinde sich durchscheinende, essbare Termiten befanden. Gierig sammelte sie eine Handvoll ein und verschlang die krabbelnden Insekten, nachdem sie sie gründlich zerkaut hatte. Schon bald war ihr erster Hunger gestillt, und sie fühlte sich wesentlich besser. Da die Dunkelheit nun den Wald in undurchdringliche Schwärze tauchte, riss sie ein paar Palmwedel ab und legte sich darauf zum Schlafen nieder.

Noch vor dem Morgengrauen wurde sie von einer Horde Brüllaffen geweckt, die lautstark ihr Revier markierten. Jandeira streifte die krabbelnden Ameisen von ihrem nackten Körper und lauschte in die aufziehende Dämmerung. Der traurige Gesang der Nachtvögel verklang und wich dem regen Erwachen des Morgens. Ganz in ihrer Nähe nahm sie ein Aguti wahr. Das katzengroße Nagetier huschte eilfertig den Affen hinterher, in der Hoffnung, dass sie etwas Fressbares fallen ließen. Das scharfe Knacken von Zweigen und Ästen ließ sie aufmerken. So laut bewegten sich nur die Weißen im Wald. Sie waren ihr dichter auf den Fersen, als sie gedacht hatte. Jandeira spürte, wie die Angst erneut nach ihr griff. Sie rappelte sich auf und setzte eilig ihre Flucht fort.

Da sie sich immer noch im Überschwemmungswald befand, war das Vorankommen recht mühselig. Diese Wälder waren dicht bewachsen. Dornen und spitze Zweige zerkratzten Jandeiras Haut. Als sie sich einmal eine kurze Pause gönnte, fertigte sie sich aus faserigem Holz und Lianen einen provisorischen Lendenschurz an. Er war weniger dazu da, ihre Blöße zu bedecken, als vielmehr ein Schutz ihrer empfindlichsten Körperteile. Lange ruhen konnte sie nicht. Ihre Verfolger blieben dicht hinter ihr. Hin und wieder hörte sie sogar Stimmen. Durch den dichten Bewuchs konnte sie die Sonne nicht sehen und daher auch nicht sicher sein, dass sie in die richtige Richtung lief. Jandeira spürte, wie ihre Kräfte allmählich nachließen. Ihre Schritte wurden immer schleppender, ihre Verfolger holten weiter zu ihr auf. Nicht mehr lange und sie würden sie eingeholt haben.

Jandeira mobilisierte noch einmal alle ihre Kräfte. Sie durfte jetzt nicht aufgeben. Die untergehende Sonne war ihre Verbündete. Sobald es dunkel war, würden ihre Verfolger die Spur verlieren. Kurz darauf erreichte sie eine Lichtung, die von Menschenhand geschlagen worden war. Waldmenschen waren es nicht gewesen, das erkannte sie sofort, denn inmitten eines Maniokfeldes stand eine grob zusammengezimmerte Holzhütte, vor der ein einfaches Holzkreuz in die Höhe ragte. Neben der Hütte bearbeitete ein alter Mann mit einem dichten, weißen Bart die Erde seines Gemüsegartens. Jandeira beschloss, die Lichtung großräumig zu umgehen. Sie wandte sich gerade wieder in Richtung Wald, als sie plötzlich ein dumpfes Knurren hörte, das sich ihr näherte. Entsetzt erkannte sie einen riesigen schwarzen Hund, der mit mächtigen Sätzen auf sie zuhielt. Gleichzeitig vernahm sie hinter sich die Stimmen ihrer Verfolger. Noch bevor sie eine Entscheidung treffen konnte, war der Hund auch schon bei ihr und fletschte drohend die Zähne.

Als Cauré das nächste Mal die Augen aufschlug, fühlte er sich schon viel kräftiger. Er drehte seinen Kopf, um zu sehen, wo er sich befand. Der Schmerz tanzte wie eine rote Welle vor seinen Augen und trübte ihm die Sicht. Nur langsam klärte sich sein Blick. Er registrierte, dass er sich im Haus von weißen Napé befand. Unter Aufwendung all seiner Kräfte versuchte er aufzustehen. Doch er war zu schwach und sank wieder zusammen, noch bevor er saß. Sein linker Arm war mit einem Tuch an seinen Körper fixiert. Ansonsten hatte man seine Wunden nach Art der Waldmenschen behandelt. Am meisten schmerzte die Wunde auf seiner Brust. Sie brannte wie Feuer.

Wo bin ich? Wo ist Jandeira? Seine Erinnerung kehrte nur langsam zurück. Schemenhaft erinnerte er sich an die Stromschnellen, seinen Fluchtversuch, das Feuereisen, das ihm die Brust zerfetzte. Jandeiras Schrei, als er in das wirbelnde Wasser fiel und fortgeschwemmt wurde. Dann unendliche Dunkelheit. Dann erinnerte er sich, dass er irgendwie an Land geschwemmt worden war und in die dunklen Augen des Tukans sah. *Hilf Jandeira!,* hatte er ihn verzweifelt angefleht, bevor er wieder in der Dunkelheit versunken war. Nach seinem nächsten Erwachen hatte er versucht, den Booten flussabwärts zu folgen. Der Gedanke an seine gefangene Geliebte hatte ihn vorangetrieben. Immer wieder sammelte er Pilze, von denen er wusste, dass sie, wenn man sie kaute, ein wenig die Schmerzen linderten. Er wusste nicht mehr, wie viele Tage er so durchgehalten hatte. Er erinnerte sich nur noch daran, dass ihn die

Xapiripé schließlich in ihr Reich gebracht hatten. Doch jetzt war er wieder in der Hierwelt.

Cauré starrte an die grob gezimmerte Holzdecke. Aus seinen Augenwinkeln konnte er sehen, wie Tageslicht durch das geöffnete Fenster drang. Er dämmerte weiter vor sich hin. Schließlich hörte er, wie jemand den Raum betrat. Er fühlte sich zu kraftlos, um noch einmal seinen Kopf zu heben. Der Schmerz kam in Wellen und ließ ihn keinen klaren Gedanken fassen. Dann sah er plötzlich das Gesicht der Frau aus seinen Träumen über sich. Als er in ihr schmales, bleiches Gesicht sah, überkam ihn sogleich eine große Ruhe, die sogar seinen Schmerz in den Hintergrund drängte. *Sie ist eine Shapori,* erkannte er erleichtert. Ihre Augen waren gelb wie die eines Leoparden, dabei freundlich und warm.

»Du musst Jandeira finden«, krächzte er mit rauer, ungeübter Stimme. Wenn sie die Shapori war, mit der er in seinen Träumen verbunden war, dann musste sie ihm helfen. »Wo ist sie?« Für einen kurzen, traurigen Augenblick streiften seine Gedanken auch den toten Xavier, für den jede Hilfe zu spät käme.

Die weiße Shapori antwortete nicht. Sie sah ihn nur verständnislos an. Natürlich. Sie sprach eine ihm fremde Sprache. Bevor er in seinem Kopf nach den richtigen Worten in der Flussmenschensprache suchen konnte, mischte sich jemand anderes ein.

»Wer ist Jandeira?«, fragte eine Stimme in einem Dialekt, den er einigermaßen verstand.

»Sie ist meine Frau«, versuchte Cauré mühsam zu erklären. »Das Narbengesicht hat sie entführt.« Er hörte, wie sich die Frauen unterhielten.

Schließlich beugte sich die weiße Shapori über ihn. Die andere übersetzte für sie.

»Ich bin Amber. Ich habe dich im Wald gefunden«, stellte sie sich vor. »Du wurdest schwer verletzt und brauchst jetzt viel Ruhe. Sobald es dir besser geht, erzählst du mir von Jandeira.«

Die Shapori machte Anstalten zu gehen. Cauré griff mit seiner unverletzten Hand nach ihrem Arm.

»Du musst Jandeira für mich finden!« Cauré schloss für einen Augenblick die Lider. Das Reden strengte ihn an. Dann sah er die weiße Napé mit neuer Kraft an. »Sie wurde entführt«, wiederholte er verzweifelt. »Du musst sie für mich …«

Die letzten Worte hauchte er nur noch. Dann legte sich erneut der schwarze Schleier der Bewusstlosigkeit über ihn.

Amber war nach dem Besuch ihres Patienten ziemlich durcheinander. Etwas an seinen wirren Worten hatte sie stutzig werden lassen. Womöglich war es der Name der Frau gewesen, den der Verletzte genannt hatte: »Jandeira«. Sie bildete sich ein, ihn schon einmal gehört zu haben. Nur wo?

»Ist Jandeira ein häufiger indianischer Name?«, fragte sie Linda beim Verlassen des Krankenzimmers.

»Oh ja! Jandeira ist *tupi-Sprache* und bedeutet ›Honig‹«, bestätigte diese ihr prompt. »Er wird gerne gegeben, wenn das Mädchen besonders gerne Süßes nascht«, fügte sie kichernd hinzu.

Amber war beruhigt. Offensichtlich spielte ihr die unerträgliche Hitze am Fluss wirklich einen Streich und ließ sie Dinge sehen, die es gar nicht gab.

»Der Indianer glaubt, dass du mit den Geistern des Waldes in Verbindung stehst«, sagte Linda plötzlich ernst. »Lass ihn in dem Glauben, dass du ihm helfen kannst.«

38

Die unberührte Schönheit des Urwalds zu beiden Seiten des Amazonas vermochte die beiden Männer nicht von ihrer schlechten Stimmung abzulenken. De Andrade und dos Santos waren auf dem Weg zurück nach Manaus, und beide hingen finsteren Gedanken nach. Dass Miou ihn so schändlich hinterging, fraß sich wie ätzende Säure durch Tiagos Eingeweide. Hatte er nicht alles getan, um sie sich gefügig zu halten? Und dennoch hatte sie es gewagt, sich über seine Wünsche hinwegzusetzen. Wie konnte sie Carlos ablehnen und sich in die Arme dieses nichtswürdigen deutschen Windhunds flüchten! Je länger er darüber nachdachte, desto mehr geriet er zu der Überzeugung, dass Sebastian Stix mithilfe seiner Freunde ein hinterhältiges Spiel mit ihm und seiner Tochter trieb. Dieser mittellose Kerl versprach sich wohl eine fette Mitgift davon, dass er seine Tochter umgarnte – und das Ehepaar Franklin unterstützte ihn tatkräftig dabei. Garantiert hatte er nichts anderes als Mious Erbe im Sinn. Doch diesen Machenschaften würde er einen Riegel vorschieben. Niemand durchkreuzte die Pläne eines Tiago de Andrade ungestraft!

Der Hass auf Mious Geliebten wuchs mit jeder Meile, die sie sich der Stadt näherten. Er würde diesen Kerl eigenhändig auspeitschen und ihm die Haut vom lebendigen Leibe ziehen, sollte er ihn zu fassen bekommen. Und Miou würde dabei zusehen müssen. Das würde ihr ein für alle Mal eine Lehre sein!

»Dieser Stix wird dir nie wieder in die Quere kommen.« Es waren die ersten Worte, die er seit ihrer Abfahrt von der Vila Rosa an seinen Freund richtete. Tiago ahnte, dass Carlos ähnliche Gedanken hegte. Er hoffte nur, dass dieser Miou nicht zum Teufel schicken würde, wo sie ihn doch betrogen hatte. Santos war nicht nur ein wertvoller Geschäftspartner, er war der einzige Freund, den er jemals besessen hatte. Es lag ihm viel daran, dass sie einander eng verbunden blieben. Verdammt! Carlos war der einzige Mensch, der über seine triebhaften Schwächen Bescheid wusste und sie nicht verurteilte. Dass er ihm diese Jandeira zugeführt hatte, zeugte einmal mehr davon, wie gut er ihn verstand. Die neue Sklavin hatte Tiago mehr erregt als alle anderen Frauen in den letzten Jahren. Sie hatte etwas Animalisches an sich, dem er sich gerne unterwerfen wollte. Gleichzeitig erregte ihn die Vorstellung, auch sie zu erniedrigen, in gleicher Weise, mit lustvoller Gewalt. Wie schade, dass sie in ihrem Spiel unterbrochen worden waren.

»Ich werde dem Kerl, der meine Verlobte berührt hat, jeden Knochen einzeln brechen«, knurrte Carlos grimmig. Sein Blick wanderte in die Ferne, während er sprach, aber seine derben Hände waren zu Fäusten geballt, sodass seine Fingerknöchel weiß hervortraten.

Tiago verstand seinen Freund nur zu gut.

»In wenigen Stunden werden wir den Hafen erreichen. Dann knöpfen wir uns den Deutschen direkt in seinem Haus vor«, versprach er ihm.

»Und was machen wir mit diesem Franklin?«, erkundigte sich Carlos. »Er wird es nicht hinnehmen, wenn wir seinen Freund so einfach mitnehmen.«

Tiago war der Gedanke ebenfalls schon gekommen. Dieser selbstgefällige Amerikaner war ihm mindestens ebenso ein Dorn im Auge wie der Biologe. Es war ein Fehler gewesen, ihm so großzügig Gastfreundschaft gewährt zu haben. Franklins Geheimniskrämerei um ihre Expedition ärgerte ihn. Es verletzte seinen Stolz, dass der Amerikaner ihn nicht für würdig erachtete, ihn dabei zu unterstützen. Und die Anwesenheit seiner humpelnden Frau führte ihm nur immer wieder vor Augen, dass er ihrem Bruder, drüben in England, sehr viel Geld schuldete, und wie eng der Strick ihm bereits um den Hals lag.

»Wir werden auf sie keine Rücksicht nehmen«, resümierte Tiago entschlossen. »Ihr Tod soll uns nicht weiter kümmern. Sollte es Schwierigkeiten mit der Obrigkeit geben, werden wir uns auf unser Recht auf Wiedergutmachung berufen. Schließlich hat der Deutsche die Ehre meiner Tochter verletzt. Hier in Manaus haben die Richter noch dafür Verständnis.«

Die Strömung war günstig, sodass sie schneller vorankamen als gedacht. Etwa zwei Stunden nach Sonnenuntergang erreichten sie Manaus. Mit Pistolen bewaffnet eilten sie über das grobe Kopfsteinpflaster durch die Gassen, die zu dem Haus führten, in dem sie Stix vermuteten. Sie pochten lautstark an die Tür. Als ihnen niemand öffnete, trat Carlos sie kurz entschlossen ein. Aus einem hinteren Winkel des Hauses kamen Schritte heran. Ein ebenso verschlafener wie erschrockener Diener näherte sich mit einer Lampe. Carlos packte ihn am Kragen.

»Wo ist Stix?«, verlangte er zu wissen. Der Mann, ein schmal gebauter Mestize, brachte vor Angst kein Wort heraus. »Na los! Wenn ich noch länger warten muss, helfe ich dir mit ein paar Ohrfeigen nach!«

»Er ist nicht da«, antwortete dieser schließlich. »Er hat vor etwa einer Stunde mit einer Frau das Haus verlassen.«

»Mit deiner Herrin, Lady Franklin?«, hakte Tiago nach.

Der Diener schüttelte den Kopf. »Nein. Es war eine fremde Frau, viel jünger als Lady Franklin.«

Tiago und Carlos sahen sich an.

»Miou!«, zischte Tiago außer sich vor Wut.

Carlos versetzte dem Diener einen derben Tritt, sodass er mit dem Rücken gegen die Wand knallte.

»Wir müssen ihnen sofort hinterher.« Er machte Anstalten, das Haus zu verlassen. Doch Tiago reagierte besonnener.

»Wo sind die Franklins?«, verlangte er zu wissen.

Der Diener war so eingeschüchtert, dass er ihnen umgehend antwortete.

»Sie sind nicht hier. Die Herrschaften sind bereits vor einigen Tagen verreist. Ich weiß allerdings nicht, wohin.«

»Lass uns nachsehen, ob er die Wahrheit sagt«, schlug Carlos vor. »Vielleicht finden wir einen Hinweis.«

Sie jagten den Diener davon und machten sich daran, jeden einzelnen Raum zu untersuchen. Auf dem Tisch im Salon entdeckte Tiago eine Mappe mit Unterlagen sowie einen Umschlag, der an die Franklins adressiert war. Er riss ihn auf und las den Brief.

»Sie wollen ein Schiff in Richtung Atlantik nehmen. Die beiden bilden sich tatsächlich ein, nach Europa fliehen zu können«, stieß Tiago ohnmächtig vor Wut hervor. Er knüllte das Papier zusammen.

»Wenn sie wirklich erst vor einer Stunde aufgebrochen sind, dann schnappen wir sie uns noch am Hafen.«

Carlos eilte voraus, während Tiago noch einige Momente brauchte, bevor er wieder einigermaßen die Beherrschung wiederfand. Er wollte seinem Freund gerade folgen, als sein Blick noch einmal auf den Tisch fiel. Dort lag immer noch die halb geöffnete Ledermappe mit den Unterlagen. Die Abschrift eines alten Dokuments weckte sein Interesse. Er griff nach der Mappe und zog es heraus. Das Papier zauberte ein grimmiges Lächeln auf sein Gesicht, als er es überflog. Es handelte sich um die Abschrift eines Briefes, den einst Luis Jerez, ein ehemaliger Soldat von Francisco Orellana, verfasst hatte. Es war das Dokument, das Franklin ihm einst vorenthalten hatte. Besonders auffällig waren die geometrischen Zeichnungen, mit denen der Brief verziert war. Franklin und Stix hatten damals auf der *Princesa* großes Aufhebens darum gemacht. Vermutlich gab es diese sagenhafte Hochkultur ja wirklich. Er zögerte nur kurz, dann steckte er das Dokument in seine Jackentasche. Damit würde er sich später befassen.

»Dort unten liegt die *Araújo Junior.*« Sebastian wies auf den kleinen Amazonasdampfer, der unten am Holzkai vertäut war. »Vielleicht kann uns Vivaldo ja weiterhelfen.« Er zog Miou mit sich, doch die sträubte sich.

»Das Schiff gehört meinem Vater!«, erinnerte sie ihn. »Seine Leute werden uns niemals helfen, sondern uns verraten. Lass uns lieber das Frachtschiff morgen früh nehmen! Wir können uns im Hafen irgendwo verstecken.« Sebastian war anderer Meinung.

»Das ist viel zu gefährlich! Wir müssen so schnell wie möglich von hier fort! Die *Araújo* ist unsere einzige Chance. Wenn wir bis morgen früh warten, ist uns dein Vater längst auf der Spur. So wie ich ihn kennengelernt habe, wird er jeden Schuppen und jedes Schiff hier durchsuchen lassen und danach auch jedes Schiff in Richtung Atlantik. Ich habe einen anderen Plan. Aber erst müssen wir sehen, ob Vivaldo bereit ist, uns dabei zu helfen.«

Er drückte Mious Hand und versuchte Zuversicht auszustrahlen. Widerstrebend folgte sie ihm. Eine brennende Laterne auf dem Achterdeck verriet, dass jemand an Bord war. Nach kurzem Ruf kam Vivaldinho an die Reling. Als er Sebastian sah, strahlte er über das ganze Gesicht.

»Mein Freund Sebastian«, empfing er ihn hocherfreut. »Was verschlägt dich um diese Stunde an den Hafen? Und wer ist diese bezaubernde Frau an deiner Seite?« Er grinste anerkennend in Mious Richtung.

»Das ist meine Verlobte.« Sebastian hatte keine Zeit für langes Geplänkel. »Wir sind in großer Gefahr. Du und dein Vater, ihr müsst uns helfen!«

In der Zwischenzeit hatte sich auch Vivaldo aus seiner Hängematte erhoben. Der Kapitän der *Araújo* begrüßte die beiden ebenso freundlich wie zuvor sein Sohn. Sebastian beschloss, gleich zur Sache zu kommen. In knappen Worten schilderte er, dass sie vor dem Vater seiner Liebsten auf der Flucht waren. Allerdings verschwieg er, dass es sich dabei um Tiago de Andrade handelte. Er wollte Vivaldo nicht in Gewissensnöte bringen, obwohl er wusste, dass der Kapitän durchaus gewisse Vorbehalte dem Kautschukbaron gegenüber hatte.

»Wo wollt ihr hin?«, fragte er schließlich mit einer gewissen Zurückhaltung.

»Richtung Belém«, antwortete Sebastian.

Vivaldo schüttelte bedauernd den Kopf. »Dann tut es mir leid, dass ich nichts für euch tun kann. Die *Araújo* läuft morgen früh in Richtung Rio Negro aus. Ich habe die Fracht bereits geladen. Ich werde frühestens in drei Wochen wieder flussabwärts fahren.«

Sebastian überlegte fieberhaft, bis ihm endlich die rettende Lösung einfiel.

»Könnt ihr uns dennoch ein Stück mitnehmen?«, fragte er hoffnungsvoll. »Etwa eine Tagesreise von hier entfernt ist ein indianisches Dorf, in dem ein deutscher Pater lebt. Kennst du es?«

Vivaldo nickte bestätigend.

»Aber das ist die falsche Richtung!«, warf Miou entsetzt ein.

Sebastian drückte ihr beruhigend die Hand. »Eben deswegen sind wir vielleicht gerade dort sicher«, versuchte er ihr zu erklären. »Dein Vater wird jeden Halm flussabwärts nach uns absuchen. Wenn wir dagegen flussaufwärts fahren, gewinnen wir auf jeden Fall etwas Zeit. Rhys und Amber sind in diesem Indianerdorf bei einem gewissen Pater Thomas. Sie werden uns helfen. Bestimmt fällt uns gemeinsam eine gute Lösung ein.« Er wandte sich wieder an Vivaldo und seinen Sohn. »Das ist alles, was ich bezahlen kann.« Er zog ein Bündel Noten hervor und reichte es dem Kapitän.

Vivaldo ignorierte das Geld in seiner Hand.

»Ich halte das für keine gute Idee«, brummte er widerwillig. »Das alles riecht nach einer Menge Scherereien. Meint Ihr vielleicht, ich wüsste nicht, dass es sich bei Eurer Verlobten um die Tochter des Marquis handelt? Für wie dumm haltet Ihr mich? Ist die Senhorita nicht mit dem besten Freund ihres Vaters verlobt? Wenn wir erwischt werden, bringt er uns alle um.«

»Er hat recht«, meinte Miou niedergeschlagen. »Das dürfen wir diesen braven Leuten nicht antun. Außerdem fahren wir genau in die Richtung von Vaters Kautschukplantage.«

»Wir können jetzt nicht aufgeben! Wir lieben uns doch!«

Sebastians Stimme klang so verzweifelt, dass sogar Vivaldo überrascht die Augenbrauen anhob, und Vivaldinho war sichtlich gerührt. Ihm war deutlich anzusehen, dass er ihre Liebe guthieß. Außerdem mochte er Sebastian seit ihrer gemeinsam durchzechten Nacht bei den Indianern. Er ergriff Partei für die beiden.

»Pai«, sagte er. »Du predigst mir immer, dass nur Gott die Menschen zusammenführen darf. Warum willst du dich seinem Willen entgegenstellen? Außerdem haben wir mit dem Marquis noch eine Rechnung offen. Oder hast du schon vergessen, wie er dich bei der letzten Kautschukladung übers Ohr gehauen hat?«

Vivaldo wiegte nachdenklich den Kopf. Erst als Maria, die alles mitgehört hatte, ebenfalls dafür stimmte, gab er brummend sein Einverständnis. Eine halbe Stunde später schoben die Schaufelräder die *Araújo Junior* den Rio Negro hinauf. Das helle Mondlicht war ihr Verbündeter. Am Mittag des darauf folgenden Tages erreichten sie bereits ihr Ziel. Sebastian bat Vivaldo, sie etwas außerhalb des Dorfes an Land gehen zu lassen, damit sie sich unbemerkt der Siedlung nähern konnten. Je weniger Menschen sie sahen, desto besser.

Als Jandeira in die wütenden Augen des sprungbereiten Hundes sah, wusste sie, dass sie verloren hatte. Der Mann mit dem weißen Bart war nun auch neben ihr aufgetaucht, mit drohend erhobener Hacke. Ihre Flucht hatte hier und jetzt ein Ende. In wenigen Augenblicken würden die Häscher des Kautschukbarons ebenfalls hier sein. Sie mochte sich nicht ausmalen, was sie dann mit ihr anstellen würden. Resigniert ließ sie sich auf den Boden sinken. Sie machte sich darauf gefasst, dass der alte Mann sie packen und festhalten würde. Doch dazu machte er keine Anstalten. Im Gegenteil. Als er bemerkte, wie eingeschüchtert sie war, senkte er seine Waffe und gebot dem knurrenden Hund, still zu sein. Mit zusammengekniffenen Augen lauschte er in die Ferne. Nun war es nicht mehr zu überhören. Ihre Häscher waren ganz nah.

»Du bist in Gefahr.«

Das war weniger eine Frage als eine Feststellung. Plötzlich kam Leben in den alten Mann. Er winkte ihr, ihm zu folgen, und begab sich mit raschen Schritten zu der Hütte, vor der das aufgerichtete Holzkreuz stand. Jandeira überlegte nicht lange, sondern eilte ihm hinterher. Der Alte öffnete den Verschlag, der in das Innere seiner Behausung führte. Im Zwielicht erkannte sie einen Tisch, zwei Stühle und eine Matratze. Eilig machte sich der Mann daran, sie anzuheben. Darunter befand sich eine Holzklappe, die sich seitlich öffnen ließ.

»Beeil dich«, sagte er und bedeutete ihr, sich in der Öffnung unter der Holzklappe zu verstecken.

Jandeira hatte sich kaum in dem engen Loch verkrochen, als sich auch schon die Klappe über ihr wieder schloss und die Matratze darübergeschoben wurde. Ihr Versteck war stockdunkel und so eng, dass sie sich kaum rühren konnte. Der Geruch von Trockenfleisch sagte ihr, dass sie sich in einer Art Vorratskammer befand. Im Augenblick blieb ihr nichts anderes übrig, als reglos zu verharren. Kurz darauf hörte sie Stimmen. Es waren ihre Verfolger, die sich mit dem alten Mann unterhielten.

»Wo ist das Weib hin?«, fuhr einer der Männer den Alten ungeduldig an.

»Welches Weib?«

»Stell dich nicht so an! Du musst die Indianerin gesehen haben.«

»Was wollt ihr von ihr?« Die Stimme des alten Mannes klang ruhig und besonnen.

»Das geht dich nichts an. Sie ist eine entlaufene Sklavin.«

»Soso«, brummte der Alte. »Ich weiß nur, dass mein Hund plötzlich bellte. Erst da habe ich von meiner Arbeit aufgesehen. Es macht viel Mühe, das Land hier zu bestellen, weißt du …«

»Hör auf mit dem Gelaber, alter Pfaffe«, knurrte der Mann ungeduldig. »Zeig uns lieber die Richtung, in die sie geflohen ist.«

»Da lang.«

»Dann lasst uns keine Zeit verschwenden.«

Jandeira wollte schon aufatmen, als sie das Klappern des Verschlages hörte, der in ihre Hütte führte.

»Seht euch nochmals überall um«, hörte sie den Mann draußen rufen. »Vielleicht hat sie sich ja doch hier irgendwo versteckt.«

Jandeira wagte kaum Luft zu holen. Sie rechnete damit, jeden Augenblick entdeckt zu werden. Die Männer warfen den Tisch und die Stühle um. Gleich würden sie unter der Matratze die Holzklappe entdecken.

Plötzlich bellte der Hund des Alten.

»Was war das?«, rief der Anführer der Männer, der draußen geblieben war.

»Mein Hund hat dort hinten etwas gewittert. Möglich, dass es die Sklavin war.«

»Diego, Ruis! Kommt her! Der Köter hat was gewittert. Dieses indianische Miststück ist schon längst wieder fort!«

Jandeira hörte, wie die Männer die Hütte verließen und sich davonmachten. Sie zitterte vor Anspannung und wartete darauf, dass der alte Mann sie aus ihrem Versteck befreite. Doch darauf musste sie noch eine ganze Weile warten. Erst viel später, als die Nacht schon lange hereingebrochen war, öffnete er die Luke zu ihrem Gefängnis. Jandeira konnte kaum ihre Glieder bewegen, so steif waren sie von der unbequemen Haltung geworden. Mühsam krabbelte sie aus ihrem Versteck und blinzelte geblendet in das Licht der Öllampe, die auf dem Tisch stand. Daneben stand ein Tonkrug mit Wasser und ein Topf mit gekochten Süßkartoffeln. Der Alte wies sie an, auf einem der beiden Stühle Platz zu nehmen und sich zu bedienen. Jandeira ließ sich nicht lange bitten und aß sich zum ersten Mal seit Beginn ihrer Flucht satt.

»Ich bin Padre Joaquin«, unterbrach der Alte schließlich die Stille. »Und das ist Jaco. Er hat die Männer weggelockt. Braver

Hund.« Er streichelte mit seinen knotigen Händen den Kopf des Tieres, das zu seinen Füßen lag.

Jandeira fasste sofort Vertrauen zu dem Mann. Nur der Hund machte ihr ein wenig Angst. Padre Joaquin bemerkte es und lächelte.

»Du musst dich nicht länger fürchten. Jaco tut dir nichts, und die Männer sind erst einmal weg. Verrätst du mir deinen Namen?«

Seine Stimme hatte etwas Warmes und Vertrauenerweckendes. Jandeira überwand ihre Scheu und antwortete ihm. Sie erzählte ihm von ihrer Gefangennahme und ihrer Flucht und davon, dass sie zurück zu den Waimiri wollte.

»De Andrades Männer werden noch eine ganze Weile die Gegend durchstreifen«, meinte Padre Joaquin nachdenklich. »Deshalb kannst du nicht lange hierbleiben. Sie werden zurückkommen.«

Jandeira verstand. Auch sie wollte den alten Mann nicht in Schwierigkeiten bringen. Sie erhob sich, um zu gehen. Der Padre hielt sie jedoch zurück.

»Du siehst müde und abgekämpft aus«, meinte er freundlich. »Ruh dich bis morgen früh hier aus.« Er deutete auf die Matratze am Boden. »Sobald die Sonne aufgeht, bringe ich dich zu einem Freund. Er hat schon oft Sklaven wie dich versteckt und in Sicherheit gebracht.«

»Was macht ihr denn hier?«

Amber stieß einen Überraschungsschrei aus, als Sebastian und Miou von Pater Thomas ins Haus gebracht wurden. Sie war gerade dabei gewesen, unterschiedliche Heilpflanzen, die sie mit Linda gesammelt hatte, zu ordnen und zu zeichnen. Rhys, der ihr dabei half, war mindestens ebenso erstaunt.

»Ihr seid absolut wahnsinnig hierherzukommen«, bemerkte

er kopfschüttelnd. »Wenn das Tiago mitbekommt, macht er uns alle einen Kopf kürzer.«

»Noch ist er uns nicht auf der Spur«, behauptete Sebastian und klärte sie in aller Kürze über ihre ursprünglichen Absichten auf. »Dummerweise hat Mious Dienerin uns verraten, deswegen sind wir hierher geflohen. De Andrade vermutet uns ganz sicher nicht in diesem Kaff.« Sebastian blickte hoffnungsvoll in die Runde und wartete auf Bestätigung.

Pater Thomas, der bislang stummer Zeuge gewesen war, mischte sich besorgt ein. Im Gegensatz zu Sebastian wirkte er ganz und gar nicht zuversichtlich.

»Ich kenne Tiago de Andrade schon sehr lange«, gab er zu bedenken. »Ich weiß, wie gefährlich er werden kann, wenn man ihm etwas wegnimmt. Wenn er flussabwärts auf keine Spur stößt, wird er rasch eins und eins zusammenzählen und auch flussaufwärts suchen. Es ist nur eine Frage der Zeit, bis er hier auftaucht. Ihr müsst so schnell wie möglich von hier verschwinden.«

»Aber wohin sollen sie denn gehen?«, fragte Amber bestürzt. Ihr dämmerte erst jetzt, in welcher Gefahr ihre Freunde schwebten. »Der einzige Weg aus diesem Dschungel führt über den Amazonas – und gerade dieser Weg bleibt Sebastian und Miou versperrt.«

»Könnte Pater Thomas uns nicht unter den Schutz der Kirche stellen?«, fragte Sebastian kleinlaut.

Rhys lachte nur mitleidig.

»Vergiss es. Das Dorfkirchlein wird de Andrade kaum beeindrucken.«

Amber sah, wie Miou immer verzweifelter wurde. Das arme Mädchen war ohnehin völlig durcheinander. Sie wirkte verschreckt und übermüdet. »Wir sollten erst einmal dafür sorgen, dass sich die beiden etwas ausruhen können«, schlug sie deshalb vor. »Danach können wir uns immer noch weiter beratschlagen.«

Pater Thomas war ganz ihrer Meinung und bot den beiden etwas Obst und eine Erfrischung an. Nachdem sie sich gestärkt hatten, kam er jedoch schnell wieder zum Thema.

»Für eine gewisse Zeit kann ich euch beide im Dschungel bei den anderen entlaufenen Sklaven verstecken«, meinte er zur Überraschung aller. »Dennoch kann ich auch dort nicht für eure Sicherheit garantieren. Tiago und sein Freund verfügen über ausreichend Männer, um die ganze Gegend zu durchkämmen. Es ist gut möglich, dass sie dabei auch unser Versteck entdecken.«

»Ihr versteckt Sklaven?«, staunte Rhys und sah Pater Thomas plötzlich mit ganz anderen Augen. »Das hätte ich Euch gar nicht zugetraut.«

Der Pater lächelte versonnen.

»Genau darauf zählen meine Freunde und ich«, antwortete er mit einem entwaffnenden Lächeln. Er berichtete, dass er zusammen mit zwei anderen Geistlichen eine Organisation aufgebaut hatte, die entlaufenen Sklaven auf unterschiedlichste Weise half. »Wir haben an einem der Nebenflüsse eine richtige Siedlung errichtet. Dort leben all jene, die der Sklaverei entflohen sind, aber nicht mehr zurück zu ihren Stämmen können. Allerdings ist das Leben dort recht einfach.« Nachdenklich betrachtete er Miou, die in ihren feinen Reisekleidern sogar an diesem Ort seltsam fehl am Platze schien.

Amber erriet seine Gedanken und machte sich ebenfalls Sorgen.

»Wirst du das durchstehen, Miou?«, erkundigte sie sich besorgt. Miou richtete sich auf und reckte energisch ihr Kinn vor.

»Selbstverständlich«, behauptete sie selbstbewusst. Sie griff nach Sebastians Hand und sah ihn voller Hingabe an. »Vor allem, wenn Sebastian bei mir ist. Gemeinsam werden wir es schaffen.«

Sebastian sah sie verliebt an. Sein Gesicht wurde dabei so rot wie das Urucum, mit dem sich die Indianer ihre Körper bemalten. Glücklich erwiderte er ihren Händedruck.

»Dann sollten wir diesen Bund der Liebe rasch vor Gott segnen«, bemerkte Pater Thomas zur Überraschung aller.

»Ihr meint, die beiden sollen heiraten?«

Ambers Verblüffung wich rasch großer Begeisterung. Die Idee war großartig. Damit hatte de Andrade keine Macht mehr über seine Tochter. Sie musste schmunzeln, als sie die verdutzten Gesichter der beiden Liebenden betrachtete, und auch Rhys sah höchst erstaunt aus.

»Pater Thomas hat recht«, stand sie dem Geistlichen entschieden bei. »Wenn ihr heiratet, schafft ihr vollendete Tatsachen. Mious Vater kann euch dann nicht mehr trennen.«

»Aber, aber … Miou ist doch noch gar nicht volljährig«, stotterte Sebastian, immer noch verdattert.

Amber wischte seinen Einwand mit der Hand beiseite. »Für solche Kleinigkeiten ist jetzt keine Zeit. Ihr könnt doch nicht monatelang allein in der Wildnis leben, ohne ordentlich verheiratet zu sein.«

»Da muss ich Lady Franklin beistimmen«, sagte Pater Thomas streng. »Auch im Dschungel gelten die Regeln der heiligen katholischen Kirche.«

»Willst du denn überhaupt …?« Der ansonsten so wortgewandte Sebastian rang vergeblich nach den richtigen Worten. Schließlich fiel er vor Miou auf die Knie und nahm ihre beiden Hände. »Willst du meine Frau werden, Miou de Andrade?«

Die junge Frau zögerte keinen Augenblick.

»Oh ja, das will ich, Sebastian Stix«, antwortete sie und wurde dabei ebenso rot wie ihr Geliebter.

»Dann lasst uns nicht noch mehr Zeit verlieren«, bemerkte Rhys in seiner gewohnt trockenen Art.

Die Zeremonie war denkbar kurz und sicherlich nicht ganz so, wie es sich das Brautpaar gewünscht hätte. Als Gäste und Zeugen waren nur Amber und Rhys da, außerdem Antonio und seine Frau Linda. Das musste reichen, denn niemand im Dorf durfte von ihrer Anwesenheit erfahren. Immerhin fand die kleine Feierlichkeit in der weißen Kirche mit den blauen Fensterläden statt und hatte durchaus etwas Romantisches. Nach der Trauung begab sich die Gesellschaft in Pater Thomas' Haus, wo Linda sie zu einem einfachen, aber vorzüglichen Mahl aus unterschiedlichen Fischen, Bohnen, Farofa und Süßkartoffeln empfing. Gleich am nächsten Morgen wollte der Pater mit dem frischvermählten Paar zu der Dschungelsiedlung aufbrechen.

39

In der ersten Zeit seiner Genesung wurde Cauré ständig von bösen Träumen geplagt. Mal tötete der dämonenhafte Geist des verrückten Xavier seinen Ziehvater Takawe, mal träumte er, dass sein ganzes Volk bei seiner Rückkehr ausgelöscht worden sei. Und immer wieder sah er Jandeira, wie sie tot im Wasser lag und ihn nur noch aus leeren Augen anstarrte. Dieser Teil seiner Träume war für ihn besonders schrecklich. Manchmal wachte er mit tränennassen Augen auf. Schuldgefühle plagten ihn. Sie fraßen sich wie Schlangengift durch seinen Körper. Er hatte versagt. Der verrückte Napé war tot. Er hatte selbst mit angesehen, wie er ins Wasser gestürzt war. Nun würde sein verrückter Geist auf ewig rastlos durch den Dschungel wandern und womöglich sein Volk mit einem noch größeren Fluch belegen. Aber was viel schlimmer war: Er hatte Jandeira nicht vor den Männern schützen können. Er war zu leichtgläubig gewesen. Er hatte die weißen Napé unterschätzt.

Als das Fieber nach ein paar Tagen zu sinken begann, hörten die Träume plötzlich auf. Cauré kehrte Stück für Stück in die Welt der Lebenden zurück. Mit dem Heilen der Wunden kehrte auch seine Zuversicht zurück. Vor allem die weiße Shapori mit den braunen, lockigen Haaren und dem Blick eines Jaguars gab ihm neue Kraft. Sie besuchte ihn jeden Tag und versuchte sich mit ihm zu unterhalten. Anfangs übersetzte die andere Frau für sie, doch so nach und nach erinnerte er sich an die Worte, die ihm einst Jandeira und Xavier in ihrer Sprache beigebracht hatten. Er wollte die Shapori so vieles fragen, vor allem, woher sie die Kraft nahm, in seine Träume zu treten. Er war ganz sicher, dass es ein Band zwischen ihnen gab, das in der Welt der Geister geknüpft worden war. Immer mehr kam er zu der Überzeugung, dass sie die Shapori war, wegen der er überhaupt aufgebrochen war. Bestimmt war sie es, die den Fluch, der über ihrem Volk lag, zu lösen vermochte.

Mittlerweile war Cauré so weit genesen, dass er hin und wieder aufstehen konnte. Das lange Liegen hatte ihn geschwächt, sodass er nur wenige Schritte im Raum auf und ab gehen konnte. Doch auch das wurde mit jedem Tag besser. Sein Zimmer lag am Ende eines Ganges. Nebenan schliefen die Shapori und ihr Mann, seinem Zimmer gegenüber hatte Pater Thomas seine Schlafstelle. Auch konnte er die Stimmen seiner Mitbewohner hören, wenn sie sich auf der Veranda oder in dem dahinter liegenden Zimmer unterhielten. Am vergangenen Tag hatte es eine große Unruhe im Haus gegeben. Cauré hörte, dass ein Mann und eine Frau das Haus betraten und diese Aufregung auslösten. Es war offensichtlich, dass ihre Anwesenheit vor den anderen Dorfbewohnern geheim gehalten werden sollte. Warum sonst hatten sich alle nur innerhalb des Hauses aufgehalten, nicht aber auf der Veranda? Im Schutz der Dunkelheit hatten sie schließlich das Haus verlassen, um wenig später zurückzukehren und ausgelassen zu feiern. Cauré lag längst schon wieder auf seinem Lager und hörte ihrem fröhlichen Gemurmel zu. Er war gerade dabei einzuschlafen, als die Tür zu seiner Kammer aufging und die weiße Shapori mit einer Lampe eintrat.

»Robin?«

Sie sprach ihn mit diesem Namen an, weil er sich geweigert hatte, ihr seinen richtigen Namen zu nennen. Er hatte nichts dagegen. Er richtete sich etwas auf, als sie an sein Lager trat und sich vor ihn hinhockte. Ihre gelben Raubtieraugen funkelten vor Aufregung. Das ließ ihn aufmerksam werden.

»Kannst laufen?«, verstand er.

Er legte seine flachen Hände an die Wange und gab ihr das Zeichen, dass es jetzt Zeit zum Schlafen war. Doch sie ließ ihm keine Ruhe.

»Komm«, forderte sie ihn nochmals auf und nahm nachdrücklich seine Hand. Cauré wollte nicht unhöflich sein. Die Shapori war eine freundliche Frau, die ihm schließlich das Leben gerettet hatte. Also würde er ihr gehorchen. Mit einiger Mühe erhob er sich von seinem Lager und ließ sich von ihr aus der Kammer führen. Als sie gemeinsam den Gang entlangliefen, hörte er erregte Stimmen. Cauré zögerte. Die Traumfrau bedeutete ihm erneut, ihr zu folgen. Was hatte sie vor? Mit schleppenden Schritten erreichte er endlich die Tür, hinter der die Stimmen zu hören waren. Sie öffnete sie und schob ihn sanft in den gleißend hellen Raum.

Tiago blickte angewidert auf die nackte Mestizin, an der er gerade sein Mütchen gekühlt hatte. Sie war immer noch ans Bett gefesselt und wimmerte leise vor sich hin. Das junge Ding war ihm leider nur ein erbärmlicher Ersatz für Jandeira gewesen, die er auf der Plantage hatte zurücklassen müssen.

Ungeduldig wartete er darauf, dass man sie ihm nach Manaus brachte. Wenn überhaupt, dann würde er nur mit dieser Frau noch einmal die vollständige Erfüllung finden. Für ihn wurde es immer schwieriger, die richtigen Gespielinnen zu finden. Entweder waren sie zu eingeschüchtert wie dieses Miststück hier, oder sie ließen sich von ihm missbrauchen, ohne eine äußere Regung zu zeigen. Diese Jandeira hingegen war etwas Besonderes. Allein der Gedanke an sie entfachte seine Lust. Wenn jemand sein Leiden stillen konnte, dann sie. Missmutig schlüpfte er in Hemd und Hose. Ohne die gefesselte Mestizin weiter zu beachten, verließ er das Schlafzimmer.

Auf dem Schreibtisch in der Bibliothek wartete ein Stapel unbeantworteter Briefe auf ihn. Seit Tagen hatte er ihn nicht beachtet. Die Suche nach Miou und ihrem Geliebten hatte all seine Gedanken beansprucht. Die beiden waren immer noch wie vom Erdboden verschluckt. Sie hatten den Hafen und sämtliche Schiffe durchsucht. Schließlich war Carlos mit seinen Männern auf einem der schnellsten Amazonasdampfschiffe flussabwärts gefahren, um Passagier- und Frachtschiffe zu durchsuchen. Am vorigen Tag war er unverrichteter Dinge zurückgekehrt. Seine Laune war auf dem Tiefpunkt gewesen.

Tiago wusste, dass Carlos' Geduld bald zu Ende sein würde. Er konnte es seinem Freund nicht einmal übelnehmen, wenn er Miou nun nicht mehr wollte. Seine Tochter war nicht mehr wert als ein billiges Flittchen. Seine Finger verkrampften sich zu Fäusten, als er daran dachte, was sie ihm angetan hatte. Er musste einige Kraft aufwenden, um sich wieder auf die wesentlichen Dinge zu konzentrieren. Er blätterte die Post oberflächlich durch und sah, dass er sowohl einen Brief von seiner Bank in Belém bekommen hatte als auch einen von der Reederei in Lissabon. Außerdem lagen dort noch ein Schreiben von *Callahan & Sons* und ein weiteres amtliches Schreiben, ebenfalls aus Lissabon.

Als Erstes öffnete er den Brief von *Callahan & Sons*. Wie erwartet drohte ihm Callahan erneut mit einer Zwangsvollstreckung. Dieses Mal behauptete er sogar, er habe bereits rechtliche Schritte eingeleitet, um an sein Geld zu kommen. Tiago ließ den Brief achtlos auf den Boden fallen. Dieser Engländer rasselte sicherlich nur mit den Säbeln. Er würde, sobald ihm der Kredit aus Belém zur Verfügung stand, Callahan einen kleinen Teil seiner Einlagen zurückerstatten. Damit hoffte er ihn für eine Weile ruhigzustellen. Ungeduldig riss er den Brief von der Bank auf und erstarrte. Sein alter Weggenosse Eduardo bedauerte, ihm den Kredit doch nicht gewähren zu können. Aufgrund der Gerüchte, sein Unternehmen stehe unmittelbar vor dem Ruin, sähe sich der Bankvorstand außerstande, ihm den Kredit zu gewähren. *Er, vor dem Ruin?* Tiago hielt das für reichlich übertrieben. Natürlich befand er sich im Augenblick in einer verzwickten finanziellen Lage, doch die *Princesa* musste längst aus Lissabon zurückgekehrt sein und ihre Fracht gelöscht haben. Plötzlich schwante ihm Böses. Rasch öffnete er die beiden anderen Briefe und sah seine schlimmsten Befürchtungen bestätigt. In einem Brief wurde ihm die amtliche Pfändung der Schiffsfracht der *Princesa* mitgeteilt, in dem anderen wurde dies von der Reederei bestätigt. Zudem wies man ihn darauf hin, dass er auch mit der Pfändung der folgenden Ladungen zu rechnen habe, sofern er nicht umgehend seine Verbindlichkeiten bei der Firma *Callahan & Sons* ausgleiche.

Tiago spürte, wie ihm das Blut aus dem Kopf wich. Nun war es amtlich. Er war bankrott. In diesem Augenblick klopfte es an der Tür. Es war Carlos, der einzige Verbündete, der ihm noch geblieben war.

»Verdammt! Wie siehst du denn aus?« Santos sprach immer aus, was er dachte.

»Ich bin ruiniert«, entgegnete Tiago kraftlos. »Callahan hat meinen Kautschuk pfänden lassen. Alles, was künftig an Schiffsladungen nach Europa geht, gehört ihm. Verstehst du, was das bedeutet?«

»Dass du dir eben einen anderen Markt suchen musst«, meinte Carlos wenig beeindruckt. »Verkauf den Kautschuk nach Nordamerika. Dort wird er ebenso gebraucht.«

Tiago raufte sich die Haare. Sein Freund mochte durchsetzungsfähig sein, ein Geschäftsmann war er nicht.

»Dafür muss ich erst mal einen Markt auftun. Das dauert Monate, vielleicht ein Jahr, bis da was läuft«, beschied er ihn ungeduldig. »Ich muss mir etwas anderes einfallen lassen. Die Hauptsache ist, dass Cunha mir endlich die Lizenz für die Kautschukplantagen überlässt. Notfalls müssen wir eben unter Preis an andere Zwischenhändler verkaufen. Aber nun erzähl schon! Hast du eine Spur von Miou gefunden?«

Carlos ging zu dem Beistelltisch, auf dem die Karaffe mit Tiagos Lieblingscognac stand, und schenkte beiden ein Glas ein.

»Nichts«, meinte er frustriert und ließ sich Tiago gegenüber auf den roten Samtstuhl fallen. »Ich wette, die beiden Turteltäubchen haben sich flussaufwärts irgendwo versteckt. Vielleicht glauben sie, dass unsere Aufmerksamkeit irgendwann nachlässt. Meine Männer klappern nun die Dörfer am Rio Solimões und am Rio Negro ab.«

»Und weshalb bist du nicht bei ihnen?«, verlangte Tiago zu wissen.

Santos sah ihn offen an. »Weil es wichtigere Dinge gibt als dein Flittchen von Tochter«, antwortete er kalt. »Ich bin kein Freund von abgelegten Kleidungsstücken, wenn du verstehst, was ich meine.«

»Untersteh dich, so von meiner Tochter zu reden«, fauchte Tiago. »Sie ist das Opfer dieses deutschen Hurensohns. *Er* gehört bestraft, nicht Miou …«

Carlos winkte nur ab. »Wie viel sie wert ist, werde ich entscheiden, wenn ich sie in Ruhe in Augenschein nehmen kann. Ich bin hier, um noch mehr Verstärkung zu holen.« Sein Blick wanderte über Tiagos Schreibtisch und blieb an dem Dokument hängen, das er aus Franklins Haus hatte mitgehen lassen. »Was ist das für ein alter Fetzen?«, fragte er interessiert.

Tiago schob ihm das Papier zu.

»Es ist eine Art Hinweis, dass es irgendwo hier am Amazonas eine bedeutende Hochkultur gegeben haben muss. Ich habe sie mir sozusagen von Franklin ausgeliehen.« Er informierte ihn kurz über die Schatzsuche, auf die sich die Franklins begeben wollten.

Carlos studierte das Dokument aufmerksam.

»Meinst du, da steckt wirklich was dahinter?« Er kratzte sich nachdenklich am Kopf. »Es könnte genauso gut das Geschwätz eines Irrsinnigen sein.«

»Ein Mann wie Franklin würde kaum diese Kosten und Mühen auf sich nehmen, wenn er den Kerl für verrückt hielte«, wischte Tiago den Einwand hinweg. »Ich denke, er zieht konkrete Anhaltspunkte aus dem Dokument. Sobald der Kerl mir in die Finger kommt, werde ich ihn danach befragen.«

»Heißt das, du willst selbst auf Schatzsuche gehen?«, fragte Carlos spöttisch.

Tiago zuckte mit den Schultern. Mit einem Mal fühlte er sich schrecklich müde.

»Vielleicht will ich das, ja. Doch im Augenblick habe ich weiß Gott andere Sorgen. Ich habe gleich eine Audienz beim Gouverneur. Er muss mir jetzt endlich die Kautschukplantagen zusprechen, sonst bin ich erledigt.«

»Wenn du willst, lasse ich Franklins Haus überwachen«, schlug Carlos beim Abschied vor. »Es kann nicht schaden, wenn wir ihn nicht aus den Augen lassen.«

Tiago winkte ab. »Das habe ich längst in die Wege geleitet.«

Jandeira hatte fürchterliche Angst, als sie gemeinsam mit Padre Joaquin das kleine Dorf betrat. Was gab ihr die Gewissheit, dass der alte Mann sie nicht doch betrog? Es war zwar schon später Abend. Niemand war auf den Straßen, dennoch fürchtete sie sich, erneut eine Siedlung der Weißen zu betreten. Im Schutz der Dunkelheit näherten sie sich einem Haus, aus dem Stimmen zu hören waren. Sie betraten eine überdachte Veranda und gelangten zu einer verschlossenen Tür. Der Padre klopfte kurz und betrat dann das Haus. Als er merkte, dass sie noch zögerte, zog er sie kurzerhand mit sich über die Schwelle. Der Raum war hell erleuchtet, und mehrere Männer und Frauen saßen um einen Tisch. Ihre muntere Unterhaltung verstummte, als sie ihrer ansichtig wurden. Für einen Moment hatte Jandeira das Gefühl, dass ihr Besuch sie erschreckte. Doch dann entspannte sich die Stimmung, und ein anderer Shapiro, der ähnlich gekleidet war wie Padre Joaquin, stand auf, um sie zu begrüßen. Die beiden Männer unterhielten sich kurz und leise.

»Das ist Jandeira. Sie ist eine Waimiri vom Oberlauf des Rio Negro«, erklärte schließlich der andere Priester den Anwesenden. »Sie wurde von dos Santos' Männern gefangen genommen und versklavt. Mein Freund, Padre Joaquin, möchte, dass wir sie morgen mit in das Sklavendorf nehmen.«

Eine der Frauen schien über die Ankündigung höchst erstaunt.

»Du heißt Jandeira?«, fragte sie neugierig.

Jandeira, die immer noch in der Nähe der Türe stand, sah sie erschrocken an. Was wusste die Frau über sie? Steckte sie womöglich mit de Andrade unter einer Decke?

»Verstehst du meine Sprache?«

Jandeira nickte misstrauisch und machte sich fluchtbereit.

»Ich meine es gut mit dir«, sagte die Frau und trat auf sie zu. »Ich habe dich schon einmal im Gouverneurspalast gesehen. Es tut mir leid, was mit dir geschehen ist.« Jandeiras Misstrauen wurde nicht geringer. Was wollte die fremde Frau von ihr? »Wo ist dein Mann?«, fragte sie schließlich.

Jandeiras Herz verkrampfte sich vor Schmerz.

»Er ist tot«, brachte sie mit stumpfer Stimme hervor. »Das Narbengesicht hat ihn getötet.«

Die fremde Frau berührte leicht ihren Arm, dann wandte sie sich ab und verließ den Raum. Padre Joaquin schob sie zu dem Tisch, wo ihr eine der Frauen einen Platz anbot. Sie setzte sich und bekam einen Teller mit Essen vorgesetzt. In diesem Moment kehrte die Frau zurück. Hinter ihr erschien noch jemand, der ihr mit schleppenden Schritten folgte. Jandeira stieß einen Schrei des Entsetzens aus, als sie ihn erkannte. Es war der Geist von Cauré, der soeben den Raum betreten hatte.

In den großen Tumult, der nun entstand, mischten sich Überraschung, Fragen, Gelächter und offene Freude. Amber sah mit großer Befriedigung, wie Robin langsam auf die noch immer fassungslose Jandeira zutrat und sie leicht am Arm berührte. Erst da schien sie zu begreifen, dass er real und kein Geist war. Die beiden sahen sich eine gefühlte Ewigkeit in die Augen, bevor sie einander in stiller Übereinkunft mit der Stirn berührten. Kurz darauf verschwanden sie, ohne die anderen zu beachten, in Robins Kammer.

An diesem denkwürdigen Tag hatte sich so vieles überraschend ergeben, überlegte Amber versonnen. Wer hätte denn am Morgen gedacht, dass Sebastian und Miou noch an diesem Tag heiraten würden und dass der geheimnisvolle Wilde seine geliebte Jandeira wiederfände? Eine Laune des Schicksals hatte zu diesem Moment voller Magie geführt.

Wegen dieser Ereignisse wurde die Abreise zu der Sklavensiedlung erst einmal verschoben. Die Männer einigten sich darauf, dass Antonio den Fluss ständig im Auge behalten sollte, um sie im Notfall rechtzeitig vor de Andrades Schiffen warnen zu können. Sobald der verletzte Robin sich kräftig genug fühlte, wollte man aufbrechen. Amber rechnete, dass dies frühestens in einer Woche der Fall sein würde.

Als sie am nächsten Morgen nach ihrem Patienten sah, saß dieser mit Jandeira auf seinem Lager. Zwischen ihnen hockte zu Ambers großem Erstaunen ein bunter Tukan und ließ sich abwechselnd von den beiden Indianern streicheln.

»Wo kommt der denn her?«, fragte sie überrascht.

»Er ist ein utupé von Cauré«, antwortete Jandeira für ihren Mann. »Sein Geist und der des Vogels sind eng miteinander verbunden. Weil Cauré ein großer Shapori ist, hat er aber auch noch andere utupé. Viele andere Vögel sind ebenfalls bereit, ihren Geist mit ihm zu teilen.«

»Wollt ihr uns nicht mehr über euer Leben erzählen?«

Amber brannte ebenso sehr wie Rhys darauf, mehr über ihre Herkunft zu erfahren. Dadurch, dass Jandeira ihre Sprache beherrschte, würde es sehr viel leichter sein, sich zu verständigen. Rhys hatte in den vergangenen Tagen mehrere Male versucht, Robin beziehungsweise Cauré über die Herkunft des Goldsteins zu befragen, doch der Indianer hatte nie begriffen, was er von ihm wollte. Cauré bot ihr einen Platz an. Bevor sie sich auf einem der Hocker niederließ, rief sie Rhys hinzu.

In den folgenden Stunden erfuhren die beiden nicht nur Caurés Lebensgeschichte, sondern lernten auch viel über die Lebens- und Denkweise seines Volkes, der Hapuweteri, die sich selbst »Menschen« nannten. Dieses unbekannte Volk lebte weit im Norden, nahe eines Berges, dessen Hochebene die Zuflucht aller Geister war. Cauré berichtete auch von dem Fluch, den er auf sich geladen hatte, indem er einen weißen Napé in ihr Dorf geführt hatte. Er war der festen Überzeugung, dass Amber eine mächtige Zauberin war, die den Fluch von seinem Volk nehmen konnte. Endlich kam Rhys auf das zu sprechen, was ihnen am meisten auf der Seele lag. Er deutete auf den Beutel um Caurés Hals.

»Welche Macht wohnt in dem Amulett um deinen Hals?«, fragte er vorsichtig. »Du hattest es in der Hand, als wir dich im Wald fanden.«

Cauré holte ohne Befremden den Stein heraus und reichte ihn Rhys, damit er ihn sich ansehen konnte.

»Ich habe ihn von meinem Ziehvater Takawe«, erklärte er. »Er hat ihn einst auf der Ebene über dem Wald gefunden, wo die *Xapiripé* sich versammeln. Lange Jahre war er sein Glücksbringer, bis ein Traum ihm verriet, dass er mich auf dieser Reise beschützen sollte.«

»Er ist sehr schön und kostbar«, meinte Rhys anerkennend. »Außerdem scheint er mir sehr alt zu sein.«

»Das ist wahr«, bestätigte Cauré stolz. »Viele Geschichten, die man sich bei den Hapuweteri erzählt, handeln davon, dass dort einst ein großer, mächtiger Stamm gelebt hat. Er beherrschte den ganzen Wald bis zu dem großen Fluss, den ihr Amazonas nennt. Ihre Shabonos waren so groß, dass kein Mensch die Zahl ihrer Bewohner zählen konnte. Sie haben sogar Bauwerke aus Steinen errichtet, so wie es das Volk der Weißen macht.«

»Was ist aus ihnen geworden?«

Cauré verzog abwertend den Mund. »Das, was immer geschieht, wenn man beginnt, die *hutu pata* zu schänden und damit die Xapiripé verärgert.«

»Was sind *hutu pata* und Xapiripé?«, mischte sich Amber neugierig ein. Caurés Geisterwelt interessierte sie auf eine ganz besondere Art. Sie erinnerte sie in manchem an Tashis Bön-Buddhismus.

»Es gibt viele, viele Xapiripé. Nicht nur ein paar, sondern Tausende, wie Sterne. Sie sind die Geister, die wir nicht sehen. Einige leben im Himmel, andere unter der Erde, und wieder andere leben hoch in den Bergen zwischen den Wäldern und Blumen. Wir nennen diese heiligen Plätze *hutu pata.*«

»Ich glaube, unser Freund möchte uns damit sagen, dass irgendein großes Unglück dieses Volk ausgelöscht hat«, mutmaßte Rhys.

Cauré stimmte ihm zu. »Heute erinnern nur noch ein paar Steine und ein unter Pflanzen verborgenes Gemäuer an die große Zeit dieses Volkes.«

»Gibt es dort noch mehr von diesen glänzenden Steinen?«, fragte Rhys. An seinem mahlenden Unterkiefer konnte Amber erkennen, wie angespannt er war.

»Mag sein, mag nicht sein«, antwortete Cauré gleichmütig. »Mein Vater Takawe weiß mehr darüber. Er hat es als Einziger unseres Volkes gewagt, in den Berg zu gehen. Keiner geht gerne zu diesem *hutu pata,* denn launische und rachsüchtige Xapiripé treiben dort noch immer ihr Unwesen.«

»Kannst du uns trotzdem dorthin führen?«

Rhys gelang es kaum, seine Aufregung zu verbergen. Amber wusste, dass sie noch nie so nah an ihrem Ziel gewesen waren. Cauré war der Erste, der all die Mutmaßungen und Erzählungen aus eigener Erfahrung bestätigte. Vieles stimmte mit dem überein, was der Conquistador Luis Jerez in seinem Brief geschrieben hatte. Doch der Hapuweteri zerschlug alle Hoffnungen, indem er entschieden ablehnte.

»Niemals! Fremden ist es verboten, diese *hutu pata* zu betreten. Selbst ein Shapori kann diesen Platz nur unter Lebensgefahr betreten. Ihr würdet sterben.«

Rhys versuchte nochmals, ihn zu überzeugen. Doch Cauré blieb standhaft. Amber begriff plötzlich, dass es ihrem indianischen Freund weniger darum ging, Taburegeln seines Volkes zu brechen, als darum, ihr Leben zu schützen. Das brachte sie auf eine gewagte Idee.

»Du musst keine Angst um unser Leben haben«, behauptete sie mit fester Stimme. »Du hast selbst gesagt, dass ich eine Shapori bin. Also kann ich uns deine Geister leicht vom Leib halten.« Ihr Argument schien auf fruchtbaren Boden zu stoßen. Cauré sah sie nachdenklich an. Amber hakte nach. »Wie sonst hätte ich in deinen Träumen erscheinen können?«, fragte sie ihn. Dabei regte sich sehr wohl ihr schlechtes Gewissen. Wie kam sie nur dazu, so etwas Anmaßendes von sich zu behaupten?

Cauré hatte ihr aufmerksam zugehört. Lange Zeit sagte er nichts. Schließlich suchte er ihren Blick und nickte zustimmend.

»Dann ist dies der Weg, um den Fluch von uns zu nehmen«, sagte er, ohne dass sie die Bedeutung seiner Worte verstand. »Lass uns bald aufbrechen.«

Rhys strahlte vor lauter Freude. »Das muss ich sofort Sebastian erzählen.«

Als Amber wenig später zu den anderen zurückkehrte, herrschte allgemein große Aufregung. Sebastian versuchte gerade auf seine eloquente Art, Rhys davon zu überzeugen, dass er zusammen mit Miou die Expedition begleiten wollte. Miou unterstützte ihn nach Kräften. Sie schien an Sebastians Seite richtig aufzublühen. Rhys sprach sich entschieden dagegen aus, verlor aber zunehmend an Überzeugungskraft.

»Ich habe wirklich nichts gegen deine Frau, Sebastian«, versuchte er zu argumentieren, »aber ich sehe sie körperlich nicht in der Lage, diese Strapazen auf sich zu nehmen. Wir werden in Hängematten im Wald übernachten müssen. Dort gibt es widerliche Insekten, Schlangen und andere wilde Tiere. Glaub mir, es ist besser, wenn du Miou in das Sklavendorf bringst und dort auf uns wartest.«

»Ich weiß nicht …« Sebastian geriet nun doch ins Grübeln.

Amber sah ihm regelrecht an, wie er hin- und hergerissen war, zum einen von der Sorge um seine Frau, zum anderen von seinem nur schwer zu zügelnden Forscherdrang.

»Ihr unterschätzt mich«, warf Miou schließlich selbstbewusst ein. »Ich war oft mit meinem Großvater in den Schweizer Bergen. Ich bin zäher, als ich aussehe. Außerdem hat Pater Thomas selbst gesagt, dass es im Sklavendorf auch nicht sehr komfortabel ist.« Sie sah triumphierend in die Runde.

Nach einigem Hin und Her war es schließlich beschlossene Sache. Sebastian und seine Frau würden sich ihrer kleinen Gruppe anschließen. Sie kamen außerdem überein, dass Rhys sofort nach Manaus zurückkehren würde, um die notwendige Ausrüstung zusammenzustellen. Er veranschlagte für die Vorbereitungen eine knappe Woche, Zeit genug für Cauré, sich noch ein wenig zu erholen.

Noch am selben Nachmittag brach Rhys auf.

40

Manaus. Eine Woche später

Es war zum Verrücktwerden. Weder Carlos noch seine Gefolgsleute hatten den geringsten Hinweis, wohin Miou und ihr Geliebter geflohen sein konnten. Carlos hatte nochmals die Zahl der Männer verdoppelt, die nach den beiden suchen sollten. Tiagos Gefühl sagte ihm, dass sie sich in einem der Dörfer nördlich von Manaus versteckt hielten. Das war die einzige plausible Erklärung dafür, dass sie sie nicht auf einem der Schiffe, die flussabwärts fuhren, gefunden hatten. Doch es dauerte seine Zeit, bis seine Männer jede Siedlung, die als Unterschlupf infrage kam, durchsucht hatten. Zu seinem großen Ärger war ihm auch noch Jandeira entlaufen. Auch hinter ihr war ein Suchtrupp unterwegs. Unruhig wie eine gefangene Raubkatze durchmaß er seine Bibliothek. Nichts ging voran. Alles hatte sich gegen ihn verschworen. Er trat auf der Stelle und musste mit ansehen, wie sich die Schlinge um seinen Hals immer enger zog. Eduardo hatte ihm angedroht, sein Anwesen in Belém beschlagnahmen zu lassen, wenn er nicht umgehend mit der Tilgung alter Kredite beginne. Selbst auf die *Princesa* hatte er bereits ein Auge geworfen. Im Grunde genommen hätte Tiago sofort in die Mündungsstadt aufbrechen müssen, um das Schlimmste zu verhindern, doch ihm waren die Hände gebunden. Selbst wenn er Miou ihrem Schicksal überließe, musste er erst darauf warten, vom Gouverneur die Lizenz für die Kautschukgewinnung zu bekommen. Seit Tagen wartete er auf eine positive Nachricht.

Ein kurzes Klopfen und das sofortige Öffnen der Tür riss ihn aus seinen trüben Gedanken. Carlos kam herein, gefolgt von einem von Tiagos Männern.

»Es gibt Neuigkeiten«, kam Carlos ohne Begrüßung zur Sache. Er war sichtlich erregt. Die Narbe in seinem entstellten Gesicht war stark gerötet. »Wir müssen sofort etwas unternehmen. Die Zeit drängt.«

»Ihr habt Miou gefunden?« Tiago spürte, wie auch ihm vor Aufregung das Blut in den Kopf schoss. »Wo ist sie? Ist der verdammte Kerl auch bei ihr? Ich werde ihm eigenhändig den Hals umdrehen!«

Carlos packte Tiagos Mann am Kragen und stieß ihn unsanft vor ihn hin.

»Berichte, was du gesehen hast!«

Der Caboclo, ein Mann namens Luis, begann eilig zu erzählen. »Vor einigen Tagen kam dieser Franklin nach Manaus zurück. Er war allein. Wie Ihr mir befohlen habt, habe ich jeden seiner Schritte beobachtet, Marquis. Er ging oft an den Hafen, Waren besorgen. Auch zwei Langboote, wie sie die Indianer benutzen, waren darunter, und dann hat er auch …«

»Komm endlich zur Sache«, unterbrach ihn Tiago ungeduldig.

Luis sah ihn eingeschüchtert an und beeilte sich fortzufahren.

»Vorgestern ließ er dann seine Fracht auf ein Dampfschiff verladen und fuhr damit flussaufwärts. Ich war ebenfalls auf dem Schiff, um ihn weiter beobachten zu können. Er hat viel aufgeschrieben und …«

»Zum Henker! Dieser Kleinkram interessiert mich nicht! Wohin ist er gefahren, und was hat das alles mit meiner Tochter zu tun?« Tiago schlug unbeherrscht mit der Faust auf seinen Schreibtisch.

Der Mann zuckte erschrocken zusammen. Es machte ihm Mühe, sich zu konzentrieren.

»Er hat das Schiff samt seiner Ladung in einem Dorf am Rio Negro wieder verlassen. Ich bin ebenfalls von Bord gegangen und habe mich versteckt. Ich wollte herausfinden, was er vorhatte.«

Er sah Tiago an, in seinem ängstlichen Blick stand der Wunsch nach Anerkennung. Doch dessen Augen funkelten nur bedrohlich, sodass er umgehend mit seinem Bericht fortfuhr. »Ich habe mich nachts zu dem Haus geschlichen, in dem Franklin mit seiner Frau wohnt. Es ist das Haus von Pater Thomas, der früher doch Euer Beichtvater gewesen ist …«

»Ich weiß, wer Pater Thomas ist«, fuhr Tiago unbeherrscht dazwischen. »Was hast du gesehen?«

Luis suchte erneut nach Worten und kratzte sich unbeholfen am Kopf.

»Ich habe sie belauscht«, sagte er nicht ohne Stolz. »Nachts habe ich mich auf die Veranda geschlichen und durch die geschlossene Tür gelauscht. Durch einen Spalt zwischen den Holzbrettern konnte ich sehen, dass außer Senhora und Senhor Franklin auch Eure Tochter und Senhor Stix dort waren. Sie sprachen davon, dass sie nun bald aufbrechen wollten. Danach bin ich so schnell wie möglich wieder hierhergekommen.«

Carlos stieß ihm nochmals grob in den Rücken. »Dieser hirnlose Dummkopf«, knurrte er. »Braucht viele Worte und vergisst doch etwas Wesentliches. Erzähl ihm von dem Gold und den Indianern.«

Eingeschüchtert, wie er war, verschwendete der Caboclo jetzt keine Zeit mehr.

»Auf dem Tisch, um den die Leute saßen, lag ein faustgroßer Stein aus purem Gold«, fuhr er fort. »Er gehörte wohl dem Indianer, der ebenfalls dort anwesend war. Soviel ich verstanden habe, will er sie zu seinem Volk führen.«

»Dann hat Franklin also eine heiße Spur«, sinnierte Tiago. Er bedachte Luis mit einem durchdringenden Blick. »Bist du ganz sicher, dass es Gold war? Wie sah der Klumpen aus?«

»Oh, es war kein Klumpen, Marquis«, beeilte sich Luis zu sagen. »Es sah eher aus wie eine Kachel aus Gold. Außerdem waren bunte Steine darin verarbeitet. So genau konnte ich es allerdings nicht erkennen.«

»Da ist noch was, Tiago.« Carlos grinste hämisch. »Wie es scheint, haben sich alle hinter unserem Rücken miteinander verbrüdert. Außer diesem Indianer mit der Goldkachel war da noch eine Frau. Luis behauptet, dass sie Jandeira gewesen sei. Weiß der Geier, wie sie zu diesem Pack gestoßen ist.«

Tiago glaubte für einen Augenblick, dass sich ihm der Boden unter den Füßen auftat.

»Miou und Jandeira stecken unter einer Decke?«, fragte er ungläubig. Wenige Augenblicke lang war er fassungslos. Dann hatte er seine Beherrschung wiedergefunden. Mit Mühe gelang es ihm, den aufflackernden Unmut vor den anderen zu verbergen. Doch in seinem Inneren loderten Flammen des Zorns. Hell und gleißend brannten sie in seinen Eingeweiden und ließen ihn schließlich doch wieder alle Zurückhaltung vergessen. »Ich werde sie alle töten«, presste er halb wahnsinnig vor Wut hervor. »Jeden Einzelnen, und das mit Vergnügen!« Er grub sich die Nägel tief in seinen Unterarm. Erst als Blut hervorquoll, gewann sein Verstand wieder Oberhand. Er musste einen kühlen Kopf bewahren und scharf nachdenken. In einem jedoch hatte Carlos recht: Sie mussten so schnell wie möglich etwas unternehmen.

Sobald Rhys mit den notwendigsten Ausrüstungsgegenständen aus Manaus zurückgekehrt war, brachen sie auf. Da Tiagos und Santos' Männer jederzeit auftauchen konnten, mussten sie äußerst vorsichtig sein. Einen Teil ihres Weges mussten sie auf den Flüssen zurücklegen. Da sie dabei etliche Siedlungen und Dörfer passieren mussten, war die Gefahr, entdeckt zu werden, besonders groß. Je unauffälliger ihre Reisegruppe war, desto größer war die Wahrscheinlichkeit, dass sie nicht besonders ins Auge fielen. Diese Vorsichtsmaßnahme erforderte einige Änderungen in ihrer ursprünglichen Planung. Rhys hatte vorgehabt, etwa zwanzig Träger für ihre Expedition anzuwerben. Sie sollten Zelte, Transportkisten, Proviant und die Messinstrumente tragen. Doch eine so große Zahl von Menschen fiel zu sehr auf. Außerdem bestand Cauré darauf, dass ihre Gruppe möglichst klein blieb.

»Meine Leute werden euch als Feinde betrachten«, versuchte er zu erklären. »Jeder Fremde, der ohne Erlaubnis unser Gebiet betritt, ist ein Feind und wird getötet. Mein Volk ist durch den Fluch der Krankheit nur schwach. Sie sind misstrauisch und fürchten sich vor feindlichen Nachbarstämmen. Deshalb werden sie jede größere Gruppe ohne Vorwarnung angreifen. Wenn wir jedoch nur wenige sind, können wir uns meinem Dorf unbemerkt nähern.«

Rhys war nicht wohl dabei. Sie würden nur zu sechst sein, und die Hälfte waren Frauen. Doch welche Wahl blieb ihnen schon? Jandeira und Miou mussten auf jeden Fall aus dem Dorf verschwinden. Aber für Amber bestand im Grunde genommen keine Veranlassung dazu. Ihr Zustand bereitete Rhys in letzter Zeit große Sorge. Amber schien mehr unter dem feuchtheißen Klima zu leiden, als sie wahrhaben wollte. Sie war blass, hatte Augenringe und musste sich öfters übergeben. Er betete darum, dass sie sich keine der tropischen Krankheiten eingefangen hatte. Und dennoch sträubte sie sich hartnäckig, wenn er sie bat, doch bei Pater Thomas, Antonio und Linda im Dorf zu bleiben. In der Nacht vor ihrem Aufbruch versuchte er es ein letztes Mal. Sie hatten sich gerade noch einmal zärtlich geliebt, vielleicht das letzte Mal für lange Zeit. Amber lag unbekleidet in seinen Armen. Ihre Haut schimmerte im einfallenden Mondlicht wie Alabaster. Das volle, lockige Haar umrahmte ihren Kopf wie ein ausgebreiteter Fächer. Sie war so schön! Rhys fuhr zärtlich die Konturen ihres Körpers nach und wurde sich schmerzhaft seiner großen Liebe zu dieser Frau bewusst. Sie war das Kostbarste, was er jemals besessen hatte.

»Ich möchte dich um etwas bitten.«

Seine Stimme klang rau und unsicher, als er sich endlich dazu durchringen konnte, ihr seine Sorgen anzuvertrauen. Amber hob ihren Kopf und sah ihn forschend an. Die bernsteinfarbene Iris ihrer Augen funkelte wie ein See aus Gold. Ohne dass er weitersprechen musste, nahm sie seine Gedanken auf.

»Du möchtest, dass ich hierbleibe«, stellte sie ruhig fest. Ihr Zeigefinger umkreiste nachdenklich die Härchen auf seiner Brust. Dann hielt sie damit inne und suchte erneut Blickkontakt. »Du hast Angst um mich und möchtest, dass ich in Sicherheit bleibe …«

Erleichtert stimmte er ihr zu. Sie kannte ihn inzwischen beinahe besser als er sich selbst.

»Bleib bei Pater Thomas und Linda. Du kannst von hier aus ebenfalls Ausflüge unternehmen. Linda und Antonio können dir noch so vieles zeigen …«

Sie legte ihren Finger auf seine Lippen und gebot ihm zu schweigen.

»Das kann ich einfach nicht«, sagte sie entschieden. »Diese Reise hat uns beide schon so vieles gekostet. Wir haben Jahre gebraucht, um sie in die Wege zu leiten, haben gemeinsam Schicksalsschläge erlitten und so viele Hindernisse überwunden. Und jetzt willst du mich wirklich zurücklassen?«

»Ich habe Angst, dass die Strapazen deiner Gesundheit schaden«, gab Rhys zu. »Du wirkst in letzter Zeit so abgezehrt.«

»Ich habe einen Todkranken gesund gepflegt«, brachte sie ihm mit einem Schmunzeln in Erinnerung. »Vielleicht bin ich manchmal etwas müde, auf der anderen Seite gibt es auch Augenblicke, da scheinen meine Kräfte unerschöpflich zu sein. Ich werde an deiner Seite bleiben, Rhys Franklin. Und daran wirst nicht einmal du mich hindern.« Bei den letzten Worten runzelte sie die Stirn, und er wusste, dass sie nun keinen Widerspruch mehr dulden würde. Was blieb ihm schon anderes übrig, als ihrem Willen nachzugeben?

Im ersten grauen Licht des anbrechenden Tages brachen die zwei Langboote auf. Amber, Cauré und Jandeira teilten sich das eine Boot. Rhys, Sebastian und Miou folgten ihnen in dem anderen. Cauré und Rhys saßen jeweils als Steuermann hinten. Jandeira und Sebastian paddelten vom Bug aus mit. Amber und Miou saßen jeweils zwischen dem Gepäck in der Mitte. Sie hatten nur das Notwendigste mitgenommen. Amber ihren Skizzenblock, Grafitstifte und Farben, Sebastian seine unverzichtbare Botanisiertrommel und Rhys einen recht schweren Theodoliten, mit dem er Landschaftsvermessungen machen wollte. Dazu kamen einige wichtige Kleidungsstücke, Hängematten, Chinin, Medikamente und Verbandsmaterial, ein Kochtopf, Macheten und zwei Gewehre. Amber trug außerdem in ihrem Strumpfband die kleine

Pistole, die ihr Vater ihr vor vielen Jahren geschenkt hatte. Sie war eine gute Schützin und fühlte sich mit der Waffe um einiges sicherer.

Der Rio Negro floss gemächlich dahin. Er glich an manchen Stellen eher einem breiten See als einem Fluss. Um von möglichst wenigen Menschen gesehen zu werden, hielten sie sich immer nahe der Uferböschung auf. Sobald sie sich einer Siedlung näherten, wählten sie zum Passieren die gegenüberliegende Flussseite, sodass sie meist nur als undeutliche Schemen zu sehen waren. Am Nachmittag des zweiten Tages erreichten sie die Stromschnellen, an denen Cauré verwundet worden war. Um sie zu überwinden, mussten die Boote um das Hindernis herumgetragen werden. Das bedeutete, dass die drei Männer erst ihr Gepäck und anschließend die Boote die Felsen hochschaffen mussten. Eine beschwerliche Angelegenheit, wie sich herausstellte. Amber hatte mit ihrem verkrüppelten Bein Mühe, die hohen Felsbrocken zu erklimmen. Außerdem machte ihr die Kurzatmigkeit zu schaffen, unter der sie seit Kurzem litt. Doch dank der Hilfe ihrer beiden Begleiterinnen gelang es ihr schließlich, die rutschigen Steine zu erklimmen. Allerdings war sie hinterher ziemlich erschöpft.

Miou zeigte sich hingegen robuster als gedacht. Sie erklomm das Hindernis mit Leichtigkeit. Als sie alle schließlich die Stromschnellen überwunden hatten, schlugen sie auf einer der nächsten Sandbänke ein Lager auf. Sie beschlossen, einige Stunden zu ruhen, um die nächste Etappe nachts zurücklegen zu können. Sie näherten sich nun dem Ort, an dem Cauré und Jandeira von den Fischern überwältigt worden waren.

»Und was machen wir, wenn die Fischer uns doch sehen?«, wagte Miou einzuwenden.

»Wir töten«, sagte Cauré und fuhr sich mit der Handkante quer über den Hals. Amber fröstelte bei der Vorstellung. Sie wollte gerade etwas einwenden, als Rhys ihr beruhigend seine Hand auf die Schulter legte.

»So weit wird es nicht kommen«, beruhigte er die beiden Frauen. »Wir werden sehr vorsichtig sein.«

Mit zwanzig schwer bewaffneten Männern brachen Tiago und Santos von Manaus auf. Tiago stand am Bug des Dampfers und ließ sich den feuchtheißen Fahrtwind ins Gesicht blasen. Sein Gesicht war wie versteinert. In seinem Inneren jedoch brodelte ein Vulkan. Er war zu allem entschlossen, denn er hatte nichts mehr zu verlieren. Noch am selben Nachmittag, als Carlos ihm den Aufenthaltsort Mious verraten hatte, war der Bote des Gouverneurs mit der Nachricht zu ihm gekommen, dass er bei der Verteilung der neuen Waldstücke nicht berücksichtigt worden war. Sein Konkurrent, dieser verdammte Waldmann, hatte die Gunst der Stunde genutzt und war an seiner Stelle für die Projekte eingesprungen, mit denen Tiago den Gouverneur hatte für sich einnehmen wollen. Der Bau einer Schule sowie eine Spende in den Fonds zur Errichtung eines Opernhauses wurden nun von diesem hinterhältigen Kriecher finanziert.

Tiagos Finger umkrallten die Reling, während er an diese weitere Schmach dachte. Alles, aber auch alles war schiefgelaufen. Die Umstände zwangen ihn, noch einmal von vorn anzufangen. Doch zuvor würde er Rache nehmen. Rache an seiner Tochter, an deren Geliebten und auch an Rhys und Amber Franklin, die ihn mit ihrer moralischen Überheblichkeit nur demütigen wollten. Seine Wut war so groß, dass sie selbst vor seiner eigenen Tochter nicht Halt machte. Falls dieser Stix Miou entehrt hatte, würde er nicht zögern, auch sie zu töten. Darin war er sich mit Carlos auch ohne viele Worte einig. Und dennoch hoffte ein kleiner Teil von ihm, tief in seinem

Inneren, dass sie das nicht gewagt hatte. Er ertappte sich bei dem Wunsch, dass Miou von dem Deutschen zu der Flucht gezwungen worden war. Sie konnte einfach nicht so einfältig sein, sich diesem Nichtsnutz an den Hals zu werfen. Schließlich war sie sein eigenes Fleisch und Blut.

In Tiagos ganzem Leben hatte es nicht viel Liebe gegeben. Weder der Vater, der immer seinen älteren Bruder vorgezogen hatte, noch eines der Kindermädchen, die ihn erzogen hatten, hatten ihn jemals damit verwöhnt. Allein in der viel zu kurzen Zeit mit Rosa hatte er die Liebe kennengelernt. Wie oft hatte er das Schicksal verflucht, das ihm so früh seine Partnerin genommen hatte.

Tiago beobachtete einen springenden Flussdelfin. So schnell, wie er aufgetaucht war, so schnell verschwand er wieder. Auch sein Glück hatte viel zu kurz gedauert. Bei der Geburt ihres zweiten Kindes war Rosa mit seinem kleinen Sohn gestorben, und mit dem Leben dieser beiden Menschen war auch in ihm jegliches Mitgefühl erloschen. Für die kleine Miou hatte er nach Rosas Tod nichts mehr empfinden können. Ihr hübsches Äußeres hatte ihn auf schmerzliche Art an Rosa erinnert. Schon bald hatte die Nähe des Kindes ihm eine Qual verursacht, die er nicht ertragen konnte. Er hatte sie leichten Herzens ihren Großeltern überlassen. Viele Jahre hatte ihn ihr Schicksal nicht gekümmert. Sie war nichts als ein kostbares Kleinod gewesen, das er in einer weit entfernten Schatztruhe verwahrte. Er hatte sie für Carlos aufbewahrt, den einzigen Freund, der ihm ebenbürtig war. Er hatte ihm seine Tochter zum Geschenk machen wollen aus Dankbarkeit und tief empfundener Freundschaft.

»Wir sind gleich bei dem Dorf«, verkündete Carlos, der unbemerkt neben ihn getreten war. »Ich habe den Männern befohlen, den Ort zu umstellen, damit keiner unbemerkt fliehen kann. In wenigen Augenblicken wirst du deine Rache bekommen. Ich hoffe für meine Verlobte, dass dieser Deutsche sie noch nicht angerührt hat.« Carlos ballte seine Hände zu Fäusten. »Ich werde diesem Kerl jeden Knochen einzeln brechen, bevor ich ihn töte.«

»Das will ich selbst erledigen«, schnaubte Tiago bitter. »Du kannst mit den anderen verfahren, wie du willst. Nur Stix und die Indianerin musst du mir überlassen.«

»Heute will ich euch von Liebe und Vergebung erzählen«, begann Pater Thomas seine Bibelstunde. Um ihn herum saßen etwa zehn Jungen und Mädchen auf der Veranda und lauschten aufmerksam seinem Vortrag. Sie kamen regelmäßig zu seinen Veranstaltungen, denn danach gab es frisch gepressten Zuckerrohrsaft. Pater Thomas ließ den Blick zufrieden in die Runde schweifen. Die Kinder waren die beste Selbstbestätigung für seine Arbeit. Mit seiner tiefen, wohlklingenden Stimme begann er zu erzählen.

»So steht es im fünften Kapitel des heiligen Evangelisten Matthäus geschrieben: Ihr wisst, es heißt ›Auge um Auge, Zahn um Zahn‹. Ich aber sage euch: Verzichtet auf Gegenwehr, wenn euch jemand Böses antut! Mehr noch: Wenn dich jemand auf die rechte Wange schlägt, dann halte ihm auch die linke hin. Und wenn dich einer vor Gericht bringen will, um dir das Hemd wegzunehmen, dem lass auch den Umhang. Und wenn dich jemand zwingt, eine Meile mitzugehen, mit dem geh zwei. Gib dem, der dich bittet, und weise den nicht ab, der etwas von dir borgen will. Ihr wisst, dass es heißt: ›Du sollst deinen Nächsten lieben und deinen Feind hassen!‹ Ich aber sage euch: Liebt eure Feinde und betet für die, die euch verfolgen. So erweist ihr euch als Kinder eures Vaters im Himmel. Denn er ….«

Weiter kam er nicht, denn ein aufgeregter Antonio stürmte von seinem Aussichtspunkt zu ihm auf die Veranda. Pater Thomas bat die Kinder, sitzen zu bleiben, und trat zu ihm vor die Veranda.

»Sie kommen«, keuchte Antonio und hielt sich die vom Rennen schmerzende Seite. »Es sind viele – und alle sind bewaffnet.«

Dem Caboclo stand der Angstschweiß auf der Stirn. Vom oberen Teil des Stegs, der vom Kai zum Dorf hinaufführte, sah Pater Thomas, wie vom Dampfschiff aus gut zwei Dutzend Männer ausschwärmten und sein Dorf umstellten.

»Nun also wird sich Gottes Wort weisen«, murmelte er besorgt. Selbst ihn kostete es Mühe, sich an die Kraft seines Glaubens zu erinnern. »Sag den Leuten, sie sollen in ihren Häusern bleiben und sich friedlich verhalten. Ich werde mit ihren Anführern reden.«

Mit entschlossenem Schritt humpelte er der Handvoll Männer entgegen, die ihm vom Fluss her entgegenkamen. Er erkannte Tiago de Andrade schon von ferne. Neben ihm lief sein Schatten, Carlos dos Santos. Die Anwesenheit des Sklavenjägers ließ Pater Thomas trotz aller Zuversicht für einen Augenblick zagen. Keiner in der Gegend war so skrupellos und kaltblütig wie dieser Mann. Doch Gottes Segen würde sie alle schützen.

»Seid gegrüßt, Senhor de Andrade«, begrüßte er die Ankommenden mit einem freundlichen Lächeln. »Wir haben uns lange nicht gesehen. Was führt Euch in mein Dorf?«

»Spiel nicht den Ahnungslosen«, fuhr de Andrade ihn sofort harsch an. »Wo ist meine Tochter? Führe mich sofort zu ihr oder ihr werdet mich alle kennenlernen.«

Pater Thomas hob beschwichtigend beide Hände.

»Seid versichert, Senhor, Eure Tochter ist nicht hier.«

»Erspar dir dein Salbadern, Pfaffe. Einer meiner Männer hat sie in deinem Haus gesehen.« Pater Thomas sah das Flackern in de Andrades Augen. Er kannte es von ihren früheren Begegnungen im Beichtstuhl. Dieser Mann war ein Getriebener seiner unbeherrschbaren Gefühle. Wenn es ihm nicht gelang, ihn zu besänftigen, würde er sich äußerst unberechenbar verhalten.

»Ich bin ein Diener des Herrn und lüge nicht«, sagte er ruhig. »Wenn Ihr wollt, könnt Ihr Euch gerne persönlich davon überzeugen.« Er deutete einladend auf sein Haus. »Bitte folgt mir und lasst uns alles in Ruhe besprechen!«

Das Flackern in Tiagos Augen ließ tatsächlich etwas nach. Er machte bereits Anstalten, dem Priester zu folgen, als sich plötzlich dos Santos einmischte.

»Lass dich von dem Pfaffen nicht hinhalten«, schnaubte er ärgerlich und packte Pater Thomas hart am Kragen seiner Soutane. Der unnachgiebige, steinharte Blick drückte keinerlei Mitgefühl aus. »Wenn du willst, dass wir nicht dein Dorf samt der Menschen darin abfackeln, verrätst du uns lieber gleich, wo das Pack steckt. Kapiert?«

Pater Thomas bekam kaum noch Luft. Außerdem fiel es ihm schwer, mit seiner Prothese das Gleichgewicht zu halten. Dennoch begegnete er unerschrocken dos Santos' Blick.

»Ich weiß nicht, wo sie sind«, wiederholte er, so ruhig er konnte. Er sah hilfesuchend zu Tiago.

»Lass ihn los. Wir werden uns selbst überzeugen.«

Dos Santos ließ nur widerwillig von ihm ab. Pater Thomas schnappte nach Luft. Gemeinsam stiegen sie zum Dorfplatz hoch, wo de Andrades Männer bereits sämtliche Bewohner zusammengetrieben hatten. Ein Teil von ihnen durchsuchte die restlichen Hütten. Auch Linda und Antonio befanden sich unter den Versammelten.

»Das sind alle«, meldete einer der Männer. »Weder in den Hütten noch im Umkreis sind andere Menschen als diese hier. Sie bestätigen übrigens, dass sich ein weißes Ehepaar hier aufgehalten hat.«

»Das waren Senhor und Senhora Franklin«, erklärte Pater Thomas rasch. »Sie sind allerdings bereits abgereist.«

Tiago wandte sich Pater Thomas zu.

»Die Franklins also, soso.« Seine Stimme klang sanft, fast einschmeichelnd. »Wo sind die Herrschaften denn hin, wenn ich fragen darf?« Seine Augen verengten sich, während er auf eine Antwort wartete.

»Das weiß ich nicht«, antwortete Pater Thomas wahrheitsgemäß. »Doktor Franklin ist ein Mann der Wissenschaft, und seine Frau assistiert ihm. Mehr weiß ich nicht.«

»Waren sie allein?« De Andrades Stimme klang immer noch freundlich. Pater Thomas wollte schon aufatmen. Vielleicht ließ sein Gegenüber die Sache ja auf sich beruhen. »Sie sind natürlich nicht alleine aufgebrochen«, antwortete er ausweichend. »Einige Träger haben sie begleitet.«

»Soso, Träger …« De Andrade musterte den Pater von unten nach oben. Dann ließ er die Maske seiner Freundlichkeit fallen. »Du glaubst wohl, du kannst mich mit Halbwahrheiten hinhalten, Pater Thomas. Du müsstest mich eigentlich besser kennen.« Er trat noch einen Schritt auf ihn zu, sodass sich ihre Nasenspitzen fast berührten. Seine Augen bekamen wieder das unberechenbare Flackern. »Du hast nun genau zwei Möglichkeiten, Pfaffe«, sagte er mit verhaltener Stimme. »Entweder du verrätst uns sofort, wohin die Franklins mit meiner Tochter und ihren indianischen Freunden hingegangen sind – oder …«, er machte eine unheilvolle Pause, »… oder ich werde dir jedes Wort einzeln aus dem Leib prügeln. Ich denke schon, dass du weißt, was das bedeutet.«

Pater Thomas spürte plötzlich, wie ihm der Angstschweiß den Rücken hinunterlief. Er musste sich große Mühe geben, um sich nichts anmerken zu lassen. Oh ja! Als ehemaliger Beichtvater kannte er de Andrade sehr gut. Dieser Mann war zu allem fähig und kannte keine Skrupel. Er betete zu Gott um Kraft. Er wusste, dass er jetzt stark sein musste, um das Bevorstehende zu ertragen. Gott würde ihm den richtigen Weg weisen.

»Ich weiß nicht, wohin sie gegangen sind«, sagte er fest.

»Du enttäuschst mich!« De Andrade spuckte verächtlich vor ihm aus. »Bindet ihn an das Kreuz vor der Kirche«, befahl er seinen Männern. Ehe Pater Thomas sich versah, wurde er von groben Händen gepackt und an sein eigenes Kreuz gebunden. Entsetztes Murmeln war zu hören. Doch keiner der Bewohner wagte es, gegen die Bewaffneten aufzubegehren. Gott wird mit mir sein, dachte Pater Thomas, um Zuversicht bemüht. Dann riss man ihm die Soutane vom Körper. Sich seiner Blöße bewusst, schloss er für einen Augenblick die Augen. »Liebt eure Feinde und betet für die, die euch verfolgen«, rief er laut aus. Gottes Wort verlieh ihm neue Kraft.

De Andrade verlachte ihn jedoch nur höhnisch.

»Ist das alles, was du zu sagen hast?«

Er ist nur ein armer, verirrter Sünder, fuhr es Pater Thomas durch den Kopf. Trotz seiner misslichen Lage gelang es ihm, Mitleid mit seinem Peiniger zu fühlen.

»Möge Gott dir deine Missetaten vergeben«, rief er mit laut vernehmlicher Stimme. Er glaubte Lindas Schluchzen aus der Menge zu hören und wandte den Kopf in ihre Richtung. In diesem Moment traf ihn dos Santos' Faust mitten ins Gesicht.

»Halt dein Maul«, war alles, was er noch hörte, dann explodierte ein Funkenregen aus Schmerz in seinem Kopf. Ein weiterer Schlag brach ihm das Jochbein und raubte ihm für einen kurzen Augenblick die Besinnung. Schlag auf Schlag prasselte nun auf ihn ein, bis sein Körper nur noch eine Ansammlung von Schmerz war. Halb betäubt sah er, wie Linda sich aus der Menge löste und auf de Andrade zueilte.

»Lasst den Pater in Ruhe«, schrie sie außer sich vor Sorge. »Ich weiß, wohin die Gringos gegangen sind.«

»Verrat sie nicht«, krächzte Pater Thomas mit blutverschmiertem Gesicht. Doch es war zu spät. Linda schickte ihm einen verzweifelten Blick und rief: »Vergib mir.« Dann erzählte sie alles – auch dass de Andrades Tochter mit Stix vermählt worden war.

»Du hast meine Tochter mit diesem nichtsnutzigen Deutschen getraut?« Andrade schnellte herum und trat ganz nah an Pater Thomas heran. Sein Gesicht war weiß wie eine frisch gekalkte Wand. Obwohl er versuchte, äußerlich vor seinen Männern die Fassung zu bewahren, erkannte der Geistliche, wie es in seinem Inneren brodelte.

»Sag mir, dass es nicht wahr ist!«, brüllte er schließlich außer sich. »Du verdammter Verräter!«

Pater Thomas hob schwerfällig den Kopf an. Blut tropfte über seine Wimpern und verschleierte den Blick. Dennoch konnte er seinem Peiniger nicht böse sein.

»Sie ist dein eigen Fleisch und Blut, mein Sohn«, erinnerte er ihn. Es fiel ihm schwer zu sprechen. »Sie liebt diesen Mann aufrichtig. Verzeih ihr und gib den beiden deinen Segen.«

»Niemals!«

De Andrade spie das Wort voller Verachtung aus. Erst jetzt sah Pater Thomas die Pistole in seiner Hand. Gleichzeitig hörte er einen ohrenbetäubenden Knall. Für den Bruchteil von Sekunden dehnten sich für ihn Raum und Zeit. Er sah den grellen Blitz aus der Pistolenmündung. Dann spürte er, wie etwas seine Brust zerfetzte. Ungläubig starrte er auf das Einschussloch, aus dem erst langsam, dann immer drängender Blut herausquoll. Er versuchte Luft zu bekommen und spürte gleichzeitig, wie sich ein lodernder Brand durch sein Inneres fraß. Um ihn herum breitete sich eine immer strahlender werdende Helligkeit aus und löste sich schließlich in einem allumfassenden Licht auf.

41

Amber hielt den Atem an, als sich der Lichtkegel einer Laterne dem Flussufer näherte. Ihre beiden Boote hatten die Hütten der Fischer beinahe passiert, als sie darauf aufmerksam wurde. Cauré gab ihnen ein Zeichen, sich still zu verhalten. Regungslos verharrten sie in ihren Booten und beobachteten, wie sich der Lichtschein der Laterne über das Wasser ausbreitete. Zum Glück war seine Leuchtkraft nicht besonders stark. Doch sie reichte aus, um die vielen Reptilienaugen im dunklen Wasser aufleuchten zu lassen. Amber schauderte. Im Fluss wimmelte es nur so vor Krokodilen. Nach einer gefühlten Ewigkeit zog sich der Lichtschein wieder zurück und entfernte sich vom Ufer. Sie hatten Glück gehabt. Die Fischer hatten sie nicht entdeckt. Mit leisen Paddelschlägen setzten sie ihren Weg fort. Cauré ließ sie noch weitere vier Stunden paddeln, bevor sie gegen Mitternacht an einem sandigen Ufer ihr Nachtlager aufschlugen.

Im Morgengrauen setzten sie ihre Fahrt fort und bogen kurz darauf in den viel seichteren Rio Branco ab. Nach einer weiteren Tagesreise folgten sie einem kleineren Nebenfluss, den Jandeira Xeriuni nannte. An dessen Ufern lebten die Waimiri, wo Cauré einst Jandeira zum ersten Mal begegnet war. Sie erreichten ihr Dorf vor Einbruch der Dunkelheit. Die Indianer empfingen die Ankömmlinge jedoch keineswegs freundlich. Sobald sie erkannten, dass Weiße an Bord der Boote waren, richteten sie ihre gespannten Bogen auf sie. Ihre finsteren Mienen verhießen nichts Gutes. Ihr Anführer, ein kleiner, untersetzter Mann mit einer Haube aus bunten Federn, bedeutete ihnen, ihre Boote an das Ufer zu lenken.

Amber sah ängstlich zu Rhys, der unbemerkt sein Gewehr griffbereit neben sich gelegt hatte. Er nickte ihr beruhigend zu. Cauré sprang aus dem Boot und ging mit erhobenen Armen auf die Waimiri zu. Da entspannten sich die Gesichtszüge ihres Anführers, und er gab seinen Leuten das Zeichen, ihre Bogen zu senken.

Die beiden Männer umarmten sich herzlich. Amber atmete erleichtert auf.

»Karuna ist Caurés Freund«, erklärte Jandeira stolz. Auch sie erhob sich, um den Anführer zu begrüßen. Der Waimiri strahlte, als er abwechselnd Cauré und dann auch Jandeira auf die Schulter schlug. Sie mussten sehr vertraut miteinander sein.

Nach einigem Palaver wandte sich der Kasike nun auch den Weißen zu. Cauré winkte ihnen, ihre Boote zu verlassen. Rhys und Sebastian gingen voraus, während Miou und Amber ihnen vorsichtig folgten. Unterdessen hatte sich beinahe die gesamte Dorfbevölkerung um sie herum versammelt. Es mochten etwa dreißig Menschen sein, von denen die Hälfte Kinder und Alte waren. Mit teils neugierigen, meist jedoch abweisenden Blicken wurden sie von oben bis unten gemustert, während der Häuptling sie nicht weiter beachtete. Seine Miene drückte unmissverständlich aus, dass er sie nicht gerne hier sah.

»Der Kasike traut euch nicht, weil ihr Weiße seid«, erklärte ihnen Jandeira nicht sehr glücklich.

Amber konnte es den Waimiri nicht übel nehmen. Zweifelsohne waren Sklavenjäger wie dos Santos für den schlechten Ruf der Weißen verantwortlich. Sie hoffte nur, dass die Abneigung der Waimiri nicht so weit ging, dass sie ihnen etwas antaten. Sie fing Rhys' besorgten Blick auf. Ihm gingen offensichtlich ähnliche Gedanken durch den Kopf. Mit mulmigem Gefühl folgten sie nun den Kriegern in ihr Gemeinschaftshaus.

Für Amber war es das erste Mal, dass sie ein richtiges Indianerdorf betrat. Sie war erstaunt, wie groß es war. Es befand sich auf einer gerodeten Lichtung nahe des Flusses. Das Zentrum war ein ausladender Rundbau, der von einem weit heruntergezogenen, kegelförmigen Palmblätterdach bedeckt war. Die Wände bestanden aus geflochtenen Bastmatten, zwischen denen sich einzelne Durchgänge befanden. Ein mit Schnitzereien verzierter Eingang führte in das Innere. Neugierig bestaunte Amber den großzügigen Innenraum. Entlang der Wände hingen überall Hängematten aus Pflanzenfasern. Dazwischen gab es immer wieder Feuerstellen mit Tontöpfen. An den Decken hingen Kräuter, aber auch Körbe und andere Gerätschaften. Durch das Gebälk huschten kleine Affen. Karuna lud sie alle ein, um sein Feuer herum Platz zu nehmen. Als Anführer besaß er das größte Feuer in dem Dorfgemeinschaftshaus. Zwei seiner Frauen reichten den Frauen Tonschalen mit frischem Wasser, während Karuna allen Kautabak anbot. Cauré erzählte unterdessen seine Geschichte. Die Miene des Häuptlings hellte sich zunehmend auf. Auch die anderen Waimiri, die ebenfalls gespannt Caurés Erzählungen lauschten, entspannten sich zusehends. Mit einem Mal nickten sie ihnen sogar freundlich zu, während die Frauen und Kinder plötzlich jegliche Zurückhaltung aufgaben und sich zu ihnen gesellten. Die Frau des Häuptlings hockte sich neben Amber und begann ungeniert über ihre Haare und das Gesicht zu fahren. Dabei lächelte sie ihr freundlich zu.

»Yarima möchte dich gerne bemalen«, erklärte Jandeira kichernd. »Sie findet dich sehr schön und möchte sich um dich kümmern. Das ist eine sehr große Ehre.«

Amber fand die Aussicht wenig verlockend. Die schamlosen Berührungen der fremden Frau waren nicht nur ungewohnt, sondern auch in höchstem Maße für sie befremdlich. Rhys zwinkerte ihr aufmunternd zu.

»Ich glaube, nun ist der Bann gebrochen.« Sie antwortete nur mit einem giftigen Blick. Miou ging es nicht viel anders. Als eine der Frauen ihr in eine empfindliche Stelle kniff, stieß sie einen entsetzten Quietschlaut aus. Entsetzt flüchtete sie sich in Sebastians Arme, worüber die Waimiri-Frauen herzlich lachten.

»Der Kasike betrachtet euch als seine Gäste«, erklärte Cauré schließlich zufrieden. »Er bittet euch, für ein paar Tage seine Gastfreundschaft anzunehmen.«

»Sag ihm, dass wir ihm dafür sehr dankbar sind«, antwortete Rhys stellvertretend für sie alle. »Wir fühlen uns sehr geehrt.«

Karuna nickte zufrieden. »Ihr werdet die Waimiri nicht vergessen.«

Wenig später wurden alle Vorbereitungen für ein großes Fest getroffen. Das Gemeinschaftshaus erinnerte sehr bald an einen geschäftigen Bienenschwarm. Bald roch es überall nach verbranntem Baumharz und Holzkohle, die von den Kochstellen in Schwaden durch das Dorf zogen. Es war ein überwältigender Eindruck, der sich ihnen nun bot. Amber wurde sich jetzt erst bewusst, was für eine Vielfalt an Gerüchen, Farben und anderen Eindrücken hier auf sie einströmte.

Yarima, Karunas Frau, war für das Brauen von frischem Maniokbier zuständig und lud Amber ein, sie bei den Vorbereitungen zu begleiten. Sie lüpfte den Deckel eines beinahe hüfthohen Holztroges und zeigte ihr stolz einen dickflüssigen Brei, von dem sie etwas in eine Tonschale gab und mit Wasser vermengte. Daraus trank sie einen großen Schluck, reichte die Schale an Amber weiter und wies sie an, dasselbe zu tun. Der bitter-säuerliche Geruch des Bieres war für Ambers derzeit ohnehin empfindlichen Magen Gift. Sie schaffte es nicht einmal, die Schale an die Lippen zu setzen, als sie auch schon den Kampf gegen die Übelkeit verlor und sich peinlicherweise vor der Indianerin erbrach. Sie fürchtete, Yarima beleidigt zu haben, doch die Waimiri-Frau zeigte für ihre Reaktion überraschenderweise großes Verständnis. Sie nickte nur und deutete auf ihren eigenen geschwollenen Bauch. Amber sah sie verständnislos an, ehe sie begriff. Die Frau nahm an, sie sei ebenfalls schwanger. Amber schüttelte bedauernd den Kopf. Für einen Augenblick kehrte der Schmerz zurück, der sie jedes Mal befiel, wenn sie an ihre Unfruchtbarkeit dachte. Yarima sagte etwas, was sie nicht verstand. Sie nahm an, dass sie ihr Mitgefühl ausdrücken wollte. Amber reagierte nicht, sondern gab vor, sich für die Herstellung des Biers zu interessieren. Die Waimiri zeigte ihr bereitwillig, wie geschälte Maniokknollen in Scheiben geschnitten wurden, um dann in einem Holztrog mit menschlichem Speichel versetzt zu einem Brei gestampft zu werden. Im Laufe von wenigen Tagen vergor die dickflüssige Masse zu einem alkoholhaltigen Brei. Der Gedanke, dass die Indianer ihre eigenen Körperflüssigkeiten tranken, ließ erneut Übelkeit in ihr aufsteigen.

Dieses Problem hatten die Waimiri nicht. In den nächsten beiden Tagen wurde das berauschende Getränk in großen Mengen ausgeschenkt und getrunken. Bevor das offizielle Festmahl begann, reichte Yarima Amber eine Schale mit Wasser, auf der einige Kräuter schwammen.

»Du sollst das trinken«, erklärte ihr Jandeira. »Es ist gut für dein Baby. Die Übelkeit wird rasch nachlassen.«

Amber spürte, wie sie rot wurde, denn auch Miou saß in ihrer Nähe und blickte höchst überrascht zu ihr hinüber.

»Ich bin nicht schwanger«, wehrte Amber gereizt ab. »Yarima täuscht sich.«

Jandeira übersetzte, doch Yarima ließ sich nicht von ihrer Meinung abbringen. Sie beharrte darauf, dass Amber von dem Sud trank. Um endlich ihre Ruhe zu bekommen, tat sie ihr schließlich den Gefallen. Kurz darauf wurden ihnen gebratenes Fleisch, gegrillter Fisch sowie gekochte Süßkartoffeln aufgetischt. Alle griffen hungrig zu. Nur Miou und Amber zierten sich, besonders nachdem Cauré ihnen versichert hatte, dass der gebratene Brüllaffe eine besondere Delikatesse war. Zum Essen, aber auch danach floss reichlich Maniokbier. Die Männer erzählten sich die ganze Nacht Geschichten, und auch am folgenden Tag gab es keinerlei Anzeichen, dass das Fest sich zum Ende neigte. Rhys versuchte mehrere Male, Cauré zum Aufbruch zu drängen, doch dieser machte ihm unmissverständlich klar, dass sie damit die Waimiri tödlich beleidigen würden. Notgedrungen verbrachten sie also auch den nächsten Tag in dem Indianerdorf und brachen erst am darauf folgenden Tag zu ihrer letzten Etappe auf. Ihre Boote ließen sie bei den Waimiri zurück.

Der Fußmarsch durch den Dschungel war nicht nur für die beiden weißen Frauen äußerst anstrengend. Die Männer bahnten ihnen mit Macheten einen Weg durch das struppige Unterholz. Sie kamen nur langsam voran. Bereits nach wenigen Stunden hatte Amber Blasen an den Füßen, die ihr jeden einzelnen Schritt zur Qual werden ließen. Als sie an einem kleinen Flusslauf eine kurze Pause einlegten und Amber ihre wunden Füße darin kühlte, kam Cauré mit einer Salbe, die er aus geriebenen Blättern, zerstoßenen Ameisen und Spucke hergestellt hatte. Vorsichtig trug er die Paste auf die Blasen auf und umhüllte die Füße mit Blättern. Dann schnitt er die Sohlen von ihren Stiefeletten ab und band ihr das Leder mit Lianenfasern um die Füße. Als sie ihren Weg fortsetzten, spürte Amber die Blasen kaum noch. Das endlose Grün aus Lianen, Ästen, Blättern und stachligen Dornen, in dem zu jeder Stunde des Tages Zwielicht herrschte, ließ die Reisenden nach und nach recht schweigsam werden. Während sie marschierten, fiel kaum ein Wort.

Die folgenden Tage und Nächte schienen ineinanderzufließen. Sie marschierten, ruhten kurz, marschierten und schliefen an irgendeinem Ort, indem sie ihre Hängematten zwischen die dünnen Baumstämme hängten. Es war wie ein Traum, in dem sich seltsam geformte Bäume und Schlingpflanzen wiederholten, wie Bilder, die zwischen unsichtbaren Spiegeln endlos hin- und hergeworfen wurden. Die Pfade, die sie benutzten, waren von mannshohen Büschen und Farnen gesäumt. Sie krochen durch Unterholz und schlugen sich mit der Machete einen Weg durch Wände aus Kriechpflanzen und Zweigen und tauchten daraus mit verschmutzten und zerkratzten Gesichtern wieder auf. Manchmal war das Gestrüpp so dicht, dass Amber Rhys, der vor ihr lief, kaum erkennen konnte und fürchtete, ihn oder Cauré zu verlieren. Doch dann stellte sie fest, dass der Hapuweteri immer eine Spur hinterließ, indem er im Vorbeigehen kleine Zweige abbrach. Auf einigen Pfaden entdeckten sie Fußspuren in der feuchten Erde. Cauré erklärte ihr, dass sie nun in der Nähe einer Indianersiedlung seien. Sie kamen jedoch nie so dicht an die Dörfer heran, dass sie von einem der Bewohner entdeckt wurden. Mehrmals querten sie Flüsse und Bäche über Hängebrücken aus Lianen. Amber schienen sie brüchig und nicht sehr vertrauenerweckend. Cauré lachte nur über ihre Befürchtungen.

»Mein Volk mag vielleicht keine große Ahnung vom Bootsbau haben«, erklärte er nicht ohne Stolz, »aber die Kunst, Brücken zu bauen, beherrscht es wie kein anderes.«

Im Lauf der Tage gewöhnten sich Ambers Augen auch an das allgegenwärtige Grün. Bald konnte sie blaue und rote

Aras im Laubwerk erkennen, und sie sah von Weitem, wenn sich der Tukan des Hapuweteri ihnen näherte. Als einmal ein scheuer Tapir auf der Suche nach Wasser durch das Unterholz brach, nutzte Cauré die Gelegenheit und erlegte ihn mit seinen vergifteten Pfeilen. Rhys und Sebastian versuchten, sich anhand der Wasserläufe zu orientieren. Sie verglichen sie mit den Karten, die ihnen zur Verfügung standen, und versuchten, sie zu ergänzen. Hoch über ihren Köpfen wurden sie von Affen mit rötlichem Fell verfolgt. Sie verließen sie erst wieder, als sie an einen Wasserfall kamen, der von einem Fels in die Tiefe stürzte.

Wenn sie abends um das schwach glimmende Feuer saßen und weißer Nebel aus der Erde zu dringen schien, der sich feucht auf ihre Gesichter legte, erzählte Cauré Geschichten von seinem Volk. Amber hörte voller Faszination diesen Sagen und Legenden zu und baute sie sofort in ihre kurzen, wilden Träume ein.

»Träume nur, träume«, verabschiedete sich der Hapuweteri jede Nacht, wenn er die letzte seiner Geschichten beendet hatte. »Wer träumt, lebt lange.«

Schließlich erreichten sie den Fuß eines massiven Felsens, der steil vor ihnen in die Höhe wuchs. Ganz in seiner Nähe stießen sie auf die Reste eines zerstörten Dorfes.

»Hier hat mein Volk gelebt, bevor ich losgezogen bin«, erklärte Cauré mit unüberhörbarer Bitterkeit. »Doch nach der großen Krankheit haben die Hapuweteri diesen Ort aus Angst vor feindlichen Übergriffen verlassen. Takawe und mein Bruder Nakitao haben die Überlebenden dort hinaufgeführt.« Er zeigte in Richtung der Bergspitze. »Dort oben ist *hutu pata,* ein gefährlicher Ort. Dort leben die Geister des Waldes, die immer noch dem großen Volk zürnen, das sich einst gegen sie gestellt hat. Ich hoffe, dass es Takawe gelungen ist, sie zu besänftigen. Ihr werdet hier rasten und warten. Ich werde mich mit Jandeira aufmachen, meine Brüder zu suchen.«

»Warum können wir dich nicht begleiten?«, fragte Sebastian. »Mir wäre wohler, wir blieben alle zusammen.«

Die anderen waren derselben Meinung. Die Vorstellung, dass ihr Führer sie allein zurückließ, behagte keinem von ihnen. Doch Cauré bestand darauf. Mit dem Tukan auf der Schulter und Jandeira an seiner Seite machte er sich auf den Weg.

»Mein Sohn ist zurück.«

Takawes runzliges Gesicht legte sich in tausend lächelnde Fältchen. Mit wackeligen Schritten kam er auf die beiden zu. Sein Vater war alt geworden, wie Cauré mit Schrecken erkannte. Dennoch weitete sich sein Herz vor Freude. Die Dorfbewohner begrüßten, kniffen und umarmten ihn herzlich, während Jandeira mit allgemeiner Bewunderung gemustert wurde. Zu seiner Überraschung störte sich nun keiner mehr daran, dass er den Tukan auf seiner Schulter trug. Sie schienen seinen utupé endlich akzeptiert zu haben. Nur sein Bruder Nakitao verhielt sich zurückhaltend. Cauré befürchtete, dass die alte Rivalität zwischen ihnen wieder aufflackern könnte. Dabei hatte er seinem Bruder den Rang als Kasike nie streitig machen wollen.

»Du hast für unser Volk einen guten Platz gefunden«, begrüßte er seinen Bruder mit versöhnlichen Worten. »Ich sehe, dass alle hier auf dein Wort hören.«

Das Lob überraschte Nakitao so sehr, dass er unbeabsichtigt lächelte. »Und ich sehe, dass du ein großer Schamane geworden bist«, erwiderte er mit einigem Zögern. »Du hast also deine Aufgabe erfüllt und noch dazu eine schöne Frau gefunden. Von welchem Stamm kommt sie?«

»Sie ist ohne Stamm am großen Fluss aufgewachsen«, erklärte Cauré.

Nakitao nickte. »Ich habe davon gehört, dass es solche Menschen gibt.« Er sah Jandeira mitleidig an. »Du kannst froh sein, nun ein neues Volk gefunden zu haben«, sagte er an sie gewandt.

Jandeira lächelte. »Das bin ich, großer Bruder.«

»Dann lasst uns eure Rückkehr feiern«, sprach Nakitao und ging ihnen würdevoll voran. Er hat sich verändert, dachte Cauré erleichtert.

Als hätte Takawe seine Gedanken erraten, sagte er zu ihm: »Nakitao ist reifer und nachdenklicher geworden. Er hat sogar Frieden mit den Makarati geschlossen. Diesem Umstand verdanken wir es, dass wir nun nicht auf dem Plateau der *hutu pata* leben müssen.«

Erst jetzt verstand Cauré, weshalb der Shabono der Hapuweteri in einem talähnlichen Einschnitt am Fuße des Plateaus stand. Es befand sich nur wenige Stunden von dem Ort entfernt, wo sie die Weißen zurückgelassen hatten. Bei gebratenem Affenfleisch berichtete Cauré den Hapuweteri, wie es ihm ergangen war. Er erwähnte auch seine Träume von der weißen Frau, die ihm das Leben gerettet hatte.

»Sie ist Teil meines utupé«, erklärte er mit fester Stimme.

Er machte sich innerlich auf großen Protest gefasst, wenn er seinen Brüdern erzählte, dass er noch einmal Weiße zu ihnen bringen würde. Tatsächlich ging ein lautes Raunen durch die Menge. Doch es war Nakitao, der diesem Einhalt gebot.

»Lasst ihn erklären, weshalb er noch einmal weiße Napé zu uns bringt«, unterband er die empörten Zwischenrufe.

Cauré sah seinen Bruder dankbar an. Dann erzählte er ihnen von seiner besonderen Verbindung zu dieser Frau, deren Augen wie ein Jaguar leuchteten.

»Sie ist gekommen, um die Geister auf dem *hutu pata* endgültig zu beschwichtigen«, erklärte er mit fester Stimme. »Sie wird nach oben gehen und sie für immer mit uns versöhnen – und ich werde ihr dabei helfen.«

Erneut ging ein Raunen durch die Menge. Doch dieses Mal war es voller Zustimmung. Selbst in Nakitaos Augen sah Cauré ein anerkennendes Blitzen.

»Dann sollen uns die Fremden willkommen sein«, stimmte er zu.

42

Miou folgte dem Pfad, der zu den verlassenen Gärten der Hapuweteri führte. Das Licht der aufgehenden Sonne begann die dampfenden Nebelschwaden langsam aufzulösen. Sie war früh aufgestanden, um etwas Zeit für sich allein zu haben. Sebastian und die anderen Dorfbewohner schliefen noch in ihren Hängematten. Hinter den verlassenen Gärten der Indianer befand sich ein Bachlauf, in dem sie ungestört ihre Morgenwäsche verrichten wollte.

Sie hatte den Platz erst am Vortag entdeckt. Der freizügige Umgang, den die Hapuweteri miteinander pflegten, war für Miou äußerst befremdlich. Sie würde sich wohl niemals an die Sitten dieser Wilden gewöhnen können. Ständig wurde man von den Frauen und Kindern körperlich berührt und umarmt. Amber hatte ihr erklärt, dass es ein Zeichen von Freundlichkeit und Fürsorge war, aber aufgrund ihrer Erziehung war ihr diese vertrauliche Nähe schlichtweg zuwider. Einmal hatte eine der Frauen sogar versucht, ihre Röcke anzuheben, um zu schauen, was sie darunter trug. Sie hatte der Frau einen Schubs gegeben und entsetzt aufgeschrien. Ebenso empörend war es, dass diese Wilden bis auf eine Hüftschnur so gut wie nackt herumliefen. Diese Menschen kannten offenbar keinerlei Scham. Niemals war man allein. Selbst die Vertraulichkeiten zwischen Männern und Frauen waren hier kein Geheimnis. Wenn sie abends neben Sebastian und den anderen in der Hängematte lag, hörte sie oft das Keuchen und Stöhnen von Liebenden. Sie fand es so peinlich, dass sie es nicht einmal ertragen konnte, wenn Sebastian ihr auch nur einen heimlichen Kuss gab. Er dagegen schien an dieser empörenden Offenheit weit weniger zu leiden als sie.

Für Miou wurde der Aufenthalt im Dschungel jeden Tag bedrückender. Zwar kam sie mit den täglichen Strapazen des Dschungellebens erstaunlich gut zurecht, doch je länger sie sich in dieser grünen Hölle aufhielt, desto mehr wuchs ihre Angst um ihre gemeinsame Zukunft mit Sebastian. Wie sollte es mit ihnen beiden nur weitergehen? Sie konnten sich schließlich nicht ihr Leben lang hier im Dschungel verstecken. Die Hapuweteri mochten freundliche Menschen sein, aber in ihrer Lebensweise so fremd, dass sie sich niemals an ihre Sitten und Gebräuche gewöhnen wollte. Nicht auszudenken, dass sie hier womöglich den Rest ihres Lebens würde verbringen müssen.

Am Tag zuvor waren Amber und Rhys endlich mit Cauré und Jandeira aufgebrochen, um das Felsmassiv zu erkunden. Rhys hatte weitere Spuren einer alten Kultur entdeckt. Mitten im Dschungel war er auf behauene Steine gestoßen, die darauf schließen ließen, dass es einmal einen befestigten Weg gegeben hatte. Außerdem hatten sie unweit des Shabono der Hapuweteri den Teil einer Steinfigur gefunden, die noch Reste einer Vergoldung aufwies.

Sebastian, den weniger die Altertümer als die Tier- und Pflanzenwelt interessierten, war bei Miou im Tal geblieben. Er hatte Freundschaft mit Caurés Bruder Nakitao geschlossen, der ihn auf seinen täglichen Erkundungsgängen gern begleitete und ihm einige interessante Spezies gezeigt hatte. Aus diesem Grund war Miou die meiste Zeit allein im Shabono. Sie vermisste ihn und war ein wenig enttäuscht, dass er sie über seiner

Arbeit so oft vernachlässigte. Amber und Jandeira fehlten ihr ebenfalls. Außerdem beneidete sie die beiden Frauen darum, dass sie ihr Lebensglück bereits gefunden hatten.

Kurz bevor sie den Bachlauf erreichte, riss sie ein lautes Knacken aus ihren Gedanken. Es war nicht weit entfernt und musste von einem größeren Tier stammen. Aus Furcht, ihm direkt vor die Füße zu laufen, blieb sie stehen und lauschte. Ich hätte vielleicht doch nicht alleine gehen sollen, schoss es ihr durch den Kopf. Wer weiß, was für eine Bestie da im Gebüsch auf sie lauerte? Sie erwog ernsthaft, umzukehren und auf das ersehnte Bad zu verzichten. Genau in diesem Augenblick brach direkt vor ihr ein Tapir durch das Unterholz, querte ihren Pfad und verschwand ebenso schnell, wie er gekommen war, auf der anderen Seite. Miou atmete erleichtert auf und war froh, mit dem Schrecken davongekommen zu sein. Sie schalt sich selbst für ihre kindische Angst. Wenig später erreichte sie endlich den Bachlauf. Sie setzte sich auf einen Stein und begann die Schnürsenkel ihrer Stiefel zu lösen, als direkt hinter ihr ein erneutes Knacken ihre Aufmerksamkeit erregte.

Noch bevor sie sich umdrehen konnte, spürte sie die Bedrohung.

Sebastian fühlte sich grob an der Schulter gepackt und öffnete benommen die Augen. Es war Nakitao, der ihn so früh geweckt hatte. Der Hapuweteri gab ihm das Zeichen, ihm zu folgen. Erst da erinnerte er sich, dass er ihn heute auf die Jagd begleiten durfte. Sein Freund wollte ihm eine besondere Stelle zeigen, wo es viele Schmetterlinge und Frösche geben sollte. Er stand rasch auf und blinzelte in die gerade aufgehende Sonne. Sein Blick schweifte zu Mious leerer Hängematte neben sich.

»Wo ist sie hin?«, fragte er Nakitao. Mittlerweile beherrschte er einige wichtige Redewendungen in der Sprache der Hapuweteri.

»Am Bach hinter den verlassenen Gärten«, verstand er. Sebastian war sofort beruhigt. Miou hatte ihm am vorigen Abend erzählt, dass sie dort einen ungestörten Waschplatz entdeckt hatte. Einen Augenblick dachte er darüber nach, sie vor ihrem Aufbruch noch dort aufzusuchen, doch Nakitao drängte ihn zum Aufbruch.

Der Ausblick von dem Plateau des Tafelberges war atemberaubend. Hoch über ihnen wölbte sich das azurblaue Himmelszelt wie ein Baldachin. Tief unter ihnen breitete sich bis an den Horizont das grüne Meer des Amazonasbeckens aus. Amber genoss die befreiende Weite und war froh, für eine Weile den Bäumen, Lianen und dem Blättergewirr des Dschungels unter ihnen entkommen zu sein. Der Aufstieg auf die Hochebene war überaus beschwerlich und an vielen Stellen gefährlich gewesen. Es hatte beinahe einen ganzen Tag gedauert, bis sie zusammen mit Rhys die zerklüftete Hochebene erreicht hatte. Doch nun wurden sie für ihre Mühen belohnt. Im späten Nachmittagslicht leuchteten unter ihnen die golden glänzenden Flüsse. Sie schlängelten sich durch das dunkelgrüne Dickicht des Dschungels. Fern am Horizont türmten sich dunkle Gewitterwolken wie ein Amboss in die Höhe, doch sie stellten weniger eine Bedrohung dar als vielmehr eine spektakuläre Kulisse. Amber war hingerissen von dem überwältigenden Naturschauspiel, das sich ihnen bot. Sie merkte nicht, dass Cauré neben sie getreten war.

»Spürst du die Kraft des *hutu pata*?«, fragte er sie.

Amber wollte ihm gerade antworten, als ein kräftiger Windstoß sie beinahe aus dem Gleichgewicht brachte. Rhys musste sie stützen.

»Diese plötzlichen Winde sind merkwürdig«, stellte er fest.

Amber überkam ein seltsames Frösteln. Ihr war, als höre sie Stimmen in den nun rasch aufeinanderfolgenden Windböen. Dann wurde es wieder still. Kein Windhauch war mehr zu spüren.

»Sieh nur dort drüben«, rief Rhys und deutete hinter sie. Ihr Blick folgte seinem Arm über die Hochebene. Sie war zerklüftet und mit niederem Buschwerk bewachsen. Daraus erhoben sich merkwürdige Steine und Felsformationen. Sie sahen aus wie riesige Murmeln, die ein Riese aufeinandergetürmt hatte. In einiger Entfernung entdeckte sie eine besonders merkwürdige Ansammlung von Felsen, von denen strahlenförmige Wege abgingen. Sie waren zum Teil von Gestrüpp überwuchert und deshalb nicht auf Anhieb zu erkennen.

»Was ist das?«

Sie sah, wie sich Rhys' Blick verklärte, bevor er ihr antwortete.

»Das sieht ganz so aus, als hätten wir gefunden, wonach wir suchen.«

Er machte sich von ihr los und eilte auf die Felsformation zu. Amber wollte ihm folgen, doch Cauré hielt sie zurück. Seine waldgrünen Augen ruhten prüfend auf ihr.

»Spürst du die Kraft der *hutu pata* jetzt?«, fragte er nochmals.

Amber wusste nicht, was sie darauf antworten sollte. Natürlich spürte sie, dass dies ein besonderer Ort war, aber sie wusste nicht, worauf Caurés Frage abzielte.

»Was möchtest du von mir?«, verlangte sie zu wissen.

Der Hapuweteri legte den Kopf schief. »Das weißt du nicht?« Seine Stimme klang enttäuscht.

Amber schüttelte den Kopf.

»Ich träume schon sehr lange von dir«, erklärte ihr Cauré mit ruhiger Stimme. »Und ich bin mir sicher, dass auch du meine Traumbotschaften erhalten hast!«

Amber sah ihn verwirrt an. Als sie für einen kurzen Augenblick ihre Augen schloss, waren die Träume so präsent, als würde sie sie gerade erleben. Da waren die Indianer in dem Boot, das auf den Abgrund zusteuerte. Sie waren leblose Gestalten, die ihr Angst einflößten. Sie war ihnen ausgeliefert. Oberhalb des Wasserfalls stand ein einsamer Mann. Er hatte Ähnlichkeit mit Cauré. Er war es gewesen, der sie ermuntert hatte, aus dem Boot zu springen, das in den Abgrund trieb. Er war es gewesen, der sie von ihrem schrecklichen Albtraum erlöst hatte. War das Wirklichkeit oder spielte ihr einfach nur die Fantasie einen wilden Streich?

»Ich weiß nicht, was du meinst«, antwortete sie unsicher.

Cauré lächelte wissend. »Warum hast du Angst vor dem, was du siehst?«, fragte er sie. »Du brauchst dich nicht vor den Kräften zu fürchten, die in dir schlummern. Du musst lernen, sich ihnen zu stellen. Die Kraft, die in dir wohnt, ist sehr groß, du musst sie nur zulassen. Du bist eine Shapori.«

»Du irrst! Ich bin keine Shapori«, widersprach Amber heftig. Cauré sollte endlich wissen, dass sie ihn belogen hatte. Doch Cauré zeigte sich nicht beeindruckt.

»Erinnere dich an deinen Schmerz, von dem du dich befreit hast. Ich habe dich dabei unterstützt!«

»Was redet er für einen Unsinn?«, wandte sich Amber nun verunsichert an Jandeira.

Diese zuckte nur mit den Schultern. »Davon verstehe ich nichts.«

Cauré fuhr unbeirrt fort: »Ich weiß von deinem Verlust. Dein Schmerz war so groß, dass selbst ich ihn gespürt habe. Oder willst du das leugnen?«

Trotz der Hitze fröstelte es Amber. Dieser Wilde tat gerade

so, als wüsste er über den schrecklichen Verlust ihres ungeborenen Kindes Bescheid. Es war wahr, sie hatte damals sterben wollen, doch dann hatte sie dem kleinen Francis das Leben gerettet und in den Fieberträumen, die sie danach heimgesucht hatten, wieder neuen Lebensmut gefunden. Spielte Cauré wirklich darauf an?

»Ich hatte tatsächlich merkwürdige Träume in der Vergangenheit«, gestand sie ihm zögernd ein. »Noch in England träumte mir, dass ich mit einem Boot auf einen tödlichen Wasserfall zutrieb«, sagte sie mehr zu sich selbst. »Alles sah genauso aus wie hier. Mir kommt es tatsächlich so vor, als wäre ich schon einmal früher hier gewesen …«

»Erzähl weiter!«

Amber musste nicht überlegen: »Die Strömung des Flusses riss uns mit sich. Es gab keine Rettung …«

»Und dennoch bist du nicht mit dem Boot abgestürzt«, ergänzte Cauré ihren Traum, als hätte er ihn selbst geträumt. »Denn du bist nicht sitzen geblieben, sondern hast dich durch einen Sprung aus dieser Falle befreit.«

»Woher weißt du das?« Amber war nun wirklich verunsichert. »Ich habe niemandem davon erzählt!«

Cauré zuckte mit den Schultern. Für ihn schien das alles selbstverständlich zu sein.

»Es sind die Xapiripé, die wollten, dass sich unsere Wege kreuzen. Komm nun. Wir haben noch viel vor uns.«

Er ließ sie stehen und folgte Rhys zu den Felsen.

»Hast du wirklich gedacht, du könntest dich ungestraft aus dem Staub machen?«

Die Finger, die sich schmerzhaft in Mious Schulter gegraben hatten, ließen sie abrupt los. Sie schnellte in die Höhe und sah sich voller Entsetzen ihrem Vater gegenüber. Seine

Stimme klang bedrohlich ruhig. Sie hatte mit allem gerechnet, nur nicht damit, ihm plötzlich gegenüberzustehen. Wie ein Dämon war er aus dem grünen Dickicht aufgetaucht. Ihr erster Schreck wich zornigem Trotz. Mit funkelnden Augen betrachtete sie sein ausgemergeltes Gesicht, das noch eingefallener und fahler aussah als sonst. Seine tiefliegenden Augen huschten unstet umher, als seien sie ständig auf der Suche nach irgendetwas. Auch seine einst so teure Kleidung sah schmutzig und zerrissen aus. Direkt hinter ihm tauchte Carlos dos Santos auf. Im Gegensatz zu ihrem Vater schienen ihm die Entbehrungen des Dschungels nicht viel anhaben zu können. Sein steinharter Blick wollte sie einschüchtern. Das erkannte sie sofort. Etwas Brutales und Eiskaltes lag darin. Miou spürte, wie ihr Trotz erlahmte. Plötzlich wusste sie, dass sie verloren hatte.

»Wie habt ihr uns gefunden?«, fragte sie kraftlos.

Die Nasenflügel ihres Vaters blähten sich verächtlich.

»Das war einfacher, als du es dir vorstellen kannst.« Er trat rasch auf sie zu und hob mit seinem Zeigefinger ihr Kinn an. »Pater Thomas hat uns vor seinem Tod verraten, dass ihr zu den Waimiri gegangen seid …«

»Pater Thomas ist tot?«, hauchte Miou entsetzt. Sie begann vor Entsetzen unkontrolliert zu zittern. Durch Tiagos Finger unter ihrem Kinn war sie jedoch gezwungen, seinem Blick standzuhalten. Sie sah darin Enttäuschung, Verbitterung und etwas anderes, was ihr noch viel mehr Angst machte.

»Du trauerst also um diesen Pfaffen?«, fragte sie ihr Vater leise und ließ sie abrupt los. »Du solltest lieber froh sein, dass er nicht mehr lebt, denn sobald wir hier fertig sind, wird es keinen mehr geben, der deinem Glück mit meinem Freund Carlos im Weg steht.« Miou spürte, wie die nackte Angst ihren Nacken hochkroch und sie zu einer Salzsäule erstarren ließ.

»Ich kann Carlos nicht mehr heiraten«, brachte sie mit einem letzten Rest von Mut heraus. »Ich bin bereits mit Sebastian Stix vermählt.«

Statt einer Antwort bekam sie von ihrem Vater einen Schlag mit der flachen Hand verpasst. Er war nicht besonders fest, dennoch äußerst schmerzhaft und demütigend. Miou biss die Zähne zusammen. Als ihr Vater erneut ausholte, ging Carlos dazwischen.

»Lass sie in Ruhe«, fuhr er ihren Vater an. Sein vernarbtes Gesicht zeigte keinerlei Regung. »Um mein Weib werde ich mich später höchstpersönlich kümmern. Lass uns das hier endlich zu Ende bringen. Ganz in der Nähe muss das Dorf dieser verdammten Indianer sein, von denen der Kasike der Waimiri gesprochen hat.«

Miou schauderte, als sie hinter ihrem Vater und Santos noch eine Handvoll anderer Bewaffneter erkannte. Unter ihnen war auch Karuna von den Waimiri. Er sah mitgenommen aus. Sie mochte sich nicht vorstellen, was dos Santos' Männer bei den Waimiri angestellt hatten. Ein schmerzhafter Griff um ihren Oberarm riss sie zurück in die Realität. Es war dos Santos, der ihr unmissverständlich klarmachte, dass sie sich nun in seiner Gewalt befand.

»Nun los«, knurrte er ungehalten, »zeig uns, wo sich deine sauberen Freunde versteckt halten.«

Die Hochebene auf dem flachen Tafelberg erschien ihnen wie eine entrückte Welt. Im Gegensatz zu dem dunklen Pflanzenwirrwarr des Dschungels war die Landschaft hier oben karg und rau. Nackte, ausgewaschene Felsen, die sich zu merkwürdigen Formationen aufgetürmt hatten, und niederes Buschwerk bestimmten ihr Aussehen. Dazu kamen unvorhersehbare Winde, die so plötzlich brausend auffrischten, wie sie wieder verschwanden. Gegen Abend war Nebel aus dem Nichts aufgezogen und hatte sie wie in eine dichte Decke umhüllt. Sie hatten die Nacht in der Nähe von Felsen verbracht, die ihnen einigermaßen Schutz vor dem Wetter boten. Das haushohe Gestein war nicht ausgewaschen und rund wie die übrigen Felsen auf der Hochebene, sondern quadratisch wie riesige Spielwürfel. Unter dem moosähnlichen Bewuchs entdeckte Rhys am nächsten Morgen Einkerbungen und Ritzen, eindeutige Zeichen von menschlicher Handwerkskunst. Als sich der Nebel im Verlauf des nächsten Morgens lichtete, machte er sich sofort daran, die nähere Umgebung zu untersuchen. Er war sich sicher, dass dieser Ort einst für kultische Zwecke genutzt worden war. Der Zahn der Zeit hatte stark an allem genagt, sodass keine deutlichen Spuren zu erkennen waren. Doch die strahlenförmigen Wege, die von diesem Ort wegführten, sprachen dafür, dass hier einst das Zentrum eines Heiligtums oder von etwas Ähnlichem gewesen sein musste. Die Wege waren nur in der Nähe der Felsen zu erkennen und verloren sich sehr schnell in dem niedrigen, dornigen Dickicht auf dem Plateau.

Den ganzen Tag über tat er nichts anderes, als den Strahlenwegen zu folgen, in der Hoffnung, auf weitere menschliche Spuren zu stoßen. Ihm fiel auf, dass die Erde in einem bestimmten Umkreis erstaunlich dunkel war. Das ließ darauf schließen, dass hier einst viele Feuer gebrannt hatten. Als er dann auf Tonscherben und Knochen stieß, fand er seine Vermutung bestätigt. Nun war er sicher, dass hier einmal Menschen gelebt hatten. Aufgeregt sah er sich nach Amber um, um ihr seine Entdeckungen zu zeigen.

»Wir sind am Ziel«, verkündete er ihnen mit einem strahlenden Lächeln. »Ich habe keine Zweifel. Hier müssen vor langer Zeit einmal viele Menschen gelebt haben, die eine völlig andere Lebensweise besaßen als die Menschen, die heute diesen Dschungel bewohnen. Sie haben steinerne Wege angelegt und sich die Hochebene als Wohnsitz auserkoren. Hier oben konnten sie besser der Natur trotzen als unten im Dschungel. Wir sind etwas ganz Großem auf der Spur.« Er nahm Ambers Hand und zog sie mit sich zu einem der Felsen. »Siehst du diese Rundungen und Kanten? Sie sind von Menschenhand in diesen Fels geschlagen worden. Leider sind sie zu verwittert, als dass man erkennen könnte, ob es sich um ein Muster oder gar eine menschliche oder tierische Darstellung handelt. Vielleicht weiß ja Cauré …?« Er sah sich nach ihrem indianischen Freund um, der in einiger Entfernung stehen geblieben war und aufmerksam lauschte.

»Ist etwas?« Rhys hörte nur den erneut aufbrausenden Wind, der plötzlich als Böe zwischen den Felsen hindurchfegte und die trockene Erde aufwirbelte.

Cauré antwortete nicht, aber über sein Gesicht ging plötzlich ein Strahlen. Kurz darauf ertönte ein munteres *Quenky-quenky-quok-quok-quok,* und sein Tukan kam von der Steilkante her in unbeholfenem Hoch- und Sinkflug auf sie zugeflattert. Er tauchte einmal wieder völlig überraschend auf. Der Hapuweteri streckte seinen Arm aus, damit der Vogel darauf landen konnte. Rhys beobachtete den Tukan, der es diesmal vorzog, auf dem Boden neben seinem Freund zu landen. Dabei fiel sein Blick auf eine Stelle an den Wurzeln der Dornbüsche, die seine Aufmerksamkeit erregte. Unter dem Gestrüpp befanden sich flache Steinplatten. Sie waren eindeutig von Menschenhand geschaffen worden. Und was noch merkwürdiger war: Es sah so aus, als wären sie vor noch gar nicht langer Zeit einmal verschoben worden, denn ein Teil des Gebüschs war weniger hoch gewachsen als der Rest. Er nahm sein Messer und begann sofort daran zu kratzen. Cauré gesellte sich zu ihm.

»Dies ist der Ort, der zu den *hutu pata* führt«, sagte er, als wäre es selbstverständlich. »Mein Vater Takawe hat den Eingang einst vor vielen Jahren entdeckt. Dort unten tummeln sich launische Geister. Du musst sehr vorsichtig sein!«

»Du meinst, dass darunter der Eingang zu einer Höhle ist?«, fragte Rhys aufgeregt. Er wischte sich mit dem Ärmel den Schweiß von der Stirn und machte sich sofort weiter an die Arbeit. Caurés Warnung kümmerte ihn wenig. Stattdessen spürte er ein erwartungsvolles Kribbeln im Nacken. Seine Spannung wuchs, als er merkte, dass sich tatsächlich ein Hohlraum unter den Steinen befand. Ungeachtet der spitzen Dornen versuchte er, die Steine freizulegen. Wenn Cauré recht hatte, dann befand sich hier womöglich eine unterirdische Kammer oder ein Grab.

»Hilf mir«, bat er den Hapuweteri. »Ich glaube, einer der Steine lässt sich bereits bewegen.«

Der Freund half ihm bereitwillig. Nach etwa zwei Stunden hatten sie zwei rechteckige Steine freigelegt. Rhys sah sich nach einem brauchbaren Hebel um. Doch das Gestrüpp, das auf dem Hochplateau wuchs, war viel zu dürr und brüchig, als dass es als brauchbares Werkzeug dienen konnte.

»Wir müssen zurück in den Dschungel, um etwas Geeignetes zu holen«, meinte er aufgeregt. Doch ein Blick auf die untergehende Sonne belehrte ihn eines Besseren. »Leider wird das vor morgen früh nicht gehen.«

Takawe hatte die Nacht unter dem Einfluss des Yakoana verbracht. Dank der Droge hatte er in die Zukunft geschaut. Das, was die Xapiripé ihm gezeigt hatten, machte ihm Angst. Er konnte nur hoffen, dass die Bilder nichts als launischer Schabernack der Geister waren, die ihn narren wollten. Doch ein ungutes Gefühl blieb zurück.

Gerade als er sich erheben wollte, tönten mehrere ohrenbetäubende Donnerschläge durch die Lichtung. Kurz darauf störten Hilfeschreie und Kindergebrüll die Ruhe des Morgens. Noch ehe er seine müden Knochen aus der Hängematte gehievt hatte, sah er die Napé kommen. Sie waren ebenso hellhäutig und behaart wie ihre Gäste, doch diese hier kamen als Feinde. Er rief nach Nakitao und den anderen wehrkräftigen Männern des Dorfes. Doch sie waren bereits im Morgengrauen zur Jagd aufgebrochen. Im Shabono waren nur hilflose Alte, Frauen und Kinder. Er straffte seinen Körper, griff nach seiner Kriegskeule und ging den Männern mit wackligen Schritten entgegen. Als er sah, dass die Napé seinen alten Freund Karuna mit sich schleiften, wusste er, dass die Geister ihm die Wahrheit gesagt hatten.

Der Kasike der Waimiri wurde von einem narbengesichtigen Mann zu Boden hingestoßen. Takawe konnte sehen, dass sie ihn misshandelt hatten.

»Verzeih, mein Bruder«, begrüßte ihn Karuna mit Tränen in den Augen. »Ich musste die Napé zu euch führen. Sie haben unsere Frauen und Kinder als Geiseln.«

»Was wollen die hier?«, fragte Takawe. Statt einer Antwort stieß ihn der narbengesichtige Napé vor die Brust.

»Bist du der Anführer?«, herrschte er ihn unfreundlich an. Er beherrschte ein wenig die Sprache der Waimiri.

Takawe nickte. Er musste mit ansehen, wie die Napé einige seiner Brüder brutal niederschlugen. Sie waren alte Männer wie er oder Knaben, die noch nicht einmal im Mannesalter waren. Diese Menschen kannten keine Würde. Voller Trauer sah er, wie sich die Frauen und Kinder verängstigt in einer Ecke zusammenkauerten, als wären sie eingeschüchterte wilde Tiere. Auch die junge Napé, die sie Miou nannten, war unter ihnen. Sie war ebenfalls geschlagen worden und kauerte weinend auf dem Boden.

»Wo sind die anderen Weißen?«, verlangte das Narbengesicht zu wissen. Takawe sah lodernden Hass in seinen Augen. Noch einmal wanderte sein Blick über seine misshandelten Brüder und Schwestern. Es wurde Zeit zu tun, was ihm bestimmt war.

»Ich werde euch zu ihnen bringen«, sagte er.

Bevor sie aufbrachen, musste Takawe mit ansehen, wie die Napé seinen Shabono zerstörten. Sie zerschlugen jedes einzelne Tongefäß und durchsuchten jeden noch so kleinen Winkel. Als sie an seinem Feuer die glänzenden Steine fanden, die sein utupé waren, gerieten sie außer sich. Takawe verstand ihre Aufregung nicht, denn die Steine waren hübsch anzusehen, ansonsten aber völlig wertlos. Besonders der zweite Anführer, ein großer Mann mit einer krummen Nase, geriet außer sich.

»Wo hast du das her?«, ließ er ihn fragen. »Gibt es noch mehr davon?« Seine Augen funkelten vor Gier.

Takawe deutete auf den Berg. »Die Sonnensteine gibt es an vielen Stellen hier unten im Tal, aber oben auf dem Berg wachen die Xapiripé über einen ganzen Schatz.«

Das Narbengesicht und der Krummnasige gerieten außer sich. Sie schlugen sich gegenseitig auf die Schulter und lachten wie irre. Dann steckten sie die Sonnensteine in ihre Taschen und drängten zum Aufbruch. Drei ihrer Männer blieben mit Miou im Shabono. Zu fünft brachen sie auf, um den Berg zu besteigen.

Mit vereinten Kräften gelang es den beiden Männern, eine der massiven Steinplatten anzuheben. Darunter befand sich – wie von Cauré angekündigt – tatsächlich der Eingang zu einer verborgenen Kammer. In den Fels geschlagene Stufen führten durch einen schmalen Einstieg in ein dunkles Loch.

»Was uns dort unten wohl erwarten wird?« Rhys drückte aus,

was sie alle beschäftigte. Er machte sich sofort daran, eine ihrer beiden Petroleumlampen zu entzünden. In diesem Augenblick ertönte ein dumpfes Grummeln aus den Tiefen des Berges. Vögel erhoben sich aus dem Geäst des Baumes und flogen davon. Selbst Caurés Tukan wurde so unruhig, dass er sich ein Versteck suchte. Ohne Ankündigung tanzten heftige Windböen über die Hochfläche, jede neue heftiger als die vorangegangene. Der Wind war heiß und trocken, ganz anders als das Klima unten im Dschungel. Unmengen von Sand wurden aufgewirbelt und schlugen ihnen wie scharfe Eissplitter entgegen. Amber hob schützend die Arme vor ihr Gesicht. Rhys packte sie an der Hand und zog sie in den Schutz eines nahen Felswürfels. Dort kauerten sie nieder und warteten, bis der Spuk sich wieder gelegt hatte. Auch die beiden Indianer hatten dort Schutz gesucht.

»Was war das denn?«

Amber keuchte vor Anstrengung. Die Luft knisterte vor Hitze und aufgeladener Energie. Sie hatte noch nie etwas Ähnliches erlebt.

»Das sind die Xapiripé«, antwortete Cauré tonlos. Amber bemerkte sein angespanntes Gesicht. »Sie sind böse, weil wir ihre Ruhe stören.«

»Das sind nur fallende Höhenwinde, die durch die Bodenreibung auf dem Plateau abgebremst werden«, widersprach Rhys nüchtern. »Das ist eine ganz normale Wettererscheinung, die ganz gewiss nichts mit Geistern zu tun hat.«

Er warf Amber einen beruhigenden Blick zu, doch sie erkannte sehr wohl, dass auch er sich hier oben nicht besonders wohlfühlte.

»Der Wind hat sich gelegt. Es wird Zeit, dass wir endlich einmal nachsehen, was sich dort unten verbirgt.« Rhys nahm die Petroleumlampe und begab sich zusammen mit Cauré zu dem Einstieg. Als Amber ihnen ebenfalls folgen wollte, hinderte Rhys sie daran. »Es ist besser, wenn ihr beide hier oben bleibt. Falls wir in einer Stunde nicht zurück sind, müsst ihr absteigen und bei den Hapuweteri Hilfe holen. Bleibt im Schutz der Felsen, dort können euch die Winde nur wenig anhaben.«

Amber wollte ihm widersprechen, doch Rhys drückte kurz ihre Schultern und sah sie bittend an. Natürlich wusste sie, dass er recht hatte.

Nach etwa einer halben Stunde kehrten die beiden Männer wieder zurück. Rhys war völlig aus dem Häuschen. In seinen Händen hielt er einen stabähnlichen Gegenstand, an dem Spuren von Vergoldung zu sehen waren.

»Nun gibt es keine Zweifel mehr, dass hier einmal ein bedeutendes Volk gelebt hat«, sprudelte es nur so aus ihm heraus. »Das muss ein Kultplatz gewesen sein. Diese Menschen waren Künstler. Du glaubst ja nicht, was dort unten alles zu sehen ist!« Er beschrieb Amber, dass die Treppe in etwa hundert Fuß Tiefe zu einer rechteckigen Kammer führte, in deren Mitte sich ein altarähnlicher Tisch befand. Entlang der Wände standen steinerne Bänke. »Als wir sie untersucht haben, fand ich heraus, dass sich eine der Sitzplatten verschieben ließ und den Weg zu einem verborgenen Gang frei machte. Leider ist der Zugang durch Geröll versperrt, doch ich bin sicher, dass Cauré und ich ihn in wenigen Stunden freilegen können.«

Er sah Amber mit glänzenden Augen an. Ihr wurde warm ums Herz. So glücklich hatte sie ihn schon lange nicht mehr gesehen. Seine Euphorie war nicht mehr zu bremsen.

»Es ist einfach fantastisch dort unten. So, als wäre die Zeit stehengeblieben. Ich möchte wissen, was mit diesen Menschen von damals geschehen ist. Wieso sind sie verschwunden? Ihre Kultur kann es leicht mit den Inkas, ja womöglich mit den alten Ägyptern aufnehmen. Rund um die Kammer verläuft ein Fries, der mit zahlreichen Ornamenten und Figuren verziert ist. Er wurde in den Fels geschlagen und zum Teil mit Edelsteinen und Goldornamenten bestückt. Caurés Amulett muss von dort stammen. Das Symbol mit den Onyxen taucht immer wieder auf. Amber! Wir haben es geschafft!« Er lachte, um sie dann an den Händen zu fassen und stürmisch an sich zu ziehen. »Lass uns keine Zeit verlieren und sieh dir das Wunder selber an.«

Cauré hoffte, dass die weiße Napéfrau wusste, was sie tat. Sie begab sich in große Gefahr. Ganze Heerscharen von übellaunigen Xapiripé rückten aus den Tiefen des Dschungels bereits heran, und sie machte sich daran, noch mehr von ihnen aus dem Erdinneren herauszulocken. Wie wollte sie die Geister bändigen? Gegen seinen Willen half er seit Stunden, den verschütteten Gang freizulegen, wohl wissend, dass dahinter nur noch mehr Unheil lauern konnte. Und trotzdem half er ihr. Er wusste selbst nicht, was ihn dazu brachte. Aber blieb ihm denn eine andere Wahl, als dieser Frau zu vertrauen? Er hatte seinem Volk versprochen, den Fluch der Xapiripé von ihnen abzuwenden, und seine Träume hatten ihm geweissagt, dass die weiße Shapori der Schlüssel dazu war. Also half Cauré weiter. Stein um Stein holten sie aus dem Gang heraus, bis sich endlich eine kleine Öffnung auftat. Rhys leuchtete mit der Lampe hinein. Dahinter schien der Weg frei.

»Wir haben es gleich geschafft«, rief er Amber freudig zu, die gerade dabei war, mit einem Kohlestock die Muster und Figuren an den Wänden abzuzeichnen. Sie hatte sich ohne Zögern in das Innere der Erde gewagt. Jandeira hatte sich dagegen angstvoll geweigert, in die Tiefe hinabzusteigen. Umso erstaunter war er, als er sie plötzlich doch auf der Treppe sah.

Sie war nicht alleine. Hinter ihr standen das Narbengesicht und seine Männer.

Seit Stunden trottete Sebastian über verschlungene Wege den Hapuweteri hinterher. Er hatte Mühe, ihnen hinterherzukommen. Die acht Jäger schritten schnell aus, denn sie hatten reiche Beute gemacht, die sie ihren Familien stolz präsentieren wollten. Auch Sebastian war erfolgreich gewesen. Voller Stolz trug er seine Botanisiertrommel über der Schulter. Es war ihm gelungen, einige wirklich besondere Schmetterlingsspezies einzufangen. Er war sich beinahe sicher, dass die meisten von ihnen noch niemals beobachtet worden waren. Er würde Miou eine Freude machen und den schönsten von ihnen nach ihr benennen. Damit versuchte er, sein schlechtes Gewissen zu beruhigen. Er hatte seine junge Frau in den letzten Tagen wirklich sträflich vernachlässigt. Er schob es auch darauf, dass sie beide in dem Shabono wirklich nie allein sein konnten. Besonders Miou litt darunter. Sie ertrug es nicht einmal, wenn er sie küsste, weil sie immer irgendjemand dabei beobachtete.

Seine Gedanken wurden abrupt in eine andere Richtung gelenkt, als Nakitao plötzlich stoppte und ein überaus besorgter Ausdruck in sein Gesicht trat. Es war nicht zu übersehen, dass etwas geschehen sein musste. Aufgeregt beriet er sich mit seinen Männern.

»Was ist los?« Sebastian konnte sich ihr Verhalten nicht erklären.

Nakitao deutete auf eine leiterähnliche Liane, die an einer Stelle tief mit einem Messer eingeritzt war. »Über heilige Liane gehen gute Wünsche zu den Xapiripé«, verstand Sebastian. »Wenn Liane mutwillig zerstört, dann Gefahr im Dorf.«

Der Zusammenhang war ihm immer noch nicht klar, aber

er begriff, dass die Männer ernstlich besorgt waren, weil sie in der schadhaften Liane ein Zeichen sahen. Nakitao ordnete größte Vorsicht an. Sie verließen den Trampelpfad und schlichen sich über Seitenwege unbemerkt an das Dorf heran. Schon von Weitem konnten sie erkennen, dass im Shabono etwas nicht in Ordnung war. Keines der Kinder spielte auf dem Versammlungsplatz. Über dem großen Gemeinschaftshaus herrschte eine gespenstische Ruhe. Nakitao befahl einem seiner Männer, die Lage zu erkunden. Wenig später kehrte er zurück.

»Napé haben Dorf überfallen«, erzählte der Mann aufgeregt.

Sebastian fuhr der Schreck in die Glieder. Das konnte nur eines bedeuten: De Andrade war ihnen auf die Spur gekommen.

Jandeira wurde mit einem derben Stoß auf den Boden der Kammer geschubst. Dort blieb sie reglos liegen, während das Narbengesicht und zwei seiner bewaffneten Männer über sie hinwegstiegen und ihre Gewehre auf die Anwesenden richteten. Auf dem Treppenabsatz standen de Andrade und der alte Takawe.

Amber, die der Treppe am nächsten stand, entdeckte die Eindringlinge gleich nach Cauré. Sie stieß einen entsetzten Schrei aus.

»Hände hoch«, rief dos Santos, während er die gestürzte Jandeira hochriss und zu ihr hinüberschubste.

Amber hob ihre Arme, Cauré tat es ihr gleich. Kurz darauf erschien Rhys aus dem verborgenen Gang.

»Was ist hier los?«, verlangte er zu wissen. Im nächsten Augenblick sah er in die Mündung eines Gewehres. Rasch hob auch er die Hände.

De Andrade lächelte siegessicher und stieg die letzten Stufen in die Kammer hinab. »So sieht man sich wieder.« Er beleuchtete mit seiner Fackel die verzierten Wände und stieß ein anerkennendes Pfeifen aus. »Ich habe immer gewusst, dass Ihr Euch auf keine halben Sachen einlasst, Rhys. Ihr seid ein brillanter Altertumsforscher. Das muss man Euch lassen.« Er trat auf ihn zu und betrachtete ihn abschätzig. »Nur schade, dass Ihr von alldem nichts mehr haben werdet.«

»Was soll das Spektakel?«, empörte sich Rhys. »Nehmt sofort Eure Waffen herunter und behandelt uns wie anständige Menschen.« Er versuchte seine Hände zu senken, doch im gleichen Augenblick bohrte sich ihm die Mündung eines Gewehres in den Bauch.

»Besser, Ihr haltet Euch an meine Spielregeln.« Tiago lächelte boshaft und kostete seine Überlegenheit sichtlich aus.

Unterdessen hatte dos Santos mit einem Messer einen faustgroßen blaugrün schillernden Turmalin aus der Wand gelöst und reichte ihm den kostbaren Edelstein.

»Allein damit bist du deine Geldsorgen los, Tiago«, meinte er mit einem gierigen Blitzen in den Augen. Er hob seine Pistole und setzte sie Rhys an den Kopf. »Lass uns dieses Pack beseitigen und dann die restlichen Klunker einsammeln.«

Er entsicherte die Waffe und legte den Finger an den Abzug.

Amber schrie vor Entsetzen auf. De Andrade legte seine Hand auf den Lauf und schob ihn nach unten.

»Wo ist Stix?«, fragte er und sah sich misstrauisch um. »Mit ihm möchte ich als Erstem abrechnen.«

»Er ist nicht bei uns«, sagte Rhys mit zusammengekniffenen Lippen. Tiago glaubte ihm nicht und befahl einem der Männer, draußen nach ihm zu suchen. Nach wenigen Minuten kehrte dieser unverrichteter Dinge zurück. »Da ist niemand!«

»Er ist unten im Dorf geblieben, bei seiner Frau«, sagte Amber trotzig. »Ihr solltet Euch endlich damit abfinden, dass sie nicht Euer Eigentum ist.«

»Haltet besser Euren Mund, Lady Amber«, fauchte Tiago zornig. »Jetzt bin ich es, der hier das Sagen hat. Miou hat schon einen Vorgeschmack auf das bekommen, was sie demnächst erwartet. Mit Euch rechne ich dagegen jetzt ab.«

»Lass mich den hier zuerst erledigen«, meinte dos Santos und setzte dieses Mal Cauré die Pistole an den Kopf. »Dieses Mal besorge ich es dir richtig«, versprach er.

»Warte!« Tiago ging erneut dazwischen. »Vielleicht können sie uns ja noch von Nutzen sein.« Er wandte sich an Rhys, der mit seinem Körper den Eingang zu dem verborgenen Gang halb verdeckte. »Was befindet sich dahinter?«

»Ein Geheimgang. Leider verschüttet. Vermutlich liegen dahinter noch weitere Räumlichkeiten. Man muss ihn erst freilegen, bevor sich Näheres sagen lässt.«

»Dann macht gefälligst weiter. Los! Worauf wartet Ihr noch?«

Amber atmete bei de Andrades Worten erleichtert auf. Das verschaffte ihnen immerhin etwas Zeit.

»Der Indianer kann Franklin beim Graben helfen«, befahl er dos Santos. »Lass die Frauen und den Alten binden, und dann machen wir uns daran, die Höhle weiter zu erforschen.«

Amber, Jandeira und Takawe wurden zu dem Fuß der Treppe geschubst und dann an Händen und Füßen gefesselt. Während sich die Männer mit vereinten Kräften an den Aushub des verschütteten Ganges machten, ließ man sie in beinahe völliger Dunkelheit zurück. Nur von dem Einstieg drang ein kleiner Fleck Tageslicht zu ihnen herab. Amber versuchte ihre Handfesseln an einer Steinkante aufzureiben. Doch es war vergeblich. De Andrades Männer waren nicht zimperlich gewesen. Die Lianenfasern drangen tief in ihr Fleisch ein und brannten wie Feuer.

»Lass uns Rücken an Rücken sitzen«, flüsterte sie schließlich Jandeira zu. Sie sprach extra leise, damit niemand auf sie aufmerksam wurde. »Vielleicht können wir ja so die Fesseln lösen.«

Jandeira rutschte an sie heran, doch auch das war ein schwieriges Unterfangen, da die Knoten zu fest saßen. Schließlich mussten sie aufgeben.

»Es sind nur drei Napé«, berichtete Nakitao verächtlich. »Wir werden sie leicht überwinden.«

»Sie haben eiserne Feuer«, warnte Sebastian. Seit Nakitao ihm mitgeteilt hatte, dass Miou ebenfalls unter den Gefangenen war, kam er fast um vor Sorge. »Damit sind euch die Napé überlegen.«

Nakitao legte ihm beruhigend eine Hand auf die Schulter. »Auch unsere Frauen und Kinder sind in der Gewalt der Feinde. Wir werden ihr Leben schützen.«

Er gab seinen Männern das Zeichen, ihm zu folgen. Sebastian befahl er, in der Sicherheit des Dickichts auf ihre Rückkehr zu warten. Es war offensichtlich, dass der Hapuweteri ihn nicht bei der Kampfhandlung dabeihaben wollte. Doch Sebastian dachte gar nicht daran, untätig zu bleiben. Sobald die Hapuweteri außer Sicht waren, schlich er sich ebenfalls näher an den Shabono heran. Die größte Schwierigkeit bestand darin, die Lichtung um das Versammlungshaus zu überqueren. Aus diesem Grund hatten Nakitao und seine Männer die Dämmerung abgewartet. Im Schutze der einsetzenden Dunkelheit sah er, wie sie sich unbemerkt an den Shabono heranschlichen. Wenig später hörte er die ersten Schüsse.

Verdammt! Sie haben sie zu früh entdeckt, schoss es Sebastian durch den Kopf. Aus purer Angst um Miou vergaß er jede Vorsicht und rannte nun selbst ohne Deckung auf das Versammlungshaus zu. Dumpfer Qualm schlug ihm entgegen. Das große Palmdach hatte Feuer gefangen, und helle Flammen loderten gen Himmel. Es war nur eine Frage der Zeit, bis es ganz einstürzen würde. Angst- und Schmerzensschreie drangen aus dem Inneren des Shabono. Dann stürzten ihm die ersten Bewohner entgegen. Es waren die Frauen und Kinder, die man nicht gefesselt hatte. Miou war nicht dabei. Aus dem Inneren hörte er weitere Kampfgeräusche.

Außer einem Messer hatte Sebastian keine Waffe bei sich. Dennoch zögerte er keinen Augenblick, als er das flammende Inferno betrat. Er sah Miou bewusstlos an einer der Wände liegen. Um sie herum wurde verzweifelt gekämpft. Carlos' Männer schossen wahllos auf die angreifenden Indianer. Sebastian sah, dass Nakitao an der Schulter verletzt war, ein anderer Hapuweteri lag tot am Boden. Der junge Kasike ließ sich davon nicht beirren, sondern schwang eine Keule und drang weiter vor. Durch seinen wilden Angriff gelang es ihm tatsächlich, einen von de Andrades Männern zu entwaffnen und mit seiner Keule zu töten. Danach verlor Sebastian den mutigen Krieger aus den Augen. Rauchgeschwängerte Luft nahm ihm die Sicht und ätzte seine Lungen. Mit tränenden Augen tastete er sich weiter in die Richtung, wo er Miou vermutete. Er entdeckte vor sich eine der Kriegskeulen der Hapuweteri und nahm sie auf. In diesem Augenblick tauchte ein anderer von de Andrades Männern auf. Sebastian dachte nicht nach, sondern stürzte sich mit dem Mut der Verzweiflung auf ihn. Noch bevor er ihn erreichte, wurde er von einem grellen Mündungsfeuer empfangen.

»Ich werde es ihnen allen zeigen!«

Tiago konnte sein Triumphgefühl kaum unter Kontrolle halten. Nur noch ein winziger Schritt, und Ruhm und Macht würden ihn zu einem der einflussreichsten Menschen des Landes machen. Er hatte die Männer die ganze Nacht und einen großen Teil des folgenden Tages arbeiten lassen, bis sie endlich den gesamten Gang freigelegt hatten. Immer wieder waren sie auf ein neues Hindernis gestoßen. Steine und heruntergebrochenes Geröll hatten ihnen den Weg verstellt. Doch nun lag das Ziel in greifbarer Nähe. Der vor ihnen liegende Gang schien jetzt vollständig freizuliegen. Die Frage war nur, wohin er führte. Tiago nahm sich eine Fackel, um den Gang zu erkunden, doch dann zögerte er. Sein Instinkt riet ihm, vorsichtig zu sein.

»Ihr geht voran«, befahl er Rhys. Er zog es vor, kein unwägbares Risiko einzugehen. Einer der Männer drückte Rhys eine Fackel aus Lianenfasern und Baumharz in die Hand, mit der er sich vorsichtig durch den Gang tasten musste. Der Boden, aber auch die Wände und die Decke waren scharfkantig und uneben, als bestünden sie aus erkalteter Lava. In regelmäßigen Abständen waren glatte Trittplatten eingelassen, die das Vorwärtskommen erleichterten. Der lange Weg führte in Serpentinen bergab und endete in einer ähnlichen Kammer wie der oberen. Sie war bis auf die Frontwand karg und schmucklos. Tiago schob sich an Rhys vorbei und beleuchtete die behauene Wand. Sie zeigte eine wandfüllende Sonnenscheibe mit einer grimmig lächelnden Fratze darin. Aus den hohlen Augenhöhlen leuchtete es hell. Menschliche Totenschädel, aus denen blaue Amethyste funkelten, stellten die Augäpfel dar.

»Was zum Teufel soll das sein?«, fragte er Franklin. Dieser trat näher, um die Wand zu untersuchen. Er klopfte mit einem Stein dagegen.

»Dahinter scheint ein weiterer Hohlraum zu sein«, meinte er schließlich. »Ich nehme an, dass es irgendwo einen verborgenen Mechanismus gibt.«

Tiago ergriff das Jagdfieber.

»Dann findet ihn, verdammt noch mal!«

Als Franklin keinerlei Anstalten machte, sich zu rühren, stieß dos Santos ihm den Kolben seiner Pistole zwischen die Rippen, bis er laut aufstöhnte.

»Hast du nicht gehört, was mein Boss gesagt hat?« Auch er war sichtlich erregt.

»Ich denke kaum, dass die Erbauer dieser Tempelanlage bereit waren, fremde Menschen hier unten zu dulden«, stöhnte Rhys, indem er sich die Seite hielt. Dos Santos holte zu einem neuen Schlag aus. Tiago ging dazwischen.

»Was wollt Ihr damit sagen?«, fragte er lauernd.

»Ich glaube, dass es hier möglicherweise eine Falle gibt, die Räuber fernhalten soll. Ähnliches fand man bei den Gräbern der ägyptischen Pharaonen. Das Bild hier soll mit Sicherheit eine Warnung sein.«

»Und wenn schon«, schnaubte dos Santos ungeduldig. »Wir haben ein paar Stangen Dynamit dabei. Damit ist das Problem schnell gelöst.« Er fuhr sich über seine schweißnasse Stirn, obwohl es unter der Erde angenehm kühl war. »Diese Enge hier macht mich ganz verrückt.«

Tiago wusste, dass sein Freund in engen Räumen Beklemmungen bekam. Auch ihm war nicht ganz wohl in der Tiefe.

»Dann lasst es uns versuchen«, ordnete er an.

»Wenn wir hier unten Dynamit zünden, bricht womöglich die ganze Höhle zusammen«, gab Franklin zu bedenken.

»Was für ein Unfug! Ich werde nur eine kleine Sprengladung anbringen.«

Carlos gab einem der Männer den Befehl, ihm eine Stange Dynamit zu reichen. Er steckte sie in den Spalt neben der Sonnenfratze und befestigte eine Lunte daran.

»Bist du verrückt?«, protestierte Tiago. Doch Carlos ließ ihn nicht weiter zu Wort kommen.

»Mach dir nicht in die Hose, Amigo«, beruhigte er ihn. »Ich habe die kleine Sprengung voll im Griff. Na los! Worauf wartet ihr noch? Geht in Deckung!«

Die Umstehenden verzogen sich rasch in den Gang. Carlos folgte ihnen, sobald er die Lunte gezündet hatte. Kurz darauf füllte ein ohrenbetäubender Krach die unterirdischen Gemäuer, dem eine ungewöhnlich starke Druckwelle folgte. Der kurzen Stille, die daraufhin eintrat, folgte ein dumpfes Grollen aus dem Erdinneren.

»Das hört sich gar nicht gut an«, murmelte Franklin besorgt. »Ich hoffe nur, dass Ihr damit nicht eine Kettenreaktion ausgelöst habt.«

»Was meint Ihr damit?«, fragte Tiago misstrauisch. Doch Franklin zuckte nur mit den Schultern. Bevor sich ein Wortwechsel entwickeln konnte, kam Carlos strahlend zurück.

»Die Tür ist geöffnet. Dahinter befindet sich ein weiterer Raum. Er scheint unglaublich groß zu sein.«

Die ohrenbetäubende Detonation im Inneren des Berges holte Takawe in die Wirklichkeit zurück. Schnuppernd hielt er seine Nase in die Dunkelheit. Er konnte die Xapiripé nicht nur spüren, er roch sie auch. Wie Heerscharen befreiten sie sich aus der Dunkelheit des Berges und verteilten sich über die ganze Höhle. Sie machten sich für ihre letzte Schlacht bereit. Es wurde Zeit, dass die weiße Shapiro endlich handelte. Es lag nun in ihrer Hand, für das Gleichgewicht der Kräfte zu sorgen. Die Unruhe, die er in den letzten Tagen gespürt hatte, war verschwunden. Er wusste genau, was er tun musste.

Mit seiner brüchigen, alten Stimme begann er das Lied zu intonieren, mit dem er die Steine des Berges, seinen utupé, herbeirief. Während sich sein Geist in der Trance weitete, tastete er sich zu dem Bewusstsein der weißen Shapiro vor. Er wollte ihr zeigen, dass er an ihrer Seite stand. Die Zeit drängte. Seine Fesseln hatte er schon vor Stunden gelockert. Mit ein paar letzten Handgriffen befreite er Hände und Füße. Dann löste er die Fesseln der Frauen.

»Folge mir«, forderte er Amber ungeduldig auf. Jandeira schickte er zurück auf die Hochebene, damit sie dort wartete. Er erhob sich und tastete sich mit wackeligen Schritten zu dem verborgenen Gang.

Amber fühlte sich auf merkwürdige Art benommen. Der Gesang des Alten hatte eine seltsam beruhigende Wirkung auf sie. Wie selbstverständlich tappte sie hinter ihm her durch die undurchdringliche Dunkelheit, ohne zu wissen, wohin der Weg sie führte. Die langen Stunden in Fesseln hatten ihre Glieder taub werden lassen. Allein die Sorge um Rhys ließ sie jedoch ihre Schmerzen vergessen. Was war das nur für eine Explosion gewesen? Waren die Männer womöglich verschüttet worden? Und dann das unheimliche Grummeln im Berg. Sie meinte ein leises Vibrieren unter ihren Füßen zu spüren. Sie musste wissen, was mit Rhys geschehen war. Sie fingerte an ihrem Strumpfband herum und zog die kleine Pistole heraus. Dos Santos' Männer hatten sie zum Glück nicht entdeckt. Dann tastete sie sich durch die Dunkelheit zu Takawe, der auf sie wartete. Das Gehen fiel ihr weiterhin schwer. Über Serpentinen ging es stetig bergab. Plötzlich zerrissen Schüsse die beinahe gespenstische Stille. Starr vor Schreck blieb Amber stehen. War Rhys etwas geschehen? Takawe zupfte an ihrer Bluse und drängte sie zum Weitergehen.

Ambers Herz klopfte zum Zerspringen, als sie endlich das Ende des Ganges erreichten. Vor ihnen lag eine zweite Kammer. Auf dem Boden flackerte eine halb erloschene Fackel. Takawe hob sie rasch auf und beleuchtete damit den Raum.

Amber musste einen Schrei unterdrücken, als sie einen von dos Santos' Männern mit zerschnittener Kehle tot auf dem Boden liegen sah. Entsetzt wandte sie sich von dem schrecklichen Anblick ab. Von Rhys und den anderen war keine Spur zu sehen. Dann entdeckte sie im Dämmerlicht den gesprengten Spalt in der Wand. Der alte Hapuweteri bedeutete ihr zu folgen. Er stieg ungerührt über die Leiche und erwartete, dass Amber dasselbe tat. Mit zitternden Knien hob sie ein Bein über den Toten und folgte ihm.

Als sie sich durch den Spalt durchgezwängt hatten, tat sich eine hallenartige Höhle vor ihnen auf. Schwefliger Gestank und eine unglaubliche Hitze schlugen ihnen entgegen. Takawe führte sie auf einen halbkreisförmigen Balkon, von dem rechts und links grob in den Fels gehauene Treppen in die Tiefe führten. Sie sah, wie sie erst einen Bogen beschrieben, um sich weiter unten auf einer weiteren Plattform wieder zu treffen. Der Boden der Halle lag mindestens zweihundert Fuß unter ihnen und bestand aus glimmender Lava. Das erklärte die große Hitze in der Höhle. Die Feuerglut des Berges strahlte bis nach oben und tauchte den Raum in ein rötliches Dämmerlicht. Doch dafür hatte Amber jetzt keinen Blick. Von unten hörte sie Schritte. Dann einen weiteren Schuss. Sie entsicherte ihre Pistole und wollte gerade eine der Treppen hinunterstürmen, als sie Rhys laut aufschreien hörte. Dann verstummte der Schrei. Hals über Kopf nahm sie die Stufen und hastete dem glühenden Abgrund entgegen. Je tiefer sie kam, desto heißer und übel riechender wurde es. Die Luft wurde unerträglich stickig. Die Angst um Rhys trieb sie dennoch voran. Auf der gegenüberliegenden Treppe sah sie zwei Männer miteinander kämpfen. Sie erkannte Cauré, der nahe des Abgrunds mit dos Santos rang. Ein weiterer von dessen Männern näherte sich und zielte mit seinem Gewehr auf den Indianer. Amber überlegte nicht. Sie zielte ebenfalls und schoss in Richtung des Angreifers. Sie sah noch, wie er mit einem lauten Aufschrei in die Tiefe fiel, dann entdeckte sie Rhys, der reglos auf der unteren Plattform lag. Wahnsinnig vor Sorge nahm sie die letzten Treppenabsätze und ließ sich neben ihm auf den Boden fallen. Als sie die immer größer werdende Blutlache neben seinem Kopf entdeckte, schluchzte sie laut auf. Rhys' Augen waren geschlossen. Hastig ertastete sie seinen Puls. In diesem Augenblick hörte sie das Klicken einer Pistole an ihrer Schläfe.

Cauré rang immer noch mit dem Narbengesicht. Seit dem Augenblick nach der Sprengung, als es ihm gelungen war, einem der Männer sein Messer zu entwenden und ihn zu töten, hatten sich die Ereignisse überschlagen. Rhys und ihm war die Flucht in die Höhle gelungen. Während der Krummnasige Rhys verfolgte, war das Narbengesicht Cauré auf den Fersen geblieben und hatte ihn eingeholt. Immerhin war es ihm gelungen, dem Mann die Waffe aus den Händen zu schlagen. Doch das Narbengesicht war ihm körperlich überlegen. Nach einem Scheinangriff gelang es ihm, Cauré in den Schwitzkasten zu nehmen, aus dem er sich nicht mehr befreien konnte. Stück für Stück wurde er näher zu dem brodelnden Abgrund geschoben. Die Hitze waberte schier unerträglich zu ihnen hoch. Cauré versuchte, mit seinen Füßen nach dem Angreifer zu treten, doch der wich ihm geschickt aus. Endlich gelang es ihm doch, einen Arm freizubekommen. Mit letzter Kraft schlug er die Faust in die Nieren des Gegners. Der schrie auf und musste für einen Augenblick seinen Griff lockern. Damit hatte Cauré genügend Zeit, um sich aus dem Klammergriff zu befreien. Sie standen nun beide am Abgrund und ruderten mit den Armen. Dos Santos verlor als Erster den Halt und stürzte.

Noch im Fall griff er nach Caurés Arm und zog ihn mit sich. Cauré spürte, wie auch er über den Abgrund zu kippen drohte. Zwar rutschte die Hand des Gegners ab, und dieser stürzte mit einem gellenden Schrei in die Tiefe, doch für ihn war es ebenfalls zu spät.

»Es ist vorbei.« Tiago de Andrades Stimme bebte, während er sprach. »Allem Anschein nach sind nur noch wir beide übrig.« Er lachte irre.

Amber spürte in diesem Augenblick nichts als Verachtung für ihn.

»Ist es das, was Ihr wolltet?«, fragte sie mit zynischem Spott. »Von mir aus könnt Ihr alles haben. Ich bitte Euch nur darum, dass ich meinem Mann beistehen darf. Er ist verletzt!«

»Was kümmert es mich?«, schrie Tiago außer sich und breitete dabei weit die Arme aus. »Von heute an gehört mir die Welt!«

Trotz der Hitze fröstelte Amber bei seinem Anblick.

»Wie meint Ihr das?« Sie versuchte krampfhaft auf Zeit zu spielen.

Andrades Augen glitten wie Irrlichter durch die große Halle. Dann zeigte er auf eine weitere höhlenartige Kammer, die sich an die Plattform anschloss. Nur ein schmaler Durchgang führte hinein.

»Da drin befinden sich mehr Edelsteine und Gold, als Ihr Euch vorstellen könnt. Sie gehören nun alle mir!« Wieder lachte er irre auf, bevor sein flackernder Blick sich wieder ihr zuwandte. Seine linke Hand griff in seine Jackentasche, aus der er einen faustgroßen Turmalin zog. Amber gewann den Eindruck, dass er gerade im Begriff war, seinen Verstand zu verlieren. Doch sie hatte sich getäuscht. Von einem auf den anderen Augenblick war er erstaunlich gefasst, dann packte er ihren Arm und versuchte, sie mit seinem Reptilienblick zu durchbohren. Instinktiv verstand sie, dass er ihre Aufmerksamkeit brauchte, um seinen Triumph genießen zu können. »Der Diamant hier ist erst der Anfang«, sagte er. »Dort hinten …«, er wies erneut auf den schmalen Durchgang, »… liegen Berge von Gold und Edelsteinen. Das hier war die Schatzkammer eines großen Königs. Und jetzt gehört sie mir!« Er lachte erneut unbeherrscht auf. »Euer Gatte hat mich tatsächlich nach El Dorado geführt. Dank ihm werde ich der reichste Mann der Welt sein.«

»Ihr seid nichts als ein armer Teufel«, antwortete Amber voller Abscheu. »Was nützt Euch der Reichtum, wenn Ihr zu keiner menschlichen Regung fähig seid?«

Sie blitzte ihn wütend an, wohl wissend, dass ihre Wut an ihm abprallen würde wie an einer Mauer. Doch das war ihr gleichgültig. Sie wusste genau, dass de Andrade nicht zögern würde, sie zu töten, und ebendiese Gewissheit des Unvermeidlichen verlieh ihr den Mut, sich ihm zu stellen. Sie hielt trotzig seinem bohrenden Blick stand und versuchte den Lauf der Pistole, der auf sie gerichtet war, zu ignorieren. Sein Finger spielte bereits nervös am Abzug.

»Nun schießt schon«, forderte sie ihn kaltblütig auf. »Aber vorher sollt Ihr meinen Blick aushalten. Prägt ihn Euch gut ein für später, wenn Ihr Eurer Tochter unseren Tod erklären müsst.«

In ihren Ohren rauschte das Blut. *Wie banal der Tod doch sein kann*, schoss es ihr durch den Kopf. Dann sah sie in de Andrades Augen ein kurzes, unsicheres Flackern. Dass sie Miou erwähnt hatte, brachte ihn für einen Moment aus der Fassung. Für einen winzigen Augenblick glaubte sie, ein wenig Menschlichkeit in ihm zu sehen. Doch ihre Hoffnung zerstob wie Asche im Wind, als sein Blick zu der Treppe wanderte und plötzlich versteinerte.

»Was für ein mieser Trick, an mein Gewissen zu appellieren«, sagte er grimmig und drückte ab.

In dem Moment, als Cauré das Gleichgewicht verlor und fiel, wurde er von einer kräftigen Hand am Oberarm gepackt und zurück auf die Treppe gezogen. Halb ohnmächtig sah er zu seinem Retter, der vor Anstrengung keuchte.

»Deine Aufgabe ist noch nicht erfüllt«, meinte Takawe und deutete auf die Plattform unter ihnen, wo de Andrade Amber gerade mit der Pistole bedrohte. »Du musst sie retten!«

Cauré verlor keinen Augenblick. Er sprang auf und eilte an den düsteren Wänden entlang die Treppe nach unten. Ungefähr fünfzig Stufen trennten ihn von der weißen Napé. Doch es war wie verhext. Er kam viel zu langsam voran. Die Übellaunigkeit der Xapiripé hinderte ihn daran, schneller zu sein. Statt sich zu verkürzen, wurde der Weg immer länger. Die Geister zupften und zerrten an ihm. Da klang mit einem Mal in seinem Kopf der schrille Schrei des Adlers und erinnerte ihn daran, dass er mit allen Vögeln verbunden war. Sein Blick schärfte sich, während sich sein Geist aus dem menschlichen Körper löste und mit dem des Adlers verband. Er sah mit den Augen des Adlers, wie der Napé ihn erblickte, um dann sein Feuereisen auf Amber zu richten. Genau in dem Augenblick, in dem er den Auslöser betätigte, hob Cauré ab und sprang den Mann an. Die Kugel zischte haarscharf an Amber vorbei. Er hörte nicht, wie Takawe hinter ihm laut aufstöhnte, sondern landete auf dem Körper des Napé und riss ihn mit sich zu Boden. Mit einem gezielten Fausthieb schlug er ihn besinnungslos.

Stocksteif stand Amber neben den am Boden liegenden Männern und konnte kaum fassen, dass sie noch am Leben war. Nachdem sie die ersten Schrecksekunden überwunden hatte, kniete sie sich rasch neben den gerade erwachenden Rhys. Er blinzelte sie verwirrt an, doch dann huschte ein gequältes Lächeln über sein Gesicht, als er sie erkannte. Mit ein paar Handgriffen stellte sie fest, dass seine Kopfverletzung schlimmer aussah, als sie in Wirklichkeit war. Sie riss ein Stück Stoff von ihrem Kleid ab und betupfte damit die Wunde.

Ein bedrohliches Rumoren hinter den Felswänden erregte ihre Aufmerksamkeit. Mit einem fragenden Blick wandte sie sich Cauré zu. Erst da bemerkte sie, dass ihr Freund soeben die Treppen hinaufstolperte, um dann neben einer am Boden liegenden Gestalt niederzuknien. Entsetzt erkannte sie, dass es der alte Takawe war, der dort in seinem Blut lag. Die Kugel, die sie verfehlt hatte, war ihm zum Verhängnis geworden. Amber griff traurig nach Rhys' Hand und drückte sie. Er war glücklicherweise wieder so weit bei Besinnung, dass er aufstehen konnte.

»Dieser verdammte Mörder«, zischte Rhys, als er den am Boden liegenden de Andrade erblickte. »Dafür wird er sich verantworten müssen.«

Unglücklich verfolgten sie, wie Cauré seinen Vater auf die Arme nahm und mit ihm die Treppen hinaufstieg.

Unter ihnen begann der Berg zu grollen, zu brummen und zu rumoren. Das gleichmäßige Brodeln und Gluckern der Lava unter ihnen verstärkte sich zu einem lauten Blubbern.

»Was ist das?«, fragte Amber erschrocken. »Ich habe das Gefühl, hier gerät alles in Bewegung.«

Rhys sah sich um und deutete auf die sich lösenden Felsbrocken an der Wand.

»Mein Gott! Das ist ein Erdbeben«, sagte er tonlos und packte hektisch ihre Hand. »Die Detonation muss es ausgelöst haben. Wir müssen sofort hier raus.« Er zog sie mit sich in Richtung Treppen.

»Was ist mit de Andrade?«, fragte Amber und blieb kurz stehen. »Wir können ihn doch nicht einfach hier liegen lassen.« In diesem Augenblick regte er sich und schlug die Augen auf. Rhys löste sich von Amber und half ihm auf die Füße.

»Raus hier, sofort!«, befahl er und griff rasch nach den beiden am Boden liegenden Pistolen.

Steine und kleinere Felsbrocken prasselten von der Decke herab und verfehlten sie nur um ein Haar. Sie wussten alle, dass sie nun keine Zeit mehr verlieren durften. Rhys rannte zurück zu Amber und hastete mit ihr die Treppen hinauf. Tiago folgte ihnen auf dem Fuße. Das Beben in der Halle wurde nun heftiger. Immer größere Steine lösten sich aus den Wänden und der Decke. Rhys drängte zu immer größerer Eile. Als sie den mittleren Treppenabsatz erreicht hatten, brauchte Amber eine kurze Pause. Ihr verkürztes Bein schmerzte, und sie bekam kaum noch Luft.

»Was macht der Idiot denn da?«, hörte sie Rhys fragen. Sie drehte sich um und sah, wie de Andrade plötzlich umkehrte. Er lief zu der unteren Plattform und verschwand in der angrenzenden Kammer.

»Dieser Idiot holt die Edelsteine«, sagte Rhys. »Er kann selbst jetzt seinen Hals nicht voll bekommen. Los jetzt! Wir können ihm nicht mehr helfen.« Damit riss er Amber mit sich.

Sie stolperten die Stufen hinauf, bis sie endlich den oberen Balkon erreicht hatten. Überall taten sich mittlerweile Risse und Spalten auf. Als sie einen letzten Blick auf das rote Inferno warfen, sahen sie, wie de Andrade ihnen endlich folgte. Auch ihm schien die tödliche Gefahr nun bewusst zu werden. Immer wieder sah er sich furchtsam um. Als er den mittleren Treppenabsatz erreicht hatte, wurde die Halle durch ein heftiges Beben erschüttert. Tonnen von Gestein setzten sich in Bewegung und bröckelten von allen Seiten herab.

In dem Augenblick, als Tiago auf den nächsten Treppenabsatz zusteuerte, tat sich direkt davor ein immer tiefer werdender Riss auf und trennte ihn von der nach oben führenden Treppe. In seiner Verzweiflung setzte er zu einem Sprung auf die andere Seite an. Für einen kurzen Augenblick sah es so aus, als könne er den Abgrund überwinden. Sein Fuß berührte schon den rettenden Abschnitt, als sich der Spalt noch für eine Handbreit weiter vergrößerte und er abglitt. Mit rudernden Armen und einem gellenden Schrei verschwand er in der Tiefe. Amber schloss entsetzt die Augen. Selbst einem Tiago de Andrade hatte sie solch ein Ende nicht gewünscht.

Sie spürte, wie Rhys sie weiterdrängte. Sie riss sich von dem grausigen Anblick los und folgte ihm. Während um sie herum Gesteinsbrocken herabstürzten, eilten sie durch den Gang zu der oberen Kammer und von dort über die rettenden Stufen hinauf in die Freiheit. Das Tageslicht war so gleißend hell, dass sie die Augen schließen mussten. Als sie sich wieder an das Sonnenlicht gewöhnt hatten, sahen sie Cauré und Jandeira. Sie kauerten um den alten Takawe und weinten um ihn. Unter ihnen bebte noch immer die Erde und besiegelte das Ende dieser längst vergangenen Kultur. Amber hörte Rhys seufzen und ahnte, wie ihm zumute war.

»Wir können eine Ausgrabungsstätte daraus machen und die Schätze wieder freilegen«, versuchte sie ihn hilflos zu trösten. Doch Rhys schüttelte nur den Kopf. Er blickte über die zerklüftete Hochebene bis zu den goldenen Flüssen unten im Tal. Ein Adler zog in der Höhe seine Kreise, und Caurés Tukan meldete zeternd seine Anwesenheit. Der Hapuwẹteri hatte sich mittlerweile darangemacht, eine Trage für seinen toten Vater zu bauen, mit der sie den Kasike hinunter ins Tal bringen konnten.

Amber sah, wie Rhys sich bekreuzigte. Auch sie fühlte große Trauer um den verstorbenen Häuptling.

Rhys drehte sich zu ihr um und sah sie voller Liebe an.

»Die Napé haben bei den Hapuweteri genügend Schaden angerichtet«, sagte er nicht ohne Bitterkeit. »Wir sollten sie endlich in Ruhe lassen.«

Amber verstand nur zu gut, was er damit meinte. Auch sie hatte das Gefühl, in ein Gefüge eingedrungen zu sein, zu dem sie nicht gehörten. Die Erkenntnis kam noch nicht zu spät. Sie nahm Rhys' Hand und spürte ihre beruhigende Wärme. Voller Vertrauen sah sie ihn an und wusste gleichzeitig, dass sie die richtige Entscheidung getroffen hatten.

Epilog

Bingley, Yorkshire. Ein Jahr später

»Beeilt euch! Oder wollt ihr, dass wir alle zu spät kommen?«

Kaum hatte der inzwischen siebenjährige Francis seine Ermahnung durchs Treppenhaus posaunt, polterte er bereits wieder die Stufen hinab, um nachzusehen, ob wenigstens die anderen Gäste abfahrbereit waren. Vor der Einfahrt standen bereits mehrere Kutschen. Reginald und Maeve führten in ihrem neuen geräumigen Halbverdeck die Reihe an. Hinter ihnen wartete die Kutsche mit Camden, Beatrice und dem zweijährigen Andrew samt seinem Kindermädchen. Den Abschluss bildete die Kutsche, in der die Franklins fahren sollten. Francis kletterte in die Kutsche seiner Eltern und erhielt prompt eine Rüge.

»Du benimmst dich wie ein Bierkutscher«, schalt ihn sein Vater. »Wie oft habe ich dir gesagt, dass ein junger Gentleman nicht einfach durchs Treppenhaus brüllt?«

Francis senkte schuldbewusst den Kopf. Seine Aufmerksamkeit wurde jedoch sofort wieder von einem herantrabenden Reiter abgelenkt.

»Seht nur, das ist Malcolm Bannister«, rief er begeistert und machte sofort Anstalten, wieder aus der Kutsche zu klettern. Wie alle Kinder auf Highgrove Manor liebte er den Freund seines Onkels Camden. Doch der Vater griff nach seinem Kragen und hielt ihn zurück.

»Hiergeblieben«, sagte er streng. »Du kannst Master Bannister auch vor der Kirche noch begrüßen.« Schmollend fügte sich der Junge. Unterdessen war die Feiergesellschaft vollzählig, und die Kutschen setzten sich in Bewegung.

Es war ein wunderschöner, milder Herbsttag Anfang Oktober. Der Himmel strahlte in glänzendem Blau, und die tiefstehende Sonne ließ die bunten Blätter der Ahornbäume, Kastanien und Buchen in schillernden Farben leuchten. Amber saß zurückgelehnt in ihrer Kutsche und genoss den milden Fahrtwind auf ihrer Haut. Es würde noch eine ganze Weile dauern, bevor sie die Pfarrkirche St. Michael le Belfroy in York erreicht haben würden. Mit halbem Ohr hörte sie eine Weile Rhys' und Molly Brandons belanglosem Geplauder zu, doch dann wanderten ihre Gedanken zurück in die Vergangenheit. So vieles war in diesem letzten Jahr geschehen.

Die Reise an den Amazonas hatte wesentliche Weichen in ihrer beider Leben gestellt. Manchmal überlegte sie sich, wie es wohl gewesen wäre, wenn Rhys damals ihre unglaubliche Entdeckung publik gemacht hätte. Die Entdeckung der alten Hapuweteri-Kultur hätte aus ihm gewiss einen einflussreichen und berühmten Mann gemacht, dem die Welt der Wissenschaft zu Füßen läge. Doch der Preis dafür war ihnen beiden zu hoch gewesen. Ihr Eindringen in die fremde Zivilisation der Hapuweteri hatte schon Schaden genug angerichtet. Hätten sie die Entdeckung der einzigartigen Hochkultur mit ihren Schätzen bekannt gemacht, hätten sich Scharen von Goldsuchern und Schatzjägern auf den Weg gemacht und dabei das Leben der Hapuweteri zerstört. Cauré und seine Leute wären längst aus ihrem Stammesgebiet vertrieben, womöglich sogar versklavt oder getötet worden. Rhys und sie waren ohne große Worte darin übereingekommen, niemandem von ihrer Entdeckung zu erzählen. Was war der Ruhm im Vergleich zu Menschenleben schon wert?

Zum Glück sahen das ihre Freunde ebenso. Als Miou von dem schrecklichen Ende ihres Vaters erfuhr, hatte sie bittere Tränen vergossen. Sie hatte diesen Mann, der ihr immer ein Fremder geblieben war, niemals lieben gelernt, und dennoch schämte sie sich für seine Freveltaten. Der Gedanke, dass der Schatz weiteres Unheil heraufbeschwören könnte, war ihr unerträglich. Und Sebastian ging es ebenso. Der tapfere deutsche Biologe hatte während des Befreiungskampfes um den Shabono eine schmerzhafte Schusswunde an der Schulter erlitten und wurde von den Hapuweteri deswegen wie ein Held verehrt. Sein Freund Nakitao wurde nicht müde, allen zu versichern, wie mutig sein Napéfreund gewesen sei. Sebastian genoss seinen Ruhm in vollen Zügen, vor allem, weil Miou ihn deswegen umso mehr anbetete.

Die Zeit, die Sebastian zur Genesung brauchte, hatten Rhys und Amber genutzt, um die Gegend um den Tafelberg gründlich zu erforschen. Cauré hatte ihnen bereitwillig seine Welt gezeigt und weihte sie dabei in viele Geheimnisse seines Volkes ein. Unter anderem führte er sie zu einer Abbruchstelle, an der Rhys eine ergiebige Goldader entdeckte. Cauré, der dem gelben, viel zu weichen Metall nicht sehr viel abzugewinnen vermochte, erzählte ihnen, dass man es überall finden konnte. Die Versuchung war zugegebenermaßen groß gewesen, sich doch an dem Land der Indianer zu bereichern. Rhys überlegte hin und her, ob es nicht doch einen Weg gab, die reichen Bodenschätze für sich nutzbar zu machen. Es war Cauré gewesen, der ihnen die Idee wieder austrieb.

Als sie am Abend zurück im Shabono waren, zeigte er ihnen einen Korb, der voller Goldklumpen und unbearbeiteter Edelsteine war.

»Das sind Takawes utupé«, erklärte er ihnen. »Ihr könnt sie mitnehmen, wenn ihr die Last tragen wollt. Ich habe die Gier in euren Augen wohl gesehen. Ich weiß nicht, was euch Napé an dem wertlosen Metall reizt, aber ich bitte euch aufrichtig, nicht mit anderen Napés hierher zurückzukehren. Die Xapiripé sind nun versöhnt mit dem Volk der Hapuweteri. Mit eurer Rückkehr würdet ihr sie nur wieder verärgern.«

»Das können wir unmöglich annehmen«, hatte Rhys mit sichtlich schlechtem Gewissen geantwortet. »Ihr braucht die Steine zu Takawes Angedenken.«

Cauré hatte daraufhin nur gelacht.

»Morgen feiern wir das Bananenfest«, teilte er ihnen mit. »Dann werden wir alle Takawes Überreste in uns aufnehmen. Mein Vater wird dann in uns allen weiterleben. Nehmt die Steine. Sie sind für die Hapuweteri wertlos.«

Amber schauderte es noch jetzt, wenn sie daran dachte, wie am darauf folgenden Tag Cauré und Nakitao mit schwarz bemalten Körpern aus dem Urwald zurückgekehrt waren und in einem Gefäß die verbrannten Überreste ihres Vaters mitgebracht hatten. Die Knochenreste wurden mit gestampftem Bananenbrei vermischt und danach an alle Bewohner des Shapori verteilt. Auch die Gäste mussten von der Schale mit seinen Überresten kosten. Rhys und Sebastian schafften es tatsächlich, davon zu essen, aber Miou und ihr wurde beim bloßen Anblick des grauen Breis so übel, dass sie sich beide erbrechen mussten. Zum Glück nahm ihnen das keiner der Indianer übel.

Wenige Tage später wurde es Zeit aufzubrechen. Sie gingen mit Karuna, dem Kasike der Waimiri. Cauré und Jandeira begleiteten sie ebenfalls bis zu dessen Dorf. Von da an waren sie auf sich allein gestellt. Doch das Schicksal hatte es gut mit ihnen gemeint und sie unbehelligt zurück nach Manaus geführt. Miou betrat das Haus ihres Vaters nie wieder. Sie hatte an ihrem rechtmäßigen Erbe keinerlei Interesse, sondern vermachte das, was von Tiagos Vermögen übrig geblieben war, den Jesuiten, zu denen Pater Thomas gehört hatte. Takawes Nachlass hingegen machten sie, sobald sie nach Lissabon zurückgekehrt waren, zu barem Geld. Nach Abzug aller Kosten für die Expedition und die Rückzahlung der Kredite, die sie über Olga Kasakowna erhalten hatten, blieb für jeden von ihnen ein bescheidenes Vermögen übrig. Sebastian und Miou hatten sich damit ein Haus in Sebastians Heimatstadt München gekauft. Der Biologe lehrte unterdessen als angesehener Gelehrter an der Universität. Er war zum Leiter der botanischen Sammlung ernannt worden, nachdem er seine reichhaltigen Funde an brasilianischen Pflanzen und Tieren dem Institut vermacht hatte. Miou unterstützte ihn bei der Arbeit bis zur Geburt ihrer Zwillinge. Amber freute sich von Herzen über ihr Glück. Sie fand es nur schade, dass die junge Familie die weite Reise nach England anlässlich ihres Festes nicht hatte unternehmen können.

Inzwischen näherten sie sich endlich der Stadt und somit auch dem Ziel ihres kleinen Ausflugs. Rhys, der seinen Zylinder während der Fahrt abgesetzt hatte, fuhr sich durch das windzerzauste Haar, bevor er seine Kopfbedeckung wieder aufsetzte. Amber betrachtete ihn voller Wärme. Sie liebte seinen Freigeist und seine Abenteuerlust, auch wenn er mittlerweile ebenfalls eine feste Anstellung als Professor in Oxford innehatte und recht sesshaft geworden war. Sein früherer Mentor Professor Stanley hatte sich nach ihrer Rückkehr aus Brasilien für ihn verwendet. Seinem Einfluss und Rhys' bemerkenswerter Abhandlung über die Lebensgewohnheiten und sozialen Verhaltensweisen indianischer Kulturen war es zu verdanken, dass man eigens für ihn am Balliol College einen Lehrstuhl mit dem Schwerpunkt Völkerkunde errichtet hatte.

Die Kutschen hielten nacheinander vor der Kirche und entließen ihre Fahrgäste. Auf dem Kirchhof wurden sie bereits von anderen Kirchgängern begrüßt. Amber war kaum ausgestiegen, als sich auch schon Olga Kasakowna eilig einen Weg durch die Menge bahnte. In ihrem dunkelvioletten Kleid aus Atlasseide stach sie unter allen anderen Besuchern hervor. Über ihrem Haar trug sie eine ebenfalls violette Schute aus Seide und Spitze, die mit bombastischen, gelben Textilblumen drapiert war. In ihrem Gefolge befand sich Mohamand Akando.

»Du siehst bezaubernd aus«, begrüßte sie Amber und umarmte sie überschwänglich. »Man sieht dir die Strapazen und Anstrengungen der letzten Monate wahrlich nicht mehr an.«

Amber lächelte gutmütig. Olga nahm niemals ein Blatt vor den Mund. Akando drückte sich wesentlich zurückhaltender aus.

»Ihr seht aus wie das blühende Leben«, bestätigte er.

Olga sah sich unterdessen suchend um. »Wo ist denn Rhys?«, fragte sie.

»Er ist bereits mit Molly in die Kirche gegangen. Er wollte es sich nicht nehmen lassen, nochmals alle Einzelheiten mit dem Erzbischof zu besprechen.«

Olga lachte schallend. »Das sieht unserem gründlichen Amerikaner wieder einmal ähnlich. Dann sollten wir wohl auch möglichst schnell unsere Plätze aufsuchen. Ah! Nun sehe ich auch Camden. Mit ihm muss ich mich ebenfalls noch absprechen. Ist das nicht Mister Bannister, mit dem er sich da gerade unterhält?«

»Ja! Er ist heute ebenfalls eingeladen. Er ist mittlerweile ein enger Freund der Familie. Camden und er erwägen sogar ernstlich, ihre beiden Firmen miteinander zu fusionieren. Malcolm sucht bereits ein Haus in Bingley.«

»Das wird mir dein Bruder sicherlich gleich selbst erzählen«, meinte Olga geistesabwesend. »Du entschuldigst mich?« Ohne Amber weiter zu beachten, strebte sie davon.

Akando bot Amber den Arm an. »Darf ich Euch in die Kirche begleiten?«

Amber hakte sich unter und ließ sich von dem Inder in die erste Reihe führen. Dort saßen bereits ihre Eltern, Beatrice und die beiden Jungs. Auch Molly Brandon hatte sich mit der schlafenden Esther in die vordere Reihe gesetzt. Beim Anblick des winzigen Babys überkam Amber ein wunderbares Glücksgefühl. Sie bedankte sich bei Akando und nahm neben ihrem alten Kindermädchen Platz. Mit unendlicher Zärtlichkeit strich sie dem Baby auf seinem Kissen sanft über die rosigen Wangen. In ihr Glück vertieft bemerkte sie nicht, wie sich Rhys mit Thomas Longley näherte.

»Ist das der Täufling?«, hörte sie plötzlich die wohlklingende Stimme des Erzbischofs.

Amber sah auf und strahlte die beiden Männer glücklich an.

»Ja, das ist unsere Tochter. Darf ich vorstellen: Lady Esther Holy Franklin.«

Worterklärungen

Aguti: Tagaktive, etwa katzengroße Nagetiere in südamerikanischen Wäldern. Sie folgen Affenhorden und warten darauf, dass die etwas von ihrem Futter auf den Boden fallen lassen. Die indianische Urbevölkerung schätzt ihr wohlschmeckendes Fleisch.

Arowê: Kriegerischer Geist der Yanomami. Der Sage nach war er einst ein äußerst aggressiver Krieger, der sogar seine Nachbarn ständig überfiel. Daraufhin wurde er von seinem eigenen Volk durch Pfeile getötet und tot geglaubt liegen gelassen. Doch sein Geist war so stark, dass er nicht starb, sondern gestärkt aus seiner Verletzung hervorging. Nun wurde er noch grausamer. Daraufhin töteten seine Leute ihn ein zweites Mal. Damit das Leben nicht wieder in ihn zurückkehren konnte, schlugen sie ihm den Kopf ab. Arowê versuchte ihn wieder auf seinen Rumpf zu setzen, doch dieses Mal musste er sterben. Bevor dies aber geschah, trug er seinem Geist auf, seinen Kriegswillen und seine Aggression in alle Winde zu zerstreuen. Dies ist der Grund, weshalb die Yanomami so mutig und kriegerisch sind (nach Davi Kopenawa: *The Falling Sky – Words of a Yanomami Shaman*).

Capybara: Wildschweingroßes Wasserschwein, das mit den Meerschweinchen verwandt ist. Es lebt in kleinen Herden und ist dämmerungsaktiv. Fell, Zähne und Fleisch sind bei den Ureinwohnern sehr beliebt.

Caxiri: Bier der Aparai- und Wayana-Indianer. Es wird aus zerstoßenem Maniok und Wasser hergestellt. Zur Fermentation wird menschliche Spucke eingesetzt.

Hutu pata: So werden die heiligen Plätze der Geister (Xapiripé) der Yanomami-Völker genannt. Sie können im Himmel, unter der Erde oder hoch oben in den Bergen sein. An diesen Orten ist ihre Anwesenheit besonders zu spüren.

Kazike: Kazike oder Kasike ist die ursprünglich spanische Bezeichnung für einen indigenen Anführer oder Adligen in Mittel- und Südamerika. Schon Christoph Columbus hat die Bezeichnung von den karibischen Urvölkern übernommen. In vielen Stämmen, wie zum Beispiel auch bei den Yanomami, gibt es keine ausschließlichen Anführer. Ein Kazike ist dort eher ein primus inter pares. Er hat großen Einfluss auf sein Volk, aber keine unumschränkte Macht.

Maniok: Pflanze aus der Gattung der Wolfsmilchgewächse. Die Wurzelknollen und Blätter wurden schon vor der Entdeckung Amerikas durch die Europäer von den Ureinwohnern als Nahrungsmittel verwendet. Die Wurzeln können aufgrund ihres Blausäuregehalts nicht unbehandelt verzehrt werden, sondern müssen vorher aufwendig entgiftet werden.

Nabrushi: Etwa anderthalb Meter lange Keule der Yanomami, die als Waffe verwendet wird.

Napé: Bezeichnung der Yanomami für einen Fremden. Napé ist jeder, der nicht vom Stamm der Yanomami ist, ganz egal, welcher Hautfarbe, Rasse oder Staatszugehörigkeit er ist.

Pekari: Nabelschwein von ca. 40 kg Gewicht. Fleisch und Leder sind bei den indigenen Völkern Südamerikas sehr beliebt.

Platanillo: Zähfasriges, breitflächiges Blatt, das zum Einwickeln von Fleisch, als Kochgefäß und als Behälter benutzt wird.

Pousada: Kleine, familiär geführte Frühstückspension in portugiesischsprachigen Ländern.

Rasha: Obstpalme mit stachligem Stamm. Sie wird von den Yanomami in Obstgärten angebaut. Ihre Früchte, die der Baum oft fünfzig Jahre und länger trägt, sind sehr begehrt. Mit der Bananenstaude ist es die wichtigste Speisepflanze in den Gärten. Jede Palme gehört der Person, die sie gepflanzt hat.

Senzana: Sklavenunterkunft in brasilianischen Herrschaftshäusern.

Shabono: Ständige Siedlung der Yanomami. Sie besteht aus einem zusammenhängenden Ring von Hütten um eine offene Lichtung.

Shapori: Schamane, Zauberer, Hexer.

Shori noje: »Guter Freund« – Begrüßungsformel auf Yanomam.

Tapioka: Stärke, die beim Trocknen und Bearbeiten der Maniokwurzel abfällt.

Tapir: Mit Pferden und Nashörnern verwandte, schweineähnliche Tiere, die im Dschungel leben. Sie haben eine rüsselähnliche Schnauze. Beliebte Jagdbeute der indigenen Bevölkerung.

Urucum: Roter Pflanzenfarbstoff, der aus den zerquetschten und gekochten Samenkörnern von *Bixa orellana* (Annatostrauch) hergestellt wird. Der Farbstoff wird zum Bemalen von Gesicht und Körper ebenso benutzt wie zur Verzierung von Pfeilspitzen, Körben und an Wänden.

Utupé: Im Glauben der Yanomami hat jeder Mensch während seines Lebens einen Doppelgänger, der utupé genannt wird. Mit ihm ist er bis zu seinem Tod verbunden. Ein utupé kann sich in der Gestalt vieler Lebewesen zeigen. Er kann unter Säugetieren, Vögeln, Insekten, Reptilien zu finden sein, aber auch in Bäumen, Steinen, Wasserfällen oder sogar in Honig.

Wako: Allgemeine Bezeichnung für ein Fest bei den Aparai-Indianern.

Xapiripé: Winzige, menschenähnliche Geisterwesen, die in Felsen und Gebirgen wohnen. Die Shapori stellen den Kontakt zu den Xapiripé her, indem sie das halluzinogene Yakoana-Pulver schnupfen. Dies und rituelle Gesänge locken die Geisterwesen in die Brust des Schamanen. Erfahrene Shapori haben so viel Macht über die Xapiripé, dass diese ihren Willen ausführen.

Yakoana-Pulver: Halluzinogene Droge der Yanomami, die über ein Rohr durch die Nase geschnupft wird. Die Droge wird entweder aus der Rinde des Epena-Baums oder aus den Samenkörnern des Hisioma-Baums hergestellt.

Yanomami: Mit rund 35 000 Menschen bilden die Yanomami die größte indigene Volksgruppe im Amazonasgebiet. Sie leben heute im venezolanisch-brasilianischen Grenzgebiet an der 1500 Meter hohen Serra Parima, zwischen den Flüssen Orinoco und Amazonas. Yanomami bedeutet »menschliches Wesen«. Im Gegensatz dazu gibt es »yaro«: Tier, und »napé«: Feind, Fremder. Seit dem Eindringen von Weißen in den 1970er-Jahren in ihr Gebiet ist die Volksgruppe massiv vom Aussterben bedroht.

Was dahinter steht

England im 19. Jahrhundert

Die Geschichte von Amber und Rhys ist fiktiv. Nicht fiktiv sind jedoch die Umstände und Lebensbedingungen, unter denen die beiden Protagonisten agieren.

England befand sich in der Mitte des 19. Jahrhunderts in einem rasanten Wandel hin zur technisierten Neuzeit. Im Zuge der Industriellen Revolution gab es Umwälzungen in allen Lebensbereichen. Die stark beschleunigte Entwicklung von Technik, Produktivität und wissenschaftlichen Erkenntnissen brachte aber nicht nur Vorteile. Sie wurde von einer starken Bevölkerungszunahme begleitet, die mit einer Zuspitzung von sozialen Missständen einherging. Viele Menschen zogen vom Land in die Städte, wo es nicht genügend Wohnraum gab; soziale Probleme und Unruhen waren damit vorprogrammiert. Teure Mieten, Lärm, schmutzige Luft und eine unzureichende Kanalisation machten das Leben äußerst beschwerlich. In London nutzten die, die es sich leisten konnten, die Möglichkeit, an den Stadtrand zu ziehen, der durch den ständigen Ausbau der Eisenbahnnetze nun leicht zu erreichen war.

1863 wurde in London die erste U-Bahn der Welt eingeweiht. Dadurch wurden die Stadt und ihr unmittelbares Einzugsgebiet größer und größer, die Probleme deshalb aber nicht geringer. Seit den 1840er-Jahren traten in London immer wieder Cholera-Epidemien auf, die zahlreiche Tote forderten. Die

Stadtoberen der Zeit wollten nicht wahrhaben, dass die Krankheiten durch verseuchtes Grundwasser im Stadtgebiet verursacht wurden. Statt ein funktionierendes Kanalsystem in Angriff zu nehmen, machte man sogenannte Miasmen (giftige Ausdünstungen) für die Krankheiten verantwortlich. Selbst die Erkenntnisse des Arztes John Snow, der durch akribische Beobachtungen herausgefunden hatte, wie und wodurch die Cholera verbreitet wurde, fanden bei den Verantwortlichen erst Gehör, nachdem durch mehrere Epidemien über 30 000 Einwohner an der Cholera gestorben waren. Erst 1858 wurden 3 Millionen Pfund für den Bau einer Kanalisation bereitgestellt. Auf diesen Aspekt der Londoner Geschichte spielt die Episode an, in der Amber und Olga helfen, das Waisenhaus im East End zu eröffnen.

Der technische Fortschritt brachte nicht nur der Wirtschaft Vorteile, sondern auch der Naturwissenschaft. Die Royal Society war eine der ersten Gelehrtengesellschaften zur Wissenschaftspflege. Sie wurde bereits 1660 in London ins Leben gerufen und kurz darauf mit der Royal Charter, einem besonderen königlichen Privileg, ausgezeichnet. Nur herausragende Wissenschaftler wurden in die Gesellschaft aufgenommen. Unter ihnen war auch Charles Darwin, der mit seinen Erkenntnissen über die Evolution dazu beitrug, dass das herkömmliche Weltbild gründlich auf den Kopf gestellt wurde. Die These, dass der Mensch nicht direkt von Gott geschaffen sei, sondern vom Affen abstamme, stellte nicht nur die Theologie, sondern das gesamte gesellschaftliche Selbstverständnis infrage und wurde besonders von Klerikern heftig bekämpft. Als Folge von Darwins Theorien machte sich zunehmend ein gewisser Freigeist in der Gesellschaft breit, der esoterischen Lehren, Okkultismus und Wahrsagerei einen fruchtbaren Boden bereitete.

In Sebastian Stix sehe ich einen wissbegierigen Anhänger der Darwin'schen Theorie. Bei seiner Schilderung habe ich mich von der bemerkenswerten historischen Persönlichkeit des bayerischen Naturwissenschaftlers Johann Baptist Ritter von Spix inspirieren lassen. Grundlegend war hierzu die Biografie von Klaus Schönitzer: »Ein Leben für die Zoologie – Die Reisen und Forschungen des Johann Baptist Ritter von Spix«. Der Beharrlichkeit und erfrischenden Neugier solcher Menschen war es damals zu verdanken, dass sie die Gefahren und Entbehrungen gefährlicher Forschungsreisen auf sich genommen haben. Ich fand, dass er gut zu Rhys' und Ambers Abenteuergeist passte.

Brasilien zur Zeit von Amber und Rhys

Ab der zweiten Hälfte des 19. Jahrhunderts wuchs auf dem Weltmarkt die Nachfrage nach einem Rohstoff, der den Eingeborenen im Amazonasgebiet schon in präkolumbianischer Zeit bekannt war. Es handelte sich um den milchigen Saft eines Baumes, den sie »cao'ochu« (Baum der Tränen) nannten. Aus seiner getrockneten Masse fertigten die Indianer praktische Utensilien für den Haushalt, Sandalen, Hüte, Überwürfe und vor allem elastische Bälle. Die wasserabweisenden, elastischen Eigenschaften machten den Rohstoff auch für die Europäer interessant. Doch Kautschuk ließ sich nur schwer einsetzen, denn er erwies sich bei Hitze als weich und klebrig und bei Kälte als brüchig. Erst als der Amerikaner Charles Goodyear 1839 durch Zufall die Methode der Vulkanisierung erfand, die das Material unempfindlich gegenüber extremen Temperaturen und mechanischen Beanspruchungen machte, wurde die

Nachfrage nach dem »Rubber« (Gummi), wie er nun von den Amerikanern genannt wurde, immer größer. Plötzlich verlangte die Welt nach Gummi, und das Amazonasgebiet rückte in den Fokus des Interesses.

Der Kautschukbaum *Hevea brasiliensis* wuchs nur im amazonischen Regenwald unter ganz bestimmten Bedingungen. Der »Seringueira«, wie der Baum von den Portugiesen genannt wurde, gedieh nur auf der »Terra firme«, einem Boden, der zu keiner Jahreszeit überschwemmt wurde, wasserdurchlässig und von Flüssen weiter entfernt war. Weit verteilt innerhalb des Regenwaldes, wo es Schutz vor Parasiten und Krankheiten gab, waren die Bäume zu finden. Die Versuche, sie in Plantagen zu züchten, scheiterten in diesem Klima kläglich. Die Gewinnung von Kautschuk erwies sich deshalb als äußerst aufwendig.

Um 1850 fingen etwa 5300 Seringueiros (Kautschuksammler) an, den plötzlich so wertvoll gewordenen Rohstoff der Kautschukbäume anzuzapfen. 1912 waren es bereits mehr als 190 000 in den weit verstreuten Sammellagern. Gleich zu Beginn des Kautschukbooms ließen sich auch ausländische Unternehmen sowohl in Belém als auch in Manaus nieder, um die Kommerzialisierung des Gummis voranzutreiben und den Markt zu kontrollieren. Dieses Monopol bildete eine Pyramide aus Tausenden von Kautschuksammlern, die Hunderte von Geschäftsleuten belieferten, welche ihrerseits das kostbare Produkt an wenige mächtige Unternehmen verkauften.

Um den immensen Bedarf an Kautschuksammlern zu stillen, lockte man Tausende von mittellosen Landarbeitern aus dem Nordosten an den Amazonas, um sie, genauso wie die einheimischen Indianer, auszubeuten. Das Prinzip war einfach: Großhändler wie Tiago de Andrade gaben regionalen Händlern und diese wiederum den Kautschuksammlern Vorschüsse an Geld und Gütern, die sie mit entsprechenden Mengen an

Kautschuk abgelten mussten und so zu Schuldnern wurden. Ebenso wurden einheimische Indianerstämme mit Waffen ausgestattet unter der Bedingung, dass sie im Gegenzug eine bestimmte Anzahl an Angehörigen verfeindeter Stämme als Zwangsarbeiter einfingen. Das ganze Kautschukgeschäft basierte also auf Schuldknechtschaft und direkter Waffengewalt.

Ein weiterer Aspekt meiner Geschichte beschäftigt sich mit der Suche nach einer untergegangenen südamerikanischen Kultur. Seit der Zeit der ersten Konquistadoren hielt sich das Gerücht von El Dorado, einer prächtigen Stadt inmitten des Urwalds mit Palästen aus Gold und einem Herrscher, der in Goldstaub zu baden pflegte. Männer wie der große Brasilienforscher Alexander von Humboldt taten dies als Humbug ab. Andere Wissenschaftler ließen sich bis in unsere heutige Zeit nicht davon abbringen, nicht zuletzt deswegen, weil es unter den Konquistadoren immer wieder Augenzeugen einer höher stehenden Kultur gegeben haben soll.

Am 27. Januar 2010 las ich dann zu meiner Überraschung im *Hamburger Abendblatt,* dass Forscher im Amazonasbecken auf die Spuren einer bislang unbekannten Hochkultur gestoßen waren, die vor mehr als 1000 Jahren dort gelebt hatte. Der Meldung lag eine gerade veröffentlichte Studie zugrunde, in denen Archäologen neue, brisante Funde aus dem südamerikanischen Urwald vorstellten. Auch der englische *Guardian* und die italienische *La Repubblica* berichteten darüber. Offenbar waren die Siedlungen bereits vor der Ankunft der Spanier verlassen worden. Dichter Regenwald wucherte anschließend wieder über die vorkolumbianischen Liegenschaften. Nun aber, da hier nach vielen Hundert Jahren erneut Menschen den Dschungel abholzen, diesmal für Rinderweiden, gibt der Boden seine Vergangenheit preis.

Der brasilianische Wissenschaftler Alceu Renzi entdeckte Strukturen der Besiedlung aus dem Flugzeug, anschließend war die Satellitenbeobachtung »Google Earth« eine große Hilfe für den Archäologen. Vor Ort fand das Team um Renzi Bruchstücke von Hütten, Palisaden, Keramikscheiben und Teichen, in denen die Bewohner Schildkröten und Fische gehalten haben könnten. Dieser aufregende Fund – inmitten einer Region, in der es auch Goldvorkommen gibt – beflügelte mich zu der Idee, Rhys, Sebastian und Amber etwas Ähnliches finden zu lassen. Das von Sebastian gefundene Dokument des Konquistadoren ist natürlich rein fiktiv. Allerdings weiß man, dass die Aufzeichnungen über Francisco de Orellana und seine Amazonasexpedition im Jahr 1541/42 samt seinen Schilderungen über die hellhäutigen, blonden Amazonen sowohl Wissenschaftler als auch Forscher und Abenteuer zu Reisen an den Amazonas inspiriert haben.

Besonders wichtig ist mir die Geschichte um den Yanomami Cauré, der für mich für die indigene Urbevölkerung am Amazonas steht. Wenn es mir gelingt, für ihn und die anderen Völker und Stämme am Amazonas Sympathie und Verständnis zu schaffen, habe ich vielleicht auch Verbündete gefunden, die dabei helfen, dass diese Menschen sich ihre Würde und ihr Selbstverständnis bewahren können. Auf jeder Reise, die mich in Kontakt mit indigenen Völkern bringt, wird mir deutlicher bewusst, wie wichtig es ist, altes Wissen und Traditionen nicht der Vergessenheit preiszugeben. Diese Völker wissen noch um Dinge, die uns globalisierten Menschen längst nicht mehr gewärtig sind. Besonders beeindruckt hat mich ihr Glaube an die utupé – an Wiedergänger im Naturreich. In ihrem Glauben ist fest verankert, dass sich Menschen unter bestimmten Umständen in Tiere verwandeln können. Oft sind es besonders kraftvolle Tiere, die als spirituelle Führer angesehen werden. Sehr empfehlenswert ist hierzu das Buch des Yanomami-Schamanen Davi Kopenawa: *The Falling Sky*. Er erzählt sehr anschaulich von der Lebensweise und dem Gedankengut seines Volkes.

Die Yanomami kamen erstmals 1940 mit Außenstehenden in Kontakt, nämlich als die brasilianische Regierung Erkundungsgruppen entsandte, um die Grenzen zu Venezuela abzustecken. Als sich kurz darauf der Indianer-Schutzdienst der Regierung und religiöse Missionierungsgruppen in der Region niederließen, brachen die ersten Wellen von Masern und Grippe im Volk aus, an denen viele Yanomami starben. Während der 1980er-Jahre drangen bis zu 40 000 brasilianische Goldgräber in ihr Land ein. Die Schürfer erschossen Yanomami, zerstörten viele ihrer Dörfer und schleppten Krankheiten ein, gegen die die Urbevölkerung nicht immun war. In nur sieben Jahren starben 20 Prozent der Yanomami. Neue Goldfunde verschärfen die Lage neuerdings wieder. Die Situation ist sehr ernst, vor allem, weil die Goldgräber auf ihrer Suche nach Gold Quecksilber verwenden und damit das Grundwasser verunreinigen.

In Brasilien haben die Indianer noch immer keine echten Besitzrechte an ihrem Land. Die Regierung weigert sich, das Landrecht von indigenen Völkern anzuerkennen, obwohl sie die internationale Konvention ILO 169 unterzeichnet hat, welche dies garantiert. Zurzeit debattiert der brasilianische Kongress über einen Gesetzesentwurf, der, wenn er bewilligt wird, Bergbau im großen Stil in indigenen Gebieten erlauben würde. Dies wäre sehr zum Nachteil der Yanomami und anderer indigener Völker in Brasilien. Möge das nie geschehen!

Last not least möchte ich hier den lieben Menschen danken, die bei der Entstehung des umfangreichen Buches so wichtig waren. Da ist vor allem meine Familie, die immer und mit allem Nachdruck hinter mir steht. Mein Mann Willem und meine Tochter Amelie, die mich und meine ältere Tochter Anna-Fee dieses Mal alleine in den Urwald am Amazonas haben ziehen lassen. Gemeinsam mit Christine haben wir so manches gefährliche Abenteuer bestanden (das tropische Gewitter auf dem Fluss samt bootslangem Mohrenkaiman und Blitzeinschlag wird uns ebenso unvergessen bleiben wie die schweißnassen, vor Insekten und wilden Tieren nur so angefüllten Dschungelnächte in unseren Hängematten). Hier möchte ich auch Tommy danken, ohne dessen planerische Unterstützung wir diese Strapazen nie hätten erleben dürfen. Danke auch an meinen Bruder Marc in Brasilien, der mir durch sein Wissen und in zahlreichen Diskussionen viele Dinge verständlicher gemacht hat. Ich denke, dass viele Erfahrungen, die ich vor Ort machen durfte, wieder in meine Geschichte eingeflossen sind.

Rund um das Manuskript möchte ich mich recht herzlich bei meinem Agenten Bastian Schlück bedanken, der mir immer mit Rat und Tat zur Seite steht, mich motiviert und ein guter Gesprächspartner ist. Nicola Bartels, die eine wunderbare Verlegerin ist, und Anja Franzen, deren Engagement, scharfen Blick und ermunternde Frische ich sehr zu schätzen weiß. Danke für die tolle Textarbeit von Dr. Rainer Schöttle und dem ideenreichen Verlagsteam, das sich um eine schöne Buchgestaltung und einen guten Verkauf bemüht. Ebenso bin ich meinen Testlesern sehr verbunden, als da sind: Bastian, Margrit, Fee, Willem und Chris. Ohne euch wäre mir so mancher Fehler glatt durch die Lappen gegangen. *Danke, shori noje!*